Lisa McInerney

Glorreiche Ketzereien

Roman

Aus dem Englischen von
Werner Löcher-Lawrence

liebeskind

Die vorliegende Übersetzung wurde unterstützt von Literature Ireland.

LITERATURE IRELAND
Promoting and Translating Irish Writing

2. Auflage

Die Originalausgabe erschien 2015 unter dem Titel
»Glorious Heresies« bei John Murray, London.

Umschlagmotiv: Alexandre Cappellari / Arcangel
Typografie und Satz: Frese Werkstatt, München
Herstellung und Umschlaggestaltung: Sieveking · Agentur, München
Druck und Bindung: CPI books GmbH, Leck

ISBN 978-3-95438-091-6

Dieses Buch ist, wie alles, für John.

DER TOTE MANN

I

ER LIESS DEN JUNGEN DRAUSSEN vor der Tür. Bye und viel Glück auch. Die Rolle lag hinter ihm, von jetzt an hatte er breite Schultern und ein kantiges Kinn, kräftige Arme und setzte sich durch. Er ließ den Jungen hinter sich, der nicht mehr war als ein Haufen geschundener, magerer Knochen. Als Mann, neugeboren, trat er durch die Tür, und der Blick der Fee, die diese Verwandlung bewirkt hatte, brannte leicht auf seiner Haut. Karine D'Arcy hieß sie. Sie war fünfzehn und ein bisschen und seit drei Jahren in seiner Klasse. Außerhalb der Schule war sie immer eins über ihm gewesen, und doch stand sie jetzt da, an einem Montagmittag bei ihm im Flur. Deshalb musste der Junge gehen, was noch von ihm übrig war, was sie nicht schon mit ihren Händen und ihren Küssen zertrümmert hatte.

»Bist du sicher, dass dein Dad nicht nach Hause kommt?«, sagte sie.

»Wird er nicht«, sagte er, obwohl sein Vater völlig unberechenbar war und nicht nach normalen Maßstäben funktionierte. Heute Morgen hatte er seine Kinder gewarnt, dass er zu tun habe und sie sich selbst was zu essen machen müssten, später käme er dann schon. Böse aufgedreht und, wie sie aus Erfahrung wussten, übel gelaunt.

»Und wenn doch?«

Er nahm die Hand aus ihrer und legte den Arm um sie.

»Ich weiß nicht«, sagte er. Oh, die Wahrheit war hart, so hart. Ungeübte Worte aus einer brandneuen Kehle.

Er war fünfzehn, so gerade. Hätte sie ihm die Frage vorher gestellt, bevor sie über die Schwelle getreten waren, hätte er wie üblich die fünfzehnjährige coole Socke markiert, aber mit einem

Mal war alles anders, und er wusste plötzlich nicht mehr, wie das ging.

»Dann ist es sowieso mein Fehler«, sagte er. »Nicht deiner.«

Sie sollten in der Schule sein, und selbst sein Dad würde das wissen. Wenn er jetzt hier reinkäme, *wenn*, angeschlagen, gerädert, weil er getrunken, gepokert und was zum Teufel sonst noch getan hatte, würde er gleich kapieren, dass sein Sohn gerade schwänzte, und das aus einem klaren Grund.

»Für ihn schon«, sagte sie. »Aber wenn er's meiner Mam und meinem Dad erzählt?«

»Macht er nicht.« Das war so sicher wie der Boden unter ihren Füßen. Sein Vater mochte ja vieles sein, aber bestimmt nicht verantwortungsvoll. Oder mutig. Oder rechtschaffen.

»Bist du sicher?«

»Die einzigen Leute, mit denen mein Dad spricht, leben in diesem Haus«, sagte er. »Sonst will keiner was von ihm wissen.«

»Was machen wir jetzt also?«

Der Name des tapferen neuen Mannes, dem die bevorstehenden Möglichkeiten so ins Fleisch stachen und auf den Schultern lasteten, war Ryan. Tatsächlich war seine erwachsene Version gar nicht so anders als die linkische Leiche draußen vor der Tür, er hatte die gleichen schwarzen Haare, die gleiche blasse Haut und die gleichen tintenschwarzen Augen. »Wie von bösen Geistern besessen«, hatte zitternd eines der Mädchen, das ihm nahe genug gekommen war, um es beurteilen zu können, gesagt und ihm seine Absicht mitgeteilt, ihm den Dämon aus der Zunge saugen zu wollen. In den letzten paar Monaten war er gewachsen. *Zu langsam, zu ruhig*, hatte seine Nonna geseufzt, als sie das letzte Mal seine Facebook-Fotos gesehen hatte. Sie war fest davon überzeugt, dass er nie die eins achtzig erreichen würde. Seine Mutter war seit vier Jahren tot und sein Vater ein Wrack, das ebenso oft auf dem Sofa endete wie im eigenen Bett. Ryan war das älteste Kind des Wracks. Er schlich um seinen Vater herum und machte anderswo Lärm.

Da passte was nicht. Natürlich war ein Mann, egal, wie alt er war, berechtigt zu schlafen, wo er mochte, und jedem, der ihn beleidigen zu wollen schien, eins auf die Nase zu geben, jedenfalls machte es das Wrack so: Sein Vater hatte nur heiße, billige Wut in sich und wechselte zwischen Suff und Austrocknungsversuchen in elenden, ewig weit entfernten Entzugskliniken hin und her. Selbst wenn Ryan den Zorn in sich spürte, den der Hohn seiner Lehrer in ihm wachrief oder das, was er von den größeren Jungs abkriegte, wusste er doch um die Leere in deren Aufforderung zu kämpfen. Er suchte nach etwas anderem, das ihn morgens aus dem Bett holte, hätte aber nie gedacht, dass sie das sein könnte.

Sie gehörte zu den Mädchen mit den kürzesten Röcken, die vor dem Unterricht das Wort unter den auf der Heizung hockenden Mitschülerinnen führten und so unverschämt wie zuckersüß mit den Lehrern umgingen. Er hätte nie gedacht, dass sie ihn für mehr als einen Schläger halten könnte, obwohl er sie darum gebeten hatte, stumm, ohne den Mund aufzumachen und mit niedergeschlagenem Blick, und das verdammt schon seit Jahren.

Vor drei Wochen dann, am Abend seines Geburtstags, hatte sie sich von ihm küssen lassen.

Er hatte im Auto eines seiner Freunde gesessen, die älter waren als er, Altersgenossen seines sechzehnjährigen Cousins Joseph, der Ryan gut genug kannte, um nichts auf sein Alter zu geben. Vorm Eingang zur Disco im Gemeindezentrum hatte er sie gesehen, lachend und frierend in einem langen schwarzen Top und weißen Shorts, hatte sich von hinten vorgebeugt und aus dem Beifahrerfenster zu ihr hinübergerufen. Er musste sie nicht mal überreden, zu ihm in den Wagen zu steigen. Was für ein Glück, dass ihr nach einer kleinen Spritztour war. Und ja, sein Herz tat einen Sprung und versuchte ihn glauben zu machen, dass es vielleicht mehr war: Glück und Vertrauen. Sie vertraute ihm. Himmel! Sie *mochte* ihn.

Sie waren schießen gegangen, und es gab ein paar Dosen Bier und ein paar Joints und einen hübschen, kalten Wind, der sie näher an seine Seite brachte. Als er merkte, dass er seine Nerven nicht beruhigen konnte, gestand er sich ein, was er wirklich für sie empfand, und riskierte es, eine Hand unten auf ihren Rücken zu legen. Er zählte bis zwanzig, dreißig oder achtzig, bevor er zu glauben wagte, dass sie sich nicht wegbewegen würde, bevor er ihre Hand nahm, damit seine nicht mehr so zitterte, und endlich, endlich, über die riesige Entfernung von dreißig Zentimetern hinweg, seinen Mund auf ihren brachte und sie küsste.

In den Tagen danach hatten sie endlos Neuland erobert und beschlossen, es zu probieren. Sie waren ins Kino gegangen, waren Eis essen gewesen und hinterher durch die Straßen zurück zu ihr gewandert. Hand in Hand. Und aus Furcht, das Fundament für ihre Beziehung könnte zu mustergültig geraten, hatten sie nach ungestörten Orten und dunklen Ecken gesucht, um genau das zu zerbröckeln, seine Hände auf ihrem Körper, den Unterschied zwischen der Haut auf ihrem Bauch und der ihrer Brüste erkundend, seinen Leib gegen ihren gedrückt, damit er spürte, wie sich ihrer seinem vollkommen anpasste.

Und jetzt, am Montagmittag bei ihm zu Hause im Flur, antwortete er mit einer Frage.

»Was willst du denn machen?«

Sie trat ins Wohnzimmer, drehte sich auf einem Fuß und betrachtete alles. Er musste den Kopf gar nicht erst durch die Tür strecken, um zu wissen, dass ihr der Anblick kaum gefiel. Die Unfähigkeit seines Vaters hatte das Haus zu einem Museum der haushälterischen Talente seiner Mutter werden lassen, die mit Durcheinander und unnötigem Kram wie ein Windstoß mit Herbstlaub umgegangen war.

»Ich war noch nie bei dir zu Hause«, sagte sie. »Es ist so komisch.«

Sie meinte den Umstand, dass sie hier war, nicht das Haus. Wobei sie auch damit nicht wirklich falschgelegen hätte. Es war schräg. Ohne seine Mutter war das Vier-Zimmer-Reihenhaus so höhlenartig, dass er es kaum aushielt. Es erinnerte ihn an Scheiß, an den er nicht erinnert werden wollte, und Abgründe, die nicht da sein sollten. Es war ein Dach über dem Kopf. Eine Feuergefahr, denn manchmal dachte er daran, es mit Benzin zu tränken, ein Streichholz daran zu halten und zuzusehen, wie es den Nachthimmel erhellte.

Sie wusste, was Sache war. In einem mutigen Schritt hatte er ihr vor ein paar Tagen seine Lage gestanden, voller Angst, dass sie durchdrehen und ihn verlassen könnte, aber er wollte ihr unbedingt sagen, dass nicht jedes Gerücht über seinen Vater stimmte. Auf der Treppe hinter der Schule, als sie dicht nebeneinander auf dem kalten Beton hockten, hatte er zugegeben, ja, es krachte zwischen ihm und seinem Vater, aber nein, nicht so, wie gehässige Gerüchteköche es weismachen wollten. *Er ist ein Idiot, Mädchen, er kann sich gerade so auf den Beinen halten, wenn er voll ist, aber er ist nicht … Er ist … Ich habe die Leute schon so einen Scheiß über ihn reden hören, aber er ist nicht irre, Mädchen. Er ist nur … fuck … ich weiß nicht.*

Sie war nicht davongelaufen und hatte es auch keinem erzählt. Es hatte ihm richtig was von den Schultern genommen, war gleichzeitig aber auch das Blödeste, was er hatte machen können, denn damit war seine Position ihr zu Füßen festgelegt. Einerseits störte es ihn nicht, weil er wusste, sie war besser als er, superklug und schön wie der Morgen, und jedes Mal, wenn er sie sah, wurde ihm ganz schwindelig, und er spürte, wie das Blut in seinen Adern pulsierte, wie Luft in seine Lunge strömte und ihm das Herz in der Brust schlug. Aber irgendwie pisste es ihn auch an, dass er ihr nicht auf Augenhöhe begegnen konnte. Dass er genauso auf dem Boden herumkroch wie sein Vater, von dem er seine Nutzlosigkeit geerbt hatte.

Jetzt war da allerdings keine Wut mehr. Die hatte er draußen bei seinen welkenden Überresten zurückgelassen.

Sie streckte die Hand nach seiner aus.

»Spielst du etwas für mich?«

Das Klavier seiner Mam stand an der Wand hinter der Tür. Es hätte genauso gut auch seins sein können. Stunden hatte er daran verbracht, während sie mit seinem Dad kämpfte, mit großen beruflichen Veränderungen drohte, oder mit den Nachbarn kämpfte oder drohte, ihn und seine Geschwister mitzunehmen und zurück zu ihren Eltern zu ziehen. Sie hatte Ryan auf den Klavierhocker gesetzt, wann immer sie Raum brauchte, um ihren verrückten Fantasien nachzuhängen, und so hatte er gelernt, beidhändig zu spielen und Noten vom Blatt abzulesen. Nicht viele Leute wussten das – weil es sich niemand vorstellen konnte.

Ja, er konnte für Karine D'Arcy spielen, wenn er wollte. Irgendwas Klassisches, wobei er so tun könnte, als wäre es mehr als nur ein Übungsstück, oder vielleicht auch einen der Popsongs, die seine Mutter ihm beigebracht hatte, wenn sie zwischendurch mal in einer Hochzeitsband oder bei diesen beschissenen kleinen Kunstfestivals in Hotelhallen sang. Vielleicht würde es ja sogar funktionieren. Vielleicht wäre Karine so überwältigt, dass sie sich ausziehen und gleich hier auf dem Wohnzimmerboden von ihm vögeln lassen würde.

Auch irgendwie ein fades Hirngespinst. Fakt war, dass sie an einem Montagmittag in seinem Haus stand und Lichtjahre davon entfernt war, sich in eine notgeile Stripperin zu verwandeln. Das war es, womit er klarzukommen hatte: dass Karine D'Arcy tatsächlich bei ihm zu Hause war.

Er wollte nicht für sie spielen. Er war so nervös, dass seine Fingerspitzen zu harten Knöcheln werden würden.

»Vielleicht später«, sagte er.

»Später?«

Hätte er mehr Zeit gehabt, sich an sein neues Selbst zu gewöhnen, hätte er ihr womöglich tief in die Augen geblickt und mit tiefer Stimme *Ja, später* gesagt. Aber er lächelte, sah weg und vermischte in seinem Kopf *später* und *hinterher*. *Vielleicht hin-*

terher. Wir haben das ganze Haus für uns, um was Besseres anzustellen. Es würde ein Hinterher geben, das wusste er.

Sie ging an ihm vorbei in die Küche und sah aus dem Fenster in den Garten, auf das ampferüberwucherte, von einer gedrungenen Betonblockmauer umgebene Gras, dehnte die Hände an der Spüle, drückte den Rücken durch und reckte sich auf die Zehenspitzen.

»Es ist so komisch«, sagte sie wieder. »Dass ich bis jetzt nie hier in diesem Haus war. Du und ich, wir sind schon so lange Freunde, irgendwie.«

Es war eine bange, unsichere Freundschaft gewesen. Es gab Schulprojekte, Partys, Rangeleien und einmal einen richtigen Streit, bei dem er ihr vorgeworfen hatte, nur mit ihm zusammen zu sein, weil sie mit auf Partys wollte. Und während dieses ohnmächtigen Wutausbruchs, zwischen den weiten, weißgrauen Wänden des Schulkorridors, hatte er kapiert, dass sie ihn seit Jahren schon hinter sich herzog, ihn, einen Steinbrocken in ihrem Kometenschweif.

Es traf ihn wie der Klaps einer Hebamme, dass sie – wäre dieses Haus nicht so eine Höhle, streifte sein Dad nicht auf der Suche nach billigem Schnaps und dumpfer Gesellschaft durch die Stadt und scherten sich Jungs wie er ums Schuleschwänzen –, dass sie dann nicht mit ihm hier wäre und ihm die Möglichkeit gäbe, sich von der Last ihrer Freundschaft und zumindest einiger seiner Kleidungsstücke zu befreien. Mit einer Hand auf dem Abtropfbrett sah Karine D'Arcy zu ihm herüber, und wie durch eine chemische Reaktion verwandelte sich die gesamte Küche, die Ödnis verpuffte in ihren butterblonden Haaren und verging wie Seifenschaum am Saum ihres grauen Schulrocks. Das Haus sah anders aus mit ihr, auf seiner Seite. Sie kannte die Geschichte der Zimmer und schartigen Ecken nicht. Die unterste Stufe der Treppe. Den Kaffeetisch, der schon immer da stand, drüben im Wohnzimmer, damit er drüberstolperte, wenn er ins Zimmer gestoßen wurde. Die Küchenwand, den Fleck neben der

Hintertür, wo er den Lichtschalter aus zwei Zentimetern Entfernung angestarrt hatte, eine Backe gegen das Eierschalenblau gepresst und auf der linken Schläfe die Hand seines Dads, der ihn mit seinem gesamten Gewicht durch den Putz zu drücken versuchte.

»Du bist so schön«, sagte er, und sie blinzelte und lachte: »Gott, wo kam das jetzt her?«

»Das bist du«, sagte er. »Was machst du hier?«

Sie schmiegte sich an seinen Hals. *Erdkunde schwänzen*, hätte sie sagen können. Aber sie sagte nichts, und je länger das Schweigen dauerte, desto näher kamen sie der Treppe, seinem Bett, und was immer dann geschehen würde.

Er hasste sein Zimmer nur etwas weniger als das übrige Haus. Er teilte es sich mit seinen Brüdern Cian und Cathal, die unordentlicher waren als er. Der Raum war eine Art Mengendiagramm, und ganz gleich, wie laut er brüllte oder wie behutsam er seine Sachen vor ihren zu schützen versuchte, sie schafften es immer, dass etliches durcheinandergeriet. Sie setzte sich auf sein Bett – wie schön, dass sie es als seines erkannte – und er trat den Boden frei, schickte Spielzeugautos, Lego und auf links gezogene Schlafanzughosen unter die Betten und in die Ecken.

Sie saß auf ihren Händen, und als sie sich küssten, war es, als täten sie es zum ersten Mal und wären nicht ganz sicher, ob sie es mochten. Der zweite Kuss war besser. Sie umfasste zärtlich sein Gesicht. Die Seite eines Fingers strich über sein Ohr. Er schob ihr den Schulpullover über die Brüste, und als sie sich zurücklehnte, um ihn sich ganz auszuziehen, zog er sich auch seinen über den Kopf.

»Vielleicht«, sagte sie nach drei Knöpfen, »sollten wir die Tür zumachen. Nur für den Fall.«

»Ich könnte eines der Betten davorschieben?«

»Okay.«

Er schloss auch die Vorhänge. Sie legten sich auf sein Bett und hielten einander im Arm. Sie küssten sich und zogen noch mehr aus, und die ganze Zeit über dachte er, dass sie gleich einen Rückzieher machen und seine Hände ihm den Dienst versagen würden, wie er es beim Klavier befürchtet hatte.

Sie machte keinen Rückzieher. Sie küsste ihn, drückte sich gegen ihn und half ihm. Und er überlegte: Wenn er das mit ihr in jedem Zimmer machte, würde er damit das Haus von den Sünden, den Echos herausgespuckter Worte und all den üblen, von Tischen, Möbeln und Wänden aufgefangenen Schlägen reinigen können?

Er überlegte, ob er aufhören sollte nachzudenken, schließlich war jeder abschweifende Gedanke eine Verirrung.

»Sei vorsichtig«, flüsterte sie. »Bitte, Ryan, sei vorsichtig.«

Sie legte ihre Hände um seinen Nacken, und er fand seine rechte Hand auf ihrem linken Knie, drückte es sanft nach außen und, oh, fuck, das war's, verdammte Scheiße.

Cork City nimmt keine Notiz von den ersten mutigen Schritten eines entschlossenen kleinen Mannes. Die Stadt ist mit größeren Zusammenhängen befasst, Verkehrsstaus, Meisterschaftsendspielen, Drogenrazzien und den nächsten Unterhauswahlen. Dem ganzen Scheiß, über den man sich beklagt: die Wirtschaft, das Parlament und was immer von Irlands Eigenheiten sie diese Woche wieder an Europa verhökern.

Aber dieser Montagmittag bedeutete für diesen Mann die Welt, und wahrscheinlich auch für tausend andere. Für Leute, die in diesen Stunden befördert wurden, sich einem Schwangerschaftstest unterzogen oder einfach nur die Schlüssel zu ihrem brandneuen Gebrauchtwagen ausgehändigt bekamen. Manche starben auch. Aber so geht das in einer Stadt: Ein Mann nimmt den Platz eines anderen ein, der auf dem frisch gebohnerten Küchenboden verblutet.

Maureen hatte gerade einen Mann umgebracht.

Sie hatte es nicht gewollt. Das würde sie kaum beweisen müssen, dachte sie. Keiner würde in einem neunundfünfzigjährigen Knochengerüst wie ihr einen Mörder vermuten. Wenn man einen von denen im Fernsehen sah, einen der Kaputten, die alles mit sich in den Abgrund rissen, dann schien der immer ein bisschen daneben zu sein. Zu viel Aufmerksamkeit von grabschenden Onkeln, zu wenig grünes Gemüse. Gesichter wie Tüten voller Dreiecke, mit Augen wie Knöpfe auf Stöcken. Triffst du so einen, oder so eine, auf der Straße, rufst du sofort nach der Gardaí und schlägst denen vor, die oder den dahintaumelnden Irren zu verfolgen, wenn sie mit einer Beförderung nach Hause kommen wollen, zu ihrer Mammy am Arsch der Welt. Also, Maureen sah nicht so aus. Sicher, sie guckte schon mal gerne düster drein, wenn sie nicht gerade bewusst eine andere Miene aufsetzte, aber wie eine mies gelaunte Bohnenstange auszusehen, war noch längst kein Grund für die Gardaí, dich für pervers zu halten. Nicht einen Skandal würde es in der Kirche geben, wenn die Polizei darauf achtgäbe.

Sie betrachtete den Mann, der da mit dem Gesicht auf den Fliesen lag. Unter ihm breitete sich Blut aus. Es rann in die Fugen. Da würde sie Stahlwolle brauchen. Natron. Bleiche. Wahrscheinlich noch was Stärkeres. Sie war da kein Experte. Für gewöhnlich schlich sie nicht auf leisen Sohlen durchs Haus und überraschte Eindringlinge, indem sie ihnen mit einem stumpfen Gegenstand auf den Kopf schlug. Der hier war ihr erster.

Putzen war sowieso nicht ihre Stärke. Häusliche Talente waren was für liebe, für nette Mädchen, und es war sicher vierzig Jahre her, dass ihr jemand gesagt hatte, sie sei eins davon.

Wer immer er sein mochte, er war definitiv tot. Er trug einen früher mal schwarzen Pullover und eine glänzende Trainingshose. Sein Hinterkopf war aufgeplatzt, das Haar schwarz verklebt, aber vorher war es rotbraun gewesen. Ein großer Bursche, mager, eine richtige Bohnenstange, und jetzt war er hinüber. Sie hatte ihm nicht ins Gesicht sehen können, bevor sie ihn mit ihrem Heiligen Stein eingeschläfert hatte, und jetzt konnte sie sich nicht dazu überwinden, ihn umzudrehen. Es wäre, wie auf dem Grill ein Kotelett zu wenden. Der Gedanke fuhr ihr in den Magen. Sie würde im Moment keinen Bissen runterkriegen. Was, wenn seine Augen noch auf waren?

Die Polizei zu holen kam nicht infrage. Während sie sich hinunterbeugte, dachte sie daran, dass es ganz witzig sein könnte, einen Priester zu rufen – nur um zu sehen, was Gott und sein Pack von der Sache hielten. Vielleicht würden sie versuchen, den Küchenboden zu reinigen, indem sie ihn segneten. *Kraft meines mir verliehenen Amtes …* Aber sie glaubte nicht, dass sie einen von diesen Kerlen über ihre Schwelle lassen würde. Zwei Eindringlinge an einem Tag? Das würde sie nicht ertragen.

Sie drehte sich von dem Toten weg und griff nach dem Telefon.

Wie schlechtes Wetter Möwen auf die Kommandobrücke eines Schiffs treibt, hatte Jimmy Priester auf sie niedergehen lassen. Er war die Sünde, der Ärmste, in ihr empfangen und so zu ihr geworden, war heimlich herangewachsen und hatte sie schließlich derartig aus der Form gebracht, dass es keiner mehr übersehen konnte.

Wäre sie selbst zehn Jahre früher geboren, hätte sie ein uneheliches Kind, wie sie annahm, zu den Dienerinnen Gottes hienieden mitgenommen, um ihnen, in chemische Dunstschleier gehüllt, die Wäsche zu waschen und das Nest zu verschönern. In lebenslanger Schwerstarbeit. In den Siebzigern gab es jedoch Möglichkeiten, dem Land den Rücken zu kehren und nach England zu gehen, wo sie mehr oder weniger blieb, bis sie der fürchterliche Fehltritt, den sie James genannt hatte, dort aufspürte und mit seiner eigenen Last bedachte.

Manche Frauen brachten uneheliche Kinder zur Welt, aus denen Buchhalter oder Lehrer wurden oder die beträchtliche Morgen guten Ackerlandes in den Midlands erbten. Bei Maureen war alles anders.

Sie betrachtete das Blut auf dem Boden, zog die Brauen zusammen und wählte seine Nummer. Jimmy würde wissen, was zu tun war. Das war genau diese Art von Angelegenheit, mit der er sich auskannte.

2

DER MANN AUF DER STRASSE, der Scheißer hinten in der Ecke des Pubs und das ausgebrannte Mädchen am Kai, sie alle sagten das Gleiche: Es sei besser, bei Jimmy Phelan mitzulaufen, als von ihm überrannt zu werden. In kurzen Hosen war er der König des Viertels gewesen, im Iron-Maiden-T-Shirt der Händler, der alles im Sortiment hatte: Er verkaufte Zigaretten, Gras, Dosenbier und schließlich Heroin, Frauen und Waffen. Polizisten und Kriminelle brachte er auf seine Seite oder schaltete sie aus. Er war verheiratet gewesen und hatte Elternabende besucht. Er hatte Geschäfte gemacht, im Knast gesessen und sich auf der halben Welt umgesehen. Es gab nicht viel, womit es Jimmy Phelan noch nicht versucht hatte, und doch war ihm erst vor Kurzem bewusst geworden, dass es eine wunde Stelle in ihm gab, eine Leere, die einem Stammbaum hinterherweinte. Wobei sich herausstellte, dass seine Augen größer waren als sein Magen, was letztlich für alles galt, wonach er sich sehnte: importiertes Fleisch, Cognac, seine lange verschollene Mutter.

Und jetzt hatte das Weibsstück einen Mann umgebracht. Er nahm an, es war durchaus normal für das Holz, aus dem er geschnitzt war, allerdings machte das den Ärger nicht kleiner. Jimmy hielt sich gerne seinen Kalender frei, aber das »Aufräumen-nachdem-deine-Mutter-jemanden-ausgeknipst-hat« war eine weit umfangreichere Aufgabe, als er gedacht hätte.

Er hatte Maureen eine Wohnung am Fluss besorgt. Als Industriekapitän hatte er nie vorgehabt, sie bei sich wohnen zu lassen, auch nicht, bevor sich herausstellte, dass sie verrückter als ein Mülltonnen durchsuchender Fuchs war. Zunächst hatte er sie nicht mal nach Cork holen wollen. Die Idee war nur, sie aufzuspüren und ihr alles über ihre Enkel zu erzählen, doch dann, als er sah, unter welch zwielichtigen Drogenabhängigen und merkwürdigen Junggesellen sie in ihrem Londoner Mietshaus wohnte, musste er noch mal neu ansetzen. Er hatte genug nationalistische Tiraden gehört, um zu wissen, dass England für einen Iren, oder eben eine Irin, die kein Geld hatte, Feindesland darstellte, und er verfügte über die nötigen Mittel, sie nach Hause zu bringen. Maureen wollte nicht, aber Jimmy Phelans ausdrücklichem Wunsch konnte sich niemand widersetzen, ganz gleich, wie viel Stolz oder Gliedmaßen er zu verlieren bereit war.

Das Haus hatte er billig bekommen, weil es ein paar Vietnamesen als Gewächshaus genutzt und die Bullen mehr Löcher in den Wänden hinterlassen hatten, als es Mösen unten in Crosshaven gab. Er hätte es den Vietnamesen womöglich zurückverkauft, wären noch welche da gewesen, aber sie hatten ihren Kram gepackt und waren nach Waterford gezogen, zumindest hatte er das gehört, und so nutzte er das Haus eine Weile als Bordell und würde es vielleicht wieder tun, wenn er etwas weniger Zugiges fand, um seine Mutter unterzubringen. Er hatte sie in der Wohnung unten im Erdgeschoss einquartiert, wo sie sich von ihrer Emigration erholte, während ein paar Teilzeit-Handwerker in den Stockwerken darüber strukturelle Verbesserungen vornahmen. Wobei er natürlich gedacht hatte, dass sie da sicher war. Klar, vielleicht gab es ein paar verloren herumwandernde Freier, aber sie war strikt angewiesen, niemandem die Tür zu öffnen, und die neue Adresse war schon vor einer ganzen Weile ausgegeben worden.

Wie Maureen also einen Eindringling hatte umbringen können, lag jenseits seiner Vorstellungskraft. Wie war dieses Wiesel überhaupt ins Haus gekommen? Hatten die Vietnamesen ihn vergessen? Hatten seine Leute ihn nicht bemerkt, weil er sich oben auf dem Dachboden versteckte? War er ein Freier, dem einer abging, wenn er durchs Dachfenster einstieg?

Wer immer es sein mochte, jetzt war er tot, und wie sich herausstellte, wäre er wahrscheinlich auch, wenn er sein natürliches Verfallsdatum erreicht hätte, kein Fall für einen offenen Sarg gewesen. Sah man ihn an, war er eindeutig jemand, der den Weg dorthin von sich aus angetreten hatte.

»Was zum Teufel hast du mit ihm gemacht?«, fragte Jimmy Maureen, die am Küchentisch saß, in den Rauch ihrer Zigarette starrte und das Gesicht verzog. Sie war eine sture, kleine Person. Da auch er nicht der Größte war, hatte er auf die Möglichkeit zurückgegriffen, nach außen zu wachsen, um die Masse zu erreichen, die man in seinem Beruf brauchte. Selbst noch mit vierzig bestand er hauptsächlich aus Muskeln, auch wenn die zuletzt etwas weicher geworden waren, weil er ständig essen ging und dazu ordentlich trank. Maureen war dürr, wie geschnitzt, und so spitz war auch ihr Blick. Mutter und Sohn sahen einander nicht ähnlich.

»Ich hab ihm eins draufgegeben«, sagte sie. »Mit dem Heiligen Stein. Ich wollte nicht die Oberhand verlieren, nur für den Fall, dass er der Nikolaus gewesen wäre.«

»Mit was für einem Heiligen Stein?«

Sie zeigte zur Spüle hinüber.

Für jedes einzelne Meisterwerk der Renaissance gab es unendlich viel aus Schrottteilen zusammengeschusterten Plunder, aber dieses Ding war selbst nach diesem Maßstab noch fürchterlich. Ein flacher Stein, etwa faustgroß, golden angemalt und auf einem polierten Holzsockel befestigt, darauf ein Bild der Jungfrau Maria mit einem kleinen pausbäckigen Jesus, in grellen keltischen Farben und mit den blutigen Essenzen des toten Mannes auf dem Boden beschmiert.

»Wo verdammt hast du dieses Ding her?« Wenn der Stein nicht auf dem Sockel säße, würde er annehmen, irgendein opportunistischer Spinner hätte ihn für einen Flohmarkt angemalt. Er drehte das Ding in seiner Hand. Die heilige Jungfrau schielte ihn an.

»Den habe ich schon lange.«

»Ich hatte dich nicht für die heilige Josephine gehalten.«

»Solltest du auch nicht. Das bin ich nämlich nicht.«

»Du sammelst einfach nur klobige Devotionalien, um sie als Mordwerkzeug zu benutzen? Niemand verdächtigt die schwere Hand Gottes. *Tut Buße, sonst reißt unser Jesus euch womöglich den Kopf ab!* Wie hast du mit dem Ding so kräftig zuschlagen können, Maureen? Hast du von der Tür aus Anlauf genommen?«

»Die Wege des Herrn sind unergründlich«, sagte sie.

»Einige kenne ich ganz gut.« Er spülte den Heiligen Stein unter dem Wasserhahn ab und sah zu dem Toten auf dem Boden hinunter. »Und du hast keine Ahnung, was er wollte?«

»Komisch, ich habe gar nicht daran gedacht, ihn zu fragen.«

Der Mann war schmächtig, und was er anhatte, war schäbig, auch bevor das Blut es an seinen Körper geklebt hatte. Er hatte nichts in den Taschen, bis auf ein zerknülltes Papiertaschentuch und zwei fünfzig in Münzen.

»Vielleicht ein Junkie, der nach Geld suchte. Das Gesicht kenne ich nicht. Scheint Ire zu sein, aber vielleicht auch Engländer. Aus West-Cork, wo sie alle mit dem Kinn wackeln.«

Sie schnaubte. »Ein dreckiger Penner. Klauen wie die Raben, und ich bin genau die Art Opfer, die sie sich aussuchen.«

»Ich kenne ihn nicht, und wenn er eine Ahnung von den Verhältnissen hier in der Gegend gehabt hätte, wäre er nie auch nur in die Nähe dieses Hauses gekommen.«

Er warf den Heiligen Stein von einer Hand in die andere. »*Dame* Maureen in der Küche, mit dem Stein Gottes. Wir schaffen ihn für dich weg.«

»Der Boden muss geschrubbt werden.«

»... und schicken jemanden zum Schrubben.«

»Die Fliesen müssen neu verfugt werden.«

»Ein neuer Boden also.«

»Hol mich hier raus. Wer will schon in einer Wohnung leben, in der ein Mann gestorben ist?«

»Oh, ja, du wirst dich gegen die Rachegeister wappnen müssen. Er wird dich von jetzt an aus jedem Spiegel ansehen, Maureen, und aus dem Boden steigen, wenn du gerade dabei bist, dir einen Tee zu kochen.«

»Du kannst grinsen, so viel du willst, Junge«, sagte sie, »aber es ist nicht richtig, eine Frau in so einem Haus zu lassen.«

»Du hast es doch dazu gemacht«, sagte er. »Also gut. Ich besorg dir eine Katze.«

Sie blitzte ihn an.

»Aber eins nach dem anderen«, sagte er. »Erst mal schicke ich ein paar Leute her, und danach überlegen wir uns was wegen der Wohnung. Im Moment habe ich nichts anderes für dich. Mir fällt schon was ein, nur nicht gleich für heute Abend.«

»Doch. Hier bleibe ich nicht.«

»Das wirst du aber, bis ich etwas anderes für dich gefunden habe.«

»Werde ich nicht, und wenn ich die Nacht draußen verbringe.«

»Dann erfrierst du, und wir haben zwei Leichen. Und ich sag dir was, Mädchen, ich hab nur Geduld für *ein* Grab.«

»Du hättest mich in London lassen sollen. Genau genommen interessierst du dich ja kaum für mich.«

»Richtig, Maureen. Kaum. Deswegen stehe auch ich hier anstatt des Gerichtsmediziners und der Jungs aus der Anglesea Street und gehe wahnsinnig großzügig mit meinen Fingerabdrücken um.«

»Ich bleibe nicht hier«, sagte sie.

»Eins nach dem anderen«, wiederholte er. »Bleibst du, bis ich zurück bin? Kannst du wenigstens das für mich tun?«

Sie schnipste Asche auf den Tisch. »Nicht allein mit einer Leiche.«

»Wessen Schuld ist es denn, dass hier eine Leiche liegt?«

»Das weiß ich noch nicht«, sagte sie.

Er stellte sich der Herausforderung, und es ging ihm durch Mark und Bein.

»Also gut«, sagte er. »Gut, gut. Komm, Deirdre wird begeistert sein, dich zu sehen.«

Maureen wohnte nicht offiziell in Jimmy Phelans Haus, wobei es ihm offiziell auch gar nicht gehörte. Trotzdem wollte er weder seine nächsten noch seine liebsten Männer mit dem Job betrauen. Irgendwie stank die Sache. Er war sich nicht sicher, ob der rothaarige Eindringling einfach nur irgendein Arschloch gewesen war, das verzweifelt nach Barem gesucht hatte. Jimmy Phelan hörte auf seinen Bauch, und er spürte, wie der gerade jaulte.

Es half nichts, die Sache musste in Angriff genommen werden. In der Küche seiner Mutter lag ein Toter, und der würde nicht so einfach aufstehen und von sich aus verschwinden. Normalerweise hätte er schnell ein paar passende Leute ausgesucht, auf jeden Fall seine rechte Hand Dougan, dessen gefühllose Gewandtheit und durchtriebener Humor gerade richtig kämen, doch das ließe Maureen womöglich denken, dass er eine feste Putzkolonne hatte, und er war nicht sicher, wie sie das nähme.

Oder wie Dougan und die Jungs sie nehmen würden. Sie kannten nur Bruchstücke der Geschichte: dass er seine leibliche Mutter gefunden und nach Hause geholt hatte. Dass sie eine Nummer war, die kurz entschlossen mal jemandem das Licht ausblasen konnte, wussten sie nicht. Der Respekt für ihn und seine Familie konnte durch ihren kleinen Amoklauf durchaus in Mitleidenschaft gezogen werden. Die Sache ging ihm gegen den Strich. Er war empfindlich, was seine neu geschaffene Vergangenheit anging.

Deirdre Allen war ebenso stur wie taff, was nach einer bewundernswerten Mischung klang, aber soweit Jimmy sagen konnte, bedeutete es einfach nur, dass sie zu dumm war, um zu wissen, wann sie falschlag, und zu langsam, wenn es darum ging, die Folgen abzusehen. Sie färbte sich die Haare immer noch pechschwarz, rauchte zwanzig am Tag und beharrte darauf, wenn er ihren Ausflug ins Immobiliengeschäft finanzierte, würde er sein Geld doppelt zurückbekommen. Sie dachte nach wie vor, dass sich mit dem Euro neue Chancen auftaten, und glaubte, die irische Rezession sei nur ein Durchhänger, es werde nicht weiter runtergehen, sondern jeden Moment wieder in die Höhe schießen.

Ihr Starrsinn war auch der Grund, warum sie so lange gebraucht hatte, um ihn zu verlassen. Fast zehn Jahre schipperte sie in ruhigem Fahrwasser, während er sein Ehegelübde missachten konnte. Bis sie auf Grund gelaufen war. Regelrechte Affären hatte er keine gehabt. Es gab so viele Frauen, die er vögeln konnte, ohne zusätzliche Leistung übernehmen zu müssen. Trotzdem war er so oft über Nacht nicht nach Hause gekommen, so oft wochenlang nicht da gewesen, dass jede andere Frau Lunte gerochen hätte. Als Deirdre es endlich kapierte, war es zu spät, noch Grenzen zu ziehen. Jimmy überließ ihr das Haus und fragte sich, ob sie ihr gemeinsames Scheitern als Erfahrung verbuchen würde. Im Moment beanspruchte sie immer noch für sich, Jimmy Phelans Frau zu sein. In ihrem Bett wollte sie ihn nicht mehr haben, aber sie war zu stur und zu taff das aufzugeben, was für sie die Vergünstigungen seiner Untreue waren.

»Ich will ein Klavier für die Kinder«, sagte sie, schob eine Tasse Tee in Maureens Richtung und zog die Nase kraus. Deirdre hatte nicht gefragt, wie Maureen ihren Tee nahm, obwohl sie sich einbildete, zu Unrecht, eine famose Gastgeberin zu sein. »Ich habe immer bedauert, kein Instrument gelernt zu haben, und ich will nicht, dass sie in zehn Jahren das Gleiche sagen.«

»Willst du mich auf den Arm nehmen, Mädchen? Sie haben genauso wenig Interesse daran, Klavier zu lernen, wie an allem anderen, was du mir für sie aus der Tasche geleiert hast. Du bist diejenige, die ein Klavier will. Eine Attraktion fürs Wohnzimmer. Etwas, wo du eine Vase draufstellen kannst.«

»Du bist manchmal wirklich bescheuert, Jimmy.«

»Vielleicht, weil ich nie gelernt habe, in die Tasten zu greifen. Ich trage keinerlei Kunst in mir.«

»Du verweigerst deinen Kindern also, ein Instrument zu lernen? Nur, weil die Möglichkeit besteht, dass sie nicht dabeibleiben? Hast du Depressionen, oder bist du einfach nur geizig?«

Maureen nahm ihre Tasse und ging nach hinten auf die Veranda.

»Ah, sie ist so begeistert, dass du sie gefunden hast«, höhnte Deirdre.

»Ich bin froh, dass du sie schon so gut kennst, Mädchen, weil sie die Nacht über hierbleibt.«

»Was?«

»Die Wohnung wird gereinigt. Industriemäßig. Da kann sie heute auf keinen Fall bleiben, und ich habe zu viel am Hals, um ihr mein Bett zu überlassen. Lange Rede, kurzer Sinn: Du hast sie bis morgen am Hals.«

»Verdammte Scheiße, Jimmy«, zischte sie. »Du kannst diese Irre nicht einfach hierlassen.«

»Du hast doch ein Gästezimmer, und sie möchte sowieso mehr Zeit mit ihren Enkeln verbringen. Wenigstens, bis sie kapiert, wie verzogen sie sind.«

»Du bist so was von dreist, Junge. Diese Frau, wo immer du sie gefunden hast, mag ja mit dir verwandt sein, aber nicht mit *meinen* Kindern.«

»Das ist schon rein biologisch Unsinn, Deirdre.«

»Du weißt, was ich meine, Jimmy. Familie ist wesentlich mehr als …«, sie fuhr mit der Hand durch die Luft und verzog das Gesicht, »Flüssigkeiten, Genetik und so. Wie immer du es nennen willst.«

Maureen rührte sich nicht, nur die Zigarette führte sie zum Mund. Gelassen wie eine wiederkäuende Kuh starrte sie auf den Rasen hinaus. Genau das adäquate Verhalten für die neueste Sensenfrau der Stadt, die mit ihrem Karrieresprung bestens klarkam. Jimmy hatte noch nicht viele frischgebackene Mörder erlebt, die sich hinterher nicht wanden und auf die eigenen Schuhe kotzten.

»Hör zu, ich mach dir einen Vorschlag«, sagte er zu Deirdre. »Ich besorg dir ein Klavier, du kannst dir deinen Kummer von der Seele klimpern, und in einem Jahr werd ich nicht fragen, warum Ellie und Conor immer noch Pummelfinger wie Ferkel haben. Und dafür kümmerst du dich eine Nacht lang um meine Mammy.«

»Ah, fairerweise, Jimmy ...«

»Du solltest versuchen, mit ihr zu reden. Sie hat die Geschichte deiner Kinder in ihrem Runzelkopf abgespeichert, und die ganz Irlands. Sie ist eine interessante Frau.«

»Ein bisschen zu interessant. Glaubst du nicht, dass ich die Nase schon damit voll habe, wie interessant du sein kannst?«

»Ein Klavier für einen Tag Gastfreundschaft«, sagte er. »Willst du deinen Kindern die Gelegenheit verweigern, ein so wunderbares Instrument zu lernen, nur weil es sein könnte, dass meine liebe Mam ein paar Flecken auf deinen Möbeln hinterlässt? Sei nicht so gemein, Deirdre. Bist du nicht besser als ich und meine Vorfahren?«

Jimmy ging auf die Veranda hinaus und zog die Tür hinter sich zu.

»Du bleibst heute Nacht bei Deirdre, Maureen. Erzähl ihr nichts von deiner Leiche. Die haben wir schnell zusammengepackt, und wer weiß, vielleicht verliebst du dich ja in deinen neuen Küchenboden.«

»Ich gehe da nicht wieder hin«, sagte sie. »Es ist nicht sicher.«

»Gut, darüber reden wir später.«

Er hatte einiges zu erledigen, nachdem er Maureen in den unwilligen Händen ihrer bis dahin unbekannten Schwiegertochter zurückgelassen hatte, und als der Tag zum Abend wurde, lag immer noch ein toter Mensch auf dem Küchenboden seiner Mutter, jemand mit einer Delle im Hinterkopf, zugefügt durch Irlands künstlerische Ignoranz und Vorliebe für billige religiöse Ikonografie.

Er fragte sich, wo Maureen den Heiligen Stein wohl herhatte. War er ihr aufgeschwatzt worden, als sie sich von seiner Geburt erholen musste? Hatte jemand angenommen, dass ihr ein Abbild der ultimativen alleinerziehenden Mutter, so krude es auch war, in harten Zeiten Trost spenden würde? Waren diese Leute völlig von Sinnen gewesen?

Jimmy Phelan war von seinen Großeltern aufgezogen worden, nicht ungern, aber doch etwas unbeholfen. Einmal waren sie mit ihm nach Knock gefahren und hatten ihm die Mauer der Marien-Erscheinung gezeigt, als greifbares Beispiel ihrer Frömmigkeit. Die Geschichte langweilte ihn zu Tode, aber hinterher hatten sie einen Spaziergang durch die Stadt gemacht, und er erinnerte sich an einen Andenkenladen neben dem anderen, Andenkenläden, so weit das Auge eines Achtjährigen reichte, alle bis unters Dach voll mit Flitter und Tand. Reihenweise Jungfrau-Maria-Barometer, die Muttergottes mit einem Umhang, der je nach Wetter die Farbe wechselte, was sehr wundersam war. Spielzeugkameras mit Bildern des Heiligtums – wenn man so ein billiges Ding ins Licht hielt, konnte man sich durch sie hindurchklicken. Und so viele Heilige Steine, dass sich mit ihnen leicht ein zweites Heiligtum hätte errichten lassen.

Maureens Heiliger Stein hätte durchaus dazu gepasst. Vielleicht hatten seine Großeltern ihn ja gekauft, und vielleicht war er es gewesen, Jimmy, der sie, aufgeputscht von neonrosa Zuckerstangen und viel zu viel Kartoffelchips, durch dieses Wunderland von Glaubenskitsch rennend, von der Bedeutung des Steins überzeugt hatte.

Mal angenommen, der Heilige Stein symbolisierte etwas für Maureen. Buße. Demut. Einen Neuanfang. Angenommen, damit den Schädel eines Einbrechers einzuschlagen hatte sie vierzig Jahre zurückgetragen. Wie viel Heilkraft brauchte eine gefallene Frau, wenn die gesamte verkorkste irische Psyche auf ihr lastete und sie ins Fegefeuer stoßen wollte?

Der Abend senkte sich weiter herab, die Leiche in der Wohnung zog langsam die Fliegen an, und noch war niemand damit beauftragt worden, sie wegzuschaffen.

Er hielt bei einem Centra, kaufte sich ein Wurstsandwich und einen Kaffee und setzte sich zum Essen und Nachdenken zurück hinters Steuer.

Es fühlte sich falsch an, Dougan die Ursache eines Problems zu verheimlichen, das der Mann lösen sollte. Damit schied er aus. Jimmy war diese Art Isolation nicht gewohnt. Seine Mutter, die Frau, die er versuchsweise als seine Mutter betrachtete, um dem Verständnis näherzukommen, was für ein Blut durch seine Adern floss, diese Frau hatte Scheiße gebaut, und zum ersten Mal in seinem Leben spürte Jimmy, dass er einen schwachen Punkt hatte.

Er grübelte vor sich hin, als er plötzlich jemanden sah, drei, vier Meter vom Auto entfernt. Der Mann kam ihm vage bekannt vor. Ein dunkler, über die eigene ausgestreckte Hand gebeugter Wuschelkopf, der mit dem Finger durch ein paar Münzen fuhr, als wollte er eine Parkuhr füttern. Gedrungen, mager, in einem dunkelblauen Kapuzen-Sweatshirt und Jeans, beides schon viel zu oft gewaschen. Jimmy knüllte das Sandwichpapier zusammen, drückte es in den leeren Kaffeebecher und stieg aus dem Wagen. Zwischen dem Abfalleimer und dem Mann probierte er sein Glück: »Cusack?«

Der andere sah auf. Er war es. Mehr als nur ein paar Jahre älter, obwohl Jimmy hätte schwören können, dass es erst ein paar Monate her war, dass sie sich zuletzt unterhalten hatten.

»J. P., Junge«, sagte der Mann, die Hand immer noch vor sich ausgestreckt.

»Cusack. Du siehst gut aus.«

Es war eine unaufrichtige Begrüßung, aber die einzige Alternative wäre brutale Ehrlichkeit gewesen. *Was ist mit dir los,*

Mann? Wenn du bei einer Hure warst, könnte es die Sache wert sein, sie mit Weihwasser zu besprenkeln und zur Hölle fahren zu lassen, weil du wie einer aussiehst, dem alle Flüssigkeit entzogen wurde.

Der Vertrocknete akzeptierte die Begrüßung mit einem schwermütigen Nicken.

»Haben uns 'ne Weile nicht gesehen«, sagte Jimmy.

»Glaub schon.« Seine Stimme klang belegt. Hatte er einen sitzen? Das schien wahrscheinlicher als alles, was Jimmy heute hatte analysieren müssen.

Damals, als Jimmy noch seine Iron-Maiden-T-Shirts getragen hatte, war Tony Cusack eine nützliche Rotznase gewesen, der beweisen wollte, dass er es, mit seinen wachsamen Augen und seiner lockeren Moral, wert war, mit den großen Jungs abzuhängen. Klein und flink, wie er war, hatte Jimmy ihn zu seinem Boten gemacht, und als er größer wurde, hatten sie zusammen gesoffen, sich zugedröhnt und über Frauen und Anarchie geredet. Mit vierundzwanzig dann hatte eine gerinnende Pechsträhne Jimmy davon überzeugt, für eine Weile nach London zu gehen, wo er weitermachen konnte wie zuvor, jedoch in den wunderbaren Mantel der Anonymität gehüllt. Und da er nichts anderes zu tun hatte, war Cusack mitgekommen.

London war gut gewesen für Jimmy. Es hatte ihn dazu gebracht, hoch hinauszuwollen, und London war auch für Tony gut gewesen, aber auf seine eigene Weise. Er hatte eine Frau kennengelernt, sie geschwängert und mit nach Hause genommen, anstatt zu bleiben, wo die Sonne schien.

Seitdem hatte sein Weg den von Jimmy nur selten gekreuzt. An Weihnachten hatten sie sich manchmal im Pub gesehen, Jimmy hatte ihm einen Drink spendiert, gleichzeitig aber dafür gesorgt, nicht zu großzügig zu wirken. Die charmante Bequemlichkeit, die Tony Cusack einst ausgemacht hatte, war zu fader Apathie geworden. Heute, in seinen Dreißigern, war er schwerfällig und mürrisch, eine reanimierte, ausgestopfte Version seines früheren Selbst. Es war kein Geheimnis, dass Cusack versoffen hatte, was London ihm Gutes getan hatte. Schon als seine Frau – hatten sie überhaupt geheiratet? – noch da gewesen war, hatte er systematisch seine Leber und das Wohlwollen jedes einzelnen Weinschenks in der Stadt zerstört.

Es gab nicht viel, was Jimmy nicht über die Weinschenks der Stadt wusste. Die Geldverleiher, Dealer und Buchmacher. Cusack hatte keinerlei Ruf, denn das hätte bedeutet, dass die Leute sich die Mühe machten, über ihn nachzudenken, und wenn sein Verhalten auch keine Investoren abschreckte, gab es doch genug Leute, die in der Lage waren, sie von ihrer Kurzsichtigkeit zu heilen.

Jimmy Phelan hatte einen Ruf, Tony Cusack nur seinen Geruch. Verloren, vergessen, verstoßen …

Absurderweise machte ihn das zu einem guten Mann, wenn es um Geheimnisse ging, denn wer würde ihm schon glauben, wenn er redete? Wer würde ihm zuhören?

»Hast du zu tun?«, fragte Jimmy, der die Antwort bereits kannte und wusste, was er ihm zahlen würde.

Cusack hatte nichts zu tun. Er war es nicht gewohnt, zu tun zu haben, und nahm diesen Umweg als kurzen Urlaub von der Langeweile, die seine Tage bestimmte. Jimmy informierte ihn über das Nötigste: eine verängstigte Frau, ein toter Einbrecher, keine helfende Hand verfügbar, um die Sache zu bereinigen. Cusack zuckte zusammen und machte dicke Backen, als überlegte er, Fersengeld zu geben, doch das störte Jimmy nicht weiter. Angst war eine Tugend, die er bei Teilzeitkräften schätzte, auch wenn es merkwürdig war, sie bei einem Mann zu fördern, den er womöglich einmal seinen Freund genannt hatte, damals, lange war's her, als Jimmy weder eine Mutter noch das Bedürfnis nach einer gehabt hatte.

Als sie in der Wohnung waren, brauchte Cusack eine Minute, in der Hocke, dem Toten den Rücken zugewandt, aber als er die Rebellion in seinem Magen niedergeschlagen hatte, fand er in einer der oberen Etagen einen schäbigen, im Zuge der Renovierung an die Seite geschobenen Teppich und half Jimmy, die Leiche zu einer übergroßen Zigarre zu verarbeiten. Die Handwerker hatten einiges an Putzutensilien zurückgelassen, und Jimmy und Tony schrubbten Fliesen und Fugen, so gut sie konnten, aber der Fremde hatte reichlich Zeit gehabt, den Boden zu tätowieren. Maureen hatte recht: Es musste ein neuer her. Mit einem Lappen ließ sich das hier nicht beheben.

»Wie gut bist du im Fliesenlegen?«, fragte Jimmy.

»In meiner Bude habe ich das Bad selbst gemacht«, sagte Tony. Er war längst wieder nüchtern. »Vom Boden bis zur Decke. Und die Küche habe ich auch gefliest, ist aber schon 'ne Weile her.«

»Erledige das hier für mich, ich bezahl dich dafür. Aber zieh keinen anderen mit rein. Was machst du morgen?«

»Nichts.«

»Ich habe geahnt, dass du das sagen würdest.«

Da sie kein anderes Auto zur Verfügung hatten, fuhr Jimmy seinen Volvo hinten ans Tor, am Ende einer kleinen verwitterten Ziegelgasse, die er bewusst mit Ranken und Unkraut hatte zuwuchern lassen. Sie legten die Rückbank um und packten den Teppich diagonal hinein: den ehedem atmenden, denkenden Kopf hinter den Beifahrersitz, die ehedem widerrechtlich das Haus betretenden Füße in die gegenüberliegende Ecke. Drum herum arrangierten sie leere Farbeimer, eine Leiter sowie die hässlichen Lappen und Bürsten, mit denen sie das Blut entfernt hatten.

Jimmy gab Tony einen Hausschlüssel und genug Geld, um Fliesen und Bleichmittel zu kaufen.

»Hast du ein Auto?«

»Ja«, sagte Tony.

»Nimm Natursteinplatten.« Und dann, weil es den Gepflogenheiten entsprach: »Was hast du eigentlich die ganze Zeit gemacht, Cusack? Arbeitest du nicht?«

»Mal hier, mal da. Was Besseres gibt's im Moment nicht, denke ich.«

»Da hast du wahrscheinlich recht, Junge. Selbst wenn das hier eine einmalige Sache ist. Ich muss genug Mäuler stopfen.«

»Ich weiß.« Tony verlagerte das Gewicht aufs andere Bein. »Ich weiß das, Junge.«

»Wo wir von Mäulern reden: Wie viel kleine Cusacks gibt es mittlerweile?«

Für den Bruchteil einer Sekunde umspielte der Geist eines Lächelns Tonys Lippen und verschwand wieder. Es war das erste Mal, dass Jimmy in dem alten Hund so etwas wie Leben aufflammen sah.

»Sechs.«

»Sechs? Willst du ihn nicht lieber zuknoten?«

Sechs waren ein echtes Druckmittel.

Die beiden standen hinter dem Wagen, ruhig genug, damit die Vögel im Grün um sie herum ihre abendlichen Rituale fortsetzen konnten. Sie flogen aus den Büschen rein und raus, warfen dahinschießende Schatten auf die Mauer über Jimmys Kopf.

»Ich hätte da bald noch einen Job«, sagte Jimmy. »Nichts Großes und sicher nicht das wert, was ich dir zahle, aber du hast mir heute geholfen. Ich bin auf der Suche nach einem Klavier. Meine Ex will eins für die Kinder. Wenn ich eins finde, könntest du mir beim Transport unter die Arme greifen.«

»Was für ein Klavier?«

»Hast du Angst um deinen Rücken? Keins von den langen, wenn du das meinst.«

»Nein, ich meine, was für eins suchst du? Ich habe eins, das ich loswerden will.«

»Du? Wie bist du denn an ein Klavier gekommen, Junge?«

Tony gluckste und schüttelte den Kopf. »Nicht, was du meinst«, sagte er. »Mir gehört eins. Ist ein paar Jahre alt, war aber neu gekauft. Ein schönes Stück, nimmt aber nur Platz weg.«

»Ist das etwas, das weichen muss, wenn ein Mann sechs Kinder hat, Cusack?«

Tony zuckte mit den Schultern. »Ich kann nicht spielen«, sagte er und klang verdrossen, was sicher nicht der richtige Ton für Geschäftsverhandlungen war, selbst an einem Tag, an dem die Vernunft Blut, Bindungen und Gezeiten gewichen war.

Bevor sie abschlossen, holte Jimmy noch den Heiligen Stein und legte ihn achtsam auf den zusammengerollten zweitgrößten Fehler seiner Mutter.

GROSSE WORTE, KLEINER MANN

»Ich sage nur«, sagt sie, »dass es merkwürdig ist. Ich meine, wie kannst du jemandem so fern sein, mit dem du eine echte Beziehung hast.«

O Mann, ich sag dir was, sie ist so verdammt schön, wenn sie die Schnauze voll hat, selbst wenn es wegen dir ist. Sie hat ganz rosa Backen, ihre Augen blitzen braun und schwarz, und sie hat sogar die Arme verschränkt und schiebt das Kinn vor. Um sie rum bewegen sich die Leute kreuz und quer über den Schulhof, wie Tänzer in einer Formation, Schneeflocken am Himmel, beschissene kleine Böller um einen Kometen herum.

Und sie immer weiter: »Meine Freundinnen finden's gemein«, »Meine Freundinnen sagen, es ist ein echt schlechtes Zeichen«, und es ist nicht so, als würde mich das nicht jucken, nein, was ihre Freundinnen denken, bedeutet mir verdammt viel mehr, als sie denkt, denn du weißt doch, wie Freundinnen sind, dieses ganze beschissene Crowdsourcing. Aber ich: »Hör mal, es sollte nicht wichtig sein, was deine Freundinnen denken, sondern, was du denkst«, und sie: »Nun, das ist genau das, was ich denke, Ryan, und ich find's grässlich, weil ich alles für dich tue, weißt du?« Mit »alles« meint sie, dass sie sich von mir vögeln lässt, und da übertreibt sie nicht, es ist wirklich alles, es ist die Welt. Aber das weiß sie nicht. Sie sagt nur »alles«, weil sie nicht will, dass hier alle hören, wie sie das Wort »Sex« sagt, weil du mit so Worten auf dem Pausenhof voller Leute mit Ohren so groß wie ganz Leitrim nicht durchkommst. Was komisch ist, weil das, was ich sagen soll, noch viel größer ist.

Ich sage: »Aber du weißt, was ich für dich fühle.«

Sie sagt: »Wie soll ich das wissen?«

Ich sage: »Zeig ich's etwa nicht?«

Und sie sagt: »Also das Einzige, was ich sehe, ist, wie viel ich dir durchgehen lasse. Und was, wenn das alles umsonst ist?«

Und ich muss lächeln, und sie sagt: »Das ist nicht komisch, Ryan!«, und es sieht aus, als könnte sie zu heulen anfangen, und die Sache ist, ich weiß genau, was ich tun sollte, und ich will es auch, glaub mir, ich will es unbedingt, nur manchmal hast du die richtigen Worte im Mund, in der richtigen Reihenfolge, aber es ist so eine große Sache und du hast eine Riesenangst, weil du nicht sicher bist, ob du ihn weit genug aufkriegst, um sie rauszulassen.

Sie sagt: »Weil es wichtig ist, Ryan«, und sieht weg und schüttelt den Kopf. »Und wenn du nicht … nun, das heißt, dass ich so blöd bin, dich schon nach ein paar Wochen zu lassen, und dass ich's nie wieder tu.«

»So ist es nicht«, sage ich.

»Wie ist es denn?«

Mir ist das komplett peinlich, und ich starre auf den Teer zwischen meinen Füßen, und sie sagt: »Mein Gott, also gut«, und dreht sich weg, und ich weiß, sie kapiert nicht, wie schwer das für mich ist, weil es was ist, das ich, seit ich klein war, nicht mehr gehört oder gesagt habe, und es zerreißt mich, und sie ist schon ein Stück von mir weg, und ich rufe: »Hey, D'Arcy«, und sie dreht sich um, blitzt mich an, und ich zucke mit den Schultern und sage: »Ich liebe dich«, und der ganze verdammte Schulhof guckt mich an und schreit: »Uuuuuh!«, und ich krieg so 'ne rote Rübe.

Aber sie lächelt, hält die Hand vor den Mund und sieht mich an, weil sie weiß, unmöglich, dass ich vor all den Leuten hier einen völligen Clown aus mir machen würde, wenn ich's nicht wirklich so meinte.

3

GEORGIE LERNTE ROBBIE KENNEN, als sie fünfzehn war und er zweiundzwanzig. Sie gab absolut nichts zu, nicht, wie alt sie war oder woher sie kam und dass sie keine verdammte Ahnung hatte, was sie da überhaupt machte. Sie war ausgerissen, und er zog herum, und zufällig trafen sie sich.

Sechs Jahre später verlor sie ihn plötzlich wieder, im April. An was für einem Tag, konnte sie nicht genau sagen, da er oft nicht da war. Wenn sie arbeitete und er mal wieder voll aufgedreht war und irgendwie versuchte runterzukommen, bevor es krachte. Deshalb geriet sie auch nicht in Panik, als sie eines Tages nach Hause kam und er war nicht da, oder biss sich die Nägel runter, als er nicht ans Handy ging. Er verlor ständig sein Telefon, manchmal absichtlich. Sie telefonierte ein bisschen bei Freunden rum, aber niemand hatte ihn gesehen. Am dritten Tag begann sie sich Sorgen zu machen.

Georgie, ein wildes Kleinstadtkind, gelegentlich mit klaustrophobischen Anfällen und ihrem eigenen Stil, hatte bereits Drogen genommen, lange bevor sie Robbie kennenlernte. Ohne dieses gemeinsame Interesse wären sie wohl nie zusammengekommen. Immer wieder trafen sie sich auf den gleichen Sofas und nahmen das gleiche Zeug, mit der gleichen Wirkung. Er hatte seegraue Augen und Haare wie ein bedeckter Sonnenuntergang. Nachschwatzend, was sie so hörten, redeten sie über alle Arten von Nichtigkeiten.

Auf einer Party erzählte er ihr, dass er ein Zimmer in einer Wohnung habe und dass sie da schlafen könne, wenn sie wolle.

»Es ist nur eine Matratze auf dem Boden«, sagte er, »aber besser als Couchsurfing oder …«, er blinzelte, »von einer Party zur nächsten zu ziehen, wenn du verstehst, was ich meine.«

Sie ging mit ihm und lag zwanzig Minuten später da, starrte die abblätternde Farbe eines Schiebefensters an und zuckte zusammen, als er in sie eindrang und sich in ihr bewegte, was sie ihm erlaubt hatte, da sie eine Spirale trug und ihm was schuldig war. So verlor Georgie ihre Unschuld: im Austausch für ein Stück Matratze.

Danach holte er noch was Koks raus.

»Du kannst bleiben, so lange du willst«, sagte er. »Ich meine … das war echt nett von dir.«

»Kein Problem«, antwortete sie.

Sein Schwanz sah kleiner aus, als er sich angefühlt hatte. Er gab ihr sein T-Shirt, und sie knüllte es sich zwischen die Beine.

Sie zog sich noch eine Line rein, und als sie den Blick wieder hob, sah sie, wie er ihre Titten anstarrte. Er glotzte, als hätte er noch nie eine nackte Frau gesehen.

»Also, das war wirklich echt nett von dir«, sagte er.

Einen Moment lang war es still, und dann: »Magst du mich?«

»Klar. Natürlich.«

Er glaubte ihr nicht. »Ich mag dich«, sagte er. »Schon immer. Du kannst bleiben, so lange du willst. Das meine ich ernst.«

Du kannst sechs Jahre bleiben, hätte er sagen können, und Georgie hätte geglaubt, dass er es ernst meinte, aber nicht, dass sie es so lange mit ihm aushalten könnte. Aber so ist es doch, oder? Du erkennst deine eigene Stärke erst, wenn du sie brauchst.

Abgesehen von ihrem Wunsch, sich zu berauschen, hatten Georgie und Robbie wenig gemeinsam, und es gab durchaus fotogenere Pärchen. Er sah hager genug aus, um sich zusammenfalten zu lassen, wenn er nicht gebraucht wurde, und es kam nicht oft vor, dass ihn jemand brauchte. Sie war klein und voller Sommersprossen, mit einem Hang, dort an Gewicht zuzulegen, wo es nicht wünschenswert war. Die Größe ihrer Brüste ließ sie in ihrem Schulpullover wie eine Tonne aussehen, und alte Männer raunten ihr gemeine Vorschläge zu, wenn sie auf der Straße an ihr vorbeikamen.

Erst erzählte sie Robbie, sie sei nach ihrem Schulabschlussball zum Feiern in die Stadt gekommen. Je länger sie auf seiner Matratze schlief, desto schwerer lastete diese Lüge jedoch auf ihr, bis sie es schließlich nicht mehr aushielt. Sie gestand es ihm, als sie sicher war, dass er kein Theater machen würde: Dass sie fünfzehn und ausgerissen war, aber niemand nach ihr suche, weil sie ihren Eltern gesagt habe, es gehe ihr gut. Tatsächlich rufe sie alle vierzehn Tage zu Hause an, und die Bullen hätten kein Interesse daran, ein Mädchen zu suchen, dem es gut gehe. Sie sei immer noch zum Feiern da, sagte sie.

Robbie nahm es genauso, wie sie es vorhergesehen hatte. Er kratzte sich hinten am Hals und machte dicke Backen. »Oha«, sagte er, und das war's. Es war längst zu spät für irgendwelche Bedenken, selbst wenn er den Mumm dafür gehabt hätte. Er hatte bereits eine Vereinbarung mit seinem Vermieter getroffen. Der Kerl durfte sie von Zeit zu Zeit ficken, als Teilzahlung für einen weiteren Monat voller Exzesse und Nichtigkeiten.

Danach war es ihr Dealer, dann alle möglichen Freier hinter dem College, während Robbie Schmiere stand und die Verhandlungen führte, vielleicht einmal die Woche, vielleicht auch öfter. Und natürlich Robbie selbst, aber das war umsonst.

Es gab Geburtstage, frisches Koks, reichlich Krisen. Er flickte sie zusammen, wenn sie es brauchte, sie zahlte mit ihrem Körper für seine Schulden, wenn er es brauchte. Sie wurde schwanger, aber es wurde nichts draus. Später, vielleicht. In der Zeit gingen sie nicht mehr auf Partys. Sie saßen zu Hause, wo er mit seiner Xbox tausend Tode starb, und sie versank in Romanen mit beharrlichen Kommissaren und Mördern, die sich hinter einer bürgerlichen Fassade verbargen.

Sie ging jetzt drinnen anschaffen, er bestand darauf. Vielleicht war es ihm zu viel, auf sie aufpassen zu müssen, aber er schwor, dass die Männer, die sie in Bordellen kauften, weniger besorgniserregend waren als die, die sich auf der Straße herumtrieben.

Da lag er falsch.

Bis dahin hatte sie ihre gemeinsame Zeit mit lebendigen Begriffen definiert, hatte *gekämpft, gefickt, geatmet* und *existiert.* Danach hatte sie hauptsächlich Angst vor dem Tod. Die Männer, die sie im Voraus buchten, sorgten dafür, dass sie sich ständig fragte, wie viel Zeit ihr wohl noch blieb. So gut wie alle waren bösartig, weit mehr als die, die in letzter Minute noch mal mussten. Vielleicht lag es daran, dass ihre neuen Freier Zeit hatten, in ihrer Verachtung zu schmoren, und wenn sie ihr bestelltes Mädchen endlich kriegten, kochten sie oft über. Wenn Georgie nicht arbeitete, suchte sie Trost bei Serienmördern und sah zu, wie Robbie hundert Mal täglich auf dem Bildschirm verblutete, bis die Ironie davon sie endlich zu quälen begann.

Eines Sonntags überredete sie Robbie dazu, ein Auto zu mieten und sie zum Haus ihrer Eltern zu fahren, wo sie, oben auf dem Hügel, wartete, bis die beiden zur Messe gegangen waren.

Zwischen braunen Wänden, hinter Fenstern, die zu nahe an herabhängenden Ästen waren, unter dem vereinten Ticktack von Wanduhren atmete Georgie den Geruch grauer Erbsen und feuchten Tons ein. Sie wusste jetzt, wie viel schlimmer es kommen konnte, und doch spürte sie es: die unzähligen Stunden und Gelegenheiten, die sie auf dem Land verloren und verpasst hatte, das Gefühl, wenn sie sich nicht aufmachte und verschwand, würde sie hier Wurzeln schlagen, durch den dünnen Teppich hindurch, durchs Fundament des Hauses bis tief hinunter ins Erdreich würden sie wachsen, in Lehm und Fels, und sie hier festhalten, bis ihr Hirn zu Wackelpudding geworden war und Borsten auf ihrem Kinn sprossen. Ihre Eltern waren auf dem Land geboren und ans Land gefesselt, und Georgie war ein

Alien. Sie war ausgerissen, weil es keine andere Möglichkeit zu geben schien, hier wegzukommen. Und es führte kein Weg zurück.

Sie klaute eines der Hemden ihres Vaters hinten aus dem Schrank und das Skapulier ihrer Mutter von der Fensterbank im Wohnzimmer. Weil ein Zuhause etwas war, das ihr verweigert blieb, nahm sie nur, was nicht vermisst werden und ihr als bittersüße Erinnerung daran dienen würde, wie übel sie es verkackt hatte.

Danach band sie das Skapulier um den Schubladengriff ihres Nachtschränkchens und blickte es bei der Arbeit an, als forderte sie es auf, sie zu erlösen. Beim Blute eines wütenden Jesus. Beschwör den Zorn seines Dads herauf.

Solcherlei Ekstasen hielten sie beschäftigt, und kaum ein Freier merkte es. Freier waren nicht dafür gemacht, solche Dinge zu bemerken, auch wenn sie durchaus scharfsichtig waren, wenn es um ihr weltliches Dasein ging. Mangelnde Begeisterung über ihre Libido führte gewöhnlich zu einer Strafe in Gestalt von zustoßenden Hüften oder Fäusten, die ihre Haare packten, wobei die Männer manchmal auch passiv-aggressiv reagierten, sich steif vor ihre Laptops setzten und sie einfach wegtippten.

Sie guckt wie ein versohlter Arsch, und ihr Arsch sieht aus wie eine Tüte Doritos …

Etwa einen Monat vor Robbies Verschwinden bezog das Bordell neue Räumlichkeiten, und als die Männer mit den Möbeln kamen, fehlten ihr Nachtschränkchen und das Skapulier. Georgie war zu beschämt über das Ausmaß ihrer Rührseligkeit, um etwas sagen zu können, erst an Robbies Schulter in ihrer Wohnung.

Sie fürchtete also nicht nur, Robbie könnte tot sein. Sein Tod war der erste logische Schluss. Er wäre nicht einfach abgehauen, weil er niemanden hatte, zu dem er hätte gehen können. Sie waren in vielerlei Hinsicht die beiden letzten Menschen auf diesem Planeten.

So suchte sie mit entschlossener Distanziertheit nach seiner Leiche. Falls sie ihn blutverschmiert oder aufgebläht irgendwo fand, war das etwas, womit sie umgehen müsste, für den Moment hatte sie nur ihre Pflicht zu tun. Sie suchte ihn. In Gassen, Durchgängen, die Straßen rauf, die Straßen runter. Nichts. Es war, als wäre er aus der Wirklichkeit entfernt worden, so wie man einen Krümel vom Hemd schnipst.

Sie meldete ihn als vermisst, und der Beamte, der die Anzeige aufnahm, lehnte sich zurück und klopfte mit dem Kugelschreiber einen Marsch auf das fleischige Stück Haut zwischen Daumen und Zeigefinger. Er starrte sie an, als hätte sie sich Robbie in einem sehnsüchtigen Fiebertraum aus den Einzelteilen ihrer Freier zusammenfantasiert. Er schickte sie mit unverblümter Abscheu und dem vagen Versprechen weg, dass er sie auf dem Laufenden halten werde.

Wäre eine Leiche aufgetaucht, hätte sich ihre Trauer nicht so formlos angefühlt. Die Tatsache, dass Robbie gerade noch da und dann weg gewesen war und sie mit nichts als ein paar alten Pullovern und Lebensmitteln, die sie nicht mochte, dastand, versetzte sie in einen Zustand zwischen Trauer und aufgeregter Ungeduld. Er war da gewesen, und dann nicht mehr, und wohin immer er verschwunden war, er hatte sechs Jahre von Georgie mit sich genommen.

Die Umstände, in denen sie sich wiederfand, plötzlich unabhängig und auf sich allein gestellt, waren in mancher Hinsicht misslich. Sie konnte für sich aufkommen, sich zu prostituieren brachte Geld, keine Riesensummen, aber doch genug, um die Miete zu bezahlen und sich zuzudröhnen, nur ... es gab ja etliches, um das sie sich nicht hatte kümmern müssen, als Robbie noch da war. Zum Beispiel hatte er darauf geachtet, dass die Heizung lief und die Koks- und Grasvorräte nicht zur

Neige gingen, was auch immer. Und jetzt waren da all diese *Was-auch-immer*, und Georgie wusste nicht, wie sie damit fertigwerden sollte.

Vielleicht habe ich Depressionen, überlegte sie träge, während sie unter der Dusche stand, eine halbe Stunde am Stück, und manchmal merkte sie erst ganz am Ende, dass sie noch ihr Höschen anhatte oder vergessen hatte, sich die Haare loszubinden. Das bisschen Frieden, das sie mit ihrer Situation geschlossen hatte, als er noch da gewesen war, um ihr zuzureden, es war verschwunden. Sie nahm an, dass die plötzliche Sechs-Jahres-Lücke sie krank machte. Sie hatte das Bordell satt, sie hatte ihren Zuhälter satt, und weder die Zusage, dass sie ein Dach über dem Kopf hatte, noch der Umstand, dass sich jemand um ihre Termine kümmerte, konnten sie aufmuntern.

Sie hätte einfach wegbleiben können, nur würde das womöglich mehr Probleme schaffen, als es gelöst hätte. Ihr Zuhälter hätte sie für seinen Einkommensverlust haftbar machen und darauf bestehen können, dass sie ihre Schulden abarbeitete, die er einfach so aus der Luft beziffern würde. Also soff sie sich heraus. Freier kamen zu Terminen, sie rülpste ihnen ihr Missfallen entgegen, das sie ihr aus dem Leib zu vögeln versuchten. Dann versuchte der Zuhälter es aus ihr herauszuprügeln. Er versuchte, sie zurück auf Linie zu bringen, was genau das war, was sie nicht wollte. Wobei man ihm zugestehen musste, dass er nicht unbedingt der Hellste war. Er führte das Bordell für jemand anderen, was als solches schon eine ziemlich schwachsinnige Karriereentscheidung gewesen war.

Ein paar Tage Rülpsen und Prügeln, und Georgie war draußen. Sie ging nach Hause, machte sich zurecht und war am nächsten Tag wieder auf der Straße. Sicher, jetzt musste sie sich wegen der Bullen Sorgen machen, doch das war sicher das geringere von zwei Übeln, besonders, wo sie ihnen vorhalten konnte, lieber nach Robbie zu suchen, anstatt ihr das Geld aus der Tasche zu ziehen, nur weil sie Männern anbot, sich in einer Gasse bei den Kaianlagen einen blasen zu lassen. O ja. Ein Mann war ein Mann. Wenn er denn da war.

Und das brachte sie in der Woche nach ihrem in Gin getränkten Rauswurf dazu, nach einer anderen Art von Mann zu suchen.

Ganz zu Anfang schon hatte Georgie das Gefühl gehabt, Tara Duane wäre ein Konstrukt, gleich am ersten Tag, wenn auch ein gutes, damals, ein von der gnädigen himmlischen Ordnung geschaffenes Stück Glück. Tara hatte sie hinter dem College aufgelesen, pockennarbig von rauem Mauerputz und schlechtem Wetter. Sie hatte ihr ein Sandwich und einen Kaffee gebracht und später, in einem der Pubs um die Oliver Plunkett Street herum, einen Wodka. In welchem genau, konnte Georgie nicht mehr sagen. Sechzehn war sie gewesen und zu verheirateten Männern ins Auto gestiegen, und doch blieb Cork ihr ein Rätsel, der Großteil davon war für Leute wie sie verboten, wie eine Soiree, für die sie keine Einladung hatte.

Tara schwor, ebenfalls im Sexgeschäft gearbeitet zu haben, und dass sie, nachdem sie sich da durchlaviert hatte, nun die Pflicht verspürte, all den Mädchen zu helfen, die sich nach wie vor prostituierten. Mit gewinnender Miene deutete sie an, besser als jeder andere die Umstände zu verstehen, die Georgie da festnagelten. Es wurde schnell klar, dass für Tara diese Sache in wirtschaftlich schwierigen Zeiten nichts war, dessen man sich schämen musste. Irland im freien Fall? Wer konnte den Mädchen auf der Straße da vorwerfen, für was sie sich entschieden hatten! Georgie hatte nicht in Erinnerung, sich für irgendetwas entschieden zu haben, und ihr war nicht wohl dabei, es von dieser ungebetenen Fürsprecherin so genau auf den Punkt gebracht zu bekommen. Wenn es denn so war.

Die Regel war, dass einen die anderen Frauen unterstützten, soweit sie es sich erlauben konnten. Dabei waren die Alten, die durch Alkohol und Heroin schon derart hinüber waren, dass sie nur noch nach Instinkt handelten, zu meiden. Ihre Fäuste flogen schneller, als man auf den ersten Blick denken sollte. Aber im Allgemeinen hatte Georgie das Gefühl, von ihren Kolleginnen kaum etwas befürchten zu müssen und dass es Gelegenheiten gab, wo es das Klügste war, ihnen zu vertrauen. Und wenn mehr als eine von ihnen sagte, dass sie gut daran täte, die wirren Zuneigungsbekundungen Tara Duanes zu ignorieren, hörte sie darauf.

Und je länger Georgie zuhörte, desto mehr Risse zeigten sich in Taras Alabastervisage. Tara wusste immer, wo die Zuhälter und Dealer gerade waren, in welchem Bordell Personal gesucht wurde und wer die Kameras bediente. Einige der Mädchen meinten, sie sei die hinterhältigste Puffmutter der Stadt und kassiere Geld von allen möglichen Leuten, während sie durch die Straßen zog. Georgie war nicht sicher, ob Tara das Zeug dafür hatte. Stattdessen fragte sie sich, ob sie nicht einfach eine Kriecherin war, deren Fürsorge so falsch war wie ihr Lächeln.

Der Aktivismus, mit dem Tara Duane ihre Zeit auszufüllen vorgab, beschränkte sich weitgehend auf das Verteilen von Sandwiches an die Notleidenden. Georgie sah sie am anderen Ende des Kais, wo sie ein paar alten Junkies Plastikbecher füllte, aus einer Thermosflasche hinten aus ihrem Kofferraum.

Es war kurz nach zehn, und zwischen den Laternen und dem Fluss krochen klamme Schatten an Georgies Beinen hoch und überzogen ihre Brust mit Frühlingskälte. Jeder Atemzug war ein Keuchen.

Tara sah sie schon aus fünfzig Metern Entfernung und lächelte, als sie sicher war, dass Georgie in den vollen Genuss ihrer Wohltaten kommen würde, wie ein gesprungener Spiegel.

»Georgie! Hey, Mädchen, wie geht es dir? Ich habe dich so lange nicht gesehen. Was hast du getrieben, Schätzchen?«

Georgie sagte: »Ich brauche einen Dealer.«

Tara schob die Lippen vor, ging ein paar Gesichtsausdrücke

durch und entschied sich schließlich für den wachsender Besorgnis, doch das Zucken in ihren Augenwinkeln und das Beben ihrer Lippen verrieten, dass sich in ihrem Kopf ganz andere Verbindungen auftaten. Sie zog ihren Pferdeschwanz fester. »Nun, du weißt, dass ich so was nicht gutheiße. Ich meine, du hast weiß Gott genug auf dem Teller.«

»Mein Teller ist komplett leer«, sagte Georgie. »Das ist ja das Problem, Tara.«

Hmm. »Weiß denn Robbie niemanden?«

»Robbie ist noch nicht wieder zu Hause.« Ihre Worte fuhren ihr unerwartet in den Magen, ein Stich wie von einem Messer, vielleicht auch ein Warnsignal dafür, dass bald schon ein Leben auf dem Boden einer öffentlichen Bedürfnisanstalt enden könnte.

Tara verzog das Gesicht.

»Noch nicht?«, seufzte sie. »Oh, der arme Robbie, Ich hoffe, mit ihm ist alles okay, Mädchen. Wirklich. Ich meine, falls er dich verlassen haben sollte. Das anzuerkennen ist der erste Schritt zur Heilung, Liebes.«

Georgie zog sich die Jacke über den Bauch. »Ja«, sagte sie. »Aber im Moment …«

»Ein Dealer«, sagte Tara nachdenklich. »Natürlich kann ich dir das nicht ermöglichen.«

»Ja, genau. Du bist ja sonst an nichts beteiligt, oder, Tara?«

Tara wirkte plötzlich streng. »Nun, es besteht ein Unterschied zwischen einem Joint und harten Drogen, Georgie.«

»Wer sagt denn, dass ich was Hartes will?«

»Ich möchte dir nichts unterstellen. Aber deine Geschichte, Georgie, du weißt es selbst. Was ist mit …« Sie senkte die Stimme, obwohl sich die alten Junkies längst davongemacht hatten. Es war keiner mehr da, der sie hätte hören können. »In der Arbeit? Haben die nichts?«

»Ich arbeite da nicht mehr, Tara. Ich dachte, du hättest davon gehört.«

Natürlich hatte sie das. Tara Duane hörte alles. Sie kannte die Stadt wie ein viele Hunderte von Jahren alter Geist, auch wenn sie nicht älter als fünfunddreißig sein konnte. Sie umwaberte andere Leben, stocherte darin herum und hörte zu, vor allem hörte sie zu. Vielleicht war das der Preis für einen Kaffee, ein Gerücht, und eine halb bestätigte Story für ein Sandwich. Vielleicht half sie in den Bordellen der Stadt aus, nicht im Schlafzimmer, sondern indem sie ans Telefon ging, die Türen verschlossen hielt, die Handtücher wusch, durch Schlüssellöcher spähte …

Vielleicht hatte sie Lover in der kriminellen Bruderschaft, wobei Georgie sich fragte, wer sie nehmen würde. Sie sah aus wie ein Geist, mit langem, blassem Haar und Augen wie offene Gräber. Und ihre forcierte Aufrichtigkeit. Merkte man das nicht gleich? Tara Duanes Zunge, die den angeschwollenen Schwanz eines Gangsters umspielte, wie sie seinen Zorn und den Schatten aufsaugte, den er über die Stadt warf – sein mächtiger Bauch, der ihr auf die Stirn schlug, sich hob und senkte, während er all die Geheimnisse in ihre Ohren sülzte. Vielleicht reichte er sie wie ein Virus herum, und so heimste sie Einzelheiten wie auch allgemeine Mutmaßungen ein.

»Bist du umgezogen?« Tara runzelte die Stirn, und lächelte plötzlich so breit, als hätte sie zwei Gesichter. »Magst du einen Kaffee?«

»Nein, ist schon gut. Und ja, ich bin umgezogen. Zurück auf die Straße.«

»Das ist sehr gefährlich«, sagte Tara und schenkte ihr trotzdem einen ein. »Du weißt, drinnen ist es besser. Sauber, keine Gardaí, überprüfte Freier …«

Georgie nahm den Kaffee. »Es ist nicht immer so, wie es sein sollte«, sagte sie vorsichtig.

»Hast du getrunken?«, fragte Tara. Ihr Gesicht war ernst geworden.

»Woher weißt du das?«

»Ich wusste es nicht. Erst jetzt.«

»Ach nein«, sagte Georgie. »Einfach mal geraten.«

»Kann sein, dass ich was gehört habe«, gab Tara zu.

»Hast du auch gehört, wo ich einen Dealer finde, der nicht bis zu den Eiern in dem Sumpf steckt, aus dem ich gerade rausgeflogen bin?«

»Also gut«, sagte Tara. »Vielleicht weiß ich einen, der passen könnte. Einen jungen Kerl. Wir kennen uns gut, er kümmert sich um dich, wenn ich ihn darum bitte.«

Sie schickte ein affektiertes Lächeln mit, eine Einladung zum Mitgefühl, ebenso unbedacht wie hemmungslos. Tara war zufrieden mit sich selbst. Sie mochte ja Lover in der kriminellen Bruderschaft haben, aber den Gerüchten nach bevorzugte sie jüngere Männer, wobei deren Alter Zeugen zufolge mit jeder Nummer abnahm. Ganz sicher machte sie keinen Unterschied zwischen den Geschlechtern, wenn sie die Vorzüge der Sexarbeit anpries. Georgie war seit sechs Jahren im Geschäft und hatte viel über die merkwürdigen Vorlieben gelernt, die Männer entwickelten. Sie hatte ihre Theorien: Dass Sex überall und das, worin einst der besondere Reiz bestanden hatte, mittlerweile so alltäglich war, dass Männer einen persönlichen Verstärker brauchten. Dass sie das durch Bezahlung erlangte Anrecht auf ihre Dienstleistung mit wilder, unkontrollierter Lust erfüllte. Oder dass sie alle von Priestern gevögelt worden waren. Was immer der Grund war, sie hatte schon vieles erlebt, was auch die abgefahrenste Freundin nicht mitmachen würde, trotzdem wollte sie einfach nicht kapieren, warum ein junger Kerl an Tara ranwollen würde, so überwältigend seine MILF-Fantasien auch sein mochten. Diese Frau trug ihren Hunger auf Sex wie eine zweite Haut.

»Du kennst die jungen Kerle«, fuhr Tara fort. »Die können so geil sein.«

»Tja«, sagte Georgie. »Nimm, was du kriegen kannst.«

»Was soll das denn heißen?«

Tara zog die Brauen zusammen, Georgie schüttelte den Kopf.

»Nein, so meine ich das nicht«, sagte Georgie. »Nicht, dass du nehmen sollst, was man dir vorsetzt, sondern die Gelegenheiten, die soll man ergreifen.«

Tara entspannte sich. Sie nahm Georgies Handy und gab eine Nummer ein.

»Sei lieb zu ihm«, sagte sie. Und obwohl diese Bemerkung ihr ein Grinsen abnötigte, zuckte Georgie innerlich zusammen. Sie spürte ein Unbehagen im Bauch, das zu den heißen Stellen hinter ihren Ohren aufstieg und bis in die äußersten Spitzen der Haare auf ihren Armen drang.

Vor Dealern haben die Leute Angst, weißt du. Prostituierte sind unerwünscht, die will man in ihren kniehohen Stiefeln nicht durch die Straßen trotten sehen. Aber Dealer? O nein. Übelsten Terror verbreiten sie. Dealer haben Waffen und starten blutige Rachefeldzüge. Die könnten auf deine Kinder losgehen und dir die Haustür eintreten.

Georgie konnte nicht abstreiten, dass da was dran war, aber sie hatte keine Angst vor ihnen, nicht grundsätzlich. Einige von ihnen waren nur darauf aus, sich auf andere Bereiche des Kapitalismus zu verlegen, und taxierten die anschaffenden Mädchen von Kopf bis Fuß, als wären sie Pferde auf einem Rossmarkt. Es war so offensichtlich, und als cleveres Mädchen blieb man auf Distanz. Die meisten von ihnen waren jedoch einfach nur erbärmlich. Viele dealten nur, um sich selbst zu versorgen, zweigten jedes Mal ein bisschen was für die eigene Nase oder Vene ab und erkauften sich so ihren Weg in die Sklaverei.

Die Schlauen fielen irgendwo zwischen diese beiden Kategorien. Ihr Expansionsdrang beschränkte sich auf das Reich von Pillen und Pulver, und ihre Nasen blieben intakt. Als Georgie drinnen gearbeitet hatte, bestand kein Nachschubmangel an betäubenden Substanzen, die so gut wie notwendig sind, wenn du dich für Geld vögeln lässt. Draußen war das Robbies Job gewesen, und der hatte sich in den letzten Monaten in dasselbe Netz eingehakt. Dass sie nicht mehr im Puff anschaffen ging, hieß nicht, dass sie keine ihrer alten Quellen anzapfen durfte, nur gab es unter denen Leute, die sie im Leben nicht wiedersehen wollte.

Ein Dealer von Tara Duane war alles andere als ideal. Georgie ging zur nächsten Ecke und fragte ein paar der Mädchen nach Kontakten, doch der Markt, den sie frequentierten, war praktisch in einer Hand, und jeder Weg führte Georgie auf bekannten Grund.

Am Ende kam sie nicht weiter, und so vertrieb sie Taras Grinsen und rief an.

»Ja?«

»Hey, eine Freundin von dir hat mir die Nummer gegeben. Ich brauche was. Kannst du mir helfen?«

»Welche Freundin?«

»Sie heißt Tara.«

»Und wie weiter?«

Offenbar störten den Burschen die großen Ohren des Gesetzes nicht. Georgie zögerte. »Tara Duane.«

»Oha«, sagte er. Es entstand eine Pause, und dann: »Ich weiß nicht. Wo bist du?«

»In der Stadt.«

»Weil ich's nicht bin.«

»Ich kann zu dir kommen, wenn's sein muss, aber das Muss ist im Moment ein ›Dazu-muss-ich-mehr-wissen‹«, sagte sie.

»Sagst du grad 'n Gedicht auf, oder was«, fragte er. »Du hast Glück, dass ich breit bin. Also gut. Was brauchst du?«

In der Zeit zwischen Bestellung und Lieferung konnte sie ein paar Freier unterbringen, einer ängstlich und nicht in Form, weshalb er schwitzte wie ein Schwein, der andere war auf einen Blowjob aus, der ihn aber nicht von seinem Überdruss befreien konnte. Damit hatte sie genug Geld, um den Dealer zu bezahlen, wenn auch noch nicht genug, um Feierabend zu machen. Immer angenommen, dass er eine ehrliche Haut war und nicht versuchte, sie mit gemahlenem Aspirin in Alufolie über den Tisch zu ziehen – wer wusste schon, was das für ein Kerl war, den sie sich da auf Taras Empfehlung antat? Aber Hauptsache, sie bekam irgendwas, bevor sie wieder ranmusste. Vielleicht konnte sie ja in Gedanken das Skapulier heraufbeschwören und hoffen, dass sie ihren Kunden nicht mit Blut übergoss.

Das sind Stigmata, Baby. Ich hab gerade meinem Herrn einen geblasen.

Sie sah ihn zuerst nicht. Sie kam zurück zum Kai, und er saß auf einem Poller, ein Stück hinter einem geparkten Auto. Er jagte ihr einen Schrecken ein, was sie auf den Tod nicht leiden konnte.

»Bist du Georgie?«

»Herrgott.«

»Nee«, sagte er, »ganz falsch. Ryan.«

Er hatte die Beine großspurig ausgestreckt, aber die Schultern hochgezogen, und seine Hände steckten tief in den Taschen. Ihm war kalt. Kein Wunder, er trug eine Schuluniform, keine Jacke, nur einen kastanienbraunen Pullover mit V-Ausschnitt über einem grauen Hemd, das er nicht mal ganz zugeknöpft hatte.

4

TONY CUSACKS ERSTER GEDANKE WAR, Robbie O'Donovans Familie ausfindig zu machen, um ihnen zu sagen, dass der arme Teufel tot war. Dann ging ihm auf, wenn er sich auch nur annähernd anständig verhielt, würde ihn das in Teufels Küche bringen. Mit den Gardaí. Dem klagenden Jammern von Schwestern und Müttern. Und vor allem mit Jimmy Phelan. Wie Godzilla würde der über ihn kommen, mit einem Gesicht wie ein stillgelegter Steinbruch.

Tony hatte zu dessen Lebzeiten nicht viel für Robbie übriggehabt, aber es war auch selten, dass er mit Leuten zusammenkam, die Achtung verlangten oder verdienten. Robbie hatte dieselbe Stammkneipe wie er, schon tagsüber getrunken und immer seine Wettscheine, den *Star* und sein Handy dabeigehabt. Er saß an der Theke, sah zum Fernseher hoch, auf seine Wettscheine, in die Zeitung, auf sein Handy. War nicht gerade gesprächig gewesen, auch wenn er betrunken war, aber das hatte Tony nie was ausgemacht. Er wusste dieses und jenes über ihn, ohne dass er ihn tatsächlich gekannt hätte, obwohl sie doch Stunden nebeneinander an der Theke gesessen und sich durchs Nachmittagsgeschäft getrunken hatten.

Diese Kreatur auf dem Boden von Jimmy Phelans Wohnung zu finden, drohte Tony das Innerste nach außen zu kehren. Allein schon der Anblick, der wie ein Ei aufgeschlagene Schädel, reichte, um jemandem den Magen komplett auf links zu drehen. Aber Tony kannte den Kerl ja auch, und damit hatte er nun wirklich nicht gerechnet. Er musste sich irrsinnig zusammennehmen, um vor J. P. nicht damit herauszuplatzen, dass er wusste, wer da lag, und sich dann gleich neben ihn zu übergeben.

Das war ziemlich mühsam, und Tony war kein guter Schauspieler.

Aber mehr noch. Es gab eine widerwärtige Art von Kameradschaft zwischen Tony Cusack und den Gesichtern, Robbie O'Donovan eingeschlossen, die täglich um ihn herumwaberten, verschwommen, wie eine Art Heiligenschein. Robbie hatte einen Schlag auf den Kopf bekommen, und der war nicht anders als er selbst. Und was machte es, wenn man ein so mieses Ende fand? Dem Universum war es egal, ob man ein schlaksiger Rotschopf oder ein schmutzhaariger Klotz war, wenn es gerade mal wieder Lust hatte, irgendeinen Nichtsnutz auszulöschen. Scheiße, Mann. Es hätte auch ihn erwischen können, jeden von ihnen.

Und wenn er da gelegen hätte, würde er dann nicht wollen, dass seine Mutter davon wüsste?

Er war vom Saubermachen mit einer Rolle von J. P.s Geld nach Hause gekommen und hatte Kopfschmerzen, die irgendwo unter seinen Schultern ihren Ausgangspunkt hatten und eine Kapuze aus wogenden Farben über seine Augen zogen. Mit einer Flasche Jameson und einem leeren Glas setzte er sich an den Küchentisch. Er wollte den Drink, aber es kostete ihn Zeit und Mühe, den Whiskey aus der Flasche ins Glas zu bekommen und dann aus dem Glas an seinen Zähnen vorbei. Ein paar Stunden in Gesellschaft einer Leiche machten das mit einem Mann, der noch am Leben war. Wobei Letzteres kaum mehr zu gewährleisten war, nachdem er J. P. vorgemacht hatte, dass er nicht wusste, wer der Tote war.

Vielleicht hätte er es ihm sagen sollen. Vielleicht wäre es gegangen. *Hey, Jimmy, ich kenne den Burschen.*

Aber vielleicht hätte J. P. dies als Einladung aufgefasst, Tony den Kopf von den Schultern zu reißen. Schließlich läuft man nicht einfach so herum und sagt irgendwelchen knallharten Typen, dass man weiß, wem sie gerade das Licht ausgeblasen haben. Die ziehen dir nämlich ganz schnell das Fell über die Ohren.

Dabei war es, wenn er es recht bedachte, keine große Sache. Er kannte den Mann und hatte versäumt, es zu sagen. Das war alles. Ein winziges Detail, das dich für den Rest deines Lebens in Angst und Schrecken versetzt. Vergiss, deine Zunge zu bewegen, und plötzlich sitzt du an deinem Küchentisch, trinkst und machst dir dabei in die Hose.

Tagelang fühlte er sich hin- und hergerissen: zu den O'Donovans gehen und ihnen die Todesnachricht überbringen oder sich Jimmys Schatten beugen und darauf warten, dass seine Schuldgefühle vergingen. Seine Bedrängnis ließ ihn strenger mit den Kindern werden. Alles, was sie taten, machte ihn verrückt. Er versteckte sich in der Küche, wenn sie fernsahen, in seinem Schlafzimmer, wenn sie aßen, im Pub, wenn er es sich leisten konnte. Er überlegte, wie er sich den Eltern anvertrauen konnte, und immer endete es fürchterlich – mit den O'Donovans, die ihn mit Fragen bestürmten, und ihm, der nicht wusste, was er sagen sollte.

Missus O'Donovan? Es tut mir leid, wenn ich so einfach hier auftauche … die arme Alte … *aber ihr Sohn ist mausetot.*

Und woher willst du das wissen, du runtergekommener alter Sack?

Und nachdem die Gardaí ihn verhört hatten, kam J. P. mit quietschenden Reifen vorgefahren und blies ihn aus diesem Leben ins nächste, als hätte Tony Cusacks Existenz die Widerstandsfähigkeit eines dünnen, straff gespannten Plastikfilms über einem alten Türrahmen.

Tony und Marias Heirat war eine Art Postskriptum gewesen, sie waren ja schon aneinander gebunden, durch die Kinder und die Missbilligung seiner Eltern, oder? Nachdem sie die Schlüssel für ihr Haus in der Tasche hatten, sprach Maria irgendwann davon als etwas, das sie tun sollten. Das Bad kacheln. Sich einen Hund zulegen. Und heiraten, fairerweise.

Er brachte sie nach Hause, nach Neapel, damit sie sich das Jawort geben konnten. Der Empfang fand auf der Terrasse eines Restaurants statt, das ihre Eltern ausgesucht, geschmückt und, wichtiger noch, bezahlt hatten. Er hatte keine Ahnung, wovon sie alle redeten, doch sie schienen in bester Stimmung. Weil sie der guten Laune der Italiener etwas entgegensetzen wollten, hatten seine Eltern den ganzen Tag die Nase gerümpft, als ob ihre neuen Verwandten, einer guten ausländischen Tradition folgend, einer nach dem anderen fröhlich auf die Hochzeitstorte geschissen hätten.

Es nervte ihn, dass so wenig Iren gekommen waren und die auch noch so miese Laune hatten. Die Sprachbarriere half dabei nicht unbedingt. Auch Maria nicht, die wie Prinzessin Mammy durch die Gesellschaft schwebte, ein Kind unter jedem Arm und das Dekolleté voll mit zuckrigen Fingerabdrücken und weißer Schokolade. Sie ließ die Italiener die Kleinen monopolisieren und kehrte dem alten Feind, ihrer neuen Schwiegermutter, den gebräunten Rücken zu. Tonys Mutter nippte an ihrem Gin Tonic, blickte missmutig in die Runde und machte ein Riesengewese um ihn, direkt da am Rand der Tanzfläche.

Maria setzte den Kleinen ab, um sich den Ausschnitt zu richten, und Tony nahm ihn auf den Arm, ging mit ihm zur Theke und bestellte einen Nastro Azzurro und eine Cola.

»Gefällt's dir, Rocky?«

Sein Sohn sah ihn aus benebelten, disneybraunen Augen an, die sich die Italiener zuzuschreiben versuchten, und Tony drückte ihm die Lippen auf die Locken seiner kleinen Stirn und sagte: »Mir nämlich nicht, verdammte Scheiße.«

Er wusste nicht, was er tun sollte, bis jemand anders die Entscheidung für ihn traf.

Es war an einem Donnerstagmittag, irgendeinem Donnerstag nach der Tat. Er war seit sieben auf den Beinen, und nicht nur aus gesundheitsförderlichen Gründen. Der hässliche Gefallen, den er Phelan getan hatte, bescherte ihm Phasen von Schlaflosigkeit und die unwillkommene Tendenz, früh aufzustehen. An diesem Morgen waren schon Schulhefte zu suchen gewesen, Schuhe mussten zugebunden, Toastscheiben gebuttert und Teenager aus dem Bett geworfen werden. Als sich die Brut in die Schule verabschiedet hatte, räumte er das Nötigste auf, lud die Waschmaschine zweimal voll und machte sich auf den Weg zum Supermarkt, um Milch, Brot und Whiskey zu kaufen. Auf dem Nachhauseweg klingelte das Telefon.

Dadurch, dass Cork auf einen Hang gebaut war, wurde der Blick besser, je weiter man sich vom Zentrum entfernte. Tony stellte die Tasche mit seinen Einkäufen ab und fischte das Telefon aus seinen Jeans. Unter ihm breitete sich die Stadt aus, in einem sanften Auf und Ab, wie ein in die Senke gelegtes Federbett.

Der leichte Wind und die Höhe ließen die Stadt leerer erscheinen, als sie es sich wünschen durfte. Weniger als ein, zwei Kilometer weiter raus wichen die bebauten Grundstücke grünen, von Hecken gesäumten Feldern. Es war ruhig, als wären die Leute verschlafen den Hang hinuntergeströmt, um sich in den am Fluss gelegenen Straßen zu versammeln. Oder sie waren in ihren Häusern, tranken Tee und starben leise und still. Tony lehnte sich an einen Mülleimer, auf dem drei Mal der gleiche Aufkleber pappte: ein in aggressiven, großen Lettern gehaltener Aufruf, die Autorität der irischen Gerichtsbarkeit und der Banken abzulehnen, denen sie heimlich diene. Nicht zum ersten Mal war er glücklich, nie ein Haus gekauft zu haben. Das Land ging zugrunde, und die Verzweifelten drehten durch.

Als er das Telefon in seiner Hand drehte, sah er J. P.s nach ihrer Zusammenarbeit frisch in seine Adressliste aufgenommene Nummer kristallklar auf dem kleinen Display.

Angst fuhr Tony Cusack die Kehle herunter und aus dem Arsch.

Er drückte den Knopf.

»Hast du Zeit, Cusack?«

»Ja«, sagte Tony. »Ja, Junge. Hab ich.«

Es entstand eine Pause, in der J. P. die dreifache Gewähr überdachte, und Tony biss sich auf die Zunge.

»Weißt du noch, die Fliesen, die du für mich verlegt hast?«

»Ja.«

»Das musst du noch mal neu machen.«

Am Ende des Kais, wo der Fluss eine Biegung machte, der Verkehr ruhiger wurde, Putz und Farbe von ehedem prächtigen georgianischen Fassaden blätterten, die mit hässlichen schwarzen und blauen Tags beschmiert waren, stand das Haus, in dem Tony die eigene getane harte Arbeit noch einmal ausführen sollte.

Er klopfte, und eine Frau in etwa so alt wie seine Mutter öffnete die Tür. Sie war angezogen wie eine eingefrorene Vogelscheuche, mit einem Gesicht, das das Grand National aufhalten würde.

»Sind Sie Tony?«, fragte sie.

»Ja. Man hat mir gesagt, es gibt ein Problem mit dem Boden?«

»Und was für eins«, meinte sie. »Das müssten Sie doch am besten wissen.«

Sie stakste durch die Diele, und Tony folgte ihr so vorsichtig, als ginge er über ein Minenfeld, was ja verdammt noch mal auch sein konnte, wenn sie in der Lage war, ihn derart herunterzuputzen.

Er betrachtete ihren schmalen Rücken und suchte nach Anzeichen von verborgener Kraft. Scheiße, woher kam diese Brutalität? Wie konnte ein Persönchen, das kaum mehr als eine Sumpffee war, einem Menschen den Schädel einschlagen? Und wie konnte ein siebenunddreißig Jahre alter, kräftiger Mann,

Vater von sechs Kindern, der den Mumm hatte, eine Leiche in einen Teppich zu rollen, vor so jemandem Angst haben?

Er folgte ihr in die Küche, und sie deutete mit schwächlicher Hand und einem kindlichen Lispeln auf die Fliesen.

Sie hatte ein Mosaik daraus gemacht. Die Fliesen, die er in so ordentlichen Reihen verlegt hatte, wie er es bei sich zu Hause nie getan hätte, lagen zerschlagen und aus dem Boden gerissen da, vielleicht mit einem Hammer zertrümmert, vielleicht mit der gleichen Wucht, die auch Robbie O'Donovans Schädel gespalten hatte.

»Heilige Scheiße«, sagte er.

Sie schniefte.

Er wollte nicht fragen. Vielleicht aus Angst vor der Antwort, aber da war auch noch etwas anderes, so elementar wie die Suppe, die ihm in die Kehle stieg. Er wollte sich die Anwesenheit dieses Strickjacken-Ghuls nicht eingestehen und spürte, wie sich alles an ihm verkrampfte, erst der Hals, dann der hintere Oberarm, dann seine Hüfte. Wie in einem Horrorfilm das Opfer, das einen Schatten neben sich bemerkt.

»Was haben Sie getan?« Das Ende seiner Frage blieb ihm wie ein Kloß in der Kehle stecken. Er schluckte, aber das Ding wuchs nur noch weiter an.

»Hä?«, machte sie.

Er hustete.

»Was haben Sie getan?«

»Ich habe ihm gesagt, dass ich nicht hierbleiben würde. Er wollte mir daraufhin einen neuen Boden spendieren, und damit soll das Haus nicht mehr dasselbe sein?«

Er wusste nicht, was er darauf antworten sollte, und ließ den Satz in der Luft hängen. Er zählte tiefe Atemzüge und fragte dann: »Haben Sie große Müllsäcke? Oder …«

Sie kam mit einer Rolle Abfallbeutel.

»Das reicht nicht«, sagte er. »Ich sehe mal oben nach.«

Er ließ sie stehen, während sie noch protestierte, hastete in die nächste Etage und lief von Zimmer zu Zimmer – leer, die Wände abgezogen, rohe Bodendielen, die unter jedem Tritt knarzten. Hier war er allein. Unten war alles falsch. Der Nachhall der Tat und ihrer Vertuschung. Die kleine Frau mit den gewalttätigen Zügen.

Bis zurück an Corks frische Luft draußen vor der Tür schien es ein langer Weg. Tony hielt inne, um durchzuatmen, und wischte sich die Hände auf den Schenkeln ab.

In einem der Zimmer stapelte sich der Kram der Handwerker. Auf einem alten Nachttisch entdeckte Tony ein Kehrblech mit Handfeger und eine Rolle schwarzer Müllsäcke.

Er trat ans Fenster und sah auf die Straße hinunter. J. P. hatte ihm vor einer Stunde den Auftrag gegeben. Er war sicher auf dem Weg hierher.

Der Lee lag still da und schimmerte grün.

Tony kehrte dem Fluss den Rücken zu und betrachtete das aufgetürmte Mobiliar.

Etwas war an den Griff des alten Nachttischchens geknotet, von dem er die Müllsäcke genommen hatte. Er fuhr mit den Fingern darüber. Aus Stoff. Wie ein Schuhriemen, nur dass in regelmäßigen Abständen kleine Rechtecke hineingebunden waren.

Er knotete ihn los, da es sonst nichts zu tun gab.

Tony richtete sich mit Maria häuslich ein, als sie die vier Wände dafür bekamen. Er breitete sich aus und wurde älter, umgeben vom Gerümpel eines in großen Zügen gelebten und krachend versenkten Lebens. Eines Abends, nach einem Streit zu viel, kehrte sie alldem den Rücken, fluchte so laut, dass alle in der Häuserreihe es mitbekamen, und ließ ihn mit einer schmerzenden, schnell rot anlaufenden linken Wange auf dem Treppenabsatz zurück.

Ihr Beharren auf einem eigenständigen Privatleben und seine Verachtung für tagfüllende Arbeit, die sich beide Mütter für ihn wünschten, waren ziemlich dumme Anlässe für einen Streit, aber Tony und Maria konnten wegen allem aneinandergeraten, wenn sie nur betrunken genug waren. Sie hatte eine Flasche Rotwein intus und kochte vor Wut, und er konnte nur darauf warten, dass die Gardaí klingelten, mit ihren Mützen in Händen. Er wollte die Hoffnung nicht aufgeben. Dass sie unbeholfen in die Einfahrt bog, dabei vielleicht auch noch das Tor mitnahm und dann eine Arie schmetternd die Treppe heraufstieg. Oder dass sie ihn aus einem Graben anrief, verletzt, aber am Leben. Doch das tat sie nicht. Sie fuhr direkt ins Grab, mit dem Schatten seiner Hände auf dem Lenkrad.

Die Gardaí setzten sich zu ihm an den Küchentisch. Sein ältester Sohn, damals war er elf und die weichen Locken fielen ihm längst nicht mehr in die Stirn, erschien mit großen, fragenden Augen in der Tür, und Tony fuhr ihn an: »Raus hier!« Und als sich der Junge nicht bewegte, rief er noch mal: »Raus hier!« Da war er bereits auf den Beinen und Himmel noch mal, aber er bedauerte es hinterher. Man kann sich nicht vorwerfen, wie man in so einer Situation reagiert. Das wusste er. Aber hätte er das Rad noch mal zurückdrehen können, hätte er die Arme ausgebreitet, den Jungen an sich gedrückt und so vielleicht dafür gesorgt, dass die ganze Sache nicht so in die Grütze gegangen wäre.

»Was ist das?«

Tony machte einen Schritt zurück, geriet ins Stolpern und riss dabei ein Stück des braunen Stoffs ab. Die Frau trat auf ihn zu. Sie streckte die Hand aus.

»Was?«

»Das, was Sie da abgerissen haben. Lassen Sie mal sehen.«

»Das ist nichts«, sagte er und hielt es über ihre geöffnete Hand. »Nur so 'n Band. Was genau, weiß ich nicht.«

»Das ist ein Skapulier«, sagte sie. »Was Kirchliches. Sehen Sie? Die da, die Sie da anschaut, das ist die heilige Jungfrau Maria …«

»Warum schaut die mich an?«, fragte er und steckte die Hände in die Taschen. Die Alte richtete den Blick auf ihn und sagte: »Es war ein Unfall, wissen Sie?«

»Was?«

»Was unten passiert ist.«

»Oh.« Sie konnte keine Gedanken lesen.

»Ich sehe doch, dass Sie mich anstarren, als könnte ich auch Ihnen den Kopf einschlagen, aber ich sage Ihnen, so hatte ich den Morgen eigentlich nicht verbringen wollen.«

»Natürlich nicht«, murmelte er.

»Ich heiße Maureen«, sagte sie.

»Oh, ja. Tony.«

»Und wie weiter?«

»Cusack.«

»Und welche Cusacks?«

So viele Cusacks gab es nicht in Cork. »Oben aus Mayfield.«

»John«, sagte sie, »und Noreen. Sie sind der einzige Junge. Oh, jetzt weiß ich, wer Sie sind.«

Etwas geografisch zu verorten konnte man bei einer so alten Frau wahrscheinlich erwarten.

»Es war nicht meine Absicht gewesen«, sagte sie. »Ich lebe allein, wissen Sie. Was würden Sie machen, wenn Sie halb so groß wie der Kühlschrank wären und dann steht da einer vor Ihnen, der so breit wie hoch ist.«

»Ein Strich in der Landschaft war er, oder?«, sagte Tony schwach.

Sie stopfte das Skapulier in ihre Tasche.

»Ist das Ihres?«, fragte Tony.

»Ist es nicht.«

»Komisch, hier so was zu finden«, sagte er. »Wie haben Sie es noch genannt? Eine Skapulla?«

»Ein Skapulier. Warum ist es komisch, hier so etwas zu finden?«

Ihm kam der Gedanke, dass er wahrscheinlich nicht mit der ehemaligen Puffmutter redete.

»Nur so.«

Sie runzelte die Stirn.

»Nein«, sagte sie. »Warum ist es komisch, hier so etwas zu finden, Tony Cusack? Weil es was Heiliges ist und mit diesem Haus etwas nicht stimmt? Weil hier ein Mann gestorben ist und religiöse Dinge nicht länger hierhergehören? Meinen Sie das?«

»Nein. Ganz und gar nicht«, sagte er, und es klang wie: *Nein, ganz und ga-gar nicht.* »Nur … wissen Sie, Handwerker sind nicht unbedingt dafür bekannt, Betpausen einzulegen.«

»Das haben Sie eben nicht gemeint«, sagte sie. »Sie denken, ich habe das Haus hier befleckt.«

»Nein, das denke ich nicht.«

»Doch, das tun Sie.«

»Tue ich nicht.«

»Sie denken, ich habe Blut an den Händen.«

Er nahm das Kehrblech und den Handfeger und wollte zur Tür, doch sie packte seinen linken Arm und klammerte sich an ihn. Plötzlich wog sie mehr als ein Sack Kohlen. In seinem Kopf summte es vor Durst.

Sie hatte Blut an den Händen. Und er auch. In dem kurzen Moment, in dem er den Atem an- und sie seinen Arm festhielt, überlegte er, ob er ihr das so sagen sollte.

»Was mit Ihren Händen ist, geht mich nichts an«, meinte er stattdessen. »Das hier war mal ein Hurenhaus. Das meinte ich. Komisch, hier die heilige Maria hängen zu sehen, verstehen Sie?«

»Das hier war mal ein Bordell?«

»Ist noch nicht lange her«, gab er zu.

Sie hielt inne.

»Was für eine Scheiße«, sagte sie und schaute abwesend zu Boden, sodass Tony wusste, dass er nicht gemeint war.

»Ich hätte das nicht sagen sollen«, probierte er es.

»Wahrscheinlich nicht«, antwortete sie. »Nicht, dass es was ausmacht, mein Junge. Selbst wenn es nicht meine Tat war, die Sie meinten ...«, sie tat einen Schritt vor und er einen zurück, »liegen Sie immer noch schief, wenn Sie denken, eine Hure hat nicht das Recht, an Gott zu glauben. Haben Sie noch nie von Maria Magdalena gehört?«

»Das habe ich nicht gesagt.«

»Doch, das haben Sie, mein Junge, laut und deutlich. Komisch, ein Skapulier an einem Ort wie diesem zu finden, weil die einzigen Menschen, die Seine Gnade verdienen, die sind, die sie am wenigsten brauchen, hm?«

Draußen brach die Sonne durch die Wolken, ein breiter Lichtstrahl schien durchs Fenster und öffnete den Raum. Er wurde von einer der graugrünen Wände reflektiert und fiel auf Maureens Kopf, womit er sie eine Sekunde lang zur Bösen Hexe des Westens machte.

»Ich habe kein Problem damit, dass jemand religiös ist«, sagte er.

»Doch, haben Sie, es steckt so tief in Ihnen drin ...«, sie stieß ihm einen Finger in den Bauch, »dass Sie nicht mal merken, wie bigott Sie sind.«

»Herrgott, ich habe doch nur ...«

»Ah, und jetzt missbrauchen Sie auch noch den Namen unseres Herrn.«

»Hören Sie«, sagte er. »Das ist Ihnen offenbar sehr wichtig, und es tut mir leid, wenn ich Sie verletzt habe ...«

»Das ist mir ganz und gar nicht wichtig. Ich frage Sie nur, woher Sie das Recht auf eine Religion nehmen, wenn Sie es einer Hure absprechen?«

»Was? Ich spreche doch niemandem ... Ich sage doch nur ... Herrgott noch mal.«

»Sie sagen nur: *Es tut mir leid, wenn ich Sie verletzt habe*, weil Sie denken, die Macht Gottes könnte mich dazu bringen, Sie ins nächste Leben zu befördern, ist es nicht so?«

»Also, jetzt hören Sie mal zu: Was immer der arme Robbie O'Donovan Ihnen getan hat, ich möchte es vermeiden.«

»Robbie O'Donovan«, sagte sie.

Unten ging eine Tür auf, und J.P. ließ Tonys Namen aus seinem Schlund dringen.

»Cusack? Komm her zu mir und bring die Fliesen rein! Maureen? Maureen! Ist der Kerl noch nicht hier?«

Tony sah die hämisch dreinblickende Alte an, drehte sich um und ging hinunter zu J.P., wie ein Schuljunge, der sich vom Rektor einen Tadel abzuholen hatte, den Kopf voll mit schreiendem Protest und doch ohne jeden Willen, sich zu wehren. Als habe er einen Schlag in den Magen bekommen, aber seine Füße trugen ihn Schritt um Schritt voran.

»Gut so«, sagte J.P., als er das Kehrblech und die Müllsäcke sah, und Tony sank auf die Knie und machte sich daran, die zerbrochenen Fliesen einzusammeln.

»Ich weiß nicht, wie sie's gemacht hat«, sagte J.P., »aber ich schwöre bei Gott, diese Frau kriegt alles um sich herum kaputt.«

»Weil sie nicht hierbleiben will«, sagte Tony.

»Das wird sie aber, denn sie hat nichts, was sie in die Waagschale werfen könnte«, antwortete J.P.

Tony Cusack fegte die Fliesen in seinen schwarzen Sack, stand auf, blickte Jimmy Phelan an und sagte mit schmalen, trockenen Lippen: »Hör mal, willst du jetzt irgendwann das Klavier?«

Der Tau lag bereits schwer auf dem Gras, als er nach Hause kam. Er ging quer über die Wiese auf das Gartentor zu, und die Feuchtigkeit drang durch seine Jeans und ihm die Waden hoch.

Sie stand in der Tür, an den Rahmen gelehnt, einen nackten Fuß um die Ferse des anderen gelegt.

»n' Abend, Tony!«

Die Siedlung war hässlich, fast dreißig Häuser um ein ungepflegtes Grün herum, und hinter jeder Häuserreihe kamen noch ein paar hinzu. *Einem geschenkten Gaul schaut man nicht ins Maul*, hatte seine Schwester mal mit gerümpfter Nase gesagt, was er komisch fand. Es war in dem Moment ihr Zuhause, nicht perfekt, und seine Familie sollte auch bald schon aus ihm herauswachsen, aber es war billig, und solange er nicht beschloss, aus der Küche heraus mit Drogen zu handeln oder im Abstellraum einen Puff einzurichten, würde sie niemand hier rauswerfen.

Der Nachteil war, dass man nie wusste, welches Pack nebenan einzog, die Gemütslage der Gemeindeverwaltung war so stabil wie ein Haus aus Mikadostäbchen, und die einzige Voraussetzung, hier reinzukommen, bestand darin, nichts in der Brieftasche zu haben. Ein paar Jahre hatte Tony zwischen den durchaus angenehmen McDaids und den Healys gewohnt, die unbedingt wegwollten. Die Healys schafften es am Ende, und die Gemeinde setzte Tara Duane in ihr Haus, an die Tony sich noch vage aus der Schule erinnerte. Sie war von einem Schotten geschwängert worden, und durch den Balg hatte sie Anrecht auf ein Haus, das genauso groß war wie sein eigenes.

Sie war klapprig und glupschäugig, aber Tony wusste, seine Mutter hoffte darauf, dass sie eines Tages die Trennwand heraushauen würden. Eine alleinerziehende Mutter und ein trübsinniger Witwer, warum nicht, es will doch keiner allein in einem Doppelbett sterben. Eine Weile lang schien Tara auf dieses Ziel hinzuarbeiten, und ihre Gespräche pendelten zwischen platten Witzen und forcierter Vertraulichkeit.

Es war schlimm genug, ihre hingehauchten Schmeicheleien ertragen zu müssen, aber dann fing sie auch noch an, sich für seine Kinder zu interessieren.

Zuerst für Kelly, denn ihr kleines Bleichgesicht war so alt wie sie, und die beiden freundeten sich an. Das mit Kelly war eigentlich kein Problem, denn sie war wie ihre Mutter, ein bösartiges Luder mit einem hübschen Gesicht. Bei Ryan störte es ihn weit mehr, weil Jungs nun mal Jungs sind und Ryan leicht zu lenken war und sich, gelegentlich, als verblüffend gefühlsduselig erwies. Es gab Anzeichen, dass sie ihm gegenüber Mutter spielte, eine demonstrative Vertrautheit mit seinen Eigenheiten, ein leichtes, widerwärtiges Konkurrenzverhalten. Der Teufel steckte im Detail.

»Die Nächte werden kürzer«, strahlte sie.

Er ächzte. Die Kinder hatten die Vorhänge nicht zugezogen. Wieder mal brannten alle Lichter im Haus, und man konnte überall hineinsehen. Der Gedanke, dass jedes Huhn neugierig bei ihnen reingaffen konnte, entsetzte ihn, aber seinen sechs Kindern war das einfach nicht beizubringen: Die dunkler werdenden Fenster riefen in ihnen keine Schutzmechanismen wach, zumindest im Moment noch nicht.

Durchs Wohnzimmerfenster sah er eine grässliche Parade von Zeichentrickfilmen, Schulpullovern und diversen Fluggeschossen.

»Wovon Ryan sicher bis zur Prüfung nichts mitbekommt«, fuhr Tara fort.

Tony sackte in sich zusammen. Er schloss die Augen.

»Den Abschluss schafft der mit links«, sagte Tara.

Tony konnte beim besten Willen nicht so tun, als wäre er mit Tara Duane befreundet, aber ihr Geträller war Teil der Landschaft, seiner Landschaft, so langweilig und was sonst noch diese auch war, und sosehr er sie mit Alkohol tränkte.

Hör zu, Junge. Was sollte Jimmy Phelan damit wollen?

LASERLICHT

Eine Stunde lang ist sie super drauf, und dann voll von der Rolle. Ich weiß es vorher, und so ist es keine Überraschung.

Wir sind bei einer Schulabschlussparty in der Stadt, die ich, ehrlich gesagt, gemieden hätte wie die Pest, aber sie wollte unbedingt hin. Es gibt zwei Etagen und zwei DJs und Kids aus der ganzen Stadt. Ich sitze schon den ganzen Abend an der Theke, und ein paar Leute sind völlig locker zu mir rübergewandert, weil sie gehört haben, dass ich Ecstasy-Tabletten habe. Sie setzen sich neben mich und legen die Hand etwas ungelenk aufs Polster neben meinem Hintern, und ich tausche Tabletten gegen Zehner.

Karine trägt Hotpants, ein enges Top, einen superheißen rosa BH und Absätze, so hoch, dass sie auf meine Größe kommt. Sie besteht nur aus Beinen, Schultern und Haut. Sie sitzt auf meinem Schoß und unterhält sich gegen die Musik anschreiend mit ihrer Freundin Louise. Ich habe die Arme um sie gelegt, die Lippen hinten in ihrem Nacken und einen Ständer, der einfach nicht weggehen will. Nicht, dass sie das stören würde. Sie denkt sich, indem sie auf meinem Schoß sitzt, schützt sie mich vor den komischen Blicken meiner Kunden. Dabei ist sie in ihren verdammten Hotpants der Grund für das alles, aber das sage ich ihr natürlich nicht.

Ich habe auch eine Tablette eingeworfen und ihr eine halbe gegeben. Sie hat so was noch nie genommen.

Und nachdem sie gerade noch mit Louise geredet hat, dreht sie sich plötzlich zu mir um und sagt: »Ich glaube, jetzt kommt's«, und ich halte sie fest, als die Welle sie erfasst. Ich schiebe eine Hand unter ihr Top, flach auf ihren Bauch, und jeder Atemzug, den sie nimmt, ist tiefer als der vorher.

Ich drehe sie, sodass sie an meiner Schulter lehnt, stecke eine

Hand zwischen ihre Schenkel und sage ihr ins Ohr: »Alles okay?«

Sie nickt und lächelt, und ihre Augen sind fliegende Untertassen.

Auf der Tanzfläche zuckt eine Lasershow. Grüne Lichtstrahlen jagen über die Decke und in hochgehaltene Hände, alles brüllt. Ich halte meine Freundin und drücke meine Wange gegen ihre Schulter. Sie legt einen Arm um meinen Nacken, streicht mir übers Ohr und sagt: »O Gott, Ryan, o Gott.«

»Ist es gut?«

»O mein Gott, es ist unglaublich.«

Sie schwebt. Sie lehnt den Kopf zurück, und obwohl mein Rausch so anschwellt, wie mein Schwanz abschwellt, fang ich sie auf und drücke sie zurück an meine Schulter, und sie sagt: »Hmm«, und ich lache und sage, sie soll vorsichtig sein, es sind überall Aufpasser, die nach zugedröhnten Kids Ausschau halten.

Sie küsst mich, lange und ausgiebig, und macht auch hinterher die Augen nicht auf, sondern lächelt nur und seufzt, als würde sie kommen. Und ich halte sie und halte sie weiter, und die Laser weben ein Netz in die Luft über unseren Köpfen, zerreißen es und weben es neu, machen Sterne, damit sie auf uns runterfallen.

Es gibt kein Halten mehr.

Aber so geht's nicht nur uns, und es fällt keinem weiter auf. Trotzdem sind wir was Besonderes. Wir versinken in den Lichtern und ineinander, und ich hatte ja keine verdammte Ahnung, dass es möglich ist, jemanden so sehr zu lieben, wie ich sie jetzt liebe.

5

ES TRUG SICH ZU, dass Ryan während einer Unterrichtsstunde zu den Newton'schen Gesetzen eine Erleuchtung hatte. Es war das dritte Gesetz und wahrscheinlich seine dritte Erleuchtung in dem Monat. Vielleicht sogar an diesem Tag, wenn er die Erleuchtung denn auf ihre grundsätzlichen Elemente herunterbrach. Kleine Wahrheiten. Sekunden angehaltenen Atems, während die Welt gerade lange genug stehen blieb, dass er etwas Neues begriff. Vielleicht lag es allein am Erwachsenwerden, aber keiner um Ryan herum schien unter den gleichen Bewusstseinserweiterungen zu leiden. Er war ein kluger Kopf. Ein bisschen zu klug, hatte es schon geheißen.

Es gibt keine Kraft im Universum, sagte sein Lehrer, Mr O'Reilly (dessen Designerbrille von einem Gesicht im Stich gelassen wurde, das noch tief in den 1980ern steckte), keine Kraft, auf die nicht eine Gegenkraft von gleicher Stärke wirkt. *Actio* und *reactio*, Druck und Gegendruck. So lautet das Gesetz, Kinder. Sir Isaac Newton hat das herausgefunden. Das ist Wissen, das es schon vor euch gab und das euer Leben bestimmt, ohne euch danach zu fragen. Dumm gelaufen.

Ah, aber nur so lange, bis sich jemand nicht damit abfinden will, dass es dumm läuft. Das war die Wahrheit, und die störte sich nicht an Sir Isaac Newton und seinen Axiomen. Hier ging es, begriff Ryan, um einen Fall von Sturheit gegenüber einem Naturgesetz, und während Fleisch und Knochen dem Druck und Gegendruck des Universums zu gehorchen hatten, ignorierte der wahre Kern eines Mannes, seine Gedanken, seine Taten und seine schiere Selbstherrlichkeit, die Regeln, nach denen das Universum seit Ewigkeiten funktionierte.

Wir sind alle Götter, wenn uns verdammt noch mal danach ist.

Es gab eine Reihe winziger Löcher in der Oberfläche seines Pults, die Schüler mit Aufmerksamkeitsproblemen und Zirkelspitzen vor Monaten oder Jahren in sie hineingestochen hatten. Ryan rammte seinen Kugelschreiber in eines von ihnen, drückte, ließ ihn in dem kleinen Krater kreisen und zog dann eine hässliche schwarze Spur zum nächsten Loch.

Mr O'Reilly richtete seine Stimme gern an die hinteren Bankreihen, und Ryan saß ganz vorne, direkt vor seiner Nase, wo er, wie es hieß, dem Unterricht weniger schadete. Ryan hielt den Kugelschreiber mit dem Daumen in dem vorgefertigten Loch und sah Mr O'Reilly von unten in den Rüssel. An den Härchen im linken Nasenloch klebte ein weicher grauer Schleimklumpen.

Den Nasenlöchern der Leute konnte Ryan heftig schaden, direkt oder durch Anstiftung zu mangelnder Selbstkontrolle. Hatte sich Mr O'Reilly jemals eine Line reingezogen? In seinem ganzen Leben? Im College, als er zum Physiklehrer ausgebildet wurde? Zwischen zwei Gängen auf einer Dinnerparty, auf der Toilette irgendeiner Schlampe, der er nur vormachte, dass er sie leiden konnte, unter der Treppe, mit dem Schnauzbart über dem Wasserkasten? Bevor er jeden Tag zur Arbeit kam?

Ryan hatte ein Päckchen in der Tasche, für das er noch keinen Käufer hatte. Normalerweise würde er so was nicht an einen Ort wie die Schule mitbringen, aber sein Vater war gerade mal wieder mitten in einer Saufphase und unberechenbar, und Ryan hatte es für eine bessere Idee gehalten, es lieber zu nehmen, als es irgendwo zu verstecken, wo Mr Gierschlund es finden mochte. Und wer weiß, vielleicht waren Lehrer ja ein neuer Markt, den man erschließen konnte. Gott weiß, wie sehr sie es brauchten.

Er ließ den Kuli fallen, und Mr O'Reillys Schnäuzer zuckte.

Er nahm den Kuli und steckte ihn ins nächste Loch.

Versuchte ihn aufrecht hinzustellen, ließ ihn fallen …

Mr O'Reilly lehnte sich über seinen Tisch, den Kopf im Nacken, als machte er Liegestütze.

»Stimmt mit dir etwas nicht, Ryan?«

Ryan betrachtete seinen Kugelschreiber. »Das ist die Schwerkraft, würde ich sagen, Sir.«

Sein Banknachbar kicherte. O'Reilly blickte ihn an, und das Kichern verschwand hinter vorgeschobenen Lippen.

»Sieh dir deinen Tisch an! Der gehört der Schule und ist voller schwarzer Flecken …«

Diese Woche waren auch Flecken in Ryans Gesicht. Nicht schwarz. Einer wurde gerade grün, oben auf dem Wangenknochen, um das linke Auge herum, wie die Maske eines Superhelden. Der andere, lila und rot mitten auf seiner Stirn, stammte von der Kante der viertuntersten Stufe ihrer Treppe zu Hause. Er wusste, dass die Flecken da waren, schließlich hatte er gespürt, wie sie ihm verpasst worden waren, und sie während der drei Tage, die er sich unter den großen Augen eines gleichermaßen beschämten und mürrischen Vaters zu Hause erholt hatte, eingehend untersucht. Es waren heftige, kaum zu übersehende Flecken.

Dabei ging's um weitere Gesetze, nahm er an. Das Gesetz des unvermeidbaren blauen Flecks, wo rohe Gewalt Blut aus den Kapillargefäßen in das Gewebe rundherum pumpte. Das Gesetz des *Hier, und jetzt den noch*, das besagte, dass jede Auseinandersetzung mit seinem Vater in seinem Gesicht dokumentiert werden musste. Ja, und das Gesetz des *Fick-dich-Ryan*, das die Leute um ihn herum blind machte für seine Blutergüsse. Und er wollte, dass die Leute es sahen, endlich einmal, aber gleichzeitig auch, dass sie nichts merkten, tatsächlich war jedoch nur Letzteres der Fall, und so starrte ihn der schnauzbärtige Hüter des Friedens aus nicht mal zwanzig Zentimetern Entfernung an, ohne zu sehen, dass sein ganzer verdammter Kopf danach schrie, dass jemand sagte: »Himmel, Junge, was für ein kleiner Dreckskerl du auch sein magst, das hast du sicher nicht verdient.«

»Und was gedenkst du jetzt zu tun, wo du den Tisch so versaut hast?«, fuhr Mr O'Reilly ihn an.

Ryan fuhr sich mit der Zunge durch den Mund, blickte auf die Löcher mit der Tinte und spuckte drauf.

Er sah Mr O'Reilly an, und Mr O'Reilly hatte einen Kopf wie ein heiß gewickelter Lachs.

»Wisch das weg«, sagte er.

Es war nicht viel Feuchtigkeit da zum Wischen. Ryans Mund war ausgetrocknet. Seit Tagen schon.

Er fuhr mit dem Ärmel über den Tisch.

»Zum Rektor«, sagte O'Reilly.

Ryans Stuhl knallte auf den Boden. Er trat ihn weg, marschierte aus der Klasse und spürte die Blicke seiner Mitschüler und O'Reillys zähe Verbissenheit, bis die Tür hinter ihm zuschlug.

Karine fragte ihn immer, warum er unbedingt die Nervensäge zu geben hatte. War er es nicht leid, sich andauernd den Lehrern erklären zu müssen? So angenehm konnte es doch nicht sein, ständig darum zu bitten, aus dem Unterricht zu fliegen. Selbst wenn er richtig schlecht drauf war, war es da nicht einfacher, dazusitzen und so zu tun, als passte er auf, als seinen Unwillen derart zur Schau zu tragen?

Ryan hatte darauf keine Antwort. Es war keine Langeweile, obwohl er Lehrer schon darüber hatte spekulieren hören, ob seine intellektuellen Fähigkeiten der Grund für seine Ungeduld waren. Politisch motiviert war es auch nicht, da er prinzipiell kein Problem mit Autoritätsfiguren hatte. Nur … manchmal hatte er es einfach satt. Diese Last zu tragen. Sich selbst. Ryan war in all seinen Einzelteilen von seinem Vater erfunden und durch die Geburtsanstrengungen seiner Mutter zu einem missbehaglichen Ganzen geworden. Unfähig, sich von ihnen loszumachen, von ihnen und von sich selbst. Manchmal dachte er, es würde ihn in den Wahnsinn treiben.

Weiter unten auf dem Korridor schloss sich eine Tür, und

aus dem Versammlungsraum schallte ein kurzes Erwachsenenlachen herüber, sonst war nur das Geräusch seiner Laufschuhe auf dem Teppichboden zu hören. Er war ein Winzling in diesem Gebäude, wie eine Murmel, die durch eine leere Badewanne rollte.

Vor Raum 18 blieb er stehen. Annie Connelly saß in der ersten Reihe und sah ihn durch das kleine Fenster über der Türklinke. Er formte mit dem Mund Karines Namen.

Sie musste ihm das Wort nicht von den Lippen ablesen können. Sie wusste, was er wollte. Alle hätten es gewusst.

Er drückte sich in eine der Nischen bei den Spinden.

Karine kam ein paar Minuten später heraus, das Haar mit gleichgültiger Perfektion hochgesteckt und die Ärmel ihres Schulpullovers über die Handgelenke gezogen.

»Hey«, flüsterte sie. Sie war immer noch erschüttert. Was diese Woche vorgefallen war, hatte sie genug Tränen vergießen lassen, um ihrem Freund das Herz zu brechen, und dabei wusste sie erst die Hälfte.

»Komm her«, flüsterte er zurück.

»Ich bin hier.«

»Näher.«

Er nahm sie in den Arm, drückte ihr die Lippen auf den Hals, und sie legte die Hände hinter seinen Kopf.

»Lass uns von hier verschwinden«, sagte er, den Mund immer noch auf ihrem Hals. »Ganz ernsthaft, wir hauen ab.«

»Oh, ich glaube nicht, dass das funktioniert, denn ich habe Miss Fallon gerade gesagt, dass ich zur Toilette muss.«

»Scheiß auf sie.«

Sie musste gespürt haben, wie die Wut in ihm hochkochte. Sie wich ein Stück zurück und sagte: »Was ist los? Da stimmt doch was nicht.«

Eine Spinnenbein-Wimper war ihr auf die Wange gefallen. Er legte den Daumen darauf, und die Wimper kuschelte sich an seine warme Haut und blieb daran kleben.

»Du hättest noch nicht wieder in die Schule kommen sollen«, sagte sie.

»Die Wahl hatte ich heute Morgen nicht.«

»Trotzdem. Du hättest woandershin gehen können. Ich wäre gekommen.« Sie machte eine Pause. »Was hast du gemacht?«

»Gerade? Mich schlecht benommen. Es ist einfach so aus mir raus. Ich bin auf dem Weg zum Rektor. Um mir eine Ermahnung abzuholen.«

Er legte seine Stirn auf ihre.

»Alles ist falsch, Karine. Wenn ich es fühle, warum können sie es dann nicht sehen?«

»Du willst, dass sie es sehen?«

»Ich weiß nicht. Verdammt, ich weiß es wirklich nicht.«

Sie legte ihre Hand auf seine Brust und schob ihn gerade weit genug von sich weg, um ihm in die Augen sehen zu können. Ihre waren dick mit einem schwarzen Kajalstift bemalt und an einer Ecke durch einen plötzlichen Gähnanfall leicht verschmiert. »Ich kann dafür sorgen, das weißt du. Ich kann etwas sagen.«

»Denk an den Ärger, den du dir damit einhandelst. Das ist doch das Problem. Ich will die Sache nicht ins Rollen bringen, und wenn du es tust, kommt es aufs Gleiche raus. Die können mich alle mal, ich will, dass keiner von denen weiß … Ach, Scheiße.«

Sie zuckte zusammen, als er mit den Fingerknöcheln über die Wand fuhr. »Nicht«, sagte sie und hielt seine Hand fest.

»Ich glaube, ich pack das nicht. Sie sehen es nicht, und du, Mädchen, du siehst es auch nicht. Weil ich so im Arsch bin, und selbst du hast es noch nicht gemerkt.«

»Weil du's nicht bist. Es ist der Scheiß um dich herum. Ich weiß das, weil ich dich kenne. Und du kennst mich, und wir haben einander, richtig?«

Er hätte heulen können. »Richtig«, sagte er.

»Und ich bin hier«, sagte sie. »Für dich, okay. Und ich werde da sein. Da musst du dir keine Sorgen machen.«

»Liebst du mich?«

»Mehr als irgendwas.«

»Das bedeutet alles für mich. Mehr als alles. Wie alles zusammen.«

Sie küsste ihn, und zwar richtig. So, dass sie fürchterlichen Ärger bekommen hätte, wäre ein Lehrer vorbeigekommen und hätte sie erwischt. »Vielleicht sollten wir wirklich abhauen«, sagte sie. »Was für eine Freundin wäre ich, wenn ich zulassen würde, dass du dich so beschissen fühlst?«

»Eine vernünftige.« Er fasste ihre Taille und drehte sie im Kreis. »Nein, ist schon okay. Ich hör mir die Predigt an und gehe sogar auf die Knie. Verdammte Scheiße. Was immer sie mir an den Kopf werfen, ich steck's weg, wie ich auch sonst immer alles wegstecke.«

»Ich will, dass du dich okay fühlst.«

»Das werde ich. Ich bin nur ... Die Woche ist einfach schlimm.«

»Gib ihnen ...« Sie hielt inne und zog die Stirn kraus. »Gib ihnen keinen Grund. Im Rektorat. Entschuldige dich einfach nur. Ausnahmsweise, Ryan. Bitte, sag, es tut dir leid.«

»Tut es aber nicht.«

»Dann tu halt so.«

Er wartete, bis sie wieder in ihrer Klasse war, bevor er weiterging.

Er stellte sich vor, wie er sich entschuldigte. Stellte sich vor, wie es ablaufen würde: das Seufzen des Rektors, seine ernsten Belehrungen (herumzubrüllen hatte er vor langer Zeit schon aufgegeben), die Fragen nach Motivation und Psychose und, am schlimmsten, der Vortrag über eine verlorene Zukunft und, oh, der Gifthauch des Potenzials, durch den er, wie er beteuerte, Ryan kaum noch hindurchlotsen könne. Vielleicht konnte deswegen niemand die Spuren in seinem Gesicht sehen. Weil er von undurchsichtigen Versprechen umhüllt war, die ihnen die Sinne vernebelten. Weil ihnen das giftige Konzentrat der großen

Cork'schen Hoffnung für das neue Jahrtausend die Augen tränen ließ und die Kehlen zuschnürte. O Gott, das war es. Ryan war das Opfer seiner eigenen erdrückenden Fähigkeiten.

Willst du nicht Ingenieur werden? Oder Architekt? Wissenschaftler, Programmierer oder, Gott steh uns bei, Arzt? Willst du nicht, dass aus dir was wird, Ryan? Komm schon. Mach was aus dir.

Eine Entschuldigung würde hier natürlich gut passen, aber Ryan wusste, dass die Worte nicht kommen würden, nicht mal, wenn sie versuchten, sie aus ihm herauszuprügeln.

Mit Karine war es anders. Er hatte allen Grund, sich bei ihr zu entschuldigen, doch das wusste sie nicht. Jede einzelne Silbe würde er ehrlich meinen, doch das machte nichts. Wo er Vergebung brauchte, würde er sie nicht bekommen.

Er bog ab, zum Büro des Rektors, vorbei am Zimmer des Schulpfarrers, und dachte daran, wie alles angefangen hatte.

Es war vor Monaten gewesen. An einem schwülen, stickigen Samstag, trübe und leer und gerade deshalb so aufgeladen.

Gedämpftes Klopfen und gemurmelte Befehle weckten ihn.

Einen Moment lang lag er da, auf der Seite, blinzelte die Wand an und versuchte, die Geräusche zu verstehen. Als er es tat, rannte er die Treppe hinunter, und da war sein Dad und dieser andere Kerl, und sie hievten das Klavier aus dem Haus.

»Was macht ihr da?«, fragte er, und seine Schwester Kelly tauchte hinter ihnen auf, platzte vor Wissensstolz und sagte: »Wonach sieht es denn aus?«

»Dad«, sagte er. »Dad, das geht nicht. Du kannst das Klavier nicht weggeben.«

Sein Vater sagte: »Du brauchst es nicht mehr, nachdem du die praktische Prüfung hinter dir hast. Du spielst ja nicht mal!«

Aber das stimmte nicht. Wenn niemand da war, der ihn hören konnte, spielte er, auch wenn es sich immer merkwürdiger anfühlte, auf dem Klavierhocker zu sitzen, die Finger zu dehnen und zuzusehen, wie sie über die Tasten flogen, als gehörten sie einem anderen. Ein paar Mal hatte er für Karine gespielt, und da war es noch merkwürdiger gewesen, dass es nicht seine Hände waren, bei allem, was sie mit Karine gemacht hatten. Und sie sagte: *O mein Gott, Ryan, du bist wirklich gut*, aber auch das hatte nicht gestimmt. Alles, was er für sie spielte, klang gestelzt und verkünstelt, weil er unbedingt wollte, dass es klang, als wäre niemand im Haus, der es hörte, und als müsste er niemandem etwas beweisen, weil er doch wusste, sie war da, die Musik, in seinem Kopf, seinem Bauch, in seinen Händen. Aber er hatte gedacht: *Eines Tages kann ich auch für sie so spielen, weil ich mich nicht mehr davor fürchte, was sie wohl von mir denkt.* Jetzt würde dieser Tag nie kommen, jetzt, wo dieser verdammte Loser von einem Vater ihm das Klavier gestohlen hatte.

Hey, du kleiner Ficker, es ist doch nur ein scheiß Klavier und nicht dein Schwanz, den du verloren hast.

Er durchquerte den Versammlungsraum, stellte sorgsam den Fuß auf das erste dünne blaue Kissen der ihm am nächsten stehenden Bank, in langen Reihen lagen sie da, und trat eines nach dem anderen mit einem Jauchzer herunter.

Nur Stunden danach hatte er Karine davon erzählt, obwohl er wusste, was passieren würde, nachdem er das Geständnis mit knirschenden Zähnen herausgebracht hatte. Er erzählte es ihr oben in seinem Schlafzimmer, als sie glücklich und nackt auf ihm lag. Hinterher wurde er immer gesprächig, auf eine dumme *Hier-ist-meine-Seele-warum-scheißt-du-nicht-drauf*-Weise.

»Mein Dad hat das Klavier verkauft.«

Das war einfach, und sie hob den Kopf von seiner Brust, und er begriff, alles andere, was er ihr noch sagen wollte – dass das Klavier ihm so viel bedeutete und seinem Vater gar nichts, dass es nicht fair war und warum sie nicht den Fernseher verkauften, wenn sie das Geld brauchten, auch wenn er wusste, dass der nur einen Teil dessen wert war, was sie für das Klavier bekommen hatten, wobei sein Vater wahrscheinlich bereits alles versoffen hatte, war er dem Klavier doch aus der Tür gefolgt –, von alldem musste er nichts erzählen, weil sie es bereits wusste. Stattdessen hielt er den Blick ins Nichts gerichtet und wehrte sich dagegen, sie anzusehen, begann den Kampf aber zu verlieren, und diese schrecklich bebende Schwäche stieg aus seinem Bauch auf und wanderte hinauf zu seinem Gesicht. Und so zog er einen Arm über die Augen und saugte die Luft zwischen den Zähnen ein.

»O Baby«, sagte sie.

Die Augen immer noch zugekniffen, legte er beide Arme um sie und drückte sie an sich, damit sie sein Herz beruhigte, das ihm aus dem Rachen zu springen drohte, und so lag sie auf ihm, bis er wieder atmen konnte.

Sie hob den Kopf und sagte: »Es tut mir so leid.«

»Es geht schon.«

Sein Telefon lag auf dem Boden neben dem Bett. Er griff danach, wischte über den Bildschirm und rief das Menü auf.

»Ich möchte, dass du dich besser fühlst«, sagte sie. »Soll ich dir einen blasen?«, und er dachte, was für ein Glück er hatte, ernsthaft, was immer auch passierte, und er sagte: »Ja, bitte.«

Er machte sich nicht die Mühe, sein Fehlverhalten zu erklären, als er ins Rektorat kam. Er setzte sich nur auf einen der grauen Plastikstühle gegenüber von den Sekretärinnen, und die aus dem Leim gegangene von ihnen sagte: »Herrgott noch mal, Ryan.«

Er verschränkte die Arme, streckte die Beine aus und starrte auf den Boden hinter seinen Schuhen.

Karine war oft davor gewarnt worden, einem Jungen kompromittierende Fotos von sich auf dem Handy zu erlauben, weil Jungen grausam sind, und sobald einer von ihnen deine Titten sieht, bist du in ihren schweinischen Augen nichts mehr wert. Yeah, yeah. Aber sie vertraute Ryan, und er vertraute ihr, und das zweiminütige Video davon, wie sie ihn mit Rehaugen ansah und ihm dabei einen blies, würde er nie jemandem zeigen, da war er sicher. Niemals. Das hätte alles kaputt gemacht.

Er sah es sich ein paar Mal spätabends an, wenn das Licht aus war, sein Dad sich besinnungslos betrunken hatte und seine Brüder schliefen. Okay, viel öfter als nur ein paar Mal, aber er hatte nicht das Gefühl, dass man ihm das vorwerfen konnte. Selbst Karine hatte nichts dagegen, dass es Wochen später noch auf seinem Telefon war. Jedes Mal, wenn sie ihm bis dahin etwas Anzügliches gesimst hatte, hatte sie auf einem Verfallsdatum bestanden und sein Telefon kontrolliert, nur um sicherzugehen. Mit dem Video war es etwas anderes. Vielleicht, weil sie das Gleiche in ihren nach oben gewandten Augen sehen konnte, was er sah. Vielleicht, weil sie wusste, dass jetzt etwas in seinem Leben fehlte, aber etwas, bei dem er sich entschieden hatte, es als notwendigen Verlust anzusehen, während er auf dem Weg in eine bessere Zukunft war. Kein Klavier, aber wer brauchte schon ein Klavier? Klavier spielen, das hatte er als Junge getan. Nachts betrachtete er die Nymphe auf dem Bildschirm, ließ seine Hand fester zugreifen, die Brust sich heben und senken und dachte: *Ja, nun, das ist jetzt etwas, womit ich mich als Mann beschäftige, oder?*

Die Schuldgefühle des Diebes waren offenkundig. Er hatte mehr getrunken als gewöhnlich: Tony Cusack spürte den Verlust des Klaviers ganz deutlich hinten in der Kehle. Er war gereizt, und wenn er gereizt war, ging man ihm besser aus dem Weg – alles war der Fehler von anderen, wenn er betrunken war.

Die Nachbarn wussten es. Warum auch nicht? Es verlangte Ausdauer und Hingabe, lautstarke Auseinandersetzungen in schmalen Reihenhäusern zu überhören, und wenn es im Bett zu laut wurde, da war Ryan sicher, schliefen die meisten ihrer Nachbarn eben in einem anderen Zimmer auf dem Boden.

Am letzten Samstagabend hatte er sich ein nettes blaues Auge geholt, weil Kelly was angestellt hatte. O Gott bewahre, sein Dad würde Kelly niemals schlagen, Tony schlug keine Mädchen, Mädchen sind ja so kostbar, und so musste Ryan herhalten, als verantwortungsvoller großer Bruder, einen Schlag aufs linke Auge, als es im Pub nichts mehr gab.

Tony konnte das Veilchen am Sonntagmorgen bestaunen, und das verschlimmerte seine Laune noch. Nachmittags ging er weg, und Ryan blieb in seinem Zimmer, mal wütend, mal traurig. Mal rauchte er. Als Tony nachts zurückkam, zählte sein Sohn seine Schritte, lauschte dem Knallen von Schränken und Türen, und als sein Vater sich im Wohnzimmer niedergelassen hatte, zog Ryan die Laufschuhe an, ging nach hinten in den Garten und setzte sich auf die Mauer. Er machte das oft, abends, wenn er wusste, dass nur ein Blick seinen Vater zurück auf den Kriegspfad bringen konnte. Es würde nicht lange dauern, bis Tony eingeschlafen war.

Da kam Tara Duane aus ihrem Haus getrippelt.

Mit nur einer hohlen Wand zwischen Ryans Haus und ihrem wusste Tara besser als sonst jemand, was vorging, und sie tat auch nie so, als wüsste sie es nicht. Manchmal verkaufte Ryan ihr etwas Dope, manchmal bat sie ihn herein, um mit ihm zusammen zu rauchen, und manchmal, wenn es regnete, folgte er ihr, weil es überall besser war als zu Hause, auch wenn ihn die dumme Kuh immer wieder mit übrig gebliebenen Medikamenten bezahlen wollte und sogar versuchte, ihn anzumachen, indem sie ihre kleinen Knochenfinger sein Bein hochwandern ließ, um zu sehen, ob er einen Ständer bekam.

»Du musst das nicht allein durchstehen, Liebes«, sagte sie.

Es regnete nicht, aber er nahm ihr Angebot trotzdem an.

Hinterher fragte ihn sein Abbild im Spiegel: *Was zum Teufel hast du dir nur dabei gedacht, Junge?* Und sein Spiegelbild antwortete: *Nun, vielleicht hat dir der Verlust des Klaviers den gesunden Menschenverstand geraubt.* Oder das Video hatte ihn angeturnt. Vielleicht dies, vielleicht das, vielleicht auch was anderes. So oder so, es tat ihm fürchterlich leid.

Also, da waren diese Tasse Tee und der Schuss Whiskey in der Tasse Tee, dann ein paar Joints, ein paar Dosen Bier – und die Tatsache, dass er vorher schon was geraucht hatte, hatte ihn weit anfälliger dafür gemacht, sich abzuschießen, nahm er an, wobei, war man hinterher nicht immer klüger?

Klar war, dass er zu viel getrunken, zu viel geraucht und die Kontrolle verloren hatte, was komplett falsch gewesen war, weil er wusste, dass sie was für jüngere Kerle übrighatte, alle wussten das. Er erinnerte sich, dass sie ihm die Handlung des Films erzählt hatte, den sie gerade im Fernsehen schaute, und er erinnerte sich auch daran, wie sie sich über irgendeine stinklangweilige Anekdote kaputtlachte, die ihm so was von scheißegal war, und dann erinnerte er sich …

Er mochte sich auch jetzt nicht daran erinnern, Tage danach, und das war nicht mal das Schlimmste, was in dieser Woche passiert war.

Der Rektor hieß Stephen Barry. Er kam aus seinem Büro, in Hemdsärmeln, als wollte er richtig Gas geben.

»Mit dir wollte ich sowieso heute reden, Ryan«, seufzte er, »aber unter anderen Umständen.«

Er erinnerte sich, am Montagmorgen in seinem eigenen Bett aufgewacht zu sein. Im Haus war es barmherzig still. Seine Geschwister waren längst in der Schule, und ihm war schlecht wie einem kleinen Krankenhaus. Er schickte Karine eine Nachricht, dass er sich eine Grippe oder so was eingefangen habe, stand auf und kotzte sich leer, ging zurück ins Bett, steckte den Kopf unters Kissen und sah sich an, was von letzter Nacht noch über seinen Augen zuckte, welkte und rann.

Stinklangweilige Geschichten und sorgsam beherrschtes Lachen. Tara Duane stand mit verschränkten Armen vor ihm, als er die Trainingshose wieder hochzog, und sagte: »Du hast eine Freundin.« Sie rückte ihm den Kopf zurecht, während ihr Schlüpfer noch auf dem Boden neben dem Sofa lag.

Gegen Mittag rief Tony die Treppe hinauf, dass er aus dem Haus gehe, aber bald zurück sei, und Ryan konnte nur leise für sich antworten: *Mir ist egal, ob du überhaupt je wieder zurückkommst, du Dreckskerl. Sieh, was wegen dir alles passiert.* Er rollte sich in seine Angst und seine Tränen ein.

Scheiß Tara Duane.

Wenn Karine davon erfuhr, würde sie ihm nie vergeben.

Es tut mir so leid, sagte er zu ihr, die kilometerweit weg in der Schule saß und von nichts eine Ahnung hatte. *Es tut mir so verflucht leid. Ich hab's versaut. Das wollte ich nicht.*

Kelly kam um halb fünf nach Hause, steckte den Kopf durch die Tür und kreischte: »Du musst tot sein, Junge. Letzte Nacht warst du so was von hinüber. Ich hab dich um drei hereingelassen, und du bist zwei Mal hingefallen. Es war UN. GLAUB. LICH.«

»Ja«, sagte er, rollte auf den Bauch und schloss die Augen. Das Laken roch nach Schweiß und Erbrochenem. »Ich hab was Falsches geraucht, glaube ich.«

»Wo warst du überhaupt?«

»Nirgends«, sagte er. »Lass mich in Ruhe.«

»Du warst drei Tage nicht in der Schule, Ryan. Ist es da zu viel verlangt, dass du mal drei Stunden lang ruhig dasitzt?«, sagte Stephen Barry, der Rektor.

Ryan sagte: »Warum? Ich bin doch sowieso völlig unsichtbar.«

Die Strafe kam schnell und war so verdient, wie ihr Überbringer schlecht gewählt. Als sein Dad am Montagabend nach Hause kam, stieß er einen Schrei aus, der zwischen den Wänden des Hauses hin- und herschallte.

»Ryan!«

Ganz langsam wagte er sich in die Küche vor. Tony lehnte an der Spüle, mit vorstehenden Lippen und weit aufgerissenen Augen. »Gib mir dein Telefon.«

Ryan gab es ihm.

Er dachte, sein Dad wollte jemanden anrufen, weil Tony oft kein Guthaben mehr hatte, genauso, wie ihm alles andere fehlte. Ryan stand da und wartete, dass er sein Handy zurückbekam. Deshalb war er nur eine Armlänge entfernt, als das Telefon den Soundtrack zu Karines Blowjob spielte. Ihm sackte der Boden unter den Füßen weg, und Blut schoss in sein blasses Gesicht. Tony sagte: »Was zum Teufel, Ryan? Was zum *Teufel*?« Der erste Schlag landete auf seiner linken Wange, und er atmete den Schreck und den Whiskeygestank ein und zwang sich dazu, nicht zu weinen.

»Es tut mir leid.«

»Leid? Es tut dir leid?«

»Das ist nur ein Video, Dad. Irgendein Blödsinn.«

»Du bist also auch noch stolz drauf, was?«

Am Vorhaben seines Vaters, sich den Kopf zu ruinieren, war nichts Neues. Whiskey war ihm noch nie bekommen, ganz gleich, wie überzeugend seine Argumente waren. Ryan zog die Stirn kraus. »Was?«

»Wer sonst hat das gesehen?«

»Niemand.«

»Und warum, verdammte Scheiße, sagt mir dann Tara Duane, ich soll es mir ansehen?«

»Was?«, sagte Ryan noch einmal.

Es war egal, wie viele »Was?« er herausbrachte, die Details der letzten Nacht, die er unbedingt wissen musste, waren wie ausgelöscht, von Schnaps und vom Dope und von Wut. Weg. Hinter Tara Duanes Sofa gerutscht, auf dem er eine Nacht zu viel verbracht und sich zugedröhnt hatte, einfach um was zu tun zu haben. Hatte er ihr den Film gezeigt, auf den er im Geheimen so stolz war? Hatte ihn sein Schwanz wegen ihrer Reaktion darauf verraten? Aber jetzt war sowieso kein Platz für irgendeine Erinnerung, er wurde hinaus in den Flur geprügelt, an die Wand neben der Haustür genagelt und zwischen Schimpfkanonaden geohrfeigt.

»Woher weiß die Schlampe dann davon?«

»Ich weiß es nicht.«

»Du weißt es nicht? Ist sie 'ne scheiß Hellseherin?«

»Ich weiß es nicht.«

»Ryan … hältst du mich für völlig blöde?«

So erfuhr er, dass er in der größten Klemme seines Lebens steckte. Sein Dad weinte. Er packte Ryans Hals und drückte zwei nasse Daumen gegen seine Kieferknochen. »Wo warst du letzte Nacht?«, brüllte er. *Nirgends* würde nicht reichen. Ryan folgte seinem Instinkt, und Tony schüttelte ihn. »Wo?«

»Nebenan«, wimmerte Ryan.

»Was hast du da gemacht?«

Mich versteckt, weil du sturzbesoffen warst, du nutzloser, verbitterter Scheißkerl.

Kein wahres Wort für Tony Cusack. Stattdessen plapperte Ryan: »Es tut mir leid, Dad. Ich wollte es nicht. Sie hat angefangen. Ich war so betrunken.«

»Was zum Teufel soll das heißen?«

Ryan wurde auf die Treppe gestoßen. Seine Stirn knallte auf die vierte Stufe. Sein Vater setzte sein Verhör fort, ein Knie zwischen denen seines Sohnes und beide Hände fest auf seinem Rücken. *Was wolltest du nicht?* Ryan schloss die Augen und hustete ungenießbare Reue heraus. Tony war mit den alles für ungültig erklärenden Antworten seines rückgratlosen Sohnes nicht glücklich. Und warum sollte er auch? Warum sollte er glücklich damit sein?

»Was zum Teufel soll ich nur mit dir machen, Junge? Was zum Teufel kann ich noch tun?«

»Du musst ruhiger werden«, sagte Barry. »Geh ins Büro da. Wir reden darüber.«

»Wir reden also darüber, ja?«, sagte Ryan. »Worüber reden wir?«

Mrs Cronin machte sich nicht die Mühe, ihr Interesse zu verbergen. Sie stand beim Kopierer, und ihrem Mund war die Entrüstung anzusehen.

»Über dein Verhalten«, sagte Barry. »Wir reden darüber, was dich dazu veranlasst, dein Potenzial zu ignorieren, Ryan. Und das geht am besten hinter verschlossener Tür, meinst du nicht?«

»Scheiße läuft hinter verschlossenen Türen, meinen Sie nicht, Sir?«

»Achte auf deine Ausdrucksweise.«

»Das werde ich«, sagte Ryan. »Wenn Sie anfangen hinzusehen. Wenn Sie anfangen, Ihre verdammten Augen aufzumachen.«

»Erklär's mir. Ich bin auf deiner Seite, Ryan. Erklär mir, was ich nicht sehe.«

Ryans Finger, mit einer Anmut für Konzerte, solange keiner da war, um sie zu hören, schlossen sich um den Beutel in seiner Tasche und warfen damit nach seinem Rektor. Der Beutel landete vor dessen Füßen, ohne Anlass und hell leuchtend.

»Das können Sie sehen, darauf wette ich. Das können Sie gut sehen.«

Mr Barry betrachtete den Beutel und sagte: »Was? Ist das?«

»Das ist Kokain, Sir.«

Der Rektor hob den Blick, und jetzt lag echter Zorn in seinen Augen. Keine Enttäuschung, sondern etwas, womit Ryan zurechtkam.

»Du bist ein gottverdammter Idiot, Ryan Cusack«, sagte Barry.

DER NOVIZE

6

DIE STADT BEMERKT NICHT die ersten tapferen Schritte eines kleinen, freien Mannes, besonders nicht, wenn er um seiner Freiheit willen alles um sich eingerissen hat. Trotzdem ging Ryan Cusack, als würde er beobachtet.

Die Sache war einfach. Brust raus, Schultern zurück, der schwere Gang eines Burschen mit tief hängenden Eiern. Ein mobiles Täuschungsmanöver für die Zeit nach den Tränen. Nach dem Ende der Schule hatte er eine letzte Konfrontation mit seinem Vater, die beschissen verlief, weil seine Kehle wieder voll mit kindlichem Elend war, heiß stieß es ihm auf, und er brachte keine Worte heraus. Dann war er von zu Hause weg, mit seinem (Dank an Cousin Joseph) Landstreicherbündel persönlicher Dinge: Socken, Unterhosen und einer Zahnbürste. Eine kurze Weile schlief er auf fremden Sofas und zwei Mal in Hauseingängen in der Innenstadt, dann gab er nach und ging seinen Boss um zusätzliche Jobs an.

»Ich sage nur, wenn es noch was gibt, ich habe Zeit.«

Ich brauche was.

Sein Boss hieß Dan Kane. Er war eine gepflegte Bestie Anfang dreißig, mit sanften Augen, grau melierten Haaren, einem gedämpften Akzent und absolut unauffällig, bis er dir an die Kehle ging und Speichel durch sein Knurren blubberte, nur Zentimeter von deinen leeren Bitten entfernt. Er war eine Ausnahme in der Unterwelt, ein kleiner Monolith in einer Stadt, die von Blutsbanden zusammengehalten wurde. Ryan hatte indirekt für ihn verkauft, bevor Kane es spitzkriegte und für irre erklärte: Es gab nicht viele Teenager, die größere Mengen umzusetzen vermochten. Dan macht ihn zu einer Art Schoßhund, lieferte auf Pump und verwickelte ihn in aberwitzige Debatten über Ethik und Erfolgsmodelle. Besser ein Schoßhund als ein Egel, der Tony Cusack das Blut aus den Knöcheln saugte.

Dan hatte Arbeit für ihn. Mehr als genug. Er besaß die Schlüssel zu mehreren Wohnungen, die er als begehbare Geldschränke für Vorräte unterschiedlicher Größe benutzte. Ryan setzte er in einen von ihnen, damit er ein Auge auf die Dinge hatte, hauptsächlich die vier Wände. Den ersten Abend sprachen sie am leeren Küchentisch über Väter, und Dan schlug ihm auf die Schulter und machte ein mitfühlendes Gesicht. Er verfügte über ein nahezu arktisches Gemüt mit gelegentlichen grellen Wutausbrüchen, hatte aber auch ein Herz, wenn es ihm in den Kram passte.

Ryan unternahm keinerlei Anstrengung, sich häuslich einzurichten. Er wusste, dass er bald schon wieder umziehen würde. Dan Kanes Wohnung war ein Platz zum Schlafen, das musste reichen.

Er mochte das Alleinsein nicht. Die Wohnung verfügte über eine Klimaanlage, wegen des Stoffs, sie war sauber und kalt wie das Loch in seiner Brust. Er hatte einen Fernseher, eine Xbox und einen Laptop, einen Kühlschrank für Bier und ein Doppelbett mit einer Daunendecke, um seine Freundin zu wärmen. Das half aber nur wenig. Er vermisste sein Zuhause, und das hielt ihn nachts wach. Er vermisste die Reihenhaussiedlung und das Grün drum herum, die Abkürzungen und die Saufplätze, die die Grenzen seiner Welt markiert hatten. Er vermisste das Schnarchen seiner Brüder, das Knallen der Tür zum Bad und das endlose Geplärre der *Simpsons* aus dem Wohnzimmer. Manchmal glaubte er sogar seinen Vater zu vermissen, wie man einen faulen Zahn oder brandigen Arm vermisst.

Er nahm an, dass es eine Art Kater war, die große Familie hing ihm nach, und er musste das durchstehen, wie jeden Kater, seinen Ursprung meiden, bis er vergessen hatte, wie weh es tat.

Der Ort des Verbrechens lag neben dem Haus seines Vaters,

gepflegt von einer verräterischen Kuratorin, konserviert ohne sein Einverständnis. Eines Tages, das wusste er, wollte er seinen Dad wiedersehen, und dass der Weg zurück voller Scham sein würde. Von Tara Duane hatte er genug gesehen, bis in alle Ewigkeit, mit ihren kranken *Komm-schons* hinten im Garten, ihren halb bekleideten Ermahnungen. Wieder und wieder spielte er es spätnachts in seiner geliehenen Wohnung durch, es war lähmend und erdrückend. Sie hatte ihn angemacht, um ihn fertigzumachen, und auch wenn er die Erinnerung daran ganz tief in sich vergrub, loderte sie in finsteren Stunden doch wieder auf, und er begriff einfach nicht, warum.

Es war April. Eine Wolkenflut breitete sich grau über den Straßen aus, und Ryan wanderte durch eine Stadt mit feuchtem Schutt und Abfall in jeder schmutzigen Ecke. Er war allein und erkundete die Weite seiner Einsamkeit. Ihm war zu verstehen gegeben worden, dass Dan später vorbeikäme, um seine Vorräte zu prüfen, was mit ein bisschen Glück nicht lange dauern würde. Karine hatte Tanzunterricht, den sie schwänzen wollte, um in die Wohnung zu kommen und sich auszuziehen.

Im März hatten sie ihr Einjähriges gefeiert, an seinem sechzehnten Geburtstag. Heute gab es ein weiteres Jubiläum, und er war nicht sicher, ob es gut wäre, sie darauf aufmerksam zu machen. Es war genau ein Jahr her, dass sie zum ersten Mal miteinander geschlafen hatten. Er fragte sich, ob ihr das gefallen würde. Etwas Alkohol, vielleicht ein kleines bisschen von Dans Koks und dann sich über das Alltägliche hinaus in was Neues vögeln, aus dem dann ein weiteres Jubiläum werden könnte?

Er lief weiter, Brust raus, die Schultern zurück, völlig selbstvergessen.

Er war unterwegs zu einer Tankstelle, wo wahrscheinlich Leute arbeiteten, denen komplett egal war, wem sie was verkauften, aber auf dem Weg dahin gab es bereits einen Wein- und Schnapsladen, der ebenfalls einen Versuch wert war. Er trat aus dem Nieselregen durch die Tür und blieb ein Stück vor der Ladentheke stehen, hinter einer mittelgroßen, schniefenden Frau, die ein alkoholisches Getränk wollte, von dem weder er noch der dürre Kerl an der Kasse je was gehört hatten.

»Das ist der einzige Eiswein, den wir vorrätig haben«, sagte der Verkäufer. »Er kommt aus Kanada. Das wird er sein.«

Die Frau drehte ihre Hand, als kurbelte sie irgendetwas hoch.

»Nein, der auch nicht«, sagte sie. Sie hatte eine schwere, tiefe Stimme und räusperte sich. »Vielleicht war es eher eine Art Schnaps? Oder sogar Brandy.«

»Welche Frucht?«

»Ich kann mich nicht erinnern, aber ich erkenne ihn, wenn ich ihn sehe.«

Ryan nahm ein paar Tüten Tayto-Chips aus einem schiefen Display und starrte zur Decke. Es schien sinnvoll, sich in die Trägheit des muffigen Ladeninneren zu hüllen, hing sein Erfolg doch davon ab, dass es nicht so aussah, als wäre er gerade mitten in einem Abenteuer. Einkaufen war kein Abenteuer, richtig? Ein Fläschchen kaufen, dann nach Hause, waschen, die Steuer machen oder sonst was. Ryan Cusack war erwachsen, und Erwachsene langweilten sich.

Sonst war nur noch ein winziges blasses Mädchen im Laden, nicht älter als vier. Die Kleine stand hinten beim Kühlschrank für das Bier und hatte einen Babyfinger im Mund. Ihre Mutter vermutete, dass der Alkohol, den sie suchte, auf Kirschbasis hergestellt war. Der Verkäufer drehte sich zu den Regalen um, und die Kleine steckte ihre Pfoten in den Kühlschrank, holte vier Dosen Bier heraus und rannte so schnell hinaus auf die Straße, wie ihre Streichholzbeine sie tragen wollten.

»Wissen Sie was?«, sagte die ausgemergelte Frau. »Ich geb's auf. Ich sehe den Namen nach und komm noch mal wieder.«

Sie blickte Ryan nicht an, als sie an ihm vorbeikam. Durchs Fenster sah er, wie sie zu der kleinen Diebin und einem Mann hinüberging, der so mager war wie sie. Er nahm die Dosen, sie das Kind, und schon flohen sie über die nassen Straßen, als würde ihnen die Stadt unter den Füßen weggezogen.

»Kann ich helfen?«, fragte der Mann hinter der Theke.

Hätte er seine Frage mit etwas mehr Begeisterung gestellt, hätte ihn Ryan womöglich vor neuerlichen Besuchen der Frau gewarnt. Stattdessen warf er die Chips auf die Theke und sagte: »Eine kleine Flasche Smirnoff und eine kleine Jameson.«

»Hast du einen Ausweis?«, blaffte ihn der Mann an.

»Nein.«

»Und wie alt bist du?«

»Sechzehn.«

Das sarkastische Vortäuschen von Sarkasmus erwies sich als unüberwindbare Barriere, im Übrigen war heute Schule und Ryan war in seinen Freizeitklamotten unterwegs. Der Verkäufer wand sich.

»Beim nächsten Mal bringst du einen Ausweis mit«, sagte er und stellte die Flaschen auf die Theke.

Sie hatten einen Hund zu Hause. Nero. Ein Mischling, schon ziemlich alt, mit einem Schuss Labrador drin und der Angewohnheit, unter dem Küchentisch zu schlafen und regelmäßig laut zu furzen. Es nahm einen wunder, dass überhaupt noch Farbe an den Tischbeinen war. Tony hatte ihn mit nach Hause gebracht, als Ryan fünf war und damit zu jung, um dem Welpen irgendwelche Tricks beizubringen. Als er alt genug gewesen wäre, um es zu probieren, wollte er nicht mehr. Dem kleinen Scheißer das Apportieren beizubringen hätte ihn irgendwie verdorben. Seine faule Hundenatur verändert, um ihn filmreif zu machen.

Es war schon ziemlich beschissen, so was mit einem Kind zu tun.

Er sammelte seine Einkäufe ein und ging dem Streichholztrio hinterher.

Das ist dein Trick, Kleines. Wenn Mammy was braucht und der Aufpasser dir den Rücken zukehrt, greifst du in den Kühlschrank und holst die Medizin heraus. Wenn Daddy sie braucht und seinen Arsch nicht aus dem Bett kriegt, läufst du mit dem unschuldigsten Gesicht überhaupt in die Schnapsbude und wartest, bis Mrs Horgan sich die Tränen weggewischt hat und dir den Whiskey aushändigt. Und vielleicht trinkt die Streichholz-Mammy ihn aus und fühlt sich warm und glücklich und drückt dich ganz fest und sagt, was für ein Schatz du doch bist. Wobei, vielleicht geht dein versoffener Daddy dann auf dich los und wirft dir vor, dass du ihn verurteilst oder falsch guckst, und vielleicht kriegst du eine verpasst, dass dir der Kopf brummt. Egal, mach's einfach und halt's Maul.

Er sah sie, als sie über die Straße wollten. Ryan fing den Blick des Mannes auf, und es war nicht ein Flackern darin, bis Ryan fragte: »Hören Sie, was denken Sie eigentlich, was Sie da machen?«

Worauf der Mann sagte: »Was?«

»Ich will wissen, was zum Teufel Sie sich dabei denken?«

Der Mann trat vor die Frau und das Kind, mehr zufällig als instinktiv. Er trug ein schlabbriges grünes Kapuzen-Sweatshirt und sah darin aus, als wäre er beim letzten Waschgang eingelaufen. Vielleicht hatte er das Ding ja auch geklaut, wie den Alkohol. Vielleicht hatte er seine kleine Komplizin im Sonnenschein über eine Gartenmauer geworfen, damit sie die Wäscheleine aberntete. Was immer der Grund war, er passte da nicht rein mit seinen verklebten Augen. Ryan kannte die Sorte.

»Sich von einem Kleinkind das Bier klauen lassen, während deine Alte dem Verkäufer Märchen erzählt. Und Sie stehen draußen mit den Händen in der Hosentasche. Himmel, Sie sind ja wirklich großartig!«

»Hör mal«, sagte der Mann.

»Erst hören Sie mal, verdammt«, sagte Ryan, »weil Ihnen offenbar noch niemand gesagt hat, was für ein Dreckskerl Sie sind.«

»Sorry, wer ist gestorben und hat dich zum Chefinspektor gemacht?«

»Es wäre mir so was von egal, wenn *Sie* da reingingen und den Laden ausräumen. Was Sie mit Ihren dreckigen Pfoten anstellen, stört mich nicht. Aber ein Kind für sich klauen lassen, das ist mies, Mann. Das ist wirklich saumies.«

»Hey, kümmer dich um deinen eigenen Kram«, sagte die Frau, die hinter ihrem Kerl herumtanzte.

»Wenn *Sie* das täten, hätten wir hier jetzt nicht dieses Theater«, sagte Ryan.

»Verpiss dich«, sagte der Kerl.

»Oder was? Oder was, Mann? Willst du dich prügeln, du Weichei? Ja, willst du?«

»Du wirst mich ja kaum schlagen, wo du dich so um die Kleine sorgst, oder?«, höhnte der Mann. »Habe ich recht? Also, verzieh dich.«

»Yeah, du Rotzlöffel!«, sagte die Frau.

Ryan grinste. Es wäre ein Leichtes, die beiden beim Kragen zu packen und auf die Straße zu schleudern. Die brachten zusammen keine hundert Kilo auf die Waage. Aber sie hatten recht. Ihm waren die Fäuste gebunden.

»Ich werd euch in Ruhe lassen«, sagte er, »es sei denn, ich kriege das noch mal mit. Wobei, ihr nehmt die Kleine wahrscheinlich überall mit hin, oder? Verschanzt euch hinter ihr, damit ihr nichts abkriegt? Ist sie überhaupt euer Kind? Bei dir haben sie ja an den Eiern gespart.«

Die Kleine schien sich zu ärgern, aber nicht so sehr wie ihre beiden Beschützer. Sie hatte noch einen langen Weg vor sich, bis sie sechzehn war, ihnen den Rücken kehren und sich ein Drogenlager zum Aufpassen suchen konnte.

»Sag deiner Mam und deinem Dad, sie sollen sich ihr Bier selber klauen. Nur zu.«

»Untersteh dich, mit meiner Tochter zu reden«, sagte die Frau.

»Ich hoffe, sie wird Ihnen weggenommen«, sagte Ryan und ging über die Straße.

Auf dem Nachhauseweg versuchte er an andere Dinge zu

denken, Whiskey, Jahrestage, die Titten seiner Freundin, aber wenn solche Sachen passieren, bringt das dein ganzes Innenleben durcheinander, vom Bauch bis unter die Schädeldecke. Er stillte seine Wut mit Gewaltfantasien. Den ganzen Weg vom Fluss bis zu Dan Kanes Wohnung stellte er sich vor, wie er den Kerl im grünen Hoodie zu rosa Brei verarbeitete. In der Wohnung angekommen, legte er die kleinen Flaschen und die Chips auf den Tisch, setzte sich auf den ledernen Zweisitzer und starrte seine Einkäufe an. Dann sah er auf die Uhr.

Nach einer Weile dachte er: *So werde ich nie werden.*

Er war zu groß und zu unerschrocken, um als Lachnummer durchzugehen, und zu klug, um im Schatten seines Stammbaums Wurzeln zu schlagen.

Es war jetzt auf den Tag ein Jahr her, dass er zum Mann geworden war, so erbärmliche Kerle wie die grüne Kapuze hatte er längst hinter sich gelassen.

Er drehte sich einen Joint und sah wieder auf die Uhr.

Maureen suchte Erlösung.

Nicht für sich selbst. Du bringst nicht einfach jemanden um und dir wird vergeben. Die hängen dich schon für viel weniger auf. Nein, sie suchte Erlösung, wie ein Schwein nach Trüffeln suchte: Sie wühlte danach, wollte sie umdrehen und schmecken, wusste aber, dass sie nicht für sie bestimmt war.

Robbie O'Donovan, sagte ihr Gewissen. *Der arme Kerl. Hatte mal einen Namen und einen Körper, bevor du beides den Würmern angetragen hast.* Wie leicht es war, jemanden umzubringen, wirklich, viel einfacher, als es sein sollte. Eben noch nahm er seinen Platz in einer lebhaften Stadt ein, und schon lag er metertief darunter – oder wo immer Jimmy seine Überbleibsel für gewöhnlich verstaute. Aus den Augen, aus dem Sinn. Weil niemand nach Robbie O'Donovan suchte. Kein Polizist, keine Ehefrau, keine Mutter. Der arme Kerl.

Sein Geist hauste jetzt bei ihr in dem alten Bordell, außerhalb der Schusslinie und für alle unsichtbar. Beobachtete sie von der Treppe aus. Wartete neben dem Küchentisch, während sie aß, und mied die Stelle, wo er sein Leben ausgehaucht hatte. Stand am Fußende ihres Betts, mitten hinter dem Fußteil, und starrte sie an, wenn sie nicht schlafen konnte.

»Ist es ein Wunder, dass ich kein Auge zubekomme, wenn du da bist?«, sagte sie zu ihm.

Er antwortete nicht. Sein Mund war nicht dafür gemacht. Sein Gesicht änderte sich mit ihren Gedanken und blieb nie lange genug gleich, um ihr zu antworten. Manchmal hatte er blaue Augen und strahlend weiße Haut, manchmal schmale Lippen und eingefallene Wangen. Manchmal lächelte er, und manchmal formten seine Lippen mit nachträglichem Entsetzen ein großes O. Zähne hatte er nie.

Der klebrige blutrote Umhang legte sich über seine rechte Schulter und beschwerte seinen verblichenen schwarzen Pullover, der sich wie in seinen letzten Momenten an ihn schmiegte.

Erst suchte sie bei ihm Erlösung, lag lange wach und erklärte sich, zunächst ihre Taten, dann ihre Geschichte, vielleicht ergab sich ja daraus ein Hintergrund, vor dem er zu einer Billigung finden konnte. Aber sein Mund blieb stumm. So erzählte sie ihm alles noch einmal und führte es an jenen Stellen aus, wo er es, wie sie dachte, wünschen könnte, doch was einmal sein Gesicht gewesen war, verweigerte jede Antwort.

»Soll ich dir eine Geschichte erzählen, Robbie O'Donovan?«

Seine blauen Augen traten über den Rand ihrer Höhlen und liefen die Wangen hinunter. Schwarze Flecken nahmen ihren Platz ein.

»Als ich achtzehn war, lernte ich einen Mann kennen. Er war vierundzwanzig und kam aus der Nähe von Cobh, trug einen Bart und Perlen. Du kennst die Sorte nicht, Robbie O'Donovan, weil sich das lange vor deiner Zeit ereignet hat, aber er war ein guter Fang, alle Mädchen meinten das. Sein Name war Dominic Looney, was heißt, dass ich gut daran tat, ihn nicht zu heiraten. Ich war eine dürre Maus und trug Hosen bis hoch zu den Ohren und so weit, dass sie über die Straße fegten. Haare hatte ich wie einen Atompilz, und ich weiß nicht, wie er zwischen den Hosen und meinem flauschigen Schopf genug von mir erkennen konnte, um zu wollen, was er im Angebot glaubte. Aber ihr seid ja nun mal recht merkwürdig, ihr Männer. Er hielt mich für einen Hingucker, und ich erlaubte ihm, es mir zu sagen. Also gingen wir aus. Rüber nach Crosshaven, zum Tanzen, und er machte mich mit Bier und Limonade betrunken, was dir aufzeigt, Robbie O'Donovan, wie klein ich damals war.

So lange waren wir gar nicht zusammen, aber es muss ziemlich ernst ausgesehen haben, weil die Mädchen, mit denen ich arbeitete, dachten, wir würden heiraten. Und wir taten auch oft genug so, als wäre es so, fuhren übers Wochenende weg und erklärten den Mary-Anns in den Bed & Breakfasts, dass wir Mr und Mrs Looney wäre es und seit einem Jahr verheiratet. Was dann passierte, kannst du dir denken, oder? Wobei das dir auch nichts bringt, denn ich habe längst nicht mehr die Figur von damals.

Natürlich ist es heute anders, aber ein Flittchen zu sein barg damals große berufliche Risiken. Zweifellos hätten die Mary-Anns gesagt, selbst schuld, und sich diebisch über meine Situation gefreut – so nannten sie es damals, Robbie O'Donovan, eine Situation, oder ein Problem, irgendetwas Vages, Schicksalhaftes. *Was tun wegen Maureens Problem?* Nun, das Erste, was ich tat, war, in meinem Kopf eine Mussehe zu planen. Ich wollte ein fließendes cremefarbenes Kleid tragen, er seinen Bart und einen Anzug, und wir würden in unserem eigenen Haus wohnen, bevor sich mein Bauch seiner Fesseln entledigen würde und mich zu einer Hure und uns zwei zu Betrügern machte.

Aber so kam es nicht, denn kaum, dass Dom Looney Lunte roch, ging er ab durch die Mitte, wild flatternd wie ein Huhn, das einem Fuchs zu entkommen versucht.

Und, was denkst du, was dann kam, Robbie O'Donovan?«

Das Gesicht der Erscheinung flackerte.

»Ich wurde weggeschickt. Den Nachbarn wurde gesagt, wegen der Arbeit, tatsächlich aber beobachteten sie mich, während ich dicker und dicker und dicker wurde, und ihre Gesichter wurden länger und länger und länger. Und als ich das Baby endlich bekam, verliebte sich meine Mutter – segne sie, o Herr, und bestell ihr einen schönen Gruß, wenn du sie siehst – Hals über Kopf in ihn. Es war ein Junge, und es wurde entschieden, dass ich ihn zur Buße aufgab und meine Mutter und mein Vater ihn in dem standhaften, anständigen Zuhause aufzogen, in dem auch ich schon groß geworden war.

Sag mir, Robbie O'Donovan, wenn dein Gesicht endlich aufhört, sich ein- und auszublenden, und dein Mund die Form wahrt, die deine Eltern ihm gegeben haben: Warum musste ich mich von etwas reinwaschen, was meine Mutter um alles in der Welt haben wollte? Hm? Und nachdem ich die Wascherei hinter mich gebracht habe, vierzig verdammte Jahre lang hat es gedauert, warum in Gottes Namen, denkst du, muss ich mich jetzt wegen dir schon wieder reinwaschen?«

Da ihm die notwendigen Voraussetzungen fehlten, um darauf zu antworten, sagte Robbie O'Donovan nichts.

»Ich werde es gutmachen«, grummelte Maureen, »aber eine Strafe nehme ich nicht mehr auf mich. Ich bin mehr als genug gestraft, wegen nichts und wieder nichts. Hörst du mich?«

Da die verdrießliche Flüchtigkeit des Geistes ihren Durst nach Erlösung nicht stillen konnte, suchte Maureen nach anderen, indirekten Wegen.

Die Kirche schien ein offensichtlicher Ansatzpunkt. Die Geistlichkeit bestand aus selbst ernannten Experten im Gewähren von Gnade für ihren abwesenden Hauswirt. Und dann war da der Gedanke, dass sie durch ihre Leidensjahre, denen keine wirkliche Sünde vorausgegangen war, bereits vorab für Robbie O'Donovans Tod gezahlt hatte. Ging das nicht so im Heiligen

Römischen Reich? Kamen die nicht mit derartigen Versprechen, wann immer einer mit ausreichend Gold und einem Sack voller Fehltritte daherkam? Wenn die Kirche, die sie vor vierzig Jahren in die kinderlose Verbannung geschickt hatte, ihr jetzt eine Art Trostpflaster anböte, also dann wäre sie geneigt, sich die Sache anzuhören.

Die nächste Kirche lag auf der anderen Seite des Flusses, zehn Minuten an den Kaimauern entlang. Am Morgen, nachdem sie Robbie O'Donovan ihre Gutenachtgeschichte erzählt hatte, unternahm sie einen Spaziergang.

Bisher war es ein scheußlicher April gewesen, das Wetter schlecht, nass und bitterkalt. Sie hatte sich für den Anlass in Weiß kleiden wollen, vom Regen aber davon abbringen lassen. So trug sie statt der weißen eine schwarze Hose und statt der Sandalen festes, dunkles Schuhwerk. Ihre cremefarbene Strickjacke und die weiße Bluse ließen sie aussehen wie jemanden, der nur von der Hüfte abwärts gesündigt hatte, wo in den Siebzigerjahren das Problem bei den Neunzehnjährigen ja meist auch gelegen hatte.

Es war eine alte, auf eine Weise imposante Kirche, die man heutzutage eher verhindern würde, da das Land nun auf derartige Extravaganzen achtete. Maureen stieg die Stufen hinauf, trat durch die kolossale Tür und sah die Pracht im Inneren. Gold und Marmor und Lautsprecher an den Mauern, um die Worte des Herrn-di-Berrn besser hören zu können. Sie gluckste laut genug, um ein paar Schnepfen in einer der hinteren Bänke zu ärgern.

In der Ecke standen Beichtstühle. Sie fuhr mit der Hand über das Äußere der linken Tür. Hartholz, mehrfach lackiert. Alles Fassade, dachte sie. Innen ein schwarzes Gitter, auf Kopfhöhe. Der Platz des Priesters in der Mitte war mit einem Samtvorhang verhängt.

Maureen schlüpfte hinein, stand im Dunkeln und erinnerte sich, wie sie vor all den Jahren darauf gewartet hatte, dass der

Priester die Klappe öffnete – wie sie die Stickigkeit genossen hatte, den Pomp des Rituals, selbst noch den Geruch, so streng und muffig, lang war's her …

Die Klappe öffnete sich, und eine Stimme sagte: »Es ist zwar keine Beichtstunde, aber ich habe Sie hineingehen sehen.«

»Herrgott noch mal!«

»Der gewohnte Gruß lautet: *Vergib mir, Vater, denn ich habe gesündigt.*«

Maureen drückte die Tür auf und eilte auf den Ausgang zu, während der Priester, mit Brille und weißhaarig, wie es sich gehörte, den Beichtstuhl öffnete und sich hinauslehnte.

»Ich wollte Sie nicht erschrecken«, rief er ihr hinterher.

Robbie O'Donovan wartete auf sie, als sie die Tür zum Bordell hinter sich zuschlug. Sein heute sehr langes Gesicht, mundlos und bleich, starrte sie vom Ende des Flurs an. Er stand in der Küchentür und versperrte ihr den Zutritt.

»Ich schaffe es«, sagte sie. »Heute noch nicht, klar, aber am Ende wirst du's sehen: Du, mein Junge, hast kein Recht, hier zu sein.«

Sie wollte eine Tasse Tee und sich setzen, und so kniff sie die Augen zusammen, und als sie sie wieder öffnete, war er verschwunden.

7

WIE EIN RAUBVOGEL, der sich auf seinem Ei aufplustert, saß Maureen auf ihrem Geheimnis. Sie hütete es sorgfältig, doch als Jimmy dankenswerterweise ihre Tat endlich der Geschichte überantwortete, wusste sie kaum mehr an sich zu halten, und er sah, wie es unter schwerem Seufzen, Schnauben und heruntergeschluckten Ausrufen aus ihr herausdrängte. Sie hatte beschlossen, dass es an der Zeit sei, ihm zu sagen, was sie erfahren hatte. Und das war nicht gut.

Dass diesem Kerl, diesem Cusack, der Name des Toten herausgerutscht war.

Na und? hätte Dougan womöglich gefragt, wäre er in die Sache eingeweiht gewesen, aber das war er nicht. Es war bereits zum Schlimmsten gekommen, der Narr war tot. Was machte es da, dass Maureen seinen Namen kannte, den Namen des Mannes, den sie umgebracht hatte?

Ohne Dougan war Jimmy Phelan jedoch ein einziges Chaos aus *Was-wenn* und *Was-fällt-dem-ein*.

Der Name der Leiche war eine Komplikation. Maureen redete wie nebenhin von einem Geist, der aufgetaucht sei, kaum, dass sie einen Namen für ihn gehabt habe, und ihre Unbekümmertheit störte ihn. Da ging es nicht um ein Schuldeingeständnis, nein. Aber wer wusste, was die Hexe mit einem Namen noch anstellen konnte?

Es war ein Sommer der Extreme gewesen. Die Sonne, wenn sie denn schien, hatte alles verbrutzelt, war dann aber gleich wieder hinter aufgetürmten Kumuluswolken verschwunden. Regenschauer hielten die Kinder im Haus, und die Luft war voll mit wütenden Wespen.

Jimmy fuhr zu Cusacks Haus, um aus ihm herauszuprügeln, was um alles in der Welt er sich dabei gedacht hatte, Maureen zu sagen, wer der Tote gewesen war. Er fuhr zu ihm, um ihm Vernunft einzubläuen, um seine Widerspenstigkeit abzuschätzen und um herauszufinden, ob an dieser Scheiße mehr dran war als Aufmüpfigkeit. Jimmy Phelan hielt sich für einen großen Menschenkenner, und Cusack hatte nicht den Eindruck gemacht, als würde er den Toten kennen, als sie ihn aus Maureens Küche geschleift hatten. Die Möglichkeit bestand, dass der Scheißkerl eigene Nachforschungen angestellt hatte, mit dem Ergebnis zu Maureen getapert war und es ihr überlassen hatte, damit zu machen, was sie wollte. Jimmy wusste es nicht.

Er wusste es nicht!

Tony Cusacks Reihenhaus war eines von Dutzenden, die in einem Anfall von unwilligem Sozialismus in die Landschaft gesetzt worden waren. Immer steckte irgendein Balg auf den Grünflächen etwas in Brand, oder ein Rüpel mit einem Bauch bis zum Gartenzaun flog besoffen aus seinem Haus (begleitet von den besten Wünschen einer kreischenden Gewitterziege), Streifenwagen patrouillierten, Teenager krakeelten, Hunde kläfften. Jimmy parkte seinen Wagen und griff sich einen vorbeilaufenden Bengel, um zu fragen, wo genau Tony wohnte.

Sein Haus war das mittlere einer kurzen Reihe direkt am Grün. Ein silberner Scenic stand in der winzigen Einfahrt, aber auf beiden Etagen waren die Vorhänge zugezogen, und auch hinter dem Milchglas der Haustür regte sich nichts. Jimmy klopfte trotzdem, und als keiner kam, noch fester. Wie viele Kinder hatte der Kerl in die Welt gesetzt? Sechs? Jimmy drehte sich um. Der Rasen war nicht gemäht, der Garten hatte nichts Schmückendes wie Hecken oder Blumenbeete, und der einzige Hinweis auf Kinder waren ein paar Bonbonpapiere, die sich zwischen dem Gras und dem Rauputz des Hauses verfangen hatten.

Er trat auf die Einfahrt und lehnte sich an die Haube des Autos.

»Wo bist du, kleiner Pisser?«

Er ließ den Blick bis ans Ende der Häuser wandern, wo einzelne Gestalten hinter Autos, Mauern und Rosenbüschen verschwanden. Zur anderen Seite hin, im Haus gleich nebenan, sah er ein bekanntes Gesicht hinter dem Vorhang wegtauchen.

Das war ein Anfang.

Er fing an zu pfeifen, ging zur nächsten Einfahrt hinüber und klopfte. Sie öffnete die Tür nur ein paar Zentimeter und ließ ihn nicht mehr als ihre Augen und ihre Stirn sehen.

»Kann ich helfen?«

»Verfickt noch eins, Tara. Spiel nicht die Unschuld vom Lande.«

Er stieß gegen die Tür, die ihr auf die Nase schlug.

»Tu ich doch gar nicht«, sagte sie.

»Gutes Mädchen. Weil ich nicht die Geduld dafür habe, dass du hier Spielchen veranstaltest. Willst du mich nicht reinlassen?«

»Meine Tochter liegt im Bett.«

»Das ist keine Antwort.«

Sie zuckte und schniefte, trat zur Seite und ließ ihn in ihre Diele.

Die Vorhänge im Wohnzimmer waren zugezogen. Der Raum wurde vom Schimmern eines Laptops auf dem Couchtisch erleuchtet, unterstützt von etwas Sonnenlicht, das vom ausgesperrten Sommerhimmel hereindrang. Jimmy setzte sich aufs Sofa, legte die Arme links und rechts auf die Rückenlehne und schlug das linke Bein über das rechte. Tara Duane blieb in der eigenen Wohnzimmertür stehen, wie ein Einbrecher, der auslöffeln musste, was er sich eingebrockt hatte.

Sie war ein ziemlicher Giftzwerg, diese Tara Duane, trieb sich am Rand des eigentlichen Geschäfts herum und ernährte sich von den übrig bleibenden Kadavern auf eine Art und Weise, die er einfach nicht kapierte. Mit Verbrechern wusste er umzugehen, aber die hier … Er hatte nie jemanden getroffen, der so überzeugt von seiner eigenen Tugendhaftigkeit war.

Sie hatte einmal als Puffmutter arbeiten wollen und einen seiner Handlanger angesprochen. Die Hässlichkeit des Geschäfts hatte sie jedoch fassungslos gemacht, und sie hatte mehr Zeit damit verbracht, die Hände über der Asche ihrer Vorstellung von einem Cork'schen Moulin Rouge zu wringen, als tatsächlich Geld in die Kasse zu bringen, und so wurde sie entsorgt und der mit ihr zusammenarbeitende Handlanger fing sich zwei rechts, zwei links. Seitdem hatte sie Russisch gelernt und war zu einer Art Lotse für Mädchen geworden, die sich in ihrer Not zur Sexarbeit entschlossen hatten. Sie hielt sich immer noch für so etwas wie eine Puffmutter, nur dass sie heute davon ausging, ihr Status als Freischaffende verschaffe ihr eine ansprechende Unvoreingenommenheit und die Aura reiner Nächstenliebe. Eines seiner Mädchen hatte Jimmy mal erzählt, Tara sei zu den unmöglichsten Stunden online und benutze falsche Identitäten, um mit Prostitutionsgegnern zu streiten und auf das katholische Irland zu schimpfen. Das hatte ihm Spaß gemacht, und es störte ihn nicht, ihren Illusionen freien Lauf zu lassen. Wobei seine Leute sie gelegentlich als Unterhändlerin benutzten oder um jemanden aufzuspüren.

Ihr Wohnzimmer war winzig. Auf einem Regal stapelten sich Zeitschriften, an den Wänden hingen Bilder in beißenden Farben. Neben dem Laptop stand eine große Tasse, aus der ein kleines Papieretikett hing. Auf dem Bildschirm war ein Chat-Fenster geöffnet.

Natürlich, Schatz xxx Keine Sorge. Meine Mam ist gerade nach Hause gekommen brb. Fang bitte nicht ohne mich an. Luv u.

Lass sie nicht an dein Baby. Sei stark.

»Ein Online-Chat?«, fragte er. »Ich dachte, deine Tochter wäre im Bett?«

»Vor 'ner Weile war sie noch auf.«

Er grinste und beugte sich vor. »Ihre *Mam* ist gerade nach Hause gekommen und hat sie ins Bett geschickt, was? War sie die ganze Nacht wach und hat mit geilen Stechern gechattet? Und dazu Tee mit Etikett dran getrunken? Ah, sie hat echt Niveau.«

»Kann ich mit was helfen, Jimmy?«

»Wahrscheinlich«, sagte er.

Sie verschränkte die Arme vor der Brust, überlegte es sich anders und vollführte kurz eine Art Ententanz.

»Tara«, sagte er.

»Ja?«

»Ich suche jemanden, sieht man das nicht.«

»Doch.«

»Weißt du, wo er steckt?«

»Tony Cusack?«

»Genau der. Das ist doch sein Haus.«

»Was wollen Sie von Tony Cusack?«

»Warum fragst du?«

Ihre Hände wurden zu Fäusten. Sie steckte sie sich unter die Achseln.

»Ernsthaft, Tara? Wenn du herauszufinden versuchst, was ich weiß, bevor du dich entscheidest, was du antworten willst, macht mich das sehr wütend.«

Sie schob die Lippen vor. »Er ist auf Entzug.«

»Er ist was?«

»Auf Entzug. So ein Programm für die Bewohner hier. Die Kinder sind bei seinen Schwestern, und er war seit Wochen nicht mehr zu Hause.«

»Ich habe Cusack nicht für so gesundheitsbewusst gehalten«, sagte er.

»Ist er auch nicht«, sagte sie. »Es war eine Entscheidung des Gerichts.«

»Des Gerichts? Scheiße … Was hat er gemacht, dass sie ihm das aufgebrummt haben?«

»Was hat er *nicht* gemacht?«

»Er kommt mir so harmlos vor.«

Sie schäumte. »Der ist nicht harmlos. Er ist ein fürchterlicher Mensch. Gewalttätig. Äußerst gewalttätig.«

»Sprechen wir vom selben Tony Cusack? Ungepflegter Bursche, große braune Augen, war mit einer Italobraut verheiratet, einem Hingucker mit Möpsen bis da vorne?«

»Einige Leute sind einfach schlecht«, sagte sie. »Ganz gleich, wie oft du dich in ihnen täuschst.«

Ihre Gereiztheit gefiel ihm. »Das klingt so gar nicht wie die gefühlsduselige Tara Duane, die ich kenne.«

»Er misshandelt seine Kinder.«

»Heilige Scheiße, sonst noch was?«

»Ja, noch was. Er hat mein Fenster zertrümmert. Mit einem Hurlingschläger. Voll durch die Scheibe. Und trotzdem muss ich neben ihm wohnen bleiben, dabei habe ich Angst um mein Leben wegen ihm.«

»Tony Cusack hat dein Fenster eingeschlagen?«

»Ja, und deswegen rate ich Ihnen, sich nicht mit ihm einzulassen.«

»Warum hat er es eingeschlagen?«

»Was kümmert Sie das?«, sagte sie.

»Das tut es nicht.« Er beugte sich vor, die Ellbogen auf den Knien. »Ein Liebesdrama?«, wollte er wissen. »Hast du dich von ihm ficken lassen, Tara?«

»Entschuldigung, nein.«

»Warum sonst sollte dir ein Mann das Fenster einschlagen? Hast du die Namen auf den Mülleimern vertauscht? Bis spät in die Nacht ABBA gehört und laut mitgesungen? Komm schon, Tara. Weshalb habt ihr euch gestritten?«

»Suchen Sie nach ihm, oder wollen Sie mich verhören?«

»Erst das eine, dann das andere.«

Das Licht des Laptops wurde schwächer, als der Bildschirmschoner anging. Jimmy streckte sich und lehnte sich aufs Sofa zurück.

»Sein Junge, der Älteste«, sagte sie. »Er ist sechzehn. Er dachte, ich hätte …«

Die Pause war lang genug, um ihn zum Lachen zu bringen.

»Großer Gott, Tara. Treibst du es jetzt mit Kindern?«

»Sicher nicht«, zischte sie. »Er hat Wahnvorstellungen, wegen dem Alkohol und den Drogen. Die muss man ja haben, oder, wenn man einer jungen Mutter so was vorwirft? Besonders einer wie mir.«

»Einer wie dir?«

»Ich bin ein guter Mensch!«, blaffte sie. »Und der Mann ist völlig durchgedreht.«

»Wenn er dich mit beiden Beinen an den Ohren von dem jungen Kerl erwischt hat, würde ich sagen, er hatte einen guten Grund.«

»Das ist ja widerlich.«

Er stand kurz vor einem Lachanfall. »Ach, komm schon, Tara. Ich habe ständig mit Gestörten zu tun und weiß sicher, dass du bei der Qualitätskontrolle durchgefallen bist. Der Mann hat dein Fenster eingeschlagen, weil du dir den minderjährigen Schwanz von seinem Kleinen reingesteckt hast.«

»Nein! Hab ich nicht! Ich habe versucht, dem Jungen zuzuhören, und er hat es offenbar falsch verstanden, okay? Und ich musste ihm zuhören, weil sein Vater verrückt ist und es mich Jahre meines Lebens kostet, neben ihm zu wohnen.«

»Wenn doch nur *bei* ihm zu wohnen, Jahre hinzufügen würde, was?«

»Jaja, zurück zur Ausgangsfrage, okay? Ich weiß nicht, wo er ist«, sagte sie. »Nur das mit dem Entzug. Vom Gericht angewiesen.«

»Weswegen?«

»Trunkenheit und ungebührliches Benehmen, dazu noch das unmotivierte Einschlagen meiner Fensterscheibe, das hat dem Richter gereicht, um zu sehen, dass er ein Problem hat. Fürs Gefängnis hat er zu viele Kinder, nehme ich an.«

»Das klingt jetzt ganz nach Cusack«, sagte er.

»Das klingt alles nach Cusack. Sie kennen ihn offenbar nicht sehr gut.«

»Stimmt«, sagte Jimmy, schnalzte mit der Zunge, legte die Hände aufs Sofa und machte Anstalten aufzustehen. Tara atmete auf. Er lachte.

»Gott noch mal, Tara. Man könnte meinen, dass du nichts Gutes im Sinn hast.«

Sie saugte sich die Lippen in den Mund.

»Ich mach mich auf den Weg. Du warst ziemlich unnütz. Wahrscheinlich hast du wichtigere Sachen zu erledigen, wie beispielsweise Mr Internet vorzugaukeln, du wärst die Seelenfreundin seines kleinen feuchten Traums. Entschuldige, dass ich keine bessere Mutter für dich war.«

Sie folgte ihm zur Haustür.

Die Straße schimmerte unter dem indigoblauen, tief hängenden Himmel. Jimmy ließ die Schultern kreisen.

»Eine Frage noch«, sagte er. »Kennst du einen Kerl, der Robbie O'Donovan heißt?«

Ihre Augen weiteten sich. »Nein.«

»Denk nach. Er müsste Cusack kennen.«

Sie schüttelte den Kopf.

»Etwa dreißig Jahre alt. Rote Haare. Ziemlich groß. Nicht zu übersehen, aber das hilft wunden Augen nicht.«

»Ich vermute, wegen ihm suchen Sie Tony?«

Jimmy trat aus der Tür auf die Einfahrt hinaus.

»So viele Vermutungen, Tara. Ich gehe. Bleib schräg.«

Er ging zum Gartentor. Vergebliche Ausflüge drückten ihm für gewöhnlich aufs Gemüt, er konnte es vor sich sehen, vielleicht fünf Minuten weiter in der Zukunft, vielleicht zehn, ein diskreter Wutanfall, der ihm den Rest des Nachmittags versauen würde. Er hatte zu tun. Weit Wichtigeres, als nach Tony Cusack zu suchen.

Hinter ihm rief Tara: »Warten Sie!«

Er drehte sich um.

Sie nickte. »Robbie O'Donovan. Ein langer Kerl, rotbraune Haare, ein richtiger Strich in der Landschaft, keine große Leuchte, doch, doch.«

»Oh, du erinnerst dich! Sag mir: Was weißt du über ihn?«

Sie schloss die Tür hinter sich und trat auf die Einfahrt. Vor der Mauer saßen zwei Mädchen auf ihren Tretrollern und stritten sich, ohne etwas von dem Unwetter mitzubekommen, das sich über ihnen zusammenbraute, dem klingenden Windglockenspiel des bevorstehenden Sturmes.

»Er ist mit einem von den ... Mädchen zusammen«, sagte sie. »Sie wissen schon.«

»Mit einer von den Huren? Mit welcher?«

»Ich weiß nicht, wie sie sich nennt, aber ich kenne sie als Georgie Fitzsimons.«

»Eine Irin?«

»So was gibt es«, sagte sie.

»Wo arbeitet sie? Wie sieht sie aus?«

»Oh, sie ist eine von den Unglücklichen. Sie sitzt auf der Straße. Kann man kaum verfehlen. Für gewöhnlich ist sie unten am Kai. Sie ist klein, aber, Sie wissen schon, solche Brüste.« Sie machte eine ausholende Geste. »Dunkle Haare bis tief auf den Rücken. Mager, aber sie war mal hübsch. Ich glaube, das nennt man *am Arsch*.«

»Ich kenne die Sorte.«

»Sie hat mal für Sie gearbeitet«, sagte sie. »In dem Haus am Ende vom Bachelor's Quay.«

»Ach was.« Nun, damit machte es Sinn, dass der Kerl da gewesen war. Der belanglose Schatten von einer der Huren, wahrscheinlich ein Junkie, wahrscheinlich dachte er, das Haus stehe leer, und wollte ein paar Kupferleitungen rausreißen, oder ein Stück Teppichboden. Wahrscheinlich die Sorte von Idiot, mit der Tony Cusack sich rumtreibt. Das Problem der ans Licht gekommenen Identität der Leiche fiel in sich zusammen.

»Schuldet er Ihnen Geld oder so?«, fragte Tara.

»Wer?«

»Robbie O'Donovan. Ich habe das Gefühl, der hat die Stadt verlassen, deswegen.«

Jimmy kaute Luft.

»Du stellst zu viele Fragen, Tara.«

»Ich will nur helfen …«

»Es wäre besser für dich, wenn du versuchen würdest, die Schnauze zu halten, weil sonst eines Tages jemand kommt und sie dir zulötet.«

»Okay. Mein Gott«, sagte sie und hielt sich an der Mauer zwischen ihrem und Cusacks Haus fest, die andere Hand auf der Brust.

»War nur ein Hinweis.« Er winkte sie weg und ging zu seinem Wagen.

Sie tauchte drinnen am Fenster auf, sah hinter dem Vorhang hervor und verschwand erst, als sie sah, dass er zu ihr rüberblickte. Er schnaubte.

Eines der streitenden Mädchen schubste seine Freundin von ihrem Roller. Das Kind fing an zu schreien. Tara Duane sah wieder hinaus. Jimmy überlegte, ob er ihr winken sollte.

Das Schreien des gestürzten Mädchens wurde von einem Jaulen aus einem der Gärten gegenüber beantwortet. Ein Mann mit Bodybuilder-Statur setzte sich in Bewegung und schnauzte Sarah oder Sasha oder wie immer sie hieß an. Jimmy konnte nicht sagen, wer von den Kindern den Kerl so aufbrachte, aber er lief zu ihnen hin, packte das schreiende Mädchen mit der einen Hand und gab dem zweiten mit der anderen Hand eine Ohrfeige. Die Gestürzte wurde aufgestellt, die Schuldige an der Hand umgedreht. Sie war vor Angst ganz bleich. Das Urteil nahte.

Es war ein heißer Tag. Die Stimmung gereizt.

Eine in Lila gekleidete Frau mit einer ausgeleierten Seepferdchen-Tätowierung watschelte auf den Tatort zu. Sie hielt Abstand zu dem fauchenden Mann und den schreienden Kindern und drohte damit, die Gardaí zu rufen. Der Mann hob die Hand.

Immer noch kein Regen. Jimmy lächelte ins olivfarbene Licht, und Tony Cusacks Indiskretion wurde von einer Katastrophe zu einer Verschwörung zu einem Ausrutscher.

FREUNDE

Wir gehen später noch raus. Es gibt nichts Besonderes, aber wir besorgen uns einige Dosen und trinken mit Joseph und den Jungs, rauchen ein paar Joints und haben Spaß. Karine putzt sich allerdings schon für den kleinsten Anlass raus. Wir sind oben in Dan Kanes Lagerhaus, und sie »macht sich fertig«. Fertig, Mann. Damit sie, falls ihr schlecht wird, wenigstens super aussieht, während sie mir auf die Schuhe kotzt.

Ich sitze auf dem Fußende des Betts und drehe einen Joint, sie lehnt in den Kissen, sieht fern und lackiert sich die Fußnägel babyblau.

Es läuft einer von diesen Tanzwettbewerben. So was liebt sie. Zwei Mal in der Woche geht sie zum Hip-Hop und macht bei Turnieren mit, in einer richtigen Mannschaft und allem. Sie kann Spagat. Sie kann mir die Waden auf die Schultern legen. Das ist verdammt geil.

»Der Typ ist irre«, sagt sie und schmachtet den Kerl an, der da in seinen Leggings vor den Preisrichtern herumhüpft.

»Echt jetzt?«

»Ja, der hat Moves drauf, also …«

Sie ist komplett gebannt, lackiert noch den letzten Zehennagel, lehnt sich zurück, mit einem Finger im Mund, und starrt auf den Bildschirm. Ich halte ihr den Joint hin, aber sie achtet nicht auf mich.

Die Zehen hält sie gespreizt, damit der Lack nicht verschmiert.

Ich nehme eine Prise Tabak und beuge mich langsam, langsam zu ihr hin.

Sie seufzt, als die Preisrichter aufstehen und applaudieren, und versinkt vollkommen in ihrem Wohlgefühl.

Ich streue ihr etwas von dem Tabak über die Nägel des rechten Fußes. Die Krümel bleiben am Lack kleben und zaubern lokusbraune Flecken darauf.

Sie merkt nichts.

Ich besprenkle den anderen Fuß. Gerade als ich fertig bin, zieht sie die Knie an.

»Der ist so was von talentiert«, sagt sie.

Ich lache los.

Sie sieht mich mit offenem Mund an, bereit, mir gleich noch was Atemberaubendes über die Kanone im Fernsehen zu erzählen, als sie ihre gefleckten Zehen bemerkt.

»O mein Gott! Ryan!«

Ich kann mich nicht mehr halten.

»Ryan Cusack, du bist ein verdammtes Ekel!« Sie springt auf, wirft ein Kissen nach mir und kriegt praktisch einen Tobsuchtsanfall, direkt da vor mir. »Du Arschloch! Ich hab nicht mal Nagellackentferner dabei. Die sind ruiniert! Was soll ich jetzt machen? O mein Gott, das ist zu viel, jetzt reicht's.«

Sie ist knallrot vor Wut. Ich bringe kein Wort heraus und schnappe nach Luft.

Sie stampft ins Bad, und bevor sie die Tür zuschlägt, ruft sie noch: »Ich wünschte, ich wäre eine gottverdammte Lesbe!«

Auf dem Bildschirm steht ihr Mann mit gefalteten Händen und schickt ein stummes Gebet zum Himmel. Ich wisch mir die Tränen aus den Augen. Die Preisrichter rufen seinen Namen, und er springt auf die Bühne, als hätte er 'ne Wespe in der Unterhose.

Ein paar Minuten später kommt sie wieder raus.

»Dein Freund ist weitergekommen«, sage ich zu ihr.

Sie guckt mich böse an. »Mein Freund zieht jetzt besser seine Jacke an, weil er mir einen Nagellackentferner holen geht. Ich weiß echt nicht, wie ich es mit dir aushalte, Ryan. Du bist so ein Kind.«

8

FRÜHMORGENS WAR ES WUNDERSCHÖN unten am See. Die Luft war kalt und gesäubert von allem, was sie am Tag vorher in sich aufgenommen hatte. Mittags schon würde sie wieder verbraucht sein, und am Abend von Fliegen gesättigt.

Georgie hatte es sich angewöhnt, noch vor dem Frühstück zum Wasser hinunterzugehen. In den Weiten von Berg und Himmel blieb es länger früh. Die Stadt, das waren von Sonnenaufgang an lärmende Autos und ewige Qualen. Hier draußen dehnte sich, solange die Luft die Kühle halten konnte, der Schwebezustand zwischen jetzt und dann für sie ins Unendliche.

Sie setzte sich auf einen flachen Stein am Wasser und schloss die Augen vor dem milchig blauen Himmel und der Brise, die ihr Flechten über Wangen und Wimpern legte. So nah am Wasser konnten die Vögel einen ziemlichen Lärm machen, aber heute Morgen war ihr Gesang ein sich windendes Licht. Dahinter nichts. Später, wenn sie ihren Pflichten nachgehen musste, gab es Motorenlärm und geräuschvolles Miteinander, wenn Leute zusammenkamen und dem Teufel der Untätigkeit die Stirn boten.

Hinter ihr Davids Stimme: »Du hast dich nicht getäuscht.«

Sie drehte sich weder um, noch öffnete sie die Augen. »Du bist so negativ, David: *Du hast dich nicht getäuscht.* Du könntest auch sagen: *Du hattest recht.* Wende das Negative ins Positive, erinnerst du dich? Entledige dich der Bitterkeit. Zieh die Mundwinkel nicht nach unten, sondern nach oben. Lass deine Laune kopfstehen.«

Seine Schuhe knirschten im Kies. Als sie die Augen öffnete, stand er am Wasser, mit dem Rücken zu ihr, die Hände in den Hüften.

»Du siehst aus, als würdest du eine Plantage begutachten«, sagte sie. »Als Herr und Meister von allem, was du siehst.«

»Es gibt nur einen Herrn«, sagte er. »Und keinen Besitz. Oder etwa nicht?«

Sie lachte, und er drehte sich um und lächelte ebenfalls. Er war wohlproportioniert, eher durch gutes Auskommen als durch harte Arbeit, hatte einen sauber gestutzten Bart, der kitzelte, und Augen blau wie ein Berghimmel.

»Ich hatte nicht gedacht, dass du Frühaufsteher bist«, stichelte sie.

»Du hast gesagt, es wäre es wert«, sagte er.

Davids Laster war das Glücksspiel. Er vergrub sich wochenweise allein mit seinem Laptop und verlor ein letztes Hemd nach dem anderen in Landschaften aus blinkenden Lichtern und strahlendem Grün. Wenn man ihn so ansah, würde man es nicht glauben. Er schien wie gemacht für eine IKEA-Anzeige. Nachdem sich seine Eltern hatten scheiden lassen, hatte sich sein Vater erneut der Kirche zugewandt, weshalb sein Sohn in dieser an einem See gelegenen, von christlichen Soldaten geführten Zufluchtsstätte gelandet war, deren militärische Taktik in gemeinsamem Frühstücks-Porridge und langen Waldspaziergängen bestand.

Georgie hatte das alles erst für sehr amerikanisch gehalten, doch der Leiter war ein Ire. Er hieß William Tobin und nannte seine Organisation CAIL, was, wie sie mit einem hastig unterdrückten Kichern herausgefunden hatte, für *Christen Aktiv Im Licht* stand. Aber sosehr sie sich auch mühte, konnte sie kein versteckt eigennütziges Motiv hinter Williams Engagement entdecken. Seine Seele war zu gut für Schwindeleien. Er hatte einen grauen Pferdeschwanz und eine Frau namens Clover, mit der er eine eher sektenuntypische monogame Beziehung pflegte. Georgie brauchte Hilfe, und er gewährte sie ihr, ohne irgendwelche Ansprüche zu erheben.

Warum sie Hilfe brauchte, ging niemand anderen etwas an.

William hatte ihr erklärt, was sie seinen Mitarbeitern sage, sei allein ihre Sache. Und so erzählte sie ihnen denn, sie sei Alkoholikerin, was wahrscheinlich stimmte, auch wenn es das geringste ihrer Probleme war.

Es war keine Rehabilitation im klassischen Sinn. William Tobins Anwesen in West-Cork hatte eher was von Aussteigen als von Einsteigen. Ein Bett und Verpflegung für etwas Landarbeit und Interesse an Williams täglichen Predigten über die liebende Gnade Jesu Christi. Georgie hatte den Herrn noch nicht gefunden, wobei zu Seiner Verteidigung gesagt werden musste, dass sie auch nicht ernsthaft nach Ihm suchte. Aber die Leute hier schienen ein ehrlicher Haufen zu sein, Porridge hatte sie immer schon gemocht, und sie liebte die Luft am See.

»Bist du sicher, dass das später okay für dich ist?«, sagte David.

»O ja, kein Problem.«

»Sie brauchen deine Hilfe.«

»Ich denke, sie trauen mir, dass ich nicht gleich in den nächsten Pub laufe und einen Jäger Shot verlange.«

»Liegen sie richtig, dir zu vertrauen?« Er lächelte.

»Ich bitte dich. Alkohol, das war gestern.«

Er setzte sich neben sie auf den Felsen, und als er seinen Arm um sie legte, sah er sich um, zum Zentrum hinüber, nur für den Fall.

William und Clover stellten nicht gerne Regeln auf, die bereits in Seinen Lehren enthalten waren, aber Er war sicher nicht so ein begeisterter Anhänger des Fraternisierens, und wenn Georgie sich richtig an ihren Religionsunterricht erinnerte, taugten Ihm gefallene Frauen nur zum Füßewaschen. Der Umstand, dass sie heimlich eine Affäre mit David angefangen hatte, würde zweifellos den Handel hier platzen lassen, oder zumindest Anlass für ein heftiges Auf-die-Bibel-Pochen sein.

Aber es war etwas pervers Reines daran. Georgie hatte David nicht von ihrem Werdegang erzählt, der sie zu Williams Tür geführt hatte, und seine blinde Verehrung war ein ziemliches Aphrodisiakum. Obwohl sie den Gedanken, dereinst von den klammen Händen eines Mannes vor dem Verderben gerettet zu werden, vor langer Zeit abgelegt hatte, besaß ihre Verbindung etwas Therapeutisches. Das Versteckspiel erinnerte sie an ihre ersten heimlichen Küsse als Mädchen. Flüchtige Berührungen hinter dem Hurling-Feld, die bebende Erregung, wenn sich eine Hand unter ihr Top schob. Es gab hier also eine Art Wiedergeburt, nahm sie an.

Sie lehnte sich gegen Davids Schulter, und sie küssten sich.

Das erste Mal war eine Offenbarung gewesen. Sie hatten bis spät im Gemeinschaftsraum über seinen konvertierten Vater und ihre starrköpfig fromme Mutter gesprochen. Völlig ohne Vorwarnung reckte er dann den Kopf vor, und der nachfolgende Kuss war ebenso unbeholfen wie zärtlich. Behutsam öffnete er ihren Mund mit seinem, und sie spürte die Hitze in ihrem Körper aufsteigen, aus dem Bauch heraus erfasste sie Hüften und Schenkel. Es war ein Aufblühen, hätte ein Dichter womöglich gesagt, sie dagegen musste an ein sich öffnendes Grab denken. An etwas, das den Zorn des Pharaos entfachen und eine Heuschreckenplage auslösen würde. Es waren keine echten Schmetterlinge.

Nachts schliefen sie miteinander auf der Bank, auf der Clover die Wäsche zusammenlegte. Hinterher dachte sie, dass sie es wahrscheinlich nicht hätte tun sollen, denn es war sicher nicht gut für ihre Rehabilitation, aber dass sie es tatsächlich selbst gewollt hatte, war für sie ausreichend, um ihre Bedenken hintanzustellen.

Wenn Robbie wieder nach Hause kam, würde sie dann bereit sein und wie neugeboren?

Wenn Robbie wieder nach Hause kam, würde sie nicht da sein.

David schob seine Hand vorn in ihr Kleid und streichelte einen Nippel, der sich gleich aufrichtete.

»Denkst du, wir haben genug Zeit …«, sagte er.
»Ich bezweifle es.«
Aber David war ein Spieler.

Sie hatte sich an einem geparkten Auto abgestützt und übergeben.

Du konntest dir nie sicher sein, so vorsichtig, so schlau du auch sein mochtest. Lehnst dich durchs Fenster ins Wageninnere und prüfst ihren Atem nach Anzeichen von wilder Trunkenheit, ihre Bewegungen und Gesichter, ob sie gewalttätige Absichten haben. Ein paar kommen trotzdem durch, und die, die du nicht lesen kannst, sind die Schlimmsten von allen, die wirklich üblen Mistkerle, die ihre Wut, ihren Frust und ihre tief sitzenden Mutterkomplexe, die sie unbedingt an dir auslassen wollen, hinter einer steinernen Fassade verbergen. An dir, der dreckigen Hure. An dir, die du mit deinem Leben, deinem Atem, deiner Unverfrorenheit all das repräsentierst, was mit ihnen nicht stimmt.

Der Letzte hatte ihre Bedingungen akzeptiert, aber kaum dass sie bei ihm im Auto saß, beschlossen, dass ebendiese Bedingungen unannehmbar waren.

Als sie protestierte, schlug er sie. Als sie schrie, lief er ums Auto herum zu ihrer Tür, packte sie bei den Haaren und zerrte sie heraus. Er stieß sie auf die Motorhaube und vergewaltigte sie. Dann schlug er sie wieder, spuckte ihr ins Gesicht und sagte ihr, wie sehr sie ihn anwidere. Er ließ sie allein am Straßenrand stehen, und sie machte sich auf den Weg zurück in die Stadt. Etliche Leute liefen und fuhren an ihr vorbei, nichts sehend, nichts ahnend, bis das Glück oder, wie er sagen würde, die göttliche Vorsehung es wollte, dass William Tobin sie entdeckte.

Er kam aus dem Saal in der Stadt, den er für Andachten und Bibelstunden mietete.

»Du armes Kind!«, rief er, mit Tränen in den Augen. »Gott ist für dich da. Du musst ihn nur hereinlassen.«

Sie wurde gefragt, ob sie mit in den Andachtssaal in der Stadt kommen wolle, mit William, Clover und zwei von den Konvertierten: Saskia, fast dreißig, die von ihren deutschen Eltern und deren Gefolge unten in Kerry inmitten bohemehafter Sorglosigkeit großgezogen worden war, und Martin, ein bärtiger Riese jenseits der vierzig, der jahrelang wegen eines Verbrechens im Gefängnis gesessen hatte, zu dem es nur vage, dunkle Anspielungen gab. William saß am Steuer des Minibusses. Georgie stützte das Kinn auf die Handfläche und ließ die Landschaft vorbeiziehen, während sich Saskia laut fragte, ob dieses Irland, in all seinem Heidentum, wohl das gleiche Schicksal ereile wie das alte Rom.

Die vier wollten an einer öffentlichen Veranstaltung zum Thema der politischen Verweigerung teilnehmen, vielleicht ging es aber auch um die Bedrohung durch den Feminismus oder das Stricken von Pullovern für Jesus oder so etwas in der Art. Georgies Job würde es sein, den Saal für hinterher vorzubereiten. Zu fegen, die Stühle aufzustellen, Sandwiches zu machen.

Sie hatte sich auf den Abstecher gefreut, seit William die Sache vor drei Tagen erwähnte. Nicht nur wegen ihres mit David ausgeheckten Plans, ein paar Leckereien für ein Mitternachtsmahl zu besorgen, was an sich schon wunderbar war: Mit ihm hinter dem Rücken der anderen zu kichern, erfüllte sie mit einem herrlich schmerzenden Gefühl von Kindheit. Sie freute sich auch darauf, die Ruhe des Sees für eine Weile hinter sich zu lassen. Wieder etwas Wirkliches zu fühlen und sich so zu versichern, dass ihr das da draußen zustand, denn manchmal dachte sie, der ernsthafte Glaube Williams und seiner Schüler, die reinigende Kühle der Seeluft, ja sogar das geheiligte Geheimnis ihrer Treffen mit David, all das seien Fragmente einer fremden Gutenachtgeschichte, im Äther verloren gegangen und dann irrtümlich ihr zuerkannt.

Der »Saal« war ein winziges Ding mit einem Keyboard an der hinteren Wand, einigen Notenbüchern und ausreichend in falsches Leder gebundenen Bibeln, um damit eine Festung zu bauen. Als sie die Plastikstühle im Kreis aufgestellt, die auf Böcken ruhenden Tische zurechtgerückt und das Rednerpult aus der Ecke gezogen hatte, schien es für eine Zusammenkunft von im Glauben entbrannter Christen nur noch gefährlich wenig Platz zum Atmen zu geben. Trotzdem, der erste Teil ihre Aufgabe war damit erledigt. Sie schloss die Tür hinter sich ab und ging zum Supermarkt in der nächsten Querstraße. Sie musste aufgeschnittenes Brot kaufen und einen Plan in Gang setzen.

»Entschuldigen Sie«, sagte sie, als die junge Frau hinter der Kasse ihre Einkäufe einscannte, »aber gibt es hier ein Telefon, das ich benutzen könnte?«

Im Zentrum konnte man sein Telefonguthaben nicht aufladen. Handys würden nur Unruhe bringen, sagte William, und sie mit der Welt da draußen verbinden, die sie aufgefressen und ausgespuckt habe. Das klang absolut vernünftig, zumal Georgie absolut sicher war, dass niemand auf einen Anruf von ihr wartete, während sie ausnüchterte und ihre Prinzipien neu ordnete, oder wie immer man das nennen wollte. Seit Wochen hatte sie ihr Telefon nun schon nicht mehr aus ihrer Nachttischschublade geholt.

Seine Nummer wusste sie trotzdem noch. Es war eine von den dreien, die man nie vergisst: den Notruf, die deiner Eltern und die deines Dealers.

»Was ist denn mit dir passiert?«, fragte er entzückend ungläubig, als sie die Tür öffnete.

»Was, meine Aufmachung?« Sie drehte sich im Kreis. »Besser, als sich im Minirock den Arsch abzufrieren, oder?«

»Kommt mir ein bisschen zu gesund vor.«

»Das ist ein langärmeliges Maxikleid, keine Burka! Anstand

ist das Kryptonit einer Hure. Im Übrigen ist es eine Art Bedingung für diese ganze Geschichte.« Sie machte eine Geste in den Saal hinein, und er trat ein, sah sich um und sagte: »Herrgott, Georgie, du wirst mich doch nicht bekehren wollen.«

»Wäre das möglich, Ryan?«

»Nicht ohne Acid.«

»Dann haben wir ja beide Glück, weil sie mich auch noch nicht gekriegt haben.«

»Eindeutig nicht, wenn du mich anrufst. Wo warst du die ganze Zeit?«

»Ich habe mich retten lassen«, sagte sie, und er musste lächeln. Sie freute sich, dass da nichts von der Gerissenheit eines Händlers zu sehen war, die sie nach der monatelangen Pause befürchtet hatte. »Unten in West-Cork. Da gibt es diese Kommune.«

»Eine Sekte?«

»Nein! Es sei denn, du meinst es im christlichen Sinn. Aber ich wette, du bist ein guter katholischer Junge und musst da nicht reden.«

Sie gab ihm das Geld, das sie mit David zusammengekratzt hatte, und er holte zwei Tütchen hervor, von denen sie sich eins in den BH steckte.

»Nicht, dass sie nass werden«, sagte er.

»Ich bin keine Milchkuh, Himmel noch mal.«

Er schien genervt. »Wenn sie nass werden, sind sie hin. Komplett.«

»Ich pass schon auf. Im Übrigen sind es jetzt meine, also entspann dich.«

Sie setzte sich auf einen der im Kreis aufgestellten Stühle und öffnete das zweite Tütchen.

»Hast du was, um das zu klein zu machen?«

Er trug Cargo-Jeans mit ausreichend Taschen und Klappen für eine ganze Armee. Aus einer dieser Taschen holte er ein kleines Messer.

»Hast du nie Angst, dass man dich anhält und durchsucht? Drogen, Waffen, so wie in *The Wire*?«

»Das ist keine Waffe«, sagte er.

»Ich bin sicher, die Gardaí würden es für eine halten. Gib mir mal eine von den Bibeln.«

Das Lederimitat war ein idealer Schneideuntergrund. Hinterher würde sie den Umschlag abwaschen müssen.

»Setz dich«, sagte sie, und er tat es, ihr gegenüber.

»Deine Truppe kommt also noch nicht wieder zurück?«

»Das dauert noch ein paar Stunden. Ich habe ihnen erzählt, dass ich Mam und Dad besuchen würde.«

»Aber du kommst aus Millstreet.«

»Genau.«

Sie freute sich, ihn zu sehen. Es war nicht klug, seinen Dealer zu mögen, und bisher hatte es nie zur Debatte gestanden, dass sie einen von seiner Brut akzeptieren könnte. Es war einfach, weil Ryan … nun, er war jung. Und obwohl er der beste Beweis dafür war, dass man heutzutage die finsteren Künste vor der Zeit lernte, fühlte sie sich in seiner Gegenwart sicherer als mit irgendeinem anderen Dealer.

»Ist der Stoff gut?«, fragte sie, und er sagte: »Supergut. Ernsthaft, Georgie, du könntest da zehn Lines rauskriegen, besonders, wo du die ganze Zeit über trocken warst.«

»Knochentrocken.«

Sie wünschte, sie wäre früher dahintergekommen, dass man sich besser an jüngere Händler hielt.

Vielleicht auch jüngere Freier.

Das war ein schlechter Gedanke, der sich da nach zwei Monaten christlicher Heilung am Arsch der Welt bei ihr meldete. Sie hatte noch nicht die Hure in sich zerstört und ihr Denken wieder in Einklang mit dem Rest der Welt gebracht. Je länger sie in wallenden Gewändern in West-Cork außer Sichtweite blieb, desto wahrscheinlicher war es, dass der üble Geruch der Sünde vom Duft der Reue überdeckt wurde, bis ihre Geschichte verwässerte und ihr blitzblankes Ich die wölfischen Sinne in ihr durcheinanderbrachten.

Aber der Gedanke war nun da, und der Geist ihres Selbst von vor einer Stunde plärrte sein Missfallen heraus.

Sie hatte von Vätern gehört, die ihre Söhne auf den Geschmack bringen wollten, und spielte Hollywood nicht immer schon mit den komödiantischen Reizen der warmherzigen Hure, in deren Tiefen verzweifelte, unberührte junge Männer mehr als bloße Hingabe fanden? O ja, das wäre wirklich edel. Den Jungs zu helfen, ihre Unschuld zu verlieren, das wäre es gewesen. Fünfzig Pfund, damit sie mit rotem Kopf und tränennass auf ihr herumturnen konnten, mit der Garantie, dass sie nicht über die Größe ihres Schniedels lachte. Ihnen die Last der Unerfahrenheit zu nehmen, damit sie sich nicht zum Narren machten, wenn ihnen von ihren hübschen kleinen Freundinnen endlich Zutritt gewährt wurde. Bevor sie ihre eigenen Perversionen hegten und zu Gierschlunden wurden.

Sie beugte sich mit einem zusammengerollten Fünfer über die Bibel und zog sich eine Line.

Was für ein Unterschied würde es sein, sie jünger zu bekommen? Zu Tieren wurden sie früh genug.

Sie reichte Ryan das Heilige Buch, und wie es der Kodex vorschrieb, nahm er es an.

»Das ist das erste Mal von einer Bibel«, sagte er, drückte die Nasenlöcher zusammen und blinzelte.

Sie nahm das Buch zurück. »Aus toten Bäumen produziert, massenhaft, da ist nichts Besonderes dran.«

»Ein bisschen niederträchtig ist das schon, oder?«

»Was?«

»Dir das Koks vom Lieblingsbuch deiner Christen reinzuziehen.«

»Sie werden es nie erfahren.« Sie verschloss das Tütchen wieder und tupfte mit einem angefeuchteten Finger die Reste vom Umschlag.

»Sind sie nicht nett zu dir?«, fragte er.

»Wie?«

»Die Christen.« Er zeigte auf das Buch. »Das war ein richtiger Racheakt.«

»Überhaupt nicht«, sagte sie. »Ich hab mir, ehrlich gesagt, nichts dabei gedacht.«

»Ganz sicher sind sie nicht gemein zu dir«, sagte er. »Sie wollen nur, dass du deinen Kleidungsstil änderst.«

»Und mein schamloses Leben.«

Er kippelte mit dem Stuhl nach hinten, verschränkte die Arme und blickte zur Decke.

»Das ist es«, sagte er. »Dieses ständige Beurteiltwerden. Verleidet es dir das nicht?«

»Sie sind nicht wirklich voreingenommen«, sagte sie, »eher sanftmütig und formlos. Sie denken, Gott hat einen Plan, und alles, was sie im Leben tun müssen, ist, ihm zu folgen. Auf dem Land leben und Ziegen melken.«

»Kein Wunder, dass du einen Kick brauchst.«

»Nicht wirklich. Ich habe mich erholt. Koks passt nicht dazu. Ich brauchte meine Gefühle, verstehst du?«

»Jetzt nicht mehr?«

»Ich bin sie leid.«

Sie machte Spaß, und er lächelte, wie er sollte, doch dann sagte er: »Ernsthaft, Georgie. Du siehst gut aus. Mach's nicht kaputt.«

»O mein Gott. Ein Dealer rät mir, keine Drogen mehr zu nehmen.«

»Drogen zu verkaufen macht dich nicht automatisch zu einem Arschloch, das ist alles.«

»Aber auf den Strich zu gehen schon, oder was?«

Das Kokain hatte seine Wirkung noch nicht entfaltet, und die Line war mehr eine Kostprobe als eine Dröhnung gewesen, aber sie hatte dieses Ritual schon immer für sehr gesprächsfördernd gehalten.

»Ehrlich gesagt, weiß ich nicht, wie voreingenommen sie sind«, sagte sie. »Nur ihr Anführer weiß, dass ich angeschafft habe. Die anderen halten mich nur für eine Säuferin. Aber selbst wenn sie es wüssten und mich dafür hassten, nun, hätten sie dann mehr zum Vergeben?«

»Ich meinte dich nicht persönlich«, sagte er. »Es ist einfach der ganze Bewertungsscheiß um uns herum. Das ist es doch.«

»Das ist nicht unbedingt fair«, sagte sie.

Er zuckte mit den Schultern.

»Sie waren echt anständig zu mir. Freie Unterkunft und so viel Grünzeug, wie ich essen kann, und alles, was ich dafür tun muss, ist, auf das Tragen von Bikinis zu verzichten und nicht gelangweilt auszusehen, wenn sie über Jesus reden.«

»Sonst haben sie keine Interessen?«

»Das ist ihr Interesse. Meine Seele zu retten. Und lass sie ruhig denken, dass sie es tun, denn dadurch ersparen sie mir, von Dreckskerlen missbraucht zu werden, die denken, sie haben ein Recht, mich zu vergewaltigen.«

Er zuckte zusammen.

»Es stimmt«, sagte sie. »Schließlich ist es nicht so, als würde sich der Herr Freier Gedanken darüber machen, ob ich es mag. Bei seiner Freundin kann er es sich nicht leisten, ein gemeiner, wütender Dreckskerl zu sein, also kauft er sich eine Frau, in die er seinen Schwanz rammen kann. Wenn mir also eine Kommune von Jesus-Freaks anbietet, davon eine längere Auszeit zu nehmen, dann ist das in Ordnung, selbst wenn sie es nur tun, um mich in ihren Gebetskreis zu kriegen, okay, dann lass sie. Es kann nur besser sein, oder?«

Er sah sie an.

»Aber was, wenn du denkst, dass du nichts falsch gemacht hast?«

»Ich hab was falsch gemacht, und ich nehme an, ich sollte dir christlich vergeben, dass du das nicht siehst, weil du a) ein Mann bist und b) nie in die Situation kommen wirst, Kanonenfutter für die Gelüste von Leuten zu sein, die bessergestellt sind als du selbst.«

»Okay«, sagte er. »Okay. Es reicht.«

Er stand auf, und sie dachte, er wolle gehen, doch statt sich der Tür zuzuwenden, ging er zum Rednerpult, dem Keyboard und den Stapeln unbefleckter Bibeln hinüber.

»Ich weiß, ich sollte von dir nicht erwarten, dass du dir wegen so was Sorgen machst.«

»Ist schon okay.«

»Es ist nur, weißt du, diese Christen mögen ja verrückt sein, aber sie versuchen wenigstens, das Richtige zu tun.«

»Ja, das kapier ich.«

»Sie mögen ja denken, kurze Röcke sind nuttig, aber wenigstens kommen sie mit einer Alternative.«

Er nahm eines der Notenbücher.

»Du würdest nie zu einer Prostituierten gehen, oder?«, fragte sie.

Es war komisch, das einen Jungen in seinem Alter zu fragen, auch wenn er ihr Dealer war. Sie ließ ihrem erwachsenen Unbehagen hässliche Erinnerungen folgen: an die jungen Männer, die sie als Gruppe buchten, um ihre Gangbang-Fantasien zu befriedigen, gefüttert von ihrem vorpubertären, der Neugier geschuldeten Pornokonsum, der ihre Grausamkeit bis ins Erwachsenenalter hinein anstachelte – an die, die nie befriedigt waren und deren Verdruss in Schlägen und ausgeschüttetem Hohn Ausdruck fand.

»Ich habe eine Freundin.«

»Das ist keine Antwort.«

»Ist es«, sagte er. »Ich würde es nicht, weil ich eine Freundin habe.«

»Das hält einen typischen Freier nicht davon ab«, sagte sie. »Freundinnen haben nichts damit zu tun.«

»Das mag ja so sein«, sagte er. »Aber ich habe eine Freundin und bin an niemand anderem interessiert.«

»Wie lange seid ihr zusammen?«

»Anderthalb Jahre.«

»Himmel.« Und dann ein gemeiner Gedanke, als ihr einfiel, wie sie ihn kennengelernt hatte. »Doch nicht etwa Tara Duane?«

Er sah sie an, als wäre Weihnachten und er hätte gerade eine Schachtel voller Wespen unter dem Baum gefunden.

»Was?«

»An dem Abend, als sie mir deine Nummer gegeben hat, da hat sie angedeutet, dass da zwischen euch was läuft. Weshalb ich mich so erschrocken habe, als du in deinem Schulpullover aufgekreuzt bist.«

»Das ist krank.«

»Sie ist also nicht deine Sugar-Mammy?«

»Das ist so was von krank, Georgie.«

»Ich hab schon Verrückteres gesehen.«

Er stellte ein Notenbuch auf die Vorrichtung über den Tasten und sagte: »Wenn ich schon Verrückteres gesehen hätte, hätte ich mir meine verdammten Augen ausgestochen.«

»Woher hat sie also deine Nummer?«

»Sie ist die Nachbarin von meinem Dad. Zufrieden? Ernsthaft, Georgie, ich muss gleich kotzen.«

»Warst du nicht ihr Dealer?«

»Das war einmal. Mit zunehmendem Alter werde ich wählerisch.«

»Sicher nicht zu wählerisch, wenn du dich auf christlichen Boden wagst, um mir Koks zu verkaufen.«

»Vielleicht finde ich dich nicht halb so gruselig, Georgie.«

»Ist das ein Kompliment?«

»Eine Feststellung. Sogar mit deiner neuen Sekte.«

Sie wollte protestieren, doch er ließ sie mit den ersten Noten des Keyboards verstummen. Verblüfft, denn damit hatte sie nicht gerechnet, schon gar nicht bei ihm. Sie wusste nicht, wie das Stück hieß, sie bekam nur mit, dass er es flüssig und mit Anmut spielte. Sie staunte nicht schlecht und versuchte ihn zu übertönen, aber er achtete nicht weiter auf sie, und als er zum Ende kam, schwieg sie, aber auf eine gute Weise, ja, es funktionierte, sie fühlte sich gut.

»Hast du das gespielt, damit ich den Mund halte?«

»Der Song ist schrecklich«, sagte er. »Fauler, einfacher Schrott. Aber sonst ist hier nichts Instrumentales drin.«

»Du siehst gar nicht aus wie ein Musiker.«

»Und du nicht wie eine Gottesdienerin.«

Er legte das Notenbuch zurück auf den Stapel und ging zur Tür, die Hände in den Taschen seiner Jeans.

»Wie heißt deine Freundin?«, fragte Georgie.

Einen Moment lang sah er aus, als würde er es ihr nicht sagen. Er kniff die Augen zusammen, sah sie an und gab nach. »Karine.«

»Wie ist sie?«

»Umwerfend.«

»Was würde sie sagen, wenn sie wüsste, dass du mit einer Prostituierten zusammen in einem christlichen Gebetshaus kokst?«

»Da habe ich schon schlimmere Sachen gemacht.«

»Dann ist sie also eine Heilige?«

»Mehr als das, würde ich sagen.«

»Wo finde ich so jemanden?«

»Nirgends«, sagte er. »Sie ist einmalig.«

Er trat hinaus auf den Weg. »Pass auf dich auf«, sagte er. »Ernsthaft.«

Sie lächelte unbeholfen. »Und du, kauf dir keine Prostituierte. Ernsthaft. Auch wenn ich bei tugendhaften Christen nichts ausrichten kann, bei dir schon.«

»Ich habe doch gesagt, das wird nicht passieren.«

»Gut. Und Ryan?«

Er sah sich noch einmal um.

»Du solltest auch Tara Duane aus dem Weg gehen.«

»Gib mir die verdammte Kraft dazu. Noch was?«

»Gehe hin in Frieden.«

»Du kannst mich mal«, sagte er und verschwand.

Der Tag war ohne Probleme geblieben. Sie war in die Stadt gefahren, hatte einen Dealer angerufen, der kein aggressiver Dreckskerl war und ihr brachte, wonach ihr der Sinn stand und wofür sie das Geld hatte. Dann hatte sie ihren neuen Freunden bei ihrer Bibelstunde geholfen, ohne etwas von ihren wahren Gedanken preiszugeben, und als sie spätabends nach Hause gekommen war, freute sich David, sie zu sehen, und sie ließ ihn bei Tee und Keksen im Gemeinschaftsraum lächelnd und zwinkernd wissen, dass sie erfolgreich gewesen war und ihrem Mitternachtsmahl nichts im Wege stand.

Als alle anderen schliefen, schlich David in ihr Zimmer, und sie sah zu, wie er sich mit kindlicher Freude eine Line reinzog, während sie selbst noch den Geschehnissen des Tages nachhing. Dem eiligen Anrichten der Lines, dem unbeabsichtigt frevelhaften Auswählen einer Unterlage dafür. Den Gedanken, die ihr in Anwesenheit des Dealers gekommen waren: Dass sie es all die Jahre falsch gemacht hatte, auf der Straße und in den Hinterzimmern verfallender Häuser. Dass die Jugend ein Stadium war, an dem präventiv Rache zu üben war.

Dann, als David sich neben sie legte und ihr murmelnd Versprechen auf die Haut zeichnete, ging ihr plötzlich auf, dass das, was sie da tat, ein Fluch war. Sie war der Dämon, der seinen Untergang beförderte. Er war hierhergekommen, mit großen Augen und gebrochen, um etwas Leben aus den Tiefen seines Versagens herauszufördern, und sie brachte ihm Koks und hübsche Unwahrheiten.

Diese Gemeinschaft, diese brüchige Zitadelle von Gutmenschen, wurde durch ihre Anwesenheit vergiftet. Das karge Regelwerk William Tobins mit erbarmungslosem Eifer zerschmettert. *Achte deinen Körper*, und schon lag sie wieder auf dem Rücken, für einen Mann, den sie kaum kannte. *Achte deine Freunde*, und sie hatte Kokain in diesen Kokon eingeschleppt.

»Ich muss hier raus«, sagte sie zu David, der ihre Worte abtat und ihr die Beine spreizte. »Ich gehöre nicht hierher.«

»Psst, Baby, sie dürfen uns nicht hören.«

»Geh von mir runter«, sagte sie, und dann: »Runter von mir!«

Sie stieß ihn von sich und schlüpfte in ihr Kleid, während er seinen Unglauben herausstammelte. Sie lief durch die tiefen Schatten eines Hauses, das sie gerade zu kennen begonnen hatte, lief hinaus auf den Hof und durch das Wäldchen zum Wasser hinunter. Die Kiesel gruben sich ihr in die Füße, der Saum ihres lächerlichen Kleides trieb auf dem Wasser, während der Schlamm sie am Fortkommen hinderte.

»Georgie!« David war hinter ihr. Sie drehte sich nicht um. »Was machst du da, Georgie? Um Himmels willen, du wirst ertrinken!«

Davor hatte sie keine Angst. Das Wasser, so kalt und ruhig wie die Morgenluft, war weder tief genug, um sie zu taufen, noch, um sie zu töten. Bis zum Bauch stand sie darin und weinte das schattenhafte gegenüberliegende Ufer an, denn wie könnten gute Absichten es je schaffen, sie zu retten, wenn diese so leicht zu entehren waren?

9

SIE HIELTEN ES WIE EINE Du-kommst-aus-dem-Gefängnis-frei-Karte in die Höhe, dabei war es nur ein weiterer gelber Stern. Tony lag in der Dunkelheit eines Behandlungszentrums, irgendwo in einem riesigen Nirgendwo. Hier sollte er zu Staub zerfallen und wieder neu zusammengesetzt werden. Hier sollte er seine Fehler gestehen und sich etwas Sinnvollerem und Berauschenderem unterwerfen. Am Ende würde er ein demütigerer Mann mit trockenen Eiern sein. Und abstinent! Ja, abstinent würde er auch sein, das Gesetz wollte es ja so. Er versank in den Schrecken ihres Programms, und die Abstinenz dehnte sich vor ihm aus wie ein endloser, scherbenbedeckter Pfad.

Eine Bedingung für seine Aufnahme war gewesen, dass die Entgiftung abgeschlossen war, bevor sie mit der Umerziehung begannen. Dennoch strafte ihn seine Schwäche. Einzuschlafen war nicht länger etwas, das auf Wunsch gelang, sondern nur noch durch einen Trick der Schicksalsgöttinnen: Schwitzend lag er da und starrte auf die Schatten, gepeinigt von flüchtigen Qualen, bis er zu träumen begann, und die Träume waren so anschaulich, so grausam, dass er sofort wieder aufwachte und von vorne anfangen musste. Seine harte Schale splitterte und riss auf. Sein Magen hob sich, seine Muskeln waren ohne Kraft, Gifte quollen aus jeder Pore.

Nach jedem Rückfall war die Entgiftung härter und dauerte länger. Immer wieder hängten sie ihn zum Trocknen raus, ohne dass er bereit war, aus seinem Tran herauszukommen. Beim nächsten Mal wäre es wahrscheinlich das Delirium tremens. Halluzinationen, Fieber, Tod. Das würde ihnen sicher passen. Sie entschieden sich ja immer für die Option, die am wenigsten

Umstände machte. Wenn es ihnen wirklich um seine Sauferei ginge, hätten sie ihn doch längst gefragt: *Warum? Warum, Mr Cusack, hatten Sie das Bedürfnis, sich mit Medikamenten in einen solchen Zustand zu bringen? Es war tatsächlich eine Überdosis. Mit welchem Ziel, mein Junge? Mit welchem verdammten Ziel?*

Er drehte sich auf die Seite. Seine Uhr, die er vor zwei Tagen, als es zu jucken begann, auf den Nachttisch gelegt hatte, zeigte 3.17 Uhr an. Er hatte geschlafen. Er hatte geträumt, dass er wieder trank. In den Therapiesitzungen behielt er diese wiederkehrenden Träume für sich, weil er sie für ein Zeichen schlechter Absichten hielt, die dem Personal nicht gefallen würden, aber die anderen Patienten hatten von ähnlichen Wahnvorstellungen berichtet, die sie zutiefst verstörten. Es würde ein langer Kampf werden.

Nun, das Warum ist eine interessante Sache, Mr Gefühls-Bastard. Vielleicht säuft hier nicht jeder aus einem primitiven Instinkt heraus.

Interessant, Mr Cusack. Reden Sie weiter.

Sie stritt es ab, die bösartige Schlampe. Schlug sich auf die Brust und hielt eine Rede über Vertrauen und Vertrauensbruch, und dass sie seinem Sohn nichts anderes angeboten habe als eine Schulter, an der er sich ausweinen konnte. »Wie zum Teufel sind Sie auf die Idee gekommen, dass er sich ausheulen musste?«, fuhr Tony sie an, worauf Tara den Kopf schief legte und ihn mit Tränen in den Augen anblickte. »Oh, wir wissen doch beide, dass du zu kämpfen hast, Tony, es ist keine Schande, einzugestehen, dass man zu kämpfen hat.«

Er hatte versucht, die Wahrheit aus ihr herauszubekommen, indem er ihr seine Wut durch das Einschlagen ihres Fensters veranschaulichte, herausgekommen war dabei jedoch nur, dass er ihr den Schaden ersetzen musste und sie dann die Tage an ihrem neuen Fenster verbrachte, den Vorhang zur Seite geschoben, oder die Auffahrt hinauf- und hinunterhuschte wie eine Spinne, die über den Küchenboden schoss.

Ryan also. Tony hätte ihn nach der Nacht bei Tara Duane fragen können, nach seinem halben Geständnis, und aus welcher Verirrung heraus er auf die Idee gekommen war, der widerlichen alten Hexe seinen selbst gemachten Porno zu zeigen, aber durch seine geklauten Flashbacks war er so im Arsch, dass ihn schon der Gedanke an ein solches Gespräch in Lähmung versetzt hatte. Über Tage hatte er im eigenen Saft geschmort und den Jungen schließlich wieder in die Schule gehen lassen, um Raum zum Atmen zu gewinnen. Und dann wirft der Kerl mit einem Tütchen Kokain nach seinem Rektor.

Es hätte Ryan überfordert, diesen Akt der Eigensabotage zu erklären, bevor er zu Hause auszog. Wut. Rache. Etwas Fremdes, nicht Greifbares. Wenn er bedroht wurde, verstummte der Junge wie Father Mathew höchstpersönlich.

Warum haben Sie ihn dann bedroht, Mr Cusack? Glauben Sie nicht, der Dämon hatte damit etwas zu tun?

Tony hatte nie vor, Ryan gegenüber die Fassung zu verlieren, doch der Junge tat auch nichts dafür, seinen wachsenden Zorn zu besänftigen. Gott behüte, dass er sagte, er hätte es »drauf angelegt« …

Zu sagen, dass er es drauf angelegt hat, würde in die falsche Richtung weisen.

Es lag ihm also fern, anzudeuten, der Junge hätte es drauf angelegt, aber sicherlich waren sie in eine Art Teufelskreis geraten: Tony probierte, Ryan zu ermahnen, woraufhin der Junge verstummte, was Tony wiederum in den Wahnsinn trieb.

Von einem stummen Kind zum Trinken getrieben zu werden, war ein ebenso guter Grund wie ein geistiger oder körperlicher Defekt. Die Betreuer hier zogen logischen Gründen jedoch irgendwelche inneren Auslöser und vage psychologische Probleme dafür vor, das Gift zu brauchen. In einer der letzten Sitzungen hatte er es ihnen erklärt: Die Grausamkeit seines Sprösslings hatte ihn in diesen Schlamassel gebracht.

»Ich bin in Schwierigkeiten gekommen, weil die Frau von

nebenan sich an meinem Jungen vergangen hat. Wenn einen das nicht in den Alkohol treibt, was sonst?«

»Hatten Sie vorher keine Probleme damit?«

»Überhaupt keine Probleme«, sagte Tony. »Ich bin nur hier, weil das Gericht es vorgezogen hat, mich zu bestrafen, statt dieser psychotischen Hure den Prozess zu machen.«

»Gott, wie alt ist Ihr Kind denn?«, fragte einer der anderen Loser.

»Da war er fünfzehn, und sie ist in meinem Alter. Und ich habe ihr das Fenster eingeschlagen, und plötzlich ist mein Verhältnis zum Alkohol das Problem und nicht ihr Verhältnis zu meinem verdammten Kind.«

Er hätte sie umbringen können. Schließlich hatte er mittlerweile Erfahrung, wenn es darum ging, Leichen zu beseitigen, oder? Er hätte sie umbringen können, und J. P. hätte ihm helfen müssen, sie zu Dünger zu verarbeiten, den Gefallen hätte er ihm geschuldet. Er hätte ihre Tür eintreten und sie verprügeln können, ihr buchstäblich das Lächeln aus dem Gesicht und sie in Stücke schlagen können. Sie hatte echt riesiges Glück, dass er nicht der Mann für so was war. Sein Zorn äußerte sich in leise unterdrückten Flüchen, und er schlug ihr das Fenster ein. Er hätte sie umbringen können, aber stattdessen saß er jetzt hier fest. Wie kastriert hockte er in Sitzungen und redete irgendeinen Scheiß, damit die Geier mit ihren Klemmbrettern in seinen inneren Zwängen herumrühren konnten, während seine Kinder von besseren Menschen genährt und getränkt wurden und sein Sohn da draußen wieder und wieder verarscht wurde.

Die Türen und Fenster waren nicht verschlossen. Teil der Heimtücke dieses Lochs war, dass das Einzige, was ihn hier hielt, seine Erstarrung war. Sie machten es dir echt nicht leicht, o nein. Sie hatten ihr getarntes Höllenloch mitten in eine Postkartenlandschaft gebaut: Kilometer entfernt von der nächsten größeren Straße, und von da aus war es dann noch mal unendlich weit bis irgendwo anders hin.

Es war ein reiner Funktionsbau. Weiße Betonwände, ein blauer Teppich und große Fenster, die alles luftig, hell, kalt und ungeschützt machten. Er nahm an, die Absicht war, einen möglichst großen Gegensatz zu den vermieften Ecken zu schaffen, aus denen die Leute kamen, aber er war der Teilnehmer mit den meisten Kindern, der Nächste hatte nur drei, und so litt er am deutlichsten unter dem Kontrast. Er sehnte sich praktisch nach allem: nach den Krusten auf der Küchenarbeitsplatte, den leeren Klorollen, den Tellern unter den Betten, in den Regalen und, wie im letzten Monat einmal geschehen, auf der Fensterbank im Bad. Den triumphierenden Beschwerden Kellys, dass erneut ihr Teenager-Recht auf Verträumtheit eingeschränkt worden sei. Den Haufen Socken auf dem Esstisch, den Ronan und Niamh zu Paaren verarbeiteten. Ihrer modischen Verachtung der Schuluniformen. Und er da mittendrin, manchmal wie betäubt von den herumwirbelnden Farben und dem Lärm, aber dennoch funktionierend. Er verteilte Lunchpakete, machte Abendessen und leerte den Mülleimer. Er konnte ihr Haus nicht als einen Ort ansehen, für den er neu zusammengesetzt werden musste. Da war alles in Ordnung. Er war nicht hier, weil er schon mal vergaß, die Waschmaschine zu leeren oder montags rechtzeitig aufzustehen.

Er drehte sich und sah zum Fenster hinüber. Wohin sollte er gehen, wenn er es öffnete und sich aus dem Staub machte? Selbst wenn er sich trotzig einen der Pubs aussuchte, die sich überall finden ließen, musste er bis zum Vormittag warten, bis er aufmachte. Und wenn er es bis in die Stadt schaffte, würde er in der Hülle seines Hauses sitzen, verhöhnt von den Echos dort, und sich innerlich auf eine Zelle bei den Gardaí vorbereiten. Diese Wahl war keine Wahl.

Draußen hörte er jemanden weinen.

In einer Entziehungsanstalt hatten solche Geräusche kein Recht darauf, ungewöhnlich zu sein. Tony starrte das Fenster an. Das Klagen war nicht laut, klang aber gequält. Das war kein

Mitpatient, der sich hinter dem Rücken der anderen ausheulte, sondern jemand weiter weg, auf der anderen Seite des Sees, in einem der angrenzenden Wäldchen. Tagsüber konnte er aus seinem Fenster einige andere Gebäude sehen, doch das waren entweder Bauernhöfe oder die Stein- und Glaskonstruktionen von Corks Oberschicht. Dieses Wehklagen passte da nicht hin.

Worte waren keine zu verstehen.

Er stand aus dem Bett auf, trat ans Fenster und legte die Hände auf die Scheibe.

Es war schon eine Weile her, dass er einen Kopf für Geistergeschichten gehabt hatte.

Der Wind trieb die Klagen übers Wasser zu ihm her. Er überlegte, ob er das Fenster schließen sollte, doch irgendeine Kindheitserinnerung mahnte ihn, Barrieren zwischen sich und dem Echo zu errichten, eine moderne Verglasung, Fensterschlösser oder auch einfach nur Ohrstöpsel. Oder war es so, dass du sowieso im Arsch warst, als du das Klagen der Todesfee hörtest? Vielleicht gab es kein Entkommen mehr. Vielleicht war das Omen bereits blutgetränkt.

Schreien, dann Stille.

Vielleicht war die Fee gekommen, jemand anderen zu holen, und er hatte sie nicht hören sollen.

Es war ein ungewöhnlicher Fluch, und er hatte kaum noch Platz, ihn neben all den anderen unterzubringen. Er stand am Fenster und sah hinaus in die schattenhafte Unermesslichkeit, wartete auf ein weiteres Wehklagen, das das frühere bestätigte, doch es war nichts mehr zu hören.

»Ich denke, du solltest nicht hineingehen«, sagte Joseph, »aber das ist nur meine Meinung, und ich bin nicht so nachsichtig wie du. Aber was immer ich auch denke, ich bin mir sicher, dass du es bereuen wirst, wenn du es nicht tust.«

Es war ein Mittwochmorgen im August. Sie saßen auf dem

wimmelnden Parkplatz des Solidarity House. Transporter brachten Lieferungen, allerlei Amtspersonen trugen Unterlagen hin und her, und Besucher taten das, was Ryan tat, sie zögerten hinter ihren Windschutzscheiben und kneteten sich die Finger. Ryans Beine waren bleischwer. Seine Schultern schienen mit der Lehne des Sitzes verwachsen.

Seine Tante Fiona hatte ihn gedrängt zu kommen, Josephs Mutter, die Zwillingsschwester seines Dads. Fiona war so unverfroren und verlogen, wie ihr Bruder verantwortungslos und beschränkt war. Alles deutete darauf hin, dass sie *in utero* mehr als nur ihren Anteil der Nährstoffe beansprucht hatte. Dass sie Ryan unter Druck gesetzt hatte, er solle zum »Familientag« ins Solidarity House kommen, wo Verwandte in den langfristigen Genesungsplan des Rehabilitierten eingebunden wurden, hatte Joseph mitbekommen und ihm angeboten, irgendwo einen Wagen aufzutreiben, damit er sich nicht schon auf der Hinfahrt Fionas Predigten anhören musste. Das war ein kleiner Trost gewesen.

»Was, denkst du, wird da drin passieren?«, fragte Ryan.

»Was haben sie dir gesagt? Du bekommst die Möglichkeit, darüber zu reden, wie seine Trinkerei sich auf dich auswirkt, und dann erläutern sie Strategien, wie ihr alle damit umgehen könnt.«

»Wie seine Trinkerei sich auf mich auswirkt«, knurrte Ryan. Er bezweifelte, dass ihnen seine Antwort gefallen würde: körperlich.

»Und hinterher umarmt ihr euch alle oder so, und Tony geht nach Hause und säuft sich weiter unter die Erde. Was für ein Spaß.«

»Wenn ich nicht gehe, bin ich das größte Arschloch auf Erden.«

»Es sollte dir egal sein, ob dich jemand für ein Arschloch hält. Was können die schon sagen? *O Ryan, du bist so ein schlimmer Kerl, weil dir die Krankheit deines Vaters egal ist.* Scheiße. Als würden Tony sechs Wochen auf dem Land heilen können.«

»Es gab schon Merkwürdigeres.«

Aus dem Augenwinkel bemerkte Ryan, wie Joseph ihn beobachtete.

»Vielleicht hast du recht, Junge. Er ist dein Dad. Ich verstehe das, weißt du. Schließlich habe ich auch einen.« Und dann: »Willst du den Joint jetzt rauchen, oder was?«

Ryan hatte einen fetten Spliff gedreht, bevor sie in der Stadt losgefahren waren. Er wäre ein hübscher Übergang von dem gewesen, den er beim Frühstück geraucht hatte. Aber dann hatte er beschlossen, ihn erst zu rauchen, wenn sie angekommen waren, und jetzt wollte er ihn gar nicht mehr.

»Fühlt sich falsch an«, sagte er. »In so einen Laden kannst du nicht völlig breit rein, oder?«

»Warum nicht? Du bist doch nicht der, der sein Leben versäuft. Klar, wahrscheinlich merken sie es. Der Entzug kann einen verdammt scharfsichtig machen.«

Ryan schüttelte den Kopf. »Es ist einfach nicht richtig.«

»Das ist keine Kirche, Alter.«

»Aber nicht weit davon entfernt.«

Fionas Auto schimmerte über den Schotter. Es war leer, denn es war bereits fünf nach, die Sitzung hatte längst begonnen.

»Ich gehe jetzt besser rein«, sagte Ryan.

»Du weißt, dass du nicht musst? Du weißt, dass ihm ein Scheißdreck zusteht?«

»Jaja.«

»Warum gehst du dann? Was treibt dich durch die Tür zu diesem Treffen, das dich nur fertigmachen wird? Fünfzehn Minuten, Junge, und wir könnten in Clon sein und uns auf Inchydoney eine Kiste Bier für den Tag kaufen. In ein paar Stunden wird's brütend heiß. Super Bikini-Wetter, und alle Bräute aalen sich in der Sonne. Wie klingt das?«

Ryan stellte es sich vor, den Sand, das Bier, die Sonne, die flachen Bäuche und knackigen Ärsche. Die Hälse, die in Schultern und sanfte Kurven übergingen – und es schmerzte, als das Bild verblich. *Es kann nicht schaden, das Angebot zu prüfen*, hätte Joseph auch sagen können, würde Ryan ihm von den wiederkehrenden Krisen erzählen, die ihn von einem heißblütigen Mann zu einem niederkauernden Büßer werden ließen. Oder vielleicht hätte er auch gesagt: *Was zum Teufel stimmt nicht mit dir, Junge? Hat sie dich so am Wickel?*

Als ihm endlich klar wurde, welche Antwort Josephs Vorschlag verlangte, lächelte er ihn freudlos an und öffnete die Autotür.

Tony wartete im Sitzungsraum und kaute auf den Knöcheln. Seine Mutter würde wieder mal den Katalog ihrer unzähligen Enttäuschungen herunterbeten. Natürlich war auch sein Vater eingeladen worden, aber wäre Father Mathew dann nicht schon vorher aufgetaucht? Und schließlich Fiona, die sieben Minuten vor ihm auf diese Welt gekommen war und die es so traurig machte, dass sie immer wieder als Wissensquelle abgetan wurde. Sie wohnte in Dublin, hatte sich von dem Trubel und den süßen Keksen da aber losgemacht und war hergekommen.

Tonys Therapeut hatte empfohlen, dass auch seine älteren Kinder dabei waren, und Fiona hatte Cian und Kelly eingepackt und versprochen, Ryan aufzutreiben. Eigentlich hatte das nicht so schwer sein können, waren der Junge und Fionas eigener Sohn doch dicke Freunde. Allerdings wusste Tony, dass es ähnlich schwierig sein würde, Joseph zur Preisgabe eines so heiklen Geheimnisses zu veranlassen, wie den Papst nach den Toten zu fragen. Und doch öffnete sich die Tür, und plötzlich war er da, der Bengel, kam als Letzter und klebte an der Wand, als sei er da festgeschweißt worden.

Seine Mutter fragte Tony, wie es ihm gehe. Fiona brachte sich direkt gegenüber dem Therapeuten in Stellung. Cian lächelte ihm zu, er war immer schon ein großherziger Bursche gewesen. Kelly pflanzte ihren Hintern auf den Stuhl, der der Tür am nächsten stand. Ryan blieb, wo er war, die Hände hinter dem Rücken, die Finger fest gegen das Mauerwerk gedrückt. Er mied den Blick seines Vaters wie auch den aller anderen.

»Willst du dich nicht setzen?«, rief der Therapeut.

Der Junge sagte: »Ich bin okay.«

»Wenn du dich setzt, können wir anfangen.«

»Ich bleib noch einen Moment hier.«

Der Therapeut schien aus dem Konzept gebracht.

»Ja, bleib nur stehen«, sagte Kelly. »Nur zu. Damit sich wieder mal alles um dich dreht.«

Zu jeder anderen Gelegenheit hätte ihr Schuss nach hinten losgehen können, aber die ganzen Begleitumstände nahmen dem Jungen alle Energie, genau wie Tony, der spätnachts nach *Sídhes* Ausschau hielt und wollte, dass sie ihm das Fleisch von den Knochen peitschten.

Der Therapeut lächelte, als sich Ryan endlich von der Wand löste. Es waren noch zwei Stühle frei, einer neben Tony, der andere zwischen Cian und Kelly. Er nahm den zwischen seinen Geschwistern, und Tony sah sie an, wie sie in einer Reihe dasaßen, als hätte man ihnen befohlen, sich so hinzusetzen, dass es ihren Vater am tiefsten traf. Da er sie wochenlang nicht gesehen hatte, und auch lange davor nur durch seinen Alkoholnebel, öffnete ihm sein klarer Blick in gewisser Weise die Augen. Sie waren ungeheuer ins Kraut geschossen.

»Uns geht es hier heute nicht um eine Mediation oder Familientherapie«, begann der Therapeut. »Wir haben eine besondere Aufgabe, und die betrifft Tonys Sucht. Was an diesem Punkt wirklich helfen würde, wäre, wenn ihr Tony alle ehrlich und offen erklärt, was seine Trinkerei euch angetan hat. Damit hätten wir eine stabile Grundlage, um einen auf eure Familie zugeschnittenen Lösungsansatz zu entwickeln. Ja? Für *eure* Familie. Jeder hat eine andere Geschichte.«

»Ich kann anfangen«, sagte Fiona.

»Oh. Ja. Sicher.«

Alle kamen nacheinander an die Reihe. Fiona erzählte davon, wie sie die Verbindung zu ihrem Zwillingsbruder verloren hatte, unterschlug dabei praktischerweise ihre Globetrotterei, und dass ihre daraus resultierenden Allüren sie so beliebt gemacht hatten wie einen Guinness-Furz in kleiner Runde. Seine Mutter sagte etwas über die Scham, einen notorischen Loser in die Welt gesetzt zu haben. Tony beobachtete seine Kinder. Kelly tat, als langweilte sie sich, unter ihrer Löwenmähne war sie aber ganz Ohr. Cian befühlte ständig seine Taschen. Ryan saß vorgebeugt da und starrte auf seine Schuhe. Schwarze Turnschuhe mit einer dicken weißen Sohle. Sie hatten einen Namen, aber Tony konnte sich nicht an ihn erinnern. Der Junge zog sie nie aus. Gott allein wusste, wo er sie herhatte, weil sie für Tonys Portemonnaie zu teuer waren.

Vielleicht von Tara Duane. Die Schlampe behauptete immer, sie hätte keinen Cent in der Tasche, aber mit nur einem Kind und einer Figur, die nahelegte, dass sie nur donnerstags etwas aß, war es offensichtlich, dass sie sich dünn hungerte. Vielleicht hatte sie die teuren Schuhe seines Sohnes bezahlt. Er wäre nicht draufgekommen. Wie denn auch? Die Sache war viel zu abgefuckt, um es ernsthaft in Erwägung zu ziehen. Er dachte zurück und versuchte sich an eine Zeit zu erinnern, als der Junge etwas anderes als diese verdammten Turnschuhe an den Füßen gehabt hatte, aber da kam nichts. Bis vierzehn war er ein Kümmerling gewesen. Vielleicht dann. Tonys Finger krallten sich in seinen Stuhl. Seine Nägel kratzten Plastik vom Sitz herunter.

Cian wäre am liebsten im Boden versunken, aber er brachte etwas über Hausaufgaben, Schlafenszeiten und ein anständiges Frühstück heraus.

Aber, Mann, was hättest du tun können? Nichts, verdammt noch mal. Wenn du die Gardaí gerufen hättest, was hätten die getan? Tara eingesperrt? Scheiße, nein. Ihn hätten sie fertiggemacht, als wäre er der Grund dafür gewesen, dass sich das Kind an die Hängetitten dieser Schlampe geworfen hatte.

Kelly erzählte hämisch, dass sie sich um alles kümmern musste, was eine Breitseite gegen ihren Bruder war, weil der sie bis über beide Ohren im Haushalt hatte versinken lassen. Ryan ignorierte sie, Tony auch, doch dann war es so weit, und der Therapeut wandte sich auf seinem Platz dem Jungen zu.

»Ryan?«

Er hielt den Blick gesenkt. »Ich habe nichts zu sagen.«

»Gar nichts?«

»Nein.«

»Die Trinkerei deines Vaters hatte keine Auswirkungen auf dich?«

»Mir fällt nichts ein.«

»O mein Gott«, sagte Kelly. »Echt jetzt, Ryan? Echt? Verdammte Scheiße!«

Ihre Großmutter sagte: »Kelly! Deine Ausdrucksweise!«

»Meinst du das ernst? Oh, dir hat es nichts ausgemacht, nein. Nur uns anderen, und wir machen so einen Wirbel darum. Du bist so ein Co-Abhängiger!«

»Nun«, sagte der Therapeut, »das könnte ein Weg sein, den es zu erkunden lohnt, wenn wir über unsere Vorgehensweise reden, aber im Moment hilft uns dieser Begriff nicht weiter.«

Das Mädchen war aber gerade so richtig in Schwung. »Ich wette, ich sollte so ein Wort nicht kennen. Ein *Co-Abhängiger*! Ja, wie sollte ich auch in der Lage sein, so was im Internet nachzusehen, bevor ich herkomme. Also gut, ich kann ja für ihn ein paar Dinge klarstellen. Die Trinkerei meines Vaters hat sich auf meinen Bruder wie folgt ausgewirkt: Er verpfeift ihn nicht und schlägt auch nicht zurück, und ganz sicher übernimmt er nicht die Verantwortung, wenn er meinen Vater so sehr in den Wahnsinn treibt, dass der das Fenster unserer Nachbarin einschlägt. Wissen Sie …«, sie senkte demonstrativ die Stimme, »warum mein Bruder nicht …«

»Wie sich die Trinkerei meines Vaters auf mich auswirkt …«, sagte Ryan, lehnte sich auf seinem Stuhl zurück und nahm wie durch einen Zaubertrick den ihm zustehenden Raum in der Runde in Besitz. »Ich kann mich nicht daran erinnern, dass mein Dad irgendwann nicht getrunken hat, also kann ich es nicht sagen.«

»Mein Gott, was für ein Schwachsinn«, sang Kelly.

»Wenn mein Dad immer schon trinkt, wie soll ich dann sagen, wie sich das auf mich auswirkt? Woher soll ich das wissen?«

Der Therapeut zuckte mit den Schultern, um ihm zuzustimmen, aber Kelly schnaufte, und der Kretin ließ sie fortfahren.

»Er lenkt doch nur ab«, sagte sie, »weil er weiß, dass es sein Fehler ist, dass Dad hier ist.«

Ihr Bruder fuhr sie an: »Willst du dich endlich mal um deinen eigenen Kram kümmern?«

»Das ist mein Kram, Ryan. So sehr wie deiner.«

»Ich bin nicht der Grund dafür, dass Dad trinkt.«

»Du hast dafür gesorgt, dass er Tara Duanes Fenster eingeschlagen hat.«

»Wir könnten das wesentlich konstruktiver gestalten«, meldete sich der Therapeut zu Wort.

Tonys Mutter verschränkte die Arme. »Was soll das heißen?«

»Frag deinen Enkel«, sagte Tony.

»Genau, Dad. Es ist alles meine Schuld. Es ist immer meine verfickte Schuld.«

Tonys Mutter wollte etwas sagen, aber Fiona ergriff ihren Arm, und es war kein kleines Wunder, dass die verdammte Alte ihren Mund wieder zumachte.

»Du hast nie ein wahreres Wort gesprochen«, sagte Tony. »Ich bin schließlich nicht hier, weil die Gardaí zu viele leere Dosen in unserem Mülleimer gefunden haben. Ich bin hier, weil ich Tara Duanes Fenster eingeschlagen habe. Ich sitze hier fest, weil der Staat damit eher klarkommt als mit deiner Herumtreiberei.«

»Ich habe dich nicht gebeten, ihr verdammtes Fenster einzuschlagen, Dad!«

»Darauf habe ich verdammt noch mal auch nicht gewartet. Glaub nicht, ich hab keine Ahnung, was da gelaufen ist.«

»Nichts ist da gelaufen.«

»Hast du es mir nicht selbst gesagt?«

»Nichts habe ich dir gesagt.«

»Nur um das einzuwerfen«, sagte der Therapeut. »Tony, Sie sind nicht aus strafrechtlichen Gründen hier im Solidarity House. Es ist eine der Bedingungen Ihres Bewährungsurteils. Der Richter war der Ansicht, dass der Alkohol eine wichtige Rolle …«

Klar hatte ich getrunken. Nun hört mal, das streite ich ja gar nicht ab. Natürlich war es der Alkohol, aber nur, weil die Umstände es verlangten, und noch mal, dieses Schwachsinnsgerede gibt jetzt der Medizin die Schuld, wobei es doch darum ging, den Tumor zu entfernen.

Ryan sah seinen Vater mit einer Niedertracht an, die Tony nicht von ihm gewöhnt war.

»Du hast mir die Hälfte der Geschichte erzählt«, sagte Tony. »Warum jetzt nicht auch noch den Rest?«

»Weil du mit der Hälfte schon gefährlich genug bist.«

»Du denkst, mich zu belügen ist die Antwort?«

»Ich lüge nicht.« Selbst mit dieser Lüge sagte er die Wahrheit. Er schüttelte den Kopf, senkte ihn und starrte auf seine Fingernägel.

Tony hörte, wie seine Mutter *Was in Herrgotts Namen?* zu Fiona hinüberzischte, aber die brachte sie erneut zum Verstummen, während sich der Therapeut räusperte und Cian sich wie ein Papierfächer zusammenschob.

»Du belügst mich, weil du ein verdammter Lügner bist, Ryan. Zweisprachig aufgewachsen, natürlich bist du das. Was hast du denn mit ihr angestellt? Ihr Italienisch beigebracht? Oder Gras verkauft? Aha, das ist es also, oder wenigstens ein Teil davon …« Sein Sohn biss die Zähne zusammen. »Mit Drogen handeln, in deinem Alter. Du solltest hier sitzen, nicht ich. Oder? Willst du das deiner Großmutter nicht mal erklären?«

»Ich wusste, dass es so kommen würde«, skandierte Kelly in Richtung des Therapeuten.

»Ich auch«, sagte Ryan und sprang auf, was seine Schwester zusammenzucken ließ. »Ich wusste, dass sich nichts ändern würde, und doch habe ich mich überreden lassen. Als würde deine Entziehungskur auch nur das Geringste bewirken.«

Er ging zur Tür, und Tony wäre aufgestanden und hätte ihm den Schädel eingeschlagen, wäre seine Mutter nicht da gewesen und der Therapeut, der einen auf weise machte in seinem engen Hemd und mit diesen Augen, die immer nur auf einen herabsahen.

»Das ist deine Antwort, wenn ich sage, dass du kein Engel bist, ja? Du läufst einfach weg?«

Ryan drehte sich noch einmal um. »Du hast nicht mal gefragt, wie's mir geht, Mann. *Wo wohnst du, Ryan? Mit wem bist du zusammen? Was machst du so?* Fehlanzeige. Ist es dir einfach scheißegal oder hast du Angst, dass ich erzähle, was mich aus dem Haus getrieben hat?«

»Du denkst, es ist mir egal? Wegen dir bin ich hier drin, du kleiner Scheißer.«

»Du bist hier und du sollst dich erholen, dabei weißt du ganz genau, dass du komplett neben der Spur bist.« Seine Augen glänzten, und sein Kinn fing an zu zittern. »Und weißt du was? Ich habe nie jemandem was erzählt. Über dich. Und wenn ich's gemacht hätte, wo wärst du dann heute? Bestimmt nicht hier drin, rumjammernd, dass du einen Entzug machst. Hinter verdammt hohen Mauern würdest du sitzen.«

Die Tür rasselte an ihren Angeln, als er sie zuschlug.

»Möchte ihn jemand aufhalten?«, fragte der Therapeut.

»Oh, glauben Sie mir«, sagte Kelly, »der wird nicht Teil der Genesung sein.«

Draußen auf dem Parkplatz setzte Ryan einen Fuß vor den anderen und blinzelte verzweifelt, als wäre jede vergossene Träne reines Gift. Ryan konnte gerade wieder richtig sehen, als er Joseph und den Wagen erreichte, schluckte aber immer noch Salz und Schleim, als hinge sein Leben davon ab. O Scheiße, das war gar nicht gut. Nicht, wo sein Auszug von zu Hause ihn doch eigentlich von dieser kindlichen Schwäche heilen sollte, die allein sein Vater in ihm herausholen konnte. Er verstand es, sich einen Kundenstamm aufzubauen, dessen Appetit auf Gras, Koks und Ecstasy nur noch von der Unfähigkeit übertroffen wurde, die Brieftasche verschlossen zu halten. Er vermochte allein zu leben und Leute in Schnapsläden dazu zu bringen, ihm kleine Flaschen Whiskey zu verkaufen. Er konnte seine Freundin ganz sanft ausziehen und sie dann hart rannehmen. Aber er kam einfach nicht dahinter, wie um alles in der Welt er es anstellen sollte, sich von seinem Vater nicht fertigmachen zu lassen.

»Allmächtiger«, sagte Joseph, als Ryan sich in den Wagen setzte.

Ryan nahm den Joint aus dem Handschuhfach und steckte ihn sich in den Mund.

»Er wird sich niemals ändern«, sagte er und würgte. »In seinem ganzen verfickten Leben nicht.«

GOLD DIGGER

Joseph steht in der Paul Street und singt. Der Bursche hat echt Eier in der Hose, dackelt da einfach hin mit seiner Gitarre, legt sich den offenen Kasten vor die Füße, und los geht's. Von Protestsongs bis zu allem möglichen Scheiß aus den Charts. Ich weiß nicht, wie er das macht. Ich schäme mich ja schon, unter der Dusche zu singen.

Es ist Samstagmittag, Essenszeit, und die Stadt brummt. Ich bin mit Karine unterwegs, wir holen uns Milchshakes bei Maccy D's und schleichen um die Ecke, um ihm zuzuhören. Er covert gerade »Gold Digger«. Er hat eine super Stimme, und da stehen ein paar Mädchen, wackeln mit dem Arsch und folgen dem alten sexy Einszwei. Die Sonne ist draußen. Eines der Mädchen zieht die Jacke aus und zeigt was, das einen vorbeischlurfenden alten Kerl böse gucken lässt. Wenn ich ein Arschloch wäre, würde ich ihr sagen, dass Josephs Alte gerade ein kleines Mädchen gekriegt hat und es nichts bringt, mit den Titten zu wedeln, da er zu müde ist, um es zu registrieren.

Sie haben das Baby Leigh genannt. Die Taufe ist nächsten Monat. Ich werde Taufpate sein. Joseph schwört, dass er mich nicht einfach nur gefragt hat, weil ich ein Halb-Italiener bin.

Karine steht vor mir und drückt ihren Hintern gegen mich, und ich hole die Hände aus den Taschen und lege sie auf ihrem Bauch übereinander.

»Er wird jedes Mal, wenn ich ihn höre, besser«, sagt sie.

Draußen vor den Pubs und vor Tesco sitzen Leute. Einige von ihnen singen mit. Heute lässt sich was verdienen.

»Hast du je drüber nachgedacht, mit ihm zu gehen?«, sagt Karine, und sie dreht sich in meinen Armen und sieht mich an.

»Ich?«

»Nein, der Typ hinter dir. Natürlich du!«

»Mit Joseph? Straßenmusik machen? Hör auf. Alles, was ich kann, ist Klavier spielen, und ich glaube nicht, dass sie mich eins auf den Platz schleppen ließen.«

»Du könntest singen. Du bist viel besser als er.«

»Ich bin scheiße.«

»Du bist wirklich gut. Du bist ein richtiger Musiker. Ich weiß nicht, warum du Dope verkaufst. Du könntest dich bei X Factor bewerben.«

»Jetzt krieg ich aber rote Ohren«, sage ich.

»Hat er dich nie gefragt?« sagt sie. Ich fahre ihr mit den Händen über die Arme, rauf und runter, und drücke mich gegen ihren Hintern. Aber ich habe eine Trainingshose an, und es ist wahrscheinlich keine so gute Idee, zu sehr an ihren Hintern zu denken.

»Ein paar Mal schon.«

»Und was hast du gesagt?«

»Was denkst du? Genau das, was ich dir gerade gesagt habe.«

»Aber du warst doch in der Schule so gut in Musik.«

»Kannst du dir vorstellen«, erkläre ich ihr, »wie ich da stehe und singe. Die Jungs, mit denen ich Geschäfte mache, werden sich fragen, ob ich auch was in ihr Gras gemischt habe. Überleg doch mal, was Dan Kane dazu sagen würde.«

Der Witz funktioniert nicht. »Ich würde gern denken, dass du mehr zu bieten hast als Dan Kane.«

»Habe ich auch«, sage ich. »Sehr viel mehr.«

»Oh, du glaubst das also auch? Ich dachte schon eine Weile, ich wäre damit allein auf weiter Flur.«

»Bist du nicht, okay? Ich bin nur …« Aber ich weiß nicht, was ich sagen soll. Joseph ist fertig mit seinem Song. Die Leute klatschen. Er fängt meinen Blick auf, und ich hebe den Daumen und sage dann leise: »Ich hab keine Wahl. Entweder arbeite ich für Dan, oder ich zieh wieder nach Hause, und das kann ich nicht.«

»Himmel, Ryan, denkst du wirklich, dass du mir das erklären musst? Das weiß ich! Davon rede ich doch gar nicht.«

»Du meinst, ich singe nicht genug?«

»Ich meine, ich bin nicht mit dir zusammen, weil du an Pillen rankommst.«

Da hakt es plötzlich. Als hätte ich was Falsches gesagt, oder sie, wir sind irgendwie aus dem Tritt, genug, um es zu merken, aber nicht, um zu streiten. Sie verschränkt die Arme. Ich lege meine Hände zurück auf ihren Bauch, ich lass sie nicht los. Wenn ich sie jetzt loslasse, dann kracht es zwischen uns, und zwar richtig.

10

»VERGIB MIR, VATER, denn ich habe gesündigt. Meine letzte Beichte ist Jahrzehnte her.«

»Jahrzehnte?«

»Oh, eine ganze Ewigkeit. Können Sie sich vorstellen, was für eine Last das ist, Vater? Diese ganzen Sünden mit sich zu schleppen, wie Satteltaschen hinten auf einem Esel.«

»Nun … Jetzt sind Sie hier, und es ist die Reue selbst, die wichtig ist.«

»Ja, es gibt Sünden, die ich unbedingt loswerden will. Sind Sie bereit?«

»Fangen Sie an.«

»Ich habe einen Mann getötet.«

»Machen Sie Witze?«

»Klinge ich so, als würde ich Witze machen? Wie klinge ich? Wie eine sechzigjährige Frau, wenn Ihre Ohren noch gut sind. Denken Sie, so vertreibt sich die Bingo-Brigade die Zeit? Indem sie Priestern Verbrechen gesteht?«

»Wann ist es geschehen? Und wie ist es geschehen?«

»Es ist lange her. Habe ich Ihnen nicht gesagt, dass ich vor Jahrzehnten das letzte Mal beichten war?«

»Aber es lässt Sie nicht los.«

»Ich lebe allein, und eines Tages brach ein Mann in meine Wohnung ein. Ich habe mich angeschlichen und ihm eine Devotionalie über den Kopf gezogen. Zunächst muss Gott mir also den Mord an einem seiner Geschöpfe vergeben und dann auch noch das Besudeln eines seiner Erinnerungsstücke.«

»Haben Sie die Gardaí gerufen?«

»Ganz sicher nicht. Dafür können Sie noch ein Gegrüßet-seist-du-Maria drauflegen. Ich habe die Polizei völlig außen vor gelassen. Stattdessen habe ich meinen Sohn geholt, der hat sich um die ganze Sauerei gekümmert.«

»Hat er die Gardaí informiert?«

»Nein. Er hat seine eigene Art, mit den Dingen umzugehen, wie ich feststellen musste. Die Sache würde wohl zu seiner eigenen Sündenlast zählen, aber wie es aussieht, wird ihn das nicht groß kümmern, also müssen wir es zu meiner hinzufügen. Also noch ein Gegrüßet-seist-du-Maria! Soll ich Ihnen alles erzählen, so von Mutter zu Vater?«

»Wenn Sie etwas wirklich bereuen, wird Gott Ihnen zuhören.«

»Darin ist Gott wirklich toll. Er hat riesige Ohren und einen zugenähten Mund.«

»Das klingt jetzt aber ganz und gar nicht reuevoll.«

»Ich hatte immer meinen eigenen Kopf, Vater, das müssen Sie mir persönlich vergeben. Deshalb bin ich auch heute hier in Ihren hübschen Beichtstuhl gekommen. Sehen Sie, ich habe einen Sohn bekommen. Aber unehelich, eben weil ich meinen eigenen Kopf hatte und keine Achtung vor mir selbst. Er wurde von meiner Mutter und meinem Vater großgezogen, die beide mit dem Herrn ziemlich eng unter einer Decke steckten, und der arme Junge fand zwischen meinem Eigensinn und der Frömmigkeit meiner Eltern keinen Halt, weshalb er heute keinerlei Moral hat und ein Verbrecherleben führt. Man könnte tatsächlich sagen, dass es zu seiner Sündenlast gehört, Vater, aber leisten die äußeren Umstände nicht auch ihren Beitrag?«

»Nun ja … ich würde sagen, wir agieren nie ganz allein. Unser Handeln hat mit den Dingen um uns herum zu tun, und die Versuchung ist in unserer modernen Welt sehr groß.«

»Die Versuchung, die ein junges Mädchen in die Sünde führt, könnte man sagen.«

»Die Zeiten ändern sich, und die Kinder Gottes sahen und sehen sich immer anderen, einzigartigen Herausforderungen gegenüber.«

»Das ist mal sicher, und ich nehme an, Gottes Herausforderung an mich war, dem Vater meines Sohnes mein Loch zu verwehren. Aber der Gauner hat sich nicht dran gestört, und schon war ich meine Unterwäsche los.«

»Das ist keine Ausdrucksweise für einen Beichtstuhl! Sie müssen Ehrfurcht zeigen … Die Beichte ist ein Sakrament!«

»Wird dieses Sakrament im Hause Gottes so verehrt wie das Wunder der Geburt?«

»Nun, das eine ist etwas Göttliches und das andere eine sehr irdische Sache …«

»Sie meinen also, Gott könnte meine Reue akzeptieren, weil ich nur etwas Irdisches umgebracht habe? Ich habe einen Menschen getötet, Vater. Was sicher eine Sache ist, die das Beichtgeheimnis ziemlich strapaziert?«

»Nichts kann das Beichtgeheimnis außer Kraft setzen. Dennoch kann ich Sie nur ermutigen, zu den Gardaí zu gehen. Es ist Ihre moralische Pflicht. Wenn Sie das nicht tun, fügen Sie Ihrer Sünde nicht nur eine weitere hinzu, sondern lassen auch Ihre Reue fraglich erscheinen.«

»Sie werden mir also nur die Absolution erteilen, wenn ich zur Polizei gehe?«

»Ich kann Gottes Gnade nicht mit Bedingungen versehen. Sie werden selbst wissen, was Sie tun sollten.«

»Komisch, dass das Ritual mächtiger ist als der Mord. Das Irdische ist weniger wichtig als das Himmlische. Wie ich im Beichtstuhl rede, bringt Sie mehr auf als der Umstand, dass ich einen Mann getötet habe. Einen unangenehmen Mann, einen Nichtsnutz im besten Fall. Einen Mann, der wie mein Sohn in Sünde geboren wurde und damit überflüssig ist. Wer weiß?«

»Ich spüre, dass Sie mit Ihrer Schuld kämpfen, und ich will Ihnen noch einmal sagen, dass Gott allen vergibt, die ihre Sünden aufrichtig bereuen. Vielleicht besteht für Sie der einzige Weg, Frieden zu finden, darin, zur Polizei zu gehen.«

»Herrgott, erhalten Sie von denen eine Provision, oder was?

Nein, ich werde nicht zu den Gardaí gehen. Das ist keine Bedingung, um Gott zu sagen, wie leid es mir tut.«

»So klingen Sie aber nicht.«

»Hören Sie, Vater, es gibt viele Dinge, die mir leidtun. Wenn ich so darüber nachdenke, hat mir mein ganzes Leben lang alles immer nur leidgetan oder leidtun sollen. Zunächst einmal, ein uneheliches Kind zu bekommen, und hätten die Magdalenen-Heime für gefallene Mädchen nicht bereits in ihren letzten Zügen gelegen, hätte ich wahrscheinlich Laken fürs County waschen müssen. Stattdessen wurde ich außer Landes geschickt. Ich ging, um mein Baby auf die Welt zu bringen, und dann habe ich es weggegeben, zur Buße, und wurde wieder fortgeschickt. Ihre Leute hatten meine Mutter und meinen Vater fest im Griff, da hatte ich keine Chance. Wenn mich also mein Sohn Jahre später findet und nach Hause holt, ganz gleich, ob er ein Gangster ist und meine Hände so zittrig sind, dass ich aus Versehen jemanden umbringe, bedeutet dann die Wiedergutmachung, die ich bereits geleistet habe, dem Mann über uns nichts?«

»Es scheint, Sie wollen gar keine Absolution.«

»Aber natürlich will ich die. Warum sollte ich sie nicht wollen? Ich habe einen Sohn, aus welchem Grund sollte ich mich da nicht schlecht fühlen, weil ich einer anderen Frau ihren genommen habe? Ich war eine Sünderin, warum sollte ich mich da nicht schlecht fühlen, einen von meiner Art zur Strecke gebracht zu haben?«

»Fragen Sie mich wirklich, ob die Strafen, die Ihnen Ihrer Meinung nach damals aufgezwungen wurden, als Sie Ihr Kind bekamen, Ihnen heute die Schuld nehmen, wo Sie das Gefühl haben, etwas getan zu haben, das Gottes Beachtung wert ist? Wir werden alle in Sünde geboren, und niemand vermag der Natur seiner Seele zu entfliehen.«

»Ich habe seinen Namen herausgefunden, Vater. Von dem armen Idioten, den ich umgebracht habe, und das ganz zufällig. Aber ich habe ihn mir gemerkt und festgehalten wie die Perlen eines Rosenkranzes, und als ich die Möglichkeit hatte, meinem Sohn den Namen zu verraten, habe ich sie ergriffen, weil ich es nicht erwarten konnte, zu sehen, was für ein Gesicht er machen würde. O Vater, er war außer sich. Er trägt keine Gnade in sich. Er ist nicht dafür gemacht, sein Handeln im Lichte der Tatsache zu sehen, dass der Tote einen Namen hatte. Er wurde wütend, weil sich aus dem Namen Komplikationen ergaben. Er will es nicht mit dem Gewissen seiner Mutter zu tun bekommen. Er ist wie ein Welpe, Vater, und wer kann behaupten, dass ich ihn nicht hätte aufziehen können? Anstand und Frömmigkeit hatten keinerlei Wirkung auf ihn.«

»Nun, die Zeiten waren damals andere …«

»O ja, das waren sie. Rau waren sie, die Leute streng und die Geistlichen grausam – grausam, und das wissen Sie! Ein Kind zu gebären ist das Natürlichste auf der Welt, Sie haben Ihre ganze Religion darauf gebaut, und doch haben Sie Pech über Mädchen wie mich gegossen und uns in die Sklaverei verkauft, gleich zwei Mal haben Sie uns unsere Menschlichkeit genommen, und wenn es ging, auch noch ein drittes Mal. Ich hatte Glück, Vater. Ich wurde nur weggeschickt. Zehn Jahre früher, und wo hätte ich mich wiedergefunden? Vielleicht wäre ich in einem Ihrer Heime gestorben, ich mit meinem schnellen Mundwerk. Ich habe einen Mann getötet, aber Sie hätten mich im Namen Ihres Gottes umgebracht. Wie viele haben Sie umgebracht? Wie viele Leben haben Sie mit Ihrer Moral, Ihrem Beichtgeheimnis und Ihren Lügen zerstört? Nun, was die Absolution angeht, wenn Gott weiß, dass es Ihnen leidtut, nimmt er Ihnen die Schuld, richtig?«

»Wie kann ich glauben, dass es Ihnen leidtut, wenn Sie …«

»Mir? O Vater, ich weiß, dass es mir leidtut. Aber was ist mit Ihnen? *Vergib mir, Irland, denn ich habe gesündigt.* Kommen Sie, mein Junge. Kein Wunder, dass Sie sagen, der Heilige Gott ist voll der Gnade, denn wie sonst sollte irgendeiner von euch Dreckskerlen nachts schlafen können?«

DAS ECHO

11

DER WETTERFROSCH SAGTE, dieser April sei wärmer als üblich gewesen, doch als der Kohlehimmel über der Stadt weggeweht wurde und der Saum ihres Kleides die Reste eines hunderttägigen Winters in sich aufsaugte, hätte keiner Georgie davon überzeugen können, dass die Luft milder war, als Er es gewollt hatte. Sie stand an der Ecke Maltings und Mardyke, und es war nicht das erste Mal, dass sie bei trostlosem Wetter an einer Straßenecke stand, doch diesmal war Clover bei ihr, was bittere Erinnerungen abschreckte.

Die beiden hatten einen geschäftigen Morgen hinter sich. Sie waren oben in The Lough gewesen und von Tür zu Tür gezogen, um das Gute Wort zu verbreiten, Clover mit ruhiger Entschlossenheit, Georgie abgrundtief verlegen. Clover hatte anschließend darauf bestanden, auf dem Rückweg an der Universität vorbeizugehen, wo es ihr gelang, vor dem hinteren Tor ein paar Flugblätter zu verteilen. Die meisten Studenten, die eins nahmen, zerknüllten es gleich und trugen es höchstens bis zum nächsten Papierkorb, ein paar steckten es jedoch geistesabwesend in die Taschen ihrer Regenjacken oder Trainingshosen. Wenn nur einer von ihnen davon berührt würde, sagte Clover, sei das schon den Ausflug wert. Georgie dachte, wenn sie nur einen einzigen Studenten erreichten, käme das einer Verschwendung ihres mageren Druckkostenbudgets gleich, aber das behielt sie für sich.

Sie gingen die Western Road in Richtung Coal Quay hinunter, wo William den Minibus geparkt hatte und hinüber auf die andere Seite des Flusses gegangen war. Er war ganz begeistert. »So viele Afrikaner«, schwärmte er geheimnisvoll. Auf dem Mardyke dann, als Georgie erleichtert die angenehme Luft spüren konnte, hatte Clover die Idee gehabt, ein paar Häuser rund um den Quay zu besuchen.

Und so standen sie jetzt an dieser Ecke, Clover überlegte sich eine neue Strategie, und Georgie war erschöpft und den Tränen nahe. Ihr war bereits gesagt worden, sie solle sich verpissen, sich davonmachen, bevor sie den Hund riefen, erwachsen werden, zur Hölle fahren und sich ihre Propaganda in ihr formschönes Loch stecken. Sie hatte keine Lust darauf, das alles noch einmal mitzumachen.

Ganz besonders nicht hier in dieser Gegend. Das alte Bordell stand gleich um die Ecke. Sie war nervös, auch wenn das alles schon zwei Jahre zurücklag und der Laden längst umgezogen war. Himmel, vielleicht waren sie ja wieder da. Das Haus hatte mit Sicherheit keiner kaufen wollen, nicht in dieser heruntergekommenen Ecke, nicht in dieser heruntergekommenen Wirtschaft.

»Also hör zu«, sagte Clover. »Wir trennen uns. Dann sind wir schneller und gönnen uns danach eine wohlverdiente Pause.«

»Haben wir uns denn bis jetzt noch keine verdient?«, fragte Georgie verzweifelt.

»Komm, Georgie, was würde Jesus tun? Im Übrigen können wir nicht so viele Flugblätter zurückbringen, wenn William dabei ist.«

»Werfen wir sie in einen Papierkorb«, sagte Georgie. »Das merkt doch keiner.«

Clovers Miene verdunkelte sich. »William ist nicht allgegenwärtig, aber der Herr unser Gott schon.«

»Gut«, sagte Georgie. »Dann gehe ich am Wasser lang und treffe dich am anderen Ende.«

Der Vorschlag, die Flugblätter wegzuwerfen, war ein Fehler gewesen. Clover sah aus wie eine gute Fee, rundlich und mit freundlichen Augen, aber sie behandelte Georgie wie einen Welpen, den sie aus dem Tierheim mitgebracht hatte, weil er sonst amtlicherseits eingeschläfert worden wäre.

»Ich sollte mit dir gehen«, sagte sie, »ich sehe doch, wie müde du bist.«

»Ich schaffe das schon. Mein Stück ist kürzer.«

»Ich komme mit dir«, entschied Clover und marschierte los. Georgie tapste hinter ihr her.

Vor dem Krankenhaus standen ein paar verdrossene Gestalten herum, denen sie ihre Flugblätter in die schlaffen Hände drückten, und während Clover einem verwirrten Rentner mit einem West Highland Terrier an der Leine ihre Mission erklärte, demonstrierte Georgie ungebrochenen Kampfgeist und versorgte den Gemeinschaftsbriefkasten eines Apartmenthauses gleich mit mehreren Exemplaren.

Dadurch und durch die Verzögerung durch den achtlosen Alten war Clover plötzlich weniger daran interessiert, auf Georgie aufzupassen. Sie stand mit ihr an der Ecke des Kais, nur ein paar Türen vom alten Bordell entfernt, und schien im Regen förmlich einzulaufen.

»Vielleicht ginge es wirklich schneller, wenn ich den anderen Weg nähme«, sagte sie.

»Das würde es sicher.«

»Vielleicht solltest du einfach weiter den Kai entlanggehen, und ich treffe dich dann am Ende.«

»Gut.«

»Also dann«, sagte Clover und zeigte auf die erste Tür.

Zu Georgies Zeit war das Haus unbewohnt gewesen. Sie machte skeptisch einige Schritte darauf zu. Clover blieb stehen, wo sie war, und sah zu.

»Ich schaffe das schon, Clover.«

»Aber was ist, wenn sie Fragen haben?«

»Es dauert doch sonst so lange.«

Noch ein Fehler. Clover zog die Brauen zusammen.

»Ich versichere mich nur, dass du mit den Ersten hier zurechtkommst«, sagte sie.

»Clover!«, rief Georgie. »Lass mich. Ehrlich, ich kann das!«

Das Widerstreben der älteren Frau kam nicht von ungefähr. Georgie wusste, dass sie die anderen wieder und wieder enttäuscht hatte. Sie hatten sich einen Kugelblitz ins Nest geholt. Zusammenbrüche, Ausbrüche und mehr als einmal Zwischenfälle, bei denen sie behauptet hatte, es sei ihr egal, was sie ihnen antue. Diesen armen, naiven Idioten. Jeder anderen Gemeinschaft wäre das längst zu viel gewesen, aber William und seine Schüler waren belastbarer, als sie gedacht hatte – oder sie hatten bisher noch nie mit einem Kugelblitz zu tun gehabt und wussten einfach nicht, wie sie damit umgehen sollten.

Nach ihrem letzten Fehler war sie sicher gewesen, dass sie sie hinauswerfen würden, doch das war nicht ihr Stil. Es zeigte ja nur, dass sie ihre Hilfe umso dringender brauchte.

An der ersten Tür meldete sich niemand.

»Wirf ein paar Flugblätter in den Briefkasten und geh weiter«, sagte Clover. »Vielleicht sind es einzelne Wohnungen. Versuch es an der nächsten Tür.«

»Da wird es wahrscheinlich das Gleiche sein.«

»Versuch es trotzdem.«

Die Tür war frisch gestrichen, und die Fenster sahen neu aus. Die Gegensprechanlage, die einst mit zermürbender Regelmäßigkeit die Termine angekündigt hatte, war nicht mehr da. Das Haus schien umgebaut worden zu sein. Vielleicht waren es jetzt einzelne Wohnungen mit unterbezahlten Angestellten, die von den Schatten nichts ahnten. Gott, vielleicht sogar junge Familien.

Sie stand unter dem Türbogen und klopfte.

»Das werden sie nicht gehört haben«, sagte Clover von der Ecke. »Lauter.«

»Ich glaube, da ist keiner zu Hause.«

»Ach, komm, Georgie«, sagte Clover und tat einen Schritt vor, als wollte sie zu ihr rüberkommen, also versuchte Georgie es noch einmal. Sie klopfte kräftiger, trat etwas zurück und spürte Tränen unter ihren feuchten Wimpern. Das konnte sie Clover nicht erklären, obwohl wenig Zweifel daran bestand, dass William seine Frau in ihre Vorgeschichte eingeweiht hatte. Es gab einige Dinge, die sie einfach nicht in Worte fassen konnte. Ihre Scham und die Angst, dass über sie geurteilt wurde, hielten sich hartnäckig, auch wenn Williams Gruppe so hilfsbereit und entgegenkommend war, aber wer konnte etwas vergeben, ohne vorher darüber geurteilt zu haben? Ryan hatte recht: Ihre Gnade konnte nur einem mitleidigen Verdikt entspringen.

Als sich die Tür öffnete, konnte sie weder weglaufen noch lächeln.

Die Bewohnerin war eine Frau in den Sechzigern. Sie sah zu zerzaust aus, um eine Art Pförtnerin zu sein, aber fraglos gesünder als die geschlechtsreifen Leichen, die hier vor zwei Jahren gearbeitet hatten. Ihr Haar war noch voll, aber von einem hellen Schiefergrau. Es reichte ihr bis hinunter zum Hals und wellte sich zu beiden Seiten. Sie sagte nichts und blickte finster drein.

»Ich bin hier …«, sagte Georgie und zögerte, und die Frau hob die Brauen.

»Sind wir beide verabredet?« Es war ein bissiges Knurren.

Rechts von ihr trat Clover heran.

»Ich bin hier«, setzte Georgie noch einmal an, »um das Wort … Jesu Christi zu verbreiten.«

»Man sollte meinen, Er würde jemanden schicken, der etwas weniger durch den Wind ist«, sagte die Frau. »Aber gut, was kann Er für sich ins Feld führen?«

Georgie hielt der Frau eines von den Flugblättern hin. Clover verlagerte ihr Gewicht von einem Bein aufs andere.

»Oh, Er hat es für dich aufgeschrieben«, sagte die Frau. »Wie praktisch.«

»Er sagt … Er sagt: *Geht hinaus … Geht hin in alle Welt und verkündet das Evangelium … der Schöpfung. Wer glaubt und sich taufen lässt, wird gerettet, wer nicht, wird verdammt.*«

»Er ist ein rauer Bursche, was?«

»Er ist liebevoll«, sagte Georgie. »Er ... *Wir lieben, weil er uns zuerst geliebt hat.*«

»Was für eine gequirlte Scheiße«, sagte die Frau.

Georgie sackte in sich zusammen, und Clover winkte sie zurück, aber die Frau sagte: »Warum läufst du an so einem Tag hier von Tür zu Tür? In deinem Zustand? Was soll das? Ist das eine Art Bußgang?«

»Wir haben jede Woche Gebetstreffen ...«, setzte Georgie erneut an.

»Ich scheiße auf deine Gebetstreffen, Kleines«, sagte die Frau. »Wenn du mich bekehren willst, dann tu es jetzt, weil dieser Zettel hier im Müll landet, sobald ich die Tür schließe. Willst du nun mit mir über den Herrn den Allmächtigen sprechen oder nicht?«

Georgie sah hinüber zu Clover, die eine Geste zur Tür hin machte.

»Ich bin da keine Expertin«, gab Georgie zu.

»Las mich dir eins sagen«, sagte die Frau. »Deine Schönheitskönigin da drüben auch nicht. Jeder, der behauptet, ein Experte zu sein, was Seine mysteriösen Ausdünstungen betrifft, redet Schrott. Kommst du jetzt rein oder nicht?«

Clover nickte.

»Da steht so viel auf dem Flugblatt«, sagte Georgie.

»Willst du einer alten Dame die Konsultation verweigern, Kleines? Wer geht schon von Tür zu Tür und lehnt dann die erstbeste Einladung zu pontifizieren ab?«

»Ich wüsste nicht, wobei ich hilfreich sein könnte.«

»Probier's einfach.«

Die Frau drehte sich um und ging zurück ins Haus. Clover trat neben Georgie und sagte leise: »Ich weiß, sie ist etwas komisch, aber vielleicht ist das eine gute Übung, und wenn ich dich nicht draußen sehe, nachdem ich die anderen Häuser abgeklappert habe, komme ich und hole dich. Was meinst du?« Sie ging davon, ohne eine Antwort abzuwarten, und so trat Georgie durch die Tür in jenen Flur, in dem ihr das Herz weggesackt war, jedes einzelne Mal.

Das Haus war renoviert worden. Selbst hier unten im Flur konnte man das sehen. Die Wände cremefarben gestrichen und der Boden neu verlegt. Als sie die Tür behutsam hinter sich schloss, stellte sie fest, dass auch sie frisch gestrichen worden war und die alten Riegel und Ketten durch ein einziges modernes Schloss ersetzt worden waren.

»Komm her«, rief die Frau, und Georgie folgte ihr in die Küche, einen Raum, in dem sie während ihrer Zeit hier nie gewesen war. Sie war nur in den Schlafzimmern im oberen Stockwerk gebraucht worden.

Die Küche schien ebenfalls neu. Cremefarbene Einbauschränke, ein eleganter Herd mit Abzugshaube, eine Frühstückstheke und eine blitzende Spüle unter dem Fenster, aus dem man hinaus in einen idyllischen, efeuumrankten Garten sah. Das moderne Design stand in krassem Gegensatz zu dem überall herrschenden Wildwuchs religiöser Devotionalien: Auf den Fensterbänken, den Regalen und seitlich auf den Arbeitsflächen, überall standen und lagen Kruzifixe, Statuen, Rosenkränze und düstere Messingbüsten.

Die Frau schaltete den Wasserkessel ein und holte zwei große Tassen aus einem der Schränke. »Tee, nehme ich an?«

»Oh, das ist nicht nötig.«

»Du trinkst jetzt einen Tee und setzt dich hin, Himmel noch mal.«

Georgie setzte sich an den Tisch, und die Frau, eine Hand auf der Frühstückstheke, die andere in die Hüfte gestemmt, betrachtete sie eingehend.

»Du hast keine Ahnung von der Bibel, oder?«

»Das habe ich Ihnen doch gesagt«, antwortete Georgie. »Ich bin da keine Expertin.«

»Eine Schauspielerin bist du, und zwar eine, die ihren Text nicht gelernt hat. Wie heißt du?«

»Georgie.«

»Ich heiße Maureen«, sagte die Frau, »Und warum tust du das, Georgie, durch Cork laufen und versuchen, die Leute zu bekehren, wo du selbst noch nicht so weit bist?«

»Ich habe vor Kurzem erst damit angefangen.«

»Danach habe ich nicht gefragt.«

Georgie zögerte. »Ist es so offensichtlich?«

»Ich weiß nicht, was deine kleine dicke Freundin damit bezweckt, dich auf Heiden loszulassen, wenn du keine Ahnung hast, wovon du redest. Ganz abgesehen davon, wie müde du sein musst.«

»Sie sind davon überzeugt, dass Gott körperliche Arbeit schätzt.«

»Du verlierst dein Kind, wenn du nicht vorsichtig bist. Wer sind die überhaupt?« Sie drehte das Flugblatt um. »Christen Aktiv Im Licht. Ha! Christen Aktiv Im Lumbago.«

»Sie sind wirklich gut zu mir.«

»War das, bevor du so aufgeblüht bist oder danach?«, sagte sie und machte eine ausholende Geste. »Im wievielten Monat bist du?«

»Im sechsten.«

»Dafür hast du schon einen ganz schönen Bauch. Ich nehme an, weil du so klein bist. Bei mir war es genauso. Wann haben sie dich rekrutiert? Vor oder nach dem Sündenfall?«

»Vor etwa zehn Monaten.«

»Allmächtiger. Ist das eine Sex-Gruppe? Christen Aktiv Im Liebemachen? Wie konntest du in solche Schwierigkeiten geraten, wo deine Seele bereits gerettet war? Haben sie dich gleich verheiratet?«

»Nein.«

Maureen gab Teebeutel in die Tassen. »Milch? Zucker?«

»Ja, bitte. Einen Löffel.«

»Christen Aktiv in Laktose«, murmelte Maureen, und Georgie fragte: »Geht das jetzt immer so weiter?«

»Bis es mir keinen Spaß mehr macht.«

Sie nahm einen Teelöffel und drückte die Teebeutel gegen die Seiten der Tassen.

»Ich habe da einen Mann kennengelernt«, sagte Georgie. »Deswegen.«

»Einen von ihnen? Ich nehme an, sie haben es gebilligt.«

»Haben sie nicht. Er ist weg, und ich konnte nirgends hin.«

»Weiß er es?«

»Ja, er weiß es. Er kommt aus einer wohlhabenden Familie. Es wäre ungut, wenn ich mitgegangen wäre. Er kommt zurück, wenn er alles geklärt hat.«

»Erzählen sie den Mädchen wirklich immer noch solche Geschichten?«

»Er wird kommen«, sagte Georgie. »Es ist kompliziert. Er ist auch in Therapie. Also … Es wurde entschieden, dass es uns beiden schaden würde, wenn wir das gemeinsam durchstehen müssen. Wir könnten uns nicht auf unsere Genesung konzentrieren, wenn es da noch jemand anderen gibt.«

»Wie praktisch, und wovon erholst du dich, wenn es nicht deine Jungfräulichkeit ist?«

»Drogen«, sagte Georgie. Sie war zu müde, um verärgert zu reagieren.

»Was für Drogen?«

»Ich will nicht unhöflich sein, aber ist das nicht meine Sache?«

Maureen stellte den Tee vor sie hin. »Also würdest du doch lieber über Jesus Christus sprechen? Das können wir gerne tun, auch wenn ich mich mit Ihm zerstritten habe.«

Georgie legte die Hände um die Tasse und sank in sich zusammen.

»Ich weiß nicht viel. Sie sagen, man muss offen sein, um Ihn in sich hineinzulassen. Sie sagen, Er macht alles klarer. Damit man ein Ziel vor Augen hat. Damit … Damit einem die Last genommen wird. Aber ich habe Ihn noch nicht gefunden.«

»Hast du schon unter dem Bett nachgesehen?«

»Ich versuche es ernst zu nehmen.«

»Trotzdem sagt dir etwas, dass es nicht lohnt, es ernst zu nehmen. Vielleicht ist das ein Problem für uns kurz geratene Frauen: Unsere Hände sind zu klein, um nach Strohhalmen zu greifen.«

»Jetzt klingen Sie aber selbst wie eine Predigerin.«

Maureen schnaubte. »Oh, das glaube ich nicht. Ich habe so viel Zeit für den Mann da oben wie er für mich. Entspann dich und trink deinen Tee. Du bekehrst hier niemanden.«

Die Rede von dem Mann da oben ließ Georgie zusammenfahren und zur Decke blicken. Maureen sah es und lächelte.

»Wusstest du«, sagte sie und beugte sich verschwörerisch vor, »dass dieses Haus mal ein Bordell war?«

Georgies Füße waren wund, ihr Rücken schmerzte, und sie hatte seit Wochen nicht mehr richtig durchgeatmet. Wäre sie noch einen Monat weiter gewesen, nur ein kleines bisschen erschöpfter, hätte sie ihrer übernatürlichen Gastgeberin womöglich reinen Wein eingeschenkt. Stattdessen schluckte sie und tat interessiert.

»Das wusste ich nicht«, sagte sie. »Vor langer Zeit?«

»Ist noch gar nicht so lange her.«

»Oh, ernsthaft?«

»Es geht Ihnen schon besser, oder?«, sagte Maureen und richtete sich wieder auf. »Ja, ernsthaft. Eine Lasterhöhle im Irland des einundzwanzigsten Jahrhunderts. Hast du so was schon mal gehört?«

Georgie nippte an ihrem Tee und brühte sich ihre Antwort von der Zunge.

»Vielleicht war es ganz früher auch schon ein Bordell«, fuhr Maureen fort. »Das weiß ich nicht. Aber dazu braucht es keine Geschichtsbücher, man spürt die Last auch so.«

Georgie legte das Kinn auf ihre zitternde Hand. »Haben Sie es billig erstanden?«

»Das habe ich nicht. Es gehört meinem Sohn. Es gehört meinem Sohn schon lange.«

»Wie lange?«

»Jedenfalls lange genug«, sagte Maureen, »um die Geschäfte zu führen.«

Georgie stand auf, was ihre Füße ächzend protestieren ließ, ihre Oberschenkel, ihren Rücken. »Also, vielen Dank für den Tee. Sie sind wirklich nett, aber ich gehe jetzt besser.«

Maureen sagte: »Würde er dich überhaupt wiedererkennen?«

Georgie setzte sich wieder hin. *Ich weiß nicht, was Sie meinen*, wollte sie sagen, aber der Satz hatte Schwierigkeiten, ihren Mund zu verlassen, und die paar Worte, die es schafften, lösten sich in Luft auf.

»Ich glaube nicht«, sagte Maureen. »Er ist mir bislang nicht wie jemand vorgekommen, der sich irgendwo häuslich niederlässt.«

Georgie sagte: »Ich schulde niemandem etwas«, und fing leise an zu weinen. Mit zitternder Hand wischte sie sich die Tränen weg. »Glauben Sie ja nicht, Sie haben eine Ausreißerin eingefangen, denn das ist nicht so. Es ist lange her.«

»Es liegt ein Schatten auf dir«, sagte Maureen. »Tropfschwarz und elend. Er war schon da, als ich die Tür aufgemacht habe. Ich sah, dass du nicht hereinkommen wolltest, dass du keinen blassen Schimmer hattest, was du tun solltest, und dass dir irgendein scheinheiliger Tugendwächter eingeredet hat, dass du etwas gutzumachen hast. Entweder akzeptierst du die Vergangenheit als das, was dich zu dem Menschen gemacht hat, der du heute bist, oder du lernst, besser zu lügen. Die Welt ist voller junger Frauen wie du.«

»Sie sind J.P.s Mutter? Und er lässt Sie an so einem Ort wohnen?«

»Ich würde gern glauben, deine Tränen würden aus Mitleid mit mir fließen. Ja, er hat mich hier reingesteckt. Er ist sehr pragmatisch, der Junge. Denkt nicht nach. Erst wollte ich nicht bleiben, doch als ich erfuhr, was das hier früher einmal war, sagte mir etwas, dass es meine Pflicht sei, dafür zu sorgen, dass er dieses Haus nicht wieder im Elend versinken lässt. Der kriegt mich hier erst mal nicht wieder raus. Wobei, ich bin sicher, irgendwann kommt er reingeplatzt, um mich vor die Tür zu setzen, aber vorläufig bin ich hier glücklich. Es gibt Stimmen in diesem Haus, wie ich schon gesagt habe. Geister.«

Georgie schluckte und hielt sich an der Tischplatte fest. Maureen brachte eine Rolle Küchenpapier. Georgie schaffte es nicht zu fragen, was die Geister taten.

»Meinst du«, sagte Maureen, als sich Georgie wieder beruhigt hatte, »dass dich das retten wird?«

Sie deutete auf Georgies Bauch, und Georgie legte die Hände auf ihre Kugel und sagte: »Warum glauben Sie, dass ich gerettet werden muss?«

»Das glaube ich nicht. Ich dachte nur, dass du dieser Ansicht bist, weil ich dich in Gesellschaft religiöser Eiferer sehe. Aber wie immer du es sehen willst, ich hoffe, es zahlt sich aus. Es interessiert mich. Du bist mein Anti-Ich. Eine Schwangerschaft verändert einen von Grund auf.«

»Ich hatte nicht mal daran gedacht, dass so was passieren könnte«, sagte Georgie.

»Dann bist du wahrscheinlich nicht am richtigen Platz.«

»Ich meine … Ich dachte nicht, dass ich … es verdient hätte. Es ist das zweite Mal. Das erste Kind habe ich verloren.«

»Das tut mir leid«, sagte Maureen.

»Sie verstehen nicht. Es war mein Fehler gewesen. Ich habe Drogen genommen, ich habe getrunken …«

»Vielleicht ist es so, vielleicht auch nicht. Bei diesen Dingen weiß man nie. Es hat keinen Sinn, sich da in irgendetwas reinzusteigern.«

»Ich denke immer wieder, dass mich dieses Kind auch verlassen wird.«

»Tja, das könnte gut sein, wenn du die Füße nicht hochlegst

und den Versuch aufgibst, die Leprakranken zu heilen. Sag deinen Nazarenern das. Ihr Weg in den Himmel wird nicht dadurch geebnet, dass du deinen Felsbrocken vor ihnen herrollst.«

»Es sind keine schlechten Menschen.«

»Wie barmherzig von ihnen.«

Maureen nahm Georgies Tasse, stellte sie auf die Theke und füllte sie auf. Georgie schniefte, wischte sich über die Augen und setzte sich aufrecht hin. Ihr Blick ging zur Tür, dann zur Decke. Sie lauschte nach Flüstern und Geistern.

»Du kannst dich umsehen, wenn du magst«, sagte Maureen.

»Ich glaube, das möchte ich nicht.«

»Vielleicht wäre es gut für dich. Man kann praktisch alles vom Dreck befreien, vielleicht wäre das ein Leitbild für dich. Vielleicht.«

Der Versuch, einen finsteren, Schatten werfenden Haufen Schutt mit einem symbolischen Trick abzutragen, reizte Georgie nicht, aber noch weniger, erneut in eine Unterhaltung mit der prophetischen Mrs Phelan einzutreten. Zwischen Dankbarkeit und einem ihr alles zusammenziehenden Unbehagen gefangen, entschied sie sich für die Dankbarkeit, nahm die wieder volle Tasse, lächelte dünn und ging in den Flur hinaus, wo sie an der Treppe stehen blieb und in den ersten Stock hinaufsah.

»Nun geh schon«, sagte Maureen von der Küchentüre aus.

Die Zimmer oben waren alle neu. Wo einst alles langsam vor sich hin gerottet war, leuchteten nun saubere Wände und frisch geschliffene Parkettböden. Betten und Möbel waren verschwunden, genau wie die Telefone an den Wänden. Auch die provisorische Küche, in der die Mädchen ihre Rauschmittel gelagert hatten, war herausgerissen worden.

Maureen stand hinter ihr. Georgie drehte sich um und sagte: »Haben Sie etwas gefunden? Waren Sie hier, als die Arbeiten ausgeführt worden sind?«

»Als die Wohnung unten fertig war. Das hier oben wurde hinterher gemacht. Warum, was suchst du?«

»Nichts. Es sieht nur so leer aus.«

»Ein bisschen Kleinkram war noch da. Ich habe alles unten in einer Schublade. Lass mich mal nachsehen. Man weiß nie. Wobei, wenn es ein BH ist, den du verloren hast, die habe ich alle weggeworfen.«

Georgie zog die Stirn kraus, aber Maureen hatte sich bereits abgewandt.

Sie ging weiter, durch die anderen Zimmer, doch die waren alle gleich: Ihrer dunklen Ecken beraubt, taugten sie nicht für das, weswegen Maureen sie hier heraufgeschickt hatte. Georgie versuchte sie mit den Erinnerungsfetzen in Einklang zu bringen, die ihr spätnachts durch den Kopf schwirrten: wie sie auf den Bauch gezwungen wurde, den heißen Atem auf ihren Wangen, das Sperma auf ihren Brüsten, im Gesicht, in ihrem Haar, als wären sie Hunde, die ihr Revier markierten. Die Erinnerung daran ließ sie in sich zusammensacken, sie grub sich die Nägel in die Hände und zog den Kopf zwischen die Schultern. Aber das alles war so weit weg, als wäre es nicht nur in ihrer Vergangenheit, sondern auch in einem fernen Land passiert. Ein bisschen Farbe, und schon spürte sie keine Verbindung mehr zu diesem Ort.

In einem der Zimmer im zweiten Stock lagen ein kleiner Stapel Papiere und ein Notizbuch auf der Fensterbank. Ein Stift vervollständigte das Bild. Die Fensterbank war tief, und aus dem Fenster sah man auf den Lee. Er schien angeschwollen, Autos bewegten sich zu beiden Seiten an ihm entlang wie ein Lavastrom aus Müll. An sonnigen Tagen, wenn Wasser und Stahl von dort unten heraufglitzerten, würde das hier, da war sie sicher, ein inspirierender Ort sein. Sie schob die Papiere bis ganz ans Fenster, vorsichtig, setzte sich mit dem Rücken an die Wand und sah über die Schulter hinaus auf die Straße.

Sie konnte hören, wie Maureen zwei Etagen tiefer die Schubladen aufzog.

Sie nahm ein paar der Blätter vom Stapel. Es war nicht sehr

wahrscheinlich, dass ein Monster wie Jimmy Phelan von einer Mutter abstammte, die künstlerisch begabt war. Georgie war ihm nie begegnet, weil er alles durch den Zuhälter abwickelt, aber sein Ruf war ungeheuerlich, sowohl was die Reichweite als auch den Befund anging.

Die erste Seite schien der Anfang eines Briefes an einen Priester zu sein.

Vergib mir, Vater, denn ich habe gesündigt. Oder reicht auch Lieber Vater?

Georgie schob das Blatt unter das nächste und las:

Robbie O'Donovan war hier.

Sie hätte es fallen lassen sollen. Womit sie dem armen Kerl eine Art von Achtung erwiesen hätte, nachträglich. Stattdessen drehte sie das Blatt um, als könnte sie auf der Rückseite eine Erklärung dafür finden, wie sich sein Name hier in ihre Hand hatte stehlen können, doch da stand nichts. Sie drehte das Blatt wieder nach vorn und las noch einmal: *Robbie O'Donovan war hier*, in der gleichen Handschrift wie der Brief an den Priester. Ihr stockte der Atem. Sprachlos saß sie da, als könnte sie der plötzliche Stillstand ihrer Lunge zum Schweben bringen, von der Wand zur Decke hinauf.

Maureen trat mit einem Arm voller Überbleibsel ins Zimmer.

»Robbie O'Donovan war hier«, sagte Georgie. Die Luft entwich durch ihre Kehle.

»Ach, der«, sagte Maureen. »Keine Angst. Der rührt dich nicht an. Der steht einfach nur rum.«

»Er steht einfach nur rum?«

Maureens Augen verengten sich, und sie lächelte. »Kanntest du ihn? Er ist hier gestorben.«

Georgie ließ das Blatt fallen und schoss an der Frau vorbei und die Treppe hinunter. Ihre Schuhe rutschten auf der letzten Stufe aus, sie hielt sich am Geländer fest, schrie auf und rannte zur Tür. Das Schloss ließ sich nicht gleich öffnen, dann sprang es auf, und sie lief hinaus auf die Straße, wo Clover gerade herankam, nur ein paar Meter weiter links.

»Was ist, Georgie?«

»Mir ist schlecht, Clover, wirklich schlecht. Bitte, lass uns gehen.«

»Okay«, sagte Clover. »Das können wir.« Sie legte einen Arm um Georgie, die sich schniefend und würgend an sie klammerte. Sie hatten gerade ein paar Hundert Meter zurückgelegt, als Georgie eine Stimme hinter sich hörte, die ihren Namen rief. Clover verlangsamte den Schritt, doch Georgie bettelte: »Mir ist schlecht, Clover, mir ist schlecht«, aber es war nicht die Stammesmutter Maureen, die hinter ihnen hereilte. Die Stimme hatte einen unverwechselbar greinenden Ton, wie zerspringendes Glas. Georgie wandte sich um, und Tara Duane winkte ihr zu, trippelte auf ihren hochhackigen Stiefeln heran, die sie nach links und rechts stolpern ließen, als tanzte sie über ein krängendes Schiffsdeck.

»Georgie! So warte doch! O mein Gott, wie schön, dich zu sehen! Wo warst du denn bloß?«

»Das ist nicht jemand, den wir gebrauchen können«, sagte Georgie zu Clover, die nickte und ihren Arm drückte, sonst aber blöd dastand und zusah, wie das Gerippe näher kam.

12

KARINE KAM MIT EINER TASCHE voller Leckereien: zwei Hühnchen-Sandwiches, vier Tüten Tayto-Chips, einer Handvoll Schokoriegel, Tabak und Blättchen, einer Zweiliterflasche Cola und, was das Beste war, einer Tüte Pick-&-Mix-Süßigkeiten, so groß wie ein Babykopf.

»Du bist der absolute Renner, D'Arcy«, sagte Ryan, und sie verdrehte die Augen: »Daran erinnerst du dich hoffentlich, wenn du reich und berühmt bist.«

Die Vorhänge waren zugezogen, weil es draußen kein Licht gab, das es hereinzulassen lohnte. Es war klamm und trist und so kalt, dass es einem die Eier zusammenzog. Es hätte sowieso nicht viel zu sehen gegeben, sein Schlafzimmerfenster ging auf die von einem gnadenlosen April durchnässten Nachbargärten hinaus. Gleich nebenan hatte Tara Duane vor fast einer Woche ein Trockengestell aus Plastik aus dem Haus gezerrt und ein paar Handtücher darübergehängt, entweder aus Verzweiflung oder übertriebenem Optimismus.

Er hatte den Kopf gleich wieder zurückgezogen, da er Angst hatte, dass sie das als positives Zeichen nehmen könnte, wenn sie den Blick hob und ihn am Fenster entdeckte. Alles, nur nicht das. Er versank hinter dem Vorhang und setzte sich aufs Bett, die Ellbogen auf den Knien, die Hände zusammengelegt, den Blick nach unten gerichtet.

Es gab eine Menge Nachteile, wieder zu Hause zu sein, aber nichts machte ihm solche Angst wie Tara Duane. Die letzten zwei Jahre mochten ihre Geschichte so weit abgeschwächt haben, dass sie, in Karines Ohren, nur noch grell und unwirklich klingen würde, optimistisch betrachtet. Aber selbst das konnte ihn ins Verderben stürzen. Vielleicht wollte Karine ihn, auch in geheimen Gedanken, nicht mit jemandem wie Tara Duane teilen.

»Igitt, als hätte man sie ausgeweidet und dann wieder zugenäht«, hatte sie ihm vor Jahren mal zugeflüstert, als Tara den beiden noch Minderjährigen angeboten hatte, ihnen was aus dem Schnapsladen zu besorgen.

Taras Wäscheständer war umgefallen, die Wäsche auf der Erde gelandet. Da lag sie immer noch, verdreht im Dreck.

Karine streifte sich die Schuhe von den Füßen, strich sich den Schulrock glatt und kletterte neben ihm aufs Bett.

»Gib mir mein Sandwich«, sagte sie. Er nahm den Tabak und drehte einen Joint, während sie aß.

»Wo hast du das Gras her?«, fragte sie.

»Dan the Man hat es mir per Post geschickt.«

»Per Post?«

»Ich schwöre es. Er verwöhnt mich total.«

»Iss erst dein Sandwich«, sagte sie. »Das Huhn ist warm.«

»In Ordnung, Mammy.«

Er legte den fertigen Joint hinter den Vorhang auf die Fensterbank, und so hielten sie in ihrer Kobalthöhle erst einmal ein Picknick. Als er sein Sandwich fast aufgegessen hatte, griff sie in ihre Schultasche und holte einen Stift, einen Block und ihr Mathebuch hervor.

»Und was soll das jetzt wieder?«, fragte er.

»Mathe«, sagte sie und legte ihm die Sachen auf den Schoß.

»Sehr witzig.«

Sie steckte den Kopf in ihre Tasche. »Komm schon, Ryan«, sagte sie, als sie wieder auftauchte. »Sei vernünftig. Je eher ich meine Hausaufgaben fertig habe, desto schneller können wir uns entspannen.«

»Ich bin schon entspannt.«

»Dann spann dich wieder an. Seite 57, Aufgaben elf bis zwanzig. Währenddessen mache ich Französisch, und wenn du wirklich, wirklich brav bist, blase ich dir am Ende vielleicht sogar einen.«

»Das machst du doch sowieso.«

»Und du bist cool, oder was? Eigentlich sollte man meinen, du würdest deiner Freundin gern bei ihren Hausaufgaben helfen. Wo sie so nett zu dir ist?«

Sie legte ihr Französischbuch sittsam auf ihren Schoß und strich sich eine Haarsträhne aus dem Gesicht. Er fing an zu lachen, und sie sagte mit gespielter Entrüstung: »Was?«

»Das ist echt komisch.«

»Was ist echt komisch?«

»Du bist echt komisch.«

»Weißt du, was nicht komisch ist?«

»Was?«

»Dass du noch nicht mit meinen Hausaufgaben angefangen hast.«

Er schlug das Buch auf. »Du kannst das nicht ständig mit mir machen«, sagte er.

»Ach, nein? Und was willst du dagegen tun?«

Er *war* cool, das konnten viele bestätigen. Seine Freundin mochte es, ihm einen zu blasen. Da war nur der Umstand der eigenen Passivität, der die Sache verdarb. Als Vorspiel war ein Blowjob zu hundert Prozent geil, aber manchmal, nur sehr manchmal, so ein Loser war er nicht, wenn sie ihm einfach nur so auf die Schnelle einen blies, hatte das Ganze etwas von Unterwerfung, was die hundert Prozent auf fünfundneunzig drückte. Er versuchte es als etwas zu sehen, bei dem er auf dem Fahrersitz saß, aber es war nicht einfach, die Kontrolle für sich zu beanspruchen, wenn man seinen Schwanz im Mund von jemand anderem stecken hatte. Das war so ein Bocca-della-Verità-Ding.

Er wusste ja. Er wusste, dass bei den Gelegenheiten, bei denen ihm die letzten fünf Prozent abhandenkamen, es an einer Erinnerung lag, einer Art Flashback, keiner bestimmten Szenerie, die er so nie vor Augen gehabt hatte, sondern dem Gefühl, außer Kontrolle zu geraten und grundlos dumme Fehler zu machen.

Es hatte eine Zeit gegeben, da sie es gefilmt hatten, und da war es total perfekt gewesen, hundertzehn Prozent.

Für eine halbe Stunde herrschte Ruhe, unterbrochen nur von der einen oder anderen Bemerkung über etwas, was in der Schule passiert war, von verschiedenen Textnachrichten, seinem Vater, der die Wohnzimmertür auf- und zumachte, Niamh und Cathal, die sich um die letzten Coco Pops stritten. Er war mit den Matheaufgaben eher fertig als sie mit Französisch und ließ sich zurück aufs Bett fallen. Als sie schließlich auch so weit war, packte sie ihre Bücher und Stifte weg und legte sich neben ihn.

Aus Gewohnheit hatte er Cians Bett vor die Tür geschoben, als sie in sein Zimmer gekommen war. Es war schon seltsam, wieder hier zu sein, wo jede Sekunde ein Hinterhalt drohte. Sie küssten sich eine Weile, dann ließ sie sich von ihm den Pullover ausziehen und ihre Bluse aufknöpfen, aber als er ihr die ebenfalls ausziehen wollte, zog sie die Schultern hoch und flüsterte: »Gott, Ryan, ich habe solche Angst, dass er die Treppe hochkommt. Ich weiß nicht, wie wir das früher einfach so machen konnten.«

»Not macht erfinderisch.«

»Na, und? Der Spruch allein reicht nicht.«

»Er kommt nicht hoch«, sagte Ryan. »Seit ich wieder hier bin, geht er mir aus dem Weg, als hätte ich die verdammte Pest. Als würde er glauben, ich treibe ihn zurück in den Suff.«

»Wahrscheinlich ist es schwierig, weil du so lange weg warst.«

»Es ist schwierig, weil er nicht weiß, was er mit mir machen soll. Ich bin wieder da, und ich bin kein Kind mehr … Er weiß sowieso Bescheid.«

Sie zuckte zusammen. »Ich weiß, das mit dem Video ist schon länger als ein Jahr her, aber mir läuft's immer noch kalt den Rücken runter.«

»Okay, er weiß Bescheid, und dass er ständig unten in seiner Wohnzimmerfestung hockt und so tut, als wär es ganz normal, heißt letztendlich, er kommt uns nicht zu nahe. Und selbst wenn er wollte, käme er hier nicht rein.«

»Wahrscheinlich nicht.«

»Lässt du *mich* rein?« Er küsste die Stelle, wo ihr Hals in die Schulter überging, und sie drückte den Rücken durch und setzte sich auf. Er schob ihr die Bluse von den Schultern, und sie zog ihm sein T-Shirt aus, und nachdem sie sich von noch einigem anderen befreit hatten, rutschten sie unter die Decke.

Er drückte sie aufs Laken, rosa Haut auf blauem Schatten. Sie küsste seinen Hals und fuhr ihm über die Wirbelsäule. Beides waren Reaktionen auf das, was er tat. Er mochte das so, heute und überhaupt. Nach einer Weile legte sie die Hände auf seine Schultern und forderte ihn wortlos auf, sich auf den Rücken zu legen, damit sie ihm den versprochenen Blowjob geben konnte. Er küsste sie. Sie drückte noch einmal, und noch einmal widerstand er ihr, woraufhin sie sich zurücklehnte, lächelte und flüsterte: »Willst du nicht, dass ich dir einen blase?«

»Es ist … ich weiß nicht … Könnte ich dich nicht mal lecken?«

Sie lächelte gequält, wie sie es gewöhnlich nur tat, wenn sie eine Verabredung absagen musste, ihn zu einer Shoppingtour drängte oder, genau, sein Angebot für einen Cunnilingus ablehnte.

»Ich *weiß* nicht«, seufzte sie, was im Allgemeinen hieß: *Ich mag nicht, möchte aber nicht, dass du dich deswegen schlecht fühlst.*

»Du bläst mir doch ständig einen«, sagte er.

»Aber du magst es.«

»Du könntest es auch mögen.«

»Ich *weiß* nicht.«

»Wir sind jetzt seit zwei Jahren zusammen. Ich kenne niemanden, der länger zusammen ist, und ich habe dich noch nie da unten geküsst.«

»Vielleicht magst du es nicht.«

»Es geht dabei eher um dich.«

»Warum willst du es dann so dringend?«

»Weil ich es für dich tun möchte.«

Wieder seufzte sie, lächelte und wandte den Blick ab. Er zog die Decke langsam zur Seite und sagte: »Ernsthaft, du bist das Schönste, das ich je im Leben gesehen habe«, und sie machte *tss, tss*, und er sagte: »Und du bist der schönste Ort, an dem ich jemals gewesen bin.«

»Ryan!«

»Das stimmt.«

Er fuhr mit dem Finger von ihrem Mund über den Hals zu den Brüsten, dann über den Bauch hinunter zwischen ihre Beine.

»Das lässt du mich doch auch tun«, sagte er.

»Das ist dein Finger.«

»Du magst meinen Finger, aber der ist ganz rau, und ich kaue an den Nägeln, und das ist echt nicht schön.«

Sie kicherte. »Das ist nicht das Gleiche, und das weißt du.«

»Genau … Ich denke, mein Mund ist viel besser.«

»Ryan!«

»Im Ernst. Was törnt dich daran so ab?«

»Es wäre mir peinlich.«

»Warum? Bei mir? Nach zwei Jahren wäre dir das noch peinlich?«

»Hör zu«, sagte sie. »Du stellst dir wahrscheinlich was Bestimmtes vor, und dann ist es vielleicht nicht so, wie du glaubst, und du hasst es, und dann sterbe ich.«

»Was meinst du mit *was Bestimmtes*?«

»So … du weißt schon. Wie in Pornos.«

»Guckst du dir Pornos an, D'Arcy?«

Sie streichelte seinen Hals. »Nein. Aber du hast dir welche angeguckt.«

»Habe ich nicht.«

»Doch, hast du doch.«

»Nein.«

»Aber natürlich! Alle Jungs machen das, und du denkst wahrscheinlich, es ist weich und wulstig wie … wie Fruchtgummi, und dann bist du fürchterlich enttäuscht.«

»Du musst mich für einen absoluten Wichser halten.«

»Nein … ich denke nur … Ich weiß nicht.«

»Meinst du, es ist was, das du für mich tust?«

Sie zog die Brauen zusammen. »Was?«

»Sex.«

»Nein. Natürlich nicht. Denk das nicht mal.«

»Es ist nur … Ich möchte, dass du es magst.«

»Das tu ich auch.«

»Nun … wenn du es magst, und es ist dir nicht peinlich, wenn ich hier liege und dich ansehe, oder wenn ich dich küsse und berühre, wenn du kommst oder mir einen bläst, warum sollte es dir dann peinlich sein, wenn ich dich da unten lecke?«

»Für Jungs ist es was anderes«, sagte sie.

Er spürte, wie sich seine Schultern verspannten. Er sagte: »Ist es nicht. Warum sollte es?«

Sie wandte den Blick ab und lächelte, und er sah, wie das Lächeln ihre Mundwinkel umspielte, wie ein lebendiges Wesen, wachsend, vergehend, Wurzeln schlagend.

»Hast du nie darüber nachgedacht?«

Sie antwortete nicht.

»Hör zu«, sagte er. »Wir sind seit zwei Jahren zusammen, und wir werden noch zwei zusammen sein. Und danach noch zwei und immer so weiter und weiter und weiter, weil ich mir sicher bin, dass es das für mich und für dich ist, und zwar voll und ganz. Deshalb will ich nicht, dass du irgendwas nicht sagst, weil du Angst hast, was ich denken könnte. Das ist falsch. Ich liebe dich. Und so soll Liebe sein.«

Sie sagte: »Du sagst die innigsten Sachen, wenn du mit was durchkommen willst«, aber im Scherz, und als er sie küsste, erwiderte sie seinen Kuss.

»Bitte, Karine.«

Sie blickte mit einem spielerischen Lächeln im Zimmer herum.

»Bitte?«

Immer noch keine Antwort. Er küsste ihre Brüste, wanderte mit den Lippen hoch zum Hals, zum Kinn und sagte: »Ich werde es nicht tun, bevor du nicht Ja sagst, Mädchen. Es muss ein Ja sein, nicht nur ein *Nicht-Nein.*«

»Wenn du es nicht magst, ist es allein deine Schuld. Okay?«

»Total.«

»Hm … Also gut.«

Hinterher wollte sie ihn nicht küssen. Er musste sich die Zähne putzen, und dann pinkelte er auch gleich, als er im Bad war, wobei er sich mit einer Hand an die Kacheln lehnte, um aufrecht stehen zu bleiben.

Weiche Knie wegen der Möse meiner Freundin.

Als versuchte Feststellung fühlte es sich lächerlich an, aber auch berauschend. Es war etwas Neues. Ein Nagel im Sarg seiner Erinnerung.

So ganz allein erlaubte er sich einen schroffen Seufzer.

Als er zurück ins Schlafzimmer kam, trug sie ihren Rock und sein Neapel-Trikot und wühlte in der Tüte Pick & Mix herum.

»Denkst du, deinen Vater würde es stören, wenn ich unter die Dusche gehen würde?«

Er legte sich aufs Bett und schlang einen Arm um sie. »Nein. Ja. Vielleicht. Wen kümmert's?«

»Mich.«

»Mich nicht. Es geht ihn nichts an.«

»Ich weiß, aber … Willst du eine weiße Maus?«

»Ich hab mir gerade die Zähne geputzt.«

»Es ist alles Teil meines diabolischen Plans.«

»Wenn du alle Cola-Fläschchen isst, bringe ich dich um.«

Sie kaute, steckte einen Finger in den Mund, um ein feststeckendes Stück Weingummi von den Zähnen zu lösen, und sagte: »Und? War es okay?«

Er setzte sich auf, und ihr Blick passte eher zu einem *Hast-du-schon-wieder-mit-meinem-Eyeliner-geschrieben?* als zu einem *Hat-dir-unser-orales-Vergnügen-gefallen-du-selbstloser-Zungenkünstler?*

»Es war super«, sagte er.

»Echt jetzt?«

»Ja, echt. Du kannst es dir nicht vorstellen. Und dir, hat's dir auch gefallen?«

Sie verzog das Gesicht.

»Ich weiß es«, sagte er. »Ich hab's geschmeckt.«

»O mein Gott, du bist so widerlich.«

»Warum ist es widerlich?«

Sie machte ein Heidentheater, um die Frage abzutun, gluckste, verdrehte die Augen und gab ihm einen spielerischen Klaps, aber sie verstand es, akzeptierte es, und sie war überglücklich.

Sie ging duschen, und während er auf sie wartete, öffnete er das Fenster und zündete den Joint an. Es war still unter den Wolken, und der Regen erweckte schillernde Grüntöne zum Leben, in den Bäumen, im Efeu und dem Unkraut entlang der hinteren Mauer.

Sie kam zurück, das Haar in einem Handtuch-Turban, und er reichte ihr den Joint. Sie setzte sich auf seinen Platz beim Fenster und zitterte fürchterlich, also gab er ihr eines von seinen Kapuzen-Sweatshirts, und sie kuschelte sich hinein.

»Ein super Joint«, sagte sie.

»Ja. Nicht schlecht.«

»Ich kann nicht glauben, dass er dir das Gras per Post geschickt hat.«

»Tja. Er ist kein so übler Typ.«

»Trotzdem musst du …«

»Du weißt, was ich meine, Mädchen. Ich hab's versaut, und ich dachte schon, er bringt mich um. Und ja, ein Weile war er auch ziemlich angepisst, und ich dachte: *Das war's, Junge, der schreddert dich*, aber er weiß, dass ich nichts sagen werde, und … Ich meine, er vertraut mir, und das nicht nur, weil ich weiß, dass er mich sonst umbringen würde.«

»Vielleicht merkt er auch, dass du ohne ihn nicht so in der Scheiße stecken würdest?«

»Wahrscheinlich schon, Mädchen. Ich habe zwei Vorstrafen, und die stammen beide aus einer Zeit, als ich Dan noch gar nicht kannte.«

»Ja, aber …«, sie gab ihm den Joint zurück, »es war *sein* Koks. Das ist *seine* Scheiße. Und du hast den Ärger.«

Er zuckte mit den Schultern.

»Ich verstehe nicht, wie dir das so gleich sein kann, Ryan.«

»Es ist mir ja nicht gleich.«

»Ist es doch, und du scheinst nicht zu verstehen, dass es das nicht sein muss. Manchmal ist etwas wirklich der Fehler von jemand anderem.«

»So läuft die Sache eben, das ist alles. Das Risiko und so. Du überlegst genau, ob du mit was durchkommst, aber am Ende ist es nicht mehr als eine Vermutung. Es hat mich für ein Jahr hier rausgebracht, außer Reichweite meines Dads, und damit war's das allemal wert.«

»Ich will dir das nicht nehmen«, sagte sie. »Ich weiß, du musstest weg von deinem Dad. Aber das sollte jetzt nicht der Preis sein, den du dafür zu zahlen hast.«

»Wahrscheinlich wird es gar nicht *so* teuer.«

»Und was, wenn doch? Ich meine, wer kriegt denn sonst eine vierundzwanzigstündige Ausgangssperre? Das ist doch völlig durchgeknallt, das sagst du selbst.«

»Ich glaube, weil ich nicht zu Hause gewohnt habe, dachten die, so könnten sie mich am besten im Auge behalten. Hätte ich noch zu Hause gewohnt, wäre ich wahrscheinlich mit den üblichen Auflagen davongekommen: *Komm am 21. April zu deiner Anhörung, Jimmy-Boy. Und keine Drogen im Warteraum.*«

Sie nahm ihm den Joint aus den Fingern.

»Nun, es nervt«, sagte sie.

»Ich weiß, dass es nervt. Bei ihm hier zu wohnen nervt. Ich meine, er ist trocken und versucht kein Arschloch zu sein, aber … Ich weiß nicht. Da ist schon zu viel den Bach runter. Für uns beide.«

»Herrje, jetzt lass Dan mal beiseite, alles, was mit deinem Dad war, ist allein seine Schuld.«

»Wirklich?«

»Himmel! Ja!«

Sie überließ ihm den letzten Zug, und er sah zu, wie sie zurück zum Bett ging. Sie schob die Beine unter die Decke und zog das Sweatshirt fest um sich.

Er drückte den Joint draußen auf der Fensterbank aus und schloss das Fenster.

»Weißt du, das zwischen meinem Dad und mir, das war mehr, das war …«

»Missbrauch?«

»Sag das nicht.«

»Gibt es ein besseres Wort dafür?«

»Hör zu«, sagte er. »Ich möchte nicht über meinen Dad sprechen. Jetzt nicht. Nicht nach dem, was wir gerade gemacht haben. Weil das so schön war … und so irre und …«

»Ich habe Angst, Ryan.«

»Wovor hast du Angst?«

»Vor dem Richter. Der kennt dich nicht …«

»Das geht in Ordnung. Ernsthaft. Der Anwalt sagt, ich bekenne mich schuldig, halte den Hausarrest ein und bin lammfromm. Wir sagen dem Richter, dass ich gut in der Schule war, weißt du, und dass ich wieder hinwill.«

Sie sah ihn an. »Meinst du das ernst?«

»Warum sollte ich nicht?«

»Du hörst auf zu dealen?«

»Wenn ich dem Richter sage, ich gehe wieder zur Schule, dann muss ich es auch machen, oder?«

Er schlüpfte neben ihr unter die Decke, und sie legte den Kopf auf seine Brust. Ihr Turban rieb über seine Backe und löste sich neben ihm auf dem Kissen.

»Das bedeutet allerdings auch mehr von dem hier«, flüsterte er. »Dass ich weiter bei meinem Dad wohne und wir es tagsüber machen müssen, ganz leise, wie die Spießer. Das Jahr der Freiheit, das wär vorbei.«

»Am Ende ist es die Sache wert, oder?«

Sie fuhr mit der Hand unter sein T-Shirt und massierte die Haut um seinen Bauchnabel herum.

»Mir gefällt die Vorstellung, dass Ryan wieder in die Schule geht«, sagte sie. »Und dass Ryan auf die Uni geht. Und dann kriegt Ryan einen netten Job und kauft mir viele Schuhe.«

»Hey, kauf dir selbst Schuhe.«

»Ich habe nicht behauptet, dass ich dir nicht auch Schuhe kaufen würde. Ein Paar Converse für jeden Wochentag.«

Er streichelte ihre Schulter, und sie kuschelte sich in seinen Arm.

»Du denkst also, dass wir dann noch zusammen sind?«, sagte sie.

»Habe ich doch schon gesagt, oder?«

»Ich meine, echt jetzt.«

»Ja. Ich kann's mir nicht anders vorstellen. Wenn ich jetzt noch einen Joint rauchen würde, sähe ich die ganzen nächsten zehn Jahre vor mir, und in jeder Minute gäbe es dich.«

»Was würden wir machen?«

»Das Übliche, nehme ich an. Ein Haus kaufen. Heiraten. Kinder kriegen.«

»Wie viele?«

»Weiß ich nicht. Vier oder fünf?«

»Jesus, ich hoffe, die Dinger kann man bis dahin bei Tesco kaufen, oder du wirst sehr enttäuscht sein.«

»Ich werde nicht enttäuscht sein. Enttäuschung ist nicht vorgesehen. Es wird alles gut. Jede einzelne Sekunde.«

Er hob den Kopf. Ihre Augen waren geschlossen. Er küsste sie auf die Stirn, und während sie zu träumen begann, sah er zur Decke hinauf. Er sah, wie die Welt sich vor ihm ausbreitete, Stück für Stück, farbenfroh und leuchtend wie ein Sonnenaufgang.

Unten klopfte es leise an der Tür. Es war, als wollte selbst der Besuch nicht stören.

13

DER NÄCHSTE SCHRITT BESTAND DARIN, einen Job zu finden. Das war nicht auf seinem Mist gewachsen, sondern von hämischen Wohlmeinenden so geplant worden, dass Tony nichts anderes übrig blieb.

Die Frau vom Sozialamt war so hilfreich, wie er es sich wünschte. Er erzählte ihr von jugendlichen Sommern auf Fischerbooten und wies sie auf den Niedergang des Gewerbes im Hafen von Cork hin. Sie gab ihm Unterlagen für eine Stelle als Imbiss-Assistent. Er erklärte ihr, er habe sechs Kinder unter achtzehn, und Bauarbeitern morgens um halb sieben Speck zu braten, sei eine willkommene Unmöglichkeit. Sie empfahl ihm, es mit einem Praktikum zu versuchen. Er fragte sie, ob sie glaube, dass er völlig durchgeknallt sei.

Der Frühling brachte eine weitere Herausforderung mit sich, als ihm das Gesetz, stimmig, wie es war in seiner Grausamkeit, Ryan zurück in den Schoß fallen ließ. Der Kerl hatte sich mit genug Kokain erwischen lassen, um wegen versuchten Drogenhandels verurteilt zu werden. Wieder mal.

Er war ihnen davongelaufen. Was sein Verderben gewesen war. Die Gardaí hatten ihn auf der Straße angehalten, er hatte ein paar Tütchen dabei, und als er das Gefühl hatte, dass ihre Fragen exponentiell zunahmen, nahm er Reißaus. *Dümmer geht's nicht*, hatte Tony gestöhnt, worauf der Junge gereizt geantwortet hatte, durchsucht hätten sie ihn sowieso und somit habe seine einzige Chance darin bestanden, die Flucht zu ergreifen. Wäre nicht einer der Gardaí ein wieselflinker Bursche vom Land gewesen, hätte die Sache durchaus gut ausgehen können.

Die Menge, mit der sie ihn erwischt hatten, war nicht groß genug, um ihn ins Gefängnis zu bringen. Er war ein kleiner Fisch und sie versuchten, Namen und Informationen aus ihm herauszuquetschen. Tony bemerkte mit einem schiefen Lächeln, dass Plaudern das Letzte war, was Ryan Cusack auf Gottes grüner Erde tun würde. Die Bullen wussten das noch nicht. Seine Festnahme war nichts als Zeitverschwendung, und als sie das endlich spitzbekamen, hätte es ihn böse erwischen können. Tony machte das nichts aus. Ein bisschen Einschüchterung mochte dem Jungen ganz guttun. Vielleicht fanden die Bullen ja eine Möglichkeit, ihn zurück in die Spur zu bringen.

Bei der ersten Anhörung hatte der Richter ihn unter einen vierundzwanzigstündigen Hausarrest gestellt, unter Aufsicht seines frisch trockengelegten, blitzsauberen Vaters. Das Zimmer, das er sich mit Cian teilte, war winzig, aber Ryan schien zufrieden damit, sich da oben einzuschließen, mit schwarzen Knöpfen in den Ohren und den Laptop-Schirm als Maske vor sich.

Ein quirliger Lügner von der Telefongesellschaft hatte Tony einen Breitbandanschluss aufgeschwatzt, der seine drei Teenager lobotomisierte und ihm so den schwachen Trost meditativer Stille verschaffte. Einmal in der Woche nahm Kelly den Laptop in Beschlag, ging mit ihrem Vater die Website vom Arbeitsamt durch, und gemeinsam überlegten sie, welche Stellen es wert waren, sich von ihnen Ablehnungsbriefe zu verschaffen. Manchmal bekam er eine E-Mail zurück, die ihm für seine Bemühungen dankte, aber verneinte, dass es eine passende Position für ihn gab. Die Stellensuche verlief erfolgreich.

Der April war bösartig dahergekommen, hatte Dublin mit Schneestürmen überzogen und Fermoy überschwemmt. Tony musste früher als erwartet frisches Heizöl bestellen, und er hatte bereits bezahlt, als ihm klar wurde, dass er es getan hatte, ohne um Aufschub zu betteln. Es war gut, abstinent zu sein, manchmal. Das war ihm in der Rehabilitation nicht gesagt worden: *Wenn du nüchtern bist, kaufst du Heizöl, wenn du es tatsäch-*

lich brauchst, und es fühlt sich an wie ein verdammtes Wunder. Es waren die kleinen Dinge.

Die großen jedoch sorgten für Gefahr: der Verlust seines bisherigen Lebensstils, der missliche Abschied von schlechten Gewohnheiten und alten Kumpeln. So versuchte er sich mit seinen kleinen Siegen eine Schutzmauer zu bauen, doch sie blieb brüchig und gefährlich unterentwickelt. Manchmal, wenn die Kinder in der Schule waren, setzte er sich in halber Höhe auf die Treppe und sah durch das Milchglas der Haustür zu, wie sich die Welt da draußen verformte. Gelegentlich legte er den Kopf gegen die Wand, die sein Territorium von dem der raffgierigen Púca Duane abgrenzte, und lauschte mit hartnäckiger Entschiedenheit, so als legte ihm jemand eine Buße auf, während die Welt seine Haustür zerstörte und den Putz abschlug. Und noch reiner als das, manchmal: das Verlangen nach einem Drink. Die körperliche Abhängigkeit war beendet, aber der Drang wuchs auch ohne sie. *Ich will was trinken*, dachte er. *Ich will was trinken.* Er krallte die Hände in die Lehnen seiner Wohnzimmermöbel, während das Verlangen einen Sturm um ihn entfachte. *Nur ein Glas. Nur ein einziges verdammtes Glas, Herrgott noch mal. Ich will was trinken.*

Deswegen waren sie auch so erpicht darauf, dass er einen Job fand, die Therapeuten, die Bewährungshelfer, die Mammys und die Schwestern. Sie sagten es immer wieder: Du brauchst einen Job, um die Abhängigkeit zu ersetzen.

Cian brachte das *Echo* aus der Schule mit, und Tony saß im Wohnzimmer vorm Fernseher und ging die Stellenanzeigen nach Angeboten durch, für die er nicht qualifiziert war. Die Küche, die zum Hausaufgabenzimmer erklärt worden war, erzitterte unter dem Getöse seiner streitenden Brut. Die junge Karine war vor Stunden gekommen und hatte sich eiligst mit Ryan oben im Schlafzimmer eingeschlossen, wo die beiden, ohne Zweifel, Teuflisches trieben, wobei er das jeden Tag der Woche Tara Duanes Schuldvorwürfen vorziehen würde.

Während der Aufruhr in der Küche kurz abflaute, hörte er das Ende eines halbherzigen Klopfens an der Haustür und stand auf. Das Klopfen war zu schwach für die Freunde der Kinder und zu leise für jemanden, der eine dreiteilige Ledergarnitur verkaufen wollte.

Er öffnete die Tür, und vor ihm stand eine eindeutig schwangere Frau.

Ohne Schutz vor dem Regen, das Haar eine strähnige Masse. Sie legte eine Hand an die Stirn und blinzelte.

»Tony?«

»Ja, richtig.« Er dachte, sie könnte eine neue Sozialarbeiterin sein. Die wechselten ja immer wieder, wobei noch nie eine zu ihm gekommen war, die ihre Unfähigkeit so offen vor sich hergetragen hatte.

Sie trug eine Jeansjacke und eine Art gemustertes Zelt, das zu ihrem Zustand passte, allerdings nicht zu dem miesen Wetter.

»Entschuldigung«, sagte sie. »Ich weiß nicht, wie ich es ausdrücken soll, aber … Kennen Sie Robbie O'Donovan?«

Der Name drängte an Tony vorbei in den Flur, wirbelte um seinen Kopf, krallte sich an die Wände und verfärbte sie, jeder Buchstabe mit einem eigenen Schatten.

»Wer sind Sie?«, fragte er. »Worum geht es?«

»Ich heiße Georgie«, sagte sie. »Man hat mir gesagt, dass Sie Robbie O'Donovan kannten. Entschuldigung, es ist … Denken Sie, ich könnte hereinkommen?«

»Ich kenne keinen Robbie O'Donovan«, sagte er.

»Vielleicht, wenn Sie etwas zurückdenken? Er war mein Freund und ist vor ein paar Jahren verschwunden … Hören Sie, dürfte ich hereinkommen? Ich bin schwanger, wissen Sie.«

»Nach ein paar Jahren?«

»Ich bin müde, und es regnet. Es tut mir wirklich leid, Sie so zu überfallen, aber vielleicht, wenn wir ein paar Dinge durchsprechen, erinnern Sie sich?«

»Es sind viele Kinder im Haus.«

»Ich bin erst im sechsten Monat«, sagte sie. »Von mir kommt keins dazu.«

Hinter ihnen öffnete sich die Küchentür, und Niamhs dunkler Kopf lugte neugierig heraus. Über die Schulter gewandt, sagte Tony: »Geh wieder rein.«

Von dem neunjährigen Naseweis kam ein beleidigtes *Tss*, und die Tür schloss sich wieder.

Draußen stand die junge Frau, triefnass und gequält.

Tony trat einen Schritt zur Seite, und sie nahm die Einladung dankbar an. Er machte eine Geste zum Wohnzimmer hin, und sie trat ein und setzte sich vorn auf die Kante des Sofas.

»Brauchen Sie ein Handtuch?« Er deutete mit dem Kopf auf ihre Haare.

»Oh! Das wäre toll.«

Er stieg die Treppe hinauf und holte eines aus dem Wäscheschrank. Die Pause gab ihm nicht genug Zeit zum Nachdenken. *Robbie O'Donovan, woher kenne ich ihn?* Aus dem Pub? Vom Kartenspielen? Oder kennst du ihn gar nicht? *Himmel, Cusack, entscheide dich!*

Wer konnte meinen, dass er Robbie O'Donovan kannte? Hatte das Mädchen in dem Pub herumgeschnüffelt, in den sie immer gegangen waren? Hatte Maureen Phelan sie geschickt?

Sein ganzer Körper prickelte. Seine Fußballen fanden Vertiefungen im Teppich unter ihm.

Er hatte J.P.s Mutter den Namen geschenkt, und sie hatte ihn angenommen, wie ein Kind Süßigkeiten annimmt, ohne sich an den klebrigen Händen zu stören. In den Monaten der unheimlichen Stille, die darauf folgten, hatte er gedacht, dass sie seinen Ausrutscher womöglich vergessen oder aber den Namen eifersüchtig für sich behalten würde. Aber nein. Warum sollte sie auch?

Du blöder Hund, Tony. So blöd. So blöd.

Er machte gerade den Schrank zu, als sich die Tür daneben öffnete und sein Erstgeborener ihn anglotzte.

»Wer ist gekommen, Dad?«

»Nur jemand, der jemanden sucht. Es ist nichts.«

»Wen sucht?«

»Es ist nichts, Ryan.«

Der Gast unten im Wohnzimmer nahm das Handtuch und versuchte ein Lächeln. Tony trat neben den Kamin und sagte: »Georgie, und wie weiter?«

»Fitzsimons. Ich glaube nicht, dass wir uns schon einmal begegnet sind.«

Er schüttelte den Kopf. »Sie suchen also nach einem früheren Freund?«

»Robbie O'Donovan. Ich weiß, es klingt merkwürdig. Er ist vor jetzt über zwei Jahren verschwunden. Ich habe ihn damals als vermisst gemeldet, aber die Gardaí hatten kein Glück. Wobei er eigentlich schwer zu übersehen war. Er war fast eins neunzig groß, hatte rote Haare und war richtig dünn.«

»So einen kenne ich nicht, aber offenbar versucht Ihnen das jemand einzureden.«

»Ja, hier wohnt eine Frau, die sagt, dass sie vielleicht etwas wüssten. Sie heißt Tara. Tara Duane.«

Tony biss sich innen auf die Wangen und rieb sich mit den Händen über die Schenkel. Georgie drehte das Handtuch um und fuhr sich noch einmal damit durch die Haare.

»Das ist meine Nachbarin.«

»Oh, das wusste ich nicht.«

»Warum zum Teufel erzählt die Ihnen, dass ich weiß, wo Ihr Ex hin ist?«

Der Wutausbruch traf sie hart. »Ich weiß es nicht … Ich habe sie kürzlich in der Stadt getroffen. Sie winkte mich zu sich und sagte, falls ich immer noch nicht wüsste, wo Robbie steckt, könnten Sie mir vielleicht helfen.«

»Sie hat sie zu sich gewinkt?«

»Ja …«

»Wir beide vertragen uns nicht. Ich nehme an, das hat sie

nicht erwähnt. Sie versucht mir was anzuhängen. Sie ist eine rachsüchtige Schlampe.«

Georgie drückte das Handtuch an sich.

»Ihnen was anhängen? Nein, sie meinte nur, Sie wären ein Kumpel von ihm, und ich dachte, vielleicht …«

Zu spät, Tony zählte die mageren Einzelheiten in den Worten der Frau zusammen und stellte fest, dass sie kaum einen Grund gehabt hatte, argwöhnisch zu sein, bis er den Mund aufgemacht hatte. Er sackte in sich zusammen, und der Kamin drückte ihm unten gegen den Rücken.

»Hören Sie«, stammelte Georgie. »Normalerweise belästige ich Leute nicht wegen irgendwelchen komischen Ideen von jemandem wie Tara Duane. Ich wäre nicht hergekommen, nicht einfach so, aber es passt nicht zu Robbie, einfach so wegzulaufen. Wenn ich Ihnen auch nur die Hälfte erzählte, Sie würden es nicht glauben …«

»Hören Sie zu, Mädchen, ich kenne keinen Mann namens Robbie O'Donovan. Es tut mir leid, aber so ist es. Eine Frau namens Tara Duane kenne ich, und ich hatte meine Auseinandersetzungen mit ihr. Ich denke, dass sie Ihnen was unterjubelt, um mir was unterzujubeln, so was in der Art, aber ich habe nichts damit zu tun, dass Ihnen Ihr Freund stiften gegangen ist. Ich habe genug eigene Probleme.«

»Ich will ja nur wissen, wo er ist«, wimmerte sie. »Es wäre alles in Ordnung gewesen, aber vor ein paar Tagen hat es wieder angefangen. Da hat mir jemand gesagt, dass er tot ist …«

»Duane?«

»Nein, nicht Tara. Tara habe ich zufällig getroffen.«

Tony schlug mit der Faust auf den Kaminsims. Blöde Zufälle folgten Tara Duane wie Ratten dem Rattenfänger. Wenn er dieser Verschwörung auf den Grund gekommen war, würde er sie sich vornehmen, was immer es auch für Folgen haben mochte.

»Dann fragen Sie den, der Ihnen das erzählt hat«, bellte er.

»Das kann ich nicht. Sie verstehen das nicht …« Georgies

Miene hatte sich verändert. Ihr Kinn zitterte. »Ich kann sie nicht darauf ansprechen, und zur Polizei kann ich auch nicht … Tara hat einfach nur gesagt, Sie würden Robbie kennen. Ich hätte nie gedacht, dass Sie das so aufregt, dann wäre ich bestimmt nicht gekommen … O Gott!«

»Hören Sie«, sagte Tony verzweifelt, als ihre Tränen mehr wurden und der Lärm in der Küche erstarb. »Sie tun mir leid, Mädchen, verstehen Sie mich nicht falsch, aber ich kenne den Mann nicht, von dem Sie die ganze Zeit reden, und ich habe ein Haus voller Kinder, und die haben ihre Ohren überall. Sie werden das mit Tara Duane klären müssen.«

Die junge Frau wischte sich mit der flachen Hand über die Wangen. Sie war klein, hatte rabenschwarzes Haar, etwas rundliche Backen und stand, wie es schien, kurz davor, auf seinem Sofa zusammenzubrechen. Tony bemühte sich, die Sache zu durchschauen, aber Tara Duanes Name ließ Nebel in ihm aufsteigen. Er sank in den Sessel gegenüber der weinenden Frau und kniff die Augen zusammen.

Woher zum Teufel wusste Tara Duane, dass er etwas mit Robbie O'Donovan zu tun hatte? Wie zum Teufel, zum Teufel, zum Teufel … Er merkte, dass er Georgies Bewegungen nachmachte, sich die Augenwinkel rieb und mit den Händen über den Kopf fuhr.

Die Brust der Frau hob sich mit einem übertriebenen Schluckauf, und sie verschränkte die Hände vor ihrem Bauch.

»Sie müssen jetzt wirklich gehen«, versuchte es Tony, doch da setzte sie sich plötzlich auf, den Mund weit offen, die Augen groß, und sagte: »Scheiße, Sie sind Ryans Dad.«

»Was?«

»Sie sind Ryans Dad! Wenn Tara Duane neben Ihnen wohnt … Ich wusste, ich kenne Sie von irgendwoher.«

»Sie kennen mich überhaupt nicht.«

»Er ist Ihnen wie aus dem Gesicht geschnitten. Unglaublich. Wollen Sie mir etwa sagen, dass Sie nicht Ryans Dad sind?«

»Ich habe nicht vor, mit einer Frau über meine Kinder zu reden, die mir vorwirft, einen Mann unter die Erde gebracht zu haben, den ich noch nie gesehen habe.«

»Hören Sie, es tut mir leid. In dieser Woche passieren die schrägsten Sachen … Ich weiß nicht, was ich hier mache.« Sie fing wieder an zu schluchzen.

»Warten Sie einen Moment«, fuhr Tony sie an und rannte die Treppe hinauf, wo er mit dem Ellbogen gegen die Tür des Jungen schlug.

Ryan kam mit viel zu großen Augen aus dem Zimmer.

»Wer verdammt ist die Frau da unten?«, fauchte Tony.

»Wer?«

»Versuch mich nicht für dumm zu verkaufen, Ryan. Deshalb bist du doch rausgekommen, als ich am Wäscheschrank war. Da unten sitzt eine Frau, die behauptet, dich zu kennen, und versucht, mir irgendeine Scheiße anzuhängen.«

»Zu wem wollte sie denn?«

»Zu mir, aus irgendeinem verfickten Grund. Warum?«

»Ich weiß es nicht.«

»Ryan, Herrgott noch mal. Nicht jetzt. Bitte nicht jetzt.«

Der Junge … konnte er ihn überhaupt noch so nennen? Als er sein Zuhause in einem Nebel väterlichen Bedauerns verlassen hatte, da war er noch ein Hänfling gewesen. Zurückgekommen war er mit ein paar zusätzlichen Zentimetern und einer straffen Muskulatur, wie sein Vater an seinem Rücken und den Schultern erkennen konnte. Marias Brüder waren alle kräftig und groß, und es war befremdlich, das auch bei seinem eigenen Sohn zu sehen.

Der Junge, das, was noch von ihm da war, sagte: »Ich kenne sie von früher, aber ich habe keine Ahnung, warum sie hier ist.«

»Woher? Woher kennst du sie?«

»Himmel, Dad … Was denkst du? Ich habe ihr ein bisschen Dope verkauft. Das ist alles. Sie ist keine Freundin oder so was.«

»Sie ist eine erwachsene Frau, Ryan! Wie um alles in der Welt kommst du dazu, ihr Stoff zu verkaufen?«

Ryan zögerte. »Sie ist eine Freundin von der Frau nebenan.«

»Oh, Scheiße, und?«

»Die hatte ihr meine Nummer gegeben.«

Tara Duane war ein Fluch, den beide seit der Rückkehr des Jungen nicht mit Namen genannt hatten. »Tara Duane«, sagte Tony, und Ryan wandte den Blick ab. »Jedes Mal, wenn ich den Namen von dieser Fotze höre, kostet mich das Jahre meines Lebens … Wirf die Frau unten raus, Ryan.«

»Aber was will sie von dir?«

»Fang nicht an, mit mir zu diskutieren, wirf sie einfach raus.«

Er folgte Ryan die Treppe hinunter, blieb in der Küchentür stehen und lauschte den summenden Worten seines Sohnes und dem schrillen, nassen Blöken der Fremden.

»Wer ist das?« Ronan hatte einen Klecks Butter auf einem Ärmel. Tony schob ihn zur Spüle und wischte die Butter mit dem feuchten Spüllappen weg. »Wer ist das?«, fragte Ronan noch einmal. Er war erst sieben, freundlich und arglos.

»Niemand«, sagte Tony.

»Ist sie traurig, weil sie fett ist?«

»Jaja.« Er fing Cians Blick auf. Der Junge schnaubte.

Nach zehn Minuten ging er selbst auch wieder ins Wohnzimmer. Ryan stand vor dem Kamin. Die weinende Frau hielt das Handtuch auf dem Schoß, verdrehte es und wrang Salz daraus. In der Küche krachte es, Stühle wurden herumgeschoben, es wurde gekichert.

»Sie müssen nur über die Mauer hüpfen«, sagte Tony zu Georgie, »wenn Sie mit der Frau reden wollen, mit der Sie ein Problem haben. Ich habe doch gesagt, dass ich Ihnen nicht helfen kann.«

»Es tut mir leid«, sagte sie. »Ich bin verzweifelt.«

»Mir ist egal, ob Sie verzweifelt sind. Ich lasse mir von Ihnen nicht drohen.«

»Dad«, sagte Ryan.

»Was? Genau das tut sie. Auf Veranlassung der irren Schlampe von nebenan kommt sie in mein Haus und erzählt Geistergeschichten.«

»Es *ist* eine Geistergeschichte«, sagte Georgie. »Genau das ist es. Zwei Jahre vergehen, und plötzlich höre ich überall seinen Namen.«

»Wenn Sie ihn überall hören, gibt es ja noch reichlich andere Orte, wo Sie Ihren Wahnsinn verbreiten können. Ich bin alleinerziehend, Scheiße noch mal. Verrückte, die in meinem Wohnzimmer Séancen abhalten wollen, während meine Kinder in der Küche Hausaufgaben machen … Das läuft nicht.«

»Georgie«, sagte Ryan, »warum hat Tara dir gesagt, mein Dad wüsste, wo dein Freund hin ist?«

»Sie hat mich nur gefragt, ob ich ihn kenne, und als ich sagte, nein, meinte sie, ich solle mit ihm reden. Sie sagte, er hätte Robbie gut gekannt.«

»Woher sie das wusste, hast du nicht gefragt?«

»Warum sollte ich?«, schluchzte Georgie. »Ich dachte einfach, vielleicht waren sie Freunde oder so. Ryan … du weißt, dass ich nicht verrückt bin.«

Ryan sagte: »Ich kenne dich nicht wirklich, Georgie«, ob nun aus ehrlicher Überzeugung oder um sich einen schlanken Fuß zu machen, konnte sein Vater nicht sagen.

»Du kennst mich gut genug! Und wenn ich dir sage, dass das schon das zweite Mal in dieser Woche war, dass jemand Robbie erwähnte, und es das erste Mal hieß, er sei tot, dann weißt du, dass ich das nicht erfinde.«

»Was für ein Schwachsinn«, sagte Tony. »Nichts als Schwachsinn, und Sie verschwinden jetzt aus meinem Haus, verdammte Scheiße.«

Er riss die Haustür auf, stieg über die Mauer zum Nachbargrundstück und verschmierte sich dabei die Hände mit dem moosigen Schleim auf dem trotz seiner Bedeutung ungepflegten

Grenzmäuerchen. Er schlug gegen Tara Duanes Tür, doch die blieb geschlossen. Tony kam zurück ins Haus, und Georgie stand auf, noch immer weinend. Ryan stand neben ihr und sah ausnahmsweise mal aus, als hätte er ganze Nachschlagewerke in der Fresse und sei bereit, daraus zu zitieren.

»Die Schlampe ist nicht zu Hause, um Licht in die Sache zu bringen«, sagte Tony, »und das letzte Mal, als ich versucht habe, da reinzukommen, um sie zur Rechenschaft zu ziehen, haben sie mich eingebuchtet. Wenn Tara Duane nicht vermitteln kann, müssen Sie jetzt hier raus, und das bitte schnell, Mädchen. So schwer, wie Sie sind, wollen Sie sich mit mir nicht anlegen.«

Georgie sagte: »Es tut mir leid, aber Sie müssen verstehen …«

»Ich verstehe, dass Sie völlig neben sich stehen. Ich verstehe, dass Sie meinen Sohn nur kennen, weil Sie ihn benutzt haben, um an Drogen zu kommen, und ich verstehe auch, dass Sie der giftigen Hure von nebenan verbunden sind. Mehr muss ich nicht verstehen. Gehen Sie jetzt und halten Sie sich in Zukunft fern von mir und meinen Kindern. Verstanden?«

Sie ging, schloss behutsam die Tür hinter sich und lief die Einfahrt hinunter, mit bebenden Schultern und unsicheren Schritten, wie er sah, als er durch das Fenster ihren Abgang beobachtete. Ungewollt verspürte er Mitgefühl. Tony fasste sich mit der rechten Hand an den Hals, um es herunterzuschlucken. Jedes Mal, wenn Maria schwanger gewesen war, hatte sich in ihm etwas gebildet, was ihre wilde Natur zuvor zersetzt hatte. Er war ein ganzer Mann gewesen, wenn die Biologie es erforderte. Sechs Mal hatte er sie erblühen sehen, und das hatte ihn geprägt, genau wie seine Kinder.

Das erste davon, sein finster dreinblickender Gegenspieler und mutigster Soldat, stand da und wartete darauf, dass sein Vater ihn in die Mangel nahm oder entließ.

»Was verdammt noch mal war das, Ryan?« Überflüssig, sich wiederholend, schwach – was konnte er sonst sagen?

»Ich schwöre bei Gott, Dad, ich habe keine Ahnung, was das sollte.«

»Vergiss es! Himmel Herrgott!« Er fuhr sich mit den Händen über die Stirn, ging zur gegenüberliegenden Wand und schlug mit der Faust gegen den Putz. Sein Sohn wich nicht von der Stelle, obwohl nicht mal Tony wusste, ob dieser Streit so wie früher eskalieren würde.

Er war trocken, und er spürte, wie ihm die Monate nachhingen.

»Wie kannst du was mit solchen Menschen zu tun haben?«, sagte er, und Ryan wandte den Blick ab. Sie wussten beide, dass damit nicht nur die Besucherin gemeint war.

»Habe ich nicht mehr«, sagte er. »Das ist Jahre her.«

»Wie viele Jahre?«

Die Pause sagte es ihm, bevor sein Sohn es bestätigte: »Ich weiß nicht. Ein paar.«

»Und wir wissen, was du vor ein paar Jahren so getrieben hast.«

Die alten Geschichten, zugewuchert. Aus der Küche schallte wieder Lachen, was ihn daran erinnerte, dass er genauso einfach darüber hinweggehen und Ryan nach oben zu seiner entzückenden kleinen Tyrannin schicken konnte, der er so herzenssüß verpflichtet war.

Er legte die Stirn gegen seine Faust.

»Ist es das Mutter-Ding?«, fragte er, drehte sich um und sagte: »Ist es das, was dich zu solchen Menschen treibt?«

»Nein, Dad …«

»Immer, wenn ich denke, ich mache Fortschritte, passiert etwas, das mich daran erinnert, dass ich es mit dir vergeigt habe. An den Grund, warum du hier bist. Warum du die Bekanntschaft dieser verdammten Frau gemacht hast.«

»Das war nur wegen dem Dope«, sagte Ryan leise.

Tony nahm an, er hatte Angst vor Strafe und dass jemand lauschte.

»Was immer es ist oder war«, sagte er, »du sagst mir kaum etwas. Und ich soll dich schützen. Ist das nicht hoffnungslos? Selbst wenn ich nicht so beschissen darin wäre, würdest du mich nicht lassen, oder? Warum solltest du auch? Geh zurück zu Karine.« Er schüttelte den Kopf. »Ich wird nichts sagen.«

Wie konnte er es J. P. erklären? Das ließ sich bei J. P. schlecht sagen.

Tony kehrte zu seinem *Evening Echo* und der Lüge seiner Abstinenz zurück. Ryan ging wieder nach oben, und die anderen kamen nacheinander aus der Küche, verloren aber das Interesse, als er ihre Fragen ignorierte. Bis zum Abendessen war das Zwischenspiel weitgehend vergessen.

Tony ging in Gedanken sein Geständnis durch, sah eine blutige Nase voraus und einen Marsch auf sein Haus, Drohungen gegenüber seinen Kindern und ein Verhör, das Ryans Nebenrolle ans Licht bringen würde. Was dann? Der Junge würde über Georgie ausgefragt werden. Vielleicht ging es gut. Was dann? J. P. würde das Mädchen finden und ausquetschen. Was dann? Es würde etwas zum Aufräumen geben. Vielleicht würde das Mädchen aus dem Weg geschafft werden, vielleicht würde es zu einem Gedächtnisverlust ermutigt werden. Tony überlegte, ob er das Risiko eingehen sollte. Sie war schwanger. Er konnte es nicht riskieren.

Vielleicht ging sie zu den Gardaí, trotz ihrer gegenteiligen Beteuerungen. Wenn ihr jemand gesteckt hatte, dass Robbie O'Donovan tot war, standen die Chancen gut, dass sie wusste, besser nicht zur Polizei zu gehen. Trotzdem. Wenn die Bullen Wind von der Sache bekamen, war er am Arsch. Ein Grund mehr, J. P. von dem Besuch zu erzählen.

Aber was war dann mit Ryan? Wenn J. P. in die Sache reingezogen wurde, würde Ryan kapieren, dass irgendetwas faul war. Die Frau war hier aufgetaucht und hatte von Geistern geredet, und plötzlich stand der niederträchtigste Hurensohn der Stadt vor der Tür und fragte nach ihr? Es war so gut wie sicher, dass Ryan wusste, wer J. P. war, wenn man sah, wie tief er in allem drinsteckte. Tonys Erklärungen, keine Ahnung zu haben, würden evaluiert und für gequirlte Scheiße gehalten werden.

Dieser blöde Idiot. In alles verwickelt, in das er nicht verwickelt sein sollte. Wenn die junge Frau an die Tür geklopft und der Junge sie nicht erkannt hätte, wäre das nicht mal was gewesen? Wäre das zu viel verlangt gewesen?

Wenn Tony J. P. nichts über den nachmittäglichen Besuch erzählte, hielt er ihn auf Distanz, und vielleicht konnte die Schlampe von nebenan ja etwas Licht in die Sache bringen. Im Moment suchte nur diese eine Frau nach Robbie, wobei sie die ganze Angelegenheit, ihrem Bauch nach zu urteilen, eigentlich schon hinter sich gelassen hatte. Vielleicht war da überhaupt nichts, worüber er sich Sorgen zu machen brauchte. Vielleicht war alles nur ein Zufall in dieser kleinen Stadt.

Gegen Abend hörte es auf zu regnen. Tony ging zum Wein- und Schnapsladen runter und stand davor wie ein Kind vor einem Spielwarengeschäft. Er drückte die Nase an die Scheibe, womöglich roch er sogar etwas. Die berauschende Wärme des Gedankens sickerte in ihn ein, bis tief in seine Kochen, und hob ihn dann auf die Zehenspitzen – bevor sie davonwehte wie Weihwasser von den Schultern des Teufels.

Der einundzwanzigste April war so erbärmlich wie schon der ganze Monat, und er brach an, ohne dass Tony sich entschieden hätte. Die letzten sechsundneunzig Stunden hatte er in völliger Apathie verbracht. Jeden Morgen und jeden Abend hatte er es an Tara Duanes Tür versucht, ohne dass auch nur das Geringste dahinter zu hören gewesen wäre, und ganz am Ende dann war Kelly eingefallen, dass die kleine Linda vorübergehend bei einer Freundin übernachtete, während ihre Mutter irgendeinem Trottel in Dublin die Brust kraulte. Wo immer sie war, es sah ganz so aus, als hätte Tara Duane den richtigen Moment abgewartet, um sich auf die Vermisstenliste setzen zu lassen.

Das Gerichtsgebäude war voller Leute. Ryans Anhörung war für halb drei angesetzt, zusammen mit allen anderen, die für den Nachmittag vorgeladen worden waren. Die Neuankömmlinge mischten sich mit dem Rest vom Vormittag, der die Sitze im stickigen grünen Warteraum in Beschlag genommen hatte. Da saßen Eltern, still und bedrückt, wie Steckrüben in einer Gemüsekiste. Ihre kleinen Kriminellen hockten daneben, schrieben LOLs in ihre Telefone oder liefen im Hof herum, stanken nach Lynx und angespannter Gleichgültigkeit. Anwälte kamen und gingen, es war ein Tanz der Hosen und Aktenkoffer.

Sie riefen ihn kurz vor vier herein. Tony lief aus dem Warteraum, fand ihn zusammen mit McEvoy, dem Anwalt, und winkte sie heran.

McEvoy war ein anständiger Kerl, der sich mehr Mühe mit Ryan gegeben hatte, als sie es von früheren Anwälten gewohnt gewesen waren. Er hatte sich nicht einfach instruieren lassen, sondern sich seine eigenen Gedanken gemacht. Sie hatten Glück mit ihm. Tony hatte ganz sicher nicht wieder den gewollt, der ihm die sechs Wochen Solidarity House nicht hatte ersparen können.

Es gab auch einen anderen Richter. Eine Richterin. Mary Mullen. McEvoy sagte, sie sei klug und gründlich. *Aber ist sie auch okay?*, hatte Tony gefragt, und McEvoy hatte gesagt: *Es hätte schlimmer kommen können.*

Sie sprach mit dem Anwalt. Es kam nur selten vor, dass sich ein Richter die Mühe machte, Höflichkeiten auszutauschen. Tony lehnte sich vor. Diese Anhörungen konnten schnell vorbei sein.

»Was glauben Sie, Mr McEvoy«, sagte die Richterin, »was er machen wird, wenn er nicht mehr in der Schule ist?«

»Mein Mandant hat vor, im September in die Schule zurückzukehren. Er hat einen ausgezeichneten Mittelschulabschluss und weiß, dass das der bessere Weg für ihn ist.«

»Worin ist er gut?«

»Er zeigt ein großes Talent für Musik und Mathematik, in beidem hatte er eine Eins. Die Universität, keine Lehre, ist eindeutig der Weg, den er einschlagen sollte, und der Junge unternimmt …«

»Und wie, Mr McEvoy, denken Sie, wird er es anstellen, nicht wieder in Schwierigkeiten zu geraten?«

»Ich glaube, eine Bewährungsverpflichtung wäre die geeignetste Antwort, Frau Richterin. Angesichts der Umstände …«

»Ich kenne die Umstände.« Sie setzte sich aufrecht hin, sah zu Ryan hinüber und sagte: »Lassen Sie mich Ihnen etwas sagen, junger Mann. Hören Sie zu?«

»Ja, Frau Richterin.«

»Es gibt eine ganz spezifische Sorte von Jungen, der ich immer wieder begegne. Vielen von ihnen fehlt der familiäre Rückhalt, vielen die Schulbildung, viele sind vom rechten Weg abgebracht worden. Aber Sie, Sie gehören nicht zu den typischen Jugendstraftätern. Mr McEvoy hat mir dargelegt, dass Sie intelligent sind, einen guten Vater haben, gut in der Schule waren und dass Sie keine Probleme haben, zu erreichen, was Sie sich vorgenommen haben. Würde Ryans Vater sagen, dass das so zutrifft?«

Tony räusperte sich. »Ja, Frau Richterin.«

Sie sah den Jungen wieder an. »Und genau das, Ryan, ist es, was mir bei Ihnen Angst macht. Sie sind intelligent, Sie wissen, die Dinge anzugehen – und Sie haben keinerlei Bedenken, Ihren Verstand und Ihre Entschlossenheit falsch einzusetzen. Von den Jungen, die hier vor mir erscheinen, weiß es ein Gutteil einfach nicht besser. Wirklich nicht. Sie schon. Und wenn Mr McEvoy sagt, dass Sie Ihre Fehler eingesehen haben und ich Sie hier nicht wiedersehen werde, dann glaube ich das einfach nicht.

Ich darf auch nicht außer Acht lassen, dass Sie sich geweigert haben, mit den Gardaí zusammenzuarbeiten, als die Sie befragt haben, und dass Sie immer wegen den gleichen Geschichten hier vor Gericht stehen. Was mir Sorgen bereitet, Ryan, was mir ernsthaft Sorgen bereitet, ist, dass Sie nicht daraus zu lernen scheinen, außer, wie Sie die Sache das nächste Mal klüger anstellen können. Wie ist er zu Hause, Mr Cusack?«

Tony stand auf, hielt inne und ergriff die Rückenlehne der Bank vor sich. »Ein typischer Teenager, würde ich sagen.«

»Was mich an Ihrem Sohn besorgt macht, ist, wie leicht er von einem typischen Teenager zu einem nicht so typischen Straftäter wird. Gibt es abgesehen vom Verlust seiner Mutter noch andere familiäre Umstände, die zu diesem Verhalten beitragen könnten?«

Tony sagte: »Nein.«

»Haben Sie das Gefühl, dass Sie ihn unter Kontrolle haben?«

Worauf ungebeten das Bild von Jimmy Phelan vor Tony auftauchte, der ihn anbrüllte, Antworten wollte und den Jungen mitnahm, um die Stadt zu durchsuchen, der ihn in Drogenhöhlen schickte, damit er Georgie aufstöberte. Wie er sie erledigte, wie er ihn erledigte, dabei einige hässliche Wahrheiten aufdeckte und jedweden Frieden zerstörte, zu dem sie während des Hausarrests gekommen waren.

»O Gott«, stöhnte er.

»Mr Cusack?«

»Ich habe keine Kontrolle über ihn, nein«, sagte Tony.

Der Junge drehte sich auf seinem Platz um. »Dad …«, und Tony senkte den Blick, als die Richterin sie aufforderte zu schweigen. Ryan solle sie ansehen, sagte sie und: »Angesichts der Umstände, und in Anbetracht der Schwere der Tat, die Sie eindeutig, ernstlich und bewusst unterschätzen, besteht für mich das einzig richtige Urteil in neun Monaten Gewahrsam in der Saint Patrick's Institution, in der Sie, mein Junge, eine Schule finden, in der Sie sich beweisen können.«

AUF DEN BILLIGEN FLÜGEN ZUR WOCHENMITTE

Es soll aussehen wie eine Shoppingtour. Meine Mam dreht es so, als sei es eine Vorabbelohnung, noch vor der Abschlussprüfung, falls eine von den Nachbarinnen was spitzkriegt.

An einem Dienstagmorgen, statt meine Schuluniform anzuziehen, gehe ich mit ihr zum Flughafenbus in die Stadt. Sie versucht mit mir zu reden, aber mir ist nicht danach. Alles, was sie sagt, weise ich ab. Ich nehme an, ich bin eingeschnappt. Ich weiß nicht.

Wir kaufen unsere Tickets und laufen neben dem Busbahnhof her, und sie entdeckt sie, bevor ich sie sehe, und ich höre, wie sie sagt: »O lieber Gott.«

Sie sind zu viert, zwei Männer und zwei Frauen. Sie haben einen Tapeziertisch aufgebaut, mit großen Schildern. Darauf steht: »Abtreibung lässt ein Menschenherz nicht weiterschlagen«, und: »Denn ein Kind wird uns geboren«, und dazu dieses Bild von einem Fötus mit Heiligenschein, und man sollte meinen, dass mir das Herz rausfliegt oder so, stattdessen raste ich sofort aus.

Meine Mam ist entsetzt. Sie weiß gar nicht, wo sie hingucken soll. Ich rufe über die Straße zu den Leuten rüber, und sie packt meinen Arm, aber es ist zu spät, die Worte strömen nur so aus mir raus. »Ihr kranken Bastarde!«, schreie ich. »Ihr kranken, peinlichen Wichser! Warum könnt ihr euch nicht um euren eigenen Scheiß kümmern und eure glorreichen Geheimnisse für euch behalten?«

Die beiden Männer und eine der Frauen sind uralt, aber die zweite ist gerade mal Mitte zwanzig, würde ich sagen, und eigentlich sollte man denken, in dem Alter wüsste sie's besser. Sie hockt hinter dem Tapeziertisch. Als ich näher komme, sehe ich, warum. Sie ist schwanger. Richtig schwanger. Ein Zeppelin. Also sage ich zu ihr:

»Sie sitzen hier und stellen andere an den Pranger, wo sie grade selbst ein Baby kriegen, und finden nichts dabei?«

Und sie so: »Nun, wir demonstrieren nur dafür …«

Aber ich unterbreche sie, weil ehrlich, ich würde ihr am liebsten eine reinhauen. »Wie viele Frauen, die hier vorbeikommen, mussten womöglich abtreiben, obwohl sie's gar nicht wollten? Und was ist mit den Frauen, deren Babys kein Gehirn und so haben? Was mit Mädchen, die vergewaltigt worden sind? O mein Gott, wissen Sie, was Sie sind? Sie sind bösartig. Sie sind ein bösartiges Miststück.«

Der ältere der beiden Männer, einer mit einem grauen Pferdeschwanz und großen, blöden, zu eng beieinanderstehenden Augen, sagt: »Bitte, gehen Sie weiter, das hier ist ein friedlicher Protest.«

»Ihr solltet von hier verschwinden, ihr elenden Drecksäue.«

Meine Mam zerrt mich weg, und ich lasse sie, weil mich meine Wut zum Weinen bringt. Ich hasse das: Wenn du so wütend wirst, dass du heulen musst, und die Leute denken, sie haben gewonnen, wobei du in Wirklichkeit nur so fassungslos bist, dass du nicht anders kannst. Meine Mam bleibt beim Bus stehen, wir können noch nicht einsteigen. »Reg dich jetzt nicht auf«, zischt sie. »Denk einfach nicht dran.«

»Und wann darf ich dran denken? Auf dem Flug zurück?«

Ich wünschte, sie hätte das alles nicht gemerkt, aber dafür sind Mams schließlich da, oder? Was zu merken.

Die letzten zwei Wochen waren die schlimmsten meines Lebens. Zuerst kriege ich einen Anruf von Ryans Telefon, und ich antworte: »Oh, hey, Baby, erzähl schon, wie war's?«, und es ist sein verdammter Dad, nicht er, und ich heule los, noch bevor er's mir sagt: »Er hat neun Monate bekommen, Mädchen, es tut mir leid, er ist schon weg, sie haben ihn gleich mitgenommen.« Tagelang konnte ich nichts essen, weil ich so gestresst war, und alles, was ich gegessen habe, habe ich wieder ausgekotzt, bis meine Mam eines Morgens in mein Zimmer gekommen ist und gesagt hat: »Ich weiß, du bist todunglücklich, Schatz, aber dass dir so schlecht ist …«

Und sie hatte recht. Und kaum, dass sie es aussprach, war es real. Ich hatte so gewünscht, sie hätte nichts gemerkt, das habe ich echt gewünscht, weil ich dann vielleicht schon zu weit gewesen wäre, um mich davon abbringen zu lassen, ich weiß nicht. Blöd, das so zu denken, oder? Ryan wäre die ganze Zeit weg gewesen. Ja, verdammte neun Monate. Und wie würde ich damit zurechtkommen? Ich war noch nie so lange ohne ihn, und ich heule jeden Abend, weil ich ihn vermisse. Ich habe Angst um ihn, und gleichzeitig will ich ihn verdammt noch mal umbringen.

Meine Mam sagte: »Kannst du nicht sehen, wie schlecht ihr zusammenpasst? Wenn du ihn brauchst, ist er im Gefängnis, Karine, im Gefängnis!« Mein Dad war einen Streifen strenger, aber nur weil ich noch nie erlebt hatte, dass er kurz davor war loszubrüllen. »Da siehst du, wie viel er taugt, Mädchen. Bringt dich in Schwierigkeiten und verpisst sich dann. Wie viele Unterrichtsstunden hast du wegen diesem Kerl verpasst, und das in deinem verdammten Abschlussjahr? Sieh's dir an, sollte dir das nicht eine Lehre sein?« Er hat Ryan nie gemocht.

Und weißt du was? Sie haben recht. Ich brauche ihn, und sieh dir an, was los ist. Ich könnte jetzt hier mit ihm sitzen, die Sache bereden und entscheiden, wie wir das hinkriegen, denn wenn er da wäre, würde ich das Baby behalten, aber er ist nicht da, oder? Er ist nicht da, und wenn er weiterdealt, wird er nie da sein, und wenn ich ihm nicht trauen kann, wie kann ich ihm dann ein Baby schenken?

Der Fahrer macht die Tür auf, und meine Mam und ich steigen ein.

Sie setzt sich vorne hin, aber ich gehe ein paar Reihen weiter nach hinten, suche mir einen Fensterplatz und stelle meinen iPod auf volle Lautstärke.

Als der Bus losfährt, lege ich meine Hand auf den Bauch. Er ist noch ganz flach, weil, was da drin ist, ist erst so groß wie ein Reiskorn. Es ist noch kein Baby und wird auch nie eins werden, und ich heule schon wieder los, weil ich weiß, das ist jetzt das Richtige, aber ich bin so was von sauer, dass ich es tun muss, sauer auf meine Mam und meinen Dad, und auch sauer auf Ryan, und ich vermisse ihn und hasse ihn und liebe ihn, und vor allem habe ich Angst. Ich habe so eine verdammte scheiß Angst.

14

FRANK COTTER: Sie nannten ihn General Franko. Er hatte einen schwarzen Lockenkopf und gegerbte Haut, sah aus wie ein Leuchtturmwärter oder ein Schäfer, wie jemand eben, der Wind und Wetter ausgesetzt war und sich nicht in den Hinterzimmern geschlossener Casinos herumtrieb, wo er Finger brach und Schädel einschlug. Er wartete hinterm Schuppen, als Jimmy kam. Die Wellen auf seinem Kopf hoben sich mit dem Küstenwind, er trug einen verblichenen Pullover und Jeans. Seine Schuhe waren schmutzig, und in seinen Augen lag ein Schimmern.

»Danke, dass du Zeit für mich hast, Franko.«

»Kein Problem, Junge. Du kennst mich. Ich fürchte mich nicht vor harter Arbeit.«

Jimmy fischte ein Paar schwarze Handschuhe aus der Tasche und zog sie an, während er um den Volvo ging.

Obwohl er sich das Blut von Kinn und Oberlippe wischen konnte, war es in und um Tony Cusacks Nasenlöcher herum ziemlich angebacken. Jimmy nahm an, dass er sich entschieden hatte, seine letzten Stunden nicht mit Nasenbohren verbringen zu wollen. Er öffnete die Tür, und Cusack versuchte auszusteigen, aber die Beine wollten sein Gewicht nicht tragen. Und so fiel er aus dem Auto in den Dreck, kämpfte sich hoch auf die Knie und hielt sich innen an der Tür fest.

»Komm schon, Cusack«, sagte Jimmy. »Weiche Knie sind eines erwachsenen Mannes unwürdig. Vor allem eines sechsfachen Vaters.«

»Warum sind wir hier?«, krächzte Cusack.

»Weil ich dir nicht trauen kann. Und wem ich nicht trauen kann, den behalte ich nicht bei mir.«

Cusack setzte zu seiner eigenen Totenklage an. Er legte die Hände aufs Gesicht und zog an der Haut unter seinen Augen. »O Gott«, sagte er. »O Gott.« Jimmy gab Franko ein Zeichen, der um den Wagen herumkam und Cusack hochzog. »O Gott«, sagte Tony wieder, und dann der Abwechslung halber: »O Jesus.«

Der Platz hinter dem Schuppen lag voller Netze und Taue, die von einem vergessenen Hobby zeugten, oder einem im Alter hinter sich gelassenen Berufsleben. Später, wenn Dougan käme, würden sie mit dem Boot hinausfahren. Die Leiche mit Tauen umwickeln und mit Schieferplatten und Steinblöcken beschweren. Sie würden sie an einer Stelle versenken, von wo aus sie niemals angeschwemmt werden würde.

Seit vielen Jahren schon hatte Jimmy Phelan nicht mehr im Meer schwimmen können.

»Den kenne ich gar nicht«, sagte Franko. »Was hat er dir getan?«

»Wie kommst du darauf, dass ich dir so eine Frage beantworte?«, sagte Jimmy.

»Ich frage ja nur. Es wäre schon komisch, wenn du den Mann nicht kennen würdest.«

»Halt die Klappe, Franko.«

Cotter lächelte.

Der Platz lag am Ende einer von verwachsenen Hecken gesäumten schmalen Landstraße, hinter einer mit dichtem Gras bewachsenen Anhöhe. Manchmal kamen Leute mit Hunden hier vorbei, oder Jogger, aber nie nahe genug, dass man sich Sorgen machen musste. Einen Kilometer weiter an der wilden Küste entlang, am Ende eines Weges mit morschen Gattern, der nur von Gangstern benutzt wurde, die mit etwas zu Fischköder verschnürtem Unerwünschten unterwegs waren, lag ein kleiner Hafen mit dem Dingi, das dich hinaus zu einem Fischerboot brachte. Es war eine gute Stelle. Jimmy und seine Jungs nutzten sie schon seit ein paar Jahren, länger als ihm recht war, aber es war schwer, Gewohnheiten aufzugeben.

Im Übrigen gefiel es ihm, aus der Stadt herauszukommen.

»Also gut«, sagte Franko und zog Cusack voran, der aufschrie.

Jimmy schüttelte den Kopf. Niemand mochte Feigheit leiden. So wenig blieb von einem Mann, wenn sein baldiger Abtritt angekündigt war. Es war zwar keine Überraschung, sie weinen und betteln zu sehen und wie sie ihre Blase auf ihre Schuhe entleerten, hässlich war es trotzdem. Wozu taugte jemand, der seine eigene Sterblichkeit nicht erhobenen Hauptes akzeptieren konnte?

Er sah jetzt klar, was für ein Mensch Cusack war, ein zeugungskräftiger Schwächling, der als Teenager seine Bestform erreicht hatte, seitdem war es abwärts gegangen.

Franko hatte mit den Vorbereitungen begonnen. Die Plane war ausgebreitet, der Schlauch entrollt, um die unvermeidbare Schweinerei vom Beton zu spülen. Für später war ihnen zudem Regen versprochen worden. Jimmy hob eine Braue, und Franko holte die im Voraus arrangierte Waffe heraus und reichte sie ihm.

Jimmy legte einen Finger um den Abzug. Es war Jahre her, seit er so einen Job selbst erledigt hatte. Aber er hatte jeden Grund, Cusack auszusortieren, genau wie anfangs, als der Loser seine Geduld erstmals auf die Probe gestellt hatte. Dougan wusste nichts über die Leiche O'Donovans und den kurzen mütterlichen Aussetzer, der sie produziert hatte. Daraus folgte, dass ihm auch Cusacks unsäglicher Aufstand nicht erklärt werden konnte, dass er Maureen gegenüber den Namen des Toten genannt hatte. Und natürlich auch nicht Cusacks widerstrebende Preisgabe einer weiteren Zuspitzung: des Besuchs einer in Panik versetzten Ex-Freundin, initiiert von Tara Duane, dieser blöden Schlampe. Wie könnte man Jimmy Dougan das alles erklären? Sollte er ihm sagen, dass seine Mutter eine Irre war und sein Versuch, das Ganze unter der Decke zu halten, derart in die Hose gegangen war, dass er die Unterwäsche wechseln musste?

Es war ein Schlamassel allererster Ordnung.

Franko stellte Cusack mitten auf dem Platz ab, legte die Hand über die Augen und suchte den Himmel ab.

»Warum bist du hier, Cusack?«, fragte Jimmy, und sein alter Freund jammerte: »Das hier muss nicht sein. Du weißt, dass ich keine Gefahr für dich bin. Ich bin Familienvater, Scheiße noch mal. Die Kinder haben doch schon keine Mutter mehr. Tu ihnen das nicht an.«

»Weißt du, was dein Problem ist?«, grübelte Jimmy. »Du weißt nicht, wann du aufhören solltest. Ich habe dich gefragt, warum du hier bist, und du schweifst gleich wieder ab. Ich weiß nicht, was Maureen dich gefragt hat, aber auch da bist du abgeschweift. So vieles kommt zusammen, um dir am Ende den Arsch aufzureißen. Warum bist du hier, Cusack?«

»Wegen eines verdammten Versehens, eines dummen Ausrutschers, eines Namens und eines Vornamens, mehr nicht, mein Gott.«

»Man könnte meinen, das war alles, aber was ist dann passiert? Du hast die Sache auf sich beruhen lassen, weil du dachtest, Maureen würde es mir vielleicht nicht sagen. Hast dich in deine Bruchbude auf dem Hügel zurückgezogen und tief in die Flasche geguckt, während dein Ausrutscher immer weitere Kreise zog, bis eine Hure vor deiner Tür steht und nach einem Toten sucht. Siehst du, wie es gehen kann, wenn man denkt, dass sich so eine Scheiße von selbst regelt?«

»Ich verstehe schon, ich verstehe es.« Es gab zwei Farben, die ein Mann hier trotz des allumfassenden gelben Hintergrunds annehmen konnte: Aschfahl und Puterrot. Cusack war weiß, vom Haaransatz bis zu den Fingerknöcheln. »Aber ich bin nicht das Problem. Ich habe nur einen Fehler gemacht. Ich bin keine Gefahr für dich. Warum kannst du das nicht einsehen? Warum kannst du …« Was immer ihm die Kraft zu sprechen gegeben hatte, versiegte.

»Du bist überflüssig, Cusack.«

»Ich war da, als du mich gebraucht hast«, krächzte Tony. »Und sieh, wohin mich das gebracht hat.«

Er hatte schon geschnieft, als er zu Jimmy gekrochen gekommen war. Voller Panik über das trauernde Mädchen an seiner Tür, zwei Jahre nachdem er seinem alten Freund geholfen hatte. Und verschlimmert noch durch den Umstand, dass sie von Tara Duane geschickt worden war. *Es könnte einfach eine von ihren blöden Ideen sein*, hatte er gesagt, schlapp und bettelnd. *Vielleicht hat sie sich einfach nur daran erinnert, dass wir im selben Pub getrunken haben.* Jimmy hatte die Schlampe leise verflucht, Cusack gewarnt, dass *er* sich um sie kümmern werde, und seine Sorge hinter zusammengebissenen Zähnen versteckt.

Hinterher hatte er sich gefragt, ob Tim Dougan wohl sein Glücksbringer war. Es war Jahrzehnte her, dass er versucht hatte, Komplikationen ohne die Hilfe seines Freundes zu lösen, und es hatte alles nur schlimmer gemacht und ihm die Hände gebunden.

Heute Morgen hatte er entschieden, die Sache ein für alle Mal zu beenden. Er hatte General Franko angerufen, den würgenden Cusack in sein Auto gepackt und war nach West-Cork gefahren.

Wenn Dougan kam, würde Cusack weg sein und Franko sicher nicht mehr reden.

Cusack bekam noch mal Aufwind und setzte zu einem weiteren Bittgesuch an, für seine kleinen Lieblinge. Jimmy hob die Hand.

»Durch nichts, was du sagst, werde ich meine Meinung ändern, dass du ein Säufer und mein Fehler bist.«

»Himmel, Jimmy, willst du, dass ich dich verdammt noch mal anflehe?«, schluchzte Cusack.

»Das tust du doch schon.«

»Sechs Kinder, Jim. Vier Jungen, zwei Mädchen. Von sieben bis siebzehn. Was, denkst du, wird aus ihnen? Es ist auch so schon heikel genug. Einer sitzt im Gefängnis, ich muss bei ihnen sein … Du hast doch selbst Kinder!«

Jimmy sagte: »Ich werde dir zeigen, was mit Leuten passiert, denen ich nicht trauen kann, Cusack.«

»Bitte, bitte, Scheiße noch mal …«

Der Schuss ließ ihn verstummen. Der zweite ließ ihn aufschreien. Jimmy stand über dem kleinen General Franko und schickte eine letzte Kugel in seinen Kopf.

Tony war auf den Knien. Er würgte. Speichel verankerte seinen Kopf auf der Erde.

»Siehst du?«, sagte Jimmy.

Cusack sagte nichts, er schluchzte nur.

»Ein Fehler kann die ganze Stadt um mich herum auslöschen, Cusack. Ich nehme mir Fehler zu Herzen, mehr als du denkst. Glaub auch nicht eine Sekunde, dass ich dich nicht auch ausknipse, wenn es einen Sinn ergibt.«

»Was hast du getan?«, schluchzte Cusack.

»Der?« Jimmy deutete auf den ehemaligen General und seine Überbleibsel und Flüssigkeiten. »Er hat zu viel geredet, mehr noch als du.«

Er stieg über seinen alten Freund, packte ihn am Hinterkopf und zog ihn auf alle viere hoch, sodass er in eine andere Zukunft sehen konnte.

»Sieh zu, dass dir nicht passiert, was ihm passiert ist, Cusack.«

Nachdem Cusack weggeschickt worden war, in einem acht Kilometer entfernten Pub zu warten, entspannte sich Jimmy in seinem Wagen mit einer wohlverdienten Zigarette und einer ordentlichen Dosis *Against the Grain*. Jenseits des Platzes, über dem zerfurchten Meer hinter der Betonmauer, zeugten Wolken neue Wolken, und die Luft wurde feucht und grau. Wo Frank Cotters Blut im Dreck versickert war, tanzten berauscht die Fliegen.

Dougan kam ein paar Stunden *post mortem*. Jimmy sah aus

dem Auto zu, wie er sich der Plane näherte und den glitzernden Beton betrachtete. Er war eine Bulldogge von einem Mann: untersetzt, muskulös, hart. Er besaß einen eisernen Magen und einen Pragmatismus, der auch Morde einschloss. Sein Horizont war der Horizont eines Mörders.

Er ließ sich auf den Beifahrersitz sinken und sagte: »JimBob, du hast ohne mich angefangen.«

»Ich hab mich alt und fett gefühlt, Timothy. Ich dachte, es sei an der Zeit, sich mal wieder ein bisschen zu bewegen.«

»Und wie war es?«

»Wird alles überschätzt. Wir sollten bald rausfahren. Später soll es regnen. Das Wasser wird unruhig.«

Dougan sagte: »Du warst viel früher hier, als du gesagt hast, Junge.«

»Ja.«

»Du wolltest es von Anfang an selber machen, oder?«

»Ja. Ich nehme an, ich war da ein wenig eigen.«

Es entstand eine Pause. Dougan betrachtete die Plane, Jimmy die Wolken.

»War es bei dir schon mal so«, sagte Jimmy, »dass du vor einem Job gedacht hast, du könntest dich zu alt fühlen, hinterher noch damit weiterzumachen? Ich meine, dass du dachtest: *Also, nach dem hier werde ich meinen Ruhestand verkünden*, aber als es dann so weit war, kam es dir alles so wie immer vor und du fühltest praktisch nichts?«

»Wenn ich ehrlich bin, Junge, ich rechne nie damit, etwas zu empfinden, so erlebt man keine Überraschungen.«

»Vor zwanzig Jahren ist mir bei dem Scheiß die Galle hochgekommen. Dann gewöhnst du dich daran und wartest darauf, dass du den Bogen irgendwann nicht mehr raushast. Ich hab seit Jahren keinen Abzug mehr gedrückt. Und sieh's dir an: Ich bin immer noch ein Killer.«

So offen zu reden war ungewöhnlich, selbst zwischen alten Freunden. Dougan zog die Stirn kraus, hob aber fast im selben

Moment die Brauen, dachte kurz über diesen Verstoß nach und ließ den Gedanken wieder fahren.

»Hast du erwartet, zum Himmel aufzufahren?«

»Ich habe erwartet, älter zu sein, als ich bin.«

So ging es normalerweise. Ein Mann erlaubte sich einen unverzeihlichen Fehler. Vielleicht hatte er den Falschen beschissen, vielleicht fand er sich in einer Situation wieder, wo das Verpfeifen der Leute über ihm die einzige Option zu sein schien, oder er redete einfach zu viel und zu laut, wie es bei General Franko der Fall gewesen war. Eine Entscheidung wurde getroffen. Meist konnte man die Sache ordentlich vorbereiten, bevor man zur Tat schritt. Jemand wurde angerufen, ein Gefallen wurde eingefordert oder als Darlehen an einen Kontakt im Vereinigten Königreich vergeben. Dann kam jemand eingeflogen, fand das Problem und bereinigte es. Alles geordnet vonstatten. Jeder hatte ein Alibi. Der Killer war nicht mal lange genug in Irland, um zu scheißen und sich den Arsch abzuwischen.

General Frankos Abtritt hätte so arrangiert werden können, hätte Jimmy da nicht diesen Splitter in der Pfote gehabt, den es rauszuholen galt.

Er bezweifelte, dass es schaden konnte, Franko auf traditionelle Weise ausgeschaltet zu haben. Im Gegenteil, er baute darauf, dass es nützlich war. Er war immer noch fähig, spontan zu handeln, wenn er gereizt wurde. Warnung vor dem Hunde. Wenn diese Robbie-O'Donovan-Geschichte ans Licht kam (die Hure musste gefunden werden, und er hielt Cusack nicht für den Richtigen, das zu übernehmen), durfte sich keiner Illusionen machen, was die mentalen Fähigkeiten des Bosses anging. Wenn er skrupellos sein musste, war er es auch.

»Gehen wir fischen«, sagte er.

Cusack rief ihn zwei Tage später an.

»Sie ist zu Hause«, sagte er.

»Seit wann?«

»Weiß ich nicht. Seit einer halben Stunde oder so. Ich habe sie nicht kommen sehen, aber ich kann sie rumoren hören.«

Wie Ratten in der Wand. Jimmy fuhr sofort hin. Er parkte aus purer Boshaftigkeit genau vor Cusacks Einfahrt, sprang über die Mauer und ging zu Tara Duanes Tür. Er klopfte höflich zurückhaltend und wartete, eine Hand auf dem Seitenlicht.

Ihre Unterlippe fing an zu beben, kaum, dass sie die Tür geöffnet hatte. Ihr Haar war zu zwei Kinderzöpfen geflochten, die ihr bis über die Schultern hingen. Er griff nach einem von ihnen, zog daran und sagte: »Was ist los, Tara? Freust du dich nicht, mich zu sehen?«

»Ich bin gerade erst nach Hause gekommen«, sagte sie. »Habe ich nicht mal eine Stunde lang Ruhe?«

Er trat ein, und sie trat zurück.

»Wie war der Urlaub, Tara?«

»Ich war nur in Dublin«, sagte sie. »Bei meiner Schwester. Ihr geht es nicht gut.«

»Nein? Gott, das ist ja schrecklich.«

Er schloss die Tür hinter sich, und sie sagte: »Ich habe nicht mal Milch oder sonst etwas im Haus.«

»Das ist okay. Ich bin nicht zum Teetrinken hier.«

»Um was geht es dann?«

»Oh, einfach nur noch mal um diese Sache, wegen der ich das letzte Mal hier war. Erinnerst du dich? Ich habe dich gefragt, ob du einen Mann namens Robbie O'Donovan kennst.«

Sie hielt sich am Treppengeländer fest und schob die Lippen vor. »Ja. Sie meinten, er wäre ein Freund von Tony Cusack.«

»Habe ich das?«

»Ja, und wie ich Ihnen gesagt habe, ist er spurlos verschwunden, und deshalb ...«

»Du hast es seiner Freundin erzählt, und die Hure war hier, um herumzuschnüffeln. Habe ich dich gebeten, dich mit seiner verdammten Sippschaft anzufreunden, habe ich das? *Tara, würdest du bitte hingehen und Robbie O'Donovans Freundin erzählen, dass Tony Cusack weiß, wo er steckt?* Habe ich das gesagt? Hast du mich das sagen hören?«

»Sie haben mir nicht gesagt, dass ich kein Wort darüber verlieren dürfte!«

»Nun, das hab ich dann wohl verschissen. Ich hatte nicht gedacht, dass ich dir extra sagen muss, dem Flittchen nicht zu stecken, dass O'Donovan tot ist!«

»Er ist tot?«

»Die Einzige, die das sicher zu wissen scheint, ist dieses verdammte Callgirl, und du bist die Einzige, die mit ihr gesprochen hat.«

»Ich habe ihr nicht gesagt, dass er tot ist.«

»Wie kommt sie dann darauf?«

»Vielleicht, weil er so aussieht?«

»Er sieht so aus, als würde er sterben?«

»Wie ein Junkie sieht er aus! Junkies sterben! Junkies sterben die ganze Zeit, verdammte Scheiße! Ich habe ihm die Überdosis nicht gegeben, mein Fehler ist das nicht!«

Er griff nach ihr, doch sie duckte sich weg und lief in die Küche, wo sie einen zweiten Versuch abwehrte, indem sie einen Stuhl zwischen sich und ihn schwang und unter den Tisch kroch, worauf er nur dastehen und lachen konnte.

»Komm unter dem Tisch her, Tara.«

Sie schrie: »Lass mich in Ruhe! Lass mich in Ruhe!«

»Glaubst du wirklich, ich krieg dich da unten nicht?«

»Ich habe Ihnen zu helfen versucht! Es ist nicht mein Fehler, dass Sie mir nicht gesagt haben, dass es ein Riesengeheimnis war!«

»Es ist dein Fehler, Tara. Du bist eine verdammte Irre.«

»Ich habe eine Tochter!«, kreischte sie.

»Warum verstecken sich alle Arschlöcher immer hinter ihren Kindern, wenn sie denken, sie kriegen was ab?«

Er ging in die Hocke und streckte die Hand nach ihr aus, doch sie schlug sie schreiend weg.

»Herrgott noch mal, es ist wirklich, als wollte man eine Ratte in einer Wand fangen.«

Er versuchte es erneut, bekam einen ihrer Zöpfe zu fassen und zog sie über den Boden, während sie mit den Beinen strampelte. Am Ende lag sie mit dem Gesicht nach unten vorm Kühlschrank, und er stand über ihr. Sie heulte und spuckte wie ein kleines Kind, das vor dem Süßwarenregal einen Tobsuchtsanfall hatte.

»Warum kapierst du nicht, Tara, dass du deine Nase nicht da reinstecken solltest, wo sie nicht erwünscht ist?«, knurrte er. »Warum bist du so begriffsstutzig, dass ich mit einer einfachen Frage, die ich dir stelle, Gefahr laufe, dass du einen apokalyptischen Shitstorm heraufbeschwörst?«

»Wie sollte ich das wissen?«, keuchte sie.

»Vergiss, was du wusstest, sonst belasse ich es beim nächsten Mal nicht bei Worten. Aber bevor du dein kaputtes Hirn ausfegst, sag mir, wo ich diese Hure finden kann, die so verzweifelt darauf aus ist, der ganzen Stadt zu erzählen, dass ihr Freund tot ist.«

»Ich weiß nicht, wo Georgie steckt! Sie ist nicht mehr hier in der Gegend. Ich hab einen richtigen Schreck gekriegt, als sie plötzlich vor mir stand.«

»Wenn einer diese herumlungernde Schlampe finden kann, dann du. Du treibst es doch mit den Verlorenen, oder etwa nicht?«

Er ließ sie los.

»Finde die Hure«, sagte er. »Besorg ihre Adresse und gib sie gleich an mich weiter. Rede nicht mit ihr und rede auch nicht mit Cusack. Rede nicht mal mit dir selbst, wenn du es schaffst. Verstanden?«

»Ich wollte nur helfen«, sagte sie. Der geflochtene Zopf hatte sich gelöst und floss ihr in weichen Wellen über die Schulter. Ihr Gesicht brannte vor Anstrengung, die Verletzte zu spielen.

»So bist du, Tara. Willst nur helfen und rührst in der Scheiße rum, von der man die Finger lassen sollte. Willst nur helfen und stachelst die Hure an. Und ich wette, als du Tony Cusacks Sohn deine klappigen Klauen in die Unterhose geschoben hast, wolltest du auch nur helfen. Das war der, der jetzt im Gefängnis sitzt, oder? Wahrscheinlich.«

»Im Gefängnis? Wieso?«

»Hat er dir nicht erzählt, dass er wegmusste, Tara? Hat er deinen Namen nicht auf die Besucherliste gesetzt, damit du alle vierzehn Tage deine Titten gegen das Plexiglas drücken kannst?«

»Das ist nicht witzig«, sagte sie.

»Daran solltest du verdammt noch mal denken«, antwortete er. »Nicht witzig.«

Es gab ein Klavierkonzert an jenem Abend. Deirdre hatte ihn zwei Mal angerufen, um sicherzugehen, dass er es nicht vergaß, und so tauchte er dann auch im stickigen Auditorium des alten Gemeindehauses auf, setzte sich neben sie und lächelte ermutigend, als Ellie die Hände spreizte und über die Tasten tapsen ließ. Ellie sah schlimmer aus, als ihre Darbietung klang. Ihre Miene verfinsterte sich immer weiter, und am Ende blickte sie ins Publikum, als würde ihr dies von einer inneren Stimme befohlen, die sie später dazu anstiften wollte, ein Waisenhaus niederzubrennen.

Und wie sie klatschten, die großzügigen, in ihre bitteren Bänke gezwungenen Vogelscheuchen, die an die *EastEnders* dachten, das Fußball-Match oder ihre fetten Lover, deren Stöhnen sie vermissten, wie sie klatschten, um die Egos ihrer lieben Kleinen aufzupäppeln. Sie klatschten, als hinge ihe Leben davon ab. Aufgeblasen mit forciertem Stolz, rangelten sie miteinander und murmelten leere Anerkennungen, während ein genervtes Kind nach dem anderen auf die Bühne kam, um seine Pflicht zu tun.

Der Geruch war unerträglich, nach Schweiß, alten Vorhängen, glitschigen Arschbacken und Parfüm.

Jimmy Phelan fühlte sich in dieser Gesellschaft nicht zu Hause, aber wer würde das schon? Ein paar der Leute schienen sich wohler zu fühlen als andere, vor allem die Frauen, deren aufgemaltes Lächeln gut über die tatsächliche Langeweile hinwegtäuschte. Glücklich, da zu sein, war wohl keiner. Es gab keinen Gemeinschaftsgeist, keinen wirklichen Respekt. Jimmys Großeltern hatte noch der Sinn nach einem solchen Miteinander gestanden. Damals war die Stadt aber kleiner gewesen, und die Erwartungen der Leute hatten näher beieinandergelegen. Heute brach die Welt aus den Fugen, und keiner hatte mehr mit irgendwem was gemein.

Den ganzen Tag über hatte diese Angst hinten in seinem Kopf geschwärt: Dass der Irrsinn seiner Mutter ihn aus der Gesellschaft nahm, die er aufgebaut hatte. Dass die Jungs, mit denen er an der Uhr drehte, Wind von seinen genetischen Mängeln bekamen und ihn im Stich ließen, Verrat begingen und sich einen neuen Boss suchten. Sie waren nicht an ihn gebunden, nur an seine Eigenschaften, die ihnen nützlich waren.

Er würde Tara Duane die Chance geben, in aller Stille die Hure ausfindig zu machen. Aber dann musste er sie alle verschwinden lassen: die Hure, Tara Duane und auch Cusack. Ob er wollte oder nicht.

15

ALS SIE KLEIN WAR, sagten sie, habe sie immer gern mit Dingen gespielt. Ihr gefiel es, aus Hunden Babys zu machen, aus Kellerasseln Leute und aus sterbenden Vögeln Haustiere. Die Dinge existierten zu ihrem Vergnügen, ob es nun lackiertes Holz war oder das Fleisch um ein schlagendes Herz herum.

Maureen Phelans Mutter war einer sehr erfolgreichen Gehirnwäsche unterzogen worden. Es hatte nie infrage gestanden, ob sie ihr Geschlecht der Kirche vorziehen sollte. Sie biederte sich bei den Amtsträgern an, als könnte sie dadurch, dass sie sich erniedrigte, den Makel ihres Geschlechts vermeiden. Die eigenen Töchter waren für sie tückische Schlampen, die Pubertät der Beginn ihres Niedergangs. Sie hasste die Haare unter ihren Armen, ihre schmalen Taillen, das Blut, das bestätigte, dass sie bereit waren zu sündigen. Sie war eine ebenso bösartige wie dumme Frau. Was für eine Kombination. Sie hieß Una.

Unas Eltern lebten auf dem Hügel, direkt über der Besserungsanstalt und Wäscherei, dem Magdalenen-Haus, wohin, wie sie ihren Töchtern erklärte, alle schlimmen Mädchen kamen. Una schien gleichzeitig eine Todesangst vor dieser Anstalt zu haben und befriedigt zu sein, dass es sie gab, in gleicher Weise, wie sie sicher war, dass es eine Hölle gab, allerdings nicht für Menschen wie sie. Sie verkündete, in der Wäscherei würden Mädchen jene Bescheidenheit lernen, die sie sonst so bitter vermissen ließen. Jedes Mädchen, jede junge Frau mit modischer Saumlänge und eigenen Vorstellungen gehörte eindeutig *hinter hohe Mauern*. Mit Jungs hatte sie weniger Probleme. Das waren einfach nur dumme Kreaturen, deren animalische Launen rigoros überwacht werden mussten.

Maureen war das mittlere Kind von sieben. Trotz Unas Anstrengungen waren die Impulse ihres Mannes nicht ihrem asketischen Ideal gefolgt.

Una Phelan war ein verängstigtes Weib, das sich im alten, dahinsiechenden Irland wohlfühlte und über seine Zukunft schimpfte, denn für sie gab es keine andere Autorität als die heilige Dreifaltigkeit: Priester, Nonnen und Nachbarn. Sie gehörte zur ersten Generation der neuen Republik, die von Éamon de Valera und Erzbischof McQuaid persönlich aufgezogen worden war. Der knienden Generation.

Als Maureen klar wurde, dass sie nicht nur schwanger, sondern auch von einem Feigling sitzen gelassen worden war, war das gleichzeitig entsetzlich und irgendwie befreiend, als wäre sie auf Grund gelaufen. Sie ging ihre Optionen durch: die Treppe, den Kleiderbügel oder die kochend heißen Bäder. Sie brauchte nicht lange, um sich gegen das alles zu entscheiden. Es hatte etwas, das Schicksal anzunehmen, von dem ihre Mutter nicht aufhören konnte zu sprechen.

So stolzierte sie in die Küche und verkündete ihren Fehltritt mit dem Wagemut wissenschaftlicher Distanz. Sie sah, wie die Farbe aus den Gesichtern ihrer Eltern wich, sah die Gefühle, die ihre Menschlichkeit betrogen, darüber hinwegziehen, wie Wolken an einem Oktoberhimmel. Sie war neunzehn, aber die beiden waren immer noch Autoritätspersonen, und sie bereitete sich mit frostiger Neugier auf ihre Strafe vor. Eines wusste sie: Sie würde keine Buße in der Besserungsanstalt tun, mit den Armen ellbogentief in Wäschereilauge. Eher würde sie die beiden umbringen.

Sie hatte den Teufel ins Heim der Familie geholt, und so brach denn auch die Hölle los. *Hinter hohe Mauern*, schien die klare Wahl ihrer Mutter, doch in den 1970ern wendeten sich die Dinge. Eine Tochter aufzugeben, um sauertöpfische Nonnen zu besänftigen, war nicht mehr die einzige Wahl, das dritte Blatt aus Unas heiliger Dreifaltigkeit begann zu welken. Eine entfernte Cousine in Dublin wurde gefunden, die bereit war, die kleine Schlampe bei sich aufzunehmen.

James Dominic Phelan wurde in der Holles Street geboren und klammerte sich »wie eine Puppe« an die Brust seiner Mutter, wie die finster dreinblickende Großmutter es nannte, während die anderen Erwachsenen debattierten, was mit ihm geschehen solle. Am Ende entschieden sie, die Schande, ihn selbst großzuziehen, konnte man am ehesten auf sich nehmen. Sie nahmen ihn Maureen weg, deren kindische Art ihn zu einer Art Spielzeug gemacht hätte, wo es doch gar keine Zeit für Spiele gab. Er war von nun an das »Baby«, zwölf Jahre jünger als sein jüngster Onkel, und Maureen wurde nach London verfrachtet, wo man ihr hastig eine Bürostelle besorgt hatte.

Sie trat ihren neuen Job bereits drei Wochen nach der Geburt an.

»Da gibt es keine Spielzeuge«, verkündete Una triumphierend. Womit sie unrecht hatte. Es gab viele Dinge in London, mit denen sich spielen ließ, nur fehlte die Freude daran.

Zehn Minuten von ihrer Haustüre in Cork entfernt lag die alte Magdalenen-Wäscherei. Maureen stand vor dem Eingang, und wenn da jemand am Tor stand, oder im Neubau gleich daneben, war ihr das egal. Sie lief den völlig überwucherten Pfad hinauf. Die Stadt forderte ihre finsteren Monumente zurück.

Gesprungene Steinstufen führten zum Gebäude hinauf, das nur mehr ein Gerippe war. Die roten Ziegel, die Bögen, die eisernen Kreuze auf den Türmen, alles verfärbt und einsturzgefährdet. Sie ging ein Stück an der Vorderseite entlang und lugte ins Innere. Es war ausgeweidet.

Überall Statuen. Einige von ihnen entstellt. Hier stand ein Schäfer mit gezwirbeltem schwarzem Schnauzbart, da eine mit Flechten bedeckte und einem fremden Namen beschmierte Maid. Stumm hielten sie Wache, blind gegenüber dem ungehemmten Vormarsch von Ästen, Gräsern und Farnen. Blind auch gegenüber Maureen. Relikte der Vergangenheit, die kurz davorstanden, von einer wuchernden Welt verschluckt zu werden.

Gott, war es hier still. Maureen blieb stehen, den Rücken den Ziegeln zugewandt, den Blick auf den Fluss gerichtet.

Damals in den 1970ern hatte es noch viele andere irische Exilanten in London gegeben. Maureen hatte einige von ihnen kennengelernt. Sie kamen zusammen wie Ströme des gleichen giftigen Quecksilbers. Sie lernte eine ganze Reihe Frauen kennen, die als Mädchen in Einrichtungen wie der hier gewesen waren. Zwei von ihnen tatsächlich hier. Beide hatten Babys bekommen, Jungen. Eine hatte sich um ihren gekümmert, bis er einundzwanzig Monate alt war. Dann waren die Nonnen gekommen und hatten sie informiert, dass er adoptiert werde, und das war's gewesen: Sie verabschiedete sich und sah ihn nie wieder. Die andere hatte ihren nur fünf Monate, bis er ihr genommen wurde. Eine Stunde vorher hatte man sie davon in Kenntnis gesetzt. Danach hatte sie auf ihrer Pritsche gesessen, die Brüste voller Milch, und sich die Finger ins Gesicht gegraben, sich vor- und zurückgewiegt, überzeugt davon, dass dies ihr Ende sei, dass sie hier nie wieder herauskommen werde. Man erwog, sie in ein Asyl zu geben, der Gedanke wurde aber fallen gelassen, da sie wieder zu Sinnen kam und ihre Arbeitskraft Profit versprach. Una Phelan war gleich um die Ecke geboren worden und freute sich über den Service der Nonnen.

An die Babys zu denken, als sie alt genug wurden, um sich zu fragen, wer ihre Mütter waren! James Phelan war mit steifer, kalter Erhabenheit erklärt worden, dass Maureen-in-London seine richtige Mutter war und er nicht weiter an sie denken sollte, trotzdem hatte er nach ihr gesucht, als Una ihren Zugriff auf die Welt verlor und vor den Augen eines gedruckten, effeminierten Jesus in ihrem Ehebett die letzten Atemzüge tat. So viele andere Jungen und Mädchen wuchsen mit klaffenden Löchern in ihrer Brust auf, Löchern so groß wie der christliche

Spalt, der sie in die Welt gespuckt hatte. Maureen hatte in den letzten Jahren viel darüber gelesen, seit die Boulevardblätter angefangen hatten, den Wert der Magdalenen-Wut auszutesten. Ganze Horden irischer Kinder, auch amerikanischer (die exportierte Generation), wühlten sich durch den katholischen Schutt. Um herauszufinden, wer sie waren. Ihre Suche war in den meisten Fällen erfolglos. Ihre leiblichen Mütter waren gestorben, wieder zu Staub geworden durch die Chemikalien der Wäschereien. Dokumente gab es kaum, oder sie taugten nichts. Frauen hatten eine neue Seite aufgeschlagen, weigerten sich zurückzublicken und versagten ihrem Fleisch und Blut, dieses Kapitel abzuschließen. Manchmal waren die Mütter einfach verschwunden, so wie es ihr Land geplant hatte.

Im Schatten dieses Wahrzeichens bahnte sich Maureen Phelan einen Weg durch Dickicht, Dornen und andauernde Erinnerungen, auch die, welche nicht ihre waren.

Als sie hinten um eine Ecke des Gebäudes trat, saß da ein Mann im Gras, den das Gewicht seiner Flasche mehr interessierte als das Gemäuer vor ihm. Er sah sie, kümmerte sich aber nicht um sie, dann, als sie näher kam, hob er unwirsch die Flasche an die Lippen.

Es war ein Landstreicher, viel jünger als sie, obwohl sein Bart das gut verbarg. Er trug Jeans und abgewetzte Stiefel und saß auf einem Regenmantel. Auf seiner Baseballkappe stand der Namen eines Golfklubs in Florida. Er blickte finster unter dem Schirm hervor.

»Wollen Sie was?«, fragte er. Er war kein Amerikaner.

»Was wissen Sie über diesen Ort hier?«, fragte sie.

»Was? Lassen Sie mich in Ruhe.«

»Ich frage nur, wie Sie hier so gut gelaunt sitzen und sich diese Ruine ansehen können. Bewundernswert.«

»Sehe ich etwa vergnügt aus?«

»Nein. Ich habe nur gedacht, weil Sie sich hier einen genehmigen.«

»Verpissen Sie sich.«

»Gleich. Ich bin nicht hier, um mit Ihnen zu reden, Sonnenschein.«

»Großartig. Also …« Sein Witz ließ ihn im Stich. Er nahm noch einen Schluck. »Hauen Sie ab.«

»Wissen Sie, dass das hier mal eine Magdalenen-Wäscherei war?«

»Natürlich. Verpissen Sie sich.«

»Wissen Sie, was damit geschehen ist?«

»Wollten Sie sich nicht verpissen?«

»Wenn ich so weit bin.«

Er betrachtete seine Flasche und sah sie dann mit finsterem Blick an. »Sie ist abgebrannt. Zwei Mal. Und jetzt hauen Sie ab.«

»Zwei Mal.«

»Hier oben gibt es nur Groll«, sagte er. »So viel, wie diese Bude Ziegel hatte.«

»Kann man da rein?«

»Gute Frau, der Groll ist so groß, weil man da nicht rauskonnte. Warum zum Teufel wollen Sie rein?«

»Um sie noch mal anzustecken«, sagte sie.

Er lächelte. Oben fehlte ihm ein Zahn, ganz in der Mitte. »Ehrlich gesagt, Sie sehen nicht aus wie eine Frau, die Feuer legt. Ich dachte, Sie gehen hier mit Ihrem Hund spazieren. Mit irgendeinem Minikläffer, einem Chi-wau-wau oder so was. Das Letzte, was ich jetzt brauchen könnte.«

»Kein Hund«, sagte sie.

Er hob die Flasche und starrte sie zwischen dem Schirm seiner Kappe und dem hinterhältigen Gefälle seiner Flasche an. Als er fertig war, sagte er: »Sind Sie eine von denen?«

Sie warf einen Blick zu dem zerbröckelnden Gemäuer hinüber. »Nein.«

»Sie stecken also nichts in Brand?«

Sie verzog das Gesicht.

»Ich auch nicht«, sagte er. »Da ist auch nicht mehr viel, was brennen würde. Trotzdem. Nichts ist reinigender als ein Feuer. Diese Bude hat den Himmel schwarz gefärbt, aber wissen Sie was? Alle fühlten sich hinterher rein.«

»War das so?«

»So war's, ich sag's Ihnen.«

Sie holte einen Zehner heraus und gab ihn dem Mann, und er bedankte sich, dass sie sich nicht schon früher verpisst hatte. Und obwohl sie wusste, dass er da saß und die Mauern für sie beobachtete, war ihr unbehaglich zumute, als sie den Pfad wieder hinunterging. Als würde der Blick von jemandem ihr zwischen den Schultern brennen, als hätte die Bitternis, die mit der Vergangenheit und dem Boden, auf dem sie gebaut gewesen war, verbunden war, sie gezeichnet. Es gab Orte, an denen die Stadt niemanden wollte.

VERSTECKTE MITTEILUNGEN

Es ist Dienstagmorgen, es ist brüllend heiß, und ich komme mit meinem Brief an dich nicht weiter. Ich schmelze. Neapolitanisches Blut hilft da nicht viel. Ich trage nur eine Gefängnis-Trainingshose und Socken in meiner Zelle und triefe. Ich hab's nicht leicht, was? Denke, das nächste Mal versuch ich keine Schwierigkeiten zu kriegen und guck mal, wie weit ich damit komme. Bis dahin muss ich mich mit dem hier abfinden.

Gefängnis ist scheiße. Gefängnis ist eine super Scheiße. Natürlich soll das so sein. Trotzdem ist Land in Sicht, wenn auch noch ewig weit weg. Jeden Tag stehe ich auf und muss damit klarkommen, dass ich nur einen Tag näher an meiner Entlassung bin. Die liegt ganz hinten im Januar, und der Januar scheint tausend Kilometer entfernt, wenn du keuchend mitten in einer Hitzewelle feststeckst. Das hier ist der absolut schlimmste Ort, an dem du sein kannst, wenn du nur an eins denken kannst, runter nach Fountainstown zu fahren und da in einer sanften Brise abzuhängen.

Zu allem andern kommt noch, dass es den Sommer über keine Schule gibt, was schon ziemlich ironisch ist, denn wenn ich zu Hause wäre, würde ich alles tun, um nicht wieder hinzumüssen. Komisch, was man alles vermisst. Ich überlege echt, damit wieder anzufangen, wenn ich hier durch bin. So hart kann's ja nicht sein. Es gibt massenweise Schulen in der Stadt. Nur, Barry wird ihnen stecken müssen, dass ich geflogen bin. Und damit komme ich keinesfalls durch.

Hab stattdessen während der letzten paar Wochen Tonnen von Büchern aus der Bibliothek ausgeliehen. Echt komisch, wie schnell man das Lesen satthat, wenn es alles ist, was du tun darfst. Ernsthaft, ich war unten, hab mir die Bücher angesehen und gedacht, mir würde nie wieder langweilig werden, aber nach ein paar Tagen hatte ich sie so was von über. Wenn Ironie eindeutig ist, ist sie eindeutig. Hab kaum was, was ich dir erzählen könnte. Alle Tage sind gleich. Nichts passiert. Wobei das noch das kleinste Übel ist, denke ich.

»Magst du das Gefängnis, Ryan?«

»Todlangweilig war's da drin.«

»Ist das nicht genau der Punkt? Die können kein Ferienlager für dich draus machen, oder? Du interessierst dich für Kunsthandwerk? Willst Ukulele lernen? Surfen? Elefantenpolo spielen? Komm auf den Boden der Tatsachen zurück, Junge. Das hier ist die Wirklichkeit. Am Ende kommst du raus, und dann kannst du surfen gehen. Bis dahin sei still und finde dich damit ab.«

Gott, es geht mit mir durch, oder? Echt, es gibt so wenig zu erzählen, dass ich einfach blöd rumquatsche. Bildung durch Lesen ist famos, aber nicht dazu da, um tolle Briefe nach Hause zu schreiben. Wie wär's, wenn ich mich drauf konzentriere, was ich tun werde, wenn ich rauskomme? Ernsthaft, hier ist mein Plan.

Ryan kommt aus dem Gefängnis. Begeistert taucht er in ein neues Leben ein. Und er bleibt dabei. Entschlossen, klüger und den ganzen Kopf voll mit Sachen, die er aus Büchern gelernt hat, findet er einen Fortbildungskurs, den er machen kann, einen Job und geht sogar mit Joseph auf die Straße, um Musik zu machen. Und irgendwann hat er für das, was er seiner Freundin angetan hat, Buße getan, und sie vergibt ihm. Sehr, sehr langsam, aber sie ringt sich schließlich dazu durch. Dann ist jeder Tag besser als der zuvor. Ryan kauft ihr Unmengen von Schuhen. Ja, er weiß, er hat gesagt, das würde er nie tun, aber er hat seine Meinung geändert. Es gibt einfach nicht genug Fußbekleidung für Karine D'Arcy. Zwölf Zentimeter hohe Stöckelschuhe, flache Slipper, Chucks, Stiefel, was immer sie will. Ihre Bude ist eine Schuhzentrale. Ihre Mam kommt nicht mal mehr durch die Tür wegen all der Schuhe. »Mädchen, dein Freund muss stinkreich sein, wenn er dir all diese Schuhe kauft«, sagt sie. Und du: »Yeah, ist er, er hat sich aufgerafft, der ist jetzt absolut in Ordnung.« Das Nächste, was Ryan passiert, ist, dass Jackie D'Arcy ihn zum Abendessen einlädt und ihm sagt, was für ein toller Schwiegersohn er ist, mit einem tollen Schuhgeschmack. Tut mir gut, der kleine Traum.

Cian ist das letzte Mal mit Dad gekommen und hat erzählt, einer von den McDaids von nebenan ist letzten Monat ausgewandert, nach Australien. Also das ist was, da würde ich auch gerne mal hin. Hat er Melbourne gesagt? Adelaide? Karine, ich weiß es nicht mehr, aber lass uns das aufschreiben, als mögliche Ziele. Allein die Giftspinnen sind es wert. In Australien gibt es mehr Dinge, die dich umbringen können, als sonst wo auf dieser Welt. Hab ich aus einem Dokumentarfilm, der vor ein paar Tagen im Fernsehen lief, aber das macht mir keine Angst.

Wahrscheinlich hätte ich das mit den Giftspinnen jetzt nicht sagen sollen, oder? Jetzt kommst du wahrscheinlich nicht mit. Vergiss die Giftspinnen. Sonne, Meer, Sand und Surfen. Kann gar nicht sein, dass wir es da nicht mögen. Die suchen auch immer Krankenschwestern, vielleicht sollten wir also los, wenn du mit der Ausbildung fertig bist. Bis dahin reicht mir auch Fountainstown.

Rate mal, wer mir einen Brief geschrieben hat? Die Oberirre höchstpersönlich, Tara Duane. Ich weiß. Es ist Wahnsinn. Die Frau ist komplett neben der Spur. Wie sie darauf kommt, dass ich von ihr hören will, ist mir ein Rätsel. Mir wurde ganz anders, als ich den Brief las. Die lebt in einer kompletten Fantasiewelt. Es gibt da so Gerüchte. Also, ich hab gehört, sie hat Con Harringtons Frau erzählt, sie hätte eine Affäre mit ihm, dabei ist der arme Con nie auch nur in ihre Nähe gekommen. Es ist schon krank, was sich manche Leute einfallen lassen. Der Frau ist absolut nicht zu trauen, und ich will keine Briefe von ihr, auf gar keinen Fall. Ich will mit der Alten nichts zu tun haben.

Gestern ist er angekommen. Ich habe ihn vor dem Wachmann aufgemacht, weil du deine Briefe immer vor irgendeinem Wachmann aufmachst, und er sagte, mein Gesicht hätte Milch sauer werden lassen können. Krass, ehrlich. Ich war den ganzen Morgen unruhig, weil ich auf die Post warte, und dann kommt da dieser Brief von der durchgeknallten Alten. Da war die Vorfreude in Sekunden weg. Ich meine, da fragst du dich doch, ob sie denkt, ich verschwende einen meiner Briefe, um ihr zu antworten? Eindeutig nein.

Zu sagen hatte sie auch nichts. Es ist sehr ruhig in der Siedlung, meinem Dad geht's gut, meinen Brüdern und Schwestern geht's gut, und sie ist sicher, dass sie mich alle vermissen. Echt wahr, Sherlock? Danke für die Info. Allmächtiger, ich meine … Ich weiß, mir ist langweilig, aber so verzweifelt bin ich dann auch wieder nicht. Die blöde Schlampe deutete auch noch an, ich sollte ihren Namen auf die Besucherliste setzen, dann käme sie, um mich zu sehen. So was von bescheuert! Bescheuerter geht's echt nicht.

Die Sache ist, ich weiß, es ist nicht leicht für dich, herzukommen und mich zu besuchen, aber dein Name steht auf der Liste. Klar, ich klammere mich da an Strohhalme. Ich kann mir nicht vorstellen, dass deine Mam und dein Dad froh darüber wären, und ich weiß, ich habe dich echt enttäuscht, als ich getan habe, was ich getan habe, und hier gelandet bin. Ich hätte nie gedacht, dass du mir schreiben würdest. Ich dachte, du wärst total sauer. Aber du bist einfach noch umwerfender, als ich geglaubt hatte. Du musst wirklich nicht so nett sein, wie du es bist. Immer, wenn ich drüber nachdenke, schäme ich mich. Ich kann nur sagen, dass ich jemanden wie dich nicht verdiene. Das ist die traurige Wahrheit, oder? So, wie ich dich enttäuscht habe. Obwohl nicht bei dir zu sein das Schlimmste war, was ich mir vorstellen konnte, habe ich es geschehen lassen. Wenn ich wieder rauskomme, mache ich alles wieder gut.

Ich könnte hundert Mal hier landen, und wenn du jedes Mal auch nur einen Brief von mir lesen würdest, wäre ich ein glücklicher Mensch.

Das wäre es für heute, würde ich sagen. Ich weiß nie, wie man so was beendet. Nur mit dem Satz, dass ich dich liebe, nehme ich an. Verstehst du? Es gibt nichts auf der ganzen Welt, was wahrer wäre.

Tja, das ist ein ziemlich schnulziger Schluss.

Ich verabschiede mich.

Bis Januar.

Ryan

ZÜNDELND

16

TONY BEKAM DEN ANRUF im denkbar ungünstigsten Augenblick. Er hatte gerade sein zweites Bier halb leer, mit Catherine Barretts Hand halb hoch auf seinem Schenkel, nachdem sie ihm vor vielleicht zehn Minuten freundschaftlich ins Knie gekniffen hatte.

Er stand nicht auf, um zu antworten. »Hallo?« Den Blick auf seine Eroberung gerichtet, die ihn zutraulich angrinste, ja, fast einladend. Sie war verheiratet, aber mit ihrem Kerl zerstritten, der seit vier Monaten aus England, aus dem Hinterhalt, auf sie schoss. Sie hatte kurzes, dunkles Haar, lachende Augen und einen großen, breiten Mund, wie eine Handpuppe. Sie war nicht unbedingt eine Schönheit, aber sie hatte eine Schwäche für Tony, und er hatte gelernt, mit weit weniger auszukommen.

»Spreche ich mit Tony Cusack?«

»Das tun Sie.«

»Hallo, Mr Cusack, hier spricht Michael Tyrann.«

Es war der Governor. Der verdammte Governor, dessen Stimme Tony sofort alle Kraft nahm. Er war immer schon unbeholfen im Umgang mit Autoritätspersonen gewesen, selbst wenn sie ihm nicht vorgesetzt waren.

»Der Wagen ist kaputt, deshalb kann ich nicht hinfahren«, sagte er, und Catherine Barrett wandte sich wieder ihrem Glas Bier zu, mit der behutsamen Anmut einer verschmähten Hochstaplerin. »Aber ich könnte meine Schwester schicken. Meine Schwester wohnt in Dublin. Sie könnte ihn abholen.«

»Normalerweise würden wir ihm nur seine Zugfahrkarte geben«, sagte der Governor, »aber da er noch nicht achtzehn ist, wäre es mir lieber, wenn er abgeholt wird. Wenn Ihre Schwester Zeit hat, wäre das gut.«

»Ja, natürlich. Ich sage ihr, dass sie ihn abholen soll.« Er machte eine Pause. »Ich dachte, es wäre noch eine Woche hin.«

Er hatte sich verrechnet, oder die da oben hatten die Termine durcheinandergebracht. Das kam vor. Tony verwirrte das alles, aber darauf legten sie es ja auch an, oder? Sie waren darauf abgerichtet, dich zum Affen zu machen. Während der letzten neun Monate hatte er Ryan besucht, hatte geschrieben und Anrufe erhalten, die aufgezeichnet und oft, ob mit Absicht oder durch ihre lausige Technik, lächerlich kurz gehalten wurden. Jedes Mal, wenn diese Leute ihm ein Gespräch mit Ryan vermittelten, sorgten sie dafür, dass er sich wie ein Scheißer vorkam.

Die Besuche waren am schlimmsten. Es war, als ginge er wieder zur Schule. Die gleiche ungeduldige Freundlichkeit, die gleiche heiße Masse hinten auf seiner Zunge.

Für den zweiten Anruf verließ er den Raucherbereich und ignorierte die Frau, mit der er womöglich einen hässlichen, aber essenziellen Ritt genossen hätte.

»Fiona? Wirst du mir je einen Gefallen tun, Mädchen?«

»Jesus, was will er jetzt?«

»Kannst du jemanden zum Bahnhof bringen?«

Januar, und seine Lunge war voller Nebel und Ruß. Der Januar war im besten Fall ein Drecksmonat, der eiskalten Regen auf die Leute runterpisste, die sowieso schon nass bis auf die Knochen waren. Nach dem Weihnachtsboom war plötzlich Platz in den Läden, in den Pubs war es kalt, und der Feiertagsjubel war längst zum Kamin raus.

Dieser Januar roch nach Rache. Tonys Weihnachtsfest war angesichts seines Rückfalls in den Alkoholismus und der Tatsache, dass sein Ältester nicht da war, verhalten ausgefallen, und dann war er auch noch krank geworden und hatte für eine Woche ins Bett gemusst. Es war der Horror, und er hatte seine Mutter anflehen müssen, ihm ein paar kleine Schnapsflaschen zu kaufen, er deliriere schon, sei so krank und schwach, er klagte über sein Scheitern, bis sie wütend nachgab. Dann rollte er sich unter seiner Decke zusammen, fühlte sich klamm und trank.

Er verdiente es, oh, das wusste er nur zu gut. Er hatte eine schwangere Frau verpfiffen, einen Mann sterben sehen, wieder angefangen zu saufen und seinen Sohn im Stich gelassen.

Hin und wieder gönnte sich J.P. einen Erholungsausflug in der Siedlung, beobachtete ihn oder Tara Duane oder keinen von beiden, Tony wusste es nicht. Seine Kinder kamen aus der Schule und achteten nicht weiter auf den Volvo, und sie waren im Haus, wenn J.P. für unangemeldete Vieraugengespräche hereinplatzte. Selbst am ersten Weihnachtstag war er aufgetaucht, mit einer Flasche Jameson, schön verpackt, aber nur halb voll.

Tony zeigte seinen Wanst und hoffte, das wäre zu viel für den Stolz seines Besuchers. Dass er wieder soff, quälte ihn. Nachts, zwischen halluzinierten Gewehrschüssen in einer Betonbucht und seinem nächsten Albtraum, erinnerte er sich an J. P.s Spott über Väter mit weichen Knien, und die Scham brannte sich durch seine Kehle und ließ ihn in Schweiß ausbrechen. Er spürte deutlich seine Charakterlücken und weinte allein in seine Kissen.

Er hatte seinen Sohn im Stich gelassen, aber der war von der nachsichtigen Sorte, und Tony tat es fürchterlich leid. Wobei die Gründe dafür einer Überprüfung standgehalten hatten. Der Junge hatte zweifellos gedacht, alles im Griff zu haben, aber in Jimmy Phelans Gesichtsfeld zu treten – und das wäre er, hätte die Richterin ihn mit einem blauen Auge davonkommen lassen – war eine lebensverändernde Erfahrung, wie Tony nur zu gut wusste. Trotzdem. Siebzehn war kein Alter, in dem man eingesperrt werden sollte. Tonys Familie hatte durchblicken lassen, dass er es verdiente. Ein Strolch blieb ein Strolch, ob er nun zu dir gehörte oder nicht.

Bei seinen Besuchen war der Junge wortkarg, fast schon stumm geblieben, doch das war kein Wunder, wo der Besuchsraum doch voller Leute war. Brüllende Mammys und junge Burschen, die »Hä?« ins Telefon schrien. Wer konnte sich in so einer Umgebung schon unterhalten? Ryan war immer eher der leise Typ gewesen.

Tony rauchte schnell eine Kippe, unter dem Vordach, an dem der Wind zerrte, und ging zurück in den Pub.

Catherine Barrett schrieb gerade etwas in ihr Telefon. Als sie ihn zurückkommen sah, lächelte sie, und ihr Mund teilte ihr Gesicht in zwei Hälften.

»Ich dachte, du wärst weg und hättest mich hier sitzen lassen«, krächzte sie.

Er sah den Plan in ihren funkelnden Augen. Sie würden austrinken und noch ein paar mehr trinken, sie würde scharf werden, und dann würden sie zu ihr nach Hause gehen und auf ihrem Wohnzimmersofa einen tristen Fick hinlegen, vorausgesetzt, er bekam einen hoch und sie kotzte nicht über die Lehne auf den Boden.

In einer halben Stunde war Mittag. Die Frau hinter der Theke machte noch sauber und räumte die Reste vom vergangenen Abend weg, der sich auch in der narkoleptischen Anwesenheit ihrer ersten Kunden manifestierte: Da hockten Tony, Catherine Barrett und Seamie O'Driscoll mit seiner krummen Knollennase, dazu ein paar rotgesichtige alte Burschen mit strohfarbenem Schaum auf dem Bier und eine verschrumpelte Alte, deren Namen Tony nie erfahren hatte. Sie saß mit einem Glas Crème de Menthe am Ende der Theke. Tony gab sich seit seinem Rückfall Mühe mit der Verkleidung: Er war frisch rasiert, parfümiert und so gut gebügelt, dass Catherine Barrett kurz davor stand, ihren Schlüpfer auszuziehen. Mit ihren langen Korallennägeln und der verschnörkelten Halskette bot sie ein angemessenes Gegengewicht zu seinem Aufzug. Er war ein Morgentrinker, aber von einer anderen Sorte als die hier Anwesenden. Er hätte auch unterwegs zu einer Hochzeit oder einem Meeting sein können.

Er trank sein Glas aus, und Catherine Barrett sah ihn mit grimmigem Entsetzen an.

»Ich muss gehen, Kitty Cat«, sagte er. Sie versuchte einen Zeichentrick-Schmollmund hinzukriegen und meinte dann: »Ach, Tony. Wir hatten es doch gerade so richtig nett.«

»Ein andermal.« Er überlegte, ob er noch ein *Ist-was-dazwischengekommen* dazugeben sollte, aber das hätte ihm zu zweideutig geklungen.

Tony kam mit einer Lage Dosenbier und einer Tüte Müll nach Hause – Chips, Schokolade und Kippen. Was sonst brauchte ein junger Bursche? Nichts, klar. Er war mit so einer staatlich erzwungenen Eile hier weg, dass er nicht mal mehr eine Tasche hatte packen können, was seinem Vater mit einem Schlag klar geworden war, als er nach der Verhandlung nach Hause gekommen war. Nach dem ersten Wochenende war er mit ein paar Sachen, die der Junge bei sich haben durfte, nach Dublin gefahren. Der Schock hatte Ryan noch fest im Griff gehabt. So war es praktisch die ganzen neun Monate über geblieben, soweit Tony das sagen konnte. Er hatte darauf gesetzt. Als er dem Dämon wieder verfallen war, hatte er Angst, Ryan könnte es ihm bei seinen Besuchen ansehen.

Später würden sie reden, wenn es dem Jungen denn noch wichtig war. Tony hoffte allerdings, das umgehen zu können, indem er ein paar Bier mit ihm trank und so den Ärger zwischen ihnen wegspülte.

Er öffnete eine Dose, während er das Haus putzte.

Die Schlafzimmer, das Bad, den Flur. Er säuberte den Kühlschrank und schaffte Platz für das Bier. Er holte den Laptop aus Kellys Zimmer und legte ihn auf Ryans Bett. Er saugte die Treppe und trank eine zweite Dose Bier, während er seine Mutter anrief. Sie wusste bereits von Fiona, dass der Junge entlassen worden war. Eine SMS bestätigte, dass Fiona Ryan vom Gefängnis abgeholt hatte und mit ihm etwas essen ging, bevor sie ihn zum Zug brachte. Und das war's: Vorbei waren die neun

Monate, wie im Flug vergangen, mit allem, was während der Zeit passiert war.

Er schrieb zurück: *Ist er okay?*

Fionas Antwort: *Keine Probleme. Alles, was er will, ist ein Big Mac.*

Tony war genau wie die Wohnung in bester Verfassung, als Ronan, Niamh und Cathal aus der Schule kamen, und sogar in noch besserer Form, als Cian und Kelly eine Stunde später hereintrotteten, trotz ihrer Reaktionen. Er traf sie unten im Flur. Kelly ließ ihre Tasche neben die Tür fallen und starrte ihn an, wie er aufgekratzt in der Küchentür stand, eine dritte Dose in der Hand, zur Feier des Tages.

»Euer Bruder ist auf dem Weg zurück nach Hause.«

Sie schob die Lippe vor und sagte: »Ich bin sicher, er will dich unbedingt sehen.«

»Kannst du nicht ein Mal normal sein, Kelly?«

Cian wartete, bis seine Schwester davongestakst war, und jubelte: »Das ist der Hammer!«

»Das ist es, oder?«

Cian überlegte. »Das ging alles so schnell.«

»Frag deinen Bruder, ich bin sicher, für ihn nicht.«

Pläne mussten gemacht werden. Essen: Es hatte leise Beschwerden über Kartoffeln und billige Koteletts gegeben, also nichts mehr von diesem Fraß. Sollte er den Jungen rüber zu seinen Großeltern bringen? Vielleicht morgen. Sie würden sicher wieder was zu meckern haben, aber er konnte womöglich zwanzig Pfund einsacken, womit er wenigstens sein Telefon aufladen konnte. Vielleicht wäre es eine gute Idee gewesen, eine Liste mit Schulen zusammenzustellen, die ihn nehmen könnten, falls er seinen Abschluss nachmachen wollte. Was noch, was noch? Er wusste es nicht. Das Bier ging gut runter.

Der Zug sollte um 17.30 Uhr eintreffen. Er zog seinen Mantel an und stand im Flur. Hatte Ryan einen Mantel? Hatte er vor Gericht einen getragen? Komisch, wie sich Erinnerungen, von denen du schwören konntest, dass sie sich dir auf ewig einbrennen, in nichts auflösen, wenn du sie einmal brauchst. Er sah die Richterin noch vor sich, und wie furchtbar sachlich sie gewesen war, den Anwalt, tiefrot war er angelaufen, weil er es so verschissen hatte. Und Ryan, mit Augen, groß wie Suppenteller, als er *»Dad …«* sagte, aber was er angehabt hatte, daran konnte sich sein Vater nicht erinnern.

Was hatte Maria angehabt, als sie geschworen hatte, die Kinder mit sich zu nehmen? Das waren Einzelheiten, an die er sich nicht erinnern wollte, weil sie keinen praktischen Zweck hatten. Aber da war sie, mit ihm hier im Flur, und drohte damit, die Meute aufzuwecken und ihn allein im Haus zurückzulassen. Sie ging zur Treppe, er hielt sie fest. Sie trat ihm vors Schienbein, er versuchte ihren Fuß zu packen, bekam sie aber erst oben vor der Schlafzimmertür zu fassen, als sie den kleinen, pummeligen Ronan holen wollte. Er schlug sie, packte sie an den Handgelenken, und sie schrie vor Wut. Schwarze Jeans, ein schmales, graues Nike-T-Shirt, schmutzige, abgetragene elfenbeinfarbene Ballerinas, das Haar zerzaust, die Hitze, die Wut.

Er kam wieder zu sich und schüttelte den Kopf wie ein Schwimmer, der Wasser im Ohr hatte.

Er wühlte sich durch die Mäntel unter der Treppe, fand Ryans Kapuzenjacke und steckte sie unter die eigene. So aufgebläht verließ er das Haus und jagte Tara Duane, die gleichzeitig mit ihm aus ihrer Haustür trat, einen Schrecken ein.

»Tony!«

Er biss die Zähne zusammen und ging die Einfahrt hinunter, aber sie lief zum Tor vor und stellte sich ihm in den Weg.

»Tony, bitte warte.«

Er wollte an ihr vorbei, doch sie plapperte einfach drauflos: »Ich weiß, wir haben seit Monaten nicht miteinander geredet, Tony, aber jetzt, wo sich alle Unannehmlichkeiten gelegt haben, dachte ich, wir könnten ein paar Brücken schlagen.«

Er blieb stehen. »Was hat sich gelegt?«, fauchte er. »Deine verdammte Pädophilie?«

»Himmel, das ist so was von beleidigend. Ich habe versucht, *nett* zu Ryan zu sein, wie zu allen deinen Kindern, weil wir Nachbarn sind. Was ist los mit dir, dass du immer alles so verdrehen musst?«

»Lass mich in Frieden, Tara.«

»Du hast mein Fenster eingeschlagen, du hast mich terrorisiert. Du hast mich vor der ganzen Straße in Verlegenheit gebracht, bloß weil ich dich freundlicherweise über Ryans Annäherungsversuche informiert habe. Und jetzt versuche ich Frieden zu schließen. Kannst du nicht einmal das anerkennen?«

»Du redest Müll, und ich hoffe, du erstickst dran«, sagte er. »Keine Unannehmlichkeit *hat sich gelegt*. Wenn du glaubst, ich werde vergessen, was du diesem Mädchen erzählt hast …«

Er drängte an ihr vorbei, und sie hob die Arme und folgte ihm.

»Welchem Mädchen, Tony?«

»Du weißt schon«, sagte er. »Der schwangeren Frau. Der, die du mit dem dünnen Versprechen hergeschickt hast, Tony Cusack würde wissen, wo ihr Freund steckt. Die in mein Haus kam und mir vor meinen verdammten Kindern vorgeworfen hat, ich hätte den Wichser umgebracht!«

»Damit hatte ich nichts zu tun, Tony, ich schwöre es.«

»Wenn du nichts damit zu tun hattest, Tara, warum war sie dann so sicher, dass du es ihr erzählt hattest? Woher hatte sie deinen Namen? Hatte sie ihn sich aus dem Arsch gezogen? Da muss sie dann auch wohl den von meinem Sohn gefunden haben, als sie ein bisschen Gras kaufen wollte, stimmt doch, oder?«

»Das nehme ich ihr übel. Ich habe Georgie, die ich seit *Jahren* kenne, nur gesagt, dass du ihren Freund vielleicht gesehen hast, bevor er verschwunden ist. Er war ein Trinker.«

»Was soll das jetzt wieder heißen?«

»Du weißt schon«, sagte sie und senkte die Stimme, »so wie du.«

»Der Tag«, sagte er, »an dem ich von dir Tipps für meinen Lebenswandel annehme …« Er schüttelte den Kopf und grub die Fingernägel in seine Hände. »Bleib mir vom Leib, Tara Duane. Ich weiß nicht, was du der Ärmsten getan oder gesagt hast, ich halte mich jedenfalls an das, was J. P. mir erzählt. Der kann sich um dich kümmern.«

»Wie kommt es, dass du so eng mit J. P. bist?«, fragte sie.

»Das geht dich einen feuchten Dreck an.«

»Wenn du nichts zu verbergen hättest, würdest du ihn ja kaum da mit reinziehen, oder? Ich habe Georgie erzählt, dass du ihren Freund kanntest, und schon steht Jimmy Phelan vor meiner Tür und will ihre Adresse. Warum ist das so, Tony?«

Er atmete aus.

Scheiße, dachte er. *Verdammte, verfickte Scheiße.*

Der Therapeut im Solidarity House hatte in einem Moment seltener Offenheit gesagt, das Problem mit einem stabilen, wenn auch niedrigen Alkoholpegel sei, dass es dich dumm wie 'n Stück Brot macht. Wenn J. P. mit Tara Duane so verfahren war, wie er angekündigt hatte, bedeutete das, er hatte der Schlampe erklärt, Tony Cusacks Namen in einem Gespräch mit der Ex-Freundin des Toten fallen zu lassen, sei nicht ratsam. Dadurch gab es jetzt eine echte Verbindung zwischen Tony und dem Toten, und zwar in Stein gemeißelt, da J. P. darauf bestand, dass Tara Duane die Finger von der Sache ließ. Dass Tony das nicht gleich kapiert hatte, konnte allein an seinem Dämon liegen. Tataah! Morgens ein paar Dosen und dann drei am Nachmittag machten ihn dumm wie ein verdammtes Stück Brot.

Genau wie an dem Tag, an dem sein Erstgeborener aus dem Jugendknast freikam, an jenen Abend zu denken, als die trunkene Halsstarrigkeit seiner Frau ihr den Garaus gemacht hatte. Oder sich überhaupt mit Phelan einzulassen, mit dem er als Kind rumgelaufen war, Scheiße noch mal, und der ihn als Erwachsener in einen Mord nach dem anderen reinzog. Jesus Christus, war Tony Cusack nicht mehr als ein Erwachsener mit dem Verstand eines Zwölfjährigen?

Er mühte sich, bedrohlich zu wirken, doch seine Stimme war nur mehr ein Krächzen.

»Du musst aufhören zu reden, Tara.«

»Verstehe. Der zwielichtige Schläger denkt, ich bin nicht gut genug, um mich mit ihm zu verbünden.«

»Fick dich.« Oh, wie er sich wünschte, das nicht gesagt zu haben. Wie mochte es gewesen sein, als sie sich vor seinem Jungen auszog und ihn bearbeitete, bis er so weit war, dass sie ihn zwischen ihre knochigen Schenkel nehmen konnte? Er stieß beide Ellbogen nach hinten, um die Schlampe eventuell zu treffen, aber das tat er nicht.

»Da habe ich wohl einen Nerv getroffen«, wunderte sie sich. »Schimpf Tony Cusack, was du willst, aber keinen Schläger, selbst wenn sich die Hinweise dafür häufen. Selbst wenn er Jimmy Phelan hinterherläuft.«

Sie packte seinen Arm und zog daran, und er wirbelte herum, die Faust erhoben und bereit und so nahe daran, dass er spürte, wie die Luft zwischen ihr und Tara Duanes Kopf dichter wurde.

»Oder zu ihm rennt«, keuchte sie, »um ihn mir auf den Hals zu hetzen! Vielleicht weil Georgie, als sie hier aufgetaucht ist, gesagt hat, Robbie wär tot? Ist er tot? Das ist es doch, oder, Tony? Robbie O'Donovan ist tot. Keine Sorge, ich sag's niemandem. Warum sollte ich dich da reinziehen, an dem Tag, wo Ryan aus dem Gefängnis nach Hause kommt?«

»Sprich, verdammt noch mal, nicht von meinem Sohn!«

»Kelly hat gerade Melinda geschrieben, dass er nach Hause kommt. Deshalb dachte ich, es wäre der richtige Zeitpunkt, Frieden zu schließen.«

»Lass ihn in Ruhe.«

»Komisch, du bringst jemanden um, und er wandert in den Knast.«

Sie ließ seinen Arm los und schlug die Hände vors Gesicht. Unter den Haarsträhnen, unter ihren Fingern, aus ihrem tiefsten Inneren ließ sie ein gurgelndes Geräusch ertönen, das ein Lachen oder ein Weinen sein konnte, oder irgendein irrwitziger Gesang. Tony sprang zurück, und sie kam wieder zu sich, lächelte und sagte: »Kein Sorge, Tony. J.P. hat mich gebeten, das Mädchen zu finden. Siehst du, ich bin so eng mit J.P. wie du. Wir sind im selben Team, Herrgott noch mal.«

Was erwartete er? Dass er keinen Drink brauchte?

Er traf um zwanzig nach ein und verschwand sofort im Pub gegenüber von Kent Station, um sich ein Guinness, medizinisch, ehrbar, und einen kleinen Jameson zu gönnen.

Er setzte sich ans Fenster, und als sich die Ströme in und aus dem Bahnhof angeglichen hatten, bat er den Mann hinter der Theke, ein Auge auf sein Bier zu haben, und eilte über die Straße.

Es hatte in den neun Monaten nur einmal die Gelegenheit gegeben, seinen Sohn in den Arm zu nehmen, und diese war mit zaghafter Unbeholfenheit verstrichen, der Junge wortkarg, vielleicht weil der Wärter so genau zuhörte und zusah, vielleicht auch, weil er in den langen Stunden des Eingeschlossenseins entschieden hatte, zur Abwechslung an seinem Groll festzuhalten.

Das war nun schon eine Weile her, und es gab keine Garantie, dass es jetzt zu einer Annäherung kam, ob unbeholfen oder sonst wie, mit allem, was zwischen ihnen vorgefallen war, dem Im-Stich-gelassen-Werden im Gerichtssaal, der Trinkerei und dem Umstand, dass er hinter Tonys Rücken wohl ziemlich gewachsen war …

Er stand an der Eingangstür, die Tasche neben sich auf dem Boden, und trug die Sachen, die er in der Verhandlung angehabt hatte. Tony sah ihn vor sich, den Gerichtssaal, das polierte Holz der Bank, das er gepackt hielt, als die Richterin ihn aufforderte zu reden, das schwarz-weiß karierte Hemd … Komisch, wie man Sachen vergisst, selbst so etwas, selbst wenn es um dein eigenes Kind geht.

Ryan versuchte zu lächeln, als er seinen Vater sah, das musste gerechterweise gesagt werden.

Tony zog die Kapuzenjacke unter seinem Mantel hervor und hielt sie ihm hin.

»Danke, Dad.«

»Keine Ursache. Wie geht es dir, Junge?«

Ein Achselzucken.

»Wie war die …«, begann Tony und brach gleich wieder ab. Das war der Whiskey. Er hatte einen Kloß in der Kehle, streckte die Arme aus und zog seinen Sohn an sich, umfasste seinen Nacken, drückte das Gesicht in seine Schulter und hielt ihn, bis er spürte, wie er ausatmete, bis sich die Steifheit in seinem Rücken und seinen Armen löste und in eine kurze, wunderbare Amnestie mündete.

Dann hielt er Ryan auf Armeslänge, knirschte mit den Zähnen und sagte: »Du bist wieder gewachsen, ich schwör's.«

Der Junge lächelte, bitter, geschlagen. Er blickte über die Schulter seines Vaters hinweg. »Du hast getrunken.«

»Nur einen Tropfen. Nur, weil du wieder da bist. Zur Feier des Tages. Drüben im Pub wartet ein Bier auf mich. Komm mit. Ich spendiere dir eins. Ich wette, du bist ganz verrückt danach, stimmt's?«

»Aber du sollst doch nicht trinken. Dachte ich.«

Tony ging neben seinem Sohn, nahm dessen Schritttempo auf, einen Arm um seine Schultern gelegt. Er sagte: »Es ist jetzt alles unter Kontrolle. Kein Unterschied mehr zwischen mir und allen anderen«, und sie gingen gemeinsam auf den Pub zu, in Richtung von Tonys Bier, für ein Zwischenspiel, ohne einen Gedanken an J.P. zu verschwenden und schon gar nicht an Tara Duane, das schwor sich Tony. Nicht, solange diese Harmonie andauerte.

HEIMKEHR

Am ersten Abend, als ich wieder zu Hause bin, will Joseph mich in seine Wohnung holen, und ich bin sehr dafür, weil mein Dad leicht betrunken ist, und es ist komisch, ihn so zu sehen, nachdem er so lange trocken war. Wobei, wenn ich ehrlich bin, habe ich auch eine leichte Schlagseite. Zwei Bier, und meine Knie wackeln wie die Shaky Bridge. Wir ziehen los, während mein Dad im bläulichen Schimmer des Fernsehers ein Nickerchen macht, und biegen unten in Karines Straße ein, um sie abzuholen.

Ich steige aus dem Auto, als ich sie kommen sehe.

Neun Monate. Seit ich sie verlassen habe, ist sie noch schöner geworden. Sie geht jetzt aufs College, vielleicht ist es das. Sie ist achtzehn. Sie ist erwachsen. Ich weiß nicht, sie ist einfach unglaublich, und ich fühle mich seltsam schüchtern, es ist, als müssten wir noch mal von vorne anfangen, weil ich mir ihr gegenüber wie ein Fremder vorkomme.

»Hey, Mädchen.«

Sie läuft in mich hinein, schlingt die Arme um mich und drückt den Kopf gegen meine Schulter. Ich fahre mit den Händen um ihre Taille und beuge mich genug vor, um mein Gesicht in ihrem Hals zu vergraben. Nach ein paar Minuten lehnt sie sich etwas zurück, sieht mich an und legt jeweils eine seidenweiche Hand links und rechts auf mein Gesicht. Ich küsse sie, und sie öffnet den Mund, und ich bin so erleichtert, dass ich losheulen könnte.

»Du kannst jetzt wieder atmen«, flüstert sie.

Wir fahren zu Joseph. Er hat sich gerade erst von seiner Freundin getrennt, deshalb ist das Haus ziemlich leer. Er hat ein bisschen Gras und eine Box Corona im Kühlschrank. Ich sitze auf dem Sofa, Karine neben mir mit den Beinen über meinen, und wir hören ihm zu, wie er von seiner neuen Band schwafelt und wie es meiner Patentochter geht, was es alles im Fernsehen gab, welche neuen Alben rausgekommen sind und immer so weiter und so weiter und so weiter, eigentlich sollte man denken, ich würde mich zu Tode langweilen, aber das stimmt nicht. Verbring du mal neun Monate im Knast, wenn du rauskommst, bist du völlig ausgehungert und sehnst dich geradezu nach deinen Kumpeln und ihrem Gequatsche.

Nach deiner Freundin.

Der Sache nähern wir uns langsam an, und ich weiß nicht, was ich tun soll.

Am Ende sagt Joseph verhalten, dass er sich jetzt hinhaut, und wenn wir bleiben wollen, kein Problem, im zweiten Schlafzimmer oben ist eine Decke auf dem Bett.

Ich bin wieder ganz schüchtern. Wir sitzen noch eine Viertelstunde da, nachdem Joseph im Bett ist, reden, und dann sage ich: »Willst du hierbleiben?«, und sie zuckt mit den Schultern und ist auch irgendwie gehemmt. Also nehme ich ihre Hand und bringe sie hoch ins zweite Schlafzimmer, und wir setzen uns aufs Bett.

Es gibt hier oben nichts, was die Stimmung heben könnte. Da ist nur die Deckenlampe und der matte Lichtschimmer der Stadt hinter dem Vorhang. Ich rutsche zu ihr hin, bis sie sich nach hinten fallen lässt, und sie fasst meinen Hals und zieht mich mit sich. Die Glühbirne über uns hat etwa tausend Watt, und das Zimmer ist praktisch leer. Es ist fast wie in einer Zelle, würde ich sagen.

Aber schließlich tun wir es. Es dauert ewig, weil wir beide irgendwie warten, was der andere macht. Ich will nur tun, was sie von mir zu wollen scheint, und sie ist sehr ruhig und zaghaft. Wir brauchen mehrere Anläufe, um uns auszuziehen, und ich habe die Jeans noch an, als wir unter die Decke schlüpfen. Die ganze Zeit denke ich, gleich sagt sie: Halt, sie will das jetzt nicht, wo ich doch im Gefängnis gesessen habe. Ich habe so große Angst, dass ich an ihr herumfummle, als würde ich versuchen, ein Haar aus einer Suppe zu ziehen.

Es ist alles total strange. Es ist wahrscheinlich der schlimmste

Fick, den wir je hatten, weil wir beide so einen Schiss haben, aber gleichzeitig ist es das beste Gefühl der Welt, besser noch als beim ersten Mal. Trotz der kompletten Unbeholfenheit ist sie so nass, dass ich gleich reinrutsche und fast sofort komme. Es ist eine Mischung aus einem Neun-Monats-Ständer und einer unendlichen, überwältigenden Erleichterung. Ihr macht es nichts.

Als ich erst einmal gekommen bin, wird es gleich besser. Als wäre da eine Last abgefallen. Sie kuschelt sich an mich und fragt nicht nach einem Taschentuch, einem T-Shirt oder sonst was. Ich gewöhne mich an die Luft in meiner Lunge, und sie redet, bis ich so weit bin, es noch mal zu machen.

17

DAN KANE HÄTTE IHN GENAUSO GUT auf den Schultern aus dem Gefängnis tragen können. Am Tag nachdem er nach Hause gekommen war, hatte Ryan ihn kontaktiert, er war richtig nervös, echt, weil der Mann ja vielleicht dachte, er sei verseucht oder so, wer weiß? Aber Dan freute sich noch mehr, ihn zu sehen, als sein Vater, und das bedeutete schon was. Es war schön, so willkommen geheißen zu werden. Es war der absolute Wahnsinn, wenn Ryan ehrlich war.

An seinem zweiten Abend in Freiheit lud Dan ihn zum Essen ein. Es schien eine ziemlich förmliche Geste, die Idee als solche war eher abtörnend, aber als sie erst einmal dort waren, lief es super. Dan hatte ein Bistro mit großen, lauten Tischen ausgesucht, in dem sie beide absolut nicht aus dem Rahmen fielen. Ryan trug ein T-Shirt und eine neue Jeans. Er war gewachsen, nur zwei, drei Zentimeter, aber doch genug, um in seinen alten Hosen Hochwasser zu haben. Es war schon komisch: Er hätte schwören können, geschrumpft zu sein, runtergedrückt auf die Hälfte der Höhe, die er hätte haben sollen, ein Homunkulus, zu dem er sich selbst gemacht hatte.

Dan sagte: »Bestell dir, was du willst, Junge. Und so viel du willst.«

Ryan grinste, und Dan sagte: »Ich meine es ernst. Du hast neun Monate für mich gesessen, kleiner Mann.«

»Was sonst hätte ich tun sollen?«

»Eine Menge Sachen hättest du tun können und hast es nicht. Du bist ein verdammter Löwe, wusstest du das? Trinkst du Rotwein? Ich bestelle eine Flasche. Nimm ein Steak. Himmel noch mal.«

Ryan bestellte eine Lasagne, durch die er sich hindurchfräste wie eine Kettensäge durch Essstäbchen. Seit er aus St. Pat's raus war, hatte er einen Bärenhunger. Fiona hatte ihm sofort einen Big Mac und ein Milkshake gekauft, wonach er sich eine Woche lang gesehnt hatte. Zu Hause dann hatte er ein paar Bier mit seinem Vater getrunken, was ihm etwas zusetzte, dann hatte er drei Tayto-Sandwiches und ein Glas Pesto verputzt, das Ganze mit einer Cola heruntergespült und beinahe aus der Hintertür gekotzt. Im Gefängnis hatte er ständig Kohldampf geschoben. Er aß, was ihm gegeben wurde, genug war es nie. Er hatte gedacht, an die Freiheit, hemmungslos reinzuhauen, müsste er sich erst wieder gewöhnen, aber da lag er falsch. Er lag falsch und war völlig ausgehungert.

»Ja, ja, hau rein«, sagte Dan. »Wenn du in mein Alter kommst, kriegst du plötzlich von allem, was über ein Schinkensandwich hinausgeht, eine Wampe.«

Ryan lehnte sich zurück und strich sich über den Bauch.

»Es ist einer der seltenen Momente, in dem ich daran erinnert werde, dass du noch ein Küken bist«, grinste Dan.

»Es ist einfach toll, was Richtiges zwischen die Zähne zu kriegen, das ist alles.«

Dan verschränkte die Arme und lächelte.

»Also«, sagte er, »wie übel war es?«

Der Trubel um sie herum riss nicht ab. Geburtstagsrufe schallten durch die Luft, Kuchen kamen vorbei, mit Wunderkerzen, Mädchen zogen an gewagten Säumen und brachen zu zweit oder dritt in Richtung Toiletten auf, ältere Männer, die Gesichter voll mit Lachfalten, riefen johlend in die Runde.

»Übler, als ich gedacht hatte«, sagte Ryan, »und ich hatte gedacht, es würde die Hölle werden.«

Seinem Vater hatte er das nicht erzählt, als der gefragt hatte. *Es war okay, Dad*, hatte er gesagt, und: *Es war machbar, ich meine, wenn du den Kopf unten hältst.* Joseph hatte ihn bestürmt, kaum dass Ryan über die Schwelle getreten war, aber Ryan hatte ihn gebeten, das Thema zu wechseln. Er war noch nicht so weit zu erzählen, sein Kopf war längst nicht wieder klar, das Chaos türmte sich noch hoch bis zu den Dachsparren.

»Ich war da selbst mal«, sagte Dan. »Kurz vor der Jahrtausendwende. Drei Monate, weil ich ein Auto geklaut hatte. Es war so was von scheiße, und ich kann mir nicht vorstellen, dass es sich da seit den Neunzigern irgendwie geändert hat.«

»Ich glaube, es ist noch so wie in den 1890ern.«

»Was war so übel? Die anderen Jungs? Die Wärter? Die Langeweile?«

»Alles. Die ganze Scheiße.«

Die Wärter hatten ihn in der ersten Nacht in eine der Einlieferungszellen gesteckt, und er hatte dagestanden und auf das Geräusch der Tür gewartet, die hinter ihm zugeworfen wurde, auf etwas Bedeutendes, einen Knall, der einem das Herz zerriss. Der war jedoch leiser gewesen, als er gedacht hatte, und so stand er da und überlegte, ob es das wirklich gewesen war und ob er nicht rufen sollte, dass sie es noch einmal machten, weil er es beim ersten Mal nicht heftig genug empfunden hatte. Er begriff es nicht gleich, doch dann merkte er, wie das Echo in seinem Kopf nachhallte. Die Tür schloss sich hinter ihm. Und schloss sich wieder. Und wieder und wieder, und er setzte sich aufs Bett und starrte an die Wand, die Hände in den Taschen, und die Trostlosigkeit und Absolutheit davon schnürten ihm die Kehle zu.

Der Wärter, der am Morgen seine Daten aufnahm, fragte: »Hast du zu Hause angerufen?«

Ryan war das nicht angeboten worden.

»Das hättest du gedurft«, sagte der Wärter und zuckte mit den Schultern, »und wahrscheinlich auch tun sollen. Wenigstens mit deiner Mam sprechen.«

Die Siebzehnjährigen wurden von den Älteren getrennt gehalten, und der Wärter sagte, Ryan habe Glück. Es gab nur noch einundzwanzig andere Siebzehnjährige, ihr Flügel war nicht überfüllt, sie hatten sogar eigene Toiletten, die verzogenen kleinen Mistkerle.

Im ersten Monat sperrten sie ihn in eine Einzelzelle, zu seinem eigenen Schutz, wie sie sagten. Er war erst ein paar Tage unter den anderen, als sich einer der Dubliner anbot, ihm die Kehle aufzuschlitzen. Ryan meinte, er solle es nur versuchen. Zurück in die Einzelzelle. Nach drei Monaten und wieder im Flügel wurde ihm bewusst, dass er erst ein Drittel der Strafe hinter sich hatte, und die Ungeheuerlichkeit dieser Tatsache machte ihn fertig. Aber du sagtest natürlich keinem was, wenn es dir schlecht ging, ob du dir nun den Zeh angehauen hast oder dich aufhängen wolltest – das hast du einfach nicht gemacht, du kriegtest keinen Anfall und hieltest den Mund, weil du wusstest, was dich sonst erwartete. Eines Morgens dann konnte er einfach nicht aufstehen. Die Wärter zerrten ihn daraufhin aus dem Bett und brachten ihn in die Beobachtungszelle, wo sie ihn auszogen und einfach da liegen ließen.

Wie soll man so was seinem Dad erzählen?

Die anderen Häftlinge waren debil oder bösartig, meist beides. Wenn er im Flügel war, hockte er mit ein paar Jungs aus Waterford zusammen. Einer von ihnen würde bald achtzehn und nach Cork überstellt werden, und Ryan nahm an, er suchte nach Einfluss und Verbindungen. Da sie ihn wegen versuchten Drogenhandels eingesperrt hatten, hoffte der Kerl auf einen wertvollen Kontakt. Ryan hatte wenig Zeit für ihn oder einen der anderen, und noch weniger für die Dubliner, und obwohl Dan verschiedene Drähte in die Hauptstadt hatte, wollte er nicht herausfinden, zu wem er Geschäftsbeziehungen aufbauen konnte. Die Dubliner verbrachten einen großen Teil ihrer Zeit mit Posen und versuchten sich gegenseitig umzubringen. Ryan hatte zu sehr damit zu tun, nach Luft zu schnappen, als sich da einzumischen.

Jetzt, zurück in der wirklichen Welt, sagte Dan zu ihm: »Es ist kein Spaß, ich weiß.«

»Es ist okay.«

»Wir wissen beide, dass es das nicht ist. So was vergisst man nicht. Das ist schon was, was du da auf dich genommen hast.«

»Hör zu ... Es ist vorbei.«

Dan verzog das Gesicht. »Es ist schwer, dir das zu sagen, Ryan, aber es ist erst vorbei, wenn du es komplett verarbeitet hast. Das wird lange bleiben, und du wirst noch daran denken, wenn du ganz andere Dinge zu tun hast, als dich zu erinnern. Dafür ist das System gemacht – dich zu zermürben. Und das tut es, glaub mir.«

Ein Mädchen, vielleicht in Ryans Alter, vielleicht etwas älter, kam aus dem Raucherbereich herein. Sie trug ein königsblaues Kleid, das eng auf ihren fleischigen Schenkeln saß und kaum ihren Hintern bedeckte. Sie lächelte ihm zu, und er spürte den Drang, aufzuspringen, diesem Lächeln nach hinten ins Restaurant zu folgen und sie davon zu überzeugen, die Füße hinter seinem Rücken zu verschränken. Er nahm an, wenn du neun Monate nur stinkende, bekloppte Typen um dich rum hattest, regt das den Appetit auf Frauen an.

»Ich bin einfach froh, wieder zu Hause zu sein«, sagte er zu Dan, der sich vorbeugte.

»Ich sage dir nur, kleiner Mann, die Methoden, die sie anwenden, dienen dazu, dich auch hinterher noch zu kontrollieren. Sie wollen dich fertigmachen. Sie wollen dich so fertigmachen, dass du vergisst, wie es ist, ohne einen Schwanz im Arsch zu leben. Lass dir deine Eigenständigkeit nicht nehmen. Verdräng das Gefängnis nicht einfach. Weil es nicht das letzte Mal sein wird, dass das Gesetz dir Gleitcreme auf die Rosette schmiert. Und dich dann zu erinnern, wie die Sache läuft, ist der erste Schritt, sie abzuwehren.«

Er lehnte sich wieder zurück, saugte Luft durch die Zähne und seufzte.

»Das ist erst der Anfang, kleiner Mann.«

Joseph hatte mit seiner Freundin Schluss gemacht, und die war mit ihrer kleinen Tochter zurück nach Hause zu Mam und Dad, weshalb er einen Mitbewohner brauchte. Dan hatte Ryan lukrativere Arbeit versprochen, und so sagte Ryan seinem Cousin zu. Nur eine Woche nach seiner Rückkehr war er also wieder weg, mit kleinem Gepäck und so.

Tony redete ergebnislos auf ihn ein.

»Ich hatte nicht gedacht, dass du so schnell wieder verschwinden würdest«, murmelte er, und Ryan, halb hinter dem Fernseher mit dem Xbox-Kabel in der Hand, antwortete ihm im gleichen verletzlichen Ton: »Ich bin achtzehn, Dad.«

»Erst in ein paar Monaten.«

Ryan kam hinter dem Fernseher hervor und konzentrierte sich darauf, die Fernbedienung auf den Bildschirm zu richten.

»Es gibt so viel Scheiß, von dem du noch keine Ahnung hast«, sagte Tony.

»Und so viel Scheiß habe ich schon erlebt. Ich war im Gefängnis, verdammt.«

»Dafür warst du auch zu jung.«

Ryan hätte sich umdrehen und seinen Vater anblicken können. Warum nicht? Nimm die Herausforderung an und starre ihn in Grund und Boden. Stattdessen legte er die Fernbedienung aufs Sofa und suchte nach etwas, das nicht da war.

»Du bist immer noch ein Kind.«

»Bin ich nicht.«

»Du solltest zu Hause wohnen.«

Ryan zog das Sofa vor und blickte dahinter.

»Ich will nicht mit ansehen müssen, wie du noch mehr Fehler machst, Rocky.«

Ryan sank auf die Knie, legte den Kopf gegen die Rückseite des Sofas und gab sich Gelegenheit, auszuatmen, die Fäuste zu ballen und die Augen zuzukneifen.

Gehst du wieder in die Schule, Junge?

Ryan ging nicht. Nie und nimmer. Wo sollte er mit achtzehn noch hin? Sich wieder eine verdammte Uniform anziehen und unter den Blicken irgendeines Idioten dahocken, der von nichts eine Ahnung hatte? Es war sowieso alles Schwachsinn. Sie hatten gesagt, er könnte in St. Pat's zur Schule gehen, aber da hatte es nicht mal was annähernd Vergleichbares gegeben: scheiß Basteleien und Kochen lernen, was half einem das? Da war es instruktiver gewesen, auf dem Hintern zu hocken und die vier Wände anzustarren. Einige von den Burschen da drinnen hatten nicht mal bis zwanzig zählen können, ohne sich die Socken auszuziehen. Etwas lernen? Es hatte nichts zu lernen gegeben, es sei denn, Ärger aus dem Weg zu gehen oder sich aus einem verdammten Schwitzkasten zu befreien.

Wenn er jetzt wieder in die Schule ging, mit fast achtzehn zurück ins fünfte Jahr mit all den Sechzehnjährigen, während seine Freundin durch die Uni tanzte, nun ja, da fände er sich schnell auf dem Müll wieder, oder etwa nicht?

Oh, Karine, wo ist dein Freund heute Abend?

Er kann nicht raus, er muss noch Hausaufgaben machen.

Das ging gar nicht. Wenn er alt genug war, um in eine gepolsterte Zelle geworfen zu werden, würde er auch draußen seinen eigenen Weg finden.

Was konnten die ihm auch schon beibringen? Dieses Land war sowieso am Arsch. Wenn er eine richtige Entscheidung träfe, dann wäre es zwischen dem Flughafen und der Schlange fürs Arbeitslosengeld.

Scheiße noch mal, sie hatten ihm doch schon alles beigebracht! Wie man sich blind und taub stellte und den Regeln folgte, die ihnen passten. Unangenehme Probleme? Die schloss man weg. *Oh, du hast Ärger mit deinem Dad, Ryan? Mit diesem Flachwichser? Du hast Ärger mit deinem verdammten Hirn, das immer denken muss, dass deine Freundin, die einzige gute Sache auf dieser beschissenen Welt, da draußen rumläuft und auf der Su-*

che nach einem besseren Mann ist, mit dem sie vögeln kann? Ah, dafür haben wir eine Lösung parat, Junge. Rumms! Und wieder wird die verfickte Tür hinter dir abgeschlossen.

Fick sie. Fick sie alle.

Dan Kanes wichtigster Mann trug den Spitznamen Shakespeare, weil er so ziemlich der gesprächigste Schläger war, den man finden konnte. Tatsächlich hieß er Shane O'Sullivan, wobei Ryan zweieinhalb Jahre gebraucht hatte, um das rauszufinden. Er war absurd drahtig für einen Abräumer, und sein Erfolg rührte hauptsächlich daher, dass er kaum eine Angriffsfläche bot, um seine Schläge zu erwidern. Ryan hatte Leute andeuten hören, dass Dan Kane ihn in einem Spaghetti-Glas aufbewahrte.

Das erste Mal hatte Ryan mit ihm zu tun bekommen, als eine Bestellung für seinen gewohnten Kontaktmann zu groß war, um sofort bearbeitet zu werden. Shakespeare war gekommen, um zu sehen, was da lief. Da war Ryan erst vierzehn gewesen, jähzornig und bereit, den Preis dafür zu zahlen. Shakespeare war nicht zu begeistert gewesen, hatte aber offenbar zurückgemeldet, die Sache sei ein Knaller. Kane hatte eigentlich nicht nach einem Schützling gesucht, aber die Gelegenheit, einen zu haben, hatte ihn dann doch zu sehr gereizt, um sie abzulehnen.

Und natürlich gab es Parallelen. Dan Kane hatte ebenfalls eine Scheißzeit mit seinem Vater gehabt, und auch er war in St. Pat's gewesen.

Shakespeare wollte nie sagen, ob er auch gesessen hatte oder nicht. Er mochte Wortspiele und Sprichwörter, aber er war ein Profi vom alten Schlag: Man arbeitete mit Shakespeare, niemals mit Shane.

Ryan begleitete ihn bei einem Job.

Ihm war nicht genau gesagt worden, worum es ging, und Shakespeare hatte sicher nicht die Absicht, ihn aufzuklären.

Dan wollte Ryan als Back-up bei einer Bergungsaktion – irgendeine Null, die ein paar Euro Schulden hatte und mehr ausgab, als da war. Es war eine Lehrstunde. Praktischer Unterricht.

Shakespeare holte ihn am Ende seiner neuen Straße ab. Morgens hatte es noch gefroren, und jetzt war es neblig und still. Die Autoscheinwerfer bewegten sich durch den Dunst wie die Laternen der Verlorenen. Aus den Lautsprechern klang Techno, mit so engem Rhythmus, dass er praktisch eigenschaftslos war. Kopfhörermusik. So in den Hintergrund verbannt, war sie ebenso verstörend wie unerbittlich.

»Wie bist du bei einer Schlägerei?«, fragte Shakespeare.

Ryan zuckte mit den Schultern. »Ich komm da schon klar.«

»Und wie ist es damit, eine anzufangen?«

»Wie meinst du das?«

Shakespeare zog die Brauen zusammen. Er hatte einen scharf gestutzten Kinnbart, eine schmale Nase und eng stehende Augen. Sein Gesicht reduzierte sich auf eine karge Skizze geometrischer Formen.

»Du kommst damit klar, okay, aber kannst du auch Stress machen, wenn nötig?«

»Ich nehme es an.«

»Du nimmst es an?«

»Ich mach das nicht oft. Ich laufe nicht rum und wühle in der Scheiße.«

»Normalerweise würde ich sagen, das Leben ist zu kurz dafür, aber manchmal musst du draufhauen, verstehst du, was ich meine? Unser Freund heute wird nicht auf dich losgehen, aber auch nicht auf uns hören. Wenn ich sage: *Hau ihm eine rein*, wirst du es dann tun?«

Sie hielten an einer Ampel. Ryan fixierte den Blick auf das rote Licht und sagte: »Ja, das würde ich.«

»Du machst immer genau, was man dir sagt, oder? Du würdest einen guten Bullen abgeben. Kannst du schon fahren?«

»Ja.«

»Hast du ein Auto?«

»Noch nicht.«

»Einen Führerschein?«

»Noch nicht.«

»Das würde ich auf meine Liste setzen, wenn ich du wäre«, sagte Shakespeare.

Er folgte Shakespeares Instruktionen mit der gleichen roboterhaften Beflissenheit, die den Abräumer dazu inspiriert hatte, ihn mit den Gardaí aufzuziehen. Was sonst konnte er tun?

Er klopfte, und Shakespeare platzte hinein. Er zog die Vorhänge zu und checkte die Wohnung, ob sonst noch jemand da war. Shakespeare kickte sein Zielobjekt den verdunkelten Flur hinunter. Ryan fand Telefon und Brieftasche des Opfers, Shakespeare zischte und knurrte, während sie, die Frau, erstickte Versprechen in taube Ohren stieß.

»Komm her!«, blaffte Shakespeare, und Ryan trat in dem Moment in den Flur, als er die Frau mit der Stirn auf die Küchenschwelle knallte.

»Zeig mir das Portemonnaie.«

Ryan gab es ihm, und Shakespeare, einen Schuh auf ihrem rechten Handgelenk, durchsuchte es, zog Karten und Belege heraus. Ein paar Zwanziger segelten auf den Boden.

Shakespeare hielt ihr ein kleines Foto vor die Nase und sagte: »Wie alt ist die Kleine? Vier? Fünf? Eigentlich an der Zeit, sie einzusammeln, denke ich«, und Ryans Blick flatterte zu der weinenden Schuldnerin hin, einer untersetzten jungen Frau mit fliehendem Kinn, einem von einem Gummisaum zweigeteilten Bauch und Locken, die unter ihren Augen klebten. Ihre Oberlippe war aufgeplatzt und blutete.

»Ich verstehe Leute nicht, die ihre Kinder in so eine Scheiße reinziehen«, sagte Shakespeare. »Man sollte denken, du würdest dein Kind irgendwo unterbringen, wo's geordneter zugeht, wenn dein Kerl überall in der Stadt Fotzen füllt. Man sollte denken, du setzt deine Kleine nicht deinen Fehlern aus. So was macht mich echt wahnsinnig.«

Er öffnete die Tür unter der Treppe und knallte sie der Frau vor den Kopf.

»Ich muss mal pissen«, sagte er zu Ryan. »Lass sie nicht aufstehen.«

Mit dem Rücken an der Wand schob sich Ryan ins Wohnzimmer. Er kniff die Augen zusammen, öffnete sie wieder und fing Schnappschüsse des Lebens um sich herum auf. Eine große orange gestreifte Tasse auf dem Couchtisch, im Fernsehen eine Talkshow, in der sich eine Reihe von Trullas gegenseitig zum Heulen brachten, auf dem Kamin das Foto eines trübseligen Knirpses in einer blaugrauen Schuluniform, die ihm zu groß war. Aus der Küche wehte der Geruch von frischem Toast herüber.

Das alles unter dem festen Strahl von Shakespeares Pisse, die in die Schüssel platschte.

Ryan rollte herum und legte die Stirn auf den Putz.

Der Lebensgefährte dieser Frau mochte Dan Geld schulden. Vielleicht hatte er ihn auch bestohlen. Sie könnte damit gedroht haben, zur Polizei zu gehen. Frauen neigten ja dazu.

»Verdammt ekelhaft«, sagte Shakespeare.

Ryan stand wieder im Flur, Shakespeare in der Tür zur Toilette. Er schob die Lippe vor.

»Da drin stinkt's wie in der Unterhose von einem Säufer. Jesus Christus, es würde dich nicht umbringen, dieses Loch hier alle verdammten Jubeljahre mal sauber zu machen.«

Sie wimmerte. Shakespeare packte sie an den Haaren, zog sie hoch auf die Knie und schubste sie in die Toilette.

»Sieh's dir an! Das verdammte Papier und alles noch in der Schüssel. Du ziehst nicht mal ab, du Dreckstück.«

Lauteres Schluchzen jetzt, dann ein Schrei. Ryan hielt ein Stöhnen in seiner Brust zurück.

»Willst du das alles so lassen?«

»Bitte«, sagte sie. »O Gott, bitte …«

»Hols's raus. Los doch.«

Ryan hatte mit einem Mann gerechnet und sich auf ein paar Fausthiebe vorbereitet. Stattdessen hatte sich Shakespeare darauf verlegt, die Frau des Sünders einzuschüchtern, nicht als Trostpreis, sondern weil das keinerlei Feingefühl verlangte. Vielleicht würde Shakespeare behaupten, Abscheulichkeiten seien nun mal das Kennzeichen einer Einstiegslektion. Aber egal. Es war ein Schock, ganz gleich, wie Ryan es zu drehen versuchte.

Er setzte sich auf die Treppe, zur Haustür gewandt, und legte den Kopf in die Hände.

»Halt's dir an die Nase, riech mal richtig dran, und dann sag mir, Mädchen, führt man so einen Haushalt?«

Die Frau würgte, und Ryan tat es ihr nach.

Wenn es etwas gab, was Joseph O'Donnell liebte, abgesehen davon, sich mit politisch Konservativen in Alt-Männer-Pubs lautstarke Wortduelle zu liefern, dann war es die Gründung von kurzlebigen Bands. Als Ryan zurückkam, hatten sich noch drei andere Typen im Wohnzimmer breitgemacht und ihre Gitarren in eine Ecke gestellt, um ein paar dicke Joints herumwandern lassen zu können.

»Cusack, Cusack, Cusack, hast du was Nettes für mich?«

»Könnte sein«, sagte Ryan. Er hatte ein Achtel für Joseph beiseitegelegt, wollte das aber nicht an die große Glocke hängen. Wer wusste schon, was das für Kerle waren, die Jagdsaison auf Dealer ging schließlich über volle zwölf Monate, an Feiertagswochenenden mit doppelter Kraft. Joseph sah seinen Blick, schnaubte und trat auf den Flur hinaus. »Die sind sauber«, sagte er, »ehrlich. Ich weiß, du bist etwas … du weißt schon.«

»Du weißt, wie ›saubere‹ Burschen reagieren, wenn sie von einem Dealer Wind bekommen. Da sind sogar Frauen weniger besitzergreifend.«

»Als wenn du das wüsstest. Du bist doch gerade mal eine Stufe über Jungfrau.«

Ryan zuckte zusammen, was Joseph als Bestätigung nahm.

Die Jungs guckten *Family-Guy*-Clips auf Josephs Laptop. Ryan setzte sich auf die Lehne des Sofas und wurde vorgestellt, »das hier ist Darragh, das ist Graham, das Barry, wir nennen ihn Bobo, frag nicht, warum«, aber er war mit seinen Gedanken bei Dan Kane, der locker gewesen war, was den Job anging, Ryans Abneigung aus dessen leeren Antworten gehört und das Ganze als vorübergehendes Tief abgetan hatte.

»Es ist eine Lektion, kleiner Mann. Du musst hart sein. Wenn du in diesem Spiel weich bist, wirst du plattgemacht, schließlich kannst du nicht die Bullen rufen, wenn du beschissen wirst, oder?«

Was zum Teufel war das für ein Spiel? Das Feld wurde mit jedem Schritt, den er machte, größer, und er stand immer genau in der Mitte.

Dan Kane hatte ihn an die Schulter gefasst, gelacht und ihm einen Hunderter gegeben.

Ein Hunderter, du ängstlicher, kleiner Scheißer, und das dafür, dass du auf der Treppe gehockt und gewürgt hast, während Shakespeare eine Kokserin seine Pisse aus einem Knäuel Toilettenpapier hat saugen lassen.

In seinem neuen Wohnzimmer wurde ein Witz zum Besten gegeben, und er verpasste ihn. Bobo griff nach dem Laptop und sagte: »Das hier ist mein Lieblingsclip«, und da stand Peter Griffin in der Tür zum Zimmer von einem Jungen und versuchte ihm was über Schläger in der Schule zu erklären, verlor dabei aber komplett die Geduld mit dem Bengel und schlug mit altbekannter Brutalität auf ihn ein. Die Jungs johlten.

Wie lange dauerte das? Zehn Sekunden? Wenn überhaupt. Zehn verdammte Sekunden, in denen ein Zeichentrick-Mann einen Zeichentrick-Jungen schlug, und daraus wurde eine Wunde.

Ryan verabschiedete sich mit einem raschen Daumen-hoch! und ging in sein Zimmer.

Ein Zeichentrick-Mann schlug einen Zeichentrick-Jungen. Ein Haufen Pixel vergriff sich an einem anderen. Es war das Gleiche, wenn er auf der Xbox Roboter wegpustete, und man sah Ryan Cusack nicht wegen ein paar virtueller Todesopfer die Fassung verlieren, nur weil er gerade etwas aufgerüttelt war. Genauso wenig sollte man sehen, wie er sich an die Ecken seiner Matratze krallte und ein paar Schluchzer herunterschluckte, nur weil der beschissene Peter Griffin wütend wurde.

Ryan holte seinen eigenen Vorrat hervor, nahm das Buch, das er dafür requiriert hatte, eines von Joseph, mit den hundert wichtigsten Akkorden, und baute sich einen Joint. Er zündete ihn an, öffnete das Fenster, lehnte sich gegen die Fensterbank und starrte hinaus in den silbernen Abendnebel. Er inhalierte tief und wollte seine Gedanken vertreiben, aber sie blieben. Natürlich taten sie das. Gegen das Gewicht seiner Psychose konnte ein lächerliches Achtel nichts ausrichten.

So zerknirscht Tony auch war, er trug eine Geschichte in den Fäusten und einen Durst in sich, der weder von Gott noch dessen Sohn gestillt werden konnte. Peter Griffin hatte sich auf den Zeichentrick-Jungen gesetzt und ihm mehrmals ins Gesicht geschlagen. Das war die Position, in der du sein musstest, um gebrochen zu werden, auf den Boden hingestreckt, während dir eine Reihe Handknöchel rot gefleckte Spucke aus den Mundwinkeln prügelte, die auf dem Teppich neben dir landete. Und gleich noch mal, als die Wärter in deine Zelle platzten, zu deinem eigenen verdammten Besten, jeder einen Arm nahm und sie dich über den Boden schleiften, wenn dir deine Beine in der erzwungenen Hockstellung den Dienst versagten, zu dritt waren sie, große, dicke Schweine, und sie prügelten dir die Seele aus dem Leib, wenn du auch nur einmal austratst, und klar, wie hätte man das vermeiden können? Natürlich tratst du aus, Scheiße noch mal, ganz automatisch, aus Angst und Scham, und was du an Stolz noch übrig hattest.

Wer mochte nicht hin und wieder einen guten Kampf? Wer dehnte nicht gern die Muskeln und warf seinen Körper ins Gefecht? Dann fühltest du dich lebendig, oder etwa nicht? Ach so, es war nur ein Job. Geh, und schlag irgendwo eine junge Mutter zusammen, schließlich kannst du etwas Bewegung brauchen, und sie schuldet dir ja noch ein paar Euro.

Es hatte dir einen Kick gegeben. Es gab allen einen Kick. Deshalb steht dein Regal auch voller *Call-of-Duty*-Spiele und DVD-Sets mit den *Sopranos*. Deshalb versammelt ihr euch vor dem Bildschirm und schaut euch eure Lieblingsstellen aus *Family Guy* an. Aber da warst du noch nicht im Arsch, unwiederbringlich zerstört von irgendeinem Scheiß, der dich überhaupt nicht berühren sollte.

Karine war bei sich und schrieb an einer Hausarbeit. Er war überzeugt, dass sie das genauso gut bei ihm tun konnte, aber er sagte nichts. Sie war diese Woche fast jede zweite Nacht bei ihm geblieben, und sie hatten verlorene Zeit wettgemacht. Er konnte nicht genug von ihr bekommen. Von ihren Schultern, ihren Brüsten, ihrem Bauchnabel, ihrer Möse. Von allem anderen auch nicht: dem Lachen, ihrem Lächeln, ihrer Stimme, ihrem Atem. Komisch, dass er sie trotzdem noch nicht hart rangenommen hatte. Wenn sie es während der letzten paar Wochen gemacht hatten, dann immer langsam und sanft. Er wollte es genießen, sie vögeln, wie man eine Prinzessin vögelt. Jetzt machte er sich Sorgen, dass seine Zurückhaltung auf Angst gründete, nicht auf Großmut.

Der Funke irgendeines Zusammenhangs reichte, um ihn wahnsinnig zu machen. Er packte seinen Laptop, öffnete PornHub und sah sich alles auf der ersten Seite an: Dreier, Cumshots, Gangbangs, Analverkehr, was immer. Die Männer hatten Riesenpimmel und tote Augen, die Frauen glotzten dumm in der

Gegend rum. An jedem anderen Tag hätte ihn das so was von angemacht, aber hier saß er nun, nach neun Monaten Enthaltsamkeit, und hatte kaum einen Halbsteifen. Jeder gefickte Arsch, jede grobe Hand, die nach blonden Haarverlängerungen griff, jede »Schlampe« und jede »Hure« lag schwer auf seiner Brust. Er machte seine Jeans auf und schaffte es, einen Steifen zu bekommen, aber er kam nicht. Er wusste nicht, warum, außer dass alles wie eine Demütigung war, als wäre ihm etwas geraubt worden.

Am Ende klappte er den Laptop zu, lag da und starrte an die Decke. Wie er, seinen Schwanz immer noch in der Hand, schließlich weinen konnte, wusste er nicht, aber so war es.

Und das war erst der Anfang.

Am nächsten Morgen fühlte er sich besser. Sehr viel besser. Es war der helle Wahnsinn. Dan rief an und sagte, er solle vorbeikommen, für eine kleine Lieferung. Das Koks war geschnitten und in Gramm aufgeteilt, und Dan war großzügig, was das Geld anging. »Verkauf es und bezahl danach«, sagte er. »Es hat keine Eile. Ich weiß ja, dass ich dir vertrauen kann.«

An dem Abend ging er mit Karine in den Pub an der Ecke, The Relic, der im Gegensatz zu seinem Namen einer der beliebten Pubs war, die sein Daddy nicht frequentierte. Karine war im November achtzehn geworden und ging vor ihm rein, und als er an den Tisch kam, standen da bereits ein Bier und ein Wodka-Cola.

»Ich hab dir doch gesagt, du würdest dich eines Tages auszahlen«, sagte er, und sie antwortete lächelnd: »Leck mich.«

Es war ein Freitagabend, und er war seit zwei Wochen aus St. Pat's raus. Karine hatte sich voll rausgeputzt, mit einem weißen Kleid und endlos hohen, paillettenbesetzten Schuhen, die Augen rauchig, die Lippen hellrosa. Das Haar fiel ihr in gelockten Strähnen über die Schultern, und er zwirbelte sich eine davon um den Zeigefinger und sagte: »Du siehst verdammt scharf aus.«

»Ich weiß.«

»Okay. Wie sehe ich aus?«

»Groß! Seit wann bist du so groß? Ich trage zwölf Zentimeter hohe Absätze, und du thronst immer noch da oben.«

»Ich bin eins achtzig, nicht der *Big Friendly Giant.*«

»Das kann nicht sein«, sagte sie. »Weil ich eins fünfundsechzig bin.«

»Red keinen Scheiß.«

»Meine Mam ist eins fünfundsechzig, und ich bin genauso groß wie sie.«

»Deine Mam ist ein Zwerg.«

»Tja, nun, wenigstens habe ich eine Mam.«

Er verschluckte sich an seinem Bier, hustete, wischte sich über den Mund und dann auch über die Augen.

»Du bist ein Biest, D'Arcy.«

Sie verbiss sich ein Lächeln, und als er sich wieder erholt hatte, senkte sie den Kopf auf seine Brust. Er legte den Arm um sie, küsste sie auf die Stirn, und sie sagte: »Ich kann dein Herz hören.«

»Wie klingt es?«

»Stetig.«

Der Plan war, dass Joseph und seine gelegentliche Band in einer Stunde zu ihnen stießen, sie zusammen was tranken, was einwarfen und dann in die Stadt gingen, um Karines Truppe zu treffen. Im Moment genossen sie die Ruhe. Aus der Musikanlage kam R&B, es waren erst wenige Leute da, und die waren zu nüchtern, um mit der Musik mitzugehen. Karine setzte sich auf, rekelte sich und checkte, ob Puderrückstände ihrer Zuneigungsbekundung auf seinem Hemd zu sehen waren.

Er überlegte, ob er sie fragen sollte, ihre Pläne für den Abend aufzugeben und mit ihm ins Bett zu gehen, aber er wusste, was sie sagen würde. Seit drei Monaten volljährig und gerade frisch von der Schule, war es noch neu für sie, in Klubs reinzudürfen. Er spürte ein Stechen wegen all der Partys, die er verpasst hatte.

»Karine?«

»Was?« Sie spielte mit ihren Locken, indem sie sie behutsam schüttelte und sie dann durch ihre Finger gleiten ließ.

»Darf ich dir was sagen?«

»Nur wenn es zu ›Du bist toll und ich liebe dich‹ passt.«

Pfft. »Was sonst?«

»Also dann.«

»Wenn du sitzt«, sagte er, »hast du das Gefühl, dein Leben ist vorbei. Obwohl du weißt, du bist da nur soundso viele Monate, kommt es dir unlogisch lang vor, und es erdrückt dich derart, dass du vergisst, was draußen vor sich geht. Ich hab an so viel nicht gedacht, weißt du? An deinen Geburtstag und an Weihnachten nicht, und das Schulende und den Abschlussball. Ich war ein Arschloch, ich weiß. Ich mach das wieder gut.«

Sie berührte seinen Arm. »Ryan.«

»Weißt du, Dan hat mir dafür gedankt. Dass ich das für ihn abgesessen habe. Aber während der ganzen Zeit warst du hier draußen und hast auf mich gewartet, und das verdient es ja wohl auch, dass ich mich dafür bedanke.«

»Unsinn«, sagte sie. »Lass uns einfach weitermachen wie früher. Gib mir mal einen Zehner, ich hol uns noch was zu trinken.«

Er sah sie auf ihren irren Absätzen zur Theke gehen, ließ den Blick von den Waden zu ihren Schenkeln wandern und über die Rundung ihres Hinterns auf ihren Rücken … Genauso wie er dem Mädchen im Restaurant hinterhergesehen hatte, nur dass es diesmal richtig war, dass er seine Hand zwischen Karines Beine schieben und ihre Schenkel auseinanderdrücken wollte.

Er war nicht der Einzige. An der Theke kam ein Typ vorbei und packte eine gute Handvoll von ihrem Hintern, und sie fuhr zusammen und schrie auf. Der Kerl legte einen Arm um sie, und das war alles, was Ryan sah, bevor er neben den beiden stand und sagte: »Mann, was zum Teufel soll das?«

Sie waren mit dem Kerl zusammen zur Schule gegangen, aber Ryan hatte ihn seitdem kaum mehr gesehen. Niall Soundso. Coen? Vaughan. Einer der Hurling-Spieler. Einer von der Sorte, die nie hinter dem Zaun des Platzes gefunden wurden, so zugedröhnt, dass sie kaum noch stehen konnten.

»Leck mich am Arsch«, sagte Niall Vaughan. »Ist das nicht Ryan Cusack?«

»Ist das der Hintern meiner Freundin da in deiner Hand?«

»Wann haben sie dich rausgelassen?«, fragte Vaughan.

»Verpiss dich und kümmere dich um deinen eigenen Scheiß.«

»Alle haben drüber geredet, echt. Weißt du, du guckst deine Abschlussklasse an und überlegst, wer fehlt und warum.«

»Du entschuldigst dich jetzt bei Karine«, sagte Ryan, trat direkt vor Vaughan, Brust an Brust, und ehrlicherweise muss gesagt werden, dass der keinen Zentimeter zurückwich. Auf seinem Gesicht tanzte ein Grinsen.

»Karine stört das nicht«, sagte er.

»Doch, das tut es«, fuhr Karine ihn an.

»O Gott, es tut mir leid, dass ich Ihnen an den Arsch gefasst habe, Eure Durchlaucht.«

Karine nahm ihren Wodka von der Theke, deutete auf Ryans Bier und zog an seinem Arm. Ryan rührte sich nicht.

»Das klingt nicht so wie eine verdammte Entschuldigung«, sagte er.

Vaughan verdrehte die Augen. »O Scheiße, Mann, komm runter.«

»Ryan«, jammerte Karine, »nun komm schon.«

»Komm schon, komm schon!«, äffte Vaughan sie nach und drückte die Hände zusammen.

»Ich glaube nicht, dass es ihn stört, wenn man ihm sagt, was geht und was nicht.«

»Ja, er ist betrunken. Können wir jetzt gehen, bitte?«

»Ich bin nicht betrunken«, sagte Vaughan. »Ich wusste nicht, dass ihr wieder zusammen seid, okay? Also, wenn ich deiner Ex an den Arsch fasse, sollte dich das eigentlich nicht stören.«

»Sie ist nicht meine Ex«, sagte Ryan und trat so nahe an Vaughan heran, dass er ihm ins Ohr knurren konnte. »Und wenn du sie noch einmal anrührst, nehm ich dich auseinander, kapiert?«

»Sorry, Mr Breaking Bad. Fern läge es, mir einen Nachschlag zu holen, wenn du mich so anstarrst. Sie gehört ganz dir.«

»Ryan!«, fuhr Karine ihn an. »Komm jetzt!«

Ryan zog die Stirn kraus. »Was soll das heißen, einen Nachschlag holen?«

»Einen Nachschlag von ihrem Arsch. Einen Nachschlag vom Rest.«

»Was redet er da, Karine?«

»Er ist besoffen und widerlich«, sagte sie. »Nimm dein Glas und komm mit zum Tisch. Jetzt.«

Niall Vaughan tat, als würde er mit einer Peitsche knallen.

»Ryan, ehrlich, wenn du heute noch länger mit irgendwelchen Clowns streitest ...«

»Ah, Karine«, sagte Vaughan. »Das ist aber jetzt wirklich nicht nett.«

»Du Arschloch«, murmelte sie und wandte sich ab.

Ryan sah wieder zu Vaughan, der die Unterlippe vorschob.

»Du musst nicht gleich Stress machen«, sagte Vaughan. »Oder macht man das da drin so? Ich meine, ernsthaft? Nachdem man ein paar Dutzend Male unter der Dusche vergewaltigt wurde?«

Ryan sagte: »Was immer du für ein Problem hast, willst du rausgehen?«

Vaughan hob die Hände. »Ach nein. Nein, das könnte ich dir nicht antun.«

»Okay«, sagte Ryan. »Hatte ich auch nicht gedacht.«

Als er sich umdrehte, sagte Vaughan: »Nicht, nachdem ich deine Freundin gefickt habe.«

Ryan sah ihn an.

»Was sagst du da?«

»Ich hab deine Freundin gefickt. Nach dem Abschlussball. Ehrlich, Junge, die war so was von läufig. Wenn ich's ihr nicht besorgt hätte, hätte es jemand anders getan.«

Ryan hätte ihm eine reingehauen. Kein Problem. Er hätte den Scheißer langgemacht. Aber wozu? Der Kerl konnte gerade noch stehen und flehte förmlich darum, als würde er entlang der Autobahn Reklametafeln aufstellen, die verkündeten, dass er's brauchte.

Aber er hatte nicht gelogen. Ryan Cusack starrte seine Freundin an, mit der er jetzt seit drei Jahren zusammen war, und der Ausdruck auf ihrem Gesicht, ihre funkelnden Augen und die offenen Lippen, sagten ihm, dass das die raueste Wahrheit war, die er je zu hören bekommen würde.

ÜBERS FREMDGEHEN

Sie sitzt auf dem Bett, ihre Wimperntusche ist verschmiert, und ich stehe so weit von ihr weg, wie's möglich ist, direkt neben der Tür, nach deren Klinke ich immer wieder greife, weil mir mein Instinkt sagt, ich muss hier raus, lauf, Junge, lauf immer weiter. Ich muss mich zwingen zu bleiben. Jedes Molekül in mir schreit dagegen an, nahe bei ihr zu sein, und ich fühl mich so außerirdisch, dass ich schon kotzen musste. Ich kann es verdammt noch mal nicht glauben. Ich bin einfach …

Sie heult, und ich heule.

»Komm her«, fleht sie mich zum siebten oder achten Mal an.

Ich schüttle den Kopf. Ich kann sie nicht ansehen. »Nein«, sage ich. Ich fixiere einen Punkt unter der Decke. Mein Kopf schwingt von links nach rechts. Ich bin wie Churchill, der beschissene Hund.

Sie schnieft. Mein Kopf fühlt sich wie ausgehöhlt an. Und dann, eine Minute später, ist es, als drückte mir das Hirn von hinten gegen die Augen. Dann scheint es mir die Kehle herunterzutropfen und mich zu ersticken.

Du hast ja keine Ahnung. Einfach keine Ahnung. Als wär's das. Ich bin fertig. Am Ende.

»Ryan, bitte, rede mit mir.«

Sie hat ihre Seite der Geschichte bereits rausgelassen. Es ist Ende August, ich bin im Gefängnis, ihr Abschlussball steht bevor, der Kerl fragt sie, und ihre Mam und ihr Dad und ihre Schwestern sagen ihr, sie wird es bedauern, wenn sie nicht Ja sagt, sie denkt dran, was für ein Arsch ich bin, weil ich sie im Stich gelassen habe, sie trinkt die Bar leer, und er vögelt sie auf dem Parkplatz. So geht's. Ich habe meine Freundin in einem verdammten Ford Focus verloren.

»Du hast keine Ahnung, was ich durchgemacht habe«, flennt sie.

»Du, Mädchen? Du? Was ist mit mir? Alles, was ich da drin hatte, war, zu wissen, dass ich irgendwann wieder zu dir nach Hause konnte, und du verbringst deine Nächte damit, für den verdammten Niall Vaughan die Beine breit zu machen!«

»Du bist doch zu mir nach Hause gekommen, Ryan! Ich bin hier für dich!«

»Nein. Nein, bist du nicht.«

»Doch, bin ich! Es war ein Fehler, Himmel noch mal. Und wo warst du? Im Gefängnis! An mich hast du ganz sicher nicht gedacht, als du dich mit dem Kokain von jemand anders hast erwischen lassen, oder?«

»Es ist also alles mein Fehler, ja?«

»Wir haben beide etwas falsch gemacht. Ryan, verdammt. Ich liebe dich.«

Ich huste ein Lachen heraus und fahre mir mit der Hand über die Augen.

»Das tue ich, Ryan.«

»Nein, das tust du verdammt noch mal nicht.«

»Doch. O Gott! Doch, tue ich!«

Ich heule jetzt Rotz und Wasser und kriege kein Wort mehr heraus. Herrgott noch mal! Herrgott noch mal! Ich fahre herum und trete gegen die Wand. Trete noch einmal, und noch einmal, und noch einmal, schlage meinen Kopf gegen den Putz, und sie springt auf und umarmt mich von hinten. Ich stoße sie nicht mal weg. Ich bin zu erschöpft. Ich weiß nicht, was ich bin.

Ein paar Minuten später bringe ich die Worte heraus: »Ist er in dir gekommen?«

Ich stoße sie weg, und sie setzt sich zurück aufs Bett und zieht sich zusammen wie eine angestochene Schnecke.

»Ist er, Karine?«

»Er hatte ein Gummi, wenn du das meinst.«

»Wie kannst du das wissen, wenn du so besoffen warst?«

»Weil ich drauf geachtet habe. Scheiße, Ryan, weil er nicht du war.«

»Hast du ihn in den Mund genommen?«

»Natürlich nicht.«

»Warum ›natürlich nicht‹, Karine? Bis vor zwei Stunden hätte ich noch gesagt, dass du mich ›natürlich nicht‹ betrügst, und jetzt das.«

Sie vergräbt den Kopf in ihren Händen. »Ich habe ihn nicht in den Mund genommen. Ich schwöre es. Es war bloß ein dummer, ekliger Fick auf einem verdammten Parkplatz.«

»Bist du gekommen?«

Sie sagt Nein, und ich will es ihr wirklich glauben. Wenn der Herrgott in diesem Moment vor mir auftauchen und sagen würde: »Hey, Cusack, ich kann dir das ewige Leben versprechen oder dass deine Freundin Niall Vaughan nicht ihr Orgasmus-Gesicht gezeigt hat«, würde ich mit beiden verdammten Händen die zweite Möglichkeit ergreifen.

Irgendwie schlafen wir. Beide in unseren Sachen, nebeneinander auf dem Bett, komplett hinüber. Und als ich aufwache, fängt sie an, mich zu küssen und »Es tut mir leid« zu sagen, und sie fasst mich an, und ich kriege gegen meinen Willen einen Ständer, und da ist plötzlich eine Weggabelung mit einem Schild, das mir sagt, wenn ich Karine D'Arcy jetzt nicht vögele, vögele ich sie nie wieder.

Also tu ich's. Ich muss. Ich darf sie nicht verlieren. Das kann ich nicht. Ich halte sie aufs Bett gedrückt und stoße in sie rein, als wollte ich ihr den Teufel austreiben. Es ist eklig. Aber sie will es so, oder?

Und nachdem ich gekommen bin, rolle ich auf die Seite und höre sie wieder weinen, bis ich es nicht mehr aushalte. Ich stehe auf und gehe pinkeln, und als ich zurückkomme, sieht sie mich aus roten Augen an und sagt: »So ist es jetzt, oder? So schlafen wir von jetzt an miteinander«, und ich kann ihr keine Antwort geben. Ich lege mich mit dem Rücken zu ihr aufs Bett und starre auf den verdammten Boden.

18

»DU HAST NICHT DAS GELD, damit vor Gericht zu gehen. Du ziehst es nur in die Länge, tust allen weh, und lange vor dem Ende wirst du aufgeben müssen. Also lass uns vernünftig sein und das jetzt hier unter uns regeln. Himmel, ist das nicht das einzig Vernünftige, was wir tun können?«

Georgie saß auf dem Sofa des Wohnzimmers im CAIL-Zentrum, rechts und links daneben William und Clover Tobin. Ihr gegenüber, die Ellbogen auf den Knien und den Blick auf den Boden gerichtet, saß David. Seine Mutter, eine eisige Person in einer dünnen Strickjacke, hockte auf der Armlehne seines Sessels und rieb ihm den Rücken. Ihm gegenüber und links von Georgie saß Davids Vater, Patrick Coughlan, der zum Kultanhänger mutierte Wirtschaftsboss. Er hatte füllige Hängebacken, die so glatt rasiert waren, dass sie künstlich wirkten. Er sah aus wie ein geschmolzener Eimer.

In Georgies Armen schlief Harmony Faye Fitzsimons. Geboren an einem Montagnachmittag, während eine Hebammenschülerin statt des Vaters die Hand der Mutter hielt. Harmony war wie alle Babys vollkommen. Ihre einfachen Bedürfnisse riefen in ihrer Mutter etwas ähnlich Ursprüngliches hervor, aber Georgie war zu vorsichtig, um sich ihren Instinkten hinzugeben. Auch wenn Clover sagte, Harmony sollte gestillt werden und im Bett ihrer Mutter schlafen dürfen, entschied Georgie sich für Fläschchen und ein Baby-Körbchen. Es war ewig her, dass Georgie gekokst oder etwas getrunken hatte, ein Kind zu erwarten hatte sich als besseres Abschreckungsmittel erwiesen, als mit Christen zusammen zu sein. Trotzdem, der Gedanke, dass sie durch ihre Vergangenheit verunreinigt war, ließ sie nicht los, und Harmony war viel zu schön, um das Risiko einzugehen, ihr etwas zuzufügen.

Patrick Coughlan seufzte.

»Wir wollten auch nicht, dass es so kommt«, sagte er.

»Wie sollte es denn kommen?«, fragte Georgie. »Hatten Sie gehofft, David würde einen Inbegriff von Tugendhaftigkeit kennenlernen, eine Frau, die so tolerant wäre, sich nicht von seinem Drogenkonsum und seiner Glücksspielerei abschrecken zu lassen?«

»Nun, ich kann Ihnen sagen, was wir nicht wollten: Dass er eine Süchtige schwängert, während er seine Dämonen zu besiegen versucht.«

William kam mit einem zittrigen Einwurf: »Bietet das hier irgendeine Lösung? Diese Schlammschlacht? Dies hier ist ein Ort der Barmherzigkeit.«

»Eine verdammte Lasterhöhle ist es!«, fuhr Coughlan auf. »Ich hatte gehofft, Ihre Nähe zum Evangelium würde ausreichen, um David eine Richtung vorzugeben, und sehen Sie, was geschehen ist! Diese Frau ist eine verdammte Landstreicherin. Wie konnten Sie so eine Person nur bei sich aufnehmen? Ich habe David zu Ihnen geschickt, William, weil ich dachte, hier wäre er geschützt, und stattdessen nähren Sie seine Schwächen.«

»Wir können nur um Vergebung bitten«, sagte William.

Georgie verschob das Gewicht in ihren Armen und beugte sich vor. Sie hatte all ihre Tränen verweint, da war nur noch ein dumpfer Kopfschmerz und ein verheultes Gesicht.

David hielt den Blick auf den Boden gerichtet. Er hatte nur etwas gesagt, um die Behauptung seines Vaters zu bestätigen, dass die Übernahme sein Wunsch war. Sie waren ins Zentrum gekommen, um Harmony mit sich zu nehmen, und ihre Argumente waren wasserdicht.

William und Clover waren besorgt, was das Aufziehen eines Kindes in ihrem Zentrum anging. Sie erklärten, ihnen fehle dafür die Struktur, in Wirklichkeit hatten sie nicht das Rückgrat, zu-

zugeben, dass sie Angst hatten, Georgie könnte ein weiteres Mal Schande über sie bringen. David hatte seinen Wunsch um das Sorgerecht mit der Beschwerde verbunden, Georgie habe ihn zum Genuss von Kokain verleitet, das sie bei einem Abstecher in die Stadt, vorgeblich, um den Glauben zu wechseln, beschafft und ins Zentrum gebracht habe. William und Clover waren bestürzt, hatten aber vor allem Angst. Ihre Zuflucht am See war in ein Chaos aus Verantwortung und Risiko gestürzt. Ihre Vorstellung, die Welt unter der Fahne Jesu zusammenzuführen, schien im Moment eine Anstrengung ohne Erfolgsaussicht, und das hassten sie.

»Es ist eindeutig im besten Interesse des Babys, bei seinem Vater zu sein«, sagte Coughlan. »Wir können es großziehen, bei uns ist die Kleine sicher. Was hat sie sonst?«

»Sie hat ihre Mutter«, sagte Georgie.

»Eine ›Mutter‹. Warum denken Frauen, dass dieses Wort allein schon genügt? Warum soll meine Enkelin leiden, während ihre ›Mutter‹ versucht, die Kurve zu kriegen? Okay, Sie sind clean, was auch immer. Aber es gibt keine Garantie, dass Sie nicht rückfällig werden.«

»Das kann David auch!«

»Wenn das so ist, hat er seine Familie, um ihn zurück auf die richtige Bahn zu bringen. Wen haben Sie?«

»Ich bin hier nicht allein.«

William seufzte und beugte sich vor. Seine Frau schwieg.

»Wir sind nicht dafür ausgerüstet, uns um ein Baby zu kümmern«, sagte er. »Ich bin zweiundsechzig, Georgie.«

»Ihr müsst euch nicht um sie kümmern«, rief Georgie. »Ich sage doch nur, dass es nicht so ist, als würde mich niemand unterstützen. Du weißt schon. Weil, wenn … wenn es nicht …« Georgie stand auf und sah William an. Er wandte den Blick ab. »Es wird alles gut gehen«, sagte Georgie. »Warum sollte es das nicht?«

»Wir können euch nicht beide versorgen, Georgie«, sagte Clover.

»Ich bitte nicht um Almosen.«

Coughlan sagte: »Was wollen Sie dann tun, hm? Wegziehen? Sich einen Job besorgen? Aufs College gehen?«

»Andere Frauen schaffen es auch. Ich bin nicht die einzige alleinerziehende Mutter auf diesem Planeten. Bis jetzt bin ich auch durchgekommen, oder? Ich habe nie gehungert.«

William sagte: »Georgie, der Zustand, in dem wir dich gefunden haben, wie viel schlimmer wäre es gewesen, wenn du da ein Baby gehabt hättest?«

Harmony Faye schob die Lippen vor. Georgie krümmte ihren Zeigefinger, streichelte ihr über die Wange, und der kleine Mund öffnete sich.

»Hatte ich aber nicht«, sagte Georgie. »Oder? Ich musste mich nur um mich selbst kümmern.«

»Und das ging daneben.«

»Ich bin erwachsener geworden.«

»Bist du das?«, fragte William. »Hör zu, Georgie, ich weiß, du hast ein gutes Herz …«

»Ich dachte, das reicht? Der Glaube, der gute Charakter und all das, stimmt doch, oder?«

»Um Himmels willen, das ist kein Spiel, Georgie. Du warst eine Prostituierte! Du hättest getötet werden können, und es war dir egal!«

Während ihr nichts übrig blieb, als dem gut gemeinten Rat ihres Retters zuzuhören, und die Gesichter um sie herum weiß wurden, richtete Georgie den Blick auf ihre Tochter, ihr vollkommenes Gesichtchen, dessen Züge erst noch die Ähnlichkeit mit Vater oder Mutter annehmen mussten. Sie konnte nichts dazu sagen. William stotterte, und Davids Mutter schnappte nach Luft.

Georgie war noch nicht gerettet. Sie musste das Baby abgeben. David sah endlich auf, mit großen Augen und offen stehendem Mund. Georgie lief eine Träne herunter. Sie rann ihr übers Gesicht und blieb am Kinn hängen. Als sie Harmony an sich drückte, löste sie sich und fiel auf die Wange der Kleinen.

Sie mühte sich eine Weile, suchte Rettung in harter Arbeit, bewegte sich jedoch im Kreis und gelangte nirgends hin. Sie verabredete, dass sie für die Pflege der Gemüsebeete einen Prozentsatz von den Einnahmen auf dem Bauernmarkt bekam, damit sie etwas Geld für ihre Ausbildung zur Seite legen konnte. Aber es waren nur Pennys. William sagte, sie solle sich wegen Geld keine Sorgen machen, solange sie bei CAIL sei. Jetzt, wo das Baby anderswo in Sicherheit sei, müsse sie nicht mehr weg.

David hatte ihr eine Adresse und eine Telefonnummer hinterlassen, und wann immer sie anrief, erzählte er, wie sich Harmony entwickelte. Es war, als hätte er alle wichtigen Dinge auf einen Block geschrieben, der neben dem Telefon lag. Sollte sie seine selbstlosen Anstrengungen irgendwann anerkennen wollen, war er offen für Lob und Dankbarkeit. Sollte sie jedoch ihr Arrangement in Zweifel ziehen, warnte er sie, brauche sie ein Haus, einen Job und einen Anwalt.

William, Clover und ihre spirituellen Gefolgsleute machten weiter wie bisher. Es gab allenfalls etwas Mitleid für Georgie, denn das war leicht geäußert.

»Ich verstehe nicht, wie ihr mir das antun konntet«, beklagte sich Georgie heulend bei William, als die Gemeinschaft andeutete, dass sie wegen ihr die Hände rangen, wenn sie nicht hinsah.

»Du hast uns dazu gezwungen, Georgie. Was sonst hätten wir tun können?«

»Oh, ich weiß nicht. Was hätte Jesus getan?«

»Genau das Gleiche.« William zog die Brauen zusammen. »Das wirst du eines Tages verstehen.«

Georgie verließ das CAIL-Zenrum, neun Monate nachdem sie ihre Tochter weggegeben hatte.

Ging sie erhobenen Hauptes, stolz protestierend? Nein. Sie stahl sich davon, als wäre es der letzte Ausweg. Nach Mitternacht sah sie ihre Sachen durch und nahm mit, was von ihrem alten Leben geblieben war. Es war so gut wie nichts, nachdem

David versucht hatte, aus ihrer Garderobe den Teufel auszutreiben. Sie stopfte das wenige in einen geklauten Rucksack, schlüpfte aus der Hintertür, kletterte über den Zaun hinter dem Gemüsegarten und stolperte durch nasses Gras, bis sie einen Bogen machen und zur Straße laufen konnte. So trottete sie denn dahin, das Kleid unten tropfnass, eine Deserteurin aus Christi Armee.

Die Straße war von Brombeergestrüpp gesäumt. Sie drängte dagegen, zog ihren Arm über die Dornen und erreichte nach zehn Kilometern Buße eine Bushaltestelle, setzte sich hinter die Rückwand und ruhte bis zum Morgen aus.

Gab es einen trübseligeren Monat als den Februar? Eine weniger einladende Zeit, auf die Straße zurückzukehren?

Als sie am Parnell Place aus dem Bus stieg, begriff Georgie, dass sie nirgends hinkonnte. Ihre Flucht war von der Annahme getrieben worden, dass sich nach ihrer Ankunft irgendeine Möglichkeit eröffnen würde, aber sie stellte die Tasche neben sich auf die Erde, nahm ihr Haar im Nacken zusammen und sah über den Lee. Mehr hatte sie nicht.

Ihre Ersparnisse reichten, um sich ein billiges Hotelzimmer zu nehmen. Der Mann an der Rezeption erklärte ihr den Weg zum nächsten Internetcafé, das voller spanischer Studenten war, die gegen die klamme Kälte ankämpften, indem sie wild gestikulierend zwischen den ungünstig weit voneinander entfernt stehenden Computern kommunizierten. Georgie suchte nach Einzimmerwohnungen und errechnete Kautionen.

Abends aß sie in einer Imbissbude, und anschließend war ihr schlecht. Sie kämpfte vergeblich mit der Klimaanlage in ihrem Hotelzimmer und kochte sich einen löslichen Kaffee, der ihr für Stunden in den Adern zuckte.

Um halb neun klingelte das Telefon.

»William sagt, du bist davongelaufen.«

Es war David. Er klang gereizt.

»Ich bin wieder in der Stadt«, sagte Georgie. »Ich werde mein Leben in Ordnung bringen, und dann hole ich Harmony zu mir.«

»Wie willst du dein Leben denn in Ordnung bringen, Georgie?«

»Mit etwas Konkreterem als Gebeten.«

»Ach, ja? Wenn du meinst, du kannst dich mit mir anlegen, indem du unrechtmäßig erworbenes Geld benutzt, täuschst du dich.«

»Unrechtmäßig erworbenes Geld? Was zum Teufel redest du da, David?«

»Du weißt genau, was ich meine.«

Die indirekte Anschuldigung ließ seine Stimme zittern, er hielt ihr vage Absichten vor, und sie saß auf dem Hotelbett und weinte.

»Ich habe nie gesagt, dass ich damit wieder anfange, David. Das liegt hinter mir. Es tut mir nur leid, dass William Tobin nicht den Anstand hatte, das zu sehen, und sein dummes Hippie-Maul gehalten hat.«

»Siehst du, das ist so übel an dir, Georgie. Nach allem, was er für dich getan hat, ziehst du über ihn her. Ohne William Tobin würdest du wahrscheinlich irgendwo tot in der Gosse liegen.«

»Ohne William Tobin hätte ich dich nie kennengelernt, meinst du.«

»Wenn dir Harmony etwas bedeutete, würdest du so etwas nie sagen.«

»Ich habe dich gemeint! *Du* denkst, es wäre das Beste gewesen, wenn du *mich* nie kennengelernt hättest. Deine Eltern denken das!«

»Ich akzeptiere die Prüfungen, die mir auferlegt werden«, sagte er.

»Du wirst zu einem von *ihnen*, David. Wirst du so meine

Tochter großziehen? Wie ein voreingenommener kleiner Moralapostel?«

»Ich habe so eine Ahnung, dass du das nicht erleben wirst.«

Im Hotel zahlte sie für zwei Nächte, und zwei Nächte lag sie wach und stellte sich Auswege aus ihrer Lage vor. Einmal verteilte sie Lebensläufe und wurde zu Vorstellungsgesprächen eingeladen. Ein andermal bekam sie eine Notzahlung vom Sozialamt zugesprochen, die als Kaution für eine Wohnung reichte. Aber aus jedem Traum wurden mit der heranrückenden mitternächtlichen Benommenheit böse Fantasien, voller Freier, die sie auf Autorücksitzen bestiegen – und über allem lag wie ein Schleier der Gedanke an Robbie O'Donovan.

Sie hatte versucht, seinen vermeintlichen Tod aus ihrem Kopf zu verbannen, das hatte sie wirklich. Während ihrer Zeit auf der Straße war es schwer gewesen, Mordgeschichten nachzugehen, und danach hatten Davids Invasion und Eroberung sie abgelenkt. Robbies Geist war ihr nicht an den See westlich von Cork gefolgt, aber jetzt war sie wieder in der Stadt, und die Erinnerungen an ihn meldeten sich zurück.

Am dritten Morgen verließ sie das Hotel.

Ihre Finanzen sagten ihr, wenn sie eine weitere Nacht in einem gemieteten Bett schliefe, würde sie ihrer neu gefundenen Eigenständigkeit ein schnelles Ende bereiten. Sie verspürte keinerlei Wunsch, in Williams und Clovers missliche Umarmung zurückzukehren, und ernsthaft, wie standen überhaupt ihre Chancen, dass die sie wieder aufnehmen würden? Durch ihre Flucht bei Mondschein hatte sie alle Brücken hinter sich abgebrochen. Diese Küste war, bei Tage besehen, unwirtlich, aber sie saß hier nun einmal fest.

Was sie vorhatte, machte ihr Angst. Sie ging durch den Nebel, der Rucksack zog an ihren Schultern, und ihr Kleid hing schlaff herunter. Sie überlegte, ob sie einfach blind losrennen, mit ihrem vagen Verdacht zu den Gardaí gehen oder von einer Brücke in den Fluss springen sollte, wo das Wasser ihr Kleid zu einem Ballon aufblähen und sie hinaus aufs Meer treiben würde. Ihre Füße trugen sie weiter. Aus dem Nebel vor ihr tauchte die Fußgängerbrücke auf. Georgie betrat sie, fuhr mit dem Finger über das stählerne Geländer und blieb auf halbem Weg stehen, um flussabwärts in das alles erstickende Weiß und auf die Stadt zu starren, die sich in Blöcken und scharfen Kanten aus der Trübnis erhob. Sie konnte aufs Geländer klettern, und niemand würde sie bemerken. Sie konnte in die Tiefe flattern, und niemand würde sie aufhalten. Es war ein ausgezeichneter Tag zum Ertrinken und eine ebenso ausgezeichnete Brücke, um von ihr herunterzuspringen.

Aber welche Ruhe fände Robbie, wenn sich die einzige Person, die noch an ihn dachte, davonmachte, statt nach ihm zu suchen?

Sie überquerte die Brücke, stand vor der Tür ihres alten Bordells und hob die Hand.

Ein Herzschlag, tief einatmen, sie klopfte.

Als sie an Tonys Tür geklopft hatte, vor Harmony, hatte sie die gleiche bebende Angst verspürt. Als sie noch näher dran gewesen war, ein gesunder, ganzer Mensch zu sein. Was war das für eine Sache gewesen. Wut und Anschuldigungen, die in wirre Behauptungen und die unmissverständliche Aufforderung mündeten, sich mit ihren Beschwerden an die Lügnerin Tara Duane zu wenden. Und dann war ihr kleiner Dealer die Treppe heruntergekommen, um als Prellbock zwischen den widerlichen Anschuldigungen und den Erklärungsversuchen seines Vaters zu dienen! Es hätte leicht zum sonderbarsten Tag in Georgies Leben werden können, wäre sie der Aufforderung gefolgt und hätte tatsächlich an Tara Duanes Haustüre nach Erklärungen verlangt. Aber sie war hinaus und zurück zu William und Clover geeilt, rot vor Scham, auf Tara Duane hereingefallen zu sein, und auch, weil sie ihren Dealer zu Hause aufgestöbert und gesehen hatte, wie jung er wirklich noch war. Mit seinem Daddy, den Babybildern auf dem Kamin und dem Spielzeug, das überall im Wohnzimmer herumlag. Häuslichkeit umhüllte den Jungen, mit dem sie mitten am Tag gekokst hatte.

Hinter der alten Bordelltüre tat sich nichts. Sie atmete ein und aus.

Georgie trat ein Stück zurück und sah zu den Fenstern hinauf, und da auch dort kein Lebenszeichen zu entdecken war, ging sie ums Haus herum und probierte es am hinteren Gartentor. Es war verschlossen, aber in der Mauer daneben war eine Trittmöglichkeit, und die Seeluft hatte sie beweglich gemacht. Also kletterte sie hinauf.

Hinten im Garten lagen und standen reichlich Dinge, die ihr dabei helfen würden, wieder zurück auf die Mauer zu kommen, hauptsächlich Baumaterial, das im Begriff stand, von Efeu überwuchert zu werden, sowie eine Mülltonne auf Rollen direkt neben dem Tor. Sie wollte gerade springen, um es an der Hintertür zu probieren, als sie bemerkte, dass das Oberlicht eines Fensters im ersten Stock offen stand.

Zweifellos konnte man sie sehen, sehr gut sogar, wenn nur gerade jemand hinten aus seinem Schlafzimmerfenster sah. Aber sie sagte sich, dass Einbrecher keine knöchellangen Kleider trugen. Sie sah eher aus wie ein Enkelkind, das zu helfen versuchte, nachdem die tattrige Alte ihren Schlüssel auf der Kommode hatte liegen lassen. So tapste sie denn auf der Mauer entlang, erreichte das Fenster, fasste ins Oberlicht und zog sich auf die Fensterbank. Das Zimmer hatte keine Vorhänge und war so leer wie an dem Tag, als ihr von dem Geist erzählt worden war.

Sie hob den Rock, wickelte ihn sich um die Beine, kniete sich hin, eine Hand immer noch fest um den Rahmen des Oberlichts gelegt, und langte nach drinnen, um einen der Fensterflügel zu öffnen.

Maureen wohnte immer noch hier. Die Wohnung unten war

warm und unordentlich. Jimmy Phelans Mutter war ausgegangen, und Georgie nahm an, nicht für sehr lange. Sie lief nach oben zu dem Fenster, vor dem sie Robbies Namen entdeckt hatte. Die Schreibutensilien waren verschwunden, die Seiten fehlten. Die Zimmer der beiden oberen Etagen waren völlig leer.

Georgie ging zurück in die Wohnung im Erdgeschoss. Nach vorne hinaus gab es ein Schlafzimmer, und sie stand in der Tür und überlegte, ob sie es nach einem wahrscheinlich zerknüllten oder angesengten Stück Papier durchsuchen sollte. Vielleicht waren es die Rückstände christlicher Barmherzigkeit, die an der Haut der Sünderin klebten, oder die Tatsache, dass Georgie sich bei dem Gedanken, das Nest einer alten Frau zu plündern, absolut bescheuert vorgekommen wäre, nein, es war klar, dass sie hier nichts auf den Kopf stellen würde. Sie sah ins Bad, für den Fall, dass da eine Schreckensnachricht auf den angelaufenen Spiegel geschrieben stand, und ging dann in die Küche, wo sie mit den Nägeln auf die Frühstückstheke trommelte.

Was jetzt, nachdem sie in Erinnerung an einen verloren gegangenen Verehrer einen Einbruch begangen hatte?

Georgie zog die Küchenschubladen heraus. In der ersten Besteck, Schnüre, eine Schere, Kerzen, alles durcheinander. In der zweiten Geschirrtücher und eine Rolle Küchenpapier.

In der dritten alles Mögliche an altem Kram.

Ein paar Stifte, ein paar Notizbücher mit verblichenen Namen auf den Seiten. Das alte Telefon vom Tisch oben. Eine Halskette. Make-up-Foundation. Zwei Lippenstifte. Eine alte Visitenkarte, nur mit einer Handynummer und einer vollbusigen Silhouette drauf. Ein Skapulier. Georgie schloss die Finger um den braunen Stoff. Ein darin eingewickelter Lippenstift fiel zurück in die Lade, als sie es herausnahm. Sie machte mit dem Skapulier eine Faust, schloss die Schublade und lehnte sich gegen die Frühstückstheke, die Hand oben auf die Brust gelegt.

Robbie O'Donovan. Kanntest du ihn? Er ist hier gestorben.

Georgie saß mitten auf der oberen Bordelletage.

Unten machte Maureen herum, klapperte mit Tassen, raschelte mit der Zeitung.

Draußen hob sich der Nebel vom Fluss, bevor sich der Abend darüber senkte.

Georgie dachte: *Ist er deswegen hergekommen?*

Es war zweifelhaft, so absurd, wie es war, aber als sie das Skapulier flach auf den Boden legte, schien die Sache einen Sinn zu ergeben. Sie hatte diesem Erinnerungsstück viel Gewicht beigemessen und sich über seinen Verlust beklagt. Robbie war in fast jeder Hinsicht unbrauchbar gewesen, aber es hätte zu ihm gepasst, sich in eine so rührselige und nutzlose Sache hineinzusteigern, wie dieses verdammte Ding wiederzubeschaffen.

Er ist hier gestorben.

Er war eingebrochen. Mitten in der Nacht hatte er Maureen überrascht, die gerade erst von ihrem abscheulichen Sohn hier einquartiert worden war. Sie hatte Jimmy Phelan gerufen, und der hatte Robbie umgebracht, denn seine Mutter zu erschrecken, das war ein weit größeres Verbrechen, als ein Stück Stoff zu klauen.

So eine einfache Geschichte. In diesem Zusammenhang erlangten Tara Duanes Hinweise eine unheilvolle Sinnlosigkeit. Da sie wusste, dass Georgie ihren Versager-Freund vermisste, hatte sie die Gelegenheit wahrgenommen, ihren Nachbarn in ein Verbrechen zu verwickeln, das auf einer wohlbegründeten Vermutung basierte. Tara Duane hatte so etwas ganz sicher schon erlebt, und sie war niemand, dem zu trauen war, wenn sich ihr die Chance zu etwas bot. Selbst so allein dort oben wurde Georgie rot. Dass sie brav ihre Rolle gespielt und den Vater ihres Dealers zu Taras missgünstiger Freude erschreckt hatte, war als solches schon eine hässliche Last.

Unten öffnete sich die Haustür, sie hörte eine tiefe Stimme rufen und darauf die leise Antwort seiner Mutter.

»Wo?«

Dann Schritte auf der Treppe.

Georgie hatte nicht die Zeit, zum Fenster zu gelangen. Als Maureen zurückgekehrt war, hatte sie beschlossen, sich ruhig zu verhalten und darauf zu warten, dass die Frau schlafen ging. Wo hätte sie auch hingehen sollen? Ihr gesunder Menschenverstand hatte ihr nahegelegt, dass niemand hinauf in die leeren Zimmer kommen würde. Georgie hatte sich sicher gewähnt, solange sie keinen Lärm machte.

In Panik schlüpfte sie hinter die Tür, und als die aufging, geschah dies mit einem solchen Schwung, dass sie gegen sie und dann zurück auf den Eindringling knallte. Georgie schrie auf, als Jimmy Phelan auf sie losging. Er packte ihren Arm, zerrte sie in die Höhe und schlug mit der offenen Hand so stark zu, dass es Georgie fast aus seinem Griff riss.

»Du bist die Hure«, sagte er. »Habe ich recht? Ich schicke die ganze Stadt auf die Suche nach dir, obwohl ich einfach nur darauf warten musste, dass du zu mir zurückgekrochen kommst. Was für ein blödes Miststück du doch bist.«

Seine Hand schlug wieder zu, traf sie zwischen Kiefer und Kehle. Sie krächzte, und ihre Beine gaben nach, aber Phelan hielt sie am Hals gepackt und fauchte: »Du weißt, dass es mich antörnt, dumme Schlampen kaltzumachen, und du, mein Mädchen, hast mir im letzten Jahr endlosen Ärger bereitet.«

Georgie würgte, er schlug sie wieder, und Maureen kam herein und sagte: »Hör auf, Jimmy, oder du bereust es.«

»Halt dich da raus, Maureen.«

»In diesem Haus ist schon gemordet worden, und es ist in der Regel der Stärkere der beiden, den es erwischt. Ich warne dich nur.«

Georgie durfte zusammenbrechen.

Durch ihre Tränen hindurch sah sie ihre Unterdrücker: Phelan, puterrot, mit feuchten Lippen und so was von riesig, dass er fast das ganze Zimmer einnahm. Von Schulter zu Schulter nur Muskeln und Zorn. Neben ihm Maureen, nur halb so groß, mit ruhigem, kaltem Blick. Sie ging in die Hocke und hob das Skapulier vom Boden auf.

»Ich dachte, du wärst wiedergeboren, Liebes?«

Phelan zog ein Telefon aus der Tasche, doch Maureen legte ihre Hand darauf. »Wenn rufst du an?«

»Ich schaffe mir diese Hure vom Hals, Maureen.«

»So spricht man nicht über eine Frau, schon gar nicht über eine, die schon Geld für dich verdient hat.« Sie sah auf Georgie hinunter und sagte: »Sie sucht doch nur nach Robbie O'Donovan, stimmt's?«

»Halt den Mund, Maureen.«

»So spricht man auch nicht mit seiner Mutter.«

Phelan lachte. »Das funktioniert bei mir nicht, Mädchen.«

»Oh, du bist von Una Phelan großgezogen worden. Kein Wunder, dass du so geworden bist. Ich wäre nicht glücklich, Jimmy, wenn ich sehen würde, dass du diesem Mädchen wehtust.«

»Dein Glück, Maureen, ist exakt der Grund, warum wir sie loswerden müssen.«

»Dann werde ich nie wieder glücklich sein.« Und zu Georgie: »Du sagst doch nichts, oder? Du willst doch nur wissen, wo Robbie O'Donovan ist. Und wenn ich es dir verrate, wird kein Wort über deine Lippen kommen.«

»Maureen, so geht das nicht«, sagte Jimmy Phelan, doch seine Mutter hob die Hand und sagte: »Aber natürlich geht das. Einer ist wegen mir schon gestorben, und ich will nicht, dass es mehr werden.«

»Sie wird sterben«, sagte Phelan.

»Wird sie nicht«, sagte Maureen, »und sie verschwindet auch nicht wieder. Habe ich nicht recht, Georgie? Hast du nicht genug, worum du dir Sorgen machen musst, auch ohne irgendwelche wichtigen Geheimnisse zu verraten?« Und sie legte sanft eine Hand auf Georgies flachen Bauch und lächelte.

19

OH, MIT JAMES DOMINIC PHELAN war nicht leicht zu handeln. In dem Sinne kam er auf seine Ersatzmutter, so ungebildet, wie der Tag lang war, und stur wie ein Esel. Maureen arbeitete sich um ihn herum, aber nur so eben. Ein Geist, erklärte sie, sei schlimm genug. Aber zwei? Dann würde sie nie wieder schlafen können. Besonders, wenn sie eng miteinander verbunden waren. Robbie O'Donovan nickte traurig aus der Ecke. Er wollte Georgies Gesellschaft nicht.

Jimmy sagte immer nur: *O Maureen, o Maureen, du verstehst das nicht.* Wenn man erst einmal jemanden umgebracht hatte, wurde die Welt zu einer Orgie von Unruhe. Alle, die dich im Verdacht haben mochten, mussten kontrolliert werden. Die Strafen für Nachsicht waren hart, und damit war Nachsicht keine Option.

Oh, jetzt mach nicht so ein Theater, sagte Maureen. Was konnte der Spatz schon anrichten? Die Kleine würde kaum jemandem was sagen. Sie hatte doch keinerlei Einfluss in Jimmys Welt. Was war sie denn, nur eine kleine Hure, oder? Wer würde ihr glauben? War sie nicht drogensüchtig? War sie nicht Mitglied einer Sekte gewesen?

War sie nicht Mutter?

»Wo ist das Baby?«, wollte Jimmy wissen. Das Mädchen heulte und sagte, in Pflege.

»Keiner«, sagte Maureen, »tritt dir auf die Füße, wenn du das in der Hand hast.« War Jimmy nicht auch erst ein Baby gewesen, als sie aus dem Land verbannt worden war? Maureen wusste, was Georgie tun und nicht tun würde, und ausplaudern würde sie ganz sicher nichts, nein, das würde sie nicht.

»Wenn du mir auf die Füße trittst«, erklärte Jimmy dem heulenden Elend, »bringe ich dich um und halte mich an deinem Kind schadlos.«

Er versicherte sich, dass die Fenster verriegelt waren, ließ das Mädchen im Zimmer zurück, sagte Maureen, sie solle mit ihm in die Küche kommen, stellte sich auf Robbie O'Donovans Todesplatz und knurrte: »Und jetzt, Maureen, erklärst du mir, woher diese Hure weiß, dass dein alter Freund Robbie tot ist?«

Spürsinn. Zufall. Religiöse Fürsprache.

Eines Tages, erklärte Maureen James Dominic Phelan, als sie die Gegenwart Robbie O'Donovans besonders deutlich spürte, kam ein gefallener Engel an die Tür, der sich seine Flügel zurückverdienen wollte, indem er den Herrn den Allmächtigen lautstark pries.

»Was zum Teufel soll das jetzt wieder bedeuten?«

Es bedeutete, dass der Engel die Gestalt einer kleinen Magdalena angenommen hatte, mit einem Bauch voller Sünde, und Gott, dieser Gauner, hatte sie genau hierher dirigiert. Sie trat in das Bordell ein, war hier gleich zu Hause und fühlte sich richtig elend deswegen. Maureen hatte gefallen, wie sie die Evangelien verstümmelte, und sie aus Spaß hereingebeten, dann war sie über die üble Vergangenheit des Mädchens verzückt. Letzte Zweifel verflogen, als Maureen den Namen ihres Sohns, des Bordellbetreibers, nannte und die Ärmste, der gefallene Engel, hochfuhr, als wollte sie umgehend das Weite suchen.

»Warum, verdammt noch mal, sagst du ihr so was, Maureen? Steckst du etwa all deinen Besuchern, was für eine Enttäuschung ich doch bin?«

Nun, das war noch nicht alles, was Maureen ihr erzählt hatte. Die Magdalena hatte angefangen, die Wahrheit hervorzuheulen. Dass sie gar nicht habe hereinkommen wollen, weil sie in diesem Haus als Hure tätig gewesen sei. Maureens unehelicher Sohn habe sie in Ungnade gestürzt. Maureen hatte ihr vorgeschlagen, die Schatten zu vertreiben, und das Mädchen hatte widerwillig nachgegeben. Auf dem Weg die Treppe hinauf sei ihr dann der Geist begegnet. Er habe ihr etwas ins Ohr geflüstert, und plötzlich war sie allwissend. »Robbie O'Donovan war hier!«, habe sie gerufen, und sie, Maureen, habe daraufhin gesagt: »Ah, das stimmt. Er ist hier gestorben.« Und Magdalena sei aus der Tür geflogen, die Flügel durch eine Wahrheit zurückgewonnen, die größer sei als sie beide.

»Jesus Christus«, sagte Jimmy. Er lief in der Küche auf und ab und stach in die Luft über seinem Kopf. »Du meinst, *du* hast der Hure gesagt, O'Donovan ist tot? Jesus Christus, Maureen. Warum bist du nicht gleich auch zum Bullenstall rüber und hast dem Gesetz erklärt, dass du einem Junkie den Kopf eingeschlagen hast, wo du schon mal dabei warst?«

Maureen sagte: »Ich bin kein Idiot, weißt du.«

»Oh, das bist du nicht, nein. Herrgott, Maureen. Ich dachte, dass Cusack dir den Namen des Toten gesagt hat, wäre ein Ausrutscher gewesen, über den ich hinwegsehen könnte, aber du hast ihn ja aufgesaugt, um ihn gleich wieder auszuspucken. Wem hast du deine Sünden sonst noch gestanden?«

»Ich hoffe, du vergreifst dich nicht an dem netten Tony Cusack, Jimmy.«

»Ich reiß ihm das Rückgrat aus dem Arsch, genau das werde ich machen!«

»Du wirst die beiden wahrscheinlich nicht kennen, aber er ist John und Noreens Junge. Sie ist ein tyrannisches Biest und er ein Säufer, aber ich würde ihnen dennoch nicht den einzigen Sohn nehmen wollen. Das kann fürchterliche Dinge mit einem Menschen machen.«

»Du denkst«, sagte Jimmy, »du kannst mir hintenrum eine verpassen, aber dafür fehlt dir der Platz zum Ausholen, diesmal wenigstens. Hast du sonst noch wem was erzählt?«

Maureen sagte: »Habe ich nicht.«

»Verstehst du nicht, was passieren würde? Nicht nur, dass sie dich in die Klapse verfrachten würden, mich würden sie dafür drankriegen, dass ich deinen Müll weggeschafft habe, und mein ganzes Leben hier, Maureen, diese ganze verdammte Stadt, funktioniert nach Cowboy-Regeln. Ich wäre ruiniert.«

»Glaubst du nicht, dass es an der Zeit für dich wäre?«

Jimmy blieb stehen. Seine Finger verschweißten sich mit der Kante der Frühstückstheke.

»Denkst du, es war falsch von dir, mich nach Hause zu holen?«

»Ob es ein Fehler war, meinst du? Das war es eindeutig.«

»Nicht einfach nur ein Fehler, Jimmy. Falsch. Eine Grenze ist überschritten worden. Es ist etwas geschehen, aus dessen Fängen du dich nie befreien wirst.«

»Dich aus London nach Hause zu holen …«

»Was heißt denn ›nach Hause‹?«

»Das hier ist dein Zuhause, Maureen. Das ist deine Stadt. Dich zurück nach Hause zu holen war das Mindeste, was ich tun konnte, und ich habe vierzig Jahre darauf gewartet.«

»Aber wer hat gesagt, dass ich nach Hause wollte?«

»Klärt man so am Ende nicht alles, Maureen? Indem man zum Ausgangspunkt zurückkehrt?«

Maureen lächelte. »Was habe ich zu klären, Jimmy? Ob ich hier sterbe oder da, ist mir nicht wichtig. Du hast mich nach Hause geholt, weil du dachtest, du würdest dich dann besser fühlen.«

»Ich habe dich geholt, weil ich dachte, es wäre etwas Richtiges in einer Geschichte, in der nichts richtig ist.«

Er lehnte sich gegen die Frühstückstheke, und sein Kopf sank nach vorn. Er seufzte. Maureen betrachtete seine aus der Luft geschnittene Gestalt. Es war ein breiter, robuster, erwachsener James, von Dominic Looney war da nichts zu sehen. Tatsächlich war er ein Ebenbild ihres eigenen Vaters, mit seiner bulligen Statur und den grauen Stoppeln, die über seine Nackenfalten krochen … Grau auf Rosa, von einer seltsam weichen Verletzlichkeit, wie sein Babykopf, den sie an ihre Brust geführt hatte.

Siehst du, wie die Welt sich dreht?

»Was mache ich nur mit dir, Maureen?«

Es erstaunte sie, dass er überhaupt etwas sagte. Klebrig und quengelnd war er aus ihr herausgekommen, und schon war er ein Riese mit Lederjacke und seiner eigenen, lebenslang gelernten Sprache. Sie nahm eine Strickjacke von der Lehne eines Stuhls und zog sie sich über die Schultern. Vom Fenster, das nach hinten rausging, sagte sie: »Ich will nicht, dass du dem Mädchen wehtust. Es war mein Fehler. Ich habe es ihr gesagt.«

»Ich weiß, dass es dein Fehler war. Das ist ein weiteres Kreuz, das du zu tragen hast, mit deiner Riesenklappe.«

»Würdest du mir das antun, Jimmy?«

»Ich schulde dir nichts«, sagte er, »bis auf meine Existenz, aber wenn es mich nicht geben würde, wüsste ich es nicht. Du hast mir nichts zu sagen, Maureen. Alles, was du getan hast, war, mich aus dir rauszupressen.«

»Ein Leben für ein Leben«, sagte sie. »Alles, was sie getan hat, war zuzuhören.«

»Siehst du, wie die Welt sich dreht?«, sagte Maureen zu Georgie später am selben Abend. »Alles, was du wolltest, war dein religiöses Schmusetuch, und jetzt schuldest du Jimmy dein Leben, bloß weil er sich überzeugen ließ, es dir nicht zu nehmen.«

Georgie saß immer noch mitten im Zimmer auf dem Boden. Ein schöner purpurfarbener Bluterguss schob sich ihr die Wange hoch, ein Auge war rosa geschwollen. Maureen hatte ihr die Strickjacke und eine Decke gegeben, aber sie zitterte noch immer wie eine Schüssel Wackelpudding. Das Haar fiel ihr verfilzt auf den Rücken.

»Möchtest du eine Haarbürste?«, fragte Maureen.

Das Mädchen schluckte.

»Du kannst dich beruhigen«, sagte Maureen. »Er wird dich nicht umbringen. Ich habe ihm gesagt, er soll es nicht tun, und ich bin seine Mutter, weißt du?«

Georgie sagte: »Ich wollte Sie nicht erschrecken.«

»Mich erschrecken? Da bräuchte es schon etwas Heftigeres und Dreisteres, um mich aus der Ruhe zu bringen.«

»Ich wollte nur wissen, was mit Robbie ist.«

»Du wolltest dein kleines Skapulier zurück.«

Maureen ging zu Georgie und setzte sich ihr gegenüber auf den Boden. Sie lehnte sich etwas zur Seite, nahm ihren Fuß und ließ ihn ein wenig kreisen.

»Warum sollte einer Hure die Kirche wichtig sein?«

»Es ist von meiner Mutter …«

»Oh, verflixt noch mal, schon wieder eine fromme Mutter. Man muss sich doch fragen, was mit diesem Land nicht stimmt, dass es immer neue tugendhafte alte Schachteln hervorbringt. Und was würde deine Mammy sagen, Miss Georgie, wenn sie wüsste, dass du hier drin warst?«

»Ich habe sie seit Jahren nicht gesehen.«

»Seit wie vielen?«

»Fast zehn.«

»Fast zehn? Wenn du jetzt wieder nach Hause kämst, wäre es mit Sicherheit so, als wärst du nie weg gewesen. Der Heilige Geist würde dich zurückkarren, und sie könnte sich eine Pause von den Novenen gönnen. Ich habe Jimmy zwanzig Jahre nicht gesehen, bevor ich hier in dieses Loch kam. Kannst du dir das vorstellen? Einmal war ich Weihnachten zu Hause, da war er zwanzig und hat mir einen Brandy gekauft. Als ich ihn das nächste Mal sah, war er vierzig und so groß wie ein kleiner Schuppen.«

Georgie piepste, rieb sich die Tränen von den Wangen und wischte mit den Händen über ihr Kleid. »Warum haben Sie ihn zwanzig Jahre nicht gesehen?«, fragte sie. »Was ist passiert?«

Maureen machte eine Pause. Der bleiche Raum hatte so gar nichts Inspirierendes, und es war eine so endlos lange Geschichte, zu groß für diese vier Wände.

»Wir gehen spazieren«, sagte sie. »Ich habe da etwas, was ich dir gern zeigen würde.«

»In London kannte ich Mädchen«, sagte Maureen. »Junge Frauen wie dich. Huren mit sündigem Lächeln.«

Sie gingen durch die nächtlichen Straßen, vorbei an vor Energie strotzenden Studenten, lachenden Achtzehnjährigen in Röhrenjeans und mit dünnen Bärtchen, telefonierend, Bier trinkend, die Revolution proklamierend. Dominic Looney hätte gut einer von ihnen sein können, mit seinen Kettchen und Armbändern, den Kopf voller Aufruhr und Wollust. Moden wiederholen sich, dachte sie, aber Mistkerle bleiben Mistkerle.

Georgie hielt den Blick gesenkt. Maureen spürte ihre Angst ebenso deutlich wie die Kälte. Sie befürchtete, dass das Mädchen aus Angst vor Rache gefügig blieb. Als würde Maureen plötzlich herumfahren und ihr aus einer üblen Laune heraus das Genick brechen. Das ärgerte sie. Sie brauchte eine positive Einstellung, sollte ihre Lektion funktionieren.

Tja, aber war es ein Wunder? Das Mädchen war nur mehr eine Hülle, mit nichts als Angst in sich.

»Ich verurteile dich nicht«, sagte Maureen. »Ich weiß, wie du zu dem geworden bist, was du heute bist.«

Ein lachendes Mädchen kam um die Ecke gewankt und lief direkt in Georgie hinein. Beide gerieten ins Stolpern. Das Mädchen entschuldigte sich. Ihre Freundinnen, genauso betrunken wie sie, kreischten entzückt. Das Mädchen trottete weiter und rief seinen Freundinnen zu, wie gedemütigt es sich fühle. *Habt ihr das Gesicht gesehen?*, stieß eine von ihnen hervor.

»Die meisten«, sagte Maureen, während eines der Mädchen auf seinen Absätzen ins Wanken kam und sich am Arm des

Püppchens neben ihm festhielt, »die meisten steigen irgendwann aus, aber ich kann mich nur an eine erinnern, die keinen Schaden genommen hatte. Die anderen waren zu verbitterten alten Frauen geworden. Sie haben niemandem getraut, haben getrunken und ihre Kinder geschlagen.«

»Ich wäre eine gute Mutter gewesen«, sagte Georgie, doch der Satz kam ohne Überzeugung aus ihr heraus.

»Vielleicht schon«, sagte Maureen, »und ich hoffe, du wirst es noch herausfinden. Ich … ich hätte ihn nicht schlechter großziehen können, wenn sie mich gelassen hätten. Sieh nur, was aus ihm geworden ist!«

»Wohin gehen wir?«

Maureen gluckste. »Ich habe dir doch gesagt, ich muss dir was zeigen.«

»Ich kann ihn heute nicht noch einmal sehen.«

»Wen? Jimmy? Ich bringe dich nicht zu ihm. Oder irgendwohin zurück. Ich bringe dich weiter. Pass auf.«

Sie gingen um die nächste Ecke und standen vor einer Kirche. Maureen schnipste mit den Fingern und schob ihre Mit-Pilgerin, die sie fest untergehakt hatte, voran.

»Wir gehen zur Messe?«

»Zur Messe? Nein.«

Die Kirche war aus Stein gemeißelt, in der Stadt ringsum gab es kaum etwas derart Solides. Maureen führte Georgie neben das Gebäude. Die Buntglasfenster über ihnen trieften vor Dunkelheit, und die Stille der geweihten Erde ließ ihre Schritte schwerer werden.

»Ich habe Orte wie diesen immer gehasst«, sagte Maureen.

Sie gingen um die Kirche herum zum Haus des Priesters, einem zweistöckigen Anwesen für einen unverheirateten Mann und seine Geister. Maureen gefiel das nicht. Sie hatte es nie verstanden, schon als Kind nicht, warum der Priester ein größeres Haus bewohnte als sie. Der Heilige Körperlose Herrgott ließ ihm doch bestimmt genug Platz.

Sie und ihre Brüder und Schwestern hatten nach der Messe, nach Gedenkgottesdiensten, Beerdigungen, der ganzen Litanei eines gläubigen Lebens, oft auf dem Gelände der Kirche gespielt, waren herumgesprungen, während die Erwachsenen mit Gratulationen, Beileidsbekundungen und Verdammnis beschäftigt waren. Aber wenn sie um die Ecke rannten, wurden sie vom heiligen Mann beim Kragen gepackt, der angesichts einer solchen Respektlosigkeit zornesweiße Lippen zusammenkniff. Es war so schade, einen so schönen Garten allein den Launen eines elenden alten Bocks zu überlassen. Es war so schade, dass dieser Garten im Schatten eines so düsteren Ortes lag. Die Rasenflächen und Blumenbeete waren immer gepflegt, und wenn man Glück hatte, konnte man sogar eine Grotte finden. Es war der einzige grüne Ort, an dem Fahrensleute niemals ihre Pferde grasen ließen.

Maureen führte Georgie zu einem Gebüsch, von dem aus man die Haustür des Priesters sah. Georgie protestierte leise, aber Maureen brachte sie zum Schweigen und schob sie mit sicherer Hand in die Büsche. Georgie war verwirrt. Im schwachen, aus einer Seitentür fallenden, orangefarbenen Licht schien sie kurz davor, erneut in Tränen auszubrechen.

»Siehst du die Autos?« Maureen streckte die Hand aus.

»Ja.«

»Das sind Leute, die sich mit dem Priester treffen. Jeden Abend. Sie arbeiten ständig, diese Priester.«

»Was für Leute?«

Maureen sah sie an.

»Junge Männer und Frauen, die heiraten wollen. Mütter, die wegen Gedenkkarten kommen. Väter, die Bestätigung suchen. Seine Schäfchen halt.«

»Warum sind wir hier? Ich verstehe nicht.«

Maureen ging in die Hocke und drehte sich um. Georgies Blick war gesenkt, als suchte sie die Erde nach einer Erklärung ab. Da würde sie nicht fündig werden, aber es war kein schlechter Anfang. Aus Staub geboren und auf steinigem Grund großgeworden, war es nicht so? Die Mädchen hatten sich nicht mehr verändert als die Jungs mit ihren Kettchen. Ohne die einen gäbe es nicht die anderen.

»Es war ein Feigling namens Dominic Looney, der mich in die Sünde trieb und dort zurückließ«, sagte Maureen. »Ich bekam Jimmy, da war ich neunzehn. Meine Eltern wollten nicht, dass ich ihn behalte. Es war eine zu große Schande, weißt du. Das war damals so. Ich ging nach England, und er wuchs hier auf. Eine Weile lang habe ich in Büros gearbeitet, aber ich konnte eine Stelle nicht länger halten als ein heißes Schüreisen. War ein bisschen als Haushaltshilfe tätig oder in Küchen angestellt. Hab mit den anderen Iren in Klubs getrunken, mich mit ein paar von ihnen angefreundet, manchmal wurde auch mehr draus, doch ich bin nie zur Ruhe gekommen. Das konnte ich auch nicht, denke ich manchmal. Wozu auch? Wie baut man sich ein Leben auf, wenn man nichts als die eigenen Knochen hat? Ich kam erst wieder nach Hause, als Jimmy sich in den Kopf gesetzt hatte, mich herzuholen. Aber es ist zu viel geschehen, als dass wir mehr als Fremde füreinander sein könnten. Deshalb weiß ich, was dir auf der Seele liegt. Weil du dein kleines Baby verloren hast.«

Georgie ließ einen Schluchzer hören und senkte die Hände auf die Erde, um Halt zu finden.

»Dein Robbie O'Donovan«, sagte Maureen, und ihre Stimme war so sanft wie das Licht, das aus der Tür fiel, »hätte nicht sterben sollen. Es war ein Unfall.«

»Es ging ihm um etwas, wissen Sie. Er mag nicht danach ausgesehen haben, aber es war so. Und Sie hatten kein Recht … kein Recht, ihm das Leben zu nehmen, und auch keins, ihn dann zu verstecken.«

»Das weiß ich«, sagte Maureen.

»Was haben Sie mit ihm gemacht?«

»Weil es ein Unfall war, hat Jimmy die Spuren beseitigt. Robbies Körper wurde weggeschafft, aber ein Rest von ihm ist noch da. Ich nehme an, ich werde ihn nicht wieder los. Du glaubst nicht an Geister, oder?«

Georgie sagte nichts.

»Ich könnte es verstehen«, sagte Maureen. »Ich würde es auch nicht, aber sie haben mich mein ganzes Leben lang verfolgt. Er hat das Skapulier deiner Mutter gesucht, war es das? Was, wenn ich dir sagte, dass du dich von deiner Mutter gar nicht so sehr unterscheidest?«

»Warum? Weil wir im Gebüsch vor einer Kirche hocken? Das reinigt mich nicht von meinen Sünden, oder?«

Maureen sagte: »Arbeitest du gern als Prostituierte?«

Georgie versteifte sich. Für einen kurzen Moment lag Unwille auf ihrem geschundenen Gesicht. Lange genug für Maureen, um es zu merken.

»Glauben Sie, ich würde das tun, wenn ich nicht müsste?«, fragte Georgie. »Denken Sie, irgendeine Prostituierte würde das tun?«

»Warum tun die Mädchen es also?«

»Wegen dem Geld.«

»Sie mögen Geld?«

»Sie brauchen Geld.«

»Genau. Sie brauchen es, und so legen sie sich unter einen verdorbenen Mann, um zu überleben. Ist es nicht so?«

Georgie fuhr sich mit der Innenseite eines Handgelenks über die Augen.

»Also gibt es für Frauen verschiedene Kategorien«, sagte Maureen. »Da sind die Mütter. Die Biester. Die Ehefrauen. Die Freundinnen. Die Huren. Frauen haben nichts gegen eine solche Einteilung, solange sie nur zur richtigen Gruppe gezählt werden. Und alle sehen auf die Huren herab. Denen bleibt allein die Gnade Gottes.«

»Gott hat nichts damit zu tun.«

»Die Sache ist, dass eine bestimmte Sorte von Frauen für die niedrigsten Instinkte der Männer beiseitegelegt wird. Dazu gehörst du, und dieses Spiel machst du besser mit, sonst gnade dir Gott.«

»Alle Männer? Sind alle so?«

»Ha! Die kann man genauso fein säuberlich unterteilen. Wusstest du das nicht? In Heilige und Sünder. Herren und Sklaven. Die Guten und die Bösen. Wie mein Jimmy. Hat er nicht auch eine Rolle? Niemand kommt nach oben, wenn er nicht einen Haufen Leichen hat, auf dem er hochklettern kann.«

»Was hat das mit meiner Mutter zu tun?«

»Sie ist doch gläubig, oder? Im Supermarkt verkaufen sie ja keine Skapuliere.«

»Ja …«

»Sie kniet vor der höheren Macht nieder. Die Kirche will Macht, mehr als alles andere, die Macht über alles Lebende. Die Kirche hat ein Ideal, und sie merzt alles aus, was sich dem in den Weg stellt. Die Kirche braucht blinde Hingabe. Deine Mutter, meine Mutter, die Leute da drin, die Vater Schwindlers Ego aufblasen, sie alle machen da mit. Ihnen ist eine Klasse zugeteilt worden, und an die klammern sie sich. Die Kirche schafft sich ihre Sünder, damit sie jemanden hat, den sie retten kann. Deine Mutter ist eine Magdalena für ihren Christus.«

Die Tür öffnete sich. Maureen legte Georgie eine Hand auf den Rücken, damit sie sich still verhielt.

Ein junges Paar trat vors Haus, drehte sich um und schüttelte dem Priester die Hand. Lachen. Das Licht aus dem Flur ergoss sich über die Stufen, warf einen bernsteinfarbenen Kreis auf die Erde, auf der die Jünger standen, und aus den Schatten heraus betrachteten die beiden Magdalenen ihre bebenden Rücken.

»Sieh ihn dir an«, zischte Maureen. »Sieh ihn dir genau an. Wie er sie ideologisch drillt, wie er sie gläubig hält, damit er sie auch weiterhin am Haken hat.«

20

SIE HATTE HAARE, so schwarz wie die Tiefe des Alls, und erstaunliche dunkelblaue Augen. Das Einzige nicht ganz Vollkommene an ihr war die lange Nase, derer sie sich schämte, aber auch die liebte er, genau wie die aufblitzende Demut, die sie vor einem Spiegel in ihr hervorrief. Er küsste sie, wenn er glaubte, damit durchzukommen.

Sie sollte sich eine weiße Bluse für die Arbeit kaufen, war aber zu eitel für alles Funktionelle. So trug sie eine, die tailliert war, kaum ihren Bauchnabel bedeckte und von Sicherheitsnadeln zusammengehalten werden musste, wenn die Knöpfe nicht schon nach der Hälfte ihrer Schicht in den Augen der Gäste landen sollten. Sie hatte ihm gesagt, er solle sie im Café treffen. Als er eingetroffen war, machte sie ihm ein Sandwich mit Speck, Salat und Tomate, und während er aß, stocherte sie in ihrem Salat herum und verzog das Gesicht.

»Ich muss dir etwas sagen.«

Er dachte, sie wolle ihn loswerden. Sie hatte gesagt, sie liebe seine Augen und seinen hoch und runter gehenden Akzent (»wie die Hügel zu Hause«, hatte er ihr erklärt), doch das reichte nicht weit, und sonst hatte er kaum etwas zu bieten. Er hatte sich auf einer Baustelle an der White Heart Lane abgerackert, aber alles, was er verdiente, gab er für Ecstasy und Alkohol aus. Sie sollte eigentlich am Goldsmiths College studieren, gab aber in etwa das Bruttosozialprodukt einer Inselnation für Wochenend-Partys und Einkaufstouren aus. Wenn sie ein gutes Paar abgaben, lag das allein daran, dass sie beide nicht mit Geld umgehen konnten.

Das Sandwich verharrte fünf Zentimeter vor seinem Mund in der Luft.

»Das kommt etwas überraschend für mich.« Sie zuckte mit den Schultern.

Es war Mitte August und brütend heiß. London hatte seit Tagen nicht geschlafen, und das sah man. Kleine Kinder steckten Stöcke in den stellenweise aufgeweichten Teer auf den Straßen. Alte Frauen saßen zusammengesunken auf Parkbänken, während ihre Scottish Terrier unter den Sitzlatten hechelten. Zwei große Ventilatoren drehten sich im Café, und die Tür stand weit offen. Alle fühlten sich träge und verschwitzt.

»Was kommt überraschend?«, fragte er.

Hinter ihnen ließ ein riesiger Kerl in einem ärmellosen Hemd seinen Teelöffel auf seine Zeitung fallen und fluchte.

»Weißt du«, sagte sie, »wie sich herausgestellt hat … bin ich schwanger.«

Dem Mann in dem ärmellosen Hemd fiel es nicht auf, aber Tony Cusack wurde gerade komplett umgekrempelt.

»Du bist was?«

Sie zuckte wieder mit den Schultern.

Eine Wespe flog auf sie zu, und er trieb sie weg. Sie kam zurück. Tony Cusack nahm die zurückgelassene *Sun* vom Tisch gleich neben der Tür und erschlug das Insekt auf der Scheibe. Maria Cattaneo legte den Kopf schief, fuhr sich mit der Hand durch die Haare, und als er zurück an den Tisch kam, hob sie die Brauen, als wollte sie sagen: *Du bist am Zug, Freundchen.*

Er sah auf sein halb gegessenes Sandwich.

»Nun«, sagte er. »Das ist … äh … Was willst du jetzt tun?«

Sie hob den Blick zum Himmel. »Gott, bist du romantisch«, sagte sie.

Als Tony achtzehn gewesen war, hatte ein Mädchen, mit dem er zusammen war, gesagt, sie glaube, sie sei schwanger, aber wie sich herausstellte, war sie es nicht, was eine so gute Nachricht war, dass es ihn förmlich von den Beinen holte, da sie seine Erste gewesen war. Er hatte sich von ihr getrennt, weil er sie nicht wirklich mochte. Aber das jetzt war was anderes. Er war vier Jahre älter und verrückt nach Maria Cattaneo. Er stupste seinen Toast mit gekonnter Gleichgültigkeit an, aber in seinem Kopf spielte eine Blaskapelle, und dazu paradierte eine wilde Truppe von Cheerleadern.

»Ich will mich nur versichern, ob es okay für dich ist, also …«, sagte er.

»Ich liebe Babys, und du siehst gut aus …« Sie machte ein ploppendes Geräusch mit dem Mund. »Das gibt gut aussehende Babys.«

»Also okay.«

»Okay.«

»Warst du beim Arzt?«

Sie nickte. »Es sieht nach März aus. Der Frühling. Wie ein Lämmchen.«

Er sprang auf, beugte sich über den Tisch und küsste sie, und der Mann im ärmellosen Hemd sagte: »Langsam, mein Sohn, ich versuche hier zu essen.«

Neunzehn Jahre später versank Tony Cusack in seinen trägen Erinnerungen. Sonnenlicht kroch durch die Vorhänge seines Wohnzimmers und erhellte einen Teppich voller Tabak- und Kekskrümel. Der Staubsauger funktionierte nicht.

Er hatte keinen Alkohol mehr und war auch nicht in der Verfassung, Nachschub zu besorgen. Die Hitze machte ihn schlapp, zudem war er zu sehr in das Kaleidoskop seiner Erinnerungen verstrickt, um überhaupt das Haus verlassen zu wollen. Die Kinder hatten sich in der Sonne zerstreut. Die Kleinen spielten vorn auf dem Grün. Cian war in bester Laune verschwunden und würde bei seiner Rückkehr zweifellos versuchen, seine Trunkenheit hinter seinem Handy zu verstecken. Kelly hatte ein paar Handtücher zusammengefaltet und gesagt, sie wolle mit ihren Freundinnen nach Myrtleville. Sie hatten viel zu tun, die kleinen Cusacks, sie hatten mehr, als er ihnen gab, und ließen ihren

Vater durch Szenerien treiben, die an den Rändern zu welken begannen.

Er war mit einer schwangeren Neunzehnjährigen zurück nach Cork gekommen, deren Wunsch, ihre Mittelklasse-Herkunft vergessen zu machen, ihr den Blick trübte. Freunde und Verwandte fragten ihn gleichermaßen: *Wie, verdammte Scheiße, hast du die denn in die Finger gekriegt?*, und er hatte keine Antwort für sie, weil er es selbst nicht wusste.

Eine Weile wohnten sie bei seiner Mam und seinem Dad, und als sie das Haus bekamen, gingen sie den Bund der Ehe ein, und als sie den Bund der Ehe eingegangen waren, fingen sie an, einander ernsthaft zu bekriegen, und die Verletzungen, o ja, die verdammten Verletzungen, sie nahmen kein Ende, und doch war es auch noch den letzten Bluterguss wert.

Er erwies sich in absolut allem als Versager, nur nicht darin, ihr schöne Kinder zu machen. Und sie war nicht anders. Beide tranken. Keiner von ihnen arbeitete regelmäßig. Ihre Temperamente ergänzten einander. Sie wohnten in einem Drecksloch und stritten sich auch draußen auf der Straße. Aber am Ende hatten sie sechs Kinder produziert, sechs dunkelhaarige, dunkeläugige Wunder mit seinem Blut in ihren Adern, und vielleicht war das ja genug.

Er sah die Minuten auf dem Sky-Menü verrinnen, und der Durst wurde schlimmer, bis er ihn nicht mehr ertrug.

Im Schnapsladen hielt er den Kopf gesenkt. Obwohl er nur ein einziges Ziel vor Augen hatte, war er sich bewusst, dass er zu den Idioten gehörte, die den Laden sieben Tage die Woche offen hielten. Er nahm einen Sechserpack von einem Aufsteller ganz hinten, wo der billige Schrott stand. Der Raum wurde von Neonröhren und Kühlschränken erleuchtet, und so für alle sichtbar blinzelte Tony und beeilte sich, zur Kasse zu kommen, mit einem feuchten, zerknüllten Zehner in der Hand.

Sein Name schlängelte sich hinter ihm her.

»Tony! Tony, warte eine Sekunde!«

Die Sonne brachte in Tara Duane die Schlampe zum Vorschein. Sie trug einen gelben Bolero und so knappe schwarze Shorts, dass sie kaum als Unterwäsche taugten. Das Haar hatte sie sich aus dem Nacken hoch auf den Kopf gebunden. Von da nach abwärts gab es nur Knochen. Keine Titten, nicht mal ansatzweise. Sie war Mutter, sah aber nicht im Entferntesten danach aus. Sie hatte sich zurück in ihre Teenagerzeit gehungert.

Da er sich verkrochen hatte, während seine Kinder draußen in der Welt herumturnten, bekam er nicht viel von Tara Duane mit. Gelegentlich sah er sie vom Fenster aus, und ein paar Mal hatten sie sich knapp verpasst, als sie hinten im Garten Wäsche aufhängten. Sie schien das Interesse verloren zu haben, Treffen zu inszenieren, seit Ryan nach Hause gekommen war, nur um gleich wieder auszuziehen. Tony sah den Zusammenhang, beglaubigte ihn und hoffte, dass er mit seiner Logik falschlag. Das letzte Mal, dass sie ihn am Wickel hatte, vor dem Haus, war jetzt Monate her, und da hatte sie ihm gesteckt, dass J.P. sie dazu verdonnert habe, die unglückliche junge Frau zu finden. Tara Duane war ohne seine Zustimmung zu so etwas wie einer Verbündeten geworden. Man sollte denken, dass das etwas war, was sich anzufechten lohnte. War es aber nicht. Er konnte es nur akzeptieren und zu den Akten nehmen.

Was sollte er sonst auch machen? Dem Mistkerl auf die Pelle rücken?

Zwei Tage nachdem Maria Cattaneo sein Leben verändert hatte, saß Tony mit Jimmy Phelan in einem Pub. Umgeben von dunklem Holz und der lauten Stimme eines Fußballkommentators nahm er Glückwünsche entgegen und ließ sich volllaufen, beides ähnlich souverän.

»Ohne chloroformgetränktes Taschentuch hättest du es

nicht viel besser machen können«, sagte Jimmy. »Ziehst du mit ihr zusammen?«

»Ich fahre mit ihr nach Hause.«

»Nach Italien? Mit deinem käsigen irischen Arsch?«

»Nein, Junge. Nach Cork.«

»Nach *Cork*? Großer Gott, Cusack, du bist doch gerade erst da weg!«

»Mein Sohn wird natürlich in Cork geboren. Sonst wär's nicht meiner.«

Jimmy lachte. »Wann geht's los?«

»Ich weiß nicht. In ein paar Monaten wahrscheinlich. Es ist noch früh.«

»Hast du's deiner Mam erzählt?«

»Hm, ich werde sie ›besuchen‹ fahren, und dann sage ich es ihr.«

»Bist ein cleveres Kerlchen.« Jimmy winkte eine Bedienung heran und sagte: »Noch mal das Gleiche, Liebes. Und zwei Kurze. Was ist euer bester Scotch? Der Junge hier wird im Frühjahr Daddy.«

»Oh, wow!«, sagte die Bedienung. Sie trug einen Stapel Gläser, der ihr vom Bauch bis ans Kinn reichte, verlagerte sein Gewicht, legte den Kopf schräg und lächelte. Ihre Augen waren stark geschminkt und die Farben in der Hitze ineinandergeflossen. »Glückwunsch!«

Tony erwiderte ihr Lächeln, und sie brachte ihm einen extra großen Scotch.

»Es ist also ein Junge?«, fragte Jimmy, die Nase in seinem Whiskyglas.

Tony zuckte mit den Schultern. »Es ist noch zu früh, um es offiziell zu verkünden, aber natürlich ist es ein kleiner Junge.«

»Was zum Teufel willst du?«, schimpfte er.

Tara Duane war sofort theatralisch entrüstet. Ihr Blick hob

sich zur Decke, die Kinnlade fiel herunter. »Ich das eine Art, seine Nachbarin zu begrüßen?«, stieß sie hervor.

»Ich hab mir dich nicht ausgesucht«, blaffte er zurück.

»Glaubst du, ich wohne gern neben dir, wenn jede Nettigkeit, die ich dir erweise, mit Verachtung und Wut vergolten wird?«

»Mir ist scheißegal, was du *gerne* tust und was nicht«, sagte er. »Wenn du mich deswegen hier aufhalten willst, lass uns die ganze Sache abkürzen. Ich habe wichtigere Dinge zu tun.«

»Oh, ich weiß.« Sie deutete auf seine Einkäufe. »Die gibt's in Dosen.«

Er wandte sich ab, aber da standen ein paar junge Männer an der Kasse, hielten Kartons mit Bier in Händen und zeigten auf die kleinen Schnapsflaschen. Er steckte fest.

»Ich habe dich nicht angesprochen, um dich zu beleidigen«, sagte sie und trat neben ihn.

»Oh, das ist toll.«

»Ich wollte mit dir sprechen, weil ich viel nachgedacht habe. Über J.P., und wie er uns beide zu Schachfiguren gemacht hat, und dass wir weiterkommen müssen.«

»Glaubst du, wir brauchen eine verdammte Gruppentherapie?«

Sie berührte seinen Arm mit der Hand, die sein Verhältnis zu seinem Sohn zerstört hatte, und er schüttelte sie mit einer Energie ab, die er sonst nur für Ungeziefer aufbrachte, das er durch die Küche jagte, um es auf den Fliesen zu zertreten.

»Fass mich nicht an, Duane!«

»Warum nicht? Glaubst du, dass etwas bei mir zu holen ist?«

»Es geht nicht darum, ob etwas bei dir zu holen ist«, sagte er. »Ich will dir nur nicht die Befriedigung geben …«

»Was? Meine Hände auf einen fiesen, gewalttätigen Säufer zu legen? Du hast eine ganz schön übersteigerte Meinung von dir, was?«

»Wie hast du mich gerade genannt?«

»Ich weiß«, flüsterte sie, »dass du deine Kinder schlägst.«

Einer der Männer an der Kasse brach in heiseres Lachen aus. Er schlug auf seinen Karton Bier, nichts von dem Gespräch ahnend, dass Tony so aus der Fassung brachte.

Tara sagte: »Es ist alles Fassade, oder? Du bist irgendwie sicher, dass ich was mit Ryan hatte, und fängst wieder und wieder davon an, als wenn er dir wichtig wäre. Tatsächlich aber schlägst du ihn. Du demütigst ihn. Er hat immer hinten auf der Gartenmauer in der Kälte gesessen und darauf gewartet, dass du ins Bett gegangen bist, damit er in seinem eigenen Haus sicher sein konnte – und du bist wie besessen von der Vorstellung, dass ich mit ihm geschlafen haben könnte. Warum, Tony? Würde dich das eifersüchtig machen, Tony?«

Er sagte: »Du bist ja komplett irre. Fick dich, fick J. P. …«

»Fick Ryan.«

Er atmete tief ein, ließ seinen Körper völlig reglos werden und blies das Gift in einem kühlen, wortlosen Strom zwischen den Lippen aus sich heraus.

»Legen wir die Karten offen auf den Tisch, Tony. Für mich bist du ein Stück Scheiße. Ich habe es wieder und wieder bei dir versucht, aber deine einzige Art, mit Leuten umzugehen, besteht darin, sie zu beschimpfen und zu malträtieren. Ich weiß, du hasst mich, weil du denkst, es war mehr dabei, als ich deinen kleinen, grün und blau geprügelten Jungen zu mir geholt habe, damit er sich die Schmerzen deiner Fürsorge wegschlafen konnte. Wie immer du sie ihn hast spüren lassen.«

Die gut gelaunten Männer waren an der Kasse fertig und verließen mit vollen Armen den Laden. Die Kassiererin sah zu Tony und Tara hinüber und dann auf das Klemmbrett neben ihrer Kasse. Sie fing an, mit ihrem schwarzen Stift Worte zu umranden. Ihr Daumen war mit Kugelschreiberfarbe verschmiert, genau wie zwei von ihren Knöcheln.

»Erinnerst du dich an Georgie?«, fragte Tara.

Tony nahm die Dosen in die andere Hand. Er antwortete nicht.

»Natürlich tust du das«, sagte Tara. »Sie war einfach nicht aufzufinden, egal wie …«

»Damit habe ich nichts zu tun.«

»Wie bitte? Es hat sehr viel was mit dir zu tun.«

Die Kassiererin fing an, ein Lied zu singen.

»Ich konnte sie nicht finden«, fuhr Tara fort, »aber dann ist sie doch aufgetaucht. Vor ein paar Monaten. J. P. hat getan, was immer er tun musste …«

»Was heißt das?«

Sie hustete bitter. »Ihr geht's gut, mir nicht. Siehst du, wie unbrauchbar wir für J. P. jetzt sind?«

»Ich bin gar nichts für J. P. Ich habe nicht im Geringsten etwas mit ihm zu schaffen.«

»O Gott, gib's doch endlich auf! Ich mache ein paar Sachen für ihn. Ich weiß, wie die Sache steht.«

»Du weißt gar nichts, Duane.«

»Gut. Ich weiß nichts. Du weißt nichts.« Sie verdrehte die Augen und mimte mit den Händen schwatzende Münder. »Aber während du mich von deiner Dummheit überzeugst, begreift J. P., was für zwei Loser wir sind, und wenn es eins gibt, was noch schlimmer ist, als der zu sein, von dem einer was will, dann, dass du der bist, dem man was anhängen kann. Ich muss raus aus der Stadt, runter nach West-Cork oder so. Noch mal neu anfangen.«

»Dann geh.«

»Es mag dir noch nicht aufgefallen sein, Tony, aber ich bin nicht unbedingt auf Rosen gebettet.«

»Wenn du versuchst, mir beizubringen, dass das *mein* Problem sein soll …«

Sie schnitt ihm das Wort ab. »Ich war auf dem Amt. Hab ihnen gesagt, dass der Stress mich krank macht. Ich habe sie gebeten, mich anderswo unterzubringen. Wollen sie nicht. Meine Probleme mit dir waren ihnen nicht ernst genug, obwohl du mein Fenster eingeschlagen und mich bedroht hast. Das wird als asoziales Verhalten eingestuft, aber die Stadt müsste ständig die Leute von hier nach dort verfrachten, wenn sie sich an so was stören würde.«

Sie wandte den Blick ab, zog ihr Jäckchen zurecht und atmete aus.

»Denk nicht, mir wäre nicht bewusst, wie gefährlich du bist. Du schlägst deinen Sohn und tötest deine Saufkumpane.«

»Du bist ja wahnsinnig geworden«, sagte er.

»Spar dir das, sie kann uns nicht hören.« Sie schob sich ein paar Haare aus dem Gesicht. »Ich will nicht mehr neben dir wohnen, Tony. Ich will nicht, dass J. P. meine Adresse weiß. Hilf mir, da rauszukommen. Dann sind wir beide glücklich. Aber jetzt bezahl erst mal deine Medizin, ich warte draußen. Ich muss dir etwas sagen, und du wirst mir zuhören.«

Im frühnachmittäglichen Glanz des Hochsommers, an einem Tag, an den man sich eigentlich sehnsuchtsvoll zurückerinnern sollte, legte sie ihm die Einzelheiten eines Planes dar, den sie, von reichlich Promille beflügelt, ausgeheckt hatte. Sie wollte, dass er sie ausräucherte.

Es war ein Plan aus dem benebelten Hirn einer Wahnsinnigen, in sachlichem Ton vor dem Wein- und Spirituosenladen erläutert, wenn auch immer wieder von aufbrausenden Gefühlen und vorbeikommenden Schnüfflern unterbrochen. Sie hatte beschlossen, dass man sie am ehesten ernst nahm, wenn sie zeigen konnte, dass es ein ernstes Problem gab. Sie wollte, dass Tony, der Säufer, sich einen Molotowcocktail besorgte und ihn am verabredeten Abend durch ihre Hintertür warf. Dann würde das Sozialamt sie anderswo unterbringen. Was Tony Cusack anging, so wollte sie sich für ihn verbürgen. Er würde sie ja wohl kaum ausräuchern, wo sein Haus direkt an ihres gebaut war.

»Du meinst das verdammt noch mal ernst«, sagte Tony, und Tara Duane legte die Hände zusammen und erwiderte: »Ich weiß, es klingt verrückt, aber ich habe lang drüber nachgedacht, und es scheint mir die richtige Lösung für uns beide zu sein. Ich werde sagen, ich hatte Ärger mit Jimmy Phelan, und die Bullen werden die Sache schnell fallen lassen. Die haben Angst vor ihm.«

Tony sagte: »Ich bin mit sechzehn von der Schule und habe seitdem kein Buch mehr gelesen, aber ich kann eine schwachsinnige Idee von einer guten unterscheiden. Du bist völlig durchgeknallt, Tara Duane. Entweder versuchst du mich reinzulegen, weil du denkst, ich bin so hell wie das Innere eines Gorillaarschs, oder du glaubst tatsächlich, ich stecke dein Haus an, damit du ein Cottage auf dem Land kriegst.«

»Okay.« Sie fiel einige Schritte zurück. »Du wirst mir also nicht helfen.«

»Werde ich meine Kinder in Gefahr bringen, weil du den Verstand verloren hast? Lass mich mal überlegen. Nein.«

»Ich mach's sowieso«, sagte sie. »Dann eben ohne deine Hilfe, nur weißt du dann nicht, wann du aus dem Hause sein solltest.«

»Du meinst, ich gehe nicht geradewegs zu den Gardaí und erzähle ihnen von der Sache?«

»Nein. Wenn du das machst, sage ich denen nämlich, dass du Robbie O'Donovan umgebracht hast. Und wenn mein Haus dann in Flammen aufgeht, sage ich, es war Ryan. Verschmähte Liebe in diesem Alter. Du weißt einfach nicht, zu was die alles in der Lage sind.«

Er griff nach ihr, aber sie fuhr zurück und drohte ihm keuchend mit dem Finger. »Ah, ah, ah!« Tony ging auf Abstand. Die Straßen waren voller Leute, selbst bei dieser Hitze. Auf dem gegenüberliegenden Bürgersteig schob eine Frau einen Kleinen mit nackten Beinen in einem Buggy vorbei und starrte zu ihnen herüber.

Tony sagte: »Dann werde ich es wohl J. P. erzählen müssen, oder?«

»Das wirst du nicht«, sagte Tara Duane. »Selbst wenn es ihm wichtig genug wäre, um was zu unternehmen, weißt du, dass er es dir anhängen wird, wenn mir was passiert, weil Idioten wie du genau die Richtigen dafür sind.«

In der Tasche ihrer Shorts klingelte es.

»Denk drüber nach«, sagte sie und zog ihr Handy raus. »Ich will sowieso noch nicht gleich loslegen. Melinda zieht bald zu ihrem Dad. Das Datum steht noch nicht fest, aber sie kann nicht länger in Irland bleiben und nur blöd auf ihrem Hintern hocken. Dieses Land ist am Ende, anderswo wird's ihr besser gehen.«

Sie lächelte. »Ich nehme an, deine Tochter wird auch bald wegziehen. Nichts tut so weh, wie ein Kind zu verlieren.«

Damit ließ sie ihn sprachlos blinzelnd in der Sonne stehen.

ÜBERS FREMDGEHEN II

Joseph geht mit der anderen Frau ins Schlafzimmer. Ich bleibe mit der Grünäugigen in der Küche zurück, und sie kommt auf mich zu wie ein Tsunami.

Hör zu, versteh mich nicht falsch. Sie ist unwirklich. Sie trägt dieses schwarz-gold gemusterte Kleid, das ihre olivfarbene Haut betont. Sie hat langes, gelocktes Haar, das wie dafür gemacht ist, mit der Hand darin herumzufahren, während du sie küsst. Sie hat einfach alles. Wir haben den ganzen Abend in einer Ecke geredet, weil ich völlig ausgehungert nach Italienisch bin. Ich würde sogar eine Wanze für die Guardia di Finanza tragen, wenn alles, was sie mir versprechen würden, ein Gespräch mit ein paar Camorristi wäre. Sie heißt Elena. Sie kommt aus Salerno und beendet alle meine Sätze für mich. Es ist so verdammt geil.

Aber ich weiß, sie erwartet etwas dafür. Da hat sie natürlich recht. Komplett. Ich meine, ich und Joseph sind mit in ihre Wohnung gekommen, um mehr zu tun, als ein paar lebende Wörterbücher zu bewundern. Die andere, Sofia, hat angefangen, Joseph das Gesicht wegzufressen, kaum dass er durch die Tür war. In ein paar Tagen fahren sie zurück nach Hause, und ich nehme an, sie wollten sich das Beste für den Schluss aufheben. Die Schlafzimmertür schließt sich, und damit sind Elena und ich allein, und sie sieht mich an, streicht sich über den Ausschnitt und rückt an. Ich stehe hier irgendwie in der Pflicht, weißt du.

Das erste Mädchen, das ich jemals geküsst habe, war Lauren Sheehan. Da war ich elf, sie zwölf. Es war zwei Tage vor Mams Tod.

Seit Jahren habe ich nur Karine geküsst, und das hier war nicht geplant.

Elena schnipst mit ihrer Zunge gegen meine, und das ganze Blut rauscht mir aus dem Gesicht nach unten.

Sie lehnt sich zurück, die Hände auf meiner Brust, und sie sagt, sie verrät meiner Freundin nichts, wenn ich nichts sage.

Erst gestern Abend sind Karine und ich was essen gegangen und dann in einen ihrer noblen Pubs, damit sie Cocktails trinken und mir sagen konnte, wie toll ich bin, während ich die Augen schloss und mir Niall Vaughan aus dem Kopf zu saufen versuchte. Sie sagt, da ist nichts zu vergeben, also muss ich mich drauf konzentrieren, es einfach zu vergessen. Aber mit allem, was sie tut, bittet sie um Entschuldigung. Sie ist total aufmerksam und fährt so wahnsinnig auf mich ab. Sie will mich verwöhnen, aber sie verschwendet nur ihre Energie. Ich trage meine Wut mit mir herum wie einen Sack voll mit jammernden Kätzchen, und ich schaffe es nicht, sie zu ertränken. Weil das, was wir miteinander haben, reicht so tief und ist so brüchig wegen all meiner Fehler, und die sind so riesig und glühen so hell, dass ich Angst habe, von meiner Wut abzulassen. Und schließlich hat sich ja auch Karine einen Fehltritt geleistet. Ich versteh's einfach nicht. Ich bin wütend und erleichtert, und wütend, weil ich erleichtert bin, und das sitzt in meinem Kopf und pulsiert da Tag und Nacht rum, ganz gleich, was ich mache, und ich hab nur Raum für das und sonst nichts, verdammte Scheiße. Ich fühl mich nicht mal mehr wie ich selbst, und ich halse mir das alles auf, weil ich Karine D'Arcy liebe, und genau das ist nicht gut, ich ertrage es nicht, ohne sie zu sein.

Elena küsst mich wieder, länger, weicher, und meine Hände wandern nach unten über ihren Hintern zum Saum ihres Kleides.

Es ist wie … Ich weiß nicht. Als zöge mich etwas vorwärts, aber es bricht mich entzwei, weil ein Teil von mir das überhaupt nicht will. Meine Finger schieben ihr Kleid hoch, und da ist nur noch dieses feuchte Stück Stoff zwischen mir und ihrer Möse. Ich drücke meinen Schwanz gegen sie, und sie stöhnt und greift nach dem obersten Knopf meiner Jeans, und ich höre Knochen splittern, Wind heulen, und meine ganze innere Seele schreit mich an, ich soll aufhören, stopp, stopp, Unrecht und Unrecht ergibt kein Recht, Junge, lass es sein!, aber ich tu's, ich werde sie vögeln, warum auch nicht? So läuft's eben, oder? Ich bin mit Freunden unterwegs, betrinke mich, kokse ein bisschen, und mein Schwanz macht, was er machen will. Warum dagegen ankämpfen, wenn Karine es auch nicht tut?

Elena zieht sich das Kleid über den Kopf, setzt sich auf den Tisch, legt ihre Beine um meine Hüfte und zieht mich zu sich. Sie fährt mit den Händen über meine Schultern, und ich zucke zusammen, weil sie meine Narbe berührt.

Auf meine Schultern ist ein Drache gemalt, dessen Flügel bis auf meine Arme runtergehen. Er ist eine Woche alt. Sieben Tage hat er höllisch wehgetan, und es brennt immer noch. Wahrscheinlich, weil er bis auf den Knochen tätowiert ist, aber vielleicht auch, weil ich dem Künstler gesagt habe, er soll noch was hinzufügen, ein K ans Ende des Drachenschwanzes, direkt auf mein Rückgrat.

Es tat weh, aber das hat mich nicht davon abgehalten.

ALLE STEINE UMGEDREHT

21

ÜBER DER SILHOUETTE DER STADT, den bescheidenen Höhen, die der Ehrgeiz anderer Männer aus dem Morast eines kleines Fleckens hatte wachsen lassen, spürte Tony all dem nach, was er verloren hatte, und hielt Ausschau nach seiner Verdammnis.

Die Abstinenz wurde zu einer Erinnerung, die nur noch in den enttäuschten Gesichtern seiner Kinder aufglomm. Ronan und Niamh waren aus dem Hätschelalter heraus. Cathal wurde dreizehn und launisch. Cian redete davon, eine Lehre zu machen, Kelly begann ihr Abschlussjahr. Das Scheitern ihres Vaters lastete weniger und weniger auf ihnen, während sie über ihre eigene Zukunft nachdachten. Sein Haus wurde von den Schatten des einen Lebens bevölkert, das er hatte und das es zu leben galt. Seine einstige Behauptung, er sei vor allem Vater, brannte in Tara Duanes fluoreszierendem Bild. Er verkroch sich in seinem Wohnzimmer und beschwor verschiedene Entschlüsse herauf, die zu Staub zerfielen, sobald eine erste Lunge Luft über sie hinwegwehte.

Er sah, wie Ryan sich verausgabte. Von einer fernen Ebene versuchte er einen Waffenstillstand auszurufen, aber was immer aus Ryan geworden war, er brauchte so was nicht.

An einem nasskalten Novembermorgen kam er in einem zehn Jahre alten Golf angefahren, und Tony ging hinaus, um gegen die Reifen zu treten und anerkennend vor sich hin zu murmeln. Er wusste nicht, von wem Ryan Auto fahren gelernt hatte, wobei ihm durchaus bewusst war, dass das eine Aufgabe für den Vater eines Jungen war.

»Ist für Weihnachten alles okay?«, fragte Ryan. Er fuhr sich mit der Hand in den Nacken und zuckte zusammen, als hielte er dort eine Wespe fest. »Brauchst du vielleicht Geld?«

Tony sträubte sich kaum. Sein Sohn gab ihm eine Rolle Geldscheine. Er schloss die Hand um das Geschenk und sagte: »Wo hast du das her?«, und sein Sohn starrte wie ein Seemann, der den Untergang seiner Flotte betrauerte, in die Ferne und sagte: »Ein bisschen Arbeit, das ist alles«, und Tony wusste, was er da in die Welt gesetzt hatte.

Kurz überlegte er, diesen neuen Ryan zu fragen, was er mit Tara Duane machen sollte, aber würde das nicht einer hässlichen Wahrheit Flügel verleihen? Das Gespräch wandte sich wieder dem Auto zu. Tony dachte an Geschichten, die sich in die Haut seines Sohnes gebrannt hatten, und ihm wurde schlecht. Er blickte zu Tara Duanes Haus hinüber und stellte sich vor, wie sie durch den Wohnzimmervorhang linste und überlegte, wie sie ihnen beiden eins auswischen konnte. Ryan sagte: »Ich spare auf einen GTI, aber der reicht erst mal, um Karine zum Einkaufen zu fahren«, und sein Vater tätschelte die Haube und lachte halbherzig.

Als Weihnachten näher rückte, dachte er an Jimmy Phelans Besuch im Jahr zuvor und die halb leere Flasche Whiskey, die er ihm als »Fick dich!« mitgebracht hatte. Drei Dezemberabende hintereinander überlegte er, ob er J.P. anrufen und um Hilfe bitten sollte. Jedes Mal hielt ihn eine bittere Erkenntnis davon ab. Jimmy Phelan war nicht sein Freund. Er hatte Tony seine Sünden um den Hals geschlungen, und Tony hatte sich vorgebeugt und es zugelassen.

Zwei Tage vor Weihnachten ging das Haus, aus dem er und Jimmy den armen Robbie O'Donovan weggeschafft hatten, in Flammen auf.

Er bekam es nur mit, weil er die Fotos vorne auf dem *Echo* sah. Zwei Feuerwehrwagen blockierten die Kaimauer, feuchter Rauch lag über dem Wasser, der Himmel oben war fleckig. Er las den Artikel und war erleichtert, dass niemand im Haus gewesen und auch niemand in den Häusern ringsum verletzt worden war. Erste Untersuchungen deuteten auf einen Kurzschluss hin, das Haus war uralt, und so schloss die Polizei Brandstiftung aus. Tony wusste es besser, und er war mittlerweile zynisch genug, um anzunehmen, dass die Gardaí es ebenfalls besser wussten.

Er vermutete, dass das Feuer ein schwarzes Kapitel seines Lebens beendete.

Aber er war nicht mehr derselbe Mann, der vor vier Jahren J.P. über den Weg gestolpert war. Dass der Ort des Verbrechens nicht mehr existierte, konnte keinen Strich unter das dort Geschehene ziehen. Robbie O'Donovan war immer noch tot, Tony Cusack hatte das Blut vom Boden gewischt, und Tara Duane hatte diese Wunde als Druckmittel benutzt.

Am ersten Weihnachtstag kam Linda herüber, um mit Kelly Geschenke zu vergleichen. Mit einer Dose Bier in der Hand fragte Tony nach ihren Plänen fürs neue Jahr. Sie sagte, sie werde eine Ausbildung in einem Salon in Glasgow machen, wo ihr Dad lebte. Sie sagte, sie fahre in der zweiten Januarwoche hin.

Kelly sagte: »Denk an all die Sachen, die deine Mam anstellen kann, wenn du aus dem Haus bist«, und Linda erschauderte vielsagend.

Blass im Licht des Weihnachtsbaums, starrte Ryan auf den Fernseher und tat gleichgültig.

Tony kam zu einem Entschluss.

Am Tag vor dem geplanten Brand war Tara Duane bester Laune und voller Elan, ganz so, als gebe sie Instruktionen für den Überfall auf einen Supermarkt.

»Wir machen es so«, sagte sie und stellte eine Tasse milchigen Tee vor ihn hin. »Ich gehe um sechs aus dem Haus, sorge dafür, dass ich hier und da in der Stadt gesehen werde, und komme erst zurück, wenn du mich angerufen hast, dass etwas Schreckliches passiert ist, oder …«, sie zwinkerte ihm zu, »der Job erledigt ist.«

Tony schob die Finger durch den Griff der Tasse. Er hatte sie beobachtet, während sie den Tee gemacht hatte, und er war sicher, dass sie nichts reingemischt oder hineingespuckt hatte. Verlockend sah er dennoch nicht aus.

Sie saßen in ihrer Küche. Es waren einige Mühen darauf verwandt worden, der Nonkonformität der Bewohnerin Ausdruck zu verleihen, buntes, nicht zusammenpassendes Geschirr, Küchentücher mit frechen Sprüchen drauf, Urlaubsandenken auf der Fensterbank – doch der ganze Tand konnte nicht darüber hinwegtäuschen, dass es bergab ging. Kleiderstapel lagen schon so lange auf dem Tisch, dass sie muffig geworden waren. Auf der Wand hinter dem Abfalleimer waren braune und graue Flecken zu sehen, der Herd war mit altem Fett verschmiert. Es sah so aus, als wären die Bewohner des Hauses schon vor Monaten gestorben. Tony sah zu, wie sich Tara Duane ihren eigenen Tee zubereitete. Sie hätte leicht als Schatten durchgehen können, der sich nur noch ansatzweise an jene Person erinnerte, die sie einmal gewesen war.

»Du musst dir keinerlei Sorgen machen«, sagte sie begeistert und setzte sich ihm gegenüber an den Tisch. »Ich habe an absolut alles gedacht. Ich habe ein paar wertvollere Sachen verkauft, weil Melinda gerade ausgezogen ist und ich das als Gelegenheit genommen habe, durch meinen Hausrat zu gehen. Verstehst du? Das ist alles absolut nachvollziehbar. Du wirfst die Flasche in die Küche und lässt den Schlüssel hinter dir in der Tür stecken. Ich gebe ihn dir jetzt, damit wir morgen nicht zusammen gesehen werden, und es wird so sein, als hätte ich beim Weggehen vergessen abzuschließen. Du weißt, wie dumm das in einem Viertel wie unserem ist. Und du rufst mich gleich an, weil wir Nachbarn sind und du den Rauch gerochen hast. Wenn dich jemand sieht, wie du aus der Hintertür kommst, kannst du leicht sagen: *Also, ich hab meinen Kopf hinten durch die Tür gesteckt und gesehen, dass der Brand außer Kontrolle war, worauf ich gleich Tara und die Feuerwehr angerufen habe*, ja? Und ich erzähle dem Sozialamt, dass ich es ja schon die ganze Zeit gesagt hab, und die holen mich hier raus, und das war's.«

Es machte ihr rein gar nichts, diesen raffinierten Plan einem Mann zu erklären, der nur mit dabei war, weil er sie abgrundtief hasste.

»Es ist das Beste für uns alle, da wirst du mir zustimmen«, sagte sie. »Dieses Haus war immer schon zu groß für Melinda und mich. Es gibt Familien, die es dringender brauchen als ich. So! Noch Fragen?«

Tony musste an die Todesfee am See denken. Er schüttelte den Kopf.

»Super!«, sagte sie. »Oh, nun nimm dir doch endlich einen Keks. Tu mir den Gefallen. Ich achte doch auf meine Linie!«

Er hatte nicht vorgehabt, vorher zu trinken, aber er war genauso wenig imstande, trocken zu bleiben, wie die Tat selbst zu verhindern.

Er lag im Bett, heulte sich in einem vorbereitenden Ritual das Gift aus dem Leib und dachte: *Bin ich überhaupt in der Lage, so was durchzuziehen? Werden sie mich erwischen?* Und dann: *Was werden die Kinder von mir denken?* Sie würden es nicht verstehen. Was ist schon ein Vater für sie, abgesehen davon, dass er ihnen Essen macht und dafür sorgt, dass das Haus um sie herum nicht zusammenfällt? *Nicht mal das, Tony Cusack.* Was ist ein Vater für sie, abgesehen davon, dass er säuft und herumtorkelt und streitet und spuckt? Sie würden nicht verstehen, dass es etwas war, was er tun musste, und er würde es ihnen nie beibringen können.

Hin und wieder griff er nach seinem Handy und sah nach, wie spät es war. Um drei stieg er aus dem Bett, trat ans vordere Fenster und sah hinaus.

Es regnete. Wind fuhr durch die Büsche und Hecken der Nachbargärten, ließ irgendwo ein Gartentor zuschlagen und peitschte Tropfen gegen das Fenster. In den Häusern auf der anderen Seite der Grünflächen brannte kein Licht. Nichts rührte sich, da war nur der Atem der Nacht.

Zehn, vielleicht fünfzehn Minuten stand er so da, dann hatter er wieder festen Boden unter den Füßen.

Selbst, wenn eines der Kinder aufwachte, es würde seinem nächtlichen Streifzug keine Beachtung schenken. Es war nicht das erste Mal, dass er unter Schlaflosigkeit litt. Er zog sich an, ging nach unten in die Küche und sah aus der Hintertür. Auch die anderen Häuser waren dunkel, bis auf den gewohnten Lichtschein aus einigen Badezimmern.

Es war die Art von Nacht, die ewig so weitergehen konnte.

Der Schlüssel drehte sich in Duanes Hintertür. Einen Moment lang stand er in der Küche und atmete den Geruch eines Luftauffrischers ein, der gegen kalten Rauch und Fettgestank ankämpfte. Er tastete sich vor in die Dunkelheit des Flurs, der Grundriss des Hauses war genau wie der von seinem. Er blickte kurz ins Wohnzimmer, ob da jemand war, und schlich die Treppe hinauf. Das Licht im Bad brannte, die Tür stand einen Spalt offen.

Die drittletzte Stufe knarzte. Er fragte sich, was er sagen würde, wenn sie aufwachte und ihn erwischte. Wenn er behauptete, er sei von nächtlicher Leidenschaft übermannt worden und brauche unbedingt die Liebkosungen einer dürren Schlampe, würde sie ihm das abkaufen? Würde sie ihn abweisen, weil er ein erwachsener Mann war und damit verdammt noch mal zu alt für sie?

Er öffnete die Tür zum vorderen Schlafzimmer, dessen Form, Einrichtung und Gerüche ihn verwirrten. Seine Augen gewöhnten sich an die Dunkelheit, und er sah Poster an den Wänden, Parfümfläschchen auf einem Frisiertisch und Bettwäsche mit einem Playboy-Hasen. Das Bett war leer. Es war das Zimmer der Tochter.

Er trat zurück auf den Flur und betrachtete seinen Irrtum als Rettungsleine. Wie leicht konnte er die Treppe wieder hinunterschleichen und in sein eigenes Haus zurückkehren, ohne dass er etwas anderes zurückgelassen hatte als seinen unruhigen Atem.

Aber was war mit morgen? Wie groß wäre ihre Wut, wenn er nicht mitmachte? Was würde sie überall rumerzählen?

Er schlüpfte ins hintere Schlafzimmer und schloss die Tür so leise hinter sich wie nur irgend möglich. Tara Duane rührte sich in ihrem Bett, sie seufzte und rollte sich auf den Rücken.

Tony wischte sich mit dem Ärmel über den Mund, ging hinüber und stand dann neben ihr. Er biss sich auf die Lippe, um den Gedanken zu vertreiben, dass sein Junge schon in diesem Zimmer gewesen war, bekreuzigte sich für einen Gott, von dem er nicht wirklich glaubte, dass es ihn gab, setzte sich auf sie, legte die Hände um ihren Hals, lehnte sich vor und schloss die Augen. Sie röchelte und schlug um sich. Ihre Hände rissen an seinen. Ihre Knie fuhren hinter ihm hoch. Er spürte einen Schenkel in seinem Rücken und dann nichts mehr. Trotzdem drückte er weiter zu und hielt die Augen geschlossen, und hinterher sagte er sich, dass sie kaum zu Bewusstsein gekommen war.

Er erinnerte sich an den Weg nur von der Rückfahrt, nicht von der Fahrt in den eigenen Tod, also musste er in umgekehrter Reihenfolge navigieren.

Er hatte keine Taschenlampe im Auto, sagte sich aber, dass es so besser war, weil er weder vom Land noch vom Meer aus bemerkt werden wollte. Es war eine missliche Angelegenheit. Er fand ein Stück Plane und rollte sie fest darin ein. Sie sah leicht wie eine Feder aus, aber Totgewicht war Totgewicht.

Der Weg über den zugewucherten Pfad zum alten Anleger, den J.P. ihm bei ihrem ersten Besuch gezeigt hatte, war beschwerlicher, als er gedacht hatte. Die Erde war nass, das Gestrüpp dicht, es gab keinerlei Licht, und seine Last war schwer. Er stellte sich vor, auszurutschen, ins schwarze Wasser unter sich zu stürzen und drei, vier Tage später zusammen mit dem Feind gefunden zu werden. Er stellte sich vor, was seine Kinder denken würden. Er stellte sich vor, wie wütend J. P. sein würde, dass durch den Skandal sein Schlachthof entdeckt worden war. Er stellte sich vor, wie J. P. der Sache auf den Grund gehen wollte, wie er Ryan gegenüberstand und aus dem Jungen herauszubringen versuchte, was der nicht wusste.

Das Wasser war unruhig. Er ruderte zu J. P.s Fischerboot hinaus und dachte, er würde es nie erreichen. Es war finster, der Wind heftig, und seine Arme schmerzten. Er dachte, er verdiene es wohl auch nicht besser, ganz gleich, was seine Beweggründe gewesen waren, ganz gleich, wie tief er in der Scheiße steckte … Aber er schaffte es. Das Dingi tanzte auf dem Wasser, und er saß volle zehn Minuten lang da und wusste nicht, wie in Gottes Namen er sie ins Fischerboot hieven sollte. Am Ende gelang es ihm mithilfe des Teufels. Er fand ein Tau, band das Dingi am Heck des Fischerbootes fest und zerrte sie mit der Kraft der Verzweiflung über die Bordwand. Dann ließ er das Dingi an der Boje zurück und stach in See. Mit jeder Sekunde glaubte er, seinem eigenen Untergang entgegenzufahren, hinaus aufs offene, unversöhnliche Meer, ans Ende. Aber wenigstens nahm er sie mit sich.

WIRBEL

Darauf kommt es letztendlich an: dein Image. Und dabei geht's nicht um Designer-Sonnenbrillen und Jeans, so eng, dass sie dir die Eier zerquetschen. Es ist allgemeiner. Was du zu erkennen gibst, was die Leute in dir sehen, wenn sie das erste Mal mit dir zusammentreffen.

Ich spiele kein Klavier.

Ich habe es nicht verlernt. Du verlernst nicht, was du seit deinem dritten Lebensjahr tust. Nein, es ist … Ich habe zu dealen angefangen und es versaut. Zu leben, wovon ich lebe, und nebenher Klavier zu spielen, wäre komplett lächerlich. Entweder würde man mich für ein überkandideltes Arschloch halten, oder, schlimmer noch, ich wäre durchschaubar. Also spiele ich kein Klavier. Jedenfalls nicht so, dass du's merken würdest.

Weg geht die Musik davon aber nicht. Du lernst diese Sprache und steckst dann in ihr fest. Also verberge ich es. Ich lege die Hände auf ein paar Decks und lerne Mixen. Das Image funktioniert. Mit Stereotypen kommen die Leute zurecht. Sie wollen glauben, sie haben ihren Dealer im Griff. Du schenkst ihnen ein Image, damit du in Ruhe weiterverdienen kannst, und lässt sausen, was immer dazu nicht passt. Genauso läuft es.

Ich und Karine, wir gehen am Samstagabend zu einem Gig, und hinterher werden wir zu einer Party eingeladen. Ich fachsimple mit einem der DJs, und der sagt, ich soll ein bisschen was auflegen. Also dann. Und er kriegt große Augen, weil er dachte, ich hätte Scheiße geredet.

Mixen fällt mir leicht. Ich bin ein bisschen nerdy, was den Sound angeht, die paar Monate Physik und Mathe im letzten Jahr haben mir da geholfen, nehme ich an. Lass den Dealer mal auflegen, denken die Partygäste, und dann: Warum dealt der DJ? Ich mache nicht lange, denn ich will mir eine Line reinziehen.

Karine kommt zu mir, noch bevor ich den Kopfhörer runter habe, und sagt: »Ich muss mal, ich platze gleich.«

»Die haben hier doch sicher ein Klo.«

»Haben sie, aber kein Schloss.«

Ich gehe mit ihr, und sie zieht sich das Kleid hoch und setzt sich hin.

»Brauchst du noch 'ne Pille?«, frage ich sie.

Sie verzieht das Gesicht. »Ich will Montagmorgen nicht tot sein.«

»Nimm eine halbe.«

Noch eine Grimasse.

»Komm schon«, sage ich, »ich muss sowieso noch mal nachlegen.«

Ich hole eine Ecstasy-Tablette aus der Tasche, beiße sie in zwei Hälften und schlucke meine runter. Ich warte, dass sie wieder aufsteht. Sie wäscht sich die Hände und nimmt die andere Hälfte.

Ich pinkle in die Schüssel, während sie ihre falschen Wimpern checkt.

Als wir aus dem Klo kommen, steht da ein anderes Mädchen und wartet, und sie lächelt mich an und sagt: »Kenn ich dich von irgendwoher?«

Karine geht an ihr vorbei, um sich einen Drink zu holen, und ich kann zurücklächeln. »Glaube nicht«, sage ich.

»Ich bin sicher, dass ich dich kenne.« Das Mädchen ist groß, athletisch, du kennst die Sorte. Sie trägt ein enges, kurzes Kleid, Stilettos und einen schwarzen Bob, der zur Seite schwingt, wenn sie den Kopf schräg hält. Aus ihr sprudelt eine ganze Flut von Orten heraus, woher sie mich kennen könnte. Und weißt du was? Die haben alle mit Gigs zu tun. So, als hält sie mich für einen DJ und nicht für einen Dealer. Sie liegt jedes Mal falsch, genauso falsch wie mit dem, was ich mache, aber sie ist so locker, so herzlich und, okay, etwas gefühlsduselig, weil sie so zu ist, aber

mir gefällt's, und ich werde ganz groß. Es ist so verdammt angenehm.

Natürlich macht sie den Fehler, mir die Hand auf die Brust zu legen, und Karine fliegt zurück.

»Würd's dir was ausmachen?«, sagt sie zu dem athletischen Mädchen.

»Was?«

»Würd's dir was ausmachen, deine Orang-Utan-Griffel bei dir zu halten?«

Die Sache zischelt wie ein nasses Streichholz, weil das athletische Mädchen viel zu high ist, um darauf zu antworten, es kommt nur ein kurzes »Mädchen wie du bringen uns alle in Verruf«, und ich nehme Karine bei den Händen und schiebe sie sanft rückwärts aus der Tür und fange jeden von ihren herausgespuckten Vorwürfen mit einem Kopfschütteln und einem Lächeln auf. Vor der Tür steht ein Auto, und ich schiebe sie weiter, bis sie mit dem Hintern dagegenstößt, und sie protestiert, aber ich drücke mich gegen sie, lege mir ihre Hände um den Hals und dann meine auf ihre Hüften und frage, was die ganze Sache in Gottes Namen soll.

»Oh, weißt du, da ist dieser DJ«, sagt sie. »Alle Mädchen lieben ihn.«

»Lass uns das nicht jetzt ausdiskutieren«, sage ich und denke an die letzte Pille, und dass die Laune für ihre Wirkung echt wichtig ist.

»Verderbe ich dir deinen Rausch?«, sagt sie vorwurfsvoll.

»Du bist mein verdammter Rausch, D'Arcy.«

»Und auf der Basis soll ich nichts dagegen haben, dass du Bigfoot die Unterwäsche wegflirtest?«

»Ich habe nicht geflirtet.«

»Und wie. Und alle wissen, dass ich deine Freundin bin, und das lässt mich so … traurig aussehen.«

»Unsinn«, sage ich, lasse meine Hände auf ihre Arschbacken wandern und drücke mich fester gegen sie. »Abgesehen davon, würdest du lieber mit einem DJ oder einem Dealer zusammen sein?«

»Ich würde lieber mit dem zusammen sein, der die Augen auf seiner Freundin hat.«

Es ist komisch, weil ich plötzlich eine Stimme höre, klar und deutlich, als wäre da jemand in meinem Kopf drin, der meint: Tu's nicht, Ryan, du machst alles nur noch schlimmer, aber es ist zu spät, mein Mund öffnet sich, und ich sage: »Ich wäre am liebsten mit einem Mädchen zusammen, das beim Abschlussball seine Unterwäsche anbehält«, und sie haut mir eine runter, sie gibt mir eine verdammte Ohrfeige und marschiert in ihrem winzigen Kleid und den wackligen Absätzen den Weg runter, und als ich meine Kinnlade wieder justiert habe und ihr folge, fährt sie herum und kreischt: »Du hast kein Recht, mir das zu sagen, nachdem du diese Touristin gevögelt hast. O mein Gott, ich hatte wenigstens eine Entschuldigung, weil du im Gefängnis warst.« Tja, damit ist die Scheiße raus, was? Und ich gehe hinter ihr her und sage, es tut mir leid, es tut mir so verdammt leid, und dann fängt die Pille an zu wirken, und bei ihr kurz danach auch, und am Ende knutschen wir um fünf Uhr morgens wie die Verrückten an einer Mauer neben der Straße, und ob das etwas ist, was ein Dealer tut oder ein DJ, kann ich verdammt noch mal nicht sagen.

»Ryan«, sagt sie. »Ryan.«

»Hm?«

»Du weißt, dass es ›das‹ für mich ist?« Ihre Kinnlade hängt runter.

»Hm.« Meine Zähne kleben zusammen.

»Lass uns ein Baby machen«, sagt sie.

Und ich: »Hä?«, aber dann heult sie plötzlich los, und obwohl ich gedacht hätte, ich würde lachen und ihr sagen, sie soll erst mal runterkommen, bevor sie lebenswichtige Entscheidungen trifft, ziehe ich sie an meine Schulter, wiege sie hin und her und sage: »Was immer du willst und wann immer du willst«, und für gewöhnlich würde ich den ganzen Blödsinn auf die Nacht schieben, die Schnäpse und das Ecstasy, aber diesmal ist was anders, selbst so hinüber kann ich es spüren. Ich halte sie und sage ihr, dass ich sie liebe, sage ihr, dass ich alles tue, was sie will, aber jenseits meiner Worte und ihres Körpers in meinen Armen weiß ich, dass wir es versaut haben. Es hatte einmal etwas Wunderschönes zwischen uns gegeben.

22

MIT BRANDSTIFTUNG FREUNDET MAN SICH leichter an als mit einem Mord.

Maureen ließ am Ende absichtlich die Kerzen bei den Vorhängen stehen und brannte ihr Haus nieder. Es war ein klares Mittel zum Zweck, aber als es dann losging, genoss sie das Spektakel ungeheuer.

Bei einem Mord sah sie eine klar überschrittene Grenze, auch wenn sie sehr schmal war. In einem Moment gab es da noch Leben und im nächsten schon nicht mehr. Und wenn diese Grenze einmal überschritten war, gab es kein Zurück.

Brandstiftung war etwas anderes, etwas Prächtigeres. Es war ein Monument des eigenen Rituals. Wenn das Feuer richtig aufloderte, brannte es eine Erklärung in den Himmel, und man hatte Zeit, es zu genießen, und auch Zeit, es zu löschen, wenn es dein Ding war, deine Meinung zu ändern.

Von den kaputten Eingangsstufen eines Hauses auf der anderen Flussseite sah sie zu, wie das Bordell brannte. Die Feuerwehr war fast so schnell gewesen wie die Hobbyfotografen. Es herrschte eine pietätvolle Ruhe, und sie wäre gern über die Brücke gelaufen, um den Gaffern zu sagen, dass niemand da drin war, dass niemand gestorben war und auch nicht sterben würde, aber sie musste sich still verhalten, still und umsichtig. Bescheiden sogar. Es war ihr Werk, doch dafür gab es keine Medaille.

Sie sah zu, wie Jimmy in seinem Wagen kam und zu den Feuerwehrmännern rannte – selbst über den Fluss wirkte er wie eine einmarschierende Armee. Hier, aus sicherer Entfernung, verspürte sie ein bisschen Wärme. Da war so etwas wie Rücksicht und Achtung, vielleicht war es keine Zuneigung, doch die Vorstellung, dass sie da im Rauch umkommen mochte, schien ihn eindeutig zu beunruhigen. Entweder das, oder er war bestürzt über den Verlust der neuen Küchenfliesen.

Natürlich war er auf seine Weise etwas hitzig, als er begriff, dass sie nicht tot war. Er bedachte sie mit sämtlichen Schimpfworten dieser Welt und ging beinahe selbst in Flammen auf, während er all die Gründe auflistete, aus denen ihr Wahnsinn ihm Unannehmlichkeiten bereitete. Worauf sie kühl antwortete: »Hast du keine Versicherung?«, und ihn vor die Tür setzte.

Er schwor ihr, sie würde nicht damit durchkommen, den gleichen Trick zwei Mal zu versuchen, aber ihre neue Bleibe, eine Wohnung im Parterre einer geschlossenen Wohnanlage namens Larne Court, die im Stadtzentrum lag, verdiente auch nicht die Strafe, die sie ihrer Vorgängerin zugemessen hatte. Es war eine bescheidene Heimstatt, und sie schlief dort viel besser, ohne all die Geschichten, die auf ihrer eigenen lasteten.

Robbie O'Donovan war nicht mit ihr gekommen. Sie dachte nicht gerne daran, dass er dort, wo er gestorben war, von dickem, schwarzem Rauch eingeschlossen worden war. Aber er war ja schon tot gewesen, und sie konnte ihn kaum ein zweites Mal umgebracht haben. Sie fragte sich, wohin er verschwunden war, aber sie vermisste ihn nicht.

Vor anderthalb Jahren hatte ihr der Landstreicher oben bei der alten Wäscherei gesagt, es gebe nichts so Reinigendes wie ein schönes Feuer. Maureen hatte seine Hypothese getestet, aber auch wenn es ihr ein gutes Gefühl gegeben hatte, die Stadt von dem alten Bordell zu befreien, war es doch ohne Nachhall geblieben, wenigstens nicht in jener Tonlage, auf die sie sich eingestimmt hatte. Sie hatte es für Robbie und Georgie getan, und nicht, wie ihr neun Monate später, die eigenen Versäumnisse analysierend, klar wurde, für sich selbst.

Was sie im sonnigen September korrigierte.

Mit Hippies konnte man nichts falsch machen. Ihre Philosophie gründete auf Einfühlungsvermögen, und Maureen hatte es bereits mit Söhnen, Priestern und Huren probiert und war ohne jede Geißelung davongekommen. Vielleicht hatte ihr sündenloses Exil dem Universum tatsächlich den Drang genommen, sie in den Dreck zu treten. Aber sie wollte sichergehen.

Vor ihrem neuen Zugangstor, hundert Meter nach rechts, gab es einen Zeitungsladen, vor dem morgens oft ein käsig aussehender Bettler mit weiten Jeans und Plastikturnschuhen saß. Für gewöhnlich kaufte sie ihm eine Tasse Tee und ein Sandwich und blieb einen Moment bei ihm stehen, um ihn zu fragen, wie es ihm ging. Sie fand ihn faszinierend. Er war jung genug, um noch irgendwo eine Mammy zu haben. Im August gab es zwei Wochen, in denen er nicht auf seinem Platz saß, doch er kehrte zurück, bevor irgendwer aus Sorge etwas unternahm, und erzählte Maureen, dass er bei ein paar netten Aussteigern in Mitchelstown gewesen war. Er hatte versucht, vom Heroin loszukommen, aber es hatte nicht funktioniert. Trotzdem war er den Leuten dankbar dafür, dass sie daran geglaubt hatten.

»Mitchelstown«, sinnierte sie.

»Ja. Da gibt's diese Frau namens Ruby Dea. Sie hat eine Farm und nimmt jeden alten Zausel auf, mit dem sie Mitleid hat. Da stehen lauter Wohnwagen und Wigwams. Sie war mal in so einer Sekte gewesen.«

Maureen schnaubte. »Bei den Katholiken?«

»Nein, in einer Sekte«, sagte er sorgfältig artikulierend. »Sie redet nicht viel darüber, aber sie hat mehr als nur ein paar Ex-Gläubige da oben. Leute, die an alles Mögliche geglaubt haben.«

Wie hätte Maureen Phelan dem widerstehen können? Nur Stunden nachdem sie der Geschichte des Bettlers aufmerksam gelauscht hatte, konvertierte sie und wurde Mo Looney, die Frau des Mannes, der Dominic Looney für sie gewesen wäre. Sie hüllte sich in Kummer und Leid und machte sich auf nach Mitchelstown, um diese Ruby Dea zu finden, die sich als ziemliche Matrone entpuppte, mit langen, weiten Röcken und Strickjäckchen.

Erst dachte Ruby Dea, Maureen Phelan sei eine wütende Mutter, die nach ihrem nichtsnutzigen Kind suchte, und wurde kurz bleich, doch es dauerte nicht lange, bis sie Mo Looney als weiteres Glaubensopfer akzeptierte und ihr ein Zweimannzelt lieh, das sie auf einem brachliegenden Feld aufschlagen konnte.

Wie der Bettler versprochen hatte, waren da noch andere. Es gab eine etwa zwanzigjährige Frau, die mit ein paar kleinen Kindern in einem klapprigen Wohnwagen in einer Ecke desselben Feldes hauste. »Sie versteckt sich vor ihrem Mann«, vertraute Ruby Dea Maureen an. Es gab einen zappeligen jungen Kerl, bei dem Maureen sicher war, dass er die Nacht nicht überstehen würde, welches Verlangen sich auch immer an seine Knochen krallte. Der Rest der Leute schien friedlich. Maureen war die Älteste, und sie wurde behandelt wie eine gute Hexe, die gekommen war, um ihnen den Kopf zurechtzurücken. Sie nutzte das aus und brachte einen Mann namens Peadar dazu, ihr das Zelt aufzubauen, und eine gewisse Saskia, ihr etwas zu essen zu machen.

Sie wollte nur übers Wochenende bleiben, aber bis Sonntagabend hatten die Hippies nur Tabak und Quinoa auf ihre Bäuche gekrümelt, und Maureen war nicht in der Stimmung, es ihnen vorzuhalten.

Sie saß im Gras vor ihrem geliehenen Zelt und sah zu, wie die Sonne unterging. Saskia winkte von der anderen Seite des Wegs und kam schließlich heran und setzte sich neben sie. Maureen schenkte ihr ein sanftmütiges Lächeln und tätschelte ihr das Knie. Als sich der erste Tau bildete, fingen sie an zu reden. Saskia erzählte Maureen von ihrer Jugend unten in Kerry (»nicht viel anders als hier, wenn du es glauben kannst«), und Maureen hörte geduldig zu, während Schnaken über das Gras flogen und Motorengeräusche von fernen Straßen herüberwehten.

»Meine Kindheit war so strukturlos, so *schlampig*«, sagte Saskia. »Keine Regeln, kein Druck, und ich habe auf jede nur erdenkliche, merkwürdig konservative Art und Weise dagegen rebelliert. Alles, woran meine Eltern glaubten, habe ich verdammt. Wenn du dir überlegst, dass dazu auch die Freiheit des Individuums gehörte, kannst du dir vorstellen, was für ein zugeknöpftes Balg ich war. Ich habe immer fleißig gelernt und bin, um sie zu ärgern, sogar zur Universität gegangen, nicht, weil es das Richtige für mich war. Als ich mein Staatsexamen machte, war ich noch Jungfrau und wusste nicht, was ich mit mir anstellen sollte, da ich überhaupt kein Interesse an Jura hatte. Was habe ich also gemacht? Ich bin davongelaufen und habe mich einer Sekte angeschlossen.«

»Einer Sekte?«

Da war noch mehr zu sehen in Saskias Gesicht, eingewoben zwischen sonnengebräunten Sommersprossen und Augenfältchen. Abscheu. Wo ein Lächeln sein sollte. Maureen fühlte mit ihr, als die junge Frau mit gebrochener Stimme fortfuhr: »Also, wenn du dir das Christentum ansiehst, ist es doch im Grunde eine Sekte, oder? Entschuldige, Mo. Ich hoffe, das verletzt dich jetzt nicht, aber ich bin überzeugt davon, dass es so ist.«

»Ich bin nicht verletzt«, sagte Maureen ruhig.

»Die mich getauft haben, waren echte Freaks. Von der Sorte, die alles hasst: Männern muss gehorcht werden, Frauen sind gefährliche Schlampen, sexuelle Triebe müssen unter Kontrolle gehalten werden. Ein paar Jahre habe ich es bei denen ausgehalten, bis mir aufgegangen ist, dass Jesus eigentlich kein menschenverachtender Mistkerl sein sollte. Also bin ich wieder mal weggerannt und bei einer anderen Christentruppe gelandet, allerdings von der schlaffen, lächelnden Sorte. Aber sie hatten Geld und Platz, und ich bin bei ihnen geblieben und habe versucht zu leben und eine anständige Jüngerin zu sein. Fünf Jahre. Ist das zu glauben?«

»Und dann?«

»Eine plötzliche Desillusionierung. Auf einen Schlag hat es

mein ganzes Leben weggeschwemmt. Wir sind ziemlich anfällig, weißt du?«

Sie starrte reglos vor sich hin. Maureen tat es ihr nach. Sie teilten sich das verwaschene Abendlicht, während die Einsiedlerin auf der anderen Seite des Feldes eines ihrer Kinder auf Armlänge von sich weghielt und ihm lauter Kletten vom Rücken und von den Beinen zupfte.

»Die letzten paar Jahre war eine junge Frau bei uns«, fuhr Saskia fort. »Hatte Probleme mit Alkohol und wanderte betrunken in Richtung Erleuchtung. Sie fing eine Beziehung mit einem der Männer an und wurde schwanger. Und schon war all die christliche Liebe dahin. Die Familie des Mannes mischte sich ein und bestand darauf, das Baby an sich zu nehmen. Die arme Frau war völlig verzweifelt, aber die Christen weigerten sich, ihr Rückhalt zu geben. Sie sagten der Familie des Mannes, sie würden recht daran tun, wenn sie die Kleine zu sich nehmen, weil die Mutter auf den Strich gegangen war, bevor sie sich Jesus zugewandt hatte. Sie hatten nur darauf gewartet, sie fertigzumachen, und bei Gott, das haben sie getan. Sie ist davongelaufen, und wer weiß, wo sie heute ist? Eine Woche danach bin ich auch weg.«

Die Welt ist so klein, dachte Maureen, aber sie sagte nichts.

»Ich hoffe nur, es geht ihr gut«, sagte Saskia.

»Geht es dir gut?«

»So langsam.«

»Ich dachte mal, ich müsste einen Beichtvater haben«, sagte Maureen. »Früher. Ich brauchte ein Weile, aber am Ende habe ich es kapiert …« Sie hielt inne, und ließ den Gedanken sacken. Wie eine leuchtend bunte Glasperle, die in einem Glas Wasser versank. »Da gibt es nichts. Keinen Beichtvater, keine Buße, keine Sünde, kein Sakrament. Es gibt nur Taten, die weggebrannt werden müssen.«

»Weggebrannt? Das ist ein starkes Wort.«

»Nichts ist so reinigend wie ein Feuer«, sagte Maureen.

Ryan wusste, dass es ein Desaster werden würde, noch bevor sie die Sachen ins Auto gepackt hatten. Er stand mit Joseph im Wohnzimmer und starrte ebenso verzweifelt wie liebevoll auf das, was da vor ihm auf dem Boden lag. Karine, die oben im Bad ihre Festival-Zöpfe checkte, hatte ihr Gepäck aufgestapelt. Zwei Taschen mit Sachen zum Anziehen. Eine Luftmatratze. Drei Kissen. Einen Spiegel. Einen Kosmetikkoffer, in den ein halbes Dutzend Gerätschaften passte. Ein Paar rosa Gummistiefel mit falschem Fellbesatz, ihre nachgemachten Uggs und zwei Paar flache Schuhe. Ein Federbett.

»Ein verdammtes Federbett, Cusack.«

»Ich weiß.«

»Du musst mit ihr reden.«

»Ich weiß.«

Sie hatte erst nicht mitkommen wollen, und so schien ihm der Gedanke, an ihr herumzumäkeln, noch bevor sie überhaupt das Haus verließen, eher kontraproduktiv. Karine liebte Musik, aber Ryan konnte sich eine etwas stärker outdoortauglichere Begleitung vorstellen. Joseph hatte sich fürs Electric-Picnic-Festival gewünscht, dass Ryan mitkam, und Ryan hatte nur allzu gerne zugesagt, aber Karine wollte ihn keinesfalls unbeaufsichtigt ein Wochenende lang trinken lassen. Sie traute ihm nicht, und am Ende war er froh, dass sie dann doch mitwollte, weil auch er ihr nicht traute.

Sie hatte versucht, ihn zu überreden, dass er sich für eine der »Glamping«-Optionen entschied, ein kolossales Wigwam, das für die drei Tage einen Riesen kostete und, wie er annahm, für diesen Preis einen trainierten Affen als Butler mit einschloss. Aber er sagte, es sei nicht richtig, die Gruppe zu sprengen, und sie würden zusammen mit Joseph und seinen Kumpels auf dem Hauptfeld campen. Daraufhin schmollte sie, und er sagte, sie müsse ja nicht mit. Die ganze letzte Woche hatten sie sich deswegen fürchterlich gestritten.

»Ein verdammtes Federbett«, sagte Joseph noch einmal.

Karine kam die Treppe herunter, suchte etwas in ihrer Tasche und erschrak, als sie die beiden sah.

»Was gibt's?«, fragte sie locker, aber ihr Blick war eisern. Es war halb neun Uhr morgens, und sie konnte es kaum erwarten, in die zweite Runde zu gehen.

Joseph sagte: »Es wird aussehen, als würden wir von einem Raubzug kommen.«

»Was?«

»Ernsthaft, Karine. Das ist mehr, als in einem Versandkatalog zu finden ist.«

»Und was, schlägst du vor, soll ich hierlassen?«, fragte sie und verschränkte die Arme vor der Brust.

Ryan hob die Brauen und sah Joseph an, der die Herausforderung annahm und seinerseits unwillig dreinblickte.

»Sag du's ihr«, meinte er.

»Was soll ich ihr sagen, Junge?«

»Sag ihr, dass das zu viel Kram ist.«

Ryan setzte sich aufs Sofa und fuhr sich mit den Händen über den Kopf. Joseph nahm den Autoschlüssel vom Couchtisch, umrundete die Installation und ging mit einer Missfallensbekundung hinaus. Karines Nägel, extra lackiert, schwarz mit Neon-Regenbogenstreifen, trommelten auf ihre Oberarme.

»Da muss es doch was geben, was du nicht brauchst«, sagte Ryan.

»Was. Schlägst. Du. Vor«, erkundigte sie sich, *»Soll. Ich. Hier. Lassen?«*

»Ich weiß nicht. Den Großteil der Schuhe? Eine Tonne Make-up? Wir fahren zu einem Festival, Mädchen, nicht auf eine Suchexpedition nach Doktor Livingstone.«

»Du bist jetzt schon gemein zu mir«, sagte sie.

»Ich bin nicht gemein.«

»Doch, bist du«, sagte sie. »Du wolltest von Anfang an nicht, dass ich mitkomme.«

»Sei nicht albern.«

»Es stimmt. Seit Wochen versuchst du mich davon abzubringen. Du würdest viel lieber allein fahren, oder? Dann könntest du alles vögeln, was bei drei nicht auf dem Baum ist.«

Das war ätzend, und er verdiente es. Elena aus Salerno war der Anfang einer wirklich schlechten Angewohnheit gewesen. Er sah Karine an, und sie starrte zurück, rot angelaufen, und vielleicht war es wegen der frühen Uhrzeit oder weil ein Super-Wochenende bevorstand, vielleicht auch, weil er einen leichten Kater hatte, auf jeden Fall wollte er nicht mit ihr streiten. Er sah in einem Haufen überflüssiger Klamotten keinen Grund dafür.

Sie spürte das und drehte ihren Wutanfall ein paar Grad runter.

»Ich will's einfach gemütlich haben, Ryan.«

»Aber das wirst du doch auch.«

»Nein! Ich hasse es, im Dreck zu hocken und nirgends duschen zu können und … du weißt schon, die Mädchen, die er anschleppen wird. Joseph. Du kennst seine Freunde. Das werden alles Rockerflittchen mit zerrissenen Strumpfhosen sein, und das ist echt nicht meins und …« Sie atmete laut hörbar aus. »Die werden mich alle hassen.«

»Es ist unmöglich, dich zu hassen, Karine.«

»Sie werden denken, dass ich eine Schlampe bin und dass ich mich nur für dich so rausputze.«

Er stand auf, stieg über die Kissen und den Make-up-Koffer und nahm sie in den Arm.

»Für mich musst du gar nichts tun«, sagte er. Sie wich vor seinem Kuss zurück, zog die Schultern hoch und sagte: »Doch, Ryan. Ich bin nicht gut genug.«

»O Gott, bitte sag das nicht. Bitte.«

»Aber es stimmt doch.«

»Es ist nicht dein Fehler. Nichts davon. Ich bin doch nur ein Volltrottel, der sein Glück gar nicht fassen kann.«

»Das sagst du bloß, weil du willst, dass ich die Hälfte von den Sachen hierlasse.«

»Nein.« Er schlang seine Arme fester um sie. »Nimm alles mit. Bring dein ganzes verdammtes Schlafzimmer mit, wenn du willst. In einem Anhänger.«

Sie rieb ihre Wange an seiner Brust, wie eine Katze, und sagte: »Erzähl das mal Joseph.«

Elena. Sasha Carey, die mit Josephs Ex befreundet war, Rachel O'Riordan, die im Room, einem Klub in der Stadt, hinter der Theke stand. Christina, wie immer sie auch weiter hieß, auf der Party in Ballincollig, die mit den gelangweilten Blowjobs. Triona Neville, die die Session-Musiker für die Union-Studios buchte und wenigstens dreiundzwanzig war, aber scheiß drauf. Kaisa … ja, deren Nachnamen kannte er auch nicht, in Bobos Wohnung, und das war erst letzte Woche gewesen. War er jetzt fertig? Er wusste es nicht. Er hoffte es.

Verrat war ein erbärmlicher Trost, und er war absolut nicht der Mensch dafür. Angefangen hatte es mit einer schönen Touristin, einer Göttin, die extra zu ihm herabgestiegen war, um ihm Gerechtigkeit widerfahren zu lassen. Aber damit hätte es auch gleich wieder aufhören sollen. So schön Elena gewesen war, sie war nicht, was er wollte. Was er wollte, war, die Zeit zurückzudrehen, um sich nicht mit Dan Kanes Koks erwischen zu lassen, weil ihn dann auch Karine nie betrogen hätte. Und selbst wenn er nur zu dem Abend mit Niall Vaughan im Relic zurückkönnte: einfach zu gehen, als Karine ihn verdammt noch mal darum gebeten hatte. Was er, Ryan Cusack, wollte, war Karine D'Arcy, und zwar ganz, mit Leib und Seele und allen Absichten.

Da ihm das verweigert wurde, versuchte er sich zu rächen, und je mehr er drängte, desto schlimmer wurde er bestraft. Die Leichtigkeit, mit der er Gelegenheiten herbeiführte, war ein verborgener Fluch. Sein Leben war zu einer Art Spießrutenlauf geworden. Partys, Verhandlungen, Treffen auf Parkplätzen und in VIP-Räumen. In den letzten anderthalb Jahren hatte er mehr gekokst, als ihm lieb war, und ja, darauf ließ sich sein Leben herunterbrechen: auf Kokain, Geld, Pillen und Frauen.

Oh, wie verfickt glamourös. Aber es war kein Glamour, der ihn wachhielt und seinen Mund austrocknen ließ, der ihn große Deals einfädeln und Vergeltung üben ließ. Was war aus ihm geworden auf seiner Reise durch die Unterwelt? Nichts weiter als ein weiteres betrügerisches Arschloch in einer Stadt voller betrügerischer Arschlöcher. Mit fünfzehn hatte er angefangen und war dumm genug gewesen zu denken, er könnte damit wieder aufhören. Die Vorhersehbarkeit seiner Wandlung schmerzte fürchterlich. Er hasste es. Er hasste die Mädchen, die auf den Partys zu ihm kamen, und seine Unfähigkeit, dem netten Lächeln einer neuen Braut zu widerstehen. Er hasste das alles, er hasste sich selbst, er hasste Dan, er hasste Karine. Alles war Hass, Hass, Hass. Ein einziger großer Missklang, ein Schneesturm, Line um Line um Line.

Der erste Abend war ein Traum, und das mehr als nur im übertragenen Sinn. Nachdem sie ihre Behausungen aufgebaut und etliche Bier geknackt hatten, warfen sie ein paar Pillen ein und drängten sich hinter den großen Zelten, in denen die Stars auftraten. Sie tanzten und tranken, schrien und wateten kinntief durch Gespräche einer nebelhaften, göttlich verrätselten Art.

Der Tag danach hatte einen Zeitplan und litt darunter. Ryan hatte bestimmte Acts, die er sehen wollte, und eine Freundin, die besänftigt werden musste. Sie liefen quer über das Gelände und bekamen ihre üble Laune nicht in den Griff. Zweimal knallte es fürchterlich, was den Leuten um sie herum den Spaß versaute. Einmal nahm Joseph ihn beiseite und sagte, er solle sich verdammt noch mal am Riemen reißen, aber obwohl Ryan das für vernünftig und aufrichtig hielt, war es doch nicht das Evangelium, und er konnte ihm nicht folgen. Nach dem zweiten Streit sagte Karine, Scheiße, sie fahre nach Hause, und war schon fast beim Haupteingang, als er nachgab und ihr hinterherlief. Was konnte er auch tun? Zwischen ihnen stand es so, wie es immer stehen würde: Sie waren zerrissen, verzweifelt, voller Liebe und erschöpft.

Karine ging nach Mitternacht schlafen, aber er war nicht annähernd so weit, denn er hatte sich gerade vor einer Stunde erst eine doppelte Dosis gegönnt. Am Eingang zu Josephs Zelt kam es zum Streit. Joseph war genauso betrunken wie zugedröhnt: »Ich käm nich mal mehr hoch, wenn ich an dei'm verdammten Bein hochklettern würde, Cusack.« Aber Ryan wollte ein bisschen Ablenkung und ging am Ende mit Josephs Freundin Izzy zu einem Rave in den Wald. Izzy spielte Lead-Gitarre in einer Punk-Band namens Scruffy The Janitor und gab donnerstags Unterricht in zeitgenössischem Tanz. Sie trug immer reichlich Eyeliner, aber nie irgendwelchen Lippenstift. Joseph war fürchterlich verknallt in sie, was allein dadurch klar wurde, dass er auf hoffnungslose Weise so tat, als wäre er's nicht.

Er tanzte nicht. Ryan gab sich selbst die Schuld, weil die Pillen klar die besten waren, die er dieses Jahr eingeworfen hatte, und das hatte er schon gewusst, bevor sie hier überhaupt angekommen waren. Er setzte sich ins Gras, ein Stück weg von den Tanzenden, legte die Arme um die Schienbeine und den Kopf zwischendurch immer wieder auf die Knie.

Izzy hüpfte zu ihm rüber. »Sei nicht so'n Langweiler.«

»Bin ich normal nicht. Ich bin einfach nur breit.«

»Du bist schon den ganzen Tag so. Du und Carly.«

»Karine.«

»Richtig«, sagte sie. Sie zog ihr Haar über die Schultern und fing an, sich Zöpfe zu flechten. Die Baumstämme um sie herum loderten neongrün und rosa, und die Beats donnerten auf sie ein.

»Warum seid ihr überhaupt zusammen, wenn ihr euch nicht mal mögt?«, schrie Izzy.

Die Innenseiten seiner Arme fingen an zu kribbeln, und

Ryan streckte sich und legte die Hände flach auf die Erde hinter sich. Sein Kopf fiel nach hinten, und Izzy setzte sich neben ihn.

»Wie lange seid ihr schon zusammen?«

»Jahre über Jahre. Seit dem Abend meines fünfzehnten Geburtstags.«

»Oh, verstehe. Es ist also so was wie ’ne schlechte Angewohnheit, die man schwer loswird.«

»Nein, nein.«

»Hör zu!« Izzy schrie gegen den Lärm an. »Es ist irgendwie offensichtlich. Du hältst sie immer noch ganz hoch …« Sie streckte einen Arm über den Kopf und strich mit den Fingern über das Blätterdach weit über ihnen. »Aber sie verdient es nicht. Ich meine das übrigens ganz lieb und nett. Es ist scheiße, die Religion von jemand anders zu sein. Du weißt selbst, dass du Probleme damit hast, und das zeigt sich auf vielerlei beschissene Weise. Ich meine, Joseph hat mir die Geschichte erzählt. Erst hat sie dich betrogen, und jetzt kannst du nicht aufhören, sie zu betrügen. Das ist echt tragisch. So tragisch wie *trist* und *erbärmlich*.«

»Hat sie nicht.«

»Was hat sie nicht?«

»Sie hat mich nicht zuerst betrogen. Das war ich.« Er ließ Izzy nicht genug Zeit, um das zu verdauen. Er sah sie an und sagte: »Joe weiß das nicht und sie auch nicht.«

»Scheiße«, sagte sie.

Als die Beats abebbten, wurden die Stimmen um sie herum wieder zu einem Grölen. Die Leute pfiffen und applaudierten. Izzy rückte näher.

»Das darfst du keinem von beiden sagen«, meinte er.

»Klar.«

»Weil das mein Ende wäre.«

»Großes Ehrenwort und so weiter.«

Er legte ein Geständnis ab. Die Pillen schwammen durch ihn

hindurch, und er konnte sich selbst sehen: Wie er auf der Erde neben seiner nickenden Bekannten saß, die Augen perfekte Kreise, Kinn und Kiefer, die ihm immer wieder entgleisten. Er kam zum Ende seiner Geschichte, und es bedeutete rein gar nichts. Keine Last, die von ihm abfiel. Er fühlte sich immer noch wie ein Dreckskerl.

»Weißt du, was das bedeutet?«, rief Izzy. »Du hast diese ganze Beziehung als Buße für etwas aufgezogen, was du mit fünfzehn getan hast, und jetzt bist du angepisst, weil Carly … Karine …«, sie hob den Blick in die Lichter, »nicht deinem Drehbuch gefolgt ist.«

»Nein. Ich liebe sie. Punkt.«

»Warum betrügst du sie dann die ganze Zeit?«

»Weil. Ich weiß nicht.« Eine Epiphanie. Gott, er erinnerte sich an das Wort. »Weil ich es kann.«

»O Mann. Das ist so scheiße, so was zu sagen.«

»Nein, ich meine … Weil ich es das erste Mal nicht wollte. Oder nicht vorhatte, und jetzt endlich … Scheiße. Du weißt schon.«

»Du wolltest es nicht? Hatte die MILF deiner Meinung nach die Macht oder so?«

»Ich erinnere mich nicht mal. Es ist einfach … Wahrscheinlich. Ich weiß nicht. Ich weiß nicht, warum ich's getan habe, und das bringt mich um.«

»Schon mal dran gedacht, dass du ein bisschen hart mit dir bist? Wir alle haben als Kids blöde Sachen gemacht. Ich meine, ich hab in Läden geklaut, bin nur einmal erwischt worden, aber ich schäme mich noch immer dafür. Und fünfzehnjährige Jungs, die sind natürlich … komplett schwanzgesteuert. Vielleicht waren das die Hormone. Pubertärer Wahnsinn. Vielleicht musst du es einfach nur akzeptieren. Stell dich der Sache, akzeptier es und lass es hinter dir.«

»Und wie soll ich das machen? Ich wollte es doch nicht. Deshalb habe ich auch die letzten paar Frauen gevögelt. Wenn ich schon gehängt werden soll, dann bitte für etwas, was ich wollte. Jede weitere Frau verbessert die Quote.«

Eine Rothaarige, die hinter ihnen entlangging, trat ihm auf die Finger. Er holte die Hände vor und betrachtete sie, woraufhin sich die Rote hinhockte, ihm einen Arm um die Schultern legte und eine Entschuldigung ins Ohr brüllte. Ryan lächelte vergebend. Die Kleine gab ihm einen Kuss auf die Backe.

»Das ist ja so was von krank!«, schrie Izzy, als das Mädchen weitergezogen war. »Junge, ich mag dich, aber du hast echt Probleme. Du solltest mal zu jemandem auf die Couch.«

Ryan starrte auf seine verdreckten Finger.

»Aber so was machst du nicht, oder?« Izzy war noch nicht fertig. »Weil du so verdammt männlich bist. Also, weißt du, was du meiner Meinung nach tun solltest? Ich denke, du solltest mit der MILF reden. Frag sie einfach nach den schmutzigen Details. Sie sind Teil deiner Geschichte und haben dich zu einem Kontrollfreak werden lassen, weil du dich nicht an sie erinnern kannst.«

»Das geht nicht«, sagte Ryan. »Sie ist vor ein paar Monaten weg. Hat jede Menge Schulden hinterlassen und ist auf und davon. Nicht mal ihre Tochter weiß, wo sie steckt.«

»Das ist ja wahnsinnig!«, zischte Saskia. »Mo, ich bin philosophisch total bei dir, absolut, zu hundert Prozent, du hast recht, und ich sollte es wissen, schließlich habe ich lange genug nach der Wahrheit gesucht. Aber das hier? Das ist moralisch nicht richtig. Das ist *kriminell.* Da kann ich nicht mitmachen. Ich kann nicht, *blablabla.*«

Maureen stand an der Giebelseite der Kirche, den Rücken der hügligen, blinden Landschaft zugewandt. Sie hatte bereits eines der Buntglasfenster eingeschlagen, als ersten Schritt, aber auch, um zu sehen, ob es eine Alarmanlage gab. Die gab es offenbar nicht. Die Kirche war wahrscheinlich zu klein. Das war die Sache mit Gemeinden auf dem Land. Du greifst etwas an, das keine große Bedeutung hat, dafür aber einen enormen sentimentalen Wert.

»Mo, hör zu …«, argumentierte Saskia. Sie war nicht so eine gute Schülerin wie ihre ehemalige Sektenkollegin. »Du hast mit der katholischen Kirche ein Hühnchen zu rupfen, das verstehe ich. Ich bin auch Irin, weißt du. Wir alle haben da unseren Groll. Aber das hier ist Sachbeschädigung! Du wirst den Rest deines Lebens im Gefängnis verbringen!«

»Herrgott, für wie alt hältst du mich?«

»Ich kann da nicht mitmachen. Die Gardaí werden es zu unserer Kommune zurückverfolgen. Denk an die anderen. Alle versuchen mit ihren Problemen klarzukommen. Hier so ein Chaos zu veranstalten wird sie alle treffen.«

»Es ist doch nicht so, als wären wir eine Familie.«

»Dann kannst du nicht zurückkommen. Diese Art von Unfriede steht in totalem Gegensatz zu der Art, wie wir zu leben versuchen.«

»Unfriede, so ein Scheiß«, rief Maureen. »Wie ihr zu leben versucht … ich lach mich tot! Nichtsnutze, Aussteiger und anderer Auswurf, versteckt euch auf irgendwelchen Feldern am Arsch der Welt, ganz hinten in Irland, oh, steckt bloß die Köpfe nicht zu weit aus dem Graben, wir haben ja so einen Schiss, so einen verdammten Schiss.«

»Ach, ja? Verstehe! Wir sind dir nicht aktiv genug. Und was in Herrgotts Namen soll das hier jetzt bezwecken? Glaubst du, das ist Anarchie? Das hat mit Anarchie doch gar nichts zu tun!«

»Es ist das, was du darin siehst.« Maureen drehte sich um, den Rücken in Richtung Steine gewandt, und hielt den Nachthimmel in ihren ausgestreckten Armen. »Du solltest es akzeptieren, weil sie mich nicht kriegen können. Ich habe meine Strafe längst abgesessen. Alles andere ist ein Bonus, den ich verwenden kann, wie ich will. Nutze die Gelegenheit, wenn du was verändern willst.«

»Was, ich soll da mitmachen? Mo, das ist wahnsinnig, weil *du* wahnsinnig bist, und ich habe Priester erlebt, die weit cleverer sind als du.«

»Okay«, sagte Maureen. »Dann geh. Und sag Scooby-Doo danke für alles.«

»O mein Gott. Du hast keinerlei Respekt.«

»Lauf schon, Saskia. Und Himmel noch mal, wann wirst du endlich lernen, auf eigenen Füßen zu stehen? Lass die Kommune Kommune sein und besorg dir einen verdammten Job!«

Also, das war's dann. Maureen hatte darauf gebaut, eine Verbündete zu haben, die zerrüttete Saskia war ihr in Ermangelung von erprobten Leibeigenen wie eine gute Kandidatin vorgekommen. Aber jetzt sah es eindeutig danach aus, als würde sie alles verraten, was von einer rückfälligen Wiedergeborenen ja auch zu erwarten war. Sie hatte nicht mal lange genug zugehört, um den Grund dafür zu erfahren: Der Rauch würde in die Luft aufsteigen, aber hinterher würden sich alle reiner fühlen. Bei der Wäscherei hatte es funktioniert, bei Jimmys Bordell auch, und es würde auch bei dieser katholischen Kirche so sein.

Saskia stakste davon, und Maureen stellte sich auf die Zehenspitzen, um durch das zersplitterte Glas zu sehen. Bis auf lackierte Schatten war da nicht viel zu erkennen, aber Lack brannte gut.

Drei Tage mit Dosenbier, fetten Joints, Geständnissen im Wald und Curry-Käse-Pommes ließen Ryan in einem Nebel von Zusammenhangslosigkeit zurück, aber Joseph musste am Montagabend arbeiten, und er hatte ihm versprochen, ihn sofort nach dem letzten Act nach Hause zu fahren. So packten alle am Sonntagnachmittag ihre Sachen zusammen, und Ryan und Joseph trugen sie zurück zum Parkplatz, der zwanzig Minuten entfernt lag. Sie mussten zwei Mal gehen. Karine zog währenddessen mit ein paar Collegefreunden in die Senke, um was zu trinken. Am Ende trafen sie wieder zusammen, Joseph verschwand mit einer der Studentinnen, Karine hatte eine kleine Krise, weil sie ihre Gesichtstücher in die falsche Tasche gesteckt hatte, und Ryan nahm seine letzte Pille aus dem Vorrat, den er neben seinen Eiern aufbewahrt hatte, legte sich zurück ins Gras und versuchte mutig, aber ohne Erfolg, die anderen davontreiben und in der stickigen Herbstluft zerplatzen zu lassen.

Ein paar Stunden später gingen sie in die Arena, um die letzte große Band nicht zu verpassen. Joseph wollte einen experimentellen Gitarristen sehen, und er nahm Karines Collegefreundin mit. Ryan und Karine wanderten zur Hauptbühne. Sie fanden einen Platz im hinteren Bereich, ein Stück weg vom Hauptdurchgang, und sie setzte sich so vor ihn hin, als wollte sie sich eine reuevolle Umarmung sichern, ohne mit ihm sprechen zu müssen. Er legte seine Arme um sie, zog sie an seine Brust, drückte die Nase auf ihre nackte Schulter und schloss die Augen, als sich der Niederschlag seiner letzten Pille in die Tiefe seines Magens senkte.

Wie sie es geschafft hatten, die schönen Spätsommerabende zu zerstreiten, wusste er nicht. Er hatte das Gefühl, dass sie nur noch stritten. Was er gesagt hatte, was sie gesagt hatte, Wunde um Wunde hatten sie aufgerissen. Er erinnerte sich an etwas von Niall Vaughan, und auch von Elena aus Salerno, deren Geruch Karine auf seinem Körper bemerkt hatte, nachdem er ihr einige hingestammelte Anhaltspunkte zu Füßen gelegt hatte, wie eine Katze, die ihrer Herrin tote Mäuse bringt. Er dachte an sein Gespräch mit Izzy.

»Es tut mir leid«, sagte er.

Sie drehte den Kopf. »Was tut dir leid?«

»Alles.«

Direkt neben ihm hielt eine Mutter ihr Baby auf Armlänge von sich weg und bürstete ihm unsichtbaren Schmutz vom Rücken und von den Beinen.

Karine wartete, bis er den Kopf von ihrer Schulter nahm, und ließ sich von ihm küssen. Fünfhundert Meter entfernt bat eine auf einer riesigen Bühne verloren wirkende Gestalt um donnernde Zustimmung. Karine nippte an ihrem Drink. »Ist es traurig, dass ich im Moment einfach nur nach Hause will?«, fragte sie, und er küsste sie wieder und sagte, nein, natürlich nicht, es sei ein verrücktes Wochenende gewesen und er sehne sich genauso nach einer Dusche und seinem Bett.

Sie fuhren um zwei Uhr morgens los, mit Josephs neuer Flamme im Gepäck. Ryan rauchte eine Zigarette, als sie durch Stradbally kamen, und noch eine, als er auf die Autobahn bog. Auf dem Rücksitz dösten die Mädchen. Joseph, der immer noch high war, quatschte in einem fort über den experimentellen Gitarristen und die Inspiration, die er mit nach Hause nahm, das ganze überwältigende Erlebnis. »Wir kommen im nächsten Jahr *definitiv* wieder her«, sagte er. Im Rückspiegel sah Ryan, wie Karines Nase zuckte und sich ihr Mund öffnete. Nebel drückte auf die Scheibe hinter ihr, und einen Moment lang hatte er das Gefühl, dass ihnen etwas folgte. Sein Glück, das ihn einholte, vielleicht. Der Moment erfüllte ihn und verging, bevor er ihn zu fassen bekam. Vielleicht war da auch nur ein fürchterlicher Kater hinter ihm her. Er schüttelte den Kopf.

Er hielt in Urlingford für einen Kaffee und einen Moro und fuhr noch einmal kurz vor Mitchelstown auf die Seite, weil er mal musste, und da, als er vom Standstreifen in den Graben pinkelte, sah er das Feuer.

Er ging zurück zum Auto und sagte zu Joseph: »Siehst du das?«

Sie sprangen über den Graben und starrten in die Nacht. Es bestand kein Zweifel, da brannte es. Vielleicht neun, zehn Kilometer entfernt.

»Das muss eigentlich schon jemand gemeldet haben«, sagte Joseph. »Ich ruf trotzdem mal an, um sicherzugehen.« Er wählte die 999, steckte einen Finger ins Ohr und gab der Person am anderen Ende vage Koordinaten durch, während hinter ihnen die Autos von einem Stück Finsternis in nächste glitten.

»Denkst du, wir könnten hinfinden?«, fragte Ryan.

Er fragte sich, warum, als er die Autobahn verließ und über sich windende Landstraßen fuhr, aber was konnte er darauf schon antworten, außer dass er neugierig war und irgendwie nicht nach Hause wollte, so müde und was sonst noch er auch war? Die Mädchen auf dem Rücksitz rührten sich nicht. Joseph wurde still und zog die Brauen zusammen, so tief in dieses Rätsel versunken wie sein Cousin, allerdings aus einem aufgeräumten, trunkenen Leichtsinn heraus, nicht so bitter konzentriert wie Ryan. Sie hatten kein Netz, um auf Google Maps nachzuschauen, und wohin wollten sie überhaupt? Ab und zu sahen sie das Lodern, bevor es wieder hinter einem Wäldchen verschwand, und sie drehten ab, weil die Straße wilde Schlangenlinien beschrieb. Als es auf vier Uhr zuging, wechselten sie einen Blick und beschlossen stumm, die Sache dranzugeben.

Ryan fuhr an den Straßenrand und stieg aus. Ein Tor führte auf ein langes, schmales Feld, das von einer Reihe Bäume gesäumt wurde, dann kam ein kleiner Hügel, und dahinter konnten sie das orangefarbene Glühen des Feuers sehen, das sie aufgeben wollten. Sie nahmen den beißenden Rauch wahr.

»Wenn wir einfach loslaufen würden«, sagte Joseph, mehr aus Spaß, »über den Hügel da, kühn wie wir nun mal sind, wären wir in fünfzehn Minuten da. Aber wer passt auf die Frauen auf?«

»Ich hoffe, es ist kein Haus«, sagte Ryan.

»Nee.« Joseph fasste ihn bei der Schulter. »Wahrscheinlich ist es eine Scheune oder so was.«

»Es ist so verdammt still hier.«

»Es würde mich wahnsinnig machen, so weit draußen zu leben. Sensorischer Entzug. Kein Wunder, dass diese Landeier ständig Geister sehen.«

»Tun sie das?«

»Aber hallo. Schatten von Toten am Straßenrand, die seit dem Osteraufstand da rumgeistern. Den Teufel, der sich an einer Kreuzung in den Zähnen pult. Kranke Scheiße. Wir haben mehr Geschichte, als wir verdauen können.«

Joseph wandte sich zurück zum Wagen, aber Ryan blieb, wo er war, und sah zum Feuer hinüber. Sein Cousin kam zurück, griff noch einmal nach seiner Schulter und sagte: »Was ist los mit dir, Alter?«

»Ich komm langsam runter, das ist alles.«

»Da wär ich mir nicht so sicher. Ich hab dir doch gesagt, du sollst sie nicht mitnehmen. Ihr braucht Platz zum Atmen, Mann, alle beide.«

»Das ist es nicht.«

»Nein? Weil es ziemlich offensichtlich ist, dass ihr beide zerbröselt, du und sie.«

»Du meinst, dass wir in Flammen aufgehen.«

»Vielleicht«, sagte Joseph. »Vielleicht.«

»Und aus Asche erwächst nichts.«

»Du machst Schluss?«

Mehr Lichter jetzt, mehr Rauch. Was immer es war, jemand kämpfte dagegen an.

»Nein«, sagte Ryan. »Ich kann nicht.«

Verunsichert von Geistern und Geständnissen, ging er zurück zum Auto.

23

GEORGIE DACHTE SICH GERNE Briefe an David aus, die sie nie schreiben würde.

Liebes eingebildetes Muttersöhnchen David Coughlan,

wie geht es meiner Tochter? Du musst nicht antworten, also sperr deinen Mund auf und gönn dir etwas Luft. Ich komme sie holen. Ich bin fast da. Ich habe mehr Geld, als du dir vorstellen kannst. Woher ich es habe? Oh, auf schändliche Weise erworben. Ich war so gottlos, wie man überhaupt gottlos sein kann, du kennst uns doch, David, so gottlos, wie es nur geht. Aber es ist alles dein Fehler. Du hast mich zur Hure gemacht, was schadet es also, anderen Höchstpreise in Rechnung zu stellen, wenn sie das Gleiche tun? Wenigstens schwängern sie mich nicht und verurteilen mich dann auch noch dafür. Alle betrügerischen Schwänze der Stadt sind besser als dein schlaffer Wurmfortsatz. Ich hoffe, deine christliche Freundin erstickt daran.

Genieß dein nie endendes Poker-Turnier und deine Wichsvorlagen, du bärtiger Widerling.

Dein Kumpel Georgie

Sie hatte nicht halb so viel Geld, wie er denken sollte, aber er würde es sowieso nicht herausfinden. Sie hoffte, ihre Bitternis war groß genug, dass sie bis zu ihm hin reichte, wie ein scharfer Wind oder ein quälender Schmerz, der ihm nachts den Schlaf raubte. Scheiß auf die Briefe. Scheiß auf David. Sie schuldete ihm nichts, und er ihr ein ganzes Universum.

Der Gedanke von Schuld war ihr auferlegt worden, und sie hatte gelernt, die Hände zu öffnen und sich vom Gewicht dieser Schuld niederdrücken zu lassen. J.P. hatte sie nach dem Debakel mit seiner Mutter wieder für sich anschaffen lassen. Er sagte, sie schulde ihm einen Gefallen, und so tat sie sechs Monate in einem Haus Buße, in dem sie das einzige irische Mädchen war. Sie vermutete, dass sie als Ersatz für eine Unglückliche gebraucht wurde, die davongelaufen oder beiseitegeschafft worden war. Als wieder bessere Mädchen zur Verfügung standen, ließ er sie gehen. »Komm bloß nicht auf den Gedanken, irgendwelche Geschichten zu erzählen«, sagte er. »In dieser Welt, Mädchen, bist du nicht mehr als ein Stück Müll, und niemand wird dir glauben.«

Müll oder nicht, endlich war sie wieder ihr eigener Herr, und so ging sie es an: Sie stand auf, kochte Tee, saß da, dachte über das Geld nach, das sie verdient hatte und wieder verdienen würde, und arbeitete etwas, wenn sie konnte.

Um Harmony zurückzubekommen, brauchte sie Geld. Um Geld zu bekommen, musste sie mit dem Einzigen fortfahren, worin sie gut war. Und um mit dem Einzigen fortfahren zu können, worin sie gut war, brauchte sie Medikamente. Das Geld zum Leben kam aus ihrem Ersparten. Sie nutzte die Kontakte aus dem Bordell auch noch, nachdem J.P. sie hatte gehen lassen. Der Weg des geringsten Widerstandes war okay, da sie ein Ziel vor Augen hatte. In Gedanken sagte sie zu David, dass sie sich den Arsch mit Fünfzigeuroscheinen abwischte, aber die Wirklichkeit blutete sie aus. Sie arbeitete viel zu viel, und sie musste sich für die Arbeit knechten lassen, oder aber sie würde nie getan werden. Sie versuchte es mit Alternativen, aber nichts funktionierte so gut. Dem Ganzen wohnte eine gewisse Logik inne, wie unangenehm sie auch sein mochte.

Nachts fingen die Probleme an. Sie schlief nicht. Obwohl sie sich nicht wirklich bedroht fühlte, war sie ruhelos. Sie saß in einem kosmischen Durchgangslager fest, ganz leicht außer der Reihe, und wartete darauf, dass ihre Nummer aufgerufen und ihr der Vorgang neu erklärt wurde. Sechsundzwanzig war genau wie einundzwanzig sein. Ganz anders als dreiundzwanzig. Georgie fühlte den Gegensatz, und es verwirrte sie. Wie konnte man innerhalb von fünf Jahren komplett unterschiedlich sein? Wie zwei verschiedene Personen? Wie konnte man sich so ändern, von der Hure zur Heiligen, nur um ein paar Jahre später die Narben wieder aufzureißen und erneut zur Hure zu werden?

Sie verlor das Interesse an ihren Kriminalromanen. Sie waren so langatmig, und sie hatte nicht die Zeit für all das leere Gesülze. Stattdessen studierte sie im Internet wahre Kriminalfälle, verloren und angeekelt folgte sie Link auf Link, bis der Morgen graute und es wieder von vorn losging. Manchmal rief sie die Website mit vermissten Personen auf, weil Robbies Bild da noch stand, und sie starrte ihn an, ein Foto, das sie ihnen nicht gegeben hatte. Das musste seine Mutter gewesen sein, wenn er denn eine hatte. Eines Tages würde Georgie sie besuchen gehen. Um ihr zu sagen, sie solle die Hoffnung aufgeben.

»Man sollte denken, du würdest *irgendjemanden* benachrichtigen«, schimpfte Robbie. »Nachdem du der alten Frau gesagt hast, dass ich wichtig war und so.«

»Oh, du warst wichtig«, antwortete Georgie. »Du bist daran schuld, dass ich in diesem Chaos stecke. Mit all den schlechten Angewohnheiten, die du mir beigebracht hast. Schlechte Angewohnheiten eines schlechten Mannes.«

»Ja, gib einem Mann die Schuld und nicht dir selbst, Georgie.«

»Männer sind doch alle gleich! Zur Hölle mit euch! Vielleicht warst du gar nicht wichtig, Robbie O'Donovan. Da draußen gibt's noch Millionen genau wie dich.«

Sie verlor ihr Ziel nie aus dem Blick, auch als ihre Pläne zu leeren Ideenhülsen verkamen, zu Überbleibseln vergessener Fluchtvorhaben.

Obwohl Maureens Worte ihr auch weiter durch den Kopf schwirrten, behielt sie das Skapulier um die Hand gebunden.

An einem Samstagabend im April hatte Georgie einen Freier, der sie hinterher auf der falschen Seite des Stadtzentrums absetzte. Sie war aufgewühlt und ging langsam zurück zu ihrem gewohnten Platz. Er hatte okay gewirkt, bis er fertig war, dann war der Ekel, den er empfand, mit Händen zu greifen gewesen. Sie ging in einen Spirituosenladen, der gerade schließen wollte, kaufte eine kleine Flasche Wodka und trank ein Drittel davon in der Toilette von McDonald's, bevor sie weiterging. Der Alkohol zeigte Wirkung. Er hüllte ihre Angst ein, gab ihr Wärme und ließ sie gedeihen.

Der Alkohol würde das nicht in Ordnung bringen, aber Gott schloss niemals eine Tür, ohne ein Fenster zu öffnen.

Einen Moment lang konnte sie nicht sagen, wer er war. Natürlich begegneten ihr viele bekannte Gesichter. Tag und Nacht traf sie Männer, die für sie bezahlt hatten, und einen Moment lang nahm sie an, dass er einer von ihnen war. Freier konnten ebenso gut groß, dunkel und gut aussehend sein wie verschwitzte, untersetzte Klischees. Er kam mit ein paar anderen die Straße herunter, alle etwa Anfang zwanzig, von der herumschubsenden, lebhaften Sorte. Ryan. Sie hatte ihn so lange nicht gesehen. Er war jetzt erwachsen, mit langen Beinen und ausgeprägten Wangenknochen. Sie rief ihm hinterher, und einer seiner Freunde zog ihn am Arm und zeigte in ihre Richtung. Er wartete, Gott segne ihn, als sie herbeigeeilt kam.

»Ryan. Lange nicht gesehen.«

»Gott im Himmel, Georgie.«

Sie wurde rot. Sie hatte Gewicht verloren, das wusste sie. Vielleicht war es auch das, was sie anhatte: ein kurzes Kleid, schwarze Stöckelschuhe, da unterschied sie sich gar nicht groß von den quasselnden Mädchen, die an diesem Abend tanzen gingen, mal abgesehen von ihren Absichten. Aber vielleicht nicht mal das.

»Schön, dich zu sehen«, sagte sie.

Es war kalt für April. Die Stadt feierte, und es gab leichten

Frost. Er klärte die Luft, gab den orangefarbenen Laternenlichtern, den schimmernden Pub-Fenstern und den Leuchtschildern der Klubs Konturen. Ryan trug eine dicke Jacke, schwarze Jeans und dicke weiße Skaterschuhe, trotzdem hielt er die Hände tief in den Taschen vergraben und trat von einem Bein aufs andere.

»Ich wünschte, das könnte ich auch sagen«, erwiderte er. »Was zum Teufel ist mit dir passiert?«

Es hatte keinen Sinn, so zu tun, als hätte sie nach ein paar Jahren christlicher Strenge einfach nur ihren Körper wiederentdeckt. Sie schüttelte den Kopf.

»Echt?«, witzelte sie kleinlaut. »Bin ich so alt geworden?«

»Isst du auch mal was?«

»Jetzt werd nicht unverschämt. Natürlich esse ich.«

»Wann zuletzt? Letztes Jahr im Sommer? Himmel.«

Was er sagte, ärgerte sie. *Was, wenn ich eine Essstörung hätte?*, dachte sie. *Oder Krebs? Oder wenn ich meine Eltern verloren hätte und die Trauer mich auffräße?* Aber sie beschloss, seine Reizbarkeit zu ignorieren. »Wie läuft's denn so?«, sagte sie. »Ich glaube, das letzte Mal, als ich dich gesehen habe, war …«

Bei seinem Vater. Als sie mit Harmony schwanger gewesen war und nach Robbie gesucht hatte. Als die Hormone sie mutig und wahnwitzig gemacht hatten. In der winzigen Sozialbleibe, mit einer hauchdünnen Wand zum Haus von Tara Duane. Ryans Vater hatte versichert, nichts zu wissen, und die Dürftigkeit ihrer Spur mit Aussagen unterlegt, die sie erst Monate später verstanden hatte. Seine Wut darüber, dass sie die Kinder aufgeschreckt und seine Stellung beschädigt haben könnte. Sie versuchte, nicht daran zu denken, wobei Ryan sie sowieso unterbrach: »Hast du den Typ gefunden?«

»Nein«, sagte Georgie. »Er ist tot.«

Vielleicht hätte sie unter anderen Umständen Mitleid erwartet. Aber er reagierte so, wie sie es sich vorgestellt hatte: Er zuckte zusammen und wechselte das Thema.

»Hast du dein Baby gekriegt.«

»Ja«, sagte Georgie. »Ein kleines Mädchen. Harmony. Ist doch ein schöner Name, nicht?«

Er nickte und sah über ihre Schulter die Straße hinunter.

Sie spürte sein Unbehagen und gestand ihm: »Ich hab dich nicht nur gerufen, um Hallo zu sagen.«

»Nein?«

»Nein.« Sie blickte auf seine Schuhe. »Dealst du noch?«

»Gehst du noch anschaffen?«

»Warum?«, fuhr sie ihn an. Dass er so reagierte, hatte sie überrascht. »Willst du ein Tauschgeschäft?«

»Sehr witzig«, sagte er. Er sackte in sich zusammen, worin der Hauch eines Nachgebens lag, aber sie war noch nicht fertig, angetrieben vom Brennen des Wodkas und der Erinnerung an ihr letztes Treffen. »Was geht dich das an?«, sagte sie. »Willst du mich etwa retten?«

Er sagte nichts und rührte sich nicht von der Stelle.

»Bewertungsscheiß«, zitierte sie ihn. »Hast du es nicht so genannt?«

»Was willst du, Georgie?«

»Ich brauche was«, sagte sie. »Ich wollte nur wissen, ob du immer noch was verkaufst.«

»Nicht auf der verdammten Straße, nein.«

Sie versuchte seinen Satz zu ergründen, konnte aber nicht sagen, ob er sie loswerden wollte. »Was heißt das?«

»Es heißt, dass ich weitergekommen bin in der Welt, Mädchen. Ich trage kein Zeugs mehr mit mir herum.«

»Du dealst nicht mehr?«

Er hielt inne. »Es ist so, wie ich gesagt habe. Ich trage kein Zeugs mehr mit mir herum.«

»Oh.« Aus der Möglichkeit sofortiger Befriedigung wurde eine weitere Nacht voll hastiger Telefonanrufe und abgebissener Nägel. »Ich bin nicht gut drauf.«

Ein Trupp Mädchen ging um sie herum. Ryan wich zurück an die Mauer, und Georgie trat auf ihn zu. Er hob die Hand.

»Nicht gut drauf«, sagte er. »Scheiße. Das hatten wir doch schon mal.«

»Das ist nur so eine Redensart, Gott noch mal. Vergiss es einfach. Es ist Samstagabend, und ich langweile mich, okay?«

Er deutete kurz auf den Trubel ringsum. »Das ist Samstagslangeweile, Georgie. *Du* verkümmerst. Du willst keinen Stoff fürs Ausgehen von mir.«

»Ich verkümmere nicht!«

»Guck doch noch mal in einen scheiß Spiegel!«

»Was stört dich daran? Es ist ja nicht so, als würdest du mich wirklich kennen, oder?«

Er erinnerte sich an die Worte. »Ewig kenne ich dich noch nicht«, sagte er und starrte, den Kopf an die Mauer gelegt, über ihre Schulter hinweg, wie ein Türsteher, dachte sie, oder ein Wachmann. »Das heißt aber nicht, dass ich das Zeugs nicht rausrücke, nur um dich zu ärgern.«

»Ein Dealer mit Gewissen«, sagte sie. »Ich glaub's ja nicht. Als ich auf Entzug war, hat es dich nicht besonders gestört, mir was zu verkaufen.«

»Da hast du auch nicht so überzeugend die wandelnde Leiche abgegeben.«

»Bewertungsscheiß«, sagte sie wieder, trat etwas zurück und suchte nach Anzeichen, dass er nachgab. Als sie keine entdecken konnte, wandte sie sich ab. »Du hast dich verändert«, sagte sie über ihre Schulter. »Was ist mit dir los? Was ist aus dem anständigen Jungen geworden?«

»Den hast du umgebracht mit deinen Kundenwünschen«, bellte er. »Komm verdammt noch mal wieder in die Spur, Georgie.«

Sie lief zwischen Gruppen von Nachtschwärmern und dahinspazierenden Paaren umher, die Arme gegen die Kälte fest vor der Brust verschränkt. Dann war er wieder neben ihr. Er packte ihren Arm, und sie schrie auf, und es musste übel ausgesehen haben, denn er beugte sich über sie, eine Hand fest um ihren Arm und die andere in der Luft, als wollte er sie schlagen, aber sie wusste, selbst an einem Samstagabend, mitten auf der Straße, würde niemand etwas unternehmen, keiner will sich einmischen, misch dich verdammt noch mal nicht ein …

»Wo ist dein Kind?«, fragte er.

Ihre Lippen bebten, sie begann zu wimmern, und er fuhr sie an: »Wo ist dein Kind, Georgie?«, und sie traute sich nicht, ihn gleichermaßen anzugehen. »Ich habe sie nicht«, heulte sie. »Sie lebt nicht bei mir, okay?«

»Wer hat sie?«

»Ihr Dad. Okay?«

Er ließ sie los, stand da und bewegte sein Kinn auf und ab, und sie ergriff die Chance eines möglichen Sinneswandels und bettelte: »Hör zu, ich brauche was, unbedingt, Ryan. Wenn du mir nur eine Nummer gibst …«

»Ich sage dir doch, ich mache das nicht mehr.«

»Ich meine, von irgendwem aus deinem Netzwerk oder so, oder auch von jemand anders. Es ist mir egal.«

»Ich kann dir nicht helfen«, sagte er, und dann sanfter: »Himmel, Georgie, du hast doch alles im Griff gehabt.«

»Was, in Corks entspanntester Sekte?«

»Ja, und jetzt? Ich komme mir vor wie in einer Folge von *The Walking Dead*. Georgie!«

»Hör zu, ich weiß, ich habe etwas abgenommen …«

»Das ist es nicht. Du siehst scheiße aus.«

»Und das sagt einer, der davon lebt, Leuten das zu verkaufen, was sie so scheiße aussehen lässt?«

Das war keine hilfreiche Antwort, aber sie schien Wirkung zu zeigen. Er fiel ein paar Schritte zurück. »Das ist was anderes«, sagte er, und sie sagte: »Was ich mache, kannst du nüchtern nicht aushalten.«

»Ich würde das, was du tust, nie tun. Punkt.«

»Na, ist das kein Glück, als Junge auf die Welt gekommen zu sein? Alles, was du tun musst, ist Drogen verkaufen.«

Er sah hinunter auf den Bürgersteig und schüttelte den Kopf.

»Es ist nicht so, als wollte ich das alles«, sagte Georgie.

»Erinnerst du dich …«, sagte er zögerlich, und dann ergriff er wieder ihren Arm und führte sie ein Stück weiter zu den kalten Steinmauern der Innenstadt. »Erinnerst du dich an das eine Mal, als ich zu dir in diese merkwürdige Kapelle gekommen bin, oder was das war?«

Das Gebetshaus. »Ja.«

»Erinnerst du dich, dass du mir gesagt hast, ich soll niemals zu einer Prostituierten gehen?«

Sie erinnerte sich.

»Aber wenn ich dich bitte, kein Kokain mehr zu nehmen, dann hilft das nicht, oder?«

»Das ist lieb«, sagte sie, und ihre Stimme brach.

»Wenn ich dir sagen würde, dass Jungs wie ich wegen dem Zeug, das du ihnen abkaufst, im Knast landen, würde dich das davon abhalten?«

So ernst er es auch meinen mochte, in seiner Miene lag nichts als Schmerz, Ungeduld und Bitterkeit, in einer seltsam schönen Mischung.

Sie zögerte. »Du weißt nichts über mein Leben.«

»Und dir ist meins scheißegal«, sagte er und ließ sie los. Sie fuhr sich über die Stelle, wo er sie gehalten hatte, instinktiv. Und während des Herzschlags, noch bevor er sie wortlos zurückließ, begriff sie etwas von dem, was er ihr zu sagen versuchte. Und ihr wurde klar, wie schön es wäre, jemanden wie ihn zu haben, jemanden von außen, jemanden, der die Sache schnallte, jemanden, der zu ihr gestanden und sie zurechtgestutzt hätte, wenn sie über die Stränge geschlagen hätte.

Als sie zwei Freier später zurück nach Hause kam, ging sie online und löschte das Lesezeichen für Robbie O'Donovans Vermisstenseite, später aber rief sie die Seite wieder auf, und dann noch mal, insgesamt drei Mal, während die Uhr dahintickte, und sie saß in ihrem gemieteten Zimmer und suchte in Robbies starren Augen nach etwas, das sie womöglich einmal verbunden hatte, aber da war nur Groll und Bitterkeit, die aus ihrem Inneren aufstiegen und ihr die Kehle füllten.

24

»DU WILLST MICH VERDAMMT noch mal zum Besten halten«, krächzte Jimmy eines Tages im kältesten April, den die Stadt seit Jahrzehnten erlebt hatte.

Maureen war wie eine Irre. Nein, nicht *wie*, dachte er. Sie *ist* eine Irre. Denn in diesem Moment, in der Küche ihrer neuen Wohnung in Larne Court, führte sie sich tatsächlich wie eine Wahnsinnige auf, kopfschüttelnd und laut keifend lief sie hin und her.

»Ich halte dich nicht zum Besten«, sagte sie.

Auf dem polierten Kieferntisch neben ihnen lag ein Exemplar des *Echo*. Die Schlagzeile auf der ersten Seite lautete: *Kirche in Nord-Cork wieder instand gesetzt*, und darunter: *Bislang keine Verhaftungen in Zusammenhang mit Brandanschlag.*

»Und warum? Warum das alles?«

Sie blieb stehen und zog die Nase kraus, als hätte sie einen faulen Geruch aufgefangen. »Es war ein Statement«, sagte sie.

»Was für ein Statement? *Ich bin völlig von der Rolle? Ich glaube, mein Sohn hat noch nicht genug gelitten? Ich leide unter Wahnvorstellungen von dämonischer Größe?*«

»Das ist das Problem mit deiner Generation«, sagte sie. »Ihr seid politisch völlig apathisch.«

»Oh? Und welchem Zweck dient diese Art von Wahnsinn, Maureen? Eine Kirche auf dem Land niederzubrennen? Ausgerechnet oben in Mitchelstown, verdammt noch mal?«

Sie schlug auf den Tisch. »Es war ein Scheiterhaufen. Für *dieses* Irland. Für *ihren* Wahnsinn. Für das Joch, das sie uns auf die Schultern gelegt haben.«

»Herrgott, was redest du da? Soll man das etwa als Sinnbild

für Irland verstehen? Glaubst du ernsthaft, dass das irgendjemand kapiert? Himmel, Maureen, hast du eine Vorstellung davon, was du damit hättest auslösen können? Du hast echt Glück, dass sie keinen vierzehnjährigen Schwachkopf mit verrußter Hose gefunden und an ein verdammtes Kreuz genagelt haben!«

»Nun, das haben sie ja auch nicht, oder?«, sagte sie. »Nichts haben sie getan. Warum sollten sie auch. Sie haben mir schon so viel genommen, dass nichts mehr von mir übrig ist. Ich kann tun, was ich will, und gehen, wohin ich will, und alles, was passiert, ist, dass sie wegsehen. Es ist lächerlich.«

»Willst du geschnappt werden, Maureen? Willst du ein paar Jahre oben in Limerick verbringen?«

»Die können mich gar nicht schnappen«, sagte sie. »Kirchen, Bordelle, Robbie O'Donovan, es gibt kein bisschen Schuld, das an mir hängen bleibt.«

»Heilige Muttergottes.« Er hielt sich an der Lehne eines Küchenstuhls fest und kniff sich in die Stirn. »Maureen. Hör nur, was du da sagst. Du bist doch keine neun Jahre alt. Du weißt Bescheid. Nichts bleibt unbemerkt. Du magst ja glauben, dass du mit dem einen oder anderen davonkommst, aber für deine Scheiße wird jemand zur Rechenschaft gezogen werden, und zwar so richtig.«

»Ich nehme an, deine Versicherungsprämie hat sich erhöht.«

»Du denkst also, du kannst ungestraft Häuser niederbrennen und irgendwelche Schwachköpfe umbringen? Verdammte Scheiße. Bloß, weil man die Flecken nicht mehr sieht, heißt das noch lange nicht, dass man nichts angerichtet hat!«

Viel mehr gab es dazu nicht zu sagen. Sie weigerte sich, sich davon beeindrucken zu lassen, und er wusste nicht, ob überhaupt irgendetwas zu ihr durchdrang. Er sah die ganze Stadt zusammenstürzen, und er sah, wie schwach er in all den Jahren seiner Mittäterschaft sein würde, als Mann und als Monster.

Sie hatte das Gefühl, tun zu können, was immer sie wollte.

So viel war ihm klar. Nach dem Brand des Bordells hatte er gedacht, dass sie damit einen Schlussstrich gezogen hätte, und nachdem er seiner Wut freien Lauf gelassen hatte, beschloss er, ihr das als letzte Dummheit zu verzeihen. Törichterweise hatte er angenommen, dass die Sache damit erledigt war. Aber die Schlagzeilen bewiesen, dass er ihr nicht trauen konnte, weil so vieles noch ungeklärt war. Wenn ein über Tony Cusacks Lippen kommender Name Feuer fangen konnte, wozu konnte Maureen dann von einer Hure und Besserwisserin wie Tara Duane angestiftet werden?

Jimmy beobachtete diese Stadt lange genug, um zu wissen, dass sie sich früher oder später schütteln würde und dass das Schweigen nach Robbie O'Donovans Tod nicht mehr als ein lange angehaltener Atem war.

Er entlockte ihr das Versprechen, nicht gleich wieder etwas Teuflisches anzustellen, kaum dass er die Tür hinter sich zugezogen hatte, und machte sich eiligst daran, alles zu schützen, was er konnte, bevor es ihr in den Sinn kam, auch das zu zerstören.

Vor Monaten war ihm ein Rätsel zugetragen worden.

Er hatte schon seit einer Weile keinen Grund mehr gehabt, mit dem Boot hinauszufahren, am Ende des Sommers aber hatte er sich einen Tag unten am Wasser gegönnt, die Ärmel hochgekrempelt und einige therapeutische Wartungsarbeiten verrichtet.

Es gab da einen alten Burschen, der ein paar Kilometer vom anderen Ende des Anlegers entfernt wohnte. Er hieß Mike Costello und war Junggeselle, mit einem vom Küstenwind und seinem Missfallen über den unaufhaltsamen Vormarsch der *»scheiß«* japanischen Technologie gezeichneten Gesicht. Er besaß sein eigenes Boot, wobei Jimmy ihn kaum einmal damit hinausfahren sah. Weit öfter pflegte er die leicht ärgerliche Gewohnheit, mit seinem Border Collie auf der Anlegemauer zu sitzen, Players zu rauchen und seinen ungebetenen Rat in Sachen Meer und Himmel zu geben. An diesem Tag nun, an dem die Sonne aus den Pfützen auf dem Beton blendende Lichterflächen machte, kam er mit dem gewohnten Ernst zu Jimmy geschlendert und fragte ihn nach seinen Plänen für das Boot.

»Dieses Jahr docke ich es ein«, sagte Jimmy. »Der letzte Winter hat ihm ein wenig zugesetzt.«

»Klar hat er das«, meinte Mike. »Wenn man auch bei jedem Wetter damit rausfährt. Was Sie mitten im Januar da draußen wollten, weiß ich nicht. Sie hatten aber Glück, dass Ihnen nichts passiert ist.«

»Wann war das noch mal?«

»Im Januar. Als das Wetter so übel war. Ich habe Sie nur einmal gesehen, frühmorgens, aber reicht das nicht? Ja, sicher, Sie machen das, weil Sie Spaß dran haben, aber Sie wissen nicht wirklich, worauf Sie sich da einlassen. Sie sind doch ein Stadtkind, oder? Docken Sie's diesen Winter lieber ein, dann machen Sie aus Ihrer lieben Frau auch keine Witwe.«

Jimmy nahm das zuerst genau so auf, wie er versucht war, es zu tun: Er ging davon aus, dass Mike sich getäuscht hatte. Vielleicht sogar halluziniert. Dass er aus Langeweile und jener Heimtücke, die aus ihr geboren werden kann, etwas tief in der Asche herumgestochert hatte. Aber das Bild wollte ihm nicht aus dem Kopf, und Jimmy wäre nicht da, wo er war, und das, was er war, wenn er nicht auf verborgene Gefahren reagieren würde. Er erkundigte sich vorsichtig unter seinen Leuten, doch niemand war mit dem Boot draußen gewesen. Er untersuchte beide Boote und kam zu dem Schluss, dass ihm niemand Sprit klaute oder draußen auf dem Meer einen Kick gesucht hatte.

Er verdächtigte Tony Cusack nicht sofort, denn so argwöhnisch er auch war, er war beileibe nicht schwachsinnig. Aber dann, als er eines Tages aus einem anderen Grund zum Haus des Unglückseligen fuhr, überkam ihn eine leise Ahnung. Tara Duanes Haus direkt neben Cusacks war mit Brettern vernagelt. Jimmy fragte seine Jungs: *Hat sich Duane davongemacht?* Wie man ihm daraufhin sagte, war sie verschwunden und niemand wusste, wohin. Weder die Bullen noch die Rumtreiber, noch die mutterlosen Mädchen, die sich für ihre Sünden hinlegten.

Sei nicht dumm, sagte er sich, während er versuchte, das Rätsel zu lösen. Tony Cusack wusste, wo das Boot lag und wo ihm ein nasses Grab versprochen worden war. Tony Cusack hatte über Tara Duane geklagt. Aber Tara war eine flatterhafte Null und Cusack ein herumflennender Idiot. Wahrscheinlicher war, dass einer von Jimmys Leuten einen kleinen Nebenjob übernommen und ihn belogen hatte.

Aber trotzdem.

Trotzdem.

Jimmy rechnete.

Ein sauberer Mord war große Kunst, und das schlug sich im Preis nieder. Er konnte sich einen Profi holen, aber selbst wenn er gewisse Gefälligkeiten ins Spiel brachte, umsonst gab's nichts, und es passte ihm nicht, fünfstellige Summen für das Verknoten von losen Enden von etwas auszugeben, was letztlich eine Familiengeschichte war. Seit fünf beschissenen Jahren schon versuchte er diesen Schlamassel unter Kontrolle zu bringen.

Du wirst alt, höhnte die Stadt. *Alt und fett und weich in der Birne.*

Nach Tara Duanes Verschwinden waren noch zwei überflüssige Akteure auf dem Feld.

Oh, sicher noch nicht weich in der Birne, schimpfte er.

Nachdem Duane verschwunden war, fragte er sich, ob er seine Ziele nicht ins Visier nehmen sollte.

Damit eines fiel und das andere mitzog.

Vor diesem Hintergrund ging er in Gedanken noch einmal die Sache mit dem ausgeliehenen Boot durch und folgte dann seinem Bauchgefühl.

Er fuhr hoch zur Siedlung auf dem Hügel und drückte die Klinke von Cusacks Haustür. Sie öffnete sich. Er trat ein.

Cusack saß am Küchentisch, einen aufgerissenen weißen Briefumschlag in der einen und so etwas wie eine Rechnung in der anderen Hand. Jimmy war nicht still und leise hereingekommen, aber hier oben, wo man nichts hatte, was sich zu stehlen lohnte, und jeder fünf oder sechs Kinder, gab es keine Privatsphäre, und das wurde auch nicht erwartet.

Tony hob den Blick, und Jimmy sah, wie sich sein Ausdruck veränderte.

»Hallo, Anthony.«

Er ging zum Küchentisch und drückte die Fingerknöchel auf die Platte. Cusack glotzte ihn an. Die Möglichkeit, dass er dachte, ihre Bekanntschaft sei ein weiteres Mal außer Kraft gesetzt, kam Jimmy in den Sinn, aber sie amüsierte ihn nicht so, dass er sie ausgenutzt hätte. Cusack sah … verdammt alt aus.

»Du musst was für mich tun«, sagte Jimmy.

Cusack legte die Rechnung auf den Tisch und bedeckte sie mit der linken Hand. Jimmy sah über seinen Kopf hinweg. Das Küchenfenster war angelaufen, kleine Finger hatten Worte auf die beschlagene Scheibe geschrieben, kleine Hände hatten sie wieder weggewischt. Auf der Fensterbank lag Verschiedenes, was zum Leben eines armen Schluckers wie Cusack passte: ein Telefonladegerät, eine alte Glückwunschkarte, ein paar Cent.

»Du erinnerst dich doch an die Hure«, sagte Jimmy.

Cusack sagte nichts, sondern sah auf den Tisch und dann wieder hoch, als keine weiteren Worte folgten. Jimmy verstand den Blickkontakt als Bestätigung.

»Sie hört nicht auf, Fragen zu stellen, aber damit ist jetzt Schluss. Ich will, dass sie verschwindet.«

»Verschwindet«, wiederholte Cusack. Er nahm die rechte Hand von seinem Mund und sagte: »Was meinst du mit ›Fragen stellen‹?«

»Was denkst du, was ich meine, Cusack? Komm, noch ist dein Gehirn nicht komplett aufgeweicht. Sie stellt verdammte Fragen und macht Theater.«

»Das alles ist Jahre her.«

»Lange genug, damit deine Brut erwachsen wird? Nein.«

Cusack lenkte ein. »Und was soll ich tun?«

»Du musst sie verschwinden lassen.«

Jimmy hob die Hände vom Tisch und ging in der Küche auf und ab. An der Spüle schaute er durch ein paar Gabeln, die in einem grauen Plastikkorb vor sich hin trockneten. Drüben bei den Schubladen stöberte er zwischen Geschirrtüchern und Stundenplänen herum. »Du musst noch mal aufräumen«, sagte er ruhig. »Ich brauche einen letzten Gefallen von dir. Das ist doch nicht so schwer, oder? Du tust es ja für dich. Für deine Kinder. Du knipst der Hure das Licht aus, und ich kann endlich einen Strich unter die Sache ziehen.«

Cusack sagte: »Ich bin sicher, du hast Leute, die für diese Art Spaß besser geeignet sind als ich«, ohne dass seine Stimme zu seinen Worten gepasst hätte.

»Wie das, Cusack? Woher sollte ich besser geeignete Leute nehmen? Das ist unser Problem, deins und meins, und ich bin nicht bereit, verschiedene Sachen in einen Topf zu werfen. Ich will da niemanden mit reinholen. Sehe ich etwa so aus, verdammte Scheiße?«

»Aber wirfst du nicht jetzt schon alles in einen Topf?«

»Nein, ich ziehe einen Strich darunter. Das habe ich dir doch erklärt.«

Cusack schaffte es, sich von seinem Stuhl zu erheben. »Jimmy«, sagte er, »Jimmy«, und sein alter Freund hörte auf, in seinen Sachen herumzuschnüffeln, und hob die Brauen. »Was versuchst du mir da anzutun?«, sagte Cusack. Seine Stimme zeugte von verlorener Sicherheit. »Jimmy … Ich habe dir geholfen. Das ist das Einzige, wofür ich tauge. Dass mir jemand sagt, was zu tun ist. Und selbst dann versaue ich es. Du hast es selbst gesehen, nicht einmal dazu bin ich fähig. Denk mal drüber nach, was du da von mir verlangst.«

»Nicht fähig«, sagte Jimmy und lachte. »O Tony. Wie heißt es noch? Man weiß nie, wozu man fähig ist, wenn man nicht gezwungen wird?«

Cusack schüttelte den Kopf. »Es hat keinen Sinn, mich zu zwingen. Ich kann das nicht.«

»Tara Duane hast du doch schon ausgeknipst, oder etwa nicht?«

Tony setzte sich wieder hin und vergrub das Gesicht in den Händen.

Jimmy wartete.

»Ich weiß nicht, wo sie ist«, sagte Tony.

»Kann ich mir auch nicht vorstellen. Ist ja schon eine Weile her, seit du sie versenkt hast.«

»Ich habe nichts mit ihrem Verschwinden zu tun.«

»O doch«, sagte Jimmy.

Er kehrte zum Küchentisch zurück und fasste Cusack an die Schulter.

»Es ist nicht schade um sie«, sagte er milde. »Und Männer tun, was sie tun müssen, oder? Sie hatte etwas von einem Vampir, die Alte, und konnte es nicht verbergen. Und hat sie nicht auch deinen Jungen gevögelt?«

»Wie zum Teufel kommst du denn darauf?«

»Ach, hör auf. Direkt aus ihrem Pferdemaul hab ich das. Deshalb hast du ihr Fenster eingeschlagen. Deshalb warst du so wütend auf sie. Kaputtes Glas, kaputte Knochen … das ist ein gefährliches Terrain.«

Es dauerte gute fünfzehn Sekunden, bis Cusack antwortete.

»Wenn du glauben würdest, ich hätte etwas mit ihrem Verschwinden zu tun, würdest du mir kaum so einen Scheiß erzählen.«

»Was? Meinst du, ich hätte dann Schiss vor dir? Mein Gott, so naiv kannst du doch nicht sein.«

Er ließ Cusacks Schulter los und stützte sich erneut auf dem Tisch ab. Es war egal, was jetzt noch gesagt wurde. Der Mann sah aus wie ein Kind auf einem Zahnarztstuhl. Jimmy schüttelte den Kopf. Ein Funke würde die Sache kompliziert machen, aber aus Achtung vor ihrer gemeinsamen Vergangenheit wollte er, dass Cusack ihm was zeigte. Und wenn es nur eine geschwollene Ader war, ein Zucken oder ein Verengen der Augen. Nicht dieses unterwürfige Flehen.

»Ich mache dir keinen Vorwurf«, sagte er. »Mein Junge wird im Sommer dreizehn. Wenn sich eine Alte an ihm vergeht, wird Pech und Schwefel auf sie niedergehen. Es war dein gutes Recht, Cusack.«

Er beugte sich vor.

»Und es war mein verdammtes Boot.«

»Willst du damit sagen, dass ich dir was schulde?«

»Du gibst es also zu?« Jimmy richtete sich wieder auf. »Ich sage nicht, dass du mir was schuldest, Cusack. Absolut nicht. Es ist genauso sehr dein Problem wie meines, und einer von uns muss es lösen. Ich kann es nicht, und du bist ein Niemand. Deshalb musst du es tun. Du bist doch auch das letzte Mal damit durchgekommen, oder etwa nicht?«

»Ich weiß nicht, wohin Duane verschwunden ist«, sagte Tony.

»Ja, das sagtest du schon.« Jimmy ging zur Küchentür. »Hör zu, du hast bis Freitag Zeit, sie zu finden und zur Tat zu schreiten. Wenn du noch mal Boot fahren willst, kannst du das gerne tun. Ruf an, wenn du fertig bist, und ich schwöre beim Allmächtigen, dass die Angelegenheit damit erledigt ist.«

»Wie kann ich mir da sicher sein?«

»Was? Du glaubst mir nicht?«

Cusack stand auf. Er lehnte sich auf den Tisch, verlor den Mut und senkte den Blick. »Woher soll ich wissen, dass du mir das hinterher nicht anhängst? Hast du mich deshalb nicht in die Sache mit Robbie O'Donovan reingezogen? Dafür sind Idioten wie ich schließlich da.«

Jimmy lächelte und schlug fröhlich mit den Händen auf die Arbeitsfläche. »Wir zählen eins und eins zusammen, was? Und was für eine mickrige Zahl kommt dabei raus?«

»Weshalb solltest du das wollen?«, sagte Tony. »Doch nur, weil du jemand brauchst, dem du was anhängen kannst.«

Jimmy hielt inne, um Tonys Aufbegehren abzuwägen.

»Könnte sein«, sagte er, »und wenn es so wäre?«

Cusack hob den Blick.

»Einfach so, Jimmy?«

»Einfach so.«

»Ich habe dir einen Gefallen getan, Junge.«

»Was willst du dafür? Eine verdammte Medaille? Cusack, wenn wir in einer Welt leben würden, in der gute Taten etwas zählen, würde ich ja mitspielen, aber diese Welt ist nicht so, und es geht auch nicht um diese Art von Schlamassel.«

»Du hast mich da reingezogen.«

»Das habe ich.«

»Und woher soll ich wissen, dass ich da je wieder rauskomme?«

»Weil ich es dir sage, verdammt noch mal. Wir drehen uns im Kreis, Cusack.«

Er ging zurück zu seinem alten Freund und verspürte die eklige Befriedigung, dass der andere zusammenzuckte und den Kopf einzog. Es war erstaunlich, wie lange er dies für normal gehalten hatte. Ihm drehte sich der Magen um. Er fasste Tony erneut an die Schulter. Ein halber Mann, zweigeteilt.

Jimmy spuckte die Worte aus: »Glaub ja nicht, dass ich kein Herz habe, Cusack. Wir haben eine gemeinsame Geschichte. Das respektiere ich. Erledige die Sache, und wir sind quitt. Erledige die Sache nicht, und … nun ja. Du weißt, dass du es tun wirst, weil du keine Wahl hast. Vater so vieler Kinder, du krummbeiniger Mörder?«

Die Haustür knallte zu.

Jimmy drehte sich um, die Hand immer noch auf Tonys

Schulter, und der da in die Küche trat, das war, wie er annahm, der kleine Prinz.

»Was ist hier los?«

Jimmy kniff Tony in die Schulter und sagte: »Leck mich am Arsch, die wachsen ja so was von schnell.«

Der Junge war das Ebenbild seines Vaters. Eine Idee größer und ohne Bauchansatz, was zusammen mit anderen Feinheiten den Genen der Mutter zugeschrieben werden musste. Ein gut aussehender Bursche, dachte Jimmy, nicht so ein typischer kleiner Pisser. Er trug auch keine Pisser-Uniform, sondern eine schicke Jacke und schwarze Jeans statt einer Jogginghose mit dem passenden Sweatshirt.

»Ryan«, sagte Jimmy. »Habe ich recht? Der Erbe des Cusack-Imperiums. Wie läuft's?«

»Kann ich mit irgendwas weiterhelfen?«

»Das ist kein sehr hilfreicher Ton.«

»Dann will ich's anders ausdrücken: Was wollen Sie hier, verdammte Scheiße?«

Jimmy pfiff durch die Zähne.

»Dann doch nicht ganz der Vater, so wie's auf den ersten Blick aussieht, was?«, sagte er zu Tony. »Der hat Feuer unterm Arsch, obwohl diese Stadt letztendlich dazu etwas zu sagen haben wird.« Und an Ryan gewandt: »Ich wollte was, und ich hab's bekommen. Zerbrich dir deswegen nicht deinen hübschen kleinen Kopf.«

Er ließ Tony los.

»Freitag«, sagte er. »Dann reden wir.«

Der Sohn trat zur Seite. Jimmy ging an ihm vorbei in den vollgestellten Flur, raus aus der schmuddeligen Tür und die von Unkraut und Löwenzahn gesäumte Einfahrt runter. Hinaus auf die Straße und den mit Kaugummi und Vogeldreck gesprenkelten Bürgersteig.

Im Gehen dachte er darüber nach, was für komische Wendungen aus einem Mann einen Mörder machten. Jimmy betrachtete sich selbst nicht als Teil dieser Familie. Nein, ein Mörder hatte was Abartiges, Krankes an sich, er folgte nicht pragmatischen Überlegungen, wie Jimmy es tat. Tony Cusack war die Art von Mann, die von einer Schwäche zur nächsten schlurfte. Was immer seine dunkle Seite war, sie saß so tief unten, dass Tony wahrscheinlich selbst nicht wusste, dass er sie preisgeben konnte, wenn seine Position als Mann, Vater und Haushaltsgott in Gefahr war.

Aber vielleicht doch. Und vielleicht war das mit dem Boot etwas, das man noch für etwas anderes verwenden konnte. Man wusste ja nie.

Er schloss sein Auto auf, und als sich seine Finger um den Türgriff legten, erreichte ihn eine Stimme und ließ ihn herumfahren.

»Hey!«

Es war der junge Bursche. Mörder oder nicht, Tony Cusack würde nie so dreist sein, einen Dissens lautstark kundzutun.

Ryan Cusack trat auf ihn zu und ließ gerade genug Platz, um ausholen zu können.

»Was zum Teufel sollte das?«, fragte er.

Jimmy lachte. »Wie bitte?«

»Sie. Mein Dad. Im Haus meines Dads. Gerade eben. Was zum Teufel sollte das?«

Jimmy kam ganz an ihn heran.

»Das geht dich einen Scheiß an, Bürschchen.«

Der Junge war größer. Jimmy dachte: *Ein ordentlicher Schlag in den Magen wird das ausgleichen, wenn nötig.*

»Wenn ich es sage, dann geht es mich auch was an«, meinte der Junge.

»Komm schon, hör auf«, sagte Jimmy. »Ich weiß, was dich antreibt, und ich weiß es durchaus zu schätzen. Indem ihr eure Babykrallen zeigt, lernt ihr kleinen Wichser dazu. Nur machst du das nicht bei mir, weil ich dich dann unter die Erde bringe, und deinen Dad gleich hinterher.«

Damit wollte er sich wegdrehen. Aber er tat es nicht. Da gab es mit einem Mal viel zu viel, um diesem Burschen den Rücken zu kehren.

Hinter Ryans Schultern hing ein schwerer, steingrauer Himmel über dem dunklen, dichten Grün des wuchernden Grases, dazwischen nur das Rot, Grau und Braun der Reihenhäuser. Der Junge war dunkel wie sein Vater, aber ohne die Rotgesichtigkeit der Gegend und ihrer rostigen Luft. Er war ein Wechselbalg, der das Land hier beanspruchte, und das Land war mit ihm gewachsen. Jimmy schob die Unterlippe vor.

Ryan sagte: »Sie kommen nicht in mein Haus und bedrohen meinen Vater, ohne mir die Chance zu geben, Sie zurück in Ihre Kiste zu schicken.«

Jimmy stieß ihn an. Ryan wich keinen Zentimeter.

»Wenn du auch nur die geringste Ahnung hättest, mit wem du redest«, sagte Jimmy, »würdest du dir selbst die Zunge rausreißen, und das auf deinen verdammten Knien, Junge.«

»Ich weiß genau, mit wem ich rede. Phelan.«

Jimmy bleckte die Zähne.

»Nun sieh mal an, was für dicke Eier du hast. Das muss der Neapolitaner sein, der da redet, dein Vater sicher nicht.«

»Witzig, was?«

»Absolut irre. Das Einzige, was ich von dir noch nicht wusste, ist, wie du mit Leuten redest, die über dir stehen. Ryan Cusack, Abschaum von einem halbwüchsigen Teilzeit-Dealer. Von der Schule geflogen, war schon im Knast und hat eine Zukunft vor sich, die so leuchtend ist wie ein Bluterguss.«

»Genauso ist es. Und was ist Ihr Problem mit meinem Dad?«

»Hoho! Wie ein Hund, der seinen Knochen will. Warum fragst du ihn nicht selbst?«

»Weil ich Sie frage.«

»Die Frage ist, Ryan, ob es dir gefallen würde, wenn ich's sagen würde.«

Jimmy trat ein Stück zurück, lehnte sich an seinen Volvo

und verschränkte die Arme vor der Brust. Die Hände des Jungen ballten sich zu Fäusten. Zwanzig Meter entfernt stand Tony Cusack in seiner Tür. Jimmy nickte zu ihm hin.

»Er hat Angst um dich, Ryan, aber noch mehr um sich selbst. Pass auf ihn auf.«

»Wahrscheinlich hat er auch überhaupt keine Angst um mich.«

»Doch, die hat er. Er denkt immer nur an dich. Du hast ja keine Ahnung. Aber er kommt jetzt nicht raus zu dir, weil du dich gerade ziemlich tief in die Scheiße reitest. Hat er dich nicht gewarnt, als du hinter mir hergerannt bist?«

Ryan schnaubte. »Wenn es ein Problem gibt, bring ich es in Ordnung.«

»Denkst du, weil du im Jugendknast gesessen hast, kannst du dich mit mir anlegen?«

»Wenn Sie meinen Vater in seiner eigenen Küche unter Druck setzen, ist das Grund genug. Wenn Sie was wollen, reden Sie mit mir. Mein Vater ist Ihnen gegenüber nicht zu gebrauchen, und das wissen Sie, verdammt.«

»Oh, hört, hört! Nimmst du die Sache auf dich, Junge?«

»Vielleicht.«

Jimmy nickte noch mal zum Haus hinüber.

»Was hat er dir erzählt?«

»Nichts.«

»Glaubst du nicht, dass er geschwiegen hat, weil er nicht will, dass du ihm dazwischenfunkst?«

»Das bezweifle ich.«

»Lässt er dir immer die Drecksarbeit, Ryan?«

»Wenn es was ist, das getan werden muss.«

Drüben in der Tür fuhr sich Tony Cusack mit der Hand über die Stirn.

Jimmy sagte sich laut: »Nach allem, was er getan hat, wirft der Mann seinen eigenen Sohn den verdammten Wölfen zum Fraß vor.«

Ryan sagte: »Also. Um was für eine Scheiße ging es da eben?«

Jimmy schätzte kurz den möglichen Ausgang ein. Der junge Racheengel vor ihm wartete, mit einem scharfen Zug um die Mundwinkel herum. Tony Cusack sah auch nicht ansatzweise so aus, als würde er herkommen, um Anspruch auf den Jungen zu erheben.

»Also gut«, sagte Jimmy.

Nach außen hin war er logisch und berechnend, tief in ihm drin kochte es. Wut, mehr als vernünftig war, beschleunigte seinen Atem und seinen Puls. Er hatte nicht die Zeit, ihr auf den Grund zu gehen, aber er kannte den Farbton der Dinge, die seinen Platz in der von ihm geschaffenen Welt infrage stellten, seit er Maureen aus London geholt hatte. Es gab noch mehr Leute wie Ryan Cusack da draußen, Burschen halb so alt wie er selbst, für die ein Ruf etwas war, das man anderen abnahm.

»Es gibt ein Problem, das dein Vater und ich gemeinsam haben, und ich will, dass es verschwindet. Es hat einen Namen: Georgie Fitzsimons. Sie sollte nicht schwer zu finden sein, weil sie an allen Ecken der Stadt auftaucht. Nimm sie aus dem Spiel, und dein Vater, dieses Stück Scheiße, und ich sind quitt. Wenn du einen Schritt weitergehst, mache ich deine Geschwister zu Waisen und knüpfe dich über dem Fluss auf. Verstanden?«

Jimmy Phelan lächelte.

»Ich wette, jetzt tut's dir leid, gefragt zu haben, oder?«

Der Junge sagte: »Ist das alles?«

»Dein freches Mundwerk verrät dich, Junge. Ihr habt Zeit bis Freitag.«

J. P. setzte sich ohne weitere Behinderungen in seinen Wagen und verließ das Viertel.

Einsatz erfolgreich beendet, dachte er.

Die Nächte wurden kürzer, und wenn sich die Wolken verzogen, würden sie den Himmel sehen, allesamt, und die Weite über der Stadt spüren. Die Luft, den Wind, die Welt. Aber erst mussten sie noch den April überstehen. Die Mauern von Jimmys Stadt schoben sich seitlich auf seinen Wagen zu, und die Laternen beugten sich über ihn.

Früher oder später würde sie sich wieder schütteln. Er musste nur darauf vorbereitet sein.

25

SEIN VATER STAND AN DER SPÜLE in der Küche, eine Hand auf der Abtropffläche, die andere zur Faust geballt in die Seite gestemmt. Ausgeblutet, von der Stirn bis zu den Fingerknöcheln, aber er stand noch.

Tony war mal ein Riese gewesen, aber während sich Ryan immer weiter in die Höhe reckte, war er bis zur Hinfälligkeit geschrumpft. Das war jedoch nicht alles. All die Rasereien waren über die Jahre zu unbedeutenden Aufregern geworden, und die Fälle von guter Laune, für die Ryan immer gebetet hatte, zu verzweifelten Zurschaustellungen angelernter Zuneigung. Und die verdammte Kraft, hm? Wer war hier jetzt der Meister? Ryan konnte es mit ihm aufnehmen. Mehr als das. Er konnte ihn umbringen. Mit bloßen Händen. Ihn an den Haaren packen, seinen Kopf gegen die Wand schmettern, das Gesicht auf die Spüle knallen. Er konnte ihn auf die Treppe schleudern, dem alten Dreckskerl den Gürtel wegnehmen und ihn grün und blau prügeln.

Stattdessen ging er hinüber zum Tisch und nahm die Stromrechnung.

»Autsch«, sagte er.

Er blätterte die nötigen Scheine auf den Tisch, legte noch einen Fünfziger drauf und holte ein Achtel Gras hervor, für einen netten, fetten Joint, überlegte aber kurz, ob er es nicht doch wieder mitnehmen und sich zu Hause reinziehen sollte, doch dann ließ er das Tütchen neben der Rechnung liegen.

»Besser für dich«, sagte er.

Er sah zu seinem Vater, und Tony schluckte und blickte zu Boden.

»Rocky …«

»Und du meinst, ich mache dumme Fehler, Dad.«

»Das verstehst du nicht.«

»Nein.« Einen Moment lang stand er genauso zusammengesunken wie sein Vater da, doch dann schüttelte er den Kopf, reckte sich und sagte: »Erklär's mir.«

Tony kam zum Tisch herüber. Er setzte sich, zog unbeholfen eine Schachtel Zigaretten aus der Jeanstasche und schlitzte eine auf. Ryan legte seine Rizlas auf den Tisch, und Tony drehte einen Joint. Seine Hände zitterten.

»Was hat er dir gesagt?«, murmelte er, als er das Ding angezündet hatte.

Ryan setzte sich zu ihm. »Nichts, was einen Sinn ergeben würde.«

Tony stieß den Rauch aus und legte die Stirn auf sein Handgelenk. Seine Finger kratzten an seinem Haaransatz.

»Er will das Mädchen tot sehen«, sagte Ryan und hustete ein Lachen heraus. »Ich meine, zur Hölle.«

»Das ist in etwa die Kurzfassung«, sagte Tony.

»Äh, nein, ist es nicht. Das Mädchen, das hergekommen ist und nach ihrem Freund gefragt hat, ist ein Problem von dir und Jimmy Phelan. Sagt er. Und irgendwie denkt er, du bist fähig, so was durchzuziehen, aber das bist du nicht, Dad. Wie sollte das gehen? Was zum Teufel ist mit dem los?«

Tony sah ihn an. »Ich könnte das nicht«, sagte er. »Du weißt es. Verstehst du? Du weißt es, aber er nicht. Oder er weiß es, und es ist ihm egal. Aber du hast recht, Rocky, ich könnte das nicht. So bin ich nicht.« Er hatte Tränen in den Augen.

»Wie kommt es, dass Georgie ein Problem ist, das du zusammen mit Jimmy Phelan hast?«

»Ich wollte das alles nicht. Ich bin da reingezogen worden. Der Freund von der jungen Frau … er wurde getötet.«

»Scheiße.« Ryan lehnte sich auf seinem Stuhl zurück.

Am letzten Samstag hatte Georgie das Gleiche gesagt. *Hast du den Typ gefunden? Nein. Er ist tot.*

Staubige Spinnwebfetzen trieben sanft um den Lampenschirm herum.

»Ich habe sie letzten Samstag in der Stadt getroffen«, sagte er. »Zum ersten Mal, seit sie hier in deinem Wohnzimmer stand, Dad. Sie sieht schrecklich aus, weißt du. Wie ein Skelett in einem Kleid. Sie sagte, der Kerl sei tot. Ich nehme an, deshalb will Jimmy Phelan sie aus dem Weg räumen.«

»Sie ist eine Freundin von dir ...«

»Nein, ich habe dir doch gesagt, dass sie das nicht ist, verdammt. Ich habe ihr früher mal was verkauft.« Er deutete auf das Tütchen, das vor seinem Vater lag. »Verstehst du? So etwas. Ach, Scheiße.«

Er schob den Stuhl zurück, ging hinüber zur Arbeitsfläche und knallte die Faust zwischen den Herd und ein paar schmutzige Tassen.

Es musste raus.

»Hast du ihn getötet, Dad?«

»Nein«, sagte Tony.

Er starrte auf den Tisch. »Phelan ist mir zufällig über den Weg gelaufen, vor fünf Jahren. Er sagte, ich soll ihm einen Gefallen tun. Ich hatte keine Ahnung, worum es ging, bis ich davorstand: Der Bursche lag tot auf dem Boden in einer von Phelans Wohnungen. Es war ein Unfall, sagte Jimmy. Ich sollte ihm helfen, die Spuren zu beseitigen, und das habe ich gemacht. Man schlägt Jimmy keinen Wunsch ab, und zu dem Zeitpunkt ... Ich hätte nicht Nein sagen können. So ist Jimmy. Er stößt dich von der Klippe, und während du fällst, ruft er dir hinterher: *Da führt kein Weg zurück, Junge!* Ich wusste nicht, dass das Mädchen kommen und nach ihm suchen würde, und ich wusste auch nicht, dass sie hier zu mir kommen würde. Ich weiß nicht, warum sie nicht gelernt hat, den Mund zu halten. Welcher Irrsinn sie dazu treibt, ihn zur Weißglut zu bringen, aber so ist es jetzt, und weil ich der Einzige bin, der von der Sache weiß, sagt er, ich muss ... das bereinigen.«

»Woher kennst du diesen verdammten Phelan überhaupt?«

»Das ist lange her. Noch bevor du auf die Welt kamst. Sogar noch, bevor ich so alt war wie du jetzt. Wir sind zusammen nach London gegangen.«

»Deshalb weiß er auch von meiner Mam?«

»Was hat er über deine Mam gesagt?«

»Alles Mögliche, Herrgott noch mal.«

Ryans Telefon piepte. Er holte es aus der Tasche und starrte auf den Bildschirm. Es war eine Textnachricht von Karine. Sie machte gerade ihre Mittagspause, draußen in der wirklichen Welt. Er drehte das Telefon in der Hand und schloss die Finger darum.

»Tara Duane wusste das alles?«

Tony atmete tief ein und machte dabei ein Geräusch, das eine Mischung zwischen Schluckauf und einem Blöken war.

»Wie meinst du das, Junge?«, sagte er.

»Sie hat Georgie doch hergeschickt, oder? Hat ihr gesagt, dass du wüsstest, wo ihr Freund abgeblieben ist.«

»Eine Fügung des Schicksals, nehme ich an. Sie hat sich plötzlich daran erinnert, dass ich den armen Kerl kannte.«

»Du kanntest ihn?«

Tony schloss die Augen. »Ja.«

»Woher?«

»Aus dem Pub, das ist alles. Das konnte ich ihr aber nicht sagen, nach allem, was passiert war.«

»Und Tara hat das ausgenutzt?«

»Was spricht dagegen? Wir wissen doch beide, was das für eine war. Die Frau war für ihre Teufeleien bekannt. Warum sonst hätte sie …«, er zuckte zusammen, »mit dir …«

»Reitest du noch immer darauf herum?«, fuhr Ryan ihn an.

»Du warst fünfzehn, Ryan.«

»Ja, nun. Fünfzehnjährige sind komplett hormongesteuert, oder?«

Er legte sein Telefon auf die Arbeitsfläche, beide Hände flach daneben, sank auf die Ellbogen, hob die Hände und bedeckte den Kopf damit.

»Ich hatte keine Wahl«, sagte sein Vater kraftlos.

»Man hat immer eine Wahl«, erwiderte Ryan.

»Wenn es sich für dich besser anfühlt, das zu glauben.«

Ryan richtete sich auf.

»Okay«, sagte er.

Die Hände immer noch auf dem Kopf, trat er ans Fenster und ließ den Blick von der Wäscheleine zur Mauer hinten und über den Rasen wandern.

»Rocky, hör zu …«

»Halt mal für eine verdammte Minute den Mund!«

Er hatte es in ihrem Gesicht gesehen, angeschrien hatte es ihn: Georgie war am Ende. Die Wangen eingefallen. Die Augen in Papier gestanzte Löcher. Dazu bestimmt, mit einer Überdosis in der Gosse zu verrecken oder vom falschen Freier erwürgt zu werden, und er, Ryan Cusack, konnte daran nichts ändern. Das Kind hatten sie ihr schon genommen. Und sie war aus der christlichen Rettung zurück auf die Straße. Auf Abruf.

»Verdammte Scheiße«, hauchte er.

Tony versuchte es wieder.

»Ryan, ich …«

»Ich kläre das«, sagte Ryan. Er ging zurück zur Arbeitsfläche und nahm sein Telefon. Tony schüttelte den Kopf. Sein Mund verzog sich und gab seinem Gesichtsausdruck etwas Lächerliches, wie die aufgemalte Melancholie eines alten Clowns.

»Was soll das heißen, Junge?«

»Es heißt, dass ich die Sache verdammt noch mal klären werde, Dad.«

»Ryan, du kannst mit Jimmy Phelan nicht verhandeln …«

»Ich werde nicht mit ihm verhandeln.«

»Herrgott …«

»Herrgott was, Dad? Was? Es muss geklärt werden, oder etwa nicht?«

Tony stand auf.

»Ryan … ich kann dir das nicht überlassen.«

»Na, toll! Ich bitte dich aber nicht um Erlaubnis.«

An der Tür zum Flur drehte er sich noch einmal um.

»Komm nicht noch einmal mit dieser Sache«, sagte er.

Er sah, wie sich die Blässe seines Vaters mit dem Eierschalenblau der Küchenwände verwischte, und konnte nicht sagen, ob es am Ende der richtige Ton oder die richtigen Worte gewesen waren, die richtige Größe oder die richtige kriminelle Entwicklung. Oder der richtige Notfall. Er konnte nicht sagen, worin der magische Trick bestand, dass Tony Cusack, der immer eine ganz bestimmte Art von Mann gewesen war, plötzlich keiner mehr war.

Er hatte eine Entscheidung getroffen, doch die beschäftigte ihn noch ein Weile, und am Ende fuhr er vom einen Ende der Stadt zum anderen, rauchte und fragte sich, wer zur Hölle er eigentlich war.

Er holte Karine vom Krankenhaus ab. Sie hatte Feierabend und sprang auf den Beifahrersitz, wie gewohnt nach der Arbeit in Hochstimmung, was sie immer bestritt und er liebte.

»Hey, Baby-Boy!«

Über der Stadt lag eine gleichmäßige Nebeldecke. Karine zitterte. »Es ist so finster«, stöhnte sie und drehte die Heizung höher. »Wie im Dezember.« Aus dem Augenwinkel sah er ihre schmalen, lächelnden Augen. »Du bist stinkig, oder?«

»Nicht wirklich«, sagte er.

»Alles okay?«

»Klar doch.« An der Parkplatzausfahrt beugte er sich über das Lenkrad und starrte in den Verkehr. »Wie war's bei der Arbeit?«, fragte er.

»Der absolute Wahnsinn. Ich meine, wir sollen was lernen, und das Einzige, was sie uns beibringen, ist, nicht vor lauter

Stress zu explodieren. Ich schwöre bei Gott, das ist die wichtigste Fähigkeit einer Krankenschwester.«

»Einer muss es ja machen«, sagte er.

Sie rutschte auf ihrem Sitz herum. »Genau! Irgendwer muss sie alle wieder zusammenflicken.«

Das war nicht gegen ihn gerichtet. Für jemanden, der sie nicht kannte, mochte es pervers aussehen: Womit er sein Geld verdiente, und dass sie kurz davorstand, Krankenschwester zu werden. Aber sie wussten beide, nun, man musste realistisch sein. Einer muss es ja machen: dieses Motto traf gleichermaßen auf beide zu. Er war froh, dass sie seinen Pragmatismus teilte, wobei, wenn er nicht gut drauf war, sorgte er sich, dass sie aus Rebellion gegenüber ihren Eltern so war, die ihn hassten, und nicht nur, weil es ihrem modernen Gesellschaftsverständnis entsprach.

Er brachte sie zum Reihenhaus ihrer Eltern, und sie beugte sich zu ihm hinüber und küsste ihn sanft.

»Holst du mich später ab?«, flüsterte sie.

»Ja.«

»Komm nicht zu spät.«

Bevor sie sich wieder aufrichtete, legte er eine Hand auf ihr Gesicht. »Sag mir, dass du mich liebst.«

»Was sonst? Ich liebe dich.«

»Wirklich?«

»Glaubst du mir etwa nicht?« Sie lächelte, wurde ernst und legte den Kopf schief. »Hast du was angestellt?«

»Nein.«

»Du redest, als hättest du was angestellt.«

»Hab ich nicht.«

»Weil mit dem Vergeben bin ich erst mal durch, Ryan.«

»Ich weiß.«

Sie ließ sich noch einmal von ihm küssen. »Ich bin nur etwas daneben«, sagte er. »Ich war bei meinem Dad. Du weißt schon. Das zieht mich immer runter.«

»Das hätte ich mir denken können.«

»Ich muss noch was erledigen. Ich hol dich später ab. Dann gehen wir zu mir und gucken uns einen Film an oder so was. Hören Musik. Ich weiß nicht. Trinken einen verdammten Tee und fressen Kekse.«

»Okay«, sagte sie, sanft wie der Regen.

»Und du erzählst mir von der Arbeit«, sagte er. »Erzählst mir Geschichten und von deinen Plänen.«

Er überquerte den Fluss zum fünften Mal und bog auf die Straße, die am Kai entlangführte. Das Licht der Ampel zitterte durch den Nebel auf der Windschutzscheibe.

Sie war da. Er hielt neben ihr und ließ das Fenster herunter. *Wenn ich hier erwischt werde*, dachte er, *wie zum Teufel soll ich das je erklären?*

»Steig ein, Georgie.«

Sie sah ihn an wie ein in die Ecke getriebener Teenager, glitt zur Beifahrertür und schlüpfte herein.

»Was ist?«, fragte sie.

Der Nebel hatte ihr Haar zu einem wilden Knäuel toupiert, dessen Fülle ihr Gesicht noch magerer erscheinen ließ. Ihr Rock war kurz, und sie trug keine Strümpfe. Er hatte den GTI erst seit einem Monat und war immer noch fürchterlich eigen, wenn etwas drohte, die Sitze zu beschmutzen. Seine Abscheu vor ihrer nackten Haut war unbegründet, aber vielleicht notwendig, wenn er es klug anstellen wollte. Er fädelte in den Verkehr ein und fuhr in Richtung Mall. »Oh, wie tief sind sie gefallen«, murmelte Georgie.

Sie trug ein Stück braunen Stoff um ihr Handgelenk geknotet, das sich verhedderte, als sie an ihrem Ärmel zupfte.

»Was Besseres fällt dir nicht ein?«, sagte er. »Irgendwas Komisches vor dich hin zu murmeln, damit ich mich schäme? Verdammt noch mal, Georgie. Du trägst ja überhaupt keinen Kampfeswillen in dir.«

»Soll ich gegen dich ankämpfen?«

»Du hältst mich für einen Heuchler, nicht wahr? Es ist doch ziemlich dreist, dich so aufzugabeln nach dem, was am letzten Samstag war. Du denkst, am Ende geht es allein darum, ob ich spitz bin oder nicht.« Er schnaubte. »Aber du steigst trotzdem ein und würdest mich ranlassen, oder? Nach all dem.«

»Seht, was mit dem anständigen Jungen passiert ist«, sagte sie. »Aus ihm ist ein Mann geworden.«

»Aber du würdest dich von ihm vögeln lassen.«

»Es ist ein Job, Ryan. Nichts Persönliches.«

»Nein«, sagte er. »Das ist es nicht.«

Hinterher musste er seinen Vater nach Jimmy Phelans Nummer fragen, und das ging nur per SMS. Er hatte nicht mit Tony reden wollen. Er hatte mit niemandem reden wollen, nur mit Phelan. Er sagte kurz, wer dran war, und bestätigte den Vollzug. Phelan war nicht überzeugt.

»Komm zu mir«, sagte er.

Und Ryan gehorchte. Sie trafen sich unten im Keller eines Pubs in der Barrack Street, dessen Fassade kaum besser aussah als die gesamte heruntergekommene Straße. Sie waren nicht allein dort, wobei er bezweifelte, dass ein Mann wie Jimmy Phelan gewohnt war, allein zu sein. In der Ecke saßen ein paar junge Kerle und spielten Karten, einer von ihnen war Tim Doughan, dessen Mythos Ryan lange Zeit als Warnung und Inspiration gedient hatte. Obwohl Phelan ihn bei der Tür stehen ließ und in Richtung Boden sprach, hatte Ryan keinen Zweifel daran, dass alle genau zuhörten. Sie hoben ab und zu den Blick, schnieften, guckten finster drein und saugten an ihren Zähnen.

Der Raum wurde von zwei nackten, tief hängenden Glühbirnen erhellt, die nicht nur Licht spendeten, sondern auch die Atmosphäre bestimmten. Ryan war dementsprechend eingeschüchtert.

»Du hattest zwei Tage«, sagte Phelan.

»Ich kann so was nicht rausschieben«, sagte Ryan.

»Nein? Viele hätten das aber getan. Wobei ich es dir auch nicht empfohlen hätte.«

Phelans Worte, leise, ruhig und kalt, krochen in ihn. Das Blut schoss ihm ins Gesicht, auf seiner Stirn bildete sich kalter Schweiß, und die Flugzeuge in seinem Bauch rammten die Magenwand. Zwei der Kartenspieler wandten sich ihnen zu und starrten ihn an. Ryan sah weg. Plötzlich schmerzte seine Nase links und rechts, und er drückte Daumen und Zeigefinger auf die Nasenwurzel.

»Soll ich jetzt einfach so glauben, dass du meinen Auftrag erfüllt hast?«, sagte Phelan.

»So in etwa.«

»Was, wenn ich einen Beweis haben will?«

»Was wollen Sie, ein scheiß Foto? Denken Sie, ich nehme Sie nicht ernst? Wo es um das Leben meines Vaters geht?«

Phelan lächelte schwach. »Hast du dich je gefragt, Ryan, ob er jemanden wie dich überhaupt verdient?«

Ryan sagte: »Sind wir jetzt fertig?«

Phelan wandte den Blick ab. »Ich habe meine Erkundigungen natürlich schon vor langer Zeit eingezogen. Wie steht es mit deiner Ausbildung? Behandelt Dan Kane dich gut?«

»Muss ich darauf antworten?«

»Ich habe gehört, dass er sehr angetan ist von dir.« Ryans Telefon begann in seiner Jeanstasche zu vibrieren. Er nahm an, dass es Karine war. Er war spät dran. Sehr spät. Es war Schlafenszeit. Er fühlte sich schlecht und atmete leise aus. Nach jahrelanger Übung wusste er, dass sein Gesicht so reglos war wie die Mauern um ihn herum und fast so leer wie der Mann, der vor ihm stand. Aber hinter dieser Fassade löste er sich in Stücke auf. Er wollte raus aus diesem Keller. Er wollte dem schlechten Gefühl in seinem Magen folgen und darauf hoffen, dass sie ihm aufs Neue vergeben würde. Er glaubte nicht, dass seine Nervosität sichtbar war. Nein, da war er sicher. Es war unmöglich. Was fast genauso schlimm war.

Phelan sagte: »Ich werde dir kaum sagen müssen, dass das unter uns bleibt. Die Sache geht nur mich, dich und den kaputten Idioten, der deine Mutter gefickt hat, etwas an. Dan Kane wird nichts davon erfahren.«

»Es ist nicht mein stolzester Moment«, sagte Ryan.

»Ah, aber du bist ein guter Junge. Dan Kane weiß das. Ich weiß es. Mit Tony Cusack bin ich fertig. Aber nicht mit dir. Nicht auf lange Sicht.«

»Doch, sind Sie«, sagte Ryan.

Phelan lächelte und fasste ihm an die Schultern. »Das hast du nicht zu entscheiden, Junge«, sagte er.

Unter dem taubenblauen Himmel eines neuen Sonntagmorgens saß Ryan rauchend auf einem fremden Balkon. Hinter der Schiebetür hockten Joseph und ein paar andere Jungs um einen Tisch herum, schnupften Koks und tranken Bier. Karine war zum Schlafen in einem der Zimmer verschwunden. Ryan brauchte frische Luft in der Lunge und eine Pause von dem lauten Gerede. Sein Kopf war voll mit Koks und Gedanken, so kalt und klar und ebenmäßig wie der Himmel über ihm.

Es war nicht sein Fehler. Er wusste, dass es nicht sein Fehler war. Es war etwas Größeres.

Sein »Job«, nichts Persönliches, bestand unter anderem darin, größere Mengen Rauschmittel zu kaufen, sie aufzuteilen und mit Gewinn an Leute weiterzuverkaufen, die »dealten«, um Georgies Terminologie zu verwenden. Wichtiger als die Art, wie er sein Geld verdiente, war, wie er Dan Kane gegenüber seine Loyalität unter Beweis stellte: In Fällen, bei denen er es für notwendig erachtete, trat er als sein Vertreter auf. Bei Verhandlungen mit Leuten weiter unten in der Rangordnung. Bei Strafaktionen gegen genau diese Leute, wenn die Verhandlungen nicht so liefen, wie sie eigentlich sollten. Er hatte sich die Fäuste blutig geschlagen, aber auch begriffen: Das war seine Rolle in dieser Geschichte. Das war es, worauf es am Ende hinauslief: Fleisch, Gedärm und Knochen.

»Ich bin der Böse«, sagte er.

Die Stadt beachtete ihn nicht. Er sah auf Dächer, die zerfurchten Hüllen von tausend Leben, jedes mit seiner eigenen Rolle, die wie bei einem Getriebe ineinandergriffen und die Räder am Laufen hielten. Ärzte, Hafenarbeiter, Tänzer, Dealer.

Zwanzig Jahre lang hatte er sich auf diesen Punkt zubewegt. Wahrscheinlich hatte es keinen anderen Weg gegeben.

Sein Telefon, das hinten in seiner Jeans steckte, klingelte. Er verlagerte sein Gewicht und holte es heraus. Er wechselte die SIM-Karte alle paar Wochen. Er besaß Autorität, zumindest denen gegenüber, an die er verkaufte, und wenn es Kunden gab, die er loswerden musste, gab er ihnen einfach nicht seine neue Nummer. Sie verschwanden aus seinem Leben, ohne gegen diesen Ausschluss protestieren zu können. Solche Entscheidungen wurden nicht infrage gestellt. So viel Eigenständigkeit besaß Ryan Cusack.

Er nahm das Gespräch an. »Ja?«

Donnellys Stimme: »Ich hab's.«

»Oh, sehr gut.«

»Ja, ohne große Probleme. Ich sehe dich später. Was haben wir im Sinn?«

Ryan verengte die Augen und zog noch einmal an seiner Zigarette. Seine Gedanken rasten. Er sagte: »Sechs G.«

»Null Problemo.«

Ryan legte auf. Er öffnete den Browser, rief eine Karte auf und verschickte einen Screenshot davon. Später, nachdem er sich ein Nickerchen verordnet hatte, würde er Donnelly an der markierten Adresse treffen. Er würde noch eine Weile nicht runterkommen. Er war schon seit zwei Tagen voll drauf.

ERBLICH

»Du bist ein Arschloch und nichts anderes!«

Sie sitzt im Slip auf meinem Bett, und ich stehe am Fußende, die Jeans immer noch aufgeknöpft, und das Zimmer ist gesättigt mit dem Schweiß- und dem Moschusgeruch dessen, was wir gerade getan haben … Wie können wir nach etwas so Berauschendem zu streiten anfangen? Geht es so zu Ende? Sind wir so allergisch, dass uns der Geruch des anderen mit Quaddeln überzieht und in den Wahnsinn treibt?

»Ja, ich bin ein Arschloch, genau das bin ich, Karine, ein verdammtes Arschloch.«

Mittags haben wir zum Essen ein paar Glas Wein getrunken, danach noch Bier. Dann sind wir für ein Schläfchen nach Hause gekommen, bevor wir am Abend wieder los wollen. Und als wir aufwachten, gab's Gemurmel und Kichern, und sie drehte sich um, drängte sich an mich ran und wollte es. Und dann plötzlich bricht fauchend der verdammte Dritte Weltkrieg aus.

Wir haben Halloween, was eine Entschuldigung für sie ist, in einem Marienkäferkostüm vor die Tür zu gehen, das nicht mehr ist als ein superkurzes, gepunktetes Kleid mit schenkelhohen Strümpfen und einem Paar Glitzerflügel. Die gesamte weibliche Bevölkerung der Stadt legt ihre Beine, ihre Bäuche und die Schenkel frei, ganz bis oben hin, und ich darf mir keine angucken, weil sie weiß, dass ich ein erbärmlicher, übler Fremdgeher bin. Sie kann in einem Kleid losstiefeln, das ihr gerade bis zum Hintern reicht, und darf förmlich drum betteln, dass man sie begrapscht, aber ich muss den Blinden geben, damit ich nicht zufällig einen Blick mit einer wie ihr wechsle. Mit so einem Scheiß kommt Karine, ohne auch nur einmal drüber nachzudenken: Das ist in Schüchternheit verpackte

Heuchelei, die mir dann um die Ohren fliegt, wenn ich es wage, sie darauf anzusprechen. Ich bin kurz davor, hier rauszumarschieren, um meine Nase in einen Haufen Koks und meinen Schwanz in die erstbeste Frau zu stecken, die mir zulächelt.

Mein Hemd liegt auf dem Boden neben ihr, und ich will mich nicht über sie beugen, um es aufzuheben.

»Du sagst mir nicht, was ich tun soll, Ryan. Du bist ein Lügner und Betrüger, setz dich hier bloß nicht aufs hohe Ross.«

»Ich habe Gott weiß wie lang keine andere Frau mehr angerührt.«

»Ja, natürlich! Gott weiß wie lang. Wen kümmern denn all die anderen, bevor Gott angefangen hat, Buch zu führen? Die zählen ja wohl nicht.«

»Sie zählen nicht mehr als Niall Vaughan.«

Sie stampft zu mir rüber und stößt mir einen Finger gegen die Brust.

»Kram du Niall wieder hervor«, zischt sie. »Komm schon, wühl noch tiefer. Auf der einen Seite sagst du: ›Oh, wenn ich dich betrüge, heißt das gar nichts, aber du tust es, weil du komplett verknallt bist‹, und dann vergleichst du Niall Vaughan, von dem du glaubst, ich war vor Lust verrückt nach ihm, mit deinen ganzen Schlampen. Damit gibst du doch zu, dass du verrückt nach ihnen warst, oder etwa nicht?«

Sie bringt meinen Kopf noch zum Platzen.

Zusätzlich zu dem kleinen hässlichen Kater, der auch da drin haust und sich gerade, da mein Mittagspegel sinkt, auf die Stabübergabe vorbereitet.

»Meinst du das verdammt noch mal ernst?«

»Und du, Junge? Meinst du das verdammt noch mal ernst?«

Ich weiß nicht, wie es so weit gekommen ist. In der einen Minute haben wir zusammen einen Orgasmus, und in der nächsten wirft sie mir emotionale Untreue vor, und ja, ich habe mit anderen Frauen gevögelt, und ich bin nicht stolz drauf. Aber es ist nicht so, als hätte ich mich auch nur in eine von ihnen verliebt. Es ist mir *absolut unmöglich, eine andere zu lieben. Das ist ein Fehler, ich weiß es. Ich fühle es. Es ruiniert meinen Kopf, lähmt meine Zunge, legt mich in Ketten.*

»Musst du mich ständig mit diesem Scheiß auf links ziehen, Karine? Du weißt ganz genau, dass du die Einzige bist, die mir je was bedeutet hat, und was machte das, als ich dir nicht über den Weg trauen konnte?«

»O mein Gott«, sagt sie. »Du bist so voller Scheiße.«

»Wie kann ich da voller Scheiße gewesen sein? Du hast dich von Niall Vaughan vögeln lassen, als ich …«

»Als du im Gefängnis warst! Du hast ja keine Ahnung, wie das für mich war! Du warst nicht da, und ich habe dich gebraucht. Ich konnte dir nicht trauen, und plötzlich warst du weg, eingesperrt, und jetzt machst du immer noch weiter wie früher. Du redest irgendwelchen Unsinn über Australien und dass du und ich dieses Loch hier hinter uns lassen und was aus uns machen, dabei weißt du genau, dass das mit deiner Vorgeschichte nichts wird. Wir sitzen hier fest, und das ist allein deine Schuld.«

»Ah, ja, verstehe. Ich bin dein Gefängnis.«

»So was in der Art, Ryan. Du betrügst und belügst mich, und ich bin dumm genug, das mitzumachen … Und der absolute Renner dabei? Du denkst nicht mal ansatzweise daran, damit aufzuhören. Ich war dir nie so wichtig wie Dan Kane. Das nächste Mal, wenn sie dich erwischen, kriegst du zehn Jahre, und was wird dann aus mir?«

»Ich werde verdammt nicht erwischt.«

»Woher weißt du das so genau? Beim ersten Mal warst du auch blöde genug, dich erwischen zu lassen.«

»Also gut, dann bin ich also ein Lügner und Betrüger und ein Käfig, und bescheuert bin ich auch. Gibt's noch was, was du sagen willst?«

»Oh«, zischt sie. »Es gibt noch 'ne ganze Menge, was ich sagen könnte.«

»Dann sag's, verdammte Scheiße!«

Ich sehe das Gift in ihr aufsteigen und sie ausfüllen, eine Welle von Hass, die ihr aus dem Bauch in den Mund schwappt. »Du hast keine Ahnung, was ich wegen dir durchmachen musste, als du dich mit Dan Kanes Koks hast erwischen lassen«, sagt sie. »Dafür wirst du büßen.«

»Der beschissene Niall Vaughan war also nicht Rache genug? Du auf dem verdammten Parkplatz? Wie eine dreckige Hure?«

Sie stößt mir gegen die Brust, und ich schubse sie an die Wand. Ich stehe über ihr, und sie wehrt sich. Sie versetzt mir einen Tritt gegen das Schienbein, und dann passiert es, obwohl es nicht mal wehtut, aber das muss es auch nicht, denn es ist ein reiner Reflex: Ich hebe die Faust.

Ich hebe die Faust gegen sie.

Und sie kreischt: »O mein Gott! O mein Gott, du wolltest mich schlagen! Du Schwein, du wolltest mich schlagen!«, und ich kann nicht anders, ich ramme meine Faust gegen die Wand neben ihrem Kopf, und wieder und wieder, und mit der anderen Hand drücke ich ihr die Kehle zu, und ich prügle der verdammten Wand die Seele aus dem Leib. Und ihre Beine versagen ihr den Dienst.

Ich lasse sie fallen, und sie sackt auf dem Boden zusammen, und ich stolpere zurück und lande auf meinem Arsch.

»O mein Gott«, sagt sie.

»Ich habe dich nicht angerührt«, sage ich, doch was immer es war, es ist aus mir raus. Ich kann nur noch flüstern.

»Ich wusste, es würde eines Tages so kommen«, schluchzt sie. »Seit Monaten habe ich es kommen sehen.«

Mein Herz hämmert in meiner Brust. »Es tut mir leid«, sage ich. »Es tut mir wirklich leid. Ich wollte dir keine Angst machen. Ich liebe dich, verdammt. Ich würde dir niemals wehtun.«

»Nein?« Ihre Augen sind rot, ihre Haare zerzaust, vom Schweiß und vom Sex, und jetzt das, heiliger Herr im Himmel. »Und was war das gerade?«

26

ES WAR DIE SCHLIMMSTE ZEIT, um in die Notaufnahme zu müssen, samstags, wenn sich die Jugend der Stadt aufrecht stehend ersäufte. Verschlimmert wurde es noch durch den kommenden Feiertag, der Raum war übervoll. Blasse, aufgedonnerte Mädchen mit verschrammten Knien hockten stumm da und stierten vor sich hin, Betrunkene brüllten die Schwestern an, die die Narben ihres Berufs im Gesicht trugen … Alte Männer, alte Frauen, Mütter mit heranwachsenden Söhnen im Arm, die aussahen, als würden sie gleich in Tränen ausbrechen. Putzkarren, Kaffeebecher, ein Fernseher, dessen Ton nicht zu verstehen war … Jimmy nahm das alles in sich auf wie ein staunendes Kind, das einen Stein aufhob und die Asseln darunter weglaufen sah.

Er hatte andere Dinge zu tun, aber Maureen hatte sonst niemanden, der sie hätte begleiten können. Das weiße Licht im Warteraum machte dies leuchtend klar. Es war spät für ihn, sich den Pflichten eines Sohnes bewusst zu werden. Seine Ersatzgeschwister waren so viel älter als er gewesen, dass er nie den Druck verspürt hatte, zu gehorchen oder sich um jemanden kümmern zu müssen. Das jetzt war neu, und was für Neuigkeiten konnte er in seinem Alter schon erwarten, die positiv waren? Von jetzt an gab es nur noch Herausforderer und Verräter.

Maureen saß mürrisch im grellen Licht, auf dem Plastikstuhl neben ihm, und ignorierte die Schmerzen in ihrem verletzten Handgelenk. Sie war nachmittags auf die Arbeitsfläche in ihrer Küche geklettert, um die oberen Schrankfächer zu putzen, und heruntergefallen. Als es nach zwei Tassen Tee und ein paar Stunden Klagen nicht besser wurde, rief sie den Arzt, der sie zum Röntgen in die Notaufnahme schickte. Eigentlich hatte sie Jimmy nicht anrufen wollen, tat es dann aber doch, und so saßen sie nun zusammen.

Er bemühte sich, wobei ihm nicht klar war, wo der Impuls dazu herkam. »Möchtest du eine Tasse Tee?«, fragte er. »Möchtest du eine Zeitung?« Er starrte die Wochenendopfer an, stellte sich vor, dass ihm die eine gut aussehende Schwester einen Blowjob verpasste, und zwischendurch besorgte er, was seine Mutter brauchte.

»Warum die Notaufnahme in diesem Kaff so viel langsamer ist als die in London, werde ich nie begreifen«, schimpfte Maureen. Das Zeitunglesen hatte sie aufgegeben, da sie Schwierigkeiten hatte, mit nur einer Hand die Seiten umzublättern. So saß sie mit übereinandergeschlagenen Beinen da, hielt ihren Pappbecher fest und starrte mit bösem Blick auf die gegenüberliegende Wand. Der Mann, der auf dem Platz unter dem Punkt saß, auf den sie sich konzentrierte, erschauderte.

»Samstagabends ist es in allen Notaufnahmen das Gleiche«, sagte Jimmy.

»Scheiß Regierung«, antwortete sie.

Jimmy lächelte.

»Möchtest du eine Zigarette rauchen gehen?«, fragte er.

»Und was, wenn sie mich gerade in dem Moment aufrufen? Dann muss ich mich noch mal ganz hinten anstellen.«

»Dann gehe ich dich holen.«

»Ach, jetzt mach nicht so ein Theater.«

Da musste er lachen. »Theater? Ich? Du bist ja nicht mehr ganz bei dir, wenn du meinst, dass ich hier Theater mache.«

»Du bist wie eine alte Glucke«, sagte sie.

Das helle Licht war daran schuld, dass er sich exponiert und ungeschützt fühlte. An einem Samstagabend hätte er normalerweise in seiner *Síbín* in der Barrack Street Hof gehalten, in dunkle Schatten gehüllt, die ihn in der Spur hielten.

»Es ist merkwürdig«, erklärte er Maureen.

»Was ist merkwürdig?«

»Dieser Ort, und dass ich hier sitze. Eigentlich ist das keine Bühne für mich.«

»Was? Glaubst du, das ist eine Freizeiteinrichtung? Hier gehört niemand hin.«

»Das meine ich nicht«, sagte er, und sein Blick fiel auf erschöpftes Arbeitsvolk und abgewetzte Ecken. Der Fernseher an der Wand zeigte Bilder von Überschwemmungen. Er meinte die Normalität. Das hier war nicht Teil seines gewohnten Daseins und doch das Zuhause für all diese Lebensformen, die sich erbrachen und bluteten und am Boden zerstört waren und nichts als ihr Land hatten, um sie wieder in Ordnung zu bringen. Plötzlich hatte er die Vision eines Doppelgängers, der herumlief, Hände schüttelte und sich wie einer der amerikanischen Rockstar-Präsidenten begrüßen ließ, der die Kartoffelfresser mit seiner kultivierten, weltmännischen Präsenz schmückte.

Seine Führerin sagte ungeduldig: »Und was meinst du?«

Eine Schwester an der Tür rief: »Maureen Phelan?«

»Beschämen würden sie dich«, murmelte Maureen. Sie stand auf und Jimmy mit ihr. »Kommst du auch?«, fragte sie überrascht, und er sagte: »Warum nicht, Maureen? Deswegen bin ich doch hier.«

Dann saßen sie vor dem Röntgenraum, und ganz offenbar nagte an ihr, was er gesagt hatte, weil sie jetzt meinte: »Ich bin wahrscheinlich nicht das, was du von einer Mutter erwartet hast.«

Er zuckte mit den Schultern. »Ich bin wahrscheinlich nicht das, was du von einem Sohn erwartet hast«, sagte er, aber nur, weil er das Gefühl hatte, es zu müssen. Dass er nicht das war, was überhaupt irgendjemand von einem Sohn erwarten würde, war keine Offenbarung. Aber sie hatte recht. Vielleicht bekommt man die Mutter, die man verdient.

Er betrachtete seine Hände und blickte von dort an seinen Beinen hinunter. Ob er anders war oder nicht, es gab ihn eindeutig, und das wäre nicht so ohne ihren jugendlichen Fehltritt.

Er sah Maureen an und fragte sich, wie es überhaupt möglich war, aus diesem Körper hervorgegangen und zu dem geworden zu sein, was … was immer er war. Es war kein angenehmes Gefühl. Sein Leben hatte ihres zerstört.

Nun, man hatte ihn schon mehr als einmal den Antichrist genannt.

Nach dem Röntgen wurden sie zurück in den Warteraum geschickt. Ihre Plätze waren besetzt, und so suchten sie sich andere.

Tony saß im Schatten eines riesigen Arztes, wie ein erschöpfter Bergsteiger, der erst die Hälfte der Strecke zurückgelegt hatte. Der Arzt war jung, ruhig und unaufmerksam. Er hielt das Krankenblatt in der Hand, aber beim Sprechen sah er auf andere Notizen, auf seinen Bildschirm und auf die Diagnose eines anderen Patienten, den er noch anrufen musste. Tony fühlte sich leicht benommen. Er hielt sich an seinem Stuhl fest.

»Sie behalten ihn also hier?«, fragte er.

»O Gott, ja«, sagte der Arzt. »Zunächst mal zur Beobachtung. Wir haben ihn leer gepumpt, trotzdem haben wir es immer noch mit einer Alkohol- und Kokainvergiftung zu tun.« Er schielte auf das Blatt. »Die ersten Blutproben haben ergeben, dass er nicht so viel Paracetamol in sich hat, wie befürchtet. Aber die Lebertoxizität macht uns Sorgen. In zwei, drei Stunden machen wir weitere Tests, und wenn er wieder zu sich kommt, hätte ich gerne, dass jemand aus der Psychiatrie mit ihm spricht.«

»Aus der Psychiatrie?«

»Ja, Mr … äh, Cusack?«

»Cusack«, sagte Tony traurig.

»Zu einer solchen Vergiftung kommt es normalerweise unbeabsichtigt, aber sowohl Sie wie auch … äh, sein Mitbewohner haben angedeutet, dass dieser Zustand bewusst herbeigeführt worden ist. Da gehen wir besser auf Nummer sicher, oder? Wir möchten nicht, dass er noch mal hier landet.«

»Nein.«

»Wir nehmen ihn stationär auf, dann können Sie zu ihm, okay? Ich lasse Sie dann holen.«

Der Arzt stand auf, und als er sich umdrehte, um ihm die Tür aufzuhalten, nahm Tony seine Hand und drückte sie. *Himmel*, dachte er, *ich bin schon wie einer von diesen Idioten, die klatschen, wenn das Flugzeug gelandet ist.*

»Danke«, sagte er. »Ich weiß, diese jungen Kerle bringen Sie an den Rand des Wahnsinns. Ich weiß, Sie hätten Besseres zu tun.«

Der Arzt runzelte die Stirn und lächelte. »Dafür sind wir da. Machen Sie sich keine Gedanken.« Er ließ Tony noch eine weitere Sekunde seine Hand halten. »Er kommt wieder in Ordnung«, sagte er.

Tony ging zurück in den Warteraum. Kelly, Joseph und Karine waren noch da, wo er sie zurückgelassen hatte. Joseph hatte einen Arm um Karine gelegt, die sich zu einem Ball zusammengerollt hatte. Offenbar war es zwischen ihnen zum Streit gekommen. Sie hatte Ryan stehen lassen und war zu Freunden in die Stadt gegangen. Er war ihr gefolgt, und am Ende hatten sie sich auf der Grand Parade gegenseitig angeschrien. »Ich hätte nie gedacht, dass es zu so was führt«, schluchzte Karine. »Ich hätte mich doch nie mit ihm gestritten, wenn ich gewusst hätte … O Gott, es ist allein meine Schuld.«

Während der Stunden im Warteraum hatte sie von verschiedenen Vorfällen und Auseinandersetzungen erzählt. Die letzten sechs Monate hatten sie ausgelaugt. Drei Mal hatte sie Ryan gesagt, sie könne einfach nicht mehr, aber es folgte nie mehr als nur ein kurzer Entzug: Eine Woche hatten sie sich nicht gesehen und gezögert, und nach dem zweiten Mal hörten ihre Freunde auf, Bemerkungen darüber zu machen. In der Zwischenzeit gab es Partys. »Er legt jetzt mehr auf, als DJ, meine ich«, sagte sie, und als wäre es nicht sein Vater, mit dem sie sprach, platzte es aus ihr heraus: »Und du weißt, was das bedeutet: Koks ist nicht so nachsichtig wie wir.«

Sie hörte auf zu weinen. Tony stand vor ihr, und sie hob den Blick, rot um die Nase und mit Panda-Augen. Selbst so war sie ein hübsches Ding, und er dachte, dass Ryan völlig im Arsch sein musste, um ihr wieder und wieder so wehzutun.

Er erzählte ihnen, was der Arzt gesagt hatte. »Er kommt wieder in Ordnung«, sagte er. Keiner glaubte es ihm.

»Wie kann das sein«, schniefte Karine, »wenn ich nicht mal mehr weiß, wer er ist?«

Joseph drückte ihren Arm. »Hey«, sagte er. »Das jetzt ist der Punkt, von dem an es besser wird. Du wirst sehen.«

Tony ging raus, um eine zu rauchen. Er wölbte die Hand um die Flamme des Feuerzeugs, aber der Wind blies sie trotzdem aus. Er drehte sich zur Mauer hin und probierte es noch einmal. Links von ihm bog ein Krankenwagen in die Einfahrt, und die Sanitäter zogen jemanden auf einer Trage daraus hervor. Sie rissen Witze. Für sie war es eine Nacht wie jede andere. Der Bursche auf der Trage ein Verletzter wie jeder andere.

Jimmy Phelan trat neben ihn und sagte: »Gott, ganz Cork muss heute in der Notaufnahme sein.«

Tonys Zigarette fing Feuer. Er hatte keine Lust, davonzulaufen.

»Was willst du?«, fragte er.

J.P. machte ein enttäuschtes Gesicht. »Ist das eine Art, einen alten Freund zu begrüßen?«, sagte er.

Es war Monate her. J.P. hatte Wort gehalten. Auch vorher hatten Monate zwischen zwei Hausbesuchen gelegen, doch diesmal war es anders, es war in der Distanz zu spüren, die Tony zu seinem Sohn empfand. Das Mädchen war weg und seine Verbindung zu Jimmy Phelan damit Geschichte, aber die Kosten dafür traten heute Abend überdeutlich zutage, in den bleichen Gesichtern um ihn herum und in Karines Tränen.

»Wahrscheinlich nicht«, sagte er, »aber wir stehen uns ja schon eine Weile nicht mehr so nahe, oder, Jimmy?«

Und doch hatte das Schwein Tony innerlich zerlegt.

»Das stimmt wohl«, gab J.P. zu. Auch er steckte sich eine Zigarette an und hob die Brauen. *Red weiter*, sagten sie, und Tony fuhr fort.

»Du musstest meinen Jungen da nicht reinziehen«, sagte er. Der Zigarettenrauch war so widerlich wie bei seinem allerersten Lungenzug. Ihm war schwindelig und übel. »Was immer er gesagt haben mag. Es ist noch ein Junge.«

J.P. sagte: »Er hat sich selbst reingezogen, Tony.«

»Willst du mir erzählen, dass er wusste, was er da tat? Er ist zwanzig, Jimmy.«

J.P. nahm einen Zug und schüttelte den Kopf. »Du spülst alte Scheiße nach oben, Cusack«, warnte er.

»Na, und?«, sagte Tony. »Wir sind alte Scheiße.«

»Was heißt das?«

»Das heißt, dass wir mal Kumpel waren. Das bedeutet, dass du der Erste warst, der mir einen Drink gekauft hat, als ich erfahren hatte, dass er unterwegs war.«

Tony zog ein letztes Mal an seiner Zigarette und stand mit dem Stummel zwischen den Fingern da. Der Parkplatz vor ihnen bot eine trübe Lightshow, während sich die Autos langsam auf ihn drauf- und von ihm runterschoben, um enge Ecken bogen und in der übervollen Dunkelheit nach freien Plätzen suchten. Krisen, von einem Ende des Countys bis zum anderen. Was war da Tonys? Nur eine von vielen?

»Wer hat dir erzählt, dass ich ein sentimentaler Typ bin?«, sagte J.P. leise.

»Ja. Genau das war mein Fehler. Ich dachte, dass sich hinter der ganzen Scheiße ein Mensch verbirgt.«

Phelan wandte sich um und presste Tony gegen die Mauer.

»So redet niemand mit mir, Cusack.«

»Das weiß ich, verdammt«, fuhr Tony ihn an. »Das weiß ich

sogar besser als die meisten anderen! Vergiss das nicht, okay? Ich weiß, zu was du fähig bist. Ich habe es gesehen und zu spüren bekommen. Du hast mir meinen Sohn genommen. Jetzt ist da nichts mehr, was du mir nehmen kannst.«

»Ich bin sicher, ich könnte noch was finden.«

»Du kannst dir die Mühe sparen. Es gibt nichts. Wenn du mich umbringen willst, nur zu. Ich hab genug. Bei mir geht sowieso alles den Bach runter.«

»Warum sollte ich dich umbringen wollen, Cusack? Du bist nicht gefährlich.«

Tony dachte: *War ich bisher nicht.*

J. P. sagte: »Bist du fertig?«

Tony atmete aus.

J. P. sagte: »Unser Freund Robbie … Also, ich hatte keine Angst, dass du da reden würdest, Cusack.«

Die automatischen Türen rechts von ihnen öffneten sich, und ein Paar kam heran. Sie standen noch drinnen und steckten sich jeder eine Zigarette an. J. P. sah zu ihnen hinüber, schätzte ab, was sie vorhatten, und sprach weiter, so leise, dass Tony sich anstrengen musste, ihn über den Herbstwind hinweg, über den Motorenlärm und das Atmen und Sterben innerhalb der Mauern hinter ihnen zu verstehen.

»Sei dir im Klaren darüber, dass ich dir das nur sage, weil wir alte Freunde sind, Cusack, sehr alte sogar. Wenn über unseren Freund Robbie irgendwas rausgekommen wäre, was, denkst du, wäre dann passiert? Sie ist eine alte Frau. Sie bringt sich immer wieder in Gefahr, und es ist mein Job, sie zu beschützen. Du tust für deine Familie, was du tun musst. Denk darüber nach und vergiss den alten Scheiß.«

»Du hast meine Familie kaputt gemacht, um deine zu retten.«

»Nein«, sagte J. P., »das habe ich nicht. Dein Zustand, Tony. Ich habe dich nicht so weit gebracht, und das weißt du. Du kannst hier in der Dunkelheit stehen und weiter auf deiner Familie, deinem Jungen und deiner schlecht vorgetäuschten Unschuld herumreiten, aber wir sind hier ganz alleine, du und ich, und ich durchschaue dich. Du kannst herumjammern über das, was getan werden musste, aber für deinen Jungen war das nichts Neues.«

»Das weißt du nicht«, sagte Tony.

»Doch, das weiß ich. Mach die Augen auf, Cusack. Dein Junge war dazu absolut in der Lage. Er ist schon zwei Mal mehr ein Mann als du.«

»Ich habe gute Nachrichten«, sagte der Arzt. »Es ist nur eine Verstauchung. Das ist morgen wieder okay, Maureen.«

»Allmächtiger«, sagte sie, »und ich sitze hier den ganzen Abend rum.«

Der Arzt ignorierte die Bemerkung. »Es könnte schlimmer sein«, sagte er und sah über den Rand seiner Brille in den Warteraum. Er gab ihr ein Rezept. »Schmerztabletten«, sagte er. »Drei am Tag, zum Essen. Passen Sie auf sich auf.«

»Das war's dann wohl«, grummelte Maureen. Sie blieb bei ihren Sitzplätzen stehen, während Jimmy die Zeitung und ihre Mäntel holte.

»Was hast du denn?«, sagte er. »Wir fahren jetzt nach Hause, und du legst dich schlafen. Wenn was gebrochen gewesen wäre, müssten sie es eingipsen und du wärst noch mal vier Stunden hier.«

»Muss ich ganz sicher nicht hierbleiben?«

»Was hast du denn erwartet mit deiner Herumkletterei?«

»Das war das letzte Mal, dass ich was sauber gemacht habe«, sagte sie. »Du kannst mir eine Haushaltshilfe besorgen.«

Sie bewegten sich in Richtung Ausgang. Auf der anderen Seite des Raums entdeckte Maureen einen bekannten dunklen Haarschopf und blieb stehen.

»Hier sind heute wirklich alle versammelt«, sagte sie.

Tony Cusack sah zu ihnen herüber. Maureen hob die unverletzte Hand, aber er reagierte nicht.

»Was fehlt ihm?«, sagte sie.

Jimmy berührte ihren Arm und machte eine Geste zur Tür hinüber.

Seine Welt war nichts, woran seine Mutter wirklich teilhaben wollte, aber durch Tony Cusack verspürte sie eine seltsame Verbindung zu Jimmys Taten. »Weswegen ist er hier?«, fragte sie und bekam nur ein weiteres Schulterzucken zur Antwort. »Was?«, sagte sie. »Du hast ihn nicht gefragt?«

»Warum sollte ich ihn das fragen?«

»Es ist traurig, das sagen zu müssen«, sagte Maureen.

»Man muss Arbeit und Vergnügen trennen«, sagte Jimmy. »So einfach ist das.«

Maureen zog die Brauen zusammen. »Ich gehe hin und frage ihn«, sagte sie.

»Tu das nicht, Maureen.«

Sie schnaubte. »Willst du mich etwa davon abhalten? Dieser Mann hat eine Menge für uns getan, Jimmy.«

»Was er, wie ich sicher bin, gerne vergessen möchte.« Er nahm ihren Arm. »Ich verstehe, was du meinst, Maureen. Das tue ich wirklich. Aber nur, weil du eine Verbindung zu jemandem hast, musst du dich nicht gleich an ihn hängen.«

Diese Einsicht machte sie nachgiebig, und sie ließ sich von ihm auf den Parkplatz führen.

Er öffnete ihr die Autotür. Sie setzte sich hinein und holte tief Luft. Das ganze Innere des Wagens roch nach ihm, nach seinem erwachsenen Ich. Es war eine lange Reise gewesen vom sanften Duft seines Babykopfes hin zu dem Rauch, dem Rasierwasser und dem Geruch von Metall und Leder, den sie heute mit ihm assoziierte.

Er lenkte ein. »Tony Cusack war ein anständiger Kerl«, gab er zu, als er sich neben sie setzte. »Wenn auch nicht der Hellste. Ich bin zusammen mit ihm aufgewachsen. Als Teenager ist er dann in die Flasche gefallen und nie wieder rausgekommen. Er ist genau die Art von Mann, die man für unangenehme Aufgaben braucht wie die, die du mir auferlegt hast, Maureen. Er braucht Geld, misstraut der Polizei und hat zu viel zu verlieren, um zu reden.«

»Wie meinst du das, ›zu viel zu verlieren‹?«

»Kinder«, sagte er. »Einen ganzen Stall voll. Hat in London eine Italienerin kennengelernt, sie mit nach Hause gebracht und sechs Kleine mit ihr produziert. Dann ist sie abgehauen und dabei gestorben. Ein verdammter Autounfall. Sein Ältester ist jetzt zwanzig. Ein junger Bursche, bereits vorbestraft. Ryan. Tony war immer Fan von Manchester United.« Er lachte. »Seine Kinder sollten eigentlich nicht solche Rabauken sein. Ich habe ihm Ellies Klavier abgekauft. Sein ganzes Haus ist voller kleiner Musiker. Kein Wunder, dass er nicht wusste, was er mit ihnen anstellen sollte.«

»Du hast seine Kinder bedroht?«

»Nein. Sie zu erwähnen reicht in so einer Situation. Du fragst einfach, wie viele davon er hat. Mehr musst du nicht sagen.«

»Das ist eine hässliche Art, jemanden bei der Stange zu halten«, schimpfte sie.

»Es ist eine hässliche Welt«, sagte Jimmy. »Was sonst hätte ich tun sollen? Du mit deinem Heiligen Stein. Jemand musste da aufräumen. Wenn du die Wahrheit nicht hören magst, dann dräng die Leute nicht dazu.«

Sie schwieg. Die Stadt glitt an ihnen vorbei. Jimmy navigierte mit wachen Augen durch die schlafende See.

Tony schickte Kelly mit Joseph nach Hause, aber Karine weigerte sich zu gehen, auch nachdem der Arzt wiederholt gesagt hatte, dass Ryan außer Gefahr sei. Erst ihre Mutter, die um vier Uhr morgens kam, mit verschlafenen Augen, konnte sie aus dem Krankenhaus lotsen, und auch das nur unter großen Mühen.

»Du verstehst das nicht«, heulte Karine. »Es ist meine Schuld.«

»Das ist es nicht«, sagte Tony, und Jackie D'Arcy blitzte ihn an, als stünde er der Rückkehr ihrer Tochter in die Zurechnungsfähigkeit im Weg, weil er sich einmischte. Er wusste, was die Mutter dachte. Sie war selbst Krankenschwester. *Ein pathetischer Halbstarker übt mithilfe einer Packung Schmerztabletten Druck aus.* Vielleicht hatte sie ja recht, aber das war jetzt nicht die Zeit oder der Ort für solche Erwägungen.

»Gehe ich Ihnen etwa auf die Nerven?« Als Tony sie anfuhr, zuckte sie zusammen. »Sie weint nur, aber er ist bewusstlos. Also reduzieren Sie bitte Ihre herablassende Art auf ein Minimum, okay?«

»Ich bin nicht herablassend«, sagte Mrs D'Arcy und gab sich verletzt.

»Ist schon gut, Mam«, sagte Karine. »Wir sind alle ein bisschen müde und geschafft.«

Jackie drängte sie den Flur hinunter zum Auto, und Tony blieb allein in dem sich leerenden Warteraum zurück, ohne dass sein Sohn schon ansprechbar gewesen wäre.

Als Ryan schließlich auf eine Station kam, durfte er zu ihm. Einen Moment lang blieb er in einiger Entfernung stehen, bevor er sich zu ihm ans Bett setzte.

Ryan wirkte okay, trotzdem hätte sich Tony weit besser gefühlt, wenn eine Schwester den Kopf hereingesteckt und gesagt hätte: »Er schläft es sich raus«, oder: »Morgen früh wird ihm gehörig der Schädel brummen.« Aber sie nahmen die Sache nicht auf eine tröstlich leichte Schulter. Er hatte offenbar alles erschwert. Der Alkohol war das eine, das Kokain das andere, und dann kam noch das Paracetamol dazu. Die Behandlung musste genau abgestimmt werden. Und am Ende würden sie pfeifen, und ein Psychiater käme herbeigeschwebt, einen Rezeptblock und einen dicken roten Stempel in der Hand, um Tony Cusack größtes Versagen zu attestieren.

»Warum hast du das getan, Rocky«, flüsterte Tony.

Er legte den Kopf auf die Matratze.

»Was mache ich nur mit dir?«

Mit der Stirn auf dem Bett griff er nach der Hand seines Sohnes. Sie war warm. Tony strich mit dem Daumen über seine Knöchel, und Ryan holte im Schlaf tief Luft.

»Du wirst mir nicht wegsterben.«

Es war Platz und Zeit zum Reden. Den Mund auf das Krankenhauslaken gedrückt, falls jemand lauschte, legte Tony vor seinem schlafenden Sohn ein Geständnis ab. »Ich habe es nicht so gemeint. Nichts von alledem. Im Solidarity House sagten sie, man schlägt nur die, die man am meisten liebt, weißt du? Wenn du nur öfter mit mir geredet hättest …« Er hielt inne. Personal lief hinter ihnen vorbei. Dahingemurmelte Diagnosen, nervöse Fragen.

»Ich weiß, es ist meine Schuld«, sagte er. »Ich hab's versaut. Ich weiß, dass du die Sache übernommen hast, ich hätte dich aufhalten müssen. Wenn du mir das klarmachen wolltest, habe ich es jetzt begriffen. Du hast mir so einen Schreck eingejagt. Aber was rede ich nur von mir. Auch Karine hast du einen Riesenschreck eingejagt. Sie weiß gar nicht mehr, wer du bist. Hörst du mich, Junge? Hörst du mir zu?«

Er setzte sich auf und sah seinen Sohn an. Dunkle Wimpern auf dunklen Augenringen. Der Kopf seines Alten.

»Und das mit all den Fehlern deiner Mam, ja. Das reicht dir noch nicht, Junge. Alles muss zehn Mal heftiger sein.«

Die Zeit hatte seine dicken Backen geglättet, genau wie die Locken. Sein Kinn war jetzt markanter. Aber er konnte im Gesicht seines Sohnes immer noch das kleine Kind erkennen.

»Deine Mam hätte das nie zugelassen.«

Tony war müde. Er hätte eine Flasche Wasser brauchen können, ein paar Kopfschmerztabletten und sein Bett.

»Ich hätte das nicht zulassen dürfen. Das war nicht richtig. Aber verdammt, Ryan. Nichts von alledem war richtig. Diese Stadt ist verrottet, alles um uns herum bricht zusammen.«

Die dunkle Pfütze um Robbie O'Donovans Kopf breitete sich auf dem Boden aus. Die Fliesen, die er für Maureen Phelan verlegt hatte, bildeten Muster vor seinen Augen. Das dumpfe Tuckern des Bootsmotors unter seinem Stuhl ließ ihn würgen.

»Ich habe sie getötet, Ryan. Gott steh mir bei. Ich habe sie getötet.«

Über sein Gesicht rannen Tränen, die sein Sohn nicht sah.

»Du musst das verstehen«, sagte Tony. »Welche Strafe ich dafür auch erhalte, ich nehme sie an, solange du weißt … Ich habe es für dich getan. Aus dem gleichen Grund, aus dem du getan hast, was du getan hast. Man tut, was man für seine Familie tun muss. Wie kann es mir dann leidtun? Wie kann es mir leidtun, wenn ich es für dich getan habe?«

ELEGIE

In der Halle steht ein Klavier. Ich sehe es, als wir hereinkommen, und dann wächst es und wächst, bis ich an nichts anderes mehr denken kann. Normalerweise lauern mir keine Klaviere auf, wenn ich abends rausgehe, und ich hänge auch nicht ständig Träumen mit großen, sperrigen Objekten nach, die mir früher mal was bedeutet haben. Aber diese letzten Wochen haben mich fertiggemacht. Ich war krank, müde, benommen. Tot. Und so rührt dieses verdammte Klavier an Dingen in mir, die ich gut versteckt hatte, bis ein plötzlicher Tobsuchtsanfall die Haut aufgerissen, mich geschlagen und blutig zurückgelassen hat. Du könntest jetzt nicht auf mir spielen, sagt das Klavier. Deine Finger sind verbraucht, dein Verstand ist grau, du bist taub, blind und stumm. Du bist nichts mehr.

Es ist Karines einundzwanzigster Geburtstag.

Ihre Mam und ihr Dad haben eine richtige Monsterparty organisiert. Ein Hotel mit großer Bar, ein DJ, Kanapees, Cocktails, und sie haben alle eingeladen, die ihr je in ihrem verdammten Leben über den Weg gelaufen sind, und dazu diese Torte mit weißen Schokoladenblumen überall, die dich, ich schwöre es, erschlagen würde, wenn sie auf dich drauffiele. Sie wollte, dass alle in Schwarz oder Weiß kommen, sie ist die Einzige in farbigen Sachen. Sie irrlichtert in diesem türkisfarbenen Kleid umher und versichert sich, dass alle okay sind, dass sie Spaß haben, sie stellt die Leute einander vor, die sich noch nicht kennen, aber kennen sollten. Und was mache ich? Ich drücke mich draußen auf der Terrasse ans Geländer, rauche, gucke auf den Fluss raus und denke nur an das Klavier in der Halle, das ein Klagelied spielt für alles, was ich nicht bin.

Ich will hier nicht sein. Das ist heute das erste Mal, dass ich aus dem Haus bin, seit sie mich vor drei Wochen aus dem Krankenhaus entlassen haben. Karine musste weinen, damit ich komme, und selbst da habe ich ihre Tränen als etwas gesehen, das … Ich weiß nicht. Ich möchte sie nicht zum Weinen bringen. Ich bin es so leid, sie zum Weinen zu bringen. Aber es ist, als könnte ich nicht den Willen aufbringen, damit aufzuhören. Ich kann sie hören und will sie an mich drücken und in den Armen halten und ihr sagen, dass es mir leidtut und ich von all dem loskommen werde, aber ich kann es nicht, weil ich so endlos weit weg bin, verloren in der Finsternis, und es nicht zu ihr schaffe.

Aber ich kann atmen. Herumgehen. Ich kann essen, schlafen, fernsehen. Manchmal glaube ich es nicht. Ich habe drei Löffel Weetabix gegessen und mich plötzlich gefragt: Wie hast du das gemacht, Junge? Wie bist du hergekommen?

Weißt du, wie oft ich seit jener Nacht mit Karine geschlafen habe? Zwei Mal. In drei verdammten Wochen. Und das auch nur, weil sie darauf bestanden hatte, ein Ständer würde mich gesund machen. Sie hat für mich gestrippt, mir einen geblasen und mir zugeflüstert, ich könnte es auf jede Art haben, die ich mir wünschte … und es war super, als ich erst mal in Gang gekommen bin. Aber danach verschwand ich gleich wieder unter der Oberfläche. In etwas wie: Oh, das war schön, aber es ist nichts für Leute wie mich. Ich verdiene das nicht. Schlimmer noch: Ich will es nicht.

Vielleicht sind es Schuldgefühle, wegen Georgie. Eine langsam glimmende Schuld. Vielleicht hat mich allein das Adrenalin die letzten sechs Monate aufrecht gehalten, und am Ende ausgelaugt.

Vielleicht habe ich auch so viel gekokst, dass einfach keine Gefühle mehr da sind. Die Emotionen eines ganzen Lebens, alles in ein paar Jahren rausgehauen.

Vielleicht bin ich auch einfach so damit beschäftigt, den Tag, an dem ich meine Freundin beinahe geschlagen hätte, immer wieder durchzuspielen, dass ich nichts anderes fühlen kann, als wäre ich in einen alten Teppich eingerollt und ins Meer geworfen worden.

Aber dann müsste sie mir ja eigentlich nur vergeben, um mich zu heilen. Und das hat sie schon getan. Das hat sie getan, weil sie denkt, ich hab mich an Halloween mit einem Fläschchen Pillen und einer Flasche Jameson umbringen wollen wie eine alte Schachtel.

Nein. Denn wenn ich mich hätte umbringen wollen, hätte ich mich erschossen.

Joseph kommt heraus zu mir auf die Terrasse.

»Das da drin ist die absolute Mösenzentrale«, keucht er.

Ich mag ja eine Leiche sein, trotzdem hab ich mitbekommen, wie er die ganze letzte Stunde eine der anderen Krankenschwestern angemacht hat. Normal steigt Karines beste Freundin Louise mit ihm in die Kiste. Das wird ein Drama werden.

»Ja«, ist alles, was ich sagen kann.

»Alles im Lot, Junge?«

»Ja.«

»Siehst aber nicht so aus.«

»Ich bin okay«, erkläre ich ihm, aber er bleibt stehen, und am Ende, nachdem ich ausgeraucht habe, gehe ich mit ihm nach drinnen, und da hüpft alles, buchstäblich. Ich gehe zur Theke und bestelle mir ein Bier.

Karine steht wieder neben mir. »Ich dachte, du trinkst nicht?«

Ich sollte es nicht. Ich hab ihr gesagt, ich lasse es eine Weile, um zu sehen, ob es mir dabei hilft, mich nicht mehr vor der ganzen Stadt zu einem totalen Arschloch zu machen. Eigentlich will ich gar keinen Drink, aber die ganze Bude starrt mich an. Die ganze verdammte Bude.

»Nur eins«, sage ich zu ihr.

»Ja, ich weiß, aber …« Sie hält den Blick auf den Kragen meines Anzugs gerichtet, und ich weiß, dass damit alles in Ordnung ist. »Weißt du, vielleicht solltest du nicht. Vielleicht solltest du dir die Chance geben … ich weiß nicht, wieder zu dir zu kommen.«

Ja, vielleicht. Währenddessen kreisen die Geier um mich herum, und die Augen von Mammy und Daddy D'Arcy werden zu hasserfüllten Nadeln, und der Raum flüstert: Der arme Ryan, der arme, arme Ryan, wusstest du nicht, dass er versucht hat, sich umzubringen? Mit Paracetamol, wie ein beschissener Amateur. Siehst du, dass er nicht mehr trinkt. Das darf er nicht, denn er hat sich nicht im Griff, genau wie sein Dad und seine Mam sich nicht im Griff hatten.

»Es ist alles unter Kontrolle«, erkläre ich Karine. »Ich bin da wieder wie jeder andere.«

»Okay«, sagt Karine, »aber sei vorsichtig.«

Ich nehme einen Schluck und gehe. Vorsichtig. Ich weiß, was sie meint. Verlier nicht die Fassung, und verlier nicht die Hoffnung. Wozu es keinen Anlass gibt. Es ist alles weg, und ihr Freund ist leer.

An der Tür drehe ich mich um. Die Tanzfläche ist voll. Joseph knutscht mit der Krankenschwester. Jemand streichelt Louise den Rücken. Gary D'Arcy beobachtet mich über sein Bier hinweg. Karine dreht sich in ihrem türkisfarbenen Kleid, und ihre Untertanen tanzen wie eine Formation um sie herum, wie Schneeflocken, die vom Himmel fallen, oder beschissene kleine Böller um eine Sternschnuppe. Ich verdiene sie nicht und kann keine Trauer darüber empfinden, weil ich mich selbst kaputt gemacht habe, aber ich weiß es, denn es ist glasklar und wahr.

Ich stelle das Bier auf ein Sims und verlasse den Raum, gehe hinunter in die Lobby und zu diesem miesen Drecksstück von einem Klavier, das mich nicht in Ruhe lässt. Du könntest es nicht, Junge, die Musik ist weg. Und dann gehe ich daran vorbei. Meine Kehle zieht sich zusammen, und aller Kampfesmut verlässt mich. Du Nichts, Cusack, du kleines Stück Scheiße, deine Freundin wird einundzwanzig, und du läufst einfach davon. Das wird sie dir nie verzeihen. Ich gehe zur Tür und hinaus in den Winter. Erbärmlich, scheiß erbärmlich, warum hast du überhaupt in Erwägung gezogen, dich umzubringen, weißt du nicht, dass du das schon vor vielen Jahren getan hast, als du die Musik nicht mehr gehört und stattdessen der Stadt gelauscht hast …

Ich bin fast zu Hause, als sie anruft.

»Wo bist du hin?« Sie ist besorgt.

»Ich musste einfach gehen, Mädchen. Ich hätte gar nicht erst kommen sollen. Ich kann das nicht.«

»Aber ich brauche dich hier. Tu mir das heute nicht an, Ryan. Bitte!«

Ich könnte in einer halben Stunde wieder da sein, an ihrer Seite, ich könnte sie halten, wenn sie zu schwanken beginnt, ihr den ersten und letzten ihrer einundzwanzig Küsse geben. Ich könnte für sie da sein, werde es aber nicht. Ich kann nicht. Es ist vorbei. Meine Stadt erstreckt sich tief in die Dunkelheit, und ich kann weder vor noch zurück.

WAS RYAN GETAN HAT

ES IST EIN DRECKSLOCH, aber das ist normal, weil es billig ist und Georgie nicht lange oder hart genug arbeitet, um sich etwas anderes erlauben zu können. Seit ihrem ersten Vermieter hatte sie in ihrer glorreichen Karriere als Vögelnde und Gevögelte niemanden mehr bei sich zu Hause, aber sie hat das alles durchgespielt und akzeptiert, dass es bei Ryan etwas anderes ist. Im Übrigen hat er angedeutet, dass er Kokain dabeihat und es eine kleine Party geben wird, und so merkwürdig die Sache auch ist – und das ist sie tatsächlich, schließlich kennt sie ihn schon, seit er ein Junge war –, denkt sie doch, dass es sich für sie auszahlen wird. Hör zu, sie hätte es besser wissen und nicht versuchen sollen, ihn moralisch zu bedrängen. Sie denkt, ein paar anständige Lines werden die harte Realität, die am Ende sowieso die Oberhand behalten wird, ein wenig dämpfen.

Ryan sieht sich um und nimmt diese Realität zur Kenntnis: hässliche Vorhänge mit Blumenmuster, ein Couchtisch voller grauer Ringe und schwarzer Brandflecken, cremefarbene Wände mit dunklen Schatten, alles vernachlässigt und verschludert. Es gibt ein niedriges, olivgrünes Sofa mit hölzernen Armlehnen. Er setzt sich und wischt sich Krümel und Asche vom Tisch.

»Ich hatte niemanden erwartet«, sagt Georgie.

»Das macht nichts.«

»Weißt du, ich bringe nie jemanden mit her, Ryan.«

»Da hab ich ja Glück.«

Er nimmt ein Tütchen aus der Tasche und fängt an, zwei Lines zu legen.

»Willst du was zu trinken?«, fragt sie.

»Nein.«

»Ich aber.«

Sie kommt zurück, als er mit den Lines fertig ist, und hält ein Glas mit Wodka oder Gin, oder was immer es ist, in der Hand.

»Okay, es hat keinen Sinn, sich zu zieren«, sagt sie. »Was willst du?«

Er starrt auf die Lines. Da ist ein laut nachhallendes Pulsieren in seinem Kopf. Er hat das Gefühl, dass er jeden Augenblick die Kontrolle über seinen Körper verlieren kann und dass er sich dann übergeben muss, in Tränen ausbrechen, ohnmächtig werden oder irgendwas anderes. Vor allem davor hat er Angst. Wegen der Folgen kann er sich später Sorgen machen.

»Ich weiß nicht, was ich will«, sagt er.

»Das ist normal.« Sie nimmt einen Schluck. »Hast du dich mit deiner Freundin gestritten? Bist du deshalb hier? Du weißt schon, mal ohne deine Richterperücke.«

»Hör auf«, sagt er.

»Es ist nur … *etwas* ist anders.«

Und das akzeptiert sie einfach so, oder? Etwas hat sich geändert, und sie ist weit davon entfernt, das Ganze noch mal zu überdenken. Er ist jetzt wütend, zusätzlich zu allem anderen. Er kapiert nicht, wie Georgie den Mut aufbringen konnte, bei seinem Dad aufzukreuzen und Fragen herauszuhauen, aber nicht wieder zurück nach Hause zu finden.

»Ich bin sicher, du hast eine Preisliste«, sagt er.

»Darf ich es immer noch merkwürdig finden?«, sagt sie.

»Ich dachte, du hast gesagt, es ist nur ein Job?«

»Das ist es. Aber trotzdem. Wir kennen uns schon so lange.«

Sie bedauert ihre Worte, kaum dass sie sie ausgesprochen hat. Er hebt den Blick von den Lines auf ihrem Tisch. Seine Oberlippe zuckt seitlich, als er ein Knurren einfängt und herunterschluckt. *Er wird einer von denen sein*, denkt sie und überlegt einen Moment lang, ob sie ihm sagen soll, sie habe die Meinung geändert und dass er jetzt gehen muss. Sie will sich das erhalten, was er ihr letzten Samstag gezeigt hat. Aber sie beschließt, dass es das Risiko wert ist, und weiß im selben Augenblick, dass das nicht stimmt, tief in sich drin, da, wo der Rest ihres Scharfsinns begraben liegt.

Sie trinkt ihren Wodka aus.

»Okay«, sagt sie. »Wenn ich mit einem Mann mitgehe, macht das fünfzig die Stunde. Für oral und jede andere Position. Aber nicht anal.«

»Das kostet extra?«

Sie senkt den Blick auf die Lines. »Ja, ich denke schon.«

»Scheiße«, sagt er

Er blickt finster drein, und sie ist überrascht, dass es so früh kippt. »Wenn du Theater machst«, sagt sie, »ist es für uns beide schrecklich. Verstehst du? Ich meine, du bist derjenige, der es will, also spiel dich nicht als Richter auf.«

»Zieh dir deine Line rein«, sagt er, »bevor dir die verdammten Augen aus dem Kopf fallen.«

Sie geht vor dem Tisch auf die Knie. »Ich meine ja nur«, sagt sie. »Du hast mich auch enttäuscht, Ryan.«

Sie schließt die Augen, und während sie das Kokain schnupft, hört sie, dass er etwas mit einem sanften Klacken neben ihr auf den Tisch legt.

Sie sitzt auf ihrem Hintern und sieht aus dem Augenwinkel die Pistole, während er sich zurücklehnt und ungläubige, bedauernde Geräusche von sich gibt.

Es dauert eine Weile, bis er akzeptiert, dass sie nichts zu sagen hat, also sagt er es für sie.

»Ich bin nicht hier, um dich zu vögeln, Georgie.«

Er beugt sich vor.

»Warum sollte ich? Hast du mir nicht gesagt, ich soll mir nie eine Prostituierte nehmen? Wenn du wirklich denkst, dass deine Worte keinerlei Wirkung haben, erklärt das womöglich, warum du nicht aufhören konntest, Jimmy Phelan Fragen zu stellen.«

»Ich arbeite nicht mehr für J. P.«, flüstert sie.

»Er will dich tot sehen«, sagt Ryan.

Sie verdreht die Hand in ihrem Schoß und sieht ihn aus tiefen Augenhöhlen an.

»Er will mich tot sehen, Ryan? Aber ich habe alles getan, was er von mir verlangt hat. Ich habe nichts gesagt. Ich habe seit Jahren keine Fragen mehr gestellt.«

»Ich weiß es nicht, warum, Georgie.«

» J. P. hat mir die ganze Geschichte erzählt, und ich habe sie akzeptiert. Ich habe einen Strich darunter gezogen. Das habe ich wirklich! Ich habe getan, was er von mir verlangt hat … Das ist Jahre her, Ryan.«

Ryan schüttelt den Kopf.

Georgie sagt: »Warum du?«

»Es ist nur ein Job.«

Sie sagt lange nichts, und er hat nicht mehr den Nerv, das Gespräch weiterzuführen. Er sieht, wie sie zittert, und hasst sie dafür. Er betrachtet die Pistole auf dem Tisch vor ihr und hasst sich dafür, sie zu haben. Aber am meisten hasst er, was er gleich tun wird, auch wenn er weiß, dass kein Weg daran vorbeiführt.

Er senkt den Kopf und seufzt.

Georgie ist in Panik.

Sie sitzt auf dem Boden ihrer Mietwohnung und heult, wobei sie sich immer wieder mit den dümmsten Gedanken ablenkt. *Schnief. Schluchz. Das war's, hier endet es. Schluck. Einmal husten. Sieh nur, wie dreckig der Teppich ist. Ich wünschte, ich hät-*

te einen Staubsauger. Ich hätte mir irgendwann einen Staubsauger kaufen sollen. Ist ein bisschen spät dafür jetzt, aber oh!, wenn ich doch nur einen Staubsauger hätte! Staubsaugen war meine liebste Hausarbeit, als ich noch eine Mam und einen Dad hatte und nicht nur alte Stofffetzen, um meine Erinnerungen zusammenzuhalten. Schnief. Und jetzt werde ich sterben.

Der Angstschweiß lässt sie frieren. Sie schlingt die Arme um ihren Körper.

Es macht sie krank, zu wissen, dass es nicht funktionieren wird, doch sie versucht es trotzdem: »Aber du und ich, Ryan … Wir sind doch Freunde. Oder nicht?«

Er nimmt die Pistole. »Wer sagt denn, dass ich Freunde habe?«

»Ich habe dich mit ihnen gesehen, am Samstag. Als ihr zusammen die Straße runtergegangen seid. In einen Pub oder was immer. Du hast Freunde, weil du ein normaler Mensch bist. Das jetzt … das bist du nicht.«

Er steht auf. Sie rührt sich nicht. Sie weint in ihren Schoß, und er geht um den Tisch herum zum Fenster.

»Das ist normal«, blafft er, so laut, dass sie zusammenzuckt. Sie blinzelt, und er kommt wieder klar in ihren Blick. Er starrt hinaus, angestrengt, die Stirn in Falten und mit zitternden Lippen. »Die Leute tun, was sie zu tun haben. Aber ich nicht. Scheiße, so bin ich nicht!«

Er hebt die Pistole nicht. Er drückt sie gegen den rechten Oberschenkel. Mit der linken Hand bedeckt er seine Augen.

Ryan hat versagt, und er weiß, dass er damit nicht durchkommt, wobei er es immer noch richten könnte, wenn er nur den verdammten Mumm dazu hätte.

Sie schluchzt vor Angst, und er saugt es auf, läuft hin und her, um in ihrer winzigen Wohnung so viel Raum wie nur möglich einzunehmen.

Er hat sie ins Schlafzimmer geschoben, und da steht sie nun mit einer Tasche und ihrem Pass. Er hat ihr einen Flug gebucht. Der nächste raus aus Cork geht nach London Stansted. Das wird reichen.

»Ryan«, heult sie. »Das kann ich nicht. Meine Tochter ist hier. Ich mache das alles doch nur, damit ich sie zurückbekomme. Wenn du mir sagst, dass ich sie nicht wiedersehen kann, ist das Irrsinn ...«

»Dass ich dich am Leben lasse, ist Irrsinn!«

Er hat recht. Er schenkt ihr sein Leben, statt ihr wertloses zu nehmen. Er opfert ihr seinen Vater. Seine schreiende Wut hält ihn davon ab, in Tränen auszubrechen. Das würde er jetzt am liebsten tun, einfach losheulen.

»Ich bin Mutter«, sagt Georgie. »Was ist mit meiner Tochter?«

»Was soll mit ihr sein!« Er zeigt auf sie, sein Telefon wie eine weitere nutzlose Waffe fest umklammert. »Wo sie ist, da geht's ihr besser. Du bist keine richtige Mutter, Georgie. Mütter laufen nicht herum und lassen sich vögeln, um sich Geld für Koks zu beschaffen!«

»Das ist nicht fair, Ryan. Wie soll ich sonst über die Runden kommen? Es gibt doch keine Arbeit und aufs College kann ich nicht ... Sei realistisch! Es ist das Einzige, was ich im Moment tun kann. Ich krieg das schon hin!«

»Du hast doch keinen blassen Schimmer, wie du es hinkriegen kannst! Komm mir nicht so, Mädchen. Mir ist meine Mam genommen worden, und ich weiß, was das heißt, und wünsche keinem, dass er so was durchmachen muss. Aber glaube ja nicht, dass ich dich am Leben lasse, weil ich sentimental bin, wegen dir und deiner Tochter. Der wird es ohne dich besser gehen, und das sage ich jetzt nicht einfach so.«

»Was, wenn ich nach Hause gehe? Zurück zu meiner Mam und meinem Dad. Das ist weit weg, mitten im Nirgendwo. Niemand wird mich je wieder zu Gesicht bekommen. Ich komme nie wieder in die Stadt zurück. Das schwöre ich!«

»Erst jetzt denkst du dran, zurück nach Hause zu gehen, Mädchen? Konntest du das nicht tun, bevor du mein Leben versaut hast? Verdammte Scheiße. Du wirst diesen Flieger nehmen. Du bist praktisch schon weg.«

Georgie bricht zusammen. »Du rettest mich nicht, Ryan. Du bringst mich um.«

»Das hoffe ich«, sagt er. »Und solltest du irgendwann hierher zurückkehren, Georgie, egal wann, dann werde ich keine Sekunde zögern, dir eine verdammte Kugel ins Hirn zu jagen. Und deiner Tochter auch. Und deiner Mam und deinem Dad in Millstreet auch. Hörst du mich?«

Sie hält sich die Hand vor den Mund, ihre Tränen fallen darauf und rinnen über die Knöchel auf den braunen Stoff an ihrem Handgelenk.

»Das werde ich tun«, sagt er. »Das Einzige, was ich noch nicht kann, werde ich lernen, wenn ich älter werde. Du hast Glück, dass du mich zu einer Zeit erwischst, da ich noch zu blöd bin, den verdammten Abzug zu drücken. Du hast Glück, dass Jimmy Phelan gerade mir den Job übertragen hat.«

»Ich habe kein Glück«, schnieft sie. »Das ist nicht fair …«

»Ich weiß, es ist nicht fair, Mädchen. Aber so läuft es in dieser verfluchten Stadt. Ich weiß kaum, worum es bei diesem ganzen Schlamassel geht, aber einer muss weichen, und das bist du.«

Hinterher muss er seinen Vater nach Jimmy Phelans Nummer fragen, und das geht nur per SMS. Das begreift er, als er in seinem alten Wohnviertel zehn Meter vor Tonys Haus rechts ranfährt. Nein, er will nicht mit ihm reden.

Als die Antwort kommt, greift er nach dem Zündschlüssel und erstarrt.

Er ist nicht sicher, warum es ihm nicht schon vorher aufgefallen ist. Vielleicht, weil er so selten hier war, dass die vernagelten Fenster für ihn nie zum Normalzustand werden konnten. Jedenfalls brennt Licht in Tara Duanes Haus, und Tara war seit einer Ewigkeit nicht mehr da. Vorletztes Weihnachten ist sie verschwunden. Jemand hat erzählt, dass sie diesen Inder kennengelernt hatte, also ist sie wahrscheinlich Hindu geworden. Tara war immer unbeständig gewesen und hat schon die verrücktesten Sachen angestellt, weshalb selbst ihre Tochter Linda solche Theorien nicht einfach abtun konnte.

Einen Moment lang denkt er: *Sie ist zurück.*

Aber dann sieht er genauer hin: Das Auto in der Einfahrt ist nicht Taras. Vorn im Wohnzimmer gibt es keine Vorhänge oder Jalousien, und er kann Leute hinterm Fenster herumlaufen sehen, die er nicht kennt. Da muss jemand anders eingezogen sein.

Es ist Monate her, seit Josephs Freundin Izzy ihm geraten hat, Tara nach dem Abend damals zu fragen.

In seinem Kopf hat er das bereits viele Male getan, doch das ist ein dürftiger Ersatz. Ehrlich gesagt, hat er Karine seit jenem Gespräch dort im grellbunten Wald nicht mehr betrogen, was ihm gezeigt hat, dass Izzy recht hatte. Er hat sich alle Mühe gegeben, es zu akzeptieren, es als entschuldbaren Fehler eines Heranwachsenden zu sehen, der vorübergehend von den sich bietenden Möglichkeiten überwältigt wurde.

Im Auto vor dem Haus seines Vaters sitzend, mit weit schlimmeren Dingen auf dem Buckel, sagt er sich, dass das, was da vor fünf Jahren in Tara Duanes Haus passiert war, im großen, finsteren Drehbuch der Weltgeschichte nicht von Belang ist.

Jedenfalls ordnet er es so ein, jetzt, wo er sieht, dass sie nicht zurückkommen wird.

Sie reicht ihm eine Tasse Tee, dort in ihrem Wohnzimmer, und sieht ihn mit ihrem leeren Lächeln an, und er sagt: *Hey, ich hab mit dir gevögelt. Das habe ich. Ich wollte es. So war's, okay?*

Trotzdem, es macht ihn fertig. Er weiß, das sollte es nicht, aber es fühlt sich an wie ein Tritt in den Magen, als ihm bewusst wird, dass sie wirklich verschwunden ist und die einzige Möglichkeit, die Sache zu begreifen, mit ihr.

Ich will nur, dass sie es bestätigt, sagt er sich, und seine Lippen bewegen sich bei diesen Worten. *Sag mir, dass ich drauf aus war, dass ich es wollte, gib mir wenigstens das, o Gott, bitte nur das.*

Er lässt den Motor an. Er muss Jimmy Phelan noch anlügen.

Georgie fasst Fuß. Sie weiß nicht, wie. Irgendwie geschieht es einfach.

Sie geschieht einfach. Von einem Ende der Straße bis ans andere. Sie existiert.

London ist riesig, und sie verläuft sich immer wieder, und es hilft auch nicht, es sich als ein Wirrwarr aus vielen verschiedenen Städten vorzustellen. Sie hat Glück, weil sie gleich über ein irisches Paar stolpert, dass ihr Hilfe anbietet. Natürlich hat sie kein Ziel vor Augen. Sie erzählt ihnen, schniefend, dass sie aus Cork wegmusste, weil ihr Freund ihr Gewalt angetan habe. Sie sagt, sie habe Freunde in London, die sie aber seit Jahren nicht gesehen hat, und ihre Adresse sei nicht mehr aktuell. Oh, was soll sie nur tun? Sie finden eine Pension für sie. Sie glaubt, das war's, doch am nächsten Tag taucht die Frau wieder auf und gibt ihr die Adresse eines Freundes in Islington, der eine Souterrainwohnung zu vermieten hat. Die ist nicht gerade umwerfend, aber das macht niemandem etwas aus, zuallerletzt Georgie. Ihre Verzweiflung ist mit Händen zu greifen, und auch wenn sie die zwei irischen Gutmenschen nie wiedersieht, ist dieser Glückstreffer alles, was sie braucht.

Sie findet eine Agentur. Das ist nicht schwierig, die ganze Gegend ist voll von umherziehenden Drogenabhängigen und sonderbaren Junggesellen, und sie alle wissen, wo die Post abgeht. Sie lernt in einem Café auf der Holloway Road eine aufgeweckte Russin kennen, die ihr klarmacht, dass sie zu alt ist, es sei denn, sie spezialisiert sich. Das ist lukrativer, sagt sie. Georgie schüttelt den Kopf. Die Hurerei ist nicht ihre Berufung, verdammt noch mal. Daraufhin gibt ihr die Frau die Nummer einer anderen Agentur, die billigere Jobs vermittelt.

Sie hat einen Platz gefunden, an dem sie bleiben kann, außerhalb der Realität, wie ein Fehler aus einer anderen Welt.

Sie überlegt, wie sie Rache üben kann, aber dafür ist es noch zu früh, und sie weiß auch nicht, gegen wen sie aufbegehren soll. Pläne gegen Jimmy Phelan zu schmieden scheint ihr unsinnig, das wäre so, als würde sie gegen den Himmel zu Felde ziehen und Gottes Abdankung verlangen.

Sie denkt an Ryan, und dass sie ihm eines Tages zeigen wird, was er ihr angetan hat.

Eines Tages, denkt sie. *So Gott will.*

Vielleicht stirbt sie vorher. Sie hat sich noch nicht entschieden.

Während sie wartet, schickt sie das Skapulier mit der Post zurück an das, was immer noch am Bachelor's Quay stehen mag. Sie adressiert den Umschlag an Robbie O'Donovan.

WAS TARA GETAN HAT

DER JUNGE RYAN SITZT HINTEN auf der Gartenmauer. Tara sieht ihn vom Küchenfenster aus. Es ist Viertel vor elf an einem Sonntagabend. Um diese Zeit sollte er da wirklich nicht mehr sitzen. Sie beschließt, ihm ihr Mitgefühl anzubieten. Schaden kann es nicht, Melinda ist nicht da. Ihr Vater hat sie für ein paar Tage nach Dublin geholt, um etwas Sightseeing machen. Tara wäre gerne einsam ohne sie, aber sie freut sich über die Ruhe und den Frieden. Melinda ist sehr anstrengend.

Jungs sind auch anstrengend. Ryan ist wie alle Jungs frech und lustig, aber heute ist er still. Er hat einen üblen Bluterguss am linken Auge. »Oh, Schatz«, sagt Tara. Sie setzt sich neben ihn auf die Mauer und drückt sich an ihn. Er zittert. Niemand, der ganz bei Trost ist, würde ohne guten Grund hier in der Kälte sitzen. Die Nacht umhüllt sie mit ihrem feuchten Atem. Ryan hat Probleme mit seinem Vater. Tara weiß das, weil sie die Ausbrüche dieses Proleten hören kann. In dieser Siedlung bleibt nichts verborgen. Was gut ist. Sonst würde der arme Junge allein vor sich hin leiden.

»Komm herein«, sagt sie, »wir trinken eine schöne Tasse Tee.«

Erst sträubt er sich, weil er ihr keine Umstände machen will. Aber sie versichert ihm, dass sie sich gerne um ihn kümmert. Sie legt ihm freundschaftlich eine Hand aufs Knie, und als er nicht wegzuckt, rutscht die Hand etwas höher und drückt seinen Oberschenkel. »Du musst das nicht allein durchstehen«, sagt sie.

Wenn er irgendein anderer Junge aus der Siedlung wäre, würde sie sich nicht die Mühe machen, weil die meisten von ihnen jetzt schon Rüpel und Grobiane sind. Sie folgen ihr die Straße hinunter und überschütten sie mit Obszönitäten. Im Bus machen sie laute Bemerkungen. Ryan ist anders. Er ist sehr schnell erwachsen geworden, was der einzige positive Effekt der Grausamkeiten seines Vaters ist. Er hat sich etwas Unabhängigkeit verschafft, indem er ein bisschen für seine Freunde dealt. Es ist nicht richtig, aber manchmal raucht Tara einen Joint mit ihm. Er wird mit jedem Tag größer und kräftiger. Er ist fast sechzehn.

Sie geht voraus und setzt den Wasserkessel auf.

»Weißt du, was?«, sagt sie. »Ich gebe dir einen Schluck Whiskey in den Tee. Richtig gutes Zeug. Ich habe ihn zu Weihnachten bekommen und für eine besondere Gelegenheit aufbewahrt. Ziemlich alt sogar. Hast du schon mal alten Whiskey getrunken?«

Der Junge sagt, das müsse nicht sein.

»Jetzt red nicht«, schimpft Tara. »Das wird dich aufwärmen!«

Der Whiskey, den sie hat, ist nicht alt, aber sie glaubt, es ist das Beste, ihm einen guten Schluck zu geben, denn sie will nicht, dass er sich über den Geschmack des Tees beschwert. Sie macht ihn ziemlich stark, es ist sehr kalt draußen.

»Komm mit ins Wohnzimmer«, sagt sie. »Wir unterhalten uns ein bisschen. Und weißt du was? Wenn du nicht über deinen Dad reden willst, brauchen wir das nicht. Wir können auch einfach fernsehen und darüber sprechen. Magst du *True Blood*? Davon habe ich ein paar Folgen in der Sky Box.«

Als Ryan ins Wohnzimmer kommt, zieht er schüchtern ein Tütchen mit Gras heraus und fragt, ob sie etwas mag. Er weiß, wie man sich revanchiert. Sie lächelt. Sie lässt ihn einen Joint drehen, setzt sich im Schneidersitz neben ihn aufs Sofa und raucht mit ihm.

»Dreh noch einen«, sagt sie danach, »und ich mach uns noch eine Tasse Tee.«

Sie gibt sich selbst keinen Whiskey mehr hinein, das braucht sie nicht.

Er sitzt auf dem Sofa, hat nur einen halben Blick für Bill und

Sookie und macht an seinem Handy herum. Er ist straff wie eine Gitarrensaite, denkt sie, und wenn sie ihn berührte, würde er für sie spielen. In dem Alter können sie so was von kribblig sein.

»Was machst du später?«, fragt sie.

»Nach Hause gehen, denke ich.« Er spricht sehr leise, wahrscheinlich soll sein Vater nicht wissen, dass er nebenan ist. Vielleicht darf er das nicht. Vielleicht weiß sein Vater, was für einen Schaden so ein Junge anrichten kann, besonders, wenn die Frau nebenan alleinstehend ist. *Ryan weiß, dass es gewagt ist, was er tut*, denkt sie.

»Mach dir keine Sorgen«, beruhigt sie ihn. »Du kannst hier auf dem Sofa schlafen. Ich bring dir eine Decke und ein Kissen.«

Auf dem Weg zurück ins Wohnzimmer holt sie noch ein paar Dosen Bier aus dem Kühlschrank.

»Hier«, sagt sie. »Ich habe dir schon was von meinem besten Whiskey gegeben, da können wir auch gleich weitermachen.«

Er trinkt, was immer sie vor ihn hinstellt.

Er ist immer noch so ruhig. Sie versucht ihn zum Reden zu bringen, aber er brütet vor sich hin. Sie setzt sich wieder neben ihn aufs Sofa und sagt, wenn er sich was von der Seele reden möchte, sei sie für ihn da. Er sagt, es sei alles okay, aber er wird langsam etwas gesprächiger und bedankt sich dafür, dass er hier sitzen kann, bis sein Vater sich beruhigt hat. »Beruhigt?«, sagt Tara mit großen Augen. Ryan zuckt mit den Schultern. Tara sagt: »O mein Schatz.« Sie nimmt ihn in den Arm. Er weiß nicht, wie er damit umgehen soll, und erstarrt. Sie legt eine Hand in seinen Nacken und zieht ihn an ihre Brust. »Ist ja gut«, sagt sie. »Es wird alles wieder gut.«

Er macht sich los und sagt, er muss aufs Klo. Während er weg ist, läuft sie in die Küche und holt ihm eine weitere Dose Bier. Er scheint nicht unbedingt eine zu wollen, als er zurückkommt. »Ich habe eigentlich genug«, sagt er. »O Schatz«, antwortet sie. »Wenn dir das Leben Zitronen schenkt, mach dir einen Gin and Tonic. Wie viel schlimmer könnte es denn noch werden?«

Nun, er hat schon ziemlich einen sitzen, nachdem er die Dose geleert hat, aber sie lacht nur und holt ihm noch eine. Er redet jetzt mehr als vorher, fängt aber an, die Worte undeutlich auszusprechen. Sie fragt sich, ob er vorher schon was geraucht hat. Gegen Ende der nächsten Dose lässt er sich schon sehr viel leichter umarmen. »Mein armes Baby«, sagt sie und küsst ihn auf den Kopf. Sie spürt seinen Atem auf ihrer Brust.

Noch eine, und er ist hinüber. Er legt sich aufs Sofa, und sie redet weiter auf ihn ein. Sie sagt ihm, dass er viel besser ist, als sein Vater ahnt, und dass die Welt voller guter Freunde ist, wenn man nur lernt, wie man ihnen die Tür öffnet. Als sie halb mit einer ihrer Lieblingsanekdoten durch ist, merkt sie, dass er eingeschlafen ist. Sie beugt sich über ihn. »Ryan?«, murmelt sie. Er rührt sich nicht. Sie setzt sich ans Ende des Sofas, legt seinen Kopf in ihren Schoß und streichelt ihn, während sie ihre Folge zu Ende sieht.

Er fängt an zu schnarchen.

Tara nimmt sein Telefon und durchforstet es. Sie versichert sich, dass ihre Nummer in seinem Adressbuch ist. Sie steht unter »T.D.«. Vielleicht hat er Angst, dass sein Dad sie entdeckt, aber ihr ist das zu unpersönlich, und so ändert sie es zu »Tara X«. Sie öffnet seine Facebook-App und überlegt, ob sie ein witziges Status-Update schreiben soll, beschließt aber, dass das unpassend wäre. Sie schaut durch seine Fotos. Auf den meisten sind er und seine kleine Freundin zu sehen. Tara verdreht die Augen.

Es gibt auch ein Video. Verschwommene Hautfarben. Sie tippt auf Play und bedeckt mit der Hand den Lautsprecher.

Es ist seine Freundin. Einen Moment lang erkennt Tara sie nicht, weil sie an einem Schwanz lutscht und der Blickwinkel nur ihre Lippen und die gesenkten Augen zeigt. Aber als die Schlampe den Blick hebt, erkennt Tara sie. Das Mädchen ist nackt. Die Kamera gleitet über ihren Körper. Tara nimmt an, dass Ryan sie filmt.

»So, so«, sagt sie leise.

Das Video endet, als er kommt. Tara sieht es sich noch ein paar Mal an.

Sie steht vorsichtig auf und legt Ryans Kopf wieder aufs Sofa zurück.

»Du bist ja noch versauter, als ich dachte«, sagt sie zu ihm. Er rührt sich nicht.

Sie hockt sich neben das Sofa und betrachtet ihn aufmerksam. Er trägt eine graue Jogginghose und ein gelb-grau gestreiftes Polohemd. In einem Ohr trägt er einen Ohrstecker und um den Hals – sie zieht sanft den Kragen etwas herunter – eines von diesen Lederbändern. Er reagiert nicht, als sie seinen Hals berührt, und so fährt sie mit ihren Fingern langsam über seine Brust.

»Du bist so breit, dass ich besser bei dir bleibe«, sagt sie zu ihm. »Für den Fall, dass du alles wieder ausspuckst. Wo kämen wir da hin?«

Sie fängt noch einmal an seinem Hals an.

»So breit«, sagt sie. »Dazu gibt's ein Lied. *You're so, so fucked.*«

Diesmal fährt sie mit der Hand unter den Bund seiner Hose, nur um mal zu sehen. Eine schwarze Unterhose. »Stilvoll«, sagt sie. Sie streichelt unter dem Hemd seinen Bauch. Sie berührt den schmalen dunklen Grat unter seinem Bauchnabel und schiebt die Hand weiter nach unten. Sein Schwanz zuckt.

»Schläfst du überhaupt?«, sagt sie, um ihn zu necken.

Sie fasst ihm von außen zwischen die Beine und sagt: »Ryan? Ryan?«, aber er antwortet nicht. Sie streichelt ihn, bis sein Schwanz hart genug ist, dass sie die Hand darum schließen kann.

Sie trifft eine Entscheidung. Sie setzt sich auf ihn, ganz sachte, und beugt sich vor, bis ihr Kopf auf seiner Brust liegt. Sie lauscht seinem Herzschlag. »Ryan?« Sie versucht es wieder. Sein

Schwanz unter ihr ist immer noch hart. »Du magst ja schlafen, aber dein Körper ist hellwach«, erklärt sie ihm. »Ist das nicht komisch?«

Keine Antwort. Sie fährt ihm mit dem Mittelfinger über die Unterlippe.

»Kürzlich hat mir eine Frau gesagt«, gesteht sie ihm, »ich soll mitnehmen, was ich kriegen kann. Was in meinen Ohren etwas gehässig klang, aber jetzt frage ich mich, ob sie vielleicht einfach nicht belesen genug war, um den Begriff *Carpe diem* zu kennen, und dir ist es *eindeutig* …«, sie lacht, »*eindeutig* egal.«

Sie steht wieder auf. Sie zieht ihren Slip aus, kniet sich vors Sofa, schiebt seine Sachen bis runter auf die Schenkel und drückt sich an ihn, den Blick fest auf seine Augen gerichtet. Dann öffnet sie den Mund und nimmt seinen Schwanz zwischen die Lippen und leckt und saugt daran, bis sie so weit ist, wieder auf ihn zu steigen. Sie ist nass, und es ist total einfach. Sie hält seinen Schwanz, schiebt ihn in sich rein und beginnt darauf zu reiten. Schließlich fängt er an zu blinzeln und zu stöhnen, aber sie ist zu weit, um sich jetzt irgendwas von ihm anzuhören oder noch mal neu anzufangen, und so schmiegt sie sich wieder an seine Brust, bewegt sich auf und ab, gleich hat sie's, und sagt: »Schschsch, Baby, schlaf weiter«, und das macht er auch, wie einfach das ist, sein Kopf weiß, dass es besser ist, sich hier rauszuhalten und seinem Körper den Spaß zu gönnen, so verdammt einfach …

Aber seine Hände packen ihre Arme, und dann gibt es einen heftigen Sturz, und sie liegt auf dem Boden, hat sich am Teppich den Ellbogen aufgeschürft, den sie sich jetzt hält, während sie ihren Augen erlaubt, sich mit Tränen zu füllen.

»Ryan, das hat richtig wehgetan!«

Er hat sich am Ende des Sofas zusammengerollt und keucht und schluckt wie nach einem schlimmen Albtraum.

»Das war nicht nett«, schimpft sie. Sie ist wieder auf den Beinen und zieht ihr Kleid zurecht.

Er steht auf, und sie fühlt sich zu verletzt, um ihm einen Arm anzubieten, während er sich schwankend die Hose hochzieht und dabei piepst wie ein kleines Vögelchen.

Sie verschränkt die Arme. »Was ist los?«

Klar, er kann kaum sprechen, der dumme Kerl. »Nein«, sagt er. »Weil es nicht … Ich habe eine Freundin.«

»Nun, dann erzählst du es ihr besser nicht!«

Er ist sehr, sehr betrunken und fängt an zu weinen.

»Lieber Gott im Himmel«, sagt Tara. Sie gibt sich alle Mühe, streng zu wirken, denn in seinem dümmlichen Herumgeheule erkennt sie genug Ärger, um schlucken zu müssen.

»Das darfst du ihr nicht sagen«, jammert Ryan.

Tara macht einen Schritt auf ihn zu, doch er weicht zurück, stößt gegen den Türrahmen und muss sich im Flur am Treppengeländer festhalten. »Warum sollte ich es ihr sagen?«, fragt Tara vorsichtig und probiert, ein Lächeln aufzusetzen, während sie nach den richtigen Worten sucht. »Sie würde es nicht verstehen. Ist schon okay, ich verstehe, was du mir sagen willst. Es bleibt unser kleines Geheimnis, das verspreche ich.«

Sie beobachtet, wie er mit dem Schlüssel an seiner Haustür herumfuhrwerkt.

Am nächsten Tag ist sie fürchterlich nervös. Sie mag Ryan wirklich. Er ist ein angenehmer junger Bursche. Sie will es sich mit ihm nicht verderben. Aber sie kann nicht so selbstgefällig sein, darauf zu vertrauen, dass er die Geschehnisse der letzten Nacht richtig einordnen kann. Er hatte zu viel getrunken und war eindeutig schon high, bevor er in ihr Haus trat. Nein, sie muss sich in Schadensbegrenzung üben. Sie kann es nicht riskieren, dass er irgendwelche Halbwahrheiten hinausposaunt, nicht bei ihrer Vorgeschichte. Die Leute sind heute viel zu schnell mit einem Urteil bei der Hand.

Am frühen Abend sieht sie seinen Vater die Einfahrt hinaufgehen, und sie atmet tief durch und läuft hinaus, um ihn nicht zu verpassen.

Tony Cusack hasst sie. Das macht ihr nichts aus. Er ist ein erbärmlicher Kerl, einer von denen, deren Stammwirt auf den Tag hinfiebert, an dem das Kindergeld ausbezahlt wird. »Was ist?«, fragt er. Tara stört sich nicht an seinem Ton. Arbeitsscheue Feiglinge jagen ihr keine Angst ein.

»Nur ganz kurz«, sagt sie. »Ryan war gestern Abend bei mir. Ich glaube, er war nicht ganz nüchtern.«

»Was wollte er bei dir?«

»Er sagte, er wollte zu Melinda, aber … Also hör zu, Tony. Ich möchte ihn wirklich nicht in Schwierigkeiten bringen, aber sein Verhalten war nicht ganz angemessen. Es wurde ziemlich schnell klar, dass er … nun, auf mich fixiert ist. Er scheint zu denken, dass da was zwischen uns läuft.«

»Tut er das? Und wie sollte er darauf kommen?«

Sie fährt die Krallen aus. »Ich mache ihm da nichts vor.«

»Du willst mir also sagen, dass ein Fünfzehnjähriger, der keine zehn Minuten überleben kann, ohne seiner Freundin eine SMS zu schicken, dass der sich plötzlich in dich verknallt hat? Was zum Teufel soll das?«

Sie blickt finster drein.

»Du stehst mir ohne jeden Grund feindselig gegenüber«, sagt sie. »Ich versuche nur zu helfen. Mir ist sehr bewusst, dass er seine Mutter verloren hat, und es ist wahrlich keine Überraschung, dass er dieses Trauma mit älteren Frauen verarbeitet, oder? Er hat mir ein Video auf seinem Telefon gezeigt. Ich denke, das solltest du dir ansehen.« Sie lächelt. »Einfach um zu sehen, was er so alles im Kopf hat.«

27

DER RAHMEN, DEN MAN UM SEIN Leben herumbaut, ist ein brüchiges Ding, und in einer Stadt voll mit einander verbundenen Seelen kann ein einziger gebrochener Balken den Spitzen und Schatten der Skyline bedrohlich werden.

Robbie O'Donovan starb auf der Suche nach einer Empfindung, nach einem verlorenen Objekt, das er einem Mädchen zurückgeben wollte, obwohl er sich zugleich weigerte, dieses Mädchen zu retten, und sein Tod zerrüttete Strukturen, die er nie gesehen hatte. Kleine Häuser. Kleine Zufluchtsorte. Kleine Leben. Die Stadt folgt dem Fluss des großen Ganzen, aber was ist das schon, wenn nicht das Atmen, Pulsieren, Schlucken, Schwitzen, die Qualen und Wonnen von hunderttausend kleinen Leben?

Cork City bemerkt nicht die letzten schwankenden Schritte eines verlorenen kleinen Mannes. All die Leben, all die Balken, kreuz und quer zur größten aller Strukturen zusammengefügt … Die Stadt sieht die zerbrechenden Stöcke nicht. Noch spürt sie die ersten Funken.

Also muss man den Ausschnitt verkleinern. Näher ranfahren. Genauer hinsehen.

Maureen wurde um vier Uhr morgens von im Garten kämpfenden Katzen geweckt. Sie konnte nicht wieder einschlafen, und so reiste sie durch die Zeit.

Sie war sich völlig bewusst, dass sie in der Vergangenheit lebte, doch das, meinte sie, lag daran, dass sie dort zurückgelassen worden war. Entscheidungen, die andere vor vierzig Jahren für sie getroffen hatten, verankerten sie in einem Moment, der sich auf ewig wiederholen sollte. Da war die dreckige Fresse von Una Phelan. Da ihr Mann, ein Schaf im Wolfspelz. Da war die Geistlichkeit, die sich vor der Geburtsstation versammelt hatte, ein grausames Rabenpack, das jeden Platz, ob er ihm zustand oder nicht, für sich beanspruchte. Irland, die Wolken draußen. *Schande über dich, Irland*, dachte Maureen ganze vier Jahrzehnte später. *Man sollte doch annehmen, dass du dich wenigstens um deine eigenen Kinder kümmerst?*

Sie stand auf und trat ans Fenster. Die Katzen waren schon lange weg. In der Wohnung direkt gegenüber glitzerte ein Weihnachtsbaum zwischen den schweren Vorhängen hindurch. *Eine schlechte Idee*, dachte sie träge. *Das ganze Haus könnte in Flammen aufgehen.*

Ihre eigene Rache lag schwärend unter einem Haufen durchnässter Asche in Mitchelstown, doch was brachte das am Ende des Tages? Ohne Täter hatten die Gardaí kein Motiv, und ohne die Bühne ihrer Schuld konnte Maureen sich an kein Publikum wenden. In der Zeitung hatte gestanden, die Gardaí suchten nach einer Frau, die ihnen bei ihren Ermittlungen helfen könnte, was wohl hieß, dass die wilde Saskia geplaudert hatte. Sie hatten die Frau nicht gefunden, weil sie nie existiert hatte. Währenddessen gaben die Leute renitenten Jugendlichen die Schuld und zogen keinerlei politische Motive in Erwägung.

Sie schrieb einen Brief an den *Independent* und deutete an, dass die Person, die in Mitchelstown eine Kirche in Brand gesteckt hatte, womöglich ein Statement machen wollte und Irland damit rechnen müsse, mehr Verbrechen dieser Art zu erleben, wenn es nicht aus seiner Geschichte lerne. Der *Independent* hatte den Brief nicht veröffentlicht. Was für ein Land war Irland eigentlich, wenn der *Independent* nicht einmal verrückte Drohbriefe veröffentlichte?

Sie setzte den Wasserkessel auf.

Vor vier Jahrzehnten hatte ihr eine Hebamme in der Holles Street ein zappelndes Bündel auf den Bauch gelegt.

Und das war alles, was sie je hatte.

Sie vermisste Robbie O'Donovan nicht, und obwohl sie sicher gewesen war, dass die Flammen ihn geholt hatten, fragte sie sich jetzt, als sie in der Winterfinsternis einen Teebeutel ausdrückte, ob es für ihn nicht einfach an der Zeit gewesen war, zu verschwinden. Hatte er seinen Abgang nicht selbst zu verantworten? Er war durch ein schlecht verschlossenes Fenster eingestiegen, auf der Suche nach einem heiligen Überbleibsel durchs Haus geschlichen und von einer Frau ins Grab befördert worden, die niemand für schuldfähig hielt.

Sie setzte sich an ihren Küchentisch. Um sie herum stapelten sich Geschirr und Abfall. Seit sie sich vor sechs Wochen das Handgelenk verstaucht hatte, hatte sie keinen Finger mehr gerührt. Das war Jimmys Aufgabe, und er hatte bislang keine zufriedenstellende Lösung präsentiert. Sie nahm an, dass sein Interesse an seiner Mutter abgenommen hatte, seit sie ihm keinen Ärger mehr bereitete. Diese Georgie war spurlos verschwunden, mit versiegelten Lippen und durch Maureens großzügige Weisheit klüger als zuvor. Tony war nahegelegt worden, dass es mit ihm vorbei sei, wenn er den Mund aufmachte. Robbie war in Rauch aufgegangen. Maureen war damit ohne weitere Bedeutung, und Jimmy hatte andere Dinge, um die er sich kümmern musste.

Ihre Handverletzung hatte sie ausgebremst, und sie hatte aufgehört, nach Erlösung zu suchen, oder was immer die Scharlatane anpriesen, fein säuberlich in Lieder und Worte gepackt. Sie hatte aufgehört, mit Schwindlern zu spielen, entweder lachte Maureen sie aus oder sie brannte ihre Tempel nieder. Sie hatte keine Kraft mehr für Teufeleien, nicht mehr, seitdem sie wusste, was ihr Sohn alles in ihrem Namen und hinter ihrem Rücken anstellte.

Sie machte einen Spaziergang.

Es war kurz vor fünf, als sie aus dem Haus ging, und die Stadt war ein zu nasser Scheiterhaufen, als dass man sie anzünden konnte. Sie wanderte in Richtung Lee. Seine gegabelte Zunge war sicher der Grund dafür, dass die Stadt kein Feuer fangen würde.

Was hält diese verdammte Stadt überhaupt am Leben?, fragte sie sich.

Jimmy war es nicht. War er nicht damit beschäftigt, sie zu ruinieren?

Er war nicht aufzuhalten, und selbst wenn sie eine Möglichkeit gefunden hätte, alles zu erzählen, darzulegen, welche Rolle er gespielt hatte, wäre ihre Rache schlussendlich inhaltlos. Selbst wenn er sich zur Ruhe setzte, würde sofort ein anderer seinen Platz einnehmen. Ein anderer Schurke, den die gewundenen Straßen dieser Piratenstadt aus der Fassung gebracht hatten. Jimmys Fall würde einen anderen gebären, und noch einen, und noch einen, und Maureen würde die Mutter aller Verbrecher sein.

Für Jimmy war es zu spät. Deshalb reiste sie durch die Zeit. Hätte sie ihn an Weihnachten erwischt, als er ihr einen Brandy geschenkt hatte, als er zwanzig war und sie von der grundlosen Frömmigkeit ihrer törichten Eltern als ungefährlich eingestuft wurde, was hätte sie da alles tun können?

Sie ging am Lee entlang in Richtung des alten Bordells. Die Straßenlichter spiegelten sich im Wasser, wie versunkene Laternen, golden und rot auf Schwarz.

Auf dem Geländer der eisernen Brücke, direkt gegenüber der ausgeweideten Mauern, stand reglos eine Gestalt und sah hinab ins Wasser.

Maureen dachte zuerst, es wäre Robbie O'Donovan, weil die Gestalt so groß war, groß und mager und eindeutig ein Mann, aber mehr noch, weil sie so starr und still dastand, dass sie fast etwas Jenseitiges an sich hatte. Es gelang ihr, ungehört auf die Brücke zu gelangen.

Die Ähnlichkeit war frappierend. Einen Moment lang bildete sie sich ein, durch die Zeit gereist, aber neben dem falschen

Sohn gelandet zu sein, Johns und Noreens Kind, dessen Zerbrechlichkeit sich der Boshaftigkeit ihres eigenen Sohnes angepasst hatte. Doch das Trugbild zerrann. Das war nicht Tony. Dieser Mann war größer und dünner, der Körperbau stimmte nicht, nur das dunkle Haar, die Kinnpartie, der Mund und eigentlich auch alles andere. Sie ließ einen leisen Pfiff ertönen. Noch ein Junge, der nicht der Sohn seiner Mutter war.

Jetzt, da sie näher kam, stellte sie fest, dass er nicht schweigend dastand. Er sang etwas, melodiös dahingeflüstert, ein Lied, dessen Text er nicht kannte. Er war ziemlich darin versunken, genau wie in den irrlichternden Farben im schwarzen Wasser unter ihnen. Kein Licht für sein Lied. Ihr drehte sich der Magen um, als sie verstand, dass er im Begriff war zu springen, und so fauchte sie ihn an.

»Was denkst du, was du da machst?«

Er fuhr herum, und sie hielt den Atem an, als sie sah, dass er das Gleichgewicht verlor, doch er fiel auf die richtige Seite, nur ein paar Meter von ihr entfernt schlug er mit dem Kopf auf den Beton.

Sie trat zu ihm hin. Ihre Blicke trafen sich. Seine Augen waren finstere Lachen, so finster wie der Fluss unter ihnen.

Er setzte sich auf, ruckartig, und lehnte sich ans Geländer. Sie seufzte und wiederholte ihre Worte: »Was denkst du, was du da machst?«

Er drückte sich hoch, mit dem Rücken gegen das Geländer, und als er auf den Beinen war, wühlte er in seinen Taschen herum und zog eine Zigarette und ein Feuerzeug hervor. Nach drei Versuchen gelang es ihm, die Zigarette anzustecken.

»Und?«, sagte sie.

»Und was?«

»Was denkst du, was du da machst?«

»Nichts.«

»Ach ja? Man amüsiert sich wirklich prächtig, wenn man in den frühen Morgenstunden auf einen jungen Burschen trifft, der dem Lee schöne Augen macht. Und dann *nichts* dabei rumkommt. Was würde deine Mutter dazu sagen?«

Die Italienerin, die zu früh Gestorbene. Maureen fragte sich, wie glücklich sie wohl in dieser Stadt geworden wäre, umgeben von engstirnigen und argwöhnischen Menschen, ihrem Glauben und ihren Gefallenen.

Ihr Sohn stand da mit einer Hand auf dem Hinterkopf. Er bewegte das Kinn hin und her. Maureen nahm an, dass er es sich bei seinem wenig anmutigen Sturz angeschlagen hatte, doch die Sekunden verstrichen und er sagte nichts, und so sah sie näher hin, durch die Nacht, durch seine Vorfahren, die sich so deutlich in seinen Gesichtszügen zeigten, und sie fragte sich, ob er nicht etwas neben sich stand und sein Balanceakt von eben nicht künstlichem Draufgängertum, sondern der Verzweiflung entsprungen war, die sie in seiner Haltung zu erkennen glaubte. Sie kannte sich mit den Einzelheiten von Trunkenheit nicht aus, auch wenn sie jedes einzelne Stadium zu benennen wusste, wie es ihre Nationalität vorschrieb. Er war betrunken, aber nicht sturzbesoffen. Sie sah es an der Größe seiner Augen, worin sie zunächst eine gewisse Charakterstärke zu erkennen geglaubt hatte.

»Wie heißt du?«, fragte sie.

Er gehorchte. »Ryan«, sagte er, nachdem er eine Weile auf Luft herumgekaut hatte, was ihr die Folge einer leichten Gehirnerschütterung zu sein schien, die sich zu dem furchtbaren Schrecken gesellte, den sie ihm eingejagt hatte. Sie erwartete, dass er seine Antwort weiter ausführte, und er schickte ein »Cusack« hinterher.

Aber natürlich, wollte sie sagen. Das springt einen doch geradezu an!

»Was in Gottes Namen hast du vor, Ryan Cusack?«

Wieder nur Schweigen. Er machte dicke Backen und sah über ihre Schulter hinweg. Sie legte den Kopf schief.

Ganz leise glaubte sie zu hören: »Großmutter, was hast du für große Zähne …«

Sie schaute finster drein.

»Komm«, sagte sie, drehte sich um und ging Richtung Stadtmitte, weg von dem ausgebrannten Wahrzeichen, am trägen Wasser entlang, und sie sah sich zwei Mal um, und er folgte ihr. Sie wusste, dass er es tun würde, so wie sein Vater gehorchte, wenn er mit Nachdruck dazu aufgefordert wurde, und sie dachte, so soll es sein. Die Eltern schaffen die Form für die Kleinen, und die verbiegen sich, um hineinzupassen.

Zwischen Oper und Museum fand sie eine steinerne Bank und wartete auf ihn, und als er nahe genug herangekommen war, dass sie seine Angst und seine Verlorenheit sehen konnte, bedeutete sie ihm, sich neben sie zu setzen, und sagte: »Was ist es also?«

Er beugte sich vor und stützte den Kopf auf die Arme. »Ich weiß es nicht«, sagte er.

»Du weißt es nicht? Und was, denkst du, würde deine Mutter dazu sagen? Dem Fluss zuzublinzeln, nachdem du Gott weiß was alles in dich hineingeschüttet hast. Damit du leichter ertrinkst? Dein armer Vater, Ryan Cusack.«

»Zur Hölle mit ihm.« Er rieb sich die Stirn mit dem Unterarm und hob den Kopf.

»Du siehst müde aus«, sagte sie.

»Ich bin müde.«

»Wie kannst du müde sein. Ein Junge wie du. Wie alt wirst du sein? Zwanzig?«

»Ja«, sagte er. »Im März werde ich einundzwanzig.«

»Hast du Angst davor?«

»Vielleicht wollte ich einfach nur schwimmen gehen.«

»Ach, Blödsinn.« Sie beugte sich näher zu ihm hin. »Warum hast du Angst davor, einundzwanzig zu werden?«

»Habe ich nicht«, sagte er und starrte über den Platz, und sie gab ihm Zeit, mit seinem Mund klarzukommen, und dann sagte er: »Doch, habe ich. Ich weiß nicht, warum.«

»All diese jungen Kerle«, schimpfte Maureen. Sie sah über

den Fluss. Die Northside war mit weißen und gelben Lichtern gesprenkelt, und sie fragte sich, welche davon für ein junges Leben standen, das erst noch verdammt und vom rechten Weg abgebracht werden musste. Wie viele andere Jimmys mochte es dort geben?

Sie sah Tonys Sohn an und runzelte die Stirn.

»Ich finde das traurig«, sagte sie. »Du bekommst ein Kind, und dieses Kind bedeutet die ganze Welt für dich. Was hat dein Vater getan, dass du ihm das nehmen wolltest?«

Ryan murmelte: »Warum muss es wegen ihm sein?«

»Er hat dich gezeugt, oder etwa nicht?«

»Sie kennen ihn nicht. Ich bin ihm scheißegal.«

»Das stimmt nicht.« Wenn doch, hätte ihm Jimmy nicht so leicht eine Schlinge knüpfen können.

»Doch, das bin ich«, sagte Ryan. Er lehnte sich zurück und sah zum Himmel hinauf. »Würden Sie ihn kennen, wüssten Sie das. Er ist ein Mistkerl, also bin ich auch einer.«

»Ah, du leidest an etwas Vererbtem? Etwas, das dich dazu bringt, ein paar Tage vor Weihnachten in den Lee springen zu wollen?«

Vor Jahrzehnten hatte ein zwanzigjähriger Jimmy Phelan seiner Mutter ein Weihnachtsgeschenk gemacht, und sie hatte es entgegengenommen, die Hand darum geschlossen und gelächelt.

»Was, wenn ich dich heilen würde?«, sagte sie, aber Ryan antwortete nicht. Sie rutschte näher zu ihm hin, hielt ihm eine Hand hin, und er sah sie an, blinzelte und zog die Brauen zusammen. Er trug einen leichten Schimmer auf dem Gesicht, selbst in der Kälte. Sie wedelte mit der Hand, und er setzte sich auf, hob seine eigene Hand, und sie ergriff sie.

»Du hast keine Arbeiterhände«, sagte sie.

Sie drehte seine Hand um und fuhr von der Spitze seines Zeigefingers bis hinunter zum Handgelenk.

»Was machst du, Ryan? Gehst du aufs College?«

Er schüttelte den Kopf.

»Was dann?«

»Ein bisschen was von diesem und jenem«, sagte er.

»Ein bisschen was von diesem und jenem? Bist ein zwielichtiger kleiner Gauner, was?«

Er legte den Kopf wieder auf seinen freien Arm und sah sie an.

»Leicht zu erraten, was du bist«, sagte sie.

»So leicht?«

»O ja. Aber trotzdem hast du komplizierte Augen. So dunkel. Aber deine Mutter war ja auch keine Irin.«

Er schloss die Augen, und einen Moment lang fragte sie sich, ob er es nicht vielleicht aus Selbstschutz tat, doch dann öffnete er sie wieder, und sie sah, dass sein Blick klarer wurde, bis er so weit war, zu fragen: »Woher wissen Sie das?«

»Ich weiß eben einiges«, sagte sie zuversichtlich. Mehr als jeder Priester, mehr als die einfältigen Genies unten in Ruby Deas heruntergekommener Kommune. »Du bist Musiker«, stellte sie fest. »Aber du spielst nicht, richtig?«

Er setzte sich aufrecht hin und starrte sie an. Seine Hand in ihrer wurde schwer.

»Scheiße«, sagte er. »Woher wissen Sie das?«

»Weil ich in dich reinsehen kann«, sagte sie. »Weil du so klar erkennbar bist wie eine brennende Kirche. Glaubst du nicht, dass ich weiß, was mit dir nicht stimmt? Man sieht sofort, wozu du fähig bist, und wozu nicht, und was immer er mir auch sagt, ich sehe, dass du nicht dazu taugst, den kleinen Gangster zu spielen.«

»Wie zum Teufel nennen Sie mich?«

»Einen kleinen Gangster. Bist du das nicht? Denkst du nicht, dass die Art, wie du dein Geld verdienst, viel damit zu tun hat, dass du dich ertränken willst?«

Damit hatte sie einen Volltreffer gelandet. Er wollte von ihr wegrücken, doch sie hielt ihn fest, und er hatte weder den Halt noch den Willen, sie mit sich zu ziehen. Er gab nach, und sie sagte: »Dem Fluss ist es egal, wer oder was du bist, er wird dich aufnehmen, Junge, wenn du dich traust. Weißt du das nicht?«

Er konnte ihr nicht antworten.

»Ich sollte es wissen. Diese Stadt hat mich ruiniert«, gestand sie ihm. »Aber das Komische ist, während sie *mich* ruiniert hat, habe ich *sie* ruiniert, und als ich das begriffen habe, war es zu spät, die ganze Sache aufzuhalten. Was ich dieser Stadt angetan habe, zusammen mit Dominic Looney, ist unermesslich, und ich sehe es in den Augen von Leuten, die ich nie hätte treffen sollen. Und doch ... vielleicht kann ich es wiedergutmachen. Die Stadt sieht mich nicht, aber vielleicht will ich zu viel.«

Sie strich mit dem Daumen über seine Haut und sah ihn genau an, sah das Gesicht seines Vaters, die Augen seines Vaters und eine Zukunft, die er ganz allein zerstören konnte.

»Lass dich nicht vom Fluss holen«, sagte sie. »Versprich es mir!«

Sie legte die Arme um ihn, und sein Puls fing an zu rasen, als sie ihm die Hände in den Nacken drückte.

»Versprich es mir, sage ich!«

Er setzte sich wieder auf, und sie nahm sein Gesicht in die Hände.

»Sie verstehen das nicht«, sagte er. »Ich bin ein übler Kerl, viel übler, als Sie es sich vorstellen können.« Seine Stimme erstickte in wirren Qualen. Sie strich mit den Daumen über seine Wangenknochen, wie im Wahn. »Der Schaden ist bereits angerichtet«, sagte er. »Ich hatte etwas Gutes und habe es zerstört, kaputt gemacht. Was bin ich ohne sie? Ich werde zu *ihm*.«

»Nicht, wenn ich etwas daran ändern kann.«

Sie deutete mit dem Kopf in Richtung Stadt und lächelte.

»Natürlich kann dich dieser Ort zerreißen«, sagte sie. »Aber dieses Land ist damit durch, mich zu bestrafen, und jetzt kann ich tun und lassen, was ich will, und ich entscheide mich dafür, dich in Ordnung zu bringen, und bei Gott, diese Stadt wird mich nicht daran hindern. Vergiss den Fluss, Ryan Cusack. Was immer schlecht ist, wir räuchern es raus. So wird es gemacht. Und wenn du die Scheißer mitschicken willst, kann das auch arrangiert werden.«

Um sie herum drehte sich die Welt, das Land, die schlafende Stadt. Maureen spürte einen leichten Schwindel. Robbie O'Donovan war ein Fehler gewesen, und die Stadt hatte nicht einmal Notiz davon genommen, aber den hier, den würde sie retten, ein Leben für ein Leben, und sie würde verdammt noch mal dafür sorgen, dass die ganze Stadt davon erfuhr.

»Ich bringe dich in Ordnung«, sagte sie. »Habe ich nicht schon dein Leben gerettet?«